项目成果

2018年度教育部人文社会科学研究青年基金项目"陈廷焯文学思想研究"（18YJC751063）
2018年度天津市"131"创新型人才培养工程（第三层次）资助

陈廷焯

文学思想研究

张海涛 ◎ 著

天津出版传媒集团

天津人民出版社

图书在版编目(CIP)数据

陈廷焯文学思想研究 / 张海涛著 . -- 天津 : 天津
人民出版社, 2022.5
ISBN 978-7-201-18300-8

Ⅰ.①陈… Ⅱ.①张… Ⅲ.①陈廷焯—文学思想—研
究 Ⅳ.①I206.5

中国版本图书馆 CIP 数据核字(2022)第057322号

陈廷焯文学思想研究
CHEN TINGZHUO WENXUE SIXIANG YANJIU

出　　版	天津人民出版社	
出 版 人	刘　庆	
地　　址	天津市和平区西康路35号康岳大厦	
邮政编码	300051	
邮购电话	(022)23332469	
电子信箱	reader@tjrmcbs.com	

责任编辑　吴　丹
装帧设计　汤　磊

印　　刷	天津新华印务有限公司	
经　　销	新华书店	
开　　本	710毫米×1000毫米　1/16	
印　　张	26.75	
字　　数	369千字	
版次印次	2022年5月第1版　　2022年5月第1次印刷	
定　　价	68.00元	

序

海涛的《陈廷焯文学思想研究》即将出版,这是海涛博士毕业后的第二部专著。谨作序以表祝贺及激励之意。

陈廷焯是晚清著名的词学家,他的《白雨斋词话》在词学史上具有集大成的意义。《白雨斋词话》既是常州词派的代表性著作,也是体现儒家思想的最系统的词学著作。海涛的博士论文《陈廷焯词学研究》对《白雨斋词话》有深入的研究,对陈廷焯文学思想和词学思想之间的关系有深刻的认识。本书又进一步扩展到陈廷焯的文学思想研究,在文学思想的大背景下认识陈廷焯,将陈廷焯研究引向纵深,此为本书最大的特点。

陈廷焯论词言必称《诗》《骚》之义和温柔敦厚,并以此构筑起《白雨斋词话》的理论系统。既有教化天下的思想宗旨,又有沉郁顿挫的文体观念,还有体现宗旨、观念的词史观,可谓"体大思精"。《白雨斋词话》的这种特点,是与陈廷焯深厚的"大诗教"思想渊源相关联的。儒家诗教对文学的影响可谓既深且广,可以说,诗教思想已经融入中国文化、中国文学的血液乃至基因之中。后世文学思想家、文学批评家对于诗教的阐发往往趋向两端:偏于政治思想方面,往往呈现保守特征;注重文学审美者,则最能焕发中华文化特有的美感品格,体现中国文学的精神和气魄。《白雨斋词话》正是后者在词学思想方面的集大成式的体现。陈廷焯深受儒家诗教影响,曾对《诗》《骚》传统和温柔敦厚的精神品格有深刻体认。在"大诗教"思想的基础上,陈廷焯的诗教审美思想达到了其时代的新高度。本书的文学思想研究的意义正在于此。

海涛形象清秀俊朗,性情沉稳而蕴含灵动。做学问,海涛亦有沉稳灵动的特点。我与海涛的师生之缘起于海涛本科毕业论文答辩。当时我从一叠论文中被一部厚厚的文稿所吸引,此稿正是海涛的《〈词则〉整理》,不由心中一动。陈廷焯晚年有一部规模宏大的词选《词则》，为陈廷焯的稿本，此后一直没有整理本，仅有上海古籍出版社的影印本。古人稿本多为行书，字体、字形洒脱飘逸，但今人识读却颇有难度。当年我与杨传庆博士整理《大鹤山人词话》时曾遇到多处这种行书识读的"拦路虎"。无奈，当时曾四处请教书法大家及词学前辈。即便如此，《大鹤山人词话》中仍有数字没有解决，至今留下遗憾。正因为有此经历，不由得对海涛的《词则》整理辨识工作很感兴趣。通过校读《词则》稿本行书与海涛的识读文字，大为叹服，赞曰可称"信"和"通"。后我询问海涛何以有如此"功力"，答曰采用了将《词则》与陈廷焯的《白雨斋词话》对勘的方法。我恍然大悟，陈廷焯晚年同时完成了两部词学著作，即《词则》和《白雨斋词话》，《词则》的评语与《白雨斋词话》论述文字往往互见或互通，用《白雨斋词话》对勘《词则》，自然可以收到事半功倍之效。海涛的这项工作可与中华书局版的另一种《词则》整理本相比较，后者的识读错误竟达三百余处。究其原因，则因为没有注意到陈廷焯著作的这种特点。后来我主编的《白雨斋词话全编》的《词则》部分采纳的就是海涛的整理识读文字。今举此例意在说明海涛的沉稳与灵动，学术研究的沉稳表现在文献基础的坚实，灵动则表现在贯通、汇通。海涛后来的硕士论文、博士论文以及博士毕业后两部专著——《张綖与明代词学关系研究》和本书《陈廷焯文学思想研究》均保持着海涛一贯的沉稳与灵动风格。匆匆已过十余年，海涛历本、硕、博，现已成为大学老师，可谓步步坚实。

海涛将他在本书的研究方法和思路概括为：立足"全方位"，做好"三分合"。提出学术研究重视文献基础、纵向历时考察和横向共时关照的全方位。具体体现在对前后期文学思想的分合、诗词曲三种文体思想的分合、理论与创作的分合的三个维度。如此清晰的学术方法概括，表明海涛的学术研究已经立足于一个新的高度，登高望远更是可以期待。

是为序。

孙克强

2022年春于南开大学

目　录

绪　论

陈廷焯是晚清著名的词学家。他早年接近浙西词派,后来改弦更张,尊奉常州词派。他的"沉郁说"精微独造,自成体系,对清末以来的词学发展产生了很大影响。除治词外,陈氏在诗学方面也下了极大的功夫,并且旁及曲学。对于诗、词、曲即中国古代最主要的韵文体裁,陈廷焯都有所精研或关注,成就斐然。目前学界关于陈廷焯著述的文献整理取得了丰硕的成果,专门研究陈氏词学的论文、部分涉及陈氏词学的著作更是所在多有。此外,陈氏诗学和诗词创作也日益得到学者的关注。笔者不揣固陋,拟在前贤论著的基础上对陈廷焯文学思想进行全面系统研究。欲阐明其理论内涵,揭示其历史贡献,考察其后世影响,指出其当代价值。

第一节　为什么要研究陈廷焯

提起清末著名学者王国维的大名,恐怕无人不知,无人不晓。而在词学领域内,陈廷焯便是一位与王国维齐名的人物。陈廷焯《白雨斋词话》与况周颐《蕙风词话》、王国维《人间词话》并称"晚清三大词话"。显然,陈廷焯是以《白雨斋词话》知名于后世,由此成为中国历史上最优秀的词学批评家之一。倘若我们把镜头拉近,更加深入地去了解陈廷焯,就会发现这部词话只不过是陈氏去世后惟一一部由其亲友门人整理刊行的他的理论著作。而这本让他在词学史上留名的《白雨斋词话》并非其十卷手稿原貌,陈氏论词也不仅有词话,还有一部多达二十四卷的评点词选《词则》。他不仅是词学家,还对诗学倾注大量心血,选诗评诗,另对戏曲、散曲也多所措意。他早年就踏上了精研诗词的道路,前期编纂有大型评点诗选《骚坛精选录》和评点词选《云韶集》。他在评诗论词的同时，还作诗填词，最初刊刻的八卷本《白雨斋词话》后面就附有《白雨斋词存》和《白雨斋诗钞》，他的其他著作里还保留着不见于《词存》《诗钞》的诗词作品。所以说，单单一部八卷本的《白雨斋词话》远不足以体现陈廷焯生动的研究历程与全面的学术造诣。事实上，陈廷焯的学术研究是丰富系统的，是持续发展的，是与文学创作紧密结合的。我们有必要从整个文学思想的高度来审视陈廷焯，对其研究价值做一番重新的认识。

首先，研究陈廷焯的文学思想，有助于我们深入理解中国文学批评的发展脉络和理论成就，并为当代的文学理论研究提供借鉴与参考。在陈廷焯的文学思想中，词学思想最为耀眼，成就也最高。他对于"词"这一极富民族特色的文学体裁进行了穷源竟委式的梳理总结，选评词作，撰述词话，在词中首创"沉郁说"，又系统提出艳词理论。其词学批评不仅具有总结性和独创性，而且将中国古典词学批评形态的体系性推至一个空前绝后的高度。比如学界公认的他以核心范畴"沉郁"统摄全体。具体来讲，"沉郁"既指词中正声，又是诗词之辨的所在。更进一步，它还是评价词作、评判词人、评述词史、评骘词书的惟一标准。后人概括陈氏词学时，云"温厚沉郁"，或曰"沉郁顿挫"，"沉郁"始终是位于中心的关键词。中国古代文学批评普遍具有散漫式、随笔式、感发式的特征，内在的逻辑性和系统性较差。而陈廷焯词学具有相当严密的组织统系，在古典词学批评系统性方面具有标志性意义。陈廷焯词学另外一个研究价值在于他在词学发展史中具有典型意义。清代词坛长期由朱彝尊开创的浙西词派主盟，清中期以来，张惠言开创的常州词派崛起，浙、常二派呈现出此消彼长的演变趋势。到了清末民初，常派渐已取得词界的主导地位。陈廷焯早年倾心浙派，后期皈依常派。其《词则》《白雨斋词话》皆是对张惠言词学的发展与完善，词话刊行后在词学界产生了很大影响。可以说，陈廷焯个人由浙入常的词学转向与其词学的后世影响，俨然晚清民国词学史的一个缩影。通过研究陈廷焯词学，我们便能以小见大，看清楚浙、常二派的递嬗轨迹与近现代词学的发展走向。当然，陈廷焯文学理论的成就并不仅限于词学,他后期建立起《风》《骚》为统领、诗教加词教的"大诗教"体系,对于"比兴"这一中国古典诗歌的核心范畴作了新的诠释。今人研究中国诗论,"比兴"是无论如何也绕不过去的。陈廷焯对比、兴的灵活理解和细腻辨析,能够带给我们很多的启发。

其次,研究陈廷焯的文学思想,有助于我们正确认识中国古典诗歌的文体特质、情感内涵、审美宗旨与艺术特色,对于今天传承中华优秀传统文化、弘扬中华民族诗教精神大有裨益。唐诗、宋词、元曲,久负盛名。古人借助诗、词、曲等韵文体裁,运用高超的艺术技巧,寄寓真诚美好的情感。无数经典的诗歌作品,浸润着一代又一代中国人的心田。如何认识诗、词、曲这三种文体,如何理解这些流传下来的古典诗歌作品,是今天进行文化建设必须要解决的问题。我认为,这些问题可以从陈廷焯的著作中得到指点。对于诗、词、曲的关系,陈廷焯提出诗、词"同体异用",词、曲"异体异用"的观点。并明确指出"沉郁"是词的文体特质。这对我们认识和把握诗、词、曲的文体异同以及各自的美感特质很有帮助。除宏观辨析外,陈廷焯还对具体的诗作、诗人、词作、词人加以评点。他的诗选、诗论保存下来的相对较少,而词选、词论则基本完整地留传下来。《续修四库全书总目提要》评价《白雨斋词话》说:"唐至清末,历论词家,成见虽深,持论尚允,可当一部词史。论词范围之广,当首推是书矣。"①此论虽是针对八卷本词话而发,却道出了陈廷焯词学论词广、持论允的总体特点。他早年编《云韶集》,选评历代作品3434首。同时撰写《词坛丛话》,纵论历代词人。后期编《词则》,选评古今词作2360首。《白雨斋词话》亦历论唐至晚清词人。可以这样说,凡是古代词史上重要的作家、作品,我们基本都能在陈廷焯的著作中找到相应的评论。陈氏后期以"沉郁"立说,要求词忠爱缠绵、温柔敦厚。其所论固然带有封建纲常的偏颇性,但更多时候则体现出一位杰出文论家的敏锐感受与理论眼光。他的词学批评重真诚,重

---

① 中国科学院图书馆整理:《续修四库全书总目提要》(稿本)第13册,齐鲁书社,1996年版,第668-669页。

感发，又对比兴寄托、章法顿挫、遣词造句等一些艺术技巧有很深刻的见解。往往三言两语，便直揭三昧，探得骊珠，发前人所未发。现当代的许多词史、词选、论著乃至教材在介绍某一词人、评价某一词作的时候，经常援引陈氏之论。他的许多词评已经深入人心，成为经典论断，对专业学者和普通读者都产生了实实在在的影响。所以说对陈廷焯的文学思想，我们应该有甄别地加以吸收。它能够帮助我们体会中国古典诗歌里的感发生命，发掘其中的精神价值，在新时代继续发挥中国古诗的德育、美育功能。

最后，研究陈廷焯的文学思想，可以了解一流学者的治学态度、方法与精神，有助于我们取长补短，不断促进中国学术的健康发展。陈廷焯生活在"数千年未有之大变局"的晚清，其文学思想的基调是维护儒家诗教，这带有浓重的时代烙印。其词学思想的转变，又与庄棫等人的交往密切相关。从陈廷焯的身上，我们可以清楚地看到时代环境、交游因素对文学思想的影响。而陈廷焯之所以能够形成体大思精的文学思想，除了时代、交游以及个人禀赋外，治学的态度、方法与精神也是不容忽视的原因。他治学严肃认真，持之以恒，精益求精。研究范围上溯《风》《骚》，涵盖整个诗史、词史，格局颇大。但都是从具体作品出发，不著空言臆说。同时博观约取，参考他人著作，却不盲从轻信，而有自己的见解与判断。他将创作与理论相结合，将为人与为学相统一。可以说，研究陈廷焯文学思想的过程，就是近距离接触、感受一流学者治学的过程。其文学思想背后的治学态度、方法与精神，很值得当今学人学习和借鉴。

二十世纪三四十年代，以《白雨斋词话》为代表的陈廷焯词学开始进入学术研究视野。学术界不断涌现新材料，尝试新方法，获得新结论，使得陈廷焯研究一直向前推进。接下来我们便要了解一下学界关于陈廷焯的研究历程。

第二节　　学界的相关研究历程

陈廷焯一生致力于诗词的创作和研究，其中以《白雨斋词话》为代表的词学著作体系严密、影响深远，尤为后世所推重。一百多年来，随着现代词学的建立与发展，关注并研究陈廷焯的学者不断增多，研究成果日益丰富。目前，已有文章对这些成果进行梳理。2003年，陈水云先生发表了《〈白雨斋词话〉在二十世纪的回响》①。2012年，陈廷焯之孙陈昌发表了《〈白雨斋词话〉百年研究及论文录述》②。这两篇是陈廷焯研究综述类文章的先行者，开拓之功自不可没。但它们没有涉及陈氏其他著作的研究情况，且近年来又有新的一手资料和相关成果问世，因此我们有必要对陈廷焯的研究状况做一番更为全面的回顾与总结。

一、酝酿期

十九世纪末至二十世纪六十年代末是陈廷焯研究的酝酿期。在这七十余年中，陈廷焯的《词话》得到诸多词学名家的推崇。词学批评史、文学批评史著作将陈氏的词学理论纳入学术研究视野，这为后来的陈廷焯研究指明了道路和方向。

早在清末民初，许多学人便对陈氏的《词话》推崇备至。然而无论是蜻蜓点水式的推许，还是大规模的征引，它们都不属于真正意义上的研究。1932年，署名"春痕"的作者发表了《读〈白雨斋词话〉》③。文章认为《词话》源于常州词派，是中国文学批评中难得的有统系、有组织的著作。该文作者归纳其主旨为"沉郁"二字，认为陈氏以之论词，既有平允独到处，又有偏颇过当处。该文虽然篇幅不长，近似于一篇书评，但却指出了《词话》的渊源、主旨、价值和不足，初步具备了研究的雏形。

长篇历史小说《金瓯缺》的作者徐兴业早年求学于无锡国专，于1937年完成了《清代词学批评家述评》一书。该书分"绪论""陈廷焯""谭献""王国维"四节，被誉为"现代词学史上第一部词学批评史研究专著"④。

① 载《黄冈师范学院学报》2003年第1期。
② 载《文津流觞》2012年第4期。
③ 载《微音月刊》1932年第4期。题目原误作《读〈白雨斋诗话〉》。
④ 陈水云：《中国词学的现代转型》，社会科学文献出版社，2016年版，第229页。

徐兴业将陈廷焯推为清代三大词学批评家之一来加以重点审视，总结出陈氏论词主"沉郁"和"雅正"，并认为他能超越于派别之见，"其论词不以南宋、北宋为限，而以雅正肤薄为界说，此陈氏对于词学之一大贡献也。"①另外，徐兴业还对比王国维与陈廷焯的词论，说："王氏全以文学之直觉论词，陈氏则以雅正为尚。"②同时指出"两者貌似相背，其实相辅而行者也"③。这是目前看到的最早对陈、王两人词学进行的比较研究。总之，《清代词学批评家述评》以现代的理论眼光对陈廷焯词学进行集中论述和评价，标志着陈廷焯正式进入现代学术研究视域。

1944年，朱东润《中国文学批评史大纲》出版。朱氏视陈廷焯词学为清代词论之结穴，将其置于全书之殿。朱氏认为陈氏的"沉郁说"源于张惠言，但同时提出"亦峰之言，本不尽守常州派师说"④的观点。1947年，郭绍虞《中国文学批评史》下册出版。该书末尾提到常州派词论，并以陈廷焯《词话》作为晚清常派的代表。郭氏认为，陈氏所谓沉郁之旨，即是张惠言意内言外之说。沉郁为词格，比兴为词法。清季词学的这种变化，可以看作是性灵说的反动。郭氏之论虽然不长，但提纲挈领，颇能抓住要点。且将陈氏的学说置诸整个文学思想史中来考量，亦能给人以启发。众所周知，郭著是中国文学批评史学科最重要的奠基石，对当时和后世都有很大的影响。其纳陈氏于书中，无疑巩固了陈廷焯词学在学术研究中的一席之地。

常州词派在晚清词坛具有较大影响力，对于由清入民的词学家而言，普遍推崇陈廷焯的《词话》实乃顺理成章的事情，他们的揄扬初步奠定了陈氏的词学史地位。随着《清代词学批评家述评》的问世，陈廷焯的词学理论真正进入学术研究的视域。中国文学批评史学科的发展，使得陈氏

① 徐兴业：《清代词学批评家述评》，孙克强、和希林主编《民国词学史著集成补编》，南开大学出版社，2018年版，第665页。

②《清代词学批评家述评》，《民国词学史著集成补编》，第675页。

③《清代词学批评家述评》，《民国词学史著集成补编》，第658页。

④ 朱东润：《中国文学批评史大纲》，武汉大学出版社，2009年版，第352页。

词学的理论价值得到了进一步肯定与确认。至此,关于陈廷焯的研究已经具备了充足的条件。

二、发展期

二十世纪七十年代初至八十年代末,是陈廷焯研究的发展期。中国台湾地区的学者起步较早。随着"文革"的结束与思想的解放,大陆学术界也开始复苏。在这种背景下,关于陈廷焯的专题研究文章逐渐增多,在深度与广度方面均有所开拓。

1971年,台湾地区的学者陈宗敏发表了《〈白雨斋词话〉概述》[①]。据笔者所见,这是第一篇研究陈氏的专题论文。文章认为,"沉郁"指词作的情感内容,也是指词作的表现技巧,含有温厚、雅正、蕴藉、含蓄、缠绵、委婉等诸多意义。该文最大价值在于注意到"沉郁说"的复杂性和特殊性,没有对其简单地下定义。1979年,林玫仪先生的博士论文《晚清词论研究》第六章专门讨论陈廷焯。次年,研究陈廷焯的首篇学位论文也在台湾地区问世,台湾政治大学陈月霞的硕士论文《〈白雨斋词话〉之研究》探讨了《词话》的著述动机、"沉郁说"的内涵和运用、《词话》的优缺点等问题。可以说,在研究陈廷焯方面,台湾地区的学者走在了前面。

在大陆方面,人们亦对"沉郁说"加以重点关注,并试图对其阐释。然而受困于传统思想的束缚和社会思潮的影响,这一时期对于"沉郁"的解释明显带有两种倾向。

其一,学者多以内容与形式的辩证法思维来定义"沉郁"。辩证唯物主义认为,内容与形式是同一个事物的两个不同的方面。大陆学者普遍接受马列主义的教育,对于唯物辩证法颇为熟稔。当他们面对《词话》的时候,往往运用辩证法思维进行思考和阐释。于是,"沉郁"就变为内容与形式的结合体。如袁謇正认为"沉郁"是既重内容又重形式,内容和形式

---

① 载《文学·诗词·书画》,《大陆杂志语文丛书》第三辑第四册,大陆杂志社印行。

有机统一的审美理论①。廖晓华认为"沉郁"要求内容深厚深沉,并主要对艺术技巧提出了要求②。更有论者将内容与形式分割开来予以褒贬。杨重华在其《〈白雨斋词话〉小论》③中认为"沉郁说"要求思想内容根柢于《风》《骚》,将词变成封建主义的风教工具,这是要批判的。而作为艺术手法的"沉郁"则有其合理性。在这里,我们并非反对用内容与形式等概念来分析"沉郁",只是觉得应当避免这种分析滑入简单与割裂的境地。

其二,在分析"沉郁"的时候,学者往往聚焦于"意在笔先,神余言外"两句话。《词话》卷一中说:"所谓沉郁者,意在笔先,神余言外。写怨夫思妇之怀,寓孽子孤臣之感。凡交情之冷淡,身世之飘零,皆可于一草一木发之。而发之又必若隐若现,欲露不露,反复缠绵,终不许一语道破。匪独体格之高,亦见性情之厚。"④论者在研究"沉郁说"的时候必然会引用这段话。有意思的是,此期大陆学者特别关注"意在笔先,神余言外"二语,不惜笔墨对其展开论述。如袁謇正认为"意在笔先,神余言外"要求词人创作前要有成熟的形象思维,将所要表达的思想感情深深寄托在完整的形象之中。从艺术上看,"沉郁说"实际就是"形象说"⑤。廖晓华的观点与此基本相同⑥。而屈兴国更是追溯了"意在笔先"之源,认为陈廷焯在此是援引书法艺术入词学。屈先生认为陈氏认识到文艺创作过程中的思维活动是以具体形象进行思维的,并用"意在笔先,神余言外"两句话概括了文学创作从构思到完成以至读者再创造的全过程的主要特征⑦。学

---

① 见袁謇正《陈廷焯的"沉郁"词说》,《西北大学学报》(哲学社会科学版)1981年第2期。

② 见廖晓华《论陈廷焯的"沉郁"说》,《赣南师范学院学报》(哲学社会科学版)1987年第3期。

③ 载《学术研究》1985年第3期。

④ 《白雨斋词话》卷一,陈廷焯撰,孙克强主编《白雨斋词话全编》,中华书局,2013年版,第1165页。

⑤ 见袁謇正《陈廷焯的"沉郁"词说》,《西北大学学报》(哲学社会科学版)1981年第2期。

⑥ 见廖晓华《论陈廷焯的"沉郁"说》,《赣南师范学院学报》(哲学社会科学版)1987年第3期。

⑦ 见屈兴国《〈白雨斋词话〉的"沉郁"说》,《白雨斋词话足本校注》附录,齐鲁书社,1983年版。

者之所以热衷讨论此二句,与当时的文艺思潮密切相关。1977年12月31日,《人民日报》发表了《毛主席给陈毅同志谈诗的一封信》。信中说道:"诗要用形象思维,不能如散文那样直说,所以比、兴两法是不能不用的。"①文艺界由此对形象思维的问题展开了热烈的讨论。袁謇正等学者对"意在笔先,神余言外"不遗余力地阐发,正是这一思潮在陈廷焯词学研究中的反映。

从今天来看,上述研究带有不容回避的简单化与偏颇性的倾向。而邱世友先生则在一定程度上突破了这种研究模式,将此期的"沉郁说"研究向更深层次推进了一步。1988年,牟世金主编的《中国古代文论家评传》出版。其中关于陈廷焯的部分由邱世友撰写。邱先生认为,陈廷焯的沉郁说,是以常州派为主,继承了浙、常两派的某些论点并加以融合发展而形成的。这一观点是对朱东润先生"亦峰之言,本不尽守常州派师说"的进一步发挥,且在相关材料的支持下更加具有说服力。更为重要的是,邱先生首次提出"怨"是"沉郁说"的核心。他认为"怨"不但是陈廷焯"沉郁说"的思想核心,而且也是他的审美核心。这一论点的提出无疑比单纯分析"沉郁"的内容与形式更加深刻,后来的学者如陈水云、杨柏岭等人都表示认同②,基本成为学界的共识。

除了集中研究"沉郁"之外,有学者开始关注《词话》中与"沉郁"相关的其他词学批评理论。如"顿挫"这一范畴。陈氏在《词话》中虽以"沉郁"为主旨,但以"顿挫"论词之处亦复不少,且不乏"沉郁顿挫"连用的情况。金望恩《陈廷焯词论中的"沉郁顿挫"说》③注意到这一点,释"顿挫"为用摇曳多姿、似断实连、余味无穷的艺术形式去表达作者的思想感情。再如陈氏的词人批评论。《词话》纵论唐五代至清代诸多词人,其中蕴含了丰富

---

① 毛泽东:《毛主席给陈毅同志谈诗的一封信》,《人民日报》1977年12月31日第1版。
② 见陈水云《陈廷焯"沉郁"说与古代诗学传统》,《中国韵文学刊》2001年第2期;杨柏岭《陈廷焯词学思想的偏颇性与合理性》,《安徽师范大学学报》(人文社会科学版)2001年第4期。
③ 载《湘潭师范学院学报》(社会科学版)1988年第3期。

的词人批评观念。孙维城《白雨斋论张先词试评》①是这方面研究的先行者。文章认为，陈廷焯推重张先词，反映了他注重承传的发展观，讲究沉郁深厚的文质观，强调浑化无迹的整体观，从而达到推尊词体的目的。又如"沉郁"与《风》《骚》关系的研究。在陈氏看来，根柢于《风》《骚》才能实现"沉郁"，因此只有深入理解《诗经》《楚辞》，才能洞悉"沉郁"的真谛。周建忠《白雨斋论词的"楚辞"尺度》②认识到《楚辞》在陈氏词学建构中的重要地位，并提出陈廷焯论词以权威的《楚辞》为尺度，既有客观基础上的相似性，又有无法否认的内在矛盾。虽然此期对于《词话》其他问题的研究文章还很少，但星星之火可以燎原，后来的学者正是沿着这种研究思路开疆拓土，终成大观。

这一时期陈廷焯研究最为突出的成绩，是一批新材料的发现以及利用新材料所取得的重大研究成果。而这些成绩的取得，很大程度上要归功于屈兴国先生。二十世纪八十年代以前，人们所能看到的陈氏词学著作只有八卷本《词话》。虽然通过《词话》中的记载，可知陈氏还编有词选《云韶集》和《词则》，但一直无从得见。为了寻觅陈氏遗著，屈兴国先生先后赴上海、苏州、南京陈廷焯的嫡系孙辈处实地调研，终于在南京陈氏后人处，觅得保存至今的《词话》十卷手稿本。屈先生据此于1983年出版了《白雨斋词话足本校注》。该书不仅将《词话》足本公之于世，还征引了大量《云韶集》和《词则》中的批语，并将《云韶集》前的《词坛丛话》全文录出。次年，上海古籍出版社将《词话》十卷稿本与《词则》二十四卷稿本影印出版。至此，关于陈廷焯的词学资料得到极大的丰富。新材料的发现扩大了陈廷焯研究的领域，屈先生率先在三个方面做出开拓。首先是对于《云韶集》的研究。《云韶集》是陈氏22岁编选的大型词选。1930年前后，陈廷焯长子陈兆瑜将《云韶集》稿本捐赠给南京图书馆。通过考察《云韶集》及所附《词坛丛话》，屈先生认为该书以贯彻和推衍浙派词学主张为宗旨，但

---

① 载《安庆师范学院学报》1987年第4期。
② 载《学术交流》1989年第5期。

其中的南北宋词不可偏废论和重视豪放派作家作品,则是陈氏取法浙派而不泥于浙派的卓见①。其次是对于《词则》的研究。《词则》是陈氏后期编选的一部大型词选,分《大雅》《放歌》《闲情》《别调》四集。屈先生认为《词则》与《词话》互为表里,但二者不能彼此替代。《词则》是陈氏从正变说向《词话》温厚沉郁说的过渡②。最后是关于陈氏前后期词学转变的研究。《云韶集》及《词坛丛话》的发现,使得研究陈廷焯词学思想的演变具有了可能性和必要性。屈先生比较了《云韶集》和《词话》,认为陈氏的词学思想是从浙派入手,重醇雅,重格调。其后发展到以常派为依归,重比兴,重沉郁。作者还认为《云韶集》较《词话》虽有大段不可及处,但陈氏早年的某些见解,反而比晚年高明③。以上这些论断,都是屈氏考察一手资料后得出的结论,比较有说服力,也为后人的相关研究奠定了理论基础。

在这近二十年的时间里,关于陈廷焯的研究稳步发展。一方面出现了相关的学位论文,另一方面也出现了如屈兴国先生这样的领军人物。此期研究以"沉郁说"为主,而新视角的发现、新材料的问世与新领域的开拓,都预示着陈廷焯研究"百花齐放,百家争鸣"的局面即将到来。

三、繁荣期

二十世纪九十年代至今,是陈廷焯研究的繁荣期。相关研究文章数量呈现出井喷式的增长,并出现了多篇学位论文和多位研究专家。此期关于陈廷焯的研究,已扩展到陈氏词学、诗学和诗词创作三大领域。

(一)关于词学的研究

陈廷焯的学术成就主要在词学领域,故其词学始终是学界研究的重点。但与此前独重"沉郁说"不同,后来的学者对陈氏词学进行了更为广

---

① 见屈兴国《记陈廷焯〈云韶集〉稿本》,《白雨斋词话足本校注》附录。

② 见屈兴国《〈词则〉与〈白雨斋词话〉的关系》,《词学》(第五辑),华东师范大学出版社,1986年版。

③ 见屈兴国《从〈云韶集〉到〈白雨斋词话〉》,《白雨斋词话足本校注》附录。

泛和深入的发掘。概括起来,研究集中在以下六个方面:

1. 词学理论范畴

陈廷焯提出了许多词学理论范畴,除了处于核心地位的"沉郁"外,学界还关注到"厚""雅""味""词品"等多个概念。

"沉郁说"仍是人们研究的焦点。对其渊源,学界有如下几种看法:源于张惠言词论①,源于谭献词论②,源于庄棫词论③,源于杜诗④,源于沈德潜"格调说"⑤。应该说,作为一个具有丰富内涵的范畴,"沉郁"的源头不是单一的,它是创造性地融会多种理论的成果。特别是学界注意到其中存在谭献"柔厚说"与沈德潜"格调说"等因素,这是非常深刻的见解。对于"沉郁"一词的诠释,人们也逐渐摆脱过去的思路,不再给它下一个明确的定义,而是从多个角度去呈现"沉郁说"的丰富内涵。归纳起来,主要有以下四种视角。其一,分析"沉郁"所包含的特质或要素。如林玫仪认为"沉郁"具有三种特质:有寄托,有言外之意;有比兴,有烟水迷离之致;有性情,能忠厚⑥。张宏生认为沉郁"以深刻的思想性作为出发点,以比兴寄托作为表情达意的形式,以'欲露不露,反复缠绵'作为沟通主客体的审美体验,以温厚忠爱作为全部创作活动的指归"⑦。他如毛宣国、盛莉、傅蓉蓉等人皆以此种方法诠释"沉郁"⑧。其二,分析"本原"以理解"沉郁"。由"沉郁"向上追溯,便是以《风》《骚》为代表的儒家诗教精神。这是陈氏

---

① 见谢海阳《〈白雨斋词话〉与张惠言论词主张的异同》,《苏州大学学报》(哲学社会科学版)1990年第2期。

② 见孙维城《论陈廷焯的"本原"与"沉郁温厚"——兼与况周颐重大说、谭献柔厚说比较》,《安庆师范学院学报》(社会科学版)2008年第11期。

③ 见方智范等《中国词学批评史》下编第四章第三节,中国社会科学出版社,1994年版。

④ 见间钺《〈白雨斋词话〉的沉郁说与技法论》,《语文学刊》1990年第3期。

⑤ 见张宏生《清代词学的建构》第五章第六节,江苏古籍出版社,1998年版。

⑥ 见林玫仪《新出资料对陈廷焯词论之证补》,《词学》(第十一辑),华东师范大学出版社,1993年版。

⑦ 张宏生:《清代词学的建构》,第112页。

⑧ 见毛宣国、孙立《试论词体风格特色"沉郁"》,《湖北民族学院学报》(社会科学版)1990年第1期;盛莉《论陈廷焯〈白雨斋词话〉的"厚"》,《三峡大学学报》(人文社会科学版)2005年第4期;傅蓉蓉《陈廷焯词学思想的渊源及"沉郁说"之详析》,《晋阳学刊》2010年第1期。

后期词学的"本原",弄清了这一点,于"沉郁"则思过半矣。曹保合《谈陈廷焯的本原论》①即从"本原"的视角来探究"沉郁"。文章认为词的渊源是《风》《骚》,《风》《骚》的根本是温厚,温厚是正情的道德依据,使寄托实现沉郁莫善于用词,沉郁是得本原的最终标志。步步推进,清晰明了。后来张兆勇、丁淼《试评陈廷焯"本原"说的提出及思路》②更是认为从逻辑上看"本原"说才是陈氏词学的理论核心,并由此分析了其中的思维局限和功过得失。马涛《从儒家的心性修养看〈白雨斋词话〉之"沉郁"说》③亦是一篇"洞悉本原,直揭三昧"的佳作。文章将"怨慕"之情、"弱德"之美视作"沉郁"的伦理价值核心,颇有见地。其三,分析"沉郁"的多个意义指向。迟宝东《常州词派与晚清词风》④将"沉郁说"分为三个方面来论述,即作为宗旨论、创作论和体性论。陈氏使用"沉郁"一词,有时侧重指情感的温厚,有时侧重指技巧或形式,很难给予统一的解释。迟宝东以宗旨论、创作论、体性论分别阐释"沉郁",就比单纯分析"沉郁"的特质或要素更为明晰和准确。其四,以哲学视角分析"沉郁"。2002年,复旦大学哲学系博士生李欣发表了《"沉郁"风格新释兼论陈维崧词》⑤。该文从哲学层面阐释了"沉郁说",认为陈廷焯对"沉郁"之强调根源于对道德意识在文学审美中重要性的确认。"沉郁"之所以要求"意"不能道破,只能以"比兴"来寄托,内在原因是道德意识因其超验性而使经验语言无能为力。这是少有的以哲学视角审视"沉郁说"的文章,所论或未必尽然,却不失为一种可贵的启发。

此期学者还对与"沉郁说"密切相关的"顿挫""比兴"等概念给予了一定的关注。人们普遍认同"'沉郁'更偏重于词中情感表现的深度,'顿挫'则指词中具体表现手法"⑥,对"顿挫"做了较为详细的分析。如彭玉平认

① 载《文学遗产》1996年第4期。

② 载《衡阳师范学院学报》2015年第5期。

③ 载《西安文理学院学报》(社会科学版)2013年第2期。

④ 南开大学出版社,2008年版。

⑤ 载《苏州大学学报》(哲学社会科学版)2002年第2期。

⑥ 孙克强:《清代词学》,中国社会科学出版社,2004年版,第303页。

为顿挫之法约可归为六种：颠倒、直婉、虚字、进深、交错、结醒①。迟宝东认为顿挫之笔主要体现在两个方面：一是词宜吞吐尽致，这是就某一种具体的情感质素而言；二是词宜离合转折，这是就整个词篇中多种情感质素间相互关系而言②。这些论述都具体而微，鞭辟入里。"比兴"在"沉郁说"中具有独特的地位，它是实现"沉郁"的重要手段。在陈氏心目中，"比兴"并非修辞学的范畴，而是带有某种审美意味。这些论断学者多有提及。方智范先生则特别指出，陈氏把比兴寄托"由具体表现方法的层面，提高到了审美境界的层面……陈廷焯的比兴说作为理论探讨是很有启发性的，但对词的创作实践的指导意义是很有限的"③，一语道出"沉郁说"中"比兴"的理论贡献与实践不足。

作为一种词学理论，"沉郁说"并不是完美无瑕的。学者在诠释"沉郁"的同时也注意到它的矛盾与缺陷。二十世纪九十年代以前，学界从反封建的角度对"沉郁说"中蕴含的儒家温柔敦厚的诗教大加贬斥。儒家诗教的保守性的确存在于"沉郁说"中，这一点无须讳言。但另外一个事实却是，陈廷焯的很多词论都成为词学界奉若圭臬的经典。面对这种情况，很多学者对"沉郁说"做出了更为细腻、公允的评价。如皮述平认为陈氏论词全然没有道学气或腐儒气，原因在于"沉郁"将道德与美学意义很好地融合在一起，符合传统文学的最高标准④。朱崇才的观点与之相近，他认为"沉郁说""在属于伦理学范畴的传统'诗教'中，注入了美学因素，以便使其更好更贴切地运用于词学"⑤。他们都道出"沉郁说"虽有儒家诗教的因子却仍能在词学殿堂大放异彩的原因。尤其值得一提的是杨柏岭《陈廷焯词学思想的偏颇性与合理性》。文章透过一般的道德或美学等概念而直探问题的根源，认为陈氏在探求词的本原问题上，存在着诗学精神

---

① 见彭玉平《陈廷焯词学综论》，《中华文史论丛》（总第71辑），上海古籍出版社，2003年版。
② 见迟宝东《常州词派与晚清词风》第五章第二节。
③ 方智范等：《中国词学批评史》，第371页。
④ 见皮述平《晚清词学的思想与方法》第三章第二节，学苑出版社，2003年版。
⑤ 朱崇才：《词话史》，中华书局，2006年版，第325页。

的本初理念和词体艺术的本性观念之间的矛盾,这才使得他的词学思想呈现出明显的偏颇性和一定的合理性。该文洞察深刻,思辨性极强,可谓从根本上理清了"沉郁说"的功过是非。

除了"沉郁"外,此期学人还试图提炼陈氏其他的词学范畴和观念。如彭玉平、盛莉、孙维城等论"厚"①,彭玉平、王吉凤、朱惠国、苗珍虎、焦亚东等论"雅"②,邓新华、杨爱丽等论"味"③,高红豪论"词品"④。这些文章各有可观,为进一步挖掘陈氏的词学理论提供了启发与参考。

2.前后期词学之转变

随着《云韶集》《词坛丛话》《词则》的发现,陈氏词学思想前后期的转变成为继"沉郁说"之后又一个研究热点。屈兴国先生早在八十年代就指出陈氏早期词学思想以《云韶集》和《词坛丛话》为代表,崇尚浙派;后期词学思想以《词则》和《白雨斋词话》为代表,转归常派。后来的学者即在此基础之上进行更为深入细致的研究。

对于前后两期的发展变化,学者往往选取几个方面来进行比较研究。如林玫仪认为陈氏早年以《词综》为准,推崇朱、陈、厉三家,而晚年服膺《词选》,推崇张、庄二人。又前后期对于"词圣"的推举,对于温庭筠的评价皆有明显的差异⑤。陈水云、王苗从陈氏对词坛创作、词选、词话等方面的态度变化,见其由浙入常的转变过程⑥。李春丽则聚焦陈氏对金元

---

① 见彭玉平《陈廷焯词学综论》、盛莉《论陈廷焯〈白雨斋词话〉的"厚"》、孙维城《论陈廷焯的"本原"与"沉郁温厚"——兼与况周颐重大说、谭献柔厚说比较》。

② 见彭玉平《陈廷焯正变观疏论》,《词学》(第十二辑),华东师范大学出版社,2000年版;王吉凤《雅:陈廷焯论词的审美倾向》,《山东农业大学学报》(社会科学版)2006年第4期;朱惠国《论陈廷焯的词学思想以及对常州词派的理论贡献》,《词学》(第十九辑),华东师范大学出版社,2008年版;苗珍虎、焦亚东《尚雅:陈廷焯〈白雨斋词话〉的基点》,《求索》2009年第11期。

③ 见邓新华、杨爱丽《从"诗味"到"词味"——陈廷焯的词学理论初探》,《三峡大学学报》(人文社会科学版)2009年第5期。

④ 见高红豪《陈廷焯词论中的"词品"含义及其品第观念》,《词学》(第四十一辑),华东师范大学出版社,2019年版。

⑤ 见林玫仪《新出资料对陈廷焯词论之证补》。

⑥ 见陈水云、王苗《陈廷焯的师友交往与词学立场的转变》,《荆州师范学院学报》(社会科学版)2003年第6期。

词,特别是元好问、张翥两人的评价的变化,以此来分析其词学思想的转变①。而随着研究的不断深入,人们开始意识到一个词学家的思想演进具有延续性和统一性。单纯的前后对比,不免将复杂问题简单化。于是,在"变"中寻找"不变",成为学者们新的研究课题。如李睿通过比较《云韶集》和《词则》,认为二者虽代表不同思想,但不能截然分开。像陈氏前期推崇陈维崧,主性情,亦为后来所承续。而《词则·大雅集》多选南宋词,也可见浙派之余风②。而邓新华、杨爱丽更是认为陈氏早年服膺的浙派"醇雅""清空"理论仍然被惯性地存留下来,成为"沉郁说"的一个重要组成部分③。虽然其论断有待商榷,但这种研究思路是应该肯定的。除了具体分析这种转变外,探究转变背后的原因也是题中应有之义。庄棫的影响是陈氏词学思想发生变化的直接原因,但并非惟一原因。对于陈氏的由浙入常,屈兴国先生认为与时局的变化、陈氏阅历的增长有关④。林玫仪不认同这种解释。她认为陈氏欣赏豪放派词家,这就与排斥豪放派词人的浙派思想产生了矛盾。而常派理论从内容着眼,对外在风格并不看重,故陈氏的矛盾在常派体系下可以得到解决⑤。孙维城则认为浙西词派与常州词派之间并非针锋相对,二者在联系社会现实、提倡雅正、推尊词体、主张兴寄四个方面是一致的,而这都是古代儒家思想的基本内容。作为一个封建士子,陈廷焯认同以上内容,这是他顺利由浙转常的内在原因⑥。

1992年,台湾大学金鲜的硕士学位论文《陈廷焯早晚期词学观念之转变》,即以陈氏词学前后期的转变为论题。文章从论词标准、尊体观念、

① 见李春丽《陈廷焯金元词的认识及变化析论》,《中国韵文学刊》2018年第2期。
② 见李睿《从〈云韶集〉和〈词则〉看陈廷焯词学思想的演进》,《阜阳师范学院学报》(社会科学版)2005年第4期。
③ 见邓新华、杨爱丽《陈廷焯的"沉郁"说与浙西词派的"醇雅"、"清空"理论》,《中国文化研究》2010年秋之卷。
④ 见屈兴国《从〈云韶集〉到〈白雨斋词话〉》。
⑤ 见林玫仪《新出资料对陈廷焯词论之证补》。
⑥ 见孙维城《陈廷焯词学思想前后期不同的共同基础》,《安庆师范学院学报》(社会科学版)2009年第4期。

源流观念、正变观念和实际批评五个方面进行分析,并归因于时代环境、庄棫影响和浙派理论的缺陷。

3. 词学批评思想

以《词话》为代表的陈氏词学之所以备受推崇,原因之一是它具有严密的理论体系。其具体表现为拈出"沉郁"为核心,并以之作为最高标准通论古今的词作、词人、词史和词学著作。因此,陈氏的词学批评思想亦非常丰富。对此,学界的研究主要集中在三个方面:

其一,词史观。较早论及陈氏词史观的是彭玉平先生。他的《陈廷焯词史论发微》[1]从宏观视野出发,将陈氏由唐至清的词史观分作创古、变古、失古、复古四个阶段予以阐发。彭先生认为,陈氏的词史观具有前所未有的全面性和系统性,但也被复古思想所遮蔽。彭氏之后,孙维城先生揭示出陈氏词史观的重大价值。孙氏说:"陈廷焯对词学史的贡献不仅在于理论,而且在于他的词史观念及词史建构,这后一点还没有为学术界所充分认识。"[2]他认为《词话》是传统社会惟一的一部词史,且以"沉郁"之理论为经线,而以词的发展为纬线,勾勒出一部波浪起伏、观点鲜明的词的发展史。孙氏在书中具体而微地分析、辩驳了陈氏的词史构建,并以"史论结合"作为《词话》的重要特点[3]。可以说,孙维城将陈廷焯词史观的研究提升到一个新的高度。

其二,词选思想。陈廷焯对词选非常重视,既编选词选,又批评词选,形成了自己的词选思想。关于陈氏的词选编辑,赵晓辉认为从《云韶集》《词则》再至拟选而未果的《二十九家词选》,可以清晰看出陈氏词选思想的发展变化[4]。彭玉平亦据此三种选本立论,认为选本的变化体现了陈廷焯词史意识的成熟,也反映其词学观念从信奉浙西词派到尊崇常州词

---

① 载《词学》(第十一辑)。

② 孙维城:《千年词史待平章——晚清三大词话研究》,安徽大学出版社,2010年版,第299页。

③ 见孙维城《千年词史待平章——晚清三大词话研究》下编第四章、第六章、第七章、结语。

④ 见赵晓辉《陈廷焯词选思想探析》,《石河子大学学报》(哲学社会科学版)2006年第6期。

派的转变①。关于陈氏的词选批评，彭玉平《选本批评与词学观念——陈廷焯的词选批评探论》②梳理了陈廷焯对于历代词选的批评，并以其对《词综》和《词选》的批评为考察重点，分析其词学观念在前后期的变化轨迹。不难看出，学者对于陈氏词选思想的研究，落脚点都放在陈氏词学前后期的发展变化上。在研究陈廷焯词选的诸多论文中，沙先一《〈云韶集〉、〈词则〉与清词的经典化》③值得注意。该文从陈氏这两部词选关于清词的取舍入手，其中虽也涉及前后词学观念的变化，落脚点却在清词经典化这一更为宏大的问题上，其研究视角颇有启发性。

其三，词人批评论。陈廷焯在其词选、词话中对历代词人进行了大量评论。通过考察其具体的词人批评，可以以小见大，充实陈氏词学思想的研究。1987年，孙维城《白雨斋论张先词试评》迈出了研究陈氏词人批评的第一步。二十世纪九十年代至今，学者论及的陈氏词人批评包括晏殊、欧阳修、晏几道、李清照、辛弃疾、吴文英、王沂孙、朱彝尊等，其中关于王沂孙的文章最多④。王沂孙是陈氏在"沉郁"标准下推举的最高典范，分析陈氏对王沂孙的批评，对于深入理解"沉郁说"大有助益。总体来看，这类研究文章绝大多数以《词则》《词话》为依据，实际上是研究陈氏后期的词人批评论。2014年底，顾宝林发表《规模前辈，益以才思——由〈云韶集〉、〈词坛丛话〉看陈廷焯前期对晏欧词的研究与批评》⑤。该文以《云韶集》和《词坛丛话》等代表陈氏早期词学思想的著作为依据，无疑为全面研

---

① 见彭玉平《选本编纂与词学观念——晚清陈廷焯词选编纂探论》，《学术研究》2006年第7期。

② 载《汕头大学学报》（人文社会科学版）2005年第5期。

③ 载曹虹、蒋寅、张宏生主编《清代文学研究集刊》（第六辑），人民文学出版社，2013年版。

④ 如洪若兰《从〈白雨斋词话〉对碧山词的评论看陈廷焯的"沈郁"、"比兴"说》，《慈济大学人文社会科学学刊》2003年第2期；吴锦琇《陈廷焯〈词则〉选评"王沂孙词"析论》，台湾政治大学国文教学硕士在职专班硕士论文，2009年；王玉兰《陈廷焯〈白雨斋词话〉对碧山词的批评》，《时代文学》（下半月）2009年第10期；孙维城《白雨斋论王沂孙词平议》，《安庆师范学院学报》（社会科学版）2010年第2期；张兆勇《陈廷焯把握碧山词路径及其再评估》，《三峡大学学报》（人文社会科学版）2016年第2期。

⑤ 载《文学评论》2014年第6期。

18

究陈氏的词人批评观念开了一个好头。2016年,顾宝林又发表《大雅闲情,已落下乘——由〈词则〉和〈白雨斋词话〉看陈廷焯对晏欧三家词的批评态度及变化》①。依然是围绕陈廷焯对于二晏和欧阳修词的评价做文章,进而指出《词则》的核心词学观与陈氏早期的《云韶集》一脉相承,而《白雨斋词话》更能代表陈氏后期的词学思想。关于《词则》与《词话》的关系,这篇文章提出了新的看法。

4.早期词学思想

二十世纪八十年代,屈兴国对陈氏早期的词学思想做了初步研究,结论是陈氏早期信奉浙派,但又认为南北宋词不可偏废,并重视豪放派的作家作品②。后来学人即在此基础上进行了拓展和补充。如彭玉平概括陈氏前期词学思想为在词质上与浙派龃龉,对两宋词采取通脱的态度,重视苏、辛词,产生了含苞的沉郁词说③。陈水云、张清河则概括为南北宋不可偏废,提出词史上的"五圣",初步摆脱了婉约与豪放的二元对立,开始了"沉郁顿挫"说的思考④。这些学者已提炼出陈氏前期词学思想的基本要点。而《云韶集》中3434首词所附的大量批语,尚有进一步分析与归纳的空间。此外,当前陈氏前期词学思想的研究在某种程度上还处于后期思想研究的"附庸"。一些学人的研究出发点在前期思想,落脚点则在后期思想。如林枫竹的硕士论文《陈廷焯〈云韶集〉研究》除了第一章和余论集中讨论《云韶集》外,论文的主体都在围绕陈氏前后期词学思想的变化立论。因此,还陈氏早期词学一个独立的身份与地位,并对其进行深入剖析,应是今后研究思路所在。

5.与况周颐、王国维词学的比较

早在1932年,春痕的《读〈白雨斋词话〉》便认为陈氏的"沉郁说"与况

---

① 载马兴荣、朱惠国主编《词学》(第三十六辑),华东师范大学出版社,2016年版。
② 见屈兴国《记陈廷焯〈云韶集〉稿本》。
③ 见彭玉平《陈廷焯前期词学思想论》。
④ 见陈水云、张清河《〈云韶集〉与陈廷焯初期的词学思想》,《湖北大学学报》(哲学社会科学版)2002年第6期。

周颐的"重拙大"之说殊途同归。这种观点在九十年代以来的学术研究中仍时有回响。如梁荣基认为陈氏的"沉郁说"与况氏的"重拙大说",立论虽然不同,但皆本于"居心忠厚,托体高浑"①。胡遂、邬志伟则认为陈氏的"沉郁说"与况氏的"沉著说"都揭示了词的一种情感境界和词之所表达的感情深沉蕴藉的本质特征②。至于与《人间词话》的比较,学者多从"词境"的角度切入。谢桃坊认为陈氏以"沉郁"为"意境"中最高的层次,这对王国维境界说的形成是有启发的③。傅蓉蓉持类似观点,她认为陈氏的"词境说"真正体现了理论家将词归入"诗歌"范畴作一体观的批评眼光,可以视为王国维"境界说"的近源④。笔者认为,上述文章讨论陈氏词学与况、王词学的关系,其方法与结论都还有欠深究。

孙维城先生对三大词话进行了更为深入的比较研究。他从沉着深厚、比兴寄托、意境论、论"真"、宗尚宗主和词史观这六个词学最基本、最主要的问题比较了三部词话著作。如沉着深厚方面,孙先生辨析了陈氏与况氏面对这一儒家要求的区别,即陈氏是亦步亦趋的坚持,况氏则以性灵调剂沉着,以厚重冲淡忠诚。又如在意境论方面,孙先生认为陈氏强调词的意境之儒家标准,而况、王则从词的艺术审美出发。他并不认为陈氏的词论对王氏的"境界说"有所启发⑤。总之,孙先生对三大词话都有较为深入的研究,并形成对于陈、况、王三人的历史定位,即陈廷焯是传统诗教的守望者,况周颐是传统的审视者,王国维是传统的批判者。在这种深入研究和宏观把握的基础上,再来比较陈氏词学与况、王词学的异同,其所得结论无疑更具说服力。

6.在词学史中的地位与影响

常州词派自张惠言兄弟始,历董士锡、周济、谭献、庄棫以至陈廷焯。

---

① 见梁荣基《词学理论综考》下编第八章,北京大学出版社,1991年版。
② 见胡遂、邬志伟《陈廷焯"沉郁"说与况周颐"沉著"说之比较》,《广西社会科学》2006年第11期。
③ 见谢桃坊《中国词学史》第五章第七节,巴蜀书社,2002年版。
④ 见傅蓉蓉《陈廷焯词学思想的渊源及"沉郁说"之详析》。
⑤ 见孙维城《千年词史待平章——晚清三大词话研究》结语。

其中,张惠言、周济、陈廷焯三人对常派的理论贡献尤其重大。因此,给予陈氏词学在常州词派及晚清词学发展史中一个准确的定位,梳理出其对近现代词学的影响,亦是学者需要解决的问题。

目前,学界普遍认识到陈氏的"沉郁说"是对张惠言比兴寄托说的延续与发展。正如邓新华、杨爱丽《陈廷焯"沉郁"说对常州词统的继承与发挥》①所说的那样,陈廷焯的"沉郁说"不仅承接前期常州词派的余绪来继续高扬儒家的《风》《骚》精神,而且还全面继承和弘扬了常州前贤倡导的"比兴""寄托"的艺术表现方法,因此陈氏成为常州词派后期最具代表性的词论家。然而仅仅认识到这一点是不够的,从更深的层次来看,陈廷焯词学实为常州词派的一大转折。朱惠国和欧阳明亮都指出这一点。前者认为在陈廷焯之前的常派词家,其身份或是经学家(如张惠言、庄棫),或是史学家(如周济),故常州词派不免受到常州学派的笼罩。而陈廷焯的出现,初步打破了常州学派对常州词派的牢笼,使常派由学人词派向词人词派转化②。后者则以四首〔蝶恋花〕为参照物,通过分析张惠言、周济、陈廷焯对这四首词作者的不同判定,认为陈廷焯在具体的解词过程中,比张惠言、周济更加注重作品本身的"笔法"技巧与词意表达之间的关系,从而将常派词论的关注重点由作品之外转入作品之内。这就使得常派的解词理路向着回归文本、回归文学的方向迈出了更为彻底的一步。从这种意义上来说,陈氏校正了常州词派的理论视野,使之融入晚清民初词学思想的建构潮流之中③。可以看出,朱先生与欧阳先生的结论是一致的,前者从宏观着眼,后者从微观剖析,可谓殊途同归。

陈水云先生曾论及"沉郁说"在现代词坛的影响与反响。他详细介绍了词曲大师吴梅对"沉郁说"的推重和吴世昌对《词话》的贬抑,并认为两

---

① 载《三峡论坛》2013年第6期。
② 见朱惠国《论陈廷焯的词学思想以及对常州词派的理论贡献》。
③ 见欧阳明亮《从"非欧公不能作"到"欧公无此手笔"———从周济、陈廷焯在四首蝶恋花归属问题上的分歧看常州词派的理论演变》,《文艺理论研究》2011年第3期。

者皆有失偏颇①。该文为全面理清"沉郁说"的影响奠定了基础。

(二)关于诗学的研究

除了词学外,陈氏亦浸淫诗学有年,并尤为推崇杜甫。他的"沉郁说"便是援引杜诗之论入词学,《词话》等著作中亦有一些论诗之语。此外,陈氏还编有诗选并进行评点,已知有以下几种:《骚坛精选录》(现存残卷)、《希声集》六卷(存目而未见)、《杜诗选》六卷(《杜集书录》著录,存佚未知)、《唐诗选》(拟编而未成)。《骚坛精选录》是目前能够看到的惟一的陈氏诗学著作。我们说,陈氏的诗学、词学思想不乏相通之处。通过研究《骚坛精选录》以及陈氏散见的诗论,不仅可以了解他的诗学思想,还可以为其词学思想的研究提供一个新的视角。

彭玉平先生是研究陈氏诗学的发起者和领路人。1989年,彭氏在陈廷焯的子媳张萃英女士处,意外发现了陈氏《骚坛精选录》的残稿。1994年,彭氏《陈廷焯前期词学思想论》②已引及《骚坛精选录》中的部分批语。2007年,彭氏发表《陈廷焯〈骚坛精选录〉(残本)初探——兼论其诗学与词学之关系》③,介绍了这部诗选的基本情况。其后,彭氏辑出《骚坛精选录》的批语,并与《云韶集》《词坛丛话》《词则》《白雨斋词话》中的论诗之语汇辑在一起,命名为《白雨斋诗话》,交由凤凰出版社于2014年出版。至此,《骚坛精选录》的内容呈现于世人面前。目前,研究陈氏诗学思想的文章除了彭氏之文外,还有一篇是彭氏弟子彭建楠的《陈廷焯〈骚坛精选录〉及其诗学思想》④。彭玉平的文章首先介绍了《骚坛精选录》残存部分的情况,即残留的主要是南北朝与盛唐诗歌部分;其次,介绍了陈氏标举的诗史四位"大将"和若干"名将",并以杜甫为至圣;再次,认为陈氏的诗学思想受到了沈德潜、潘彦辅等人的影响,主要表现为追求汉魏风骨、沉郁

---

① 见陈水云《清代词学思想流变》第四章第三节,社会科学文献出版社,2018年版。
② 载《中国韵文学刊》1994年第2期。
③ 载《文学评论丛刊》2007年第2期。
④ 载《中国韵文学刊》2014年第4期。

而富于教化、顿挫而饶有姿态三个方面；最后，认为陈氏诗学和词学的根基建立在对杜诗的理论解读上，把作为诗学核心之一的"沉郁"升格为词学核心的惟一，体现了其诗学与词学的紧密关系和彼此区别。彭建楠则对陈氏诗学思想做了更为细致的探讨。文章认为《骚坛精选录》的编选宗旨是维护诗教正统，陈氏以忠厚的品格为诗歌之本，推崇比兴和古质的形式以达到沉郁的意境，并以杜甫为古今典范。通过这些分析归纳，彭建楠认为陈氏所秉持的诗教观影响了他词学思想的形成。

《白雨斋诗话》的出版和两位彭先生的论文，为陈廷焯研究打开了一片新天地。不过，《白雨斋诗话》所辑录的《骚坛精选录》批语存在着讹误、脱漏之处。且《杜集书录》著录陈氏《杜诗选》时，摘录了部分序言和批语，这些内容尚未充分进入研究者的视野。因此，陈氏诗学文献的整理和研究还大有可为。

（三）关于诗词创作的研究

与《词话》等学术著作受到热捧不同，陈氏的文学创作长期被忽略。陈氏传世的文学作品只有诗词，其来源有二：一是散见于十卷稿本《词话》中。陈氏在《词话》中时常引用自己的诗词作品并加以分析说明，这些作品有的是完整的一首，有的只是节引；二是见于八卷本《词话》所附《白雨斋词存》《白雨斋诗钞》。陈氏殁后，其门人弟子在陈父的授意下，将大部分稿本《词话》中的陈氏诗词另刻单行，做了一些增补和改动，并附上时人的评语。目前，学界对陈氏诗词创作的研究主要从以下三个角度展开：

1.文献视角

林玫仪先生最早发现《词存》和《诗钞》具有重要的文献意义。她认为，结合《词存》《诗钞》与稿本《词话》所载的相关记事，可补陈氏生平之阙；由《词存》《诗钞》中之评语，可以了解陈氏之交游情况；《词存》有部分词标注章法，有助于词意之了解①。我们说，关于陈廷焯的史料记载比较

---

① 见林玫仪《陈廷焯〈白雨斋词存〉、〈白雨斋诗钞〉考论》，《中国韵文学刊》2009年第2期。

有限,《词存》和《诗钞》恰好可以提供一些陈氏生平、交游的线索。

2.理论视角

文学研究中,将一个人的理论与创作互相比对是非常普遍的研究方法。陈廷焯的"沉郁说"是其论词、填词的统一标准,故这种比较的方法对陈氏尤为适用。张宏生先生曾指出,陈氏在《词话》中详细分析自己的作品,这并非一种盲目自大,而是反映出陈氏希望以创作实践证明其理论的合理性,并以这种身体力行的方式接武前贤,昭示后学①。因此,理解陈氏的词作,对理解其"沉郁说"大有帮助。其诗作与诗学思想的关系,亦可作如是观。林玫仪也认识到这一点,她指导的硕士生李淑桢便以《陈廷焯词论及其诗词创作实践之关系》②为学位论文,分析了陈氏的诗词创作论与其诗词作品的关系。

3.文学视角

陈廷焯的诗词本是文学作品,但人们长期或当作史料,或当作另外一种形式的理论。直到2016年高明祥发表《陈廷焯词作风格探微》③,方从文学艺术的角度对陈氏词作予以细致研究。文章认为陈廷焯现存词作风格多样,或近温、韦、冯小令,或近稼轩慢词,或植根王沂孙词,或仿张惠言词,与其词学理论的转变与深化相一致。此文比较全面地论述了陈廷焯词作的风格面貌与创作得失,在很大程度上弥补了相关研究空白。

二十世纪九十年代以来,关于陈廷焯的研究进入全盛阶段。此期发

---

① 见张宏生《清代词学的建构》第五章第七节。
② 台湾中山大学,2009年。
③ 载《玉林师范学院学报》(哲学社会科学)2016年第6期。

表了百余篇研究陈氏的论文,其中包括至少十六篇硕士学位论文①,并出现了如孙维城、林玫仪、彭玉平、陈水云等一批研究陈氏的专家学者。尤为可喜的是,陈廷焯研究业已形成以词学思想研究为主体,诗学思想与诗词创作研究为两翼的研究格局。三者之间既彼此沟通,又相互支撑,共同推动陈廷焯研究向更高、更广的领域迈进。

第三节 本书的研究方法和思路

回顾近百年的研究历程,我们会发现关于陈廷焯的研究,主要集中于词学。纵使研究其诗学思想和诗词创作,亦往往与其词学相联系。目前,陈廷焯传世的著作基本上都得到整理出版。就全面研究陈廷焯文学思想来说,理论基础与文献基础均已具备。本书在具体研究过程中,方法和思路可以概括为:立足"全方位",做好"三分合"。

明末清初词家贺裳《皱水轩词筌》评姜夔〔齐天乐〕咏蟋蟀一首时说:"蟋蟀无可言,而言听蟋蟀者,正姚铉所谓赋水不当仅言水,而言水之前后左右也。"②笔者认为,进行专人研究,正需要"赋水不当仅言水,而言水之前后左右也"这样一种方法思路。研究陈廷焯,自然首先要将他个人的生平资料、各类著述进行"竭泽而渔"式的搜集,务求"一网打尽"。笔者在前人研究的基础上,进一步搜检陈廷焯的有关资料。根据陈氏著作、他人诗

---

① 大陆地区十一篇:彭玉平《陈廷焯词学研究》(安徽师范大学,1990年);杨咏诗《陈廷焯〈词则〉研究》(中山大学,2001年);王吉凤《陈廷焯沉郁说的词学理论体系研究》(安徽师范大学,2007年);李阳《从〈白雨斋词话〉看陈廷焯的词学观》(辽宁大学,2009年);李锐《陈廷焯词论研究》(华中师范大学,2009年);陇兴龙《〈白雨斋词话〉论词思想研究》(贵州师范大学,2009年);王喆《陈廷焯"沉郁"说词学理论研究》(广西师范大学,2010年);林枫竹《陈廷焯〈云韶集〉研究》(南京大学,2013年);宋蔚兰《陈廷焯〈白雨斋词话〉研究》(广西民族大学,2014年);王娅《〈词则〉研究》(安徽大学,2015年);孙依农《陈廷焯前后期词学思想变化研究》(河北大学,2020年)。台湾地区五篇:宋邦珍《〈白雨斋词话〉沉郁说研究》(高雄师范大学,1990年);金鲜《陈廷焯早晚期词学观念之转变》(台湾大学,1992年);侯雅文《〈白雨斋词话〉"沉郁说"析论》(台湾中央大学,1996年);李淑桢《陈廷焯词论及其诗词创作实践之关系》(台湾中山大学,2009年);吴锦琇《陈廷焯〈词则〉选评"王沂孙词"析论》(台湾政治大学,2009年)。

② 贺裳:《皱水轩词筌》,唐圭璋编《词话丛编》,中华书局,1986年版,第704页。

文集、地方志、科举文献等材料，基本理清了陈廷焯的生平、家世及其交游情况。至于陈廷焯的著述情况，前人已有梳理，但仍有遗珠之憾。如笔者在北京大学图书馆和中国科学院图书馆就新发现《词则》的两种抄本。对于已经整理出版的《骚坛精选录》《云韶集》，笔者也赴南京图书馆核检原稿，有一些新的收获。还有周采泉先生《杜集书录》曾引述陈廷焯《杜诗选》的自序和部分批语，此前研究陈廷焯的论著罕有提及。另外笔者还据《戊子科江南闱墨》辑得陈廷焯四书文一篇、试帖诗一首。总之，对陈廷焯本人相关材料的全面摸排与占有，是做好本书的先决条件。

研究陈廷焯，光聚焦于他这个中心是不够的，还要将目光拓展到其"前后左右"。

所谓"前"，就是考察其文学思想的渊源。一个重要途径就是从他阅读的书籍里、他的知识背景里去寻绎。仅就陈廷焯著作里引用、叙述的情况来看，我们可以知道他读过或是了解过大量的儒家经典、韵书、诗集、文集、词集、戏曲、散曲、诗话、词话、词谱、书目提要、笔记杂俎等，总计约有七八十种。笔者尽可能地将这些书籍一一找来翻阅，以求寻得陈廷焯某些文学理论与观念的源头。像《诗经》《楚辞》，沈德潜《古诗源》《唐诗别裁集》，朱彝尊《词综》，张惠言《词选》，孔尚任《桃花扇》，蒋士铨《藏园九种曲》，潘德舆《养一斋诗话》附《李杜诗话》，永瑢、纪昀等《四库全书总目提要》在陈廷焯前后期文学思想形成的过程中都起到过重要的作用。

所谓"后"，就是考察陈廷焯文学思想的影响。陈廷焯的八卷本《白雨斋词话》刊行后，在近现代词学界产生了很大的反响。谭献、蒋兆兰、易孺、叶恭绰、陈匪石、吴梅、任中敏、张伯驹、周重能、俞平伯、唐圭璋、詹安泰、赵万里、陈仲镃等人对词话或揄扬，或引述，多所称许。胡云翼、吴世昌则从不同角度对词话有不同程度的批驳。而孙人和、夏承焘、施蛰存、徐兴业、朱庸斋等人既肯定了词话的贡献，又指出了它的问题。我们只有对于这些人的相关批评进行具体分析，才能深入了解《白雨斋词话》是如何发挥影响以及发挥怎样的影响。他们对词话所持有的不同态度，给出的不同意见，也能帮助我们正确认识和评价陈廷焯的词学思想。

所谓"左右"，就是考察陈廷焯重要交游的文学思想。交游是左右一个人文学创作和文学观念的重要外因。这一因素在陈廷焯文学思想的形成过程中也起到至关重要的作用。根据现有资料能考知陈廷焯交游的人数并不多，只有不到二十人。其中他的姨表叔庄棫、姻亲王耕心、好友李慎传、外甥包荣翰与其文学思想的关系尤为密切。陈廷焯前后期词学思想为何会有如此大的转变？其弟子是怎样传承词法师说的？这些问题，我们就需要从庄、王、李、包的生平著述中寻找答案。

做好"三分合"，是要在研究中处理好以下三组关系：

一个是前后期文学思想的分合。光绪二年丙子(1876)，二十四岁的陈廷焯与庄棫会面。受其影响，词学思想发生根本性的转变。这一年也就成为陈廷焯文学思想前后期的分界线。他的评点诗选《骚坛精选录》、评点词选《云韶集》、词话《词坛丛话》成稿于此前，他的评点诗选《杜诗选》、评点词选《词则》、词话《白雨斋词话》诞生于此后。本书即分期来论述陈氏的文学思想。需要指出的是，相对于词学思想的改弦更张，陈氏的诗学观念前后只是发展和微调。即使是在词学方面，早年的某些观点仍然被他后来所肯定。比如《白雨斋词话》谈到早年编选的《云韶集》，在指出其"芜杂"的同时，又说"其中议论，亦有一二足采者"①。接着抄录了十余条评语，谓其"虽不必尽然，亦未为无见"②。所以"分期"不等于"分割"，对于陈廷焯的文学思想，既要关注其发展变化的一面，又不应忽视其一以贯之的东西。

再一个是诗、词、曲三种文体思想的分合。陈廷焯前后期皆精研诗词，有专门的诗选、诗话、词选、词话。至于曲，陈廷焯虽无曲选、曲话等著作传世，但在《词坛丛话》《云韶集》《词则》《白雨斋词话》里保留有一些曲论。所以本书将分体裁论述陈氏的文学思想。其中他的词学特别是后期词学思想，理论成就突出，后世影响深远，是研究的重点所在。陈廷焯说：

---

① 《白雨斋词话》卷九，《白雨斋词话全编》，第1311页。
② 《白雨斋词话》卷九，《白雨斋词话全编》，第1312页。

"余论词则在本原。"①本书研究陈氏后期词学,亦重本而轻末。词体观是一个人词学思想的出发点。就陈廷焯而言,他的词体观非常明确,就是正变观。对于词中的正声与变体,陈氏的理论贡献分别在于"沉郁说"和艳词理论。这两大关乎词体的理论系统,便成为研究的重中之重。把握住陈氏的正变观,特别是其中的"沉郁说",则操本以运末,举凡陈氏对词人、词集、词论、词史的批评皆可涣然冰释。我们说,一个人的文学思想应当是一个整体,陈廷焯后期的文学思想就鲜明地体现出这一点。他对诗、词、曲三种文体进行了辨析,并整合成为《风》《骚》为首,诗、词并列,曲不与焉的文体统系。所以说,对于陈廷焯文学思想的研究,有一个先"分体"后"合体"的过程。

还有一个就是理论与创作的分合。本书大部分篇幅都是在对诗选、诗论、词选、词话等理论著述进行集中研究。但我们不能忘记,文学思想本就包括文学理论和文学创作,二者缺一不可。现存陈廷焯的诗有八十余首,词有五十余首,分别是其诗学思想和词学思想的生动体现。尤其是他后期的词作,直接反映出"沉郁说"是如何指导填词创作的,很能彰显其词学思想。因此,本书在重点研究陈廷焯理论著作的同时,也注意将他的文学理论与文学作品对比印证,互相补充,以求更为准确地认识其文学思想的实质。

至此,我们已经知道陈廷焯的研究价值、学界对他的研究史以及本书将要如何对他进行研究。下面我们就正式走近陈廷焯,来了解这位身处于晚清社会、生活在中国东南的封建文人。

---

①《白雨斋词话》卷八,《白雨斋词话全编》,第1290页。

第一章　封建旧学的传承者

　　孟子云："颂其诗,读其书,不知其人,可乎? 是以论其世也。"①知人论世是中国古代文学最重要的批评方法之一。对于专人研究来说,这种方法尤为必要。陈廷焯生活在晚清江浙一带,这一时空定位使得他与当时很多大事件有了近距离接触的可能。像始于1851年、终于1864年的太平天国运动,其主要占领的就是江南地区。陈氏一生流寓,其家乡丹徒长期被太平军占领就是主要原因。再如1883年到1885年爆发的中法战争,战火从中国的西南边陲一直燃烧到东南沿海,江、浙两省江防、海防处处戒备,严阵以待。对此,陈氏耳闻目睹,并写进自己的诗中。还有十九世纪六十年代到九十年代轰轰烈烈开展的洋务运动,上海、南京等地都成立了近代军工企业。陈廷焯的生活年代与洋务运动的时间跨度几乎完全重合,他长期居住的泰州又离上海、南京等地很近。另外,同、光年间,天主教、基督教纷纷在泰州设立了传教场所。如果说他丝毫感受不到"西学东渐"的时代风气,显然不合情理。但从陈廷焯留下来的文字,以及时人对陈廷焯的记述来看,"西学""新学"在他身上几乎没有留下任何印迹。他行的是忠孝仁义伦理,读的是传统四部经典,写的是诗词八股文章,想的是博取功名,一展才能。可以说,陈廷焯是一位典型的深受封建旧学熏陶的传统士人,他的文学思想则将这一点体现得淋漓尽致。透过陈廷焯这位"小人物",我们更能看清楚晚清洋务运动"中学为体,西学为用"的本质和局限。

----

　　① 杨伯峻译注:《孟子译注》,中华书局,1960年版,第251页。

第一节　忠爱怨慕是其心

陈廷焯,原名世焜,字伯与,号亦峰[1],行十。生于清咸丰三年(1853)十一月二十日[2]。镇江府丹徒县民籍,世居镇江西门内堰头街。曾祖名洪绪,祖名书田,父名壬龄,母吕氏。有一胞兄名廷杰。廷焯妻王氏,生子兆珍[3]、兆霖、兆寯(jùn)、兆鼎、兆响,另有四个女儿[4]。

一、流寓早卒

陈廷焯祖籍丹徒,但他自幼便远离家乡,随父流寓。光绪十八年(1892)病故,年仅四十岁。

清朝雍正八年(1730)至光绪三十年(1904)间,镇江府隶属江苏布政使司,领县四:丹徒、丹阳、金坛、溧阳[5]。其中,丹徒为附郭首县[6],地位尤其突出。镇江丹徒位于长江南岸,西邻南京,北望扬州,交通十分便利。王安石《泊船瓜洲》"京口瓜洲一水间,钟山只隔数重山",正是对这三地相对位置的诗意描述。丹徒辖内有金山、焦山、北固山等风景名胜,古往今来吸引了无数文人登临流连,赋诗题咏。"江南三阁"中的文宗阁选址于金山寺,便是此地人文荟萃的最好证明。正如光绪年间丹徒县教谕王蕴华所说:

---

①《丹徒县志摭余》《续纂泰州志》等书谓其字亦峰。

② 赵而昌《谈陈廷焯——兼及他的〈词则〉和〈白雨斋词话〉》(香港《大公报》1985年10月19日第20版)谓"生于一八五三清咸丰三年旧历八月十二日",未详何据。

③ 屈兴国《记陈廷焯〈云韶集〉稿本》引唐圭璋先生言,谓陈廷焯长子名兆瑜。陈昌《〈白雨斋词话〉百年研究及论文录述》谓陈廷焯长子名兆琛。未知三者孰是。

④ 陈廷焯履历据南京图书馆藏《光绪戊子科江南乡试同年齿录》、赵而昌《谈陈廷焯——兼及他的〈词则〉和〈白雨斋词话〉》、陈昌《〈白雨斋词话〉百年研究及论文录述》。

⑤ 见《清史稿·地理志五》。

⑥ 附郭,行政区划用语。指县政府治所与州、府、省等上级政府机构治所设置于同一城池内的状态。

丹徒县地大物博,环山带江,形势扼东南津要。金、焦、北固诸山,雄奇幽秀,精蓝名刹,金碧煜耀,名胜相望。康熙、乾隆间屡经翠华临幸,踵事增华,宏规益起。自星使大僚,以逮墨客骚人经过者,无不揽胜流连,凭高寄慨。时海内隆盛,富商大贾轾阗辐辏,奢丽盈溢,为江南一大都会。①

然而,环山带江、东南津要的形胜,在带给丹徒文教兴盛、民殷户富的同时,也使此处蒙受了其他地方少有的浩劫。丹徒"西扼金陵,东临通海,南绾苏浙,北控淮扬,为敌人所必争,即为官兵所必取"②,南方一有战事,丹徒便首当其冲。曾任县知事的翁有成说:

山川雄秀,锁钥长据苏沪,上游为金陵门户。南中一有兵事,斯邑适当其冲。历史昭垂,彰彰可考。即以有清一朝论,鼎革后有郑成功之忧,道光朝有英夷之乱,咸、同间有洪、杨之役,受祸均酷于他处。③

在清代,丹徒县遭受过三次重大的兵燹。其一是顺治十六年(1659),郑成功率兵内犯长江,直抵镇江,占领丹徒一月有余。待其败退之时,大肆焚掠,民居尽毁。事后清廷又兴失城之狱,株连枉死者无算。其二是道光二十二年(1842),鸦片战争时期,英军由海入江,占领丹徒,"淫掠之惨,自广州、定海而外,未足比数。居民亡身破家,仓皇死难,殆以万计"④。

---

① 王蕴华:《丹徒县志跋》,《光绪丹徒县志》,《中国地方志集成·江苏府县志辑30》,江苏古籍出版社,1991年版,第459页。

② 张玉藻、翁有成修,高觐昌等纂:《民国续丹徒县志》,《中国地方志集成·江苏府县志辑30》,第570页。

③ 翁有成:《续丹徒县志叙》,《民国续丹徒县志》,《中国地方志集成·江苏府县志辑30》,第464页。

④《民国续丹徒县志》,《中国地方志集成·江苏府县志辑30》,第568页。

其三是咸丰三年(1853)二月,太平天国将领林凤祥等人率水陆大军攻陷镇江,给丹徒带来了空前的灾难。郡城长时间被太平军占领,"自咸丰癸丑以至丁巳,又自庚申迄乎同治甲子,十年之间皆贼蹂躏之日"①。且居民伤亡惨重,"城乡男妇以义死者,不可数计。加以捻匪之纵横,回民之残贼,邑人遭难而死于他省者,亦不可数计"②。这次战乱还造成了大量原住民流亡外逃。王蕴华说:"咸丰三年,重以粤寇之乱,蹂躏焚掠,烽火亘天。衣冠之族,挈家渡江,侨寓不归,邑里萧条,人民寥落。"③李丙荣也说:"顾自丁粤乱,乡人多流寓四方。"④陈廷焯生于咸丰三年(1853)十一月,正值丹徒陷落不久。或许他出生伊始,便已背井离乡,随族人踏上了流寓的征途。

陈廷焯青年时期在黄岩生活过几年,这是因为他的父亲陈壬龄在当地做官。黄岩是浙江台州府下辖的一个县⑤,附近有一盐场名叫黄岩场⑥,属太平县管辖。据《光绪太平续志》卷三记载,同治十年(1871)十一月,陈壬龄出任黄岩场大使。盐场大使即盐课司大使,是清代盐政管理系统中的基层官职,为正八品职衔。虽然品级较微,但职责很重。它主要负责灶户管理,场课收纳,食盐的生产、收贮,缉查灶私等,以至有刑名、治安之权。陈壬龄在任上重建了此前毁于战乱的黄岩场署⑦,并为新署前厅撰写了楹联:"地兼三县,额设九仓,堂构喜重新□,须知治剧理烦,岂为观瞻夸壮丽;帆集千樯,波熬万灶,醝纲期复旧□,讵道微官末秩,不思调剂

---

① 何绍章、冯寿镜修,吕耀斗等纂:《光绪丹徒县志》,《中国地方志集成·江苏府县志辑29》,江苏古籍出版社,1991年版,第611页。

②《光绪丹徒县志》,《中国地方志集成·江苏府县志辑29》,第611页。

③《丹徒县志跋》,《光绪丹徒县志》,《中国地方志集成·江苏府县志辑30》,第459页。

④ 李丙荣:《丹徒县志摭余跋》,《丹徒县志摭余》,中国国家图书馆藏民国七年(1918)刻本。

⑤ 据《清史稿·地理志十二》,台州府领县六:临海、黄岩、天台、仙居、宁海、太平。

⑥ 中国国家图书馆藏清光绪二十二年(1896)刻《光绪太平续志》卷二"盐法"第1页:"黄岩场,在太平县十都南监地方,距达司一千二百九十里。所辖场地,东至黄岩、太平两县大海界,西至太平县界,南至松门卫太平县界,北至海门卫临海县界,计延袤一百四十里。所产之盐,行销黄、太二邑。如有余盐,由金清泛海运至乍浦抵嘉所配销。"

⑦《光绪太平续志》卷二第5页:"黄岩场署。在南监。同治元年正月十二日毁于贼。十二年癸酉,盐大使陈壬龄重建。"

起疮痍。"①当地有一所回浦书院,荒废已久,陈壬龄首先捐资发起重建②。通过这些记载,我们可以对陈廷焯的家庭、他的父亲的情况有一些了解:其一,陈家的经济条件应当不错。雍正朝规定了盐场大使的拣选条件,其中一条就是"身家殷实"。盐大使上任后的收入每年除四十两俸银外,还有较为可观的养廉银。像两浙盐区的养廉银一般在二百到三百两之间③。而且从陈壬龄捐资重建书院一事,也可推知其手头还是比较宽裕的。这种殷实的家境对于陈廷焯的求学、治学自然是一份保障。其二,陈父具有爱民的情怀。陈壬龄为黄岩场新署撰写的楹联,明确表达了个人为官的心愿。他说重建衙署,并非为了好看、气派,而是因为事务繁杂,需要一个像样的工作场所。尽管盐大使只是一个八品小官,但陈壬龄丝毫不敢懈怠。他希望通过努力,使此地的盐业尽快恢复,不断发展,帮助百姓从困苦的生活中走出来。陈壬龄选择从政,始终将民生放在心头,给儿子陈廷焯树立了一个榜样。其三,陈父有文化,重教育。能够进入官场,陈壬龄自然具备基本的文化修养,这从他撰写的楹联里就可见一斑。陈廷焯去世后,正是陈父牵头来整理儿子的遗著。特别是《白雨斋词话》由十卷稿本定型为八卷刻本,陈壬龄提出许多具体的修改意见,这说明他的文化程度比较高。在盐大使任上,陈壬龄捐资重建书院,体现了他关心文教的一面。一位文化水平较高、非常重视教育的父亲,对于孩子的成长、成才无疑是很有帮助的。总之,我们在研究陈廷焯的时候,一定要注意到家庭因素对他产生的积极影响。

光绪元年(1875)二月,颜成夫接任场大使,陈氏一家在黄岩的生活也画上了句号。同治十年(1871)陈廷焯十九岁,光绪元年(1875)二十三岁。这三年多,年轻的陈廷焯也不是一直待在黄岩。他写于同治十三年

---

① 台州市文学艺术界联合会编:《名人笔下的台州》,浙江文艺出版社,2008年版,第275页。

②《光绪太平续志》卷二第58页:"回浦书院。在南监,久废。光绪初,盐大使陈壬龄创捐,荣景续捐重建,监生郭祖耀、陶祖尧董其事。"

③ 关于清代盐场大使的情况,可参阅陈锋《微员任重:清代的盐场大使——清代盐业管理研究之五》,《中国经济史研究》2019年第3期。

（1874）的〔摸鱼子〕云："思归赋。我亦飘零羁旅。浮名惯把人误。朝吴暮越成何事，冷落高阳旧侣。"自注："时余家在黄岩，余则往来吴越。"①可知他时常两地奔波。从黄岩离开后，陈氏一家回到扬州府下的泰州②，居住在城内八字桥西街。之所以说"回到"，是因为陈家当在逃难之初便移居泰州③，这里可谓安顿身心的绝佳选择。扬州府与镇江府隔江相望，泰州位于扬州府城东北，距丹徒并不太远。而与丹徒屡遭兵祸不同，泰州并未受到太平天国运动的冲击。咸丰三年（1853），太平军攻占南京、扬州，本可乘胜东下，直取泰州。但由于泰州无险可守，并非兵家必争之地，故太平军弃之不顾，转而计议北伐。泰州由此逃过一劫，成为漫天烽火中的一座太平孤城。在此情况下，清廷的一些政府机关如两淮盐运司，藩、道等衙门皆迁至泰城办公，江南、皖南、扬州一带的居民以及大批文人学者亦纷纷来此定居。对于陈廷焯来说，泰州是其主要的居住地，诚其第二故乡。这里较为安定的社会环境和日趋浓厚的文化氛围为他潜心读书、钻研诗词提供了良好的外部条件。

除了暂居黄岩、常住泰州外，陈廷焯还时常出行，在丹徒、靖江、宜陵、杭州、南京、北京等地都留下过足迹。丹徒是陈氏的祖籍，他成年后曾回过这里，《白雨斋诗钞》中的《九月二十四日题焦山松寥阁左壁》《九日登焦山观音阁》便是明证。靖江县④和宜陵镇⑤都位于当时的交通要道，陈廷焯路过此地，写下了《路出靖江怀亡友王竹庵》《过王竹庵墓是夜宿宜陵二首》等诗。其诗集中还有《过伍子祠》《飞来峰》《游吴山归》《西湖望南屏》《冷泉亭》《出涌金门游湖上》等诗，当是其早年流寓浙江时游杭州所作。至于南京和北京，分别是江南乡试和清廷会试的所在地。陈廷焯来往南

---

①《白雨斋词话》卷八，《白雨斋词话全编》，第1301-1302页。

②据《清史稿·地理志五》，扬州府领州二：高邮州、泰州；县六：江都、甘泉、扬子、兴化、宝应、东台。

③王耕心《白雨斋词话叙》："同治之季，予始识亦峰于泰州。"可知陈壬龄离任黄岩场大使前，陈氏一家在泰州已有住地。

④靖江县，清代属常州府。

⑤宜陵镇，清代属扬州府江都县。

京次数较多,而北京,可能只在光绪十五年(1889)参加己丑科会试时去过一次。

《民国续丹徒县志》卷十三谓陈廷焯"中年潜心医理,颇能济人"①。赵而昌《谈陈廷焯——兼及他的〈词则〉和〈白雨斋词话〉》也谓其"除在乃父署中帮办文案外,复精研岐黄,悬壶问世"。可知陈氏中年于诗古文辞外,复精研医术,治病救人。遗憾的是,这也成为他享年不永的直接原因。根据赵文的记述,光绪十八年(1892),泰州城内白喉肆虐,死者日以百计。陈廷焯由于为人治病,不幸感染病毒,于是年八月十一日病故,年仅四十岁,归葬于镇江附近的山上。

二、忠君爱国

陈廷焯深受儒家思想熏陶,以忠孝仁义为人生信条,对于忠爱的品格尤为看重。他既以忠贞之士自居,又在自己的书中反复强调,提醒世人。

儒家道德讲求忠孝仁义,即事君要忠,事父兄要孝悌,与人交往要怀仁守信,路见不平要见义勇为。对于孝悌仁义,陈廷焯皆能践行。王耕心《白雨斋词话叙》说:"亦峰天资醇厚,笃内行,与人交,表里洞然,无轨骸之习。退省其家,父兄之劳,靡不肩任,宗族之困,莫不引为己忧。"②许正诗《白雨斋词话跋》也说:"先师陈亦峰先生,宅心孝友,卓然有以自见。"③陈廷焯对待父母、兄弟、朋友皆能恪守儒家伦理,中年悬壶济世更体现出一份大仁大爱。至于"义",有则故事可以证明。据《丹徒县志摭余》卷八记载,光绪十五年(1889),陈氏会试后落第还乡。途经山东的时候,看到一个妇人哭得非常哀痛。经过询问,得知这个妇人的丈夫原籍浙江,死后停棺于此,无力归葬。于是他慷慨解囊,出资雇舟伴回。其间有一侠客在旁秘密监视,看到陈氏对妇人始终以礼相待,并无非分之举,故向陈氏说出实情并且道歉。陈廷焯有此义举,可谓难能可贵。

---

① 《民国续丹徒县志》,《中国地方志集成·江苏府县志辑30》,第659页。
② 王耕心:《白雨斋词话叙》,《白雨斋词话全编》,第1340页。
③ 许正诗:《白雨斋词话跋》,《白雨斋词话全编》,第1341页。

忠孝仁义，以"忠"为首。忠君是封建社会最为基本也是最为重要的伦理要求。陈廷焯具有强烈的忠爱思想，他自觉维护、时时强调这一封建纲常。早在青年时期，陈氏便推重词史上的忠爱之篇。如《云韶集》卷二选录范仲淹〔渔家傲〕（塞下秋来风景异），陈氏批云：

> 悲而壮，一腔热血。满纸忠爱，想见文正生平。①

他仰慕范仲淹的为人，更推崇词中蕴含的忠爱之情。又如南宋中兴名臣赵鼎〔满江红〕（惨结秋阴），陈廷焯录入《云韶集》卷四并评论说：

> 此词通首无一字道着南渡事迹，但摹写江口景色，而一片忠爱之诚、忧郁之隐无不流露于楮墨中，真绝妙好词，真绝代名臣。②

他从词中读出了那份欲言难言的爱国情思，并深受感动。陈廷焯赞颂文人忠贞，自然也在意文人是否忠贞。一个典型的例子就是他在早期诗选《骚坛精选录》中力辩李白没有失节。唐代安史之乱爆发后，唐肃宗即位。南方的永王李璘起兵，将李白招致麾下。后李璘不奉肃宗诏谕，被视为叛逆而镇压。李白也因为"从逆"，而被判处流放夜郎。由于李白是中国文学史上数一数二的大诗人，他的这个人生"污点"也成为后世争论不休的一桩公案。有人认为永王璘明显是要割据江淮，李白未加深思便依附他，遂有此祸。有人认为李白以建功立业为念，不善知人料事，情有可原。有人认为永王的队伍乃是平定安史之乱的义军，不是叛军，所以李白不应算作叛逆。清代嘉、道间的诗学家潘德舆认为上述观点都没有说到根儿上，他在《养一斋李杜诗话》中认同苏轼所说的李白被永王璘所胁迫，并补充了大量证据，如李白辞官弃金、中道逃去等事，以进一步说明李

---

① 《云韶集辑评》卷二，《白雨斋词话全编》，第56页。
② 《云韶集辑评》卷四，《白雨斋词话全编》，第116页。

白拥护玄宗、肃宗,与永王绝非一路。这样一来,潘德舆从根源上证实了李白是大唐忠臣,没有失节。对于潘氏之论,陈廷焯深以为然。其《骚坛精选录》卷十九《经乱离后天恩流夜郎忆旧游书怀赠江夏韦太守良宰》的批语转引了《养一斋李杜诗话》,用一千多字的笔墨再次为李白辩白洗冤。陈氏之所以泼墨如水、不厌其详地说这件事儿,就是因为他把"忠"视为人之大节根本,尤其是李白这样一位被他列入"骚坛大将"的重要诗人。

随着年龄的增长,陈廷焯的忠爱之情愈加浓烈。在农民起义方炽、外国袭扰频仍的时代背景下,陈氏严辨封建政权的正统与篡逆,忠于前者,笔伐后者。如他评朱彝尊〔满庭芳〕《李晋王墓下作》云:"叹息唐室终亡,无穷惋惜。温公'寇梁'之书,令人发指。"①李晋王即李克用。朱温篡唐称帝,建立后梁。克用则沿用唐朝年号,以光复大唐为名与之抗争,最终其子李存勖灭梁兴唐。司马光《资治通鉴》在记述李氏攻梁的时候,用了"谋入寇"等字眼,俨然视李唐为侵略者,这引起了后人的不满。清初王士禛说:"余读《通鉴》至后唐庄宗欲讨伪梁,亦以'谋入寇'书,不禁发指。"②陈氏与渔洋观点一样,也要捍卫皇权正统。再如他评郑燮〔念奴娇〕《方景两先生祠》云:"此阕未免粗野,然语极雄奇,足为毅魄忠魂生色,故终不忍置也。"③方景两先生指的是明初方孝孺和景清,二人不向朱棣称臣,而为建文帝殉节,赢得千古芳名。此词粗野叫嚣,但陈廷焯"终不忍置",原因就在于词中表现出的"毅魄忠魂",与他忠于正统皇权的思想若合符契。与早年相比,陈廷焯后期对于忠臣的推崇更是近乎极端,其评论西汉张良说:

> 余尝谓子房,汉之功臣,非韩之忠臣也。未遇黄石公以前,发于血性,成就未可限量。一遇黄石后,纯用谲诈,殊乖于正,而尤谬在荐四皓一事,则亦并不得为汉之忠臣矣。④

---

① 《词则辑评·放歌集》卷三,《白雨斋词话全编》,第848页。
② 王士禛:《分甘余话》,中华书局,1989年版,第40页。
③ 《词则辑评·放歌集》卷六,《白雨斋词话全编》,第880页。
④ 《词则辑评·放歌集》卷三,《白雨斋词话全编》,第847页。

张良祖辈历任战国时的韩国宰相。韩国灭亡后,张良以刺秦为己任。后辅佐刘邦建立西汉王朝,为"汉初三杰"之一。陈氏以"忠"字立论,认为张良的所作所为,只可算得上是汉代的功臣而已。他本欲兴韩,终事刘汉,故非韩之忠臣;他与吕后合谋,明哲保身,故亦非汉之忠臣。可以看出,忠爱俨然成为陈廷焯评骘人物的首要标准。

陈廷焯十六岁的时候,太平天国运动和捻军起义都已被镇压。他四十岁去世,两年后爆发了中日甲午战争。可以说,陈廷焯正生活在所谓的"同光中兴"时期,那是晚清一段相对安定的岁月。尽管如此,在他成年直至去世的这段时间里,还是发生了一些中外纠纷乃至大动干戈的事件。比如1874年"台湾生番事件"①,日本借口侵略台湾;1875—1878年,左宗棠率清军入新疆平叛②;1882年,朝鲜发生"壬午兵变"③,中日两国同时武力介入;1883年,中法战争爆发,战火从越南北部烧到中国东南沿海④。对于清廷上层来说,这些国家大事自然时时牵动着他们的神经。而身处江苏一隅、只是一介书生的陈廷焯,他会感受到怎样的时代气息呢?某一年的农历九月,陈廷焯回到家乡镇江丹徒,在著名的焦山上登高望远,举首浩歌,写下一首《九月二十四日题焦山松寥阁左壁》。诗中有这样几句:

① 1871年12月,琉球六十多名岛民因台风漂流到台湾南部,其中五十四名岛民被土著居民杀害,十二名岛民被清送返回琉球。日本为改变琉球为中国藩属的现状,借机于1874年2月出兵台湾。后经外交交涉,双方签订《北京专条》。当年12月20日,日军从台湾撤走。

② 1865年1月,中亚浩罕国将领阿古柏等率部乘乱入侵新疆,并于1867年自立为王。1875年5月,钦差大臣左宗棠率领清军西征,至1878年1月,彻底消灭阿古柏势力,收复了除伊犁以外的新疆全境。

③ 1882年7月23日,朝鲜王朝京军武卫营和壮御营士兵聚众哗变,大量市民也加入起义队伍,焚烧日本公使馆,杀死朝鲜大臣和日本人。并攻入王宫,推翻了闵妃外戚集团的统治,拥戴兴宣大院君李昰应上台。后中日两国皆出兵干涉,最终兵变被清军所镇压。

④ 一般认为,中法战争分为两个阶段。第一阶段从1883年12月越南山西之役开始,到1884年5月《中法天津简明条约》签订止,战场主要在越南北圻。第二阶段从1884年8月法军进攻台湾基隆、突袭福建马尾开始,到1885年6月《中法越南条款》签订为止,中法战争结束。这一阶段的战争在越南和中国东南沿海同时进行。法军在马尾海战中获胜,侵袭台湾则遭到刘铭传率部顽强抵抗而久攻不下。清军在冯子材的率领下取得镇南关大捷,同时浙江镇海海战也取得了胜利。

登高四望天地阔,扪髀我欲呼鸿蒙。江山如此只半壁,寄奴王者非英雄。年来兵革幸休息,隔江又见旌旗红（陈廷焯自注:时俄人背约,江海防甚严）。①

面对着壮丽山河,陈廷焯想到历史上由镇江起兵、统一南方的南朝宋武帝刘裕。辛弃疾〔永遇乐〕《京口北固亭怀古》有云:"斜阳草树,寻常巷陌,人道寄奴曾住。想当年,金戈铁马,气吞万里如虎。"刘裕率军曾收复了一些北方失地,但终究没能统一中国。陈氏渴望国家的大一统,渴望百姓安居乐业。可安定的日子没过多久,战事的阴云又飘浮到长江上空。镇江的焦山、象山夹江对峙,扼守着长江的咽喉,战略地位十分重要。晚清时期,这两处以及江北岸的都天庙都建有炮台,并多次增修、加固。陈廷焯听说了沙俄背约的消息,看到了对岸炮台上密布的旌旗,觉得战争似乎正在向这个国家逼近。他晚上留宿于松寥阁,夜不能寐,作诗《宿松寥阁》,有"兵气薄层霄"②之句。一种紧张、肃杀的气氛始终在陈廷焯的心头萦绕。

1883年,中法战争爆发。这场战争最初在越南北部进行,后来波及台湾、福建和浙江沿海等地。一时间,中国东南的海防、江防处于高度戒备状态。陈廷焯对这场战事非常关注,他的好朋友钱梦弼还去江阴加入了记名提督张景春的幕下。江阴在镇江下游,李鸿章、曾国荃等人都将其视作守卫长江的要隘,派重兵把守。张景春是安徽合肥人,平定太平天国和捻军卓有战功,以记名提督简放。后被刘铭传的部下、淮军名将唐定奎调赴江阴防次。在唐定奎有病在身的情况下,张景春统领铭字武毅春字各军,肩负起江阴防务。钱梦弼临行之际,陈廷焯写了一首五言长

---

　①陈廷焯:《白雨斋诗钞》,《清代诗文集汇编》第777册,上海古籍出版社,2010年版,第58页。

　②《白雨斋诗钞》,《清代诗文集汇编》第777册,第58页。

篇《送钱仲良（梦弼）赴江阴张军门幕四十韵》。诗的开头"弧矢不直狼，大角动兵气。烽烟暗西南，海隅飒凋敝"①，中国从西南边陲到东南沿海都笼罩于中法战争的阴霾下。而一旦打起仗来，受苦的还是百姓。陈廷焯极为痛心地写道：

　　苍生困未苏，奔走无安岁……斯民疮痍深，豺虎日相噬。②

　　干戈扰攘，兵甲不息，这个国家的人民遭受了太多的磨难与痛苦。诗中肯定了张景春谨慎有谋、求贤若渴，赞扬了钱梦弼饱读兵书、为国效力。至于陈氏自己，则是：

　　嗟予仍潦倒，终岁不得意。潜虬隐深渊，鼓车驾骐骥。酱瓿覆文章，槽邱寄身世。③

　　他尚未中举，困守书斋。在"乾坤正格斗，志士思自致"④的年代，陈廷焯多么渴望挺身而出，澄清天下！

　　光绪十二年（1886），也就是中法战争结束的转年，陈廷焯又写了四首感时伤事的七律。这四首诗不见于《白雨斋诗钞》，而是保存在《白雨斋词话》稿本卷十中。诗中大量出现"天山""单于""辽海""轮台""大漠""瀚海""边马""胡地""陇山"等词，似专指北方战事而言。但是那一年北方并没有发生大规模战争，所以这组诗很可能不是特指一时一地，而是陈氏对于多年来烽烟不熄、时局危困的总体关切。第一首感叹连年征战，希望清军早日凯旋；第二首写前方战败，感慨所用非人，忠臣被谗而去。第三、四首转入自己，尤其是最后一首，将他拳拳爱国报国之心

---

①《白雨斋诗钞》，《清代诗文集汇编》第777册，第61页。
②《白雨斋诗钞》，《清代诗文集汇编》第777册，第61页。
③《白雨斋诗钞》，《清代诗文集汇编》第777册，第61页。
④《白雨斋诗钞》，《清代诗文集汇编》第777册，第61页。

和盘托出。诗云：

> 十上封章愿未休，书生何必不封侯。陈陶岂谓悲房琯，酒市凭谁识马周。弹铗年年成画饼，书空咄咄亦庸流。弧南星彩中天耀，指日关河雪涕收。①

面对烽烟四起、屡战屡败的时局，陈廷焯为那些为国捐躯的士兵感到痛心，为那些流离失所的百姓感到悲伤，为那日薄西山的国势感到忧虑。他虽是一介书生，但也有为国献策、平定天下的志向抱负。然而科考一再落空，只能徒劳地叹息、愤慨，他多么希望能够被朝廷发现，得到赏识与重用。"十上封章愿未休"让人想到屈原"虽九死其犹未悔"的忠贞不贰，"弧南星彩中天耀，指日关河雪涕收"所蕴含的忧国情怀与杜甫"戎马关山北，凭轩涕泗流"一样深沉厚重。陈廷焯自评这四首诗说"声调极悲壮，而不免过激"②，音调悲壮、声情感激的背后正是他无法遏抑的忠爱之忧。

光绪十四年（1888），陈廷焯又一次参加江南乡试。汪懋琨作为同考官颇为青睐陈氏的试卷，将之推荐给了主考，陈氏得以高中。两年后陈氏到江苏桃源县县署拜访汪氏，交谈中"间论时事，因及古忠臣孝子，辄义动于色"③。《丹徒县志摭余》卷八还记载陈廷焯"尝念朝政不纲，辄终宵不寐，痛饮沉醉"④。或许"同光中兴"只是史家一个美好的描述，至少陈廷焯所感受到的仍是时局不安，是朝政不纲。我们看到了陈氏的忠愤之气，看到他和老杜一样忧国忧民的情怀。当然，我们也体会到他作为一介书生深深的无力感。

---

① 《白雨斋词话》卷十，《白雨斋词话全编》，第1334页。
② 《白雨斋词话》卷十，《白雨斋词话全编》，第1334页。
③ 汪懋琨：《白雨斋词话叙》，《白雨斋词话全编》，第1339页。
④ 李恩绶纂修，李炳荣续纂：《丹徒县志摭余》，中国国家图书馆藏民国七年（1918）刻本，卷八第26页。

三、怨慕幽思

人生在世，总是要有所作为，有所完成。在深受儒家思想文化熏陶的士人心中，出处行藏是必须要做出的选择。钱梦弼选择投身军旅，以建功立业，报效国家。陈廷焯在给他这位好朋友送上祝福的同时，仍然坚守着自己的道路，那就是通过科考进入官场，施展才能，实现抱负。

陈廷焯最晚从光绪二年(1876)丙子科起就开始参加乡试，那一年他二十四岁。不过接连数科，皆以落第告终。直到光绪十四年(1888)戊子科，在他三十六岁的时候，终于榜上有名。据《光绪戊子科江南乡试同年齿录》记载，此科中式举人共一百四十五名，另有副榜二十二名。陈廷焯名列中式第十二名，这是一个相当不错的成绩。次年，陈氏北上京师参加会试，报罢而归。终其一生，未尝出仕。二十来岁开始考举人，三十六岁终于中举。没能更进一步考取进士，年仅四十便撒手人寰，没有正式做官。陈廷焯的科宦经历看上去简简单单，平平无奇。而这背后，则是他十多年来内心的纠结与不平。

早年的陈廷焯似乎有远离尘嚣、不愿做官的想法，这在他二十二岁写成的《云韶集》中可以看到。如他评金人高宪〔贫也乐〕说："沧海桑田一转瞬耳，读此令人猛醒。图名图利，忙忙碌碌，着甚来由，倒不如贫居无事之为乐也。"①既然人生一世，不过转瞬，富贵贫贱，都归尘土。那么对于功名的争取、富贵的追求也就失去了意义。除了看破红尘，觉得"百年不过一瞬耳，世人还要争甚么"②，宦海的风波诡谲与无法把控也是陈廷焯向往隐逸的一大理由。陈氏说："居官者如一叶扁舟在波涛中，浮家者转自安然无恐也。"③历史上有太多的忠臣枉死、富贵被祸、英雄难酬，或许绝圣弃智和抱朴守真才是人生的出路。他评郑板桥〔道情〕十首其九云："千

---

① 《云韶集辑评》卷十一，《白雨斋词话全编》，第249页。
② 《云韶集辑评》卷二十六，《白雨斋词话全编》，第679页。
③ 《云韶集辑评》卷二十二，《白雨斋词话全编》，第536页。

古怨恨，一写来令我呕血数斗。天命有在，人何能为。真令我不愿作官也。"①对于陈廷焯而言，比干、孔明等人的遭遇既使他悲愤，又令他胆寒。他明确表示自己不愿做官，而羡慕一种世外的生活。其评朱敦儒〔好事近〕(渔父长身来)："真高真雅，真正乐境，不足为外人道。"②评黄昇〔酹江月〕(玉林何有)："自是高绝，看破红尘。"③评真人〔凤栖梧〕(绿暗红稀春欲暮)："真高，真乃跳出乾坤圈套。"④评许有壬〔太常引〕(四堤杨柳接松筠)："真高，真乃忘却富贵。"⑤《云韶集》里收入不少闲适隐逸之作，此时的陈廷焯在感情上与出世的生活颇为亲近。青年陈廷焯有这样的想法并不奇怪，因为这个时候他正处于"浮名惯把人误。朝吴暮越成何事"的状态，其心中有种对于安定生活的强烈渴望与诉求。正如很多人都曾在脑海中设想自己去世外桃源生活，但真正隐居的又有几人？所以这种出世的念头只是陈廷焯年轻时候一种单纯的幻想，现实生活里他还得继续在那邯郸道上奔波，名利场中挣扎。

陈廷焯三十岁左右写了一首《寒夜独酌》诗，将自己对于功名富贵的渴求明明白白地说了出来：

> 夜长不寐万感集，十年尘梦空蹉跎。稚子无知劝我酒，酒酣拔剑蛟龙吼。世间快意亦何限，三十黄金印悬肘。我今郁郁三十年，陶冶不过新诗篇……穷年矻矻非吾志，脱帽狂歌不得意。愿倾海水入尊罍，一洗胸中不平事。⑥

陈氏认为自己有王佐之才，渴望早日拜相封侯。但他却久困场屋，蹉跎岁月，只留下了覆瓿的文章。理想与现实的巨大落差，让他不平，让他

---

① 《云韶集辑评》卷二十六，《白雨斋词话全编》，第684页。
② 《云韶集辑评》卷五，《白雨斋词话全编》，第122页。
③ 《云韶集辑评》卷七，《白雨斋词话全编》，第181页。
④ 《云韶集辑评》卷十，《白雨斋词话全编》，第231页。
⑤ 《云韶集辑评》卷十一，《白雨斋词话全编》，第270页。
⑥ 《白雨斋诗钞》，《清代诗文集汇编》第777册，第58—59页。

不得意,陈氏惟有举杯消愁,拔剑狂歌。都说"酒后吐真言",这首诗可以算是陈廷焯内心世界最真实的吐露与宣泄了。在这里,"十年尘梦"代表了他长时间追求功名而不得却又无法割舍的一种情愫。"梦"字用得尤其贴切,因为对于功名的追逐就像梦一样,是虚幻的,并没有得到一个结果。但同时又是难以舍弃的,时时萦绕于心头。这一意象多次出现在陈廷焯的诗中,如《炼丹台》"十年尘土梦,吾道付庄周"①,《晓发》"惊回尘土梦,却泛广陵船"②,"尘土梦"已经成为陈氏功名之心的一个指代和象征。十多年间功名的"求之不得",令陈廷焯情绪起伏不安。他作《老马行》说"李蔡还先李广侯,下中人物何堪数"③,慨叹有才无位,选拔不公;作《出东门》说"矧余驽钝力不足,忧愁郁结当告谁。天寒水远不得渡,不如长啸归山去"④,《驱车行》说"男儿慕富贵,亦须致身早。征途多嵲嶬,不见长安道。……驱车便向云中去"⑤,一时灰心,转而有出世之想;《感遇五首》《即事》《闲居》以及《感遇八首》的部分诗,又用"君子固穷"来安慰自己,表示要素位而行,抱朴存真,专注内在修养。其实,无论陈廷焯的情绪如何变化,它们都源自同一个心结,那就是对于功名的渴望。

翻阅陈廷焯《白雨斋诗钞》,有一个现象很值得注意,那就是他写了为数众多的弃妇诗、思妇诗。据笔者粗略统计,这类诗作有《孤雁行》《寄衣曲》《诀绝词》《弃妇篇》《空明月》《秋怨》《古意二首》《无题二首》《感遇八首》(其四、其五、其六)、《秋闺夜月词》《侬郎曲》(其二)等。这些诗往往以女子的角度、口吻来写,情节也基本雷同,通常是男子在外,女子一个人独守空房,男子音讯全无,女子则相思终日。甚或是男子负心薄幸,另有所欢。被抛弃的女子却一往情深,忠贞不移。显然,陈廷焯不是真的在写夫妻关系,而是借男女以喻君臣。这种比兴寄托、香草美人的手法乃是《诗

---

① 《白雨斋诗钞》,《清代诗文集汇编》第777册,第57页。
② 《白雨斋诗钞》,《清代诗文集汇编》第777册,第61–62页。
③ 《白雨斋诗钞》,《清代诗文集汇编》第777册,第56页。
④ 《白雨斋诗钞》,《清代诗文集汇编》第777册,第54页。
⑤ 《白雨斋诗钞》,《清代诗文集汇编》第777册,第57页。

经》《离骚》以来相沿已久的诗歌传统。陈廷焯将自己想象成一位芳龄二八、品性贞洁、独守空房的佳人，并在诗中反复强化这一形象。《古意二首》其一云"盛年守空房，含悽抱瑶瑟"①，《无题二首》其二云"独守空房感盛年，银筝漫抚十三弦"②，《感遇八首》其四云"可怜颜如花，没齿守空闺"③，《感遇八首》其五云"盛年甘空房，中夜鸣机杼"④，《秋闺夜月词》云"谁家少妇宿空房，揽衣不寐起彷徨"⑤。那个远离她甚至抛弃她的男子，指的便是概念意义上的"君"。陈廷焯写这些诗的用意很清楚，就是想说我这么有才，这么忠贞，却没有得到君主你应有的赏识。尽管如此，我还是一如既往地眷恋你，希望你有朝一日回心转意。陈氏的这种心态，用他自己的诗句来说，是"怨郎爱郎惧郎变，月似妾心清共见"⑥。用经书里的话来说，就是"怨慕"。孟子的学生万章曾问他的老师，舜往田地里头去，对着苍天哭诉，为什么要这样呢？孟子的回答是"怨慕也"。对此朱熹解释说："怨慕，怨己之不得其亲而思慕也。"⑦即对于父母一方面有怨情，一方面也很怀恋。在封建社会里，君为臣纲，父为子纲，夫为妻纲，"怨慕"在这三组纲常伦理之间是相通的。所以说，"尘土梦"和"守空房"是我们读懂陈廷焯的两个关键词。前者代表了他的功名之心，后者则反映出他求取功名而不得所产生的一种怨慕的心态。

光绪十四年（1888）陈廷焯中举，他的科考之路取得了一次重要的阶段性胜利。陈氏后来写《白雨斋词话》，还回忆"余戊子捷南闱，诗题《金罍浮菊催开宴》"⑧，字里行间不无得意。次年，陈廷焯北上参加会试，报罢而归。转年，陈氏拜访其乡试房考、时任江苏桃源县知县的汪懋琨。汪氏

---

① 《白雨斋诗钞》，《清代诗文集汇编》第777册，第59页。
② 《白雨斋诗钞》，《清代诗文集汇编》第777册，第59页。
③ 《白雨斋诗钞》，《清代诗文集汇编》第777册，第60页。
④ 《白雨斋诗钞》，《清代诗文集汇编》第777册，第60页。
⑤ 《白雨斋诗钞》，《清代诗文集汇编》第777册，第65页。
⑥ 《白雨斋诗钞》，《清代诗文集汇编》第777册，第65页。
⑦ 朱熹：《四书章句集注》，中华书局，2011年版，第282页。
⑧ 《白雨斋词话》卷七，《白雨斋词话全编》，第1283页。

想留他作幕僚,陈廷焯以双亲年老婉言拒绝。守在父母身边尽孝当然是一个原因,但还可能有一个原因就是陈廷焯想要考取进士,登上更大的政治舞台。据陈氏好友兼姻亲王耕心说,陈廷焯"尝言四十后当委弃辞章,力求经世性命之蕴"①,可知他打算自不惑之年起将全部精力投入"内圣外王"之道,充分实现自己的人生价值。遗憾的是,陈氏一语成谶,年方四十便溘然辞世,不由得让人感喟!

四、自信精研

陈廷焯具有良好的个人品质,他自信不疑,又精益求精。这成为他学术研究能够取得极高造诣的重要因素。

陈廷焯是一个非常自信的人,这在其早年选评的《云韶集》和后期撰写的《白雨斋词话》中都有所体现。《云韶集》卷十九选清人王策〔十六字令〕(愁):

愁。草际凄凄诉不休。良夜永,织就一庭秋。

陈氏特别欣赏末二句,评云:

余咏愁月〔十六字令〕中有句云"西风起,吹碎作秋声",当与香雪此篇并传。②

王策词,陈廷焯谓其"情到神到,尽掩古人"③,评价很高。即以此词而论,虚实相生,极得秋声之神理。而陈氏乃引自己同调词作,认为可与香雪此篇并传,可以想见其今人不让古人之气魄与信心。无独有偶,《云韶集》卷二十二选清人蒋元龙〔忆江南〕(深院静),又触发了陈廷焯与前人

---

①《白雨斋词话叙》,《白雨斋词话全编》,第1340页。
②《云韶集辑评》卷十九,《白雨斋词话全编》,第457页。
③《云韶集辑评》卷十九,《白雨斋词话全编》,第457页。

争胜之心。他说:

> 余曾作〔忆江南〕六首,其三云:"江南忆,能不忆扬州。梦到绿杨城郭地,多情重上十三楼。明月二分秋。"其六云:"江南忆,我亦忆淮城。平野送他千里目,深秋添我一分情。落日海门声。"余自谓不在古人下矣。①

且不论陈氏所作是否真的"不在古人下",他的这份自信的确超乎寻常。如果说早年的踌躇满志或有年少气盛的因素在,那么人到中年的陈廷焯仍然自视甚高,这就不能不归因于他内心的强大了。有人问他与庄棫的词孰高孰下,陈氏这样回答:

> 譬挽六钧之弓,蒿庵已满十分,余则才至八九,后日甚长,尚不知究竟如何也。②

庄棫是陈廷焯心目中第一词人。陈氏此言,俨然将自己视为古今第二,甚至将来可与庄棫并驾齐驱。平心而论,陈廷焯的自信时常有自负之嫌,但我们不能否认这是成大事业、做大学问的必备条件。自信之人并不一定有所成就,但自卑之人是绝不可能在某一领域有所建树的。

如果一个人空有自信却不学无术,那他充其量只是大言欺人,贻笑后世。陈廷焯不是这样,他在满怀信心的同时,又博览群书,踏实苦读。陈氏的外甥包荣翰说:"舅氏于书无所不览。"③王耕心也说:"亦峰为学精苦,每昼营家事,夜诵方策。及既殁,遗书委积,多未彻编。"④更加难能可

---

① 《云韶集辑评》卷二十二,《白雨斋词话全编》,第517—518页。
② 《白雨斋词话》卷六,《白雨斋词话全编》,第1260页。
③ 包荣翰:《白雨斋词话跋》,《白雨斋词话全编》,第1341页。
④ 《白雨斋词话叙》,《白雨斋词话全编》,第1340页。

贵的是,陈廷焯治学并非浅尝辄止,不求甚解,乃是秉持一种精益求精的钻研态度。他曾说:"学无止境,毋自诿于远也。"①陈氏认为治学切不可半途而废,一定要探其真理,得其精义,故汪懋琨谓其"诗古文辞,皆取法乎上,必思登峰造极而后止"②。而陈廷焯"凡习一艺,必造精微,而于词学为尤深且邃"③,他精益求精的治学品质在其词学研究中体现得尤为突出。陈氏早年编选《云韶集》,为的就是弥补朱彝尊《词综》未收明清词的缺憾,希望完整地展现词史面貌;他后期编选《词则》,乃是有感于张惠言《词选》的有原无委、大醇小疵,决心以一部既精且备的词选指导后学。而该书的问世,又经历了"七易稿而后成"④的反复推敲与不断完善;至于体大思精的《白雨斋词话》,早在陈廷焯生前,包荣翰便请求将之刊行于世,但陈氏拒绝了这一提议:

> 荣请付梓,以公诸世。舅氏不许,谓于是编历数十寒暑,识与年进,稿凡五易,安知将来不更有进于此者乎。⑤

纵使《白雨斋词话》五易其稿,凝结了自己数十年的心血,陈廷焯也并未志得意满,止步于此。他对词学的精蕴有更多的渴求,对个人的造诣有更高的期待。陈廷焯说过这样一段话:

> 世无不显之宝,文人学业,特患其不精,不患其无知己。曲高寡和,于我奚病焉?⑥

精益求精的钻研是自信心的来源与基础,而强大的信心又成为独造

---

① 中国国家图书馆藏申报馆活字版排印《戊子科江南闱墨》第25页。
② 汪懋琨:《白雨斋词话叙》,《白雨斋词话全编》,第1339页。
③ 包荣翰:《白雨斋词话跋》,《白雨斋词话全编》,第1341页。
④ 《白雨斋词话》卷七,《白雨斋词话全编》,第1269页。
⑤ 包荣翰:《白雨斋词话跋》,《白雨斋词话全编》,第1341页。
⑥ 《词则辑评·大雅集》卷六,《白雨斋词话全编》,第801页。

精微的支撑与保证。这两种品质相辅相成,共同造就了陈廷焯自成一家、博大精深的词学成就。

在晚清那个风云激荡的时代,陈廷焯一生流寓在外。方届不惑之年,便因病谢世。他关心时政,忧国忧民,渴求功名,却止步于会试,终生没能做官。忠爱,被陈廷焯视为立身之本,也是他文学思想的底色。而陈氏长期持有的怨慕心态以及对于比兴手法的熟练自觉运用,更是与他后期词学之"沉郁说"有着莫大的关联。

第二节　一生著述在诗词

我国传统文化里有所谓"三不朽"之说,最高境界是"立德",其次是"立功",最后是"立言"。只要做到其中一项,就可以"不朽",使个体有限的生命在某种程度上获得永恒。陈廷焯原本打算四十岁起"委弃辞章,力求经世性命之蕴",即向立功、立德去迈进。然而造化弄人,历史之所以记住了陈廷焯,正是因为他四十岁前所留下的那些"辞章"。

一、传世著作

陈廷焯去世后,只有词话和部分诗词作品刊刻行世。经过后来学者的查访搜辑,他的《骚坛精选录》《云韶集》《词坛丛话》《词则》等书逐渐被发现,其传世著作得到了极大丰富。

(一)《骚坛精选录》

《骚坛精选录》是陈廷焯选评的一部诗选,从未刊布流传,在陈氏其他著作中也没有相关记载。彭玉平先生最早披露了该书的信息,并予以整理出版,拉开了研究陈氏诗学的序幕。但关于这部诗选的成书时间,却悬而未决,有待商榷。

自晚近以来,陈廷焯以词学名家,其诗学著作未见流布。1989年,彭玉平先生在陈廷焯子媳张萃英女士处意外发现陈氏诗选《骚坛精选录》的残稿,并摘抄了其中部分批语。2010年,彭先生在陈廷焯嫡孙陈昌处重睹此书,摄录了全部内容。2014年,彭先生纂成《白雨斋诗话》,交由凤凰出版社出版。书前有《骚坛精选录》三张书影,正文上编即《骚坛精选录》批语专辑。2014年6月14日,陈廷焯嫡孙陈光裕、陈昌、陈光远三位先生,代表家族将陈氏《词则》《白雨斋词话》两部手稿以及《骚坛精选录》的残稿三册无偿捐献给南京图书馆。目前,南京图书馆已将《骚坛精选录》残稿的前两册进行了扫描,而第三册破损比较严重,尚未扫描。笔者曾赴南京图书馆,有幸在馆内电脑上得见《骚坛精选录》的原貌。经过比对,笔者发现《白雨斋诗话》中辑录的《骚坛精选录》批语存在讹误、脱漏的情况。因此,必要时本文将直接引用《骚坛精选录》原书。关于该书残稿的基本情况,因彭玉平先生看到的最全,故在此移录他的介绍:

> 《骚坛精选录》原选情况已难精确描述,我经眼的止有三册,无序跋,残损处颇多,合六朝与盛唐诗选和评论。书心写"陈廷焯一字亦峰丹徒耀先陈世焜评选"。第一册为南北朝诗选,自卷七至卷十一,卷七选宋、齐诗,宋末附歌谣;卷八选齐、梁诗,齐末附歌谣;卷九选梁诗,卷十选梁、陈、北魏、北齐诗,其中梁、北魏、北齐末附歌谣;卷十一选北周、隋诗,隋诗未完。第二册为盛唐诗选,自卷十七至卷二十一,卷十七选王维与孟浩然两家诗,卷十八选储光羲至李白诗,卷十九、二十专选李白诗,卷二十一选李白、杜甫诗。第三册亦为盛唐诗选,自卷二十二至二十七,为杜甫诗专辑,其中卷二十五首页缺,卷二十六末数页缺。以上三册,计存十六卷。①

彭先生由此推论:"原选很可能是通代诗选,非止二十七卷,册数也当

---

① 陈廷焯著,彭玉平纂辑:《白雨斋诗话》,凤凰出版社,2014年版,前言第3页。

在五册以上。"①笔者同意这个观点，因为现存残稿的批语中提到："《康衢谣》见卷首。"②又说："汉乐府有《东门行》，见卷之三。"③"汉乐府有《淮南王》篇，见卷之三。"④可见《骚坛精选录》始自古逸，历时编排，乃是一部大型通代诗选。且陈氏评李白《杨叛儿》云："艳而不妖，胜于《子夜歌》。余正集不录《子夜歌》者，此也。"⑤则该书应当还有正集、副集之分。如此一来，《骚坛精选录》的部头就更大了。

由于现存残本没有序跋，故无法确知其编选年月。而学者推测的大致成书时间，又呈现出或前期或后期的不确定性⑥。我们说，陈廷焯前期选评《云韶集》，撰成《词坛丛话》；后期选评《词则》，撰成《白雨斋词话》。这几种著作的原稿都保存了下来，可以作为我们判断陈氏其他著述成书时间的参照物。笔者认为，《骚坛精选录》作于陈廷焯早年，原因如下：

1. 稿本类型

从稿本类型看，《词则》与《白雨斋词话》皆为陈廷焯行草手书，南京图书馆所藏《云韶集》则是誊清稿本，可见陈氏早年或有请人誊录之习惯和条件。而《骚坛精选录》恰是誊清稿本（见图1-1），且与《云韶集》字迹非常相似（见图1-2）。则《骚坛精选录》当成书于《云韶集》前后，而与《词则》《白雨斋词话》有一定的时间间隔。

---

① 《白雨斋诗话》，前言第4页。
② 陈廷焯：温子升《从驾幸金墉城》批语，《骚坛精选录》卷十，陈氏稿本，南京图书馆藏。
③ 鲍照《代东门行》题注，《骚坛精选录》卷七。
④ 鲍照《代淮南王》题注，《骚坛精选录》卷七。
⑤ 《白雨斋诗话》，第103页。
⑥ 彭玉平先生说："《云韶集》编选于1874年，则陈廷焯的这部《诗话》应该在此之前即已完成。……但这部《骚坛精选录》中的大量批语应视为是其《诗话》的基础。"(《白雨斋诗话》前言第2-3页)即推测《骚坛精选录》成书于陈氏早期。而彭先生又说："所以《骚坛精选录》的编选年代虽然难以确考，但其以杜甫沉郁为宗，上溯《风》、《骚》的批评理念，与其在《白雨斋词话》中表现的理念颇为相似，两书思想的传承之迹还是可以清晰地考量出来的。陈廷焯诗学和词学的根基是建立在对杜甫诗歌的理论解读上的，他从早期诗歌创作追步杜甫，到后期在《骚坛精选录》和《白雨斋词话》中全面解析杜甫，杜甫的身影通贯一生。"(《白雨斋诗话》前言第25页)则又倾向于将《骚坛精选录》作为陈氏后期的作品。

图1-1 《骚坛精选录》书影　　　图1-2 《云韶集》书影
（南京图书馆藏）　　　　　　（南京图书馆藏）

2.署名方式

从署名方式看,《骚坛精选录》为"一字亦峰丹徒耀先陈世焜",《云韶集》和《词坛丛话》均为"亦峰陈世焜",《词则》和《白雨斋词话》均为"亦峰陈廷焯"。廷焯和亦峰是陈氏后期更定的名、号,早期名世焜,字(号)亦峰。而《骚坛精选录》署名世焜,字耀先,一字亦峰,显系陈氏早期,且极有可能比编选《云韶集》时更早。

3.圈点方式

文学批评中的圈点是指在题目上方和文字旁边(一般是右侧)添加圈、点等符号,除了标明句读外,还可以表示个人对作品的好恶褒贬。圈点广泛运用于明清选本中,现存的这几部陈廷焯编纂的诗选、词选都有他的圈点。《云韶集》是陈氏二十二岁时选评的,其中的圈点符号有点和圈两种,均表示赞许,只是程度有别。且调名上方无圈点。等到陈氏三十八岁选评《词则》的时候,使用的圈点符号要繁复得多,表明的态度也是褒贬兼具。且调名上方也出现了圈点。这两部词选所用圈点符号的情形我们后面还会详述,而有个基本的趋势很明显,那便是随着年龄的增长,陈廷焯使用的圈点方式愈加丰富多样。再来看《骚坛精选录》,笔者所见残稿二册,书中圈点第一册用朱笔,第二册用墨笔。符号方面只用了"○",没有用"、"及其他符号。且诗题上方未作标记,所圈皆在文旁。可见这三个选本之中,《骚坛精选录》的圈点方式最为简单。按照前面那个规律推论,这部诗选的成书时间应当是最早的。

4.批语来源

从批语来源看,"《骚坛精选录》中的眉批和夹批虽多陈廷焯自撰,但也广泛征引诸家论语以为佐证,或直接以引代论。所引前人评语一般只著评者字号,鲜著书目,很多时候甚至直接抄录或檃栝前人评论,不作任何标识"[1]。彭玉平先生对陈氏转引前人评语的书目来源做了详细地考察,至少有14种之多[2]。而陈氏另外两种评点选集《云韶集》和《词则》所反映出的变化趋势,则是年龄越大,陈氏越发有主见,拾人牙慧者日少,自述己见者日多。今《骚坛精选录》批语中大量引录或檃栝前人文字,当是陈廷焯学诗初期所为。

5.批语内容

从批语内容看,《骚坛精选录》中的许多思想观念与早期的《云韶集》《词坛丛话》同旨,而与后期的《词则》《白雨斋词话》异趣。

例如对歌谣的态度,《云韶集》最后一卷名曰"杂体",选入不少民歌杂曲。对于这类作品,陈廷焯是比较欣赏的,他说:

> 自唐人以后,山歌樵唱、酒令道情,以及传奇、杂曲,言虽俚俗,而令读者善心感发,欲泣欲歌,哀者可以使乐,乐者可以使哀,灯前酒后,可以除烦恼,可以解睡魔。况夫古乐不作,独劳人思妇、怨女旷夫发为歌词,不求工而自合于古,何也? 同一性情之真也。[3]

---

① 《白雨斋诗话》,前言第26-27页。
② 详见《白雨斋诗话》,前言第27页。
③ 《云韶集辑评》卷二六,《白雨斋词话全编》,第663页。

陈氏认为,这类民间文学虽然不如正统诗文高雅,但却是真情的自然流露,具有极强的艺术感染力,故他不忍舍弃。而到后期,陈氏的态度发生了根本的转变。《词则》中不再有民歌小调的位置,《白雨斋词话》更是旗帜鲜明地表达出对里谚童谣的排斥:

> 山歌樵唱,里谚童谣,非无可采。但总不免俚俗二字,难登大雅之堂。好奇之士,每偏爱此种,以为转近于古,此亦魔道矣。《风》《骚》自有门户,任人取法不尽,何必转求于村夫牧竖中哉?①

对于民歌谣谚,陈廷焯的态度有一个由褒到贬、由取到舍的变化过程。我们再看《骚坛精选录》,其每每于历代诗歌后附录民间歌谣,并直言歌谣之绝妙。如评《木兰诗》:"末四语以歌谣之笔结之,卓绝万古。"②评歌谣《折杨柳歌辞》"上马不捉鞭"一首:"深语以浅出之,此歌谣之所以为天籁也。"③评北齐《童谣》"一束藁"一首:"童谣每于无理中有至理,此是天籁,不可强为也。"④对歌谣的笔法和内容都颇为倾心,乃至以天籁目之。可以说,与《云韶集》相比,《骚坛精选录》对民歌童谣的称许有过之而无不及。

再如对杜诗的评价,陈廷焯在《云韶集》卷二十四曾援引清代潘德舆《养一斋诗话》,他说:

> 潘彦辅所著《养一斋诗话》尽有可观,其总论千古诗家云:"两汉以后,必求诗圣,得四人焉。子建诗如文、武,文质适中;陶公诗如夷、惠,独开风教;太白诗如伊、吕,气举一世;子美诗如周、孔,统括千

---

① 《白雨斋词话》卷九,《白雨斋词话全编》,第1304页。
② 《白雨斋诗话》,第44页。
③ 《白雨斋诗话》,第45页。
④ 《白雨斋诗话》,第56页。

秋。"此论实获我心。①

潘德舆从两汉以后的诗坛中披沙拣金,最终推举曹植、陶渊明、李白和杜甫作为四大诗圣,陈廷焯完全接受这种观点。而他在《骚坛精选录》中所标举的"骚坛大将"也是这四人:

> 骚坛大将,余独举四人:陈思、彭泽、太白、少陵……至如少陵,具备万物,横绝太空,凡诸家之长,无不在其牢笼中,永为骚坛首座……余所以独以四人为大将者,以四人之圣于诗也,而少陵尤为圣中之圣。②

在这里,杜甫的地位又高于曹、陶、李三人,是"骚坛首座""圣中之圣",可谓陈廷焯心目中最完美的诗人。这份对于杜甫的独尊,在《骚坛精选录》的杜诗批语中得到了鲜明的体现。如评《兵车行》:"风号雨溢,海啸山崩,奴婢《风》《骚》,藐视汉、魏,开辟一十二万年,谁敢望其项背。"③又如评《哀王孙》:"缠绵往复,温厚和平,岂止冠绝三唐,雄跨汉魏已哉!即求《风》《雅》《离骚》,亦无此种笔墨。开辟以来,当以此为第一篇。"④由此我们可以清楚地看到陈廷焯无比尊崇杜诗,甚至将其置诸《风》《骚》之上。故陈氏说:"他如《风》《骚》、十九首、陈思、彭泽、太白诸家,或以浑含胜,或以沉痛胜,或以古茂胜,或以冲澹胜,或以豪迈胜,自有老杜出,古今皆无颜色矣。"⑤在《骚坛精选录》中,陈廷焯固然推崇《风》《骚》,但犹认为杜诗胜过包括《风》《骚》在内的一切作品,是诗歌史上的巅峰。而在《白雨斋词话》中,陈廷焯则表达了不同的观点:"至杜陵,负其倚天拔地之才,更欲驾《风》《骚》而上之,则有所不能。"⑥视《风》《骚》为永远无法超越的经典,否

---

① 《云韶集辑评》卷二四,《白雨斋词话全编》,第598页。
② 《白雨斋诗话》,第14页。
③ 《白雨斋诗话》,第145页。
④ 《白雨斋诗话》,第151页。
⑤ 《白雨斋诗话》,第158页。
⑥ 《白雨斋词话》卷九,《白雨斋词话全编》,第1308页。

认杜诗高于《风》《骚》。从对杜诗的态度来看,《骚坛精选录》与后期的《白雨斋词话》是有区别的。

虽然我们无法确知《骚坛精选录》编于何年,但上述五个方面都将其创作时间指向与《云韶集》同时甚至更早。因此,《骚坛精选录》当是陈廷焯早期的作品。

(二)《云韶集》

《云韶集》是陈廷焯早年编辑的一部词选,他在《白雨斋词话》中曾提及这部书:"癸酉、甲戌之年,余初习倚声,曾选古今词二十六卷,得三千四百三十四首,名曰《云韶集》。"①该书编成后没有刊行,一直藏于陈氏家中。1930年前后,陈廷焯长子受聘于南京国学图书馆(今南京图书馆)时,将《云韶集》捐赠。

南京图书馆所藏《云韶集》乃是誊清稿本,序言为陈氏手书,正文则倩人誊写。书按金、石、丝、竹、匏、土、革、木分装八册。清乾隆间徐文弼有一部教人如何作诗的《汇纂诗法度针》,分金集、石集、丝集、竹集、匏集、土集、革集、木集。陈廷焯读过徐书,《云韶集》八册之名当受此启发。《云韶集》首为自序,次为《词坛丛话》,次为《名人词目》,次为词选。词选按朝代序列,卷一至卷二十三录自唐至清道光初年词,卷二十四补词,卷二十五补人,卷二十六录自汉至清的词曲小唱、散曲传奇,名曰"杂体"。总计二十六卷,收词三千四百三十四首。该书体例仿效朱彝尊《词综》,对所选词人著其爵里,并引述前人评论。不同于《词综》的是,陈廷焯在《云韶集》中加入了自己的评点。评论方面,每一朝代有一综论,重要词人有一总论,各词皆有眉批、尾批或夹批;圈点方面,以墨笔明句读,以朱笔见喜好。词句旁加点者为佳句,加圈者则尤佳。《云韶集序》落款云:"岁在同治十三年秋八月仲浣,丹徒亦峰陈世焜自序于天台客舍。"②天台是台州府的古称,

---

① 《白雨斋词话》卷九,《白雨斋词话全编》,第1311页。

② 《云韶集序》,《白雨斋词话全编》,第20页。

可知《云韶集》成书于同治十三年(1874)八月中旬,即陈廷焯住在浙江黄岩之时。目前,《云韶集》稿本已被南京图书馆珍藏,秘不示人。但馆方已对全书进行了扫描,我们可以通过馆内古籍阅览室的电脑一览该书的原貌。

　　除了南京图书馆藏本外,《云韶集》尚有一抄本传世,现藏于中国国家图书馆。该本为绿丝栏抄本,一函十册。首页书名"云韶集"三字,为民国著名词曲家卢前题眉,每页版心下方有"南通王氏晴蔼庐钞"字样,故又称晴蔼庐抄本。该本楷书抄写,字迹娟秀,且对原书词中字句多有校对①,又可补南图本部分文字残损漫漶之阙。另外,据1948年印行的《江苏省立国学图书馆现存书目》,江苏省立国学图书馆即后来的南京图书馆,当时藏有两部《云韶集》,著录信息为:"《云韶集》二十六卷,清丹徒陈世焜。钞本。善乙。又一部二十六卷,同上。本馆传钞本。善乙。"②第一个钞本当即陈廷焯长子所捐献者,而那个"本馆传钞本"或许就是晴蔼庐抄本,或许别是一部抄本也未可知。

　　由于《云韶集》只有稿本和抄本,见者寥寥,引述亦罕。出版于1935年的李冰若《花间集评注》引用过《云韶集》卷一中的评语,但出处标为"白雨斋词评"③,又为《云韶集》蒙上一层神秘的面纱。1983年,屈兴国先生《白雨斋词话足本校注》出版。该书除附录《云韶集序》和历代词总评外,还在正文注语中摘引《云韶集》批语五百二十余则,至此《云韶集》的面貌才广为世人所知。然而屈氏之书只是摘引,学者仍难睹《云韶集》全豹。为了弥补这一缺憾,孙克强、杨传庆两位先生至南京图书馆和中国国家图书馆,将《云韶集》中的评语全部辑校整理出来,名之曰《〈云韶集〉辑评》,分四期发表在《中国韵文学刊》2010年第3期至2011年第2期,后收入孙

---

　　① 如《云韶集》卷二录苏轼〔哨遍〕,抄本天头贴纸条云:"急趋檀板,趋,原本作趣。"

　　② 江苏省立国学图书馆编:《江苏省立国学图书馆现存书目》,江苏省立国学图书馆印行部,1948年版,卷十五第37页。

　　③ 关于这个问题,可参看屈兴国《记陈廷焯〈云韶集〉稿本》注释①。

克强先生主编的《白雨斋词话全编》①。无独有偶,学者张若兰也做了同样的工作。其辑录《云韶集》中批语,亦命名为《云韶集辑评》,收入葛渭君先生编的《词话丛编补编》②。这两部《云韶集辑评》为学界研究陈廷焯早期词学思想提供了极大的便利。

（三）《词坛丛话》

《词坛丛话》原本是《云韶集》的一部分,具有提纲挈领、发凡起例的作用。其落款云:"岁在同治十三年秋八月仲浣,亦峰陈世焜随笔录于天台客舍。"③可知其与《云韶集》同时完成。丛话凡一百一十一则④,第一至九十二则纵论历代词史和词人,余下数则主要说明《云韶集》的体例和选评标准。由于《词坛丛话》具有较强的理论性,故学者将其从《云韶集》中抽出单行,视作陈氏早年的一部词话著作。屈兴国先生最早辑出《词坛丛话》,附录于《白雨斋词话足本校注》。其后唐圭璋先生亦将《词坛丛话》收入重订本《词话丛编》⑤。2013年,中华书局出版《白雨斋词话全编》,亦收录《词坛丛话》。

（四）《词则》

光绪二年(1876),二十四岁的陈廷焯与庄棫会面。嗣后陈氏逐渐由浙入常,词学思想发生很大转变。他认为先前所编《云韶集》"殊病芜杂"⑥,决心重新编辑一部词选,这便是《词则》一书的由来。陈廷焯在《白雨斋词话》中曾提及此书:"余旧选《词则》四集,二十四卷,计词二千三百六十首,七易稿而后成。"⑦并引录《词则》的总序和各集的序言。然而与

---

① 中华书局,2013年版。
② 中华书局,2013年版。
③ 《词坛丛话》,《白雨斋词话全编》,第18页。
④ 不同的整理者分则数目有异,此据《白雨斋词话全编》本《词坛丛话》。
⑤ 中华书局,1986年版。
⑥ 《白雨斋词话》卷九,《白雨斋词话全编》,第1311页。
⑦ 《白雨斋词话》卷七,《白雨斋词话全编》,第1269页。

《云韶集》一样,《词则》也未被刊行,始终珍藏在陈氏后人处,很少有人得见其庐山真面目。直至二十世纪八十年代初,《词则》原稿才被学界发现。屈兴国《白雨斋词话足本校注》在正文注语中引用了部分《词则》批语。1984年5月,上海古籍出版社将《词则》稿本影印出版,这部珍贵的手稿终于公之于世。《词则总序》落款云:"光绪十六年五月望日丹徒亦峰陈廷焯序。"①可知《词则》成书于光绪十六年(1890),是陈廷焯后期词学思想的载体。与《云韶集》相类,《词则》也是一部评点词选,各词几乎都有陈氏的批语和圈识。值得注意的是,它在文献形态和选评体例方面有其独特之处:

其一,陈氏手录。南图所藏《云韶集》乃是誊清稿本。惟有序言是本人行草手书,其余文字都是他人楷书缮写,容易识别。而《词则》稿本全部出自陈氏之手,行楷、行草兼具,给今人辨识增加了难度。

其二,分体编选。《云韶集》按照朝代升降、词人先后顺序录词,这是词选常用的编排体例。而《词则》乃是分体编排,各体之下再历时录词。全书八册,分为《大雅集》《放歌集》《闲情集》《别调集》四集。每集六卷,共二十四卷。其中,《大雅集》录"尤雅者"②,凡一百二十八家五百七十一首;《放歌集》录"纵横排奡感激豪宕者"③,凡一百一十家四百四十九首;《闲情集》录"尽态极妍哀感顽艳者"④,凡二百一十七家六百五十五首;《别调集》录"清圆柔脆争奇斗巧者"⑤,凡二百五十七家六百八十五首。全书总计收自唐至清词作两千三百六十首。

其三,圈点繁复。圈点是中国古代评点文学中的重要组成部分。在词集评点中,圈点除了标明句读、指示所评词句位置外,本身也蕴含着评者的褒贬态度,可谓一种"有意味的形式"。前文已经提到,《骚坛精选录》

---

①《词则总序》,《白雨斋词话全编》,第696页。
②《词则总序》,《白雨斋词话全编》,第696页。
③《词则总序》,《白雨斋词话全编》,第696页。
④《词则总序》,《白雨斋词话全编》,第696页。
⑤《词则总序》,《白雨斋词话全编》,第696页。

只用圈,《云韶集》用圈和点。圈也好,点也好,皆在文旁,均表示陈氏赞许,只是程度有异。可以说,陈廷焯早期的这两部诗词选本在圈点的符号形式、标注位置、表达含义等方面都比较单一。而在《词则》中,陈氏使用的圈点符号更为繁复,标注位置不再限于文旁,表明的态度也是褒贬兼具。具体来说,一首词,每一句子末尾旁画一个圆圈,以此标明句读。在此基础上,如果添改符号,则寓有陈氏的好恶。由贬到褒大致分为以下四种类型:句尾旁以粗点代替圆圈,表明此句极为恶劣;句尾旁以半圈代替圆圈,表明此句小有瑕疵;句中每字旁边加点,表明此句尚佳;句中每字旁边加圈,表明此句极佳。除对词句圈点外,陈廷焯还借鉴张惠言《词选》的做法,在每首词的调名上亦加圈点,以表达自己对作品的整体评价。表1-1是对《词则》四集各类圈点词作数量的统计:

表1-1 《词则》四集各类圈点词作数量统计表

圈点符号 / 词则四集	、	、、	、、、	○	、○	、、○	○○	、○○	○○○
大雅集				55首	83首	5首	260首	39首	129首
放歌集	2首			115首	73首	27首	168首	29首	35首
闲情集	3首	10首	7首	279首	138首	32首	124首	21首	41首
别调集	1首			191首	185首	62首	218首	14首	25首

《词则》中位于调名之上的圈点共有九种样式。根据"圈"胜于"点"的原则类推,等级由低到高依次为"、""、、""、、、""○""、○""、、○""○○""○○○"①。这种针对整首作品的圈点符号在《骚坛精选录》《云韶

① 林玫仪先生误算作八种,认为表示的等级由高至低为"○○○""、○○""、○""○○""○""、、○""、",见其《新出资料对陈廷焯词论之证补》,《词学》(第十一辑),华东师范大学出版社,1993年版,第213页。沙先一先生纠正了林教授的统计之误,而在等级的高下判定上,则与林教授观点相似,认为由高而下依次为"○○○""、○○""、、○""、○""○○""○""、、○""、",见其《〈云韶集〉〈词则〉与清词的经典化》,《清代文学研究集刊》(第六辑),第12页注释②。笔者的看法与两位先生有所不同。

集》中是没有的，它是陈氏后期对历代词作最为感性、直观的评判。其意义正如林玫仪先生所说："盖透过《白雨斋词话》，只可见陈氏对某家之整体评断，纵使论及词作，也仅及其少数代表作。《词则》则对所选之二千三百余首，全部给予评分，则诸家词作于陈氏心目中之高下，较然可见。若按各家词作高下、入选作品之多寡序列诸家，则其优劣立判，必有助于了解陈氏之批评观点也。"①总之，与《骚坛精选录》《云韶集》相比，《词则》中的圈点符号更加丰富多样，褒贬评判由具体词句延伸至整首作品。《词则》中的圈点与评语紧密配合，相互发明，将中国古代评点文学的批评功能推至一个新的高度。

　　除稿本外，《词则》另有两种抄本，学界对此罕有提及。一本藏于北京大学图书馆，线装一函八册，题名《丹徒陈亦峰选评词则》。该抄本版式、行款、卷册与稿本完全相同，俨然稿本之翻版。文字方面，则为行书抄写，间有讹、衍、倒、脱之误，不若原稿之精审。另外一种藏于中国科学院图书馆，一函七册，缺失第一册《大雅集》卷一至卷三。此本亦源出稿本②，但已改变版式和行款。且正文、批语均以楷书抄写，清晰明确，一目了然。值得一提的是，此本抄者在抄写的同时，还进行了细致的校勘，以朱笔注明于抄本之上③。这些批注可以分为三类：一是校改文字。如《闲情集》卷四朱彝尊〔金缕曲〕（枕上闲商略）"绿叶青叶看总好"，抄者批云："原抄'清阴'，误作'青叶'。"又如《别调集》卷二李清照〔好事近〕（风定落花深）眉批"《乐府雅调》作'正是伤春时节'，'是'字衍，当删"，抄者批云："《乐府雅词》，原稿多误作'雅调'。"其对原稿中词作和批语的文字讹误均做了辨正。二是商榷词律。如《大雅集》卷四王沂孙〔摸鱼子〕（洗芳林夜来风雨）

---

①《新出资料对陈廷焯词论之证补》，《词学》（第十一辑），第214页。
②证据有二：《放歌集》卷一白居易〔长相思〕（汴水流）眉批，稿本为"'吴山点点愁'五字精警"。北京大学图书馆抄本误"精"为"凄"，中国科学院图书馆抄本不误。又《放歌集》卷一苏轼〔双调南乡子〕（重阳）眉批，稿本为"翻用落帽事，极疏狂之趣"。北京大学图书馆抄本误"趣"为"态"，中国科学院图书馆抄本不误。可知中科院图书馆抄本源出稿本，绝非抄自北京大学图书馆抄本。
③《别调集》间用墨笔。

有"更为我且将春"之句,抄者批云:"'更为我'句多一字,待检。"再如《大雅集》卷四朱淑真〔蝶恋花〕(楼外垂杨千万缕)有"莫也愁人意"之句,抄者批云:"'意'字不叶,待检。"又如《放歌集》卷四陈维崧〔水调歌头〕(我住太湖口),陈氏句读作"茅家兄弟,笑我前路足风湍",抄者批云:"'茅家兄弟笑我'六字断句为妙。"其对原词的字数、韵脚和断句都提出了自己的看法。三是抒发感慨。陈廷焯在《大雅集》卷六中选庄棫词三十首,以〔水龙吟〕(小窗月影东风)为殿。抄者于此首眉批之上注云:"《蒿庵词》有甲乙两卷,补遗一卷,刻于光绪丙戌,附诗集后。惜亦峰先生未得见,而为之一一发其意蕴也。"显然,关于陈廷焯对庄棫词的评论内容和解说方式,抄者均表示赞许,且有意犹未尽之憾。此本于各册末尾多以朱笔作记,如《放歌集》卷三末:"甲戌七月初三日灯下校毕。"又如《别调集》卷三末:"甲戌七月初五日晚访王雷夏归,重校《别调集》三卷。"甲戌为民国二十三年,故此本抄于1934年。而王雷夏即王宗炎,乃陈廷焯弟子,抄者或于彼处借得《词则》原稿。抄者姓名未详,从其所加批注可知,其亦浸淫词学有年,思想近于常州词派。

两种《词则》抄本的发现,丰富了我们对于《词则》版本流传的认识。中国科学院图书馆藏本对我们今天整理、利用《词则》更是有着十分重要的意义。我们知道,《词则》稿本为陈廷焯行草手书(见图1-3),许多文字不易辨认,颇易造成误读误识。这也影响了学界对于《词则》的充分有效利用。2013年,《词话丛编补编》和《白雨斋词话全编》出版。两书均收有《词则辑评》,《词则》中的批语终于完整清晰地展现在世人面前。而中国科学院图书馆抄本为楷书抄写(见图1-4),正可为我们进一步完善《词则》的辑评工作提供有力的帮助。

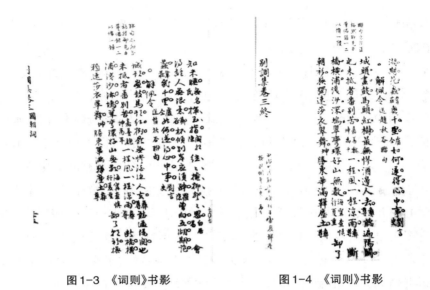

图1-3　《词则》书影　　　　　　图1-4　《词则》书影

（上海古籍出版社1984年影印手稿）　　（中国科学院图书馆藏）

（五）《白雨斋词话》

定稿于光绪十七年除夕的《白雨斋词话》①，是陈廷焯生前最后一部词学著作，也是他身后影响最大的一部词学著作，被誉为晚清三大词话之一。白雨斋，当为陈氏之书斋。命名"白雨"，或取其字"伯与"之谐音。另外，苏轼《六月二十七日望湖楼醉书五首》其一："黑云翻墨未遮山，白雨跳珠乱入船。卷地风来忽吹散，望湖楼下水如天。"潘德舆《养一斋诗话》卷九曾引及，陈氏读过潘书，肯定知道苏轼这首诗。他以"白雨"为斋名，或许出自苏诗，以喻其触绪纷繁的心境②。该书有八卷本和十卷本两个版本系统，二者是整理本与稿本的关系。

光绪二十年（1894），陈廷焯弟子许正诗等人在陈父壬龄的授意下，整

①《白雨斋词话自序》落款云："光绪十七年除夕日亦峰陈廷焯序。"按：光绪十七年为公元1891年，而该年农历除夕已在公元1892年。

②彭玉平先生认为陈廷焯以"白雨"名斋名书，或出于杜甫《寄柏学士林居》"白雨一洗空垂萝"，亦是一说。见其《陈廷焯词学综论》，《中华文史论丛》（总第71辑），第128页。

理刊刻陈氏遗著《白雨斋词话》,凡八卷。卷首有汪懋琨序、王耕心序以及陈廷焯自序,书后有包荣翰、许正诗两篇跋文。卷一八十四则,卷二八十五则,卷三九十五则,卷四八十五则,卷五一百一十三则,卷六九十七则,卷七七十二则,卷八六十六则。全书总计六百九十七则,八万余字,是古代词话中规模较大、字数较多的一部。据陈氏后人追述,刻本《白雨斋词话》当年印刷了很多部,传世数量较多,目前国内各大图书馆几乎皆有庋藏。八卷本系中,刻本是源,直接或间接出自它的版本有以下几种:

其一,《词话汇刊》本。是本署名泉唐稽丹生(锦枫)校印,民国十六年(1927)九月由苏州中报馆出版发行。今中国国家图书馆、上海图书馆、南京图书馆皆有庋藏。据稽锦枫《词话汇刊小引》所述,稽氏很喜欢填词,自家藏书也有不少词话。受到《词话丛钞》(况周颐辑,王文濡增补,上海大东书局1921年出版)的启发和朋友的鼓动,稽锦枫也着手汇刻词话。他从家藏词话中选出六种,汇为第一集出版。它们分别是《白雨斋词话》八卷、《莲子居词话》四卷、周济《论词杂著》一卷、冯煦《词论》一卷、谭献《箧中词评话》一卷、戈载《词林正韵·发凡》一卷。《词话汇刊》本《白雨斋词话》为铅印本,一函两册。与原刻相比,文字旁无圈点和句读。

其二,王启湘评点本。是本题名《评点白雨斋词话》,一函四册,1929年由上海文瑞楼书局鸿章书局石印出版发行。今天津图书馆、上海图书馆、南京师范大学图书馆、中国人民大学图书馆有藏。此本在原书汪懋琨序、王耕心序和陈廷焯自序的后面增加了一篇王启湘的序言。王启湘即王时润,湖南善化人,法学家。著有《周秦名家三子校诠》《商君书斠诠》《商君书集解》等。王氏在序中简要介绍了陈廷焯其人其书,以及《评点白雨斋词话》的刊印缘起。随后着重阐述了其"词之源殆出于三百篇"[①]的词学观点。他以《诗经》中的《召南·江有汜》《鄘风·墙有茨》《王风·中谷有蓷》《齐风·东方之日》《魏风·汾沮洳》《齐风·还》《魏风·伐檀》《鱼藻之什·

---

① 陈廷焯著,王启湘评点:《评点白雨斋词话》,上海文瑞楼书局鸿章书局,1929年版,王序第1页。

渐渐之石》为例,指出《诗经》与词体在形式上的相似性,认为"由此而类推之,则词曲之渊源可知矣"①。王启湘熟稔先秦诸子,尤精法家,于词学本无深造。他将词溯源《诗经》,貌似与陈廷焯本诸《风》《骚》的词体观相合。但实际上只是望文生义、牵强附会,绝非当行家言。且翻检书中正文,没有任何评点文字。故所谓"评点"实乃书贾噱头,并无多少价值。

其三,《词话丛编》本。1934年,唐圭璋先生《词话丛编》初版告竣,铅印线装二十四册,共收自宋王灼《碧鸡漫志》至近代潘飞声《粤词雅》六十种词话类著作,《白雨斋词话》便在其中。1986年,重订本《词话丛编》出版,亦收入《白雨斋词话》,所据底本即光绪刊本。

其四,开明书店本。民国间,上海开明书店曾据光绪原刊本校印《白雨斋词话》,今南京图书馆等地有藏。由于无版权页,具体出版时间不详。查1938年12月1日《申报》刊登了"开明书店初版新书"的广告,其中有"《白雨斋词话》,陈廷焯著,实价二角"②,则该本应即初版于1938年③。十年后的1948年4月29日《申报》所刊登开明书店的书讯,在"最近重版新书"下又出现了《白雨斋词话》。不过当时货币严重贬值,售价已经高达九万元。1954年,台湾开明书店又一次再版重印。开明书店本《白雨斋词话》依次为王序、汪序、自序、词话正文,并无跋语。铅印一册,大小五十开,方便易携,广为流通。

其五,民国油印本。除了上述几种由出版机构公开发行的版本外,《白雨斋词话》在民国时期还曾以油印本的形式流传。如南京图书馆藏有民国油印本一册,中山大学图书馆藏有民国油印本两册。与铅印、石印相比,油印书籍所需要的设备相对简单,学校、社团甚至个人都可以进行印制。

其六,杜维沫校点本。此本以开明书店铅印本作底本,用光绪原刻本

①《评点白雨斋词话》,王序第3页。
②《开明书店初版新书》,《申报》1938年12月1日第2版。
③唐圭璋先生在《白雨斋词话》手稿影印本的后记中说:"抗战前,开明书店曾据木刻八卷本铅印,是书始得普遍流传。"据此,则开明书店本的初版时间还要早于1938年。

校勘。收入郭绍虞、罗根泽主编的《中国古典文学理论批评专著选辑》，1959年由人民文学出版社出版，流传较广。

其七，《续修四库全书》影印本。《续修四库全书》集部第一七三五册收入《白雨斋词话》，即根据光绪二十年刻本影印，2002年上海古籍出版社出版。

陈廷焯《白雨斋词话自叙》中说"撰词话十卷"①，与通行的八卷本卷数不符，这使后人颇感疑惑。如杜维沫说：

> 本书作者在自序中说他"撰词话十卷"，但刻印行世的只有八卷，包荣翰、许正诗在本书的跋中也说是八卷。这或许是原稿本为十卷，后经整理为八卷；也或许自序中的"十"字是误字。②

事实证明，杜先生的第一种猜测是对的。二十世纪八十年代初，屈兴国先生从陈氏后人张萃英、陈光裕、陈昌、陈光远等人处觅得《白雨斋词话》手稿十卷。屈先生大喜过望，移录校注，公之于世，这便是1983年出版的《白雨斋词话足本校注》。次年，上海古籍出版社将这十卷手稿影印出版，人们终于得见《白雨斋词话》的稿本原貌。

《白雨斋词话》稿本为纸稔毛订，三册十卷。全部为陈氏手录，字旁有句读圈识。卷首为陈廷焯自序，卷一八十五则，卷二八十六则，卷三八十则，卷四八十二则，卷五六十则，卷六四十一则，卷七六十四则，卷八八十八则，卷九七十七则，卷十七十六则。原稿凡七百三十九则，九万五千余字，较刻本多出一万余字。林玫仪先生曾细致比对《白雨斋词话》稿本与刻本的异同，认为八卷本并非由十卷本直接删去二卷，而是篇卷重新分合的结果。遭到删削的内容主要有四类：论艳情者，出语过于自矜或有失厚道者，已另付刻者，合并或误合误删者③。总之，十卷稿本是陈廷焯词学

---

① 《续修四库全书》集部第1735册，上海古籍出版社，2002年版，第217页。
② 杜维沫：《校点后记》，《白雨斋词话》，人民文学出版社，1959年版，第228页。
③ 见林玫仪《新出资料对陈廷焯词论之证补》，《词学》（第十一辑），第203—207页。

思想原汁原味的呈现,理应成为学界研究的主要依据。

除了屈氏校注本与手稿影印本外,十卷本《白雨斋词话》还有2009年上海古籍出版社彭玉平先生导读本,2013年孙克强先生主编《白雨斋词话全编》本等。

提到《白雨斋词话》,有必要说一下它与《词则》之间的关系。《词则》成书于光绪十六年(1890)五月,《白雨斋词话》定稿于光绪十七年(1891)除夕。从表面来看,二者成书时间相距有一年半以上。而王耕心作于光绪十九年(1893)的《白雨斋词话叙》说:"记三年前,亦峰尝挈是书初稿见视,且属为叙。"[1]可知在光绪十六年(1890),《白雨斋词话》已有相对定型的初稿。也就是说,陈廷焯几乎同时完成了《词则》的选评和《白雨斋词话》初稿的撰写,两书在写作时间上有相当长的重合。《词则·大雅集》卷六中的一条评语可以证明这点:

> 皋文《词选》一编,可称精当,识见之超,有过于竹垞十倍者,古今选本,以此为最。其中小疵虽不能尽免(详见余《白雨斋词话》中),于词中大段,却有体会。温、韦宗风,一灯不灭,赖有此耳。[2]

今十卷本《白雨斋词话》卷一第八则正是详述《词选》之缺憾。我们由此可以对陈氏后期的词学著述活动做一还原:选评《词则》;撷拾《词则》评语,在此基础上撰写《白雨斋词话》;七易其稿,写定《词则》;五易其稿,写定《白雨斋词话》。当然,这几个阶段不是依次而是交叉进行的。《词则》和《白雨斋词话》都经过反复修改,正源于陈氏后期词学思想的不断调整与日益深化。定稿的《词则》与《白雨斋词话》,当然都是陈氏后期词学思想的体现。恰如唐圭璋先生所说:"(陈廷焯)同时著《白雨斋词话》,意图与《词则》相辅而行。"[3]屈兴国先生也说:"《词话》的主要内容,均见于《词

---

① 《白雨斋词话叙》,《白雨斋词话全编》,第1340页。

② 《词则辑评·大雅集》卷六,《白雨斋词话全编》,第790页。

③ 《词则》,上海古籍出版社,1984年影印本,《后记》第1页。

则》。可以说，《白雨斋词话》和《词则》是互为表里的两部著作。"①而林玫仪先生之言尤为简明扼要："《词坛丛话》与《云韶集》、《词则》与《白雨斋词话》，可分别代表陈氏前后期之词学思想。"②需要注意的是，我们明确两者之"大同"，也不能忽视两者之"小异"。与《词则》相比，《白雨斋词话》定稿更晚。十卷本《白雨斋词话》是陈廷焯生前最为成熟的词学著作，它是陈氏词学思想的终点。

（六）《白雨斋词存》《白雨斋诗钞》

《白雨斋词存》《白雨斋诗钞》分别是陈廷焯的词集和诗集，附刻于光绪二十年（1894）刻本《白雨斋词话》后。《白雨斋词存》录词十五调四十六首。词句旁有圈识，词后多有评语，署名者有王燮立、包荣翰、王耕心、王宗炎、许正诗、陈兆煊、陈凤章、许棠诗等人。《白雨斋诗钞》录诗八十二首，古体近体皆有。与《词存》一样，《诗钞》诸作亦是旁有圈识，部分诗后缀评语。评语主要出自高寿昌，间有包荣翰、王耕心之言。台湾林玫仪先生《研究陈廷焯之重要文本——〈白雨斋词存〉与〈白雨斋诗钞〉》③对这两部集子进行了详细地考述，并附有文本的点校补遗，可以参看。

2010年，上海古籍出版社出版《清代诗文集汇编》。其中第七七七册收入《白雨斋词存》和《白雨斋诗钞》，即据光绪刻本影印。此外，中国科学院图书馆还藏有一朱丝栏抄本，一函一册。与原刻相比，抄本《词存》中〔满庭芳〕（潮落枫江）误列〔丑奴儿慢〕（嫩寒破晓）后，《诗钞》中缺《古谣》一首，其余皆同。

二、存目著作

除了上述传世著作外，还有一些著作见载于陈廷焯自己或他人的记述中。但只知其名，未见其书。

---

① 屈兴国：《〈词则〉与〈白雨斋词话〉的关系》，《词学》（第五辑），第131页。
② 林玫仪：《新出资料对陈廷焯词论之证补》，《词学》（第十一辑），第228—229页。
③ 载《中国文哲研究通讯》，第18卷第2期，2008年。

(一)《白雨斋笔谈》

《云韶集》卷十选录朱淑真〔生查子〕(去年元夜时),陈氏批云:

> 案:此词非淑真作,渔洋辨之于前,云伯辨之于后,俱有挽扶风教之心。余著《白雨斋笔谈》详辨此词及李易安再适之诬。①

又《云韶集》卷十三选录张红桥〔念奴娇〕(凤凰山下),陈氏批云:

> 余《白雨斋笔谈》中详录其唱和诸诗,不独工长短句也。②

可知陈廷焯还著有一部笔记《白雨斋笔谈》。关于这部书,屈兴国先生有如下推测:

> 《云韶集》卷十朱淑真〔生查子〕("去年元夜时")条下云:"余著《白雨斋笔谈》,详辨此词及李易安再适之诬。"《白雨斋笔谈》未见,而《词坛丛话》中,对李清照再适事及朱淑真此词("去年元夜时")为欧阳修作,辨之甚详。疑二书本为同一著述,陈氏最后写定时,将原名《白雨斋笔谈》改名为词坛丛话,载诸《云韶集》卷首。在请他人缮写时,未能前后照应,消除痕迹。③

《词坛丛话》第三十二、三十三、三十四则详辨李清照再适事和朱淑真〔生查子〕词,这确与《云韶集》卷十批语相合,故屈先生认为《白雨斋笔谈》和《词坛丛话》很可能是同一部书。然而由《云韶集》卷十三批语可知,《白雨斋笔谈》还详录张红桥的许多唱和诗,这在专门论词的《词坛丛话》中是

---

① 《云韶集辑评》卷十,《白雨斋词话全编》,第237页。
② 《云韶集辑评》卷一三,《白雨斋词话全编》,第326页。
③ 屈兴国:《记陈廷焯〈云韶集〉稿本》,《白雨斋词话足本校注》,第856页。

找不到的。因此，笔者认为《白雨斋笔谈》乃是一部记载逸闻轶事、历史公案以及与诗词本事相关的杂记。它并非《词坛丛话》的原型，而是另有其书，可能早已亡佚。

（二）诗话

《云韶集》卷二十四录郑燮〔贺新郎〕二首，陈氏批云：

> 板桥平日论诗，以沉着痛快为最，而以温厚和平者，笑其一枝一节为之，不免有小家气。此说近偏，余诗话中论之详矣。①

由此可知陈廷焯还著有诗话专书。只是我们不仅找不到这部书，甚至连具体的书名也不清楚。

（三）《希声集》

除了《骚坛精选录》外，陈廷焯还编过一部诗选——《希声集》。《词则·闲情集》卷一录顾夐〔木兰花〕（月照玉楼春漏促），陈氏批云：

> 此犹是词，若飞卿〔木兰花〕，直是绝妙古乐府矣，录入《希声集》诗选中，兹编不载。②

又《白雨斋词话》卷十云："余选《希声集》六卷，所以存诗也。《大雅集》六卷，所以存词也。"③与卷帙浩繁的《骚坛精选录》相比，《希声集》只有区区六卷④。且陈氏将其与《大雅集》相提并论，有为诗学绵延一线之期待，足见《希声集》乃他心目中"精选的精选"。从陈廷焯精益求精的治学路数

---

①《云韶集辑评》卷二四，《白雨斋词话全编》，第598页。
②《词则辑评·闲情集》卷一，《白雨斋词话全编》，第901页。
③《白雨斋词话》卷十，《白雨斋词话全编》，第1336页。
④《丹徒县志摭余》卷八谓陈廷焯有《希声诗集》八卷，当是误记。

推断,该书当是他后期诗学思想的载体。遗憾的是,我们至今没有发现这部书的传本,可能已经散佚了。

(四)《杜诗选》

与《骚坛精选录》类似,《杜诗选》也是陈廷焯选评的一部诗选。陈氏其他著作中从未提及《杜诗选》,而近人周采泉见到过这本书,还摘录了其中部分内容。目前该书存佚未知,下落不明,算是一部特殊的存目著作。

文史学家周采泉先生最早提到这部书,他在《经眼的杜诗"善本"简介》中说:"我极想做番集评工作,所以历代搜访明、清以来几十家名家批本,略述如下:……十、清陈白雨(廷焯)批杜诗。陈廷焯,丹徒人,光绪举人,著有《白雨斋词话》等。"[1]后来在其《杜集书录》内编卷七中详细介绍了《杜诗选》的情况。该书凡六卷,稿本,陈廷焯撰。并节引了陈氏自序,摘录了部分批语。周先生说:"是选共选古今体诗六百六十三首。分体编次,有注有批,注中引仇、浦、杨各家,间亦有自注。考证明确,言简意赅,亦笺注之上乘,而批语尤佳。"[2]给予了很高的评价。关于此书来历,周先生也有所交代:"编者当时向许效庳先生借观。"[3]据陈巨来《安持人物琐忆》载:"许效庳(德高),丙午年生。镇江世家子也。"[4]又云:"至五七年秋,他以郁郁患喉癌逝世了。"[5]许效庳即许德高,生于1906年,卒于1957年,为近代镇江著名文人。陈廷焯亦是镇江丹徒人,或因同乡的关系,陈氏《杜诗选》流入许氏手中,而周氏得以借观。如今我们不知道这部《杜诗选》稿本在哪,幸得《杜集书录》节引摘录,我们方能了解该书之一斑。不过,周先生在保存珍贵材料的同时,也给读者留下了一个疑点,那就是《杜诗选》的成书时间。

---

① 周采泉:《文史博议》,广东人民出版社,1986年版,第152–153页。
② 周采泉:《杜集书录》,上海古籍出版社,1986年版,第427页。
③《杜集书录》,第428页。
④ 陈巨来:《安持人物琐忆》,上海书画出版社,2011年版,第182页。
⑤《安持人物琐忆》,第184页。

周先生所引《杜诗选》自序落款为"时光绪十九年丹徒陈廷焯"①。我们知道,陈氏于光绪十八年(1892)辞世,这在《白雨斋词话》王耕心叙、包荣翰跋、许正诗跋中说得很清楚,毫无疑问。故所谓的"光绪十九年"显系周氏笔误。那么这部书究竟作于何时呢?我们可以将周氏引录的《杜诗选》自序及批语与陈氏前期的《骚坛精选录》、后期的《白雨斋词话》从内容上做一对比。

《杜集书录》摘录了《杜诗选》中《前出塞》《同诸公登慈恩寺塔》《自京赴奉先咏怀》《彭衙行》《八哀诗》《悲青坂》六首诗的批语。除《八哀诗》外,其他五首皆见录于现存《骚坛精选录》中,并有批语。比较这五首诗批语后发现,两书有明显差异。如对《彭衙行》,《骚坛精选录》批云:

沈归愚曰:"通首皆追叙,故用'忆昔'二字领起。"琐琐屑屑,语至情真,愈朴愈妙,作汉乐府读可也。孙宰必白水人。同家洼当是白水乡邨之名,即孙宰所居也。公因取白水之古名命题作歌以表其人,故曰《彭衙行》。非路出彭衙后再历一旬之泥涂,然后到同家洼遇孙宰也。②

而《杜诗选》则批云:

宋郑庠《古音辨》,真、文、元、寒、删、先六韵皆协先音,此章六韵并用,乃依古韵,非用叶也。《石壕村》起句用元、真、寒三韵亦然。宋人读《三百篇》《楚辞》注多用叶,不知乃古人本音如此,并非叶也。《招魂》一篇本系屈原自作,后人误为宋玉。太史公曰:"余读《离骚》《天问》《招魂》《哀郢》悲其志。"是悲屈原之志,非悲宋玉之志也。蒋湅滕辨之详矣。《大招》一篇亦屈原作,后人误为景差。杜诗如"剪纸招我魂""南方实有未招魂""魂招不来归故乡"之类,皆招生时之魂。古人

---

①《杜集书录》,第427页。
②《白雨斋诗话》,第129—130页。

招魂之礼,原不专施于死者也。①

对《彭衙行》,《骚坛精选录》的批语涉及篇章结构、艺术特色及题目之义,《杜诗选》则主要探讨该诗用韵及"剪纸招我魂"一句的理解,两书的关注点判然有别。不仅批注角度有异,两书还在某些观点上截然不同。如《骚坛精选录》评《哀王孙》:"此篇为少陵集中第一杰作……开辟以来,当以此为第一篇。"②即以《哀王孙》为杜诗最佳乃至古今第一。而《杜诗选》则将"杜陵全集以此为第一,千古名作,亦以此为第一"③的殊荣给了《自京赴奉先咏怀》一诗。由此可见,《杜诗选》与《骚坛精选录》并非同时期作品,即该书不是陈廷焯早年所作。

众所周知,陈廷焯在后期所撰的《白雨斋词话》中提出了著名的"沉郁说"。而《杜诗选》自序及批语,亦颇多以"沉郁"立论者。如自序云:"窃以为杜诗大过人处,全在沉郁。笔力透过一层谓之沉,语意藏过数层谓之郁。精微博大,根柢于沉;忠厚和平,本原于郁。明于沉郁之故,而杜之面目可见。而古今作诗之法,举不外此矣。"④再如评《八哀诗》云:"读《八哀诗》须看其忽起忽落,千回百折处,惟杜诗能郁,提得起,咽得住,最是神境,不知者方以为颠倒重复也。"⑤而《自京赴奉先咏怀》的批语与《白雨斋词话》中的某些字句尤为神似:

沉郁顿挫,至斯已极,杜陵全集以此为第一,千古名作,亦以此为第一……百折千回,终无一语道破,沉之至,郁之至,和平忠厚,求之《三百篇》中亦不多得。⑥

---

①《杜集书录》,第427-428页。
②《白雨斋诗话》,第150-151页。
③《杜集书录》,第427页。
④《杜集书录》,第426页。
⑤《杜集书录》,第428页。
⑥《杜集书录》,第427页。

《白雨斋词话》论清真词说："然其妙处,亦不外沉郁顿挫。顿挫则有姿态,沉郁则极深厚。既有姿态,又极深厚,词中三昧,亦尽于此矣。"①论稼轩〔摸鱼儿〕说："起处'更能消'三字,是从千回万转后倒折出来,真是有力如虎。"②论"沉郁"云："而发之又必若隐若现,欲露不露,反复缠绵,终不许一语道破。"③论李璟〔山花子〕说："沉之至,郁之至,凄然欲绝。"④在遣词造句上,所引批语与这些词话显系同一声口。总之,《杜诗选》以"沉郁"为旨归,正与《白雨斋词话》的"沉郁说"相呼应,有些语句甚至有似曾相识之感。故《杜诗选》的创作时间当与《白雨斋词话》比较接近。另外,《杜诗选》自序中"聊以心得者示子侄辈,俾无入歧途而已"⑤的长者口吻以及落款"陈廷焯"而非"陈世焜"的署名方式均带有一定的时间指向。综上所述,笔者认为《杜诗选》是陈廷焯后期的著作。

自《杜集书录》披露后,陈廷焯的《杜诗选》引起了杜诗学者的广泛关注。如曹光甫《研究杜甫及其诗歌的一把新钥匙——简评〈杜集书录〉》一文举出六种《杜集书录》著录的杜集珍本,其中就有陈氏的《杜诗选》⑥。孙微《清代杜诗学文献考》将该书列入同治、光绪、宣统卷的见存书目⑦。张忠纲等编著的《杜集叙录》亦置之于"清代编"中⑧。蔡锦芳《杜诗学史与地域文化》则将陈廷焯的《杜诗选》作为镇江地区的杜诗学史之殿⑨。然而,研究陈氏的学人却对此书罕有提及。事实上,《杜集书录》摘录之《杜诗选》乃是吉光片羽,弥足珍贵。作为陈廷焯后期诗学的直接材料,它对于我们进一步探究"沉郁"理论的由诗入词,深入理解陈氏的诗词之辨

---

① 《白雨斋词话》卷一,《白雨斋词话全编》,第1171页。
② 《白雨斋词话》卷一,《白雨斋词话全编》,第1176页。
③ 《白雨斋词话》卷一,《白雨斋词话全编》,第1165页。
④ 《白雨斋词话》卷一,《白雨斋词话全编》,第1166页。
⑤ 《杜集书录》,第427页。
⑥ 见曹光甫《研究杜甫及其诗歌的一把新钥匙——简评〈杜集书录〉》,《古籍整理出版情况简报》,第175期,第33-34页。
⑦ 见孙微《清代杜诗学文献考》,凤凰出版社,2007年版,第223-224页。
⑧ 见张忠纲、赵睿才、綦维等编著《杜集叙录》,齐鲁书社,2008年版,第485-486页。
⑨ 见蔡锦芳《杜诗学史与地域文化》,浙江大学出版社,2015年版,第76-77页。

具有极其重要的价值。

三、未竟著作

王耕心《白雨斋词话叙》谓陈廷焯"及既殁,遗书委积,多未彻编"①。陈氏一生敏而好学,在诗词学领域内不断有新的著述构想。然而天不假年,有些著作未能完成,这也成为他永久的遗憾。

(一)《唐诗选》

《白雨斋词话》卷十云:

> 余友尝语余云:"有《全唐诗》,不可无《全宋词》。有能为是举者,固是大观,且不患其不传也。"然余谓:借以传一己之名则可,欲以教天下后世之为词者则不可。盖兵贵精不贵多,精则有所专注,多则散乱无纪。如《全唐诗》九百卷,多至四万八千首。精绝者亦不过三千首,可数十卷耳(余久有《唐诗选》之意,约得三千首,此举至今未果)。余则仅备观览,供采掇、资谐笑而已。虽不录无害也。②

陈廷焯治学,信守博观约取之法,其于诗学、词学皆然。他选古今词精华为《大雅集》,古今诗精华为《希声集》,而《唐诗选》乃其心目中唐诗的"精绝者"。该书拟选三千首左右,分数十卷。其筹划良久,却始终没能完成。

(二)《古今二十九家词选》

词选是清代词学家展现自己词学思想的一项重要载体。陈氏于早年选评《云韶集》二十六卷,后期选评《词则》二十四卷。他并未就此停止,而

---

① 《白雨斋词话叙》,《白雨斋词话全编》,第1340页。
② 《白雨斋词话》卷十,《白雨斋词话全编》,第1323页。

是又有新的编选计划——《古今二十九家词选》。《白雨斋词话》卷十云：
"余拟辑古今二十九家词选（附四十二家），约二十卷。"①关于该书的编选
意图，陈廷焯也有说明：

> 此选大意，务在穷源竟委，故取其正，兼收其变，为利于初学耳。
> 非谓词之本原，即在二十九家中，漫无低昂也。惟殿以皋文、中白，却
> 寓深意。②

与《词则》一样，《古今二十九家词选》也力图展示词中之源委正变。
但前者分体编排，突出的是正变观；后者历时编排，以人为纲。纳正变于
源委，词史线索更加清晰，更有利于初学。关于《古今二十九家词选》，陈
廷焯在《白雨斋词话》中已列出各卷入选词人详目，可见其经过深思熟虑。
遗憾的是，其终究未能付诸选评实践。

四、零散诗文

除了上述独立成书的著作外，陈廷焯尚有诗古文辞的零章断简散存
于天壤间。笔者略加搜辑，在此一并介绍。

（一）诗词

陈廷焯不仅致力于诗词研究，而且耽溺于诗词创作。《白雨斋词存》和
《白雨斋诗钞》只是其部分作品，陈氏的很多诗词都被他自己和亲友删削
遗弃了。比如词，陈廷焯屡屡进行删汰。他二十二岁时说："余初好为艳
词，四五年来，屏削殆尽。"③《白雨斋词话》中也说："余旧作艳词，大半付
丙。"④可知其对自己的艳词作品多有舍弃。而他早年其他类型的词作，

---

① 《白雨斋词话》卷十，《白雨斋词话全编》，第1326页。
② 《白雨斋词话》卷十，《白雨斋词话全编》，第1326-1327页。
③ 《词坛丛话》，《白雨斋词话全编》，第15页。
④ 《白雨斋词话》卷六，《白雨斋词话全编》，第1264页。

同样是所剩无几。《白雨斋词话》说："自丙子年与希祖先生遇后,旧作一概付丙,所存不过己卯后数十阕。"①二十四岁后,陈廷焯的词学思想发生重大转变,其焚毁旧作以示决裂。至于诗,主要为高寿昌所删削。高氏评陈氏《闺中秋咏》说："亦峰喜为香奁体,余悉裁汰之,不可为不慎矣。惟此十四首不能割爱,以其浑然不著痕迹耳。"②高氏对陈廷焯香奁诗的取舍,恰是删存其诗作的一个缩影。今《白雨斋词存》录词四十六首,《白雨斋诗钞》录诗八十二首。两者之外,尚有若干诗词遗珠。林玫仪先生根据十卷本《白雨斋词话》补遗词六首(其中两首存残句)、诗四首③。笔者又据《云韶集》补陈氏早期词作三首(其中一首存残句),据中国国家图书馆藏申报馆活字排印本《戊子科江南闱墨》补陈氏试帖诗一首,详见本书"附录"。

(二)文章

《丹徒县志摭余》谓陈廷焯"中年潜心医理,笃志古文"④,可知陈氏平生写过不少文章。目前能够看到的陈文仅有三篇:其一是光绪十年(1884)为亡友李慎传《植庵集》所作序言,乃散文体。屈兴国先生首先发现这篇文章,附录于《白雨斋词话足本校注》;其二是光绪十四年(1888)江南乡试闱墨一篇,乃时文体。该篇论者罕有寓目,今附录书后以备考;其三是光绪十七年(1891)为《白雨斋词话》所作自序,乃骈文体。该篇人所共知,无须赘述。此外,李慎传《植庵集》卷八中两篇时文和卷九中两篇律赋后附有陈廷焯评语。虽属溢美之辞,价值有限,但毕竟是陈氏遗墨,终不忍弃,一并附于书后。

梳理过陈廷焯的著述情况,有两个特点值得我们注意。首先一个是他著作等身。陈廷焯外甥包荣翰说:"舅氏天资卓越,丰于才而啬于年,著

---

① 《白雨斋词话》卷六,《白雨斋词话全编》,第1255页。
② 《白雨斋诗钞》,《清代诗文集汇编》第777册,第63页。
③ 见《研究陈廷焯之重要文本——〈白雨斋词存〉与〈白雨斋诗钞〉》。
④ 《丹徒县志摭余》卷八,第26页。

作林立,是编特其绪余。"①包氏谓陈"著作林立",绝非虚言。我们可以来算一下,陈氏早年就完成了两部著作:《骚坛精选录》和《云韶集》(含《词坛丛话》),且当时已经动笔撰写《白雨斋笔谈》和"诗话";后期又完成了《词则》《白雨斋词话》《希声集》《杜诗选》。在其短暂的一生中,竟然写了至少八部著作,其中还多为大部头。此外,陈氏还创作了若干首诗词、若干篇文章,尚计划编写《唐诗选》和《古今二十九家词选》。他这种勤奋好学的精神、笔耕不辍的毅力,真是令人感佩!除了"多",陈廷焯著述还有"专"的一面。他喜欢诗,《白雨斋诗钞》是其部分作品。早年编《骚坛精选录》,后来编《希声集》《杜诗选》,还打算编《唐诗选》;他也喜欢词,《白雨斋词存》是其部分作品。早年编《云韶集》,撰《词坛丛话》。后来编《词则》,撰《白雨斋词话》,并计划编纂《古今二十九家词选》。很明显,陈廷焯的著述基本上都是围绕诗词进行的。而且是既作诗填词,又进行诗学、词学的精研。贯穿一生,直至去世。所以毫不夸张地讲,诗和词已经融入了陈廷焯的生命。

第三节　亲属、同乡为主的"朋友圈"

任何事物的变化演进,都是内外因共同作用的结果。陈廷焯文学思想特别是词学思想的形成与发展亦是如此,一个很重要的外部因素便是交游的影响。通过梳理相关材料,考知其交游十七人。依据身份地位的不同,按陈氏的长辈、平辈、晚辈分述。其中庄棫、李慎传、王耕心、包荣翰四人,与其词学交往尤为密切,将另列专节予以详述,这里先不多说。

一、房师长辈

与陈廷焯交往的长辈,已知有汪懋琨、王荫祜、庄棫三人。他们于陈氏或为房师,或为亲属。

---

① 包荣翰:《白雨斋词话跋》,《白雨斋词话全编》,第1341页。

（一）汪懋琨

汪懋琨是光绪十四年（1888）戊子科江南乡试十八名同考官之一。正是由于他的荐举，陈廷焯才得到主考官的青睐而高中举人。关于汪氏的生平事迹，《中华进士全传·山东卷》①和《清代山东进士》②两书均有记载。在此稍加概括，做一介绍。汪懋琨（1848—1912）字瑶廷，一字瑶庭，号小航，济南府历城县人。光绪十二年（1886）进士，十六年（1890）补江苏桃源县知县。任上重修文庙文昌阁，复建淮滨书院，亲授诸生课业，深得民心。光绪二十二年（1896），改任长州县知县。二十六年（1900）官江苏上海知县，保升道员。在上海期间，发展中外贸易，维持社会治安，功不可没。回籍后，任职于山东通志局，编史修志。辛亥革命后，心力交瘁，旧疾复发去世。

汪懋琨不仅是一位循吏，还是一个知人善鉴的伯乐。他"闱中得生卷，议论英伟，而真意恳挚，决其为宅心纯正之士"③，从字里行间读出陈廷焯的英气与忠爱。其后在桃源县署与陈氏晤面，对他又有进一步了解：

> 谒予于桃源署斋，温文尔雅。与谈经史，悉能根究义理，贯串本原。诗古文辞，皆取法乎上，必思登峰造极而后止。间论时事，因及古忠臣孝子，辄义动于色。④

二人的谈论涉及经史、诗文、时事。通过此番畅谈，汪氏认为陈廷焯在性情上是忠义之士，在文学学术上则精益求精，这是非常到位的评价。光绪二十年（1894），陈氏门人刊行《白雨斋词话》，特意请汪懋琨作序。汪氏评论说：

---

① 傅洁琳、李天程、周明昆编著，泰山出版社2007年出版。汪氏小传，见该书第417页。
② 李进莉、潘荣胜编著，齐鲁书社2009年出版。《汪氏小传》，见该书第15页。
③《白雨斋词话叙》，《白雨斋词话全编》，第1339页。
④《白雨斋词话叙》，《白雨斋词话全编》，第1339页。

予得而阅之,推本《风》《骚》,一归于温柔敦厚之旨,非所谓宅心纯正,蘄至于登峰造极者欤?①

汪氏指明《白雨斋词话》的主旨,并归因于作者的心性与品质,这亦为有识之言。总之,汪懋琨与陈廷焯虽无过深交往,但汪氏对陈氏其人、其文皆有非常中肯的评价。

(二)王荫祜

王荫祜(1824—1875),字子受,号菊龛,一作鞠龛。据王赓武《先考艺初公家传》记载,其族系出太原王氏,明洪武三年(1370)由山西清源县迁河北正定县。十八传至荫祜,以附贡生候补两淮盐运使经历。因爱江南美景,人文蔚盛,遂与兄荫福挈家南下,占籍泰州②。陈廷焯谓其"官江苏角斜场大使"③。角斜场是江苏的一个盐场,它隶属于两淮都转盐运使司通州分司,场区则在泰州东台县境内。所以与陈壬龄一样,王荫祜也做过盐场大使,而且就在泰州。王氏为官之暇,亦究心文史。著有《尚诗征名》二卷,叙说一卷④。另有《觉华龛诗存》⑤,附词七首。

据《泰县王氏本支世系》所载,王荫祜育有三子:王耕心、王夔立、王宗炎⑥。这三人与陈廷焯都有十分密切的关系。其中,王夔立与陈廷焯为儿女亲家,故王荫祜乃其姻丈。荫祜与陈氏具体交往情况已无从查考,我们只知陈廷焯对荫祜的词作较为肯定。《白雨斋词话》卷七云:

---

① 《白雨斋词话叙》,《白雨斋词话全编》,第1339页。
② 见王赓武《先考艺初公家传》,《王宓文纪念集》,八方文化企业公司,2002年版,第24—26页。
③ 《词则》,第518页。
④ 清光绪三十四年(1908)刻本,中国国家图书馆藏。
⑤ 清光绪二十年(1894)刻本,中国国家图书馆藏。
⑥ 见《王宓文纪念集》,第27页。

道农以其尊翁菊龛（荫祜）姻丈〔满江红〕四篇示余……感激豪宕，直可摩迦陵之垒。①

　　道农即王耕心。他将王荫祜四首〔满江红〕给陈廷焯看，陈氏录入《词则·放歌集》卷六，并在《白雨斋词话》中再次全文录出。这四首词乃迦陵一派，皆为猛起奋末之音。在陈氏看来，虽非词中极诣，但也是可以的。

　　在与陈廷焯交游的长辈中，尚有其姨表叔庄棫，他是陈氏词学的第一导师。关于他们二人的交往情况，详见本书第四章。

二、兄弟友朋

　　陈廷焯的平辈交游，主要有唐煜、王夔立、马尚珍、王凤起、高寿昌、钱梦弼、李慎传、王耕心等人。陈氏与他们或为中表，或属姻亲，或是志同道合的朋友。

（一）唐煜

　　唐煜，字少白，丹徒人，附生。陈廷焯说：

　　少白与余为中表弟兄，年少工词。后因于衣食，未能充其学力之所至，年未五十下世，可叹也。②

　　唐煜为陈氏表兄。陈氏慨其一生落拓，壮年辞世，特选其〔金缕曲〕《登岱二首》入《放歌集》卷六，《白雨斋词话》卷七亦全文录出。与王荫祜词类似，这两首〔金缕曲〕同样是豪放不羁之作。但就艺术水平而言，陈廷焯认为其不逮王作。王荫祜四首〔满江红〕，陈氏在词牌上全部标为两圈，并以直追迦陵目之。而唐煜两首〔金缕曲〕，陈氏在词牌上均标为两点一

---

① 《白雨斋词话》卷七，《白雨斋词话全编》，第1281–1282页。
② 《词则辑评·放歌集》卷六，《白雨斋词话全编》，第889页。

圈,低于王作一级。且评价说"笔意豪迈,亦板桥之流亚"①,仅视为郑燮词之同调。从评点两方面,都可看出陈廷焯对唐煜词的态度。

(二)王夔立

王夔立与陈廷焯为儿女亲家。关于其生平事迹,《民国泰县志稿》②《江苏艺文志·扬州卷》③以及王耕心《仲弟子海寿墓志铭》④皆有记载,现略述如下:王夔立,字卓如,号克庵居士。先世直隶正定人,寓居泰州。后寄籍浙江钱塘县,补附学生。为荫祜次子,耕心仲弟。少从父兄研求佛学,工诗古文辞,习钱谷。游江鄂,幕游四十年。"任湖北交涉员署科长时,日本商强占中国商江岸船埠地。讼数年,不得直。夔立阅十余年案牍,得侵占确证。交涉员陈介者乃得固争,卒以地归。中商商德甚以二千金为寿,毅然辞之。"⑤为人孝友仁恕,卒年七十五岁。著有《韦苏州年谱》一卷,诗文集二卷,《觉后编》十四卷。唯《觉后编》于民国间铅印梓行,今复旦大学图书馆有藏本。

据《泰县王氏本支世系》,王夔立生三子,即王允成、王海寿、王海昆。王允成娶陈廷焯女为妻,夔立与廷焯由此结为姻亲。今《白雨斋词存》〔水调歌头〕三章后附有王夔立评语,经查乃是袭取十卷本《白雨斋词话》中陈氏自评,则夔立于词学可能并不在行。

(三)马尚珍

《白雨斋词话》卷七云:

---

①《白雨斋词话》卷七,《白雨斋词话全编》,第1280-1281页。

②见单毓元纂修《民国泰县志稿》,《中国地方志集成·江苏府县志辑68》影印抄本,江苏古籍出版社,1991年版,第703页。

③见南京师范大学古文献整理研究所编《江苏艺文志·扬州卷》,江苏人民出版社,1995年版,第1295页。

④见王耕心《龙宛居士集》,《清代诗文集汇编》第761册影印清光绪三十二年(1906)刻本,上海古籍出版社,2010年版,第699页。

⑤《民国泰县志稿》,《中国地方志集成·江苏府县志辑68》,第703页。

吾邑马眉生(尚珍),天资甚优,生有词癖。充其力量所至,可以卓然成家。己卯秋,会于金陵旅次,畅论词学源流,并赠以旧录《唐宋词》一本。不见马生久矣,谅于此中消息,必有所得。他日觌面,再当重与切磋也。①

陈廷焯有一同乡词友马尚珍,字(号)眉生。光绪五年(1879),二人在南京会面。由于同有词癖,一见如故,相谈甚欢。马尚珍词世无传本,其词论也不得而知。据陈廷焯说:"眉生好为艳词,间作壮语。"②这种侧艳和叫嚣的词风恰是陈氏后期所贬抑的。可以想见,光绪五年(1879)与马尚珍的这次讨论,促使陈廷焯对词中源流得失有了进一步的思考。马尚珍在词史上名不见经传,而对陈廷焯来说他是一位可以深入探讨词学的朋友。

(四)王凤起

王凤起(1844—1883前),字(号)竹庵,行十五。工诗词,著有《江楼暮雨诗钞》。据陈廷焯记述:"竹庵长余九年。后闻其游楚、粤间,援例得县丞,大吏荐擢知县,与某公不合,悒悒抑郁,年未四十下世。"③

王凤起后期宦游楚、粤,去世之时,陈廷焯尚不到三十。故陈氏与他的交往,主要集中在早年。陈氏说:"癸酉年,与余唱和甚多。"④癸酉为同治十二年(1873),当时陈氏二十一岁,王氏三十岁。二人同有诗词之好,频频以文字相往还,结下了深厚的友谊。陈廷焯《白雨斋诗钞》中,为王凤起所作最多,计有《怀王竹庵》《晤王竹庵》《路出靖江怀亡友王竹庵》《过王竹庵墓是夜宿宜陵二首》《怨歌》等。竹庵故后,陈氏悼亡诸作真挚感人。

---

①《白雨斋词话》卷七,《白雨斋词话全编》,第1282页。
②《白雨斋词话》卷七,《白雨斋词话全编》,第1282页。
③《白雨斋词话》卷八,《白雨斋词话全编》,第1301页。
④《白雨斋词话》卷八,《白雨斋词话全编》,第1301页。

《过王竹庵墓是夜宿宜陵二首》其一有"生死论交吾负汝,不堪回首子云居"①之句,其以生死之交相许,足见二人交谊之深。

陈廷焯说:"眉生好为艳词,间作壮语。余友王竹庵(凤起)亦有此癖。"②又说:"余友王竹庵,工诗词,而未造深厚之境。"③对王凤起的诗词评价一般。而王凤起生前却非常欣赏陈廷焯的作品。陈氏云:

> 余赋《秋怨诗》,有云:"鸡鸣欲曙天未曙,此夜知君在何处。红灯如雾纱如烟,凉月沉沉梦中语。"竹庵叹为幽绝,以为不厌百回读也。④

除了对陈氏诗作爱不释手外,王氏也很喜欢陈氏的词作。同治十三年(1874)暮春,竹庵远行,陈廷焯赋〔摸鱼子〕词饯之,"竹庵得词,忧喜交集"⑤。陈氏后期时常怀念这位知音,曾感慨道:"现词境变而益上矣。使竹庵见之,又不知喜慰如何也。"⑥对陈廷焯而言,王凤起是他最为亲密的朋友之一。

(五)高寿昌

高寿昌,字南星,丹徒人,诸生。性孝友,能笃亲。与人谈论,多诙谐而寄婉讽。幼喜吟咏,长益工诗,著有《拙斋诗集》⑦,又纂修《高氏宗谱》四卷⑧。传见《丹徒县志摭余》卷八。高寿昌经历了太平天国运动对丹徒的冲击,其诗集中《贼至携家人走避夜宿道旁破屋》《我行经旷野》《惨目》

---

① 《白雨斋诗钞》,《清代诗文集汇编》第777册,第61页。
② 《白雨斋词话》卷七,《白雨斋词话全编》,第1282页。
③ 《白雨斋词话》卷八,《白雨斋词话全编》,第1301页。
④ 《白雨斋词话》卷八,《白雨斋词话全编》,第1301页。
⑤ 《白雨斋词话》卷八,《白雨斋词话全编》,第1302页。
⑥ 《白雨斋词话》卷八,《白雨斋词话全编》,第1302页。
⑦ 正集十六卷,续集二卷,外集二卷,有光绪二十八年(1902)扬州晋林斋刻本,中国国家图书馆藏。
⑧ 有光绪二十二年(1896)木活字本,中国国家图书馆藏。

《送从侄联渡江感赋》等作真实记录了邑人在天灾人祸的逼迫下流离失所、四散逃亡的悲惨景象,可当诗史。如《惨目》云:"黄旗初飘飏,贼渠短躯干。风声一呼哨,雨煅纷然乱。镞刃无钝锘,血肉相交战。纷纷釜中蚁,无之且奔窜。缓死秖须臾,何由别良贱。江声间号咷,势撼地轴陷。承平二百年,此事那曾见。"①在手持利刃的军队面前,无辜百姓如同待宰的羔羊,九死一生。又《送从侄联渡江感赋》云:"年来值饥馑,江上闻鼓鼙。携家避江北,道路恒苦饥。"②在这场浩劫中,高寿昌携家侥幸逃生,北渡长江,并从此定居扬州。

关于高寿昌与陈廷焯的交往,《拙斋诗集》卷十三有《哭陈亦峰孝廉廷焯》五言排律一首,可以得其大概:

美才天所赋,胡乃靳之年。知己平生感,重逢隔世缘。追思犹恍惚,哀挽剧缠绵。忆赴金陵宴,曾哦宝剑篇。怒颜遭客侮,佳句藉君传(丙子金陵乡试,与君同寓。一日君赴友宴,酒酣诵余诗,座客訾謷之,大受窘。既罢宴返寓,不言笑者累日)。古道今亡矣,高风孰继焉。抚琴兄悼弟(谓君有兄。王献之卒,兄徽之取献之琴弹之,久而不调,叹曰人琴俱亡),请椁路悲渊(谓君尊甫在堂)。孝笋孤儿泣,哀丝寡妇弦。亲知交涕泗,宾从散云烟。惨惨灵帷在,凄凄旅榇悬。龙蛇嗟厄运,雕鹗失高骞。词赋终何益,科名亦枉然。早知年不永,悔负诺从前(君爱余诗,索寄拙集,许为余鉴定。后屡函催,竟未果寄,不及睹余全稿,至今耿耿)。衰疾吟怀减,生涯断梗旋。未伸忱款款,转益忞悁悁。久滞芜城驾,虚回泰堰船(君寓泰州,余由姜堰往返,两泊舟,未登岸)。迟疑非得已,疏略敢辞愆。境往空搔首,饥驱未息肩。望尘修祭礼,伏轼写诗笺。设想凭双鲤,迢遥寄九泉。③

---

①《拙斋诗集》,卷一第8页。
②《拙斋诗集》,卷一第9页。
③《拙斋诗集》,卷十三第6—7页。

在二人交往中,文学特别是诗歌的切磋成为一个重要方面。光绪二年丙子(1876),陈廷焯与高寿昌同赴南京参加乡试并住在一起。友人席间,陈氏酒酣耳热,不禁吟诵起寿昌诗中的佳句。陈廷焯很喜欢高寿昌的诗,以至于主动索要高氏的诗稿代为审定。但由于陈氏溘然辞世,未能获睹全稿,留下遗憾。陈廷焯谢世后,其门人弟子特意请高寿昌整理遗诗。高氏义不容辞,选取八十二首精品入《白雨斋诗钞》,并附有自己二十四条评语,多为知心探本之论。

陈廷焯与高寿昌在诗歌上惺惺相惜,主要缘于二人的诗学思想较为合拍。高氏在《拙斋诗集》自序中说:

> 古昔圣王制为六艺以垂教天下后世,诗居其一。移风易俗,化启于斯,则其为用与麦菽稻粱、金银珠玉等,曷可无集?虽然,诗以道性情,性情各殊,诗不一致。文者惊华,质者趋泊,智者尚巧,愚者守拙,要不自掩,悉著于其诗。余好为诗而负性独拙,文焉而华不足,质焉而泊不真。予智自雄,而巧不能胜人,惟以拙鸣余素,而余之真见焉。[1]

高寿昌论诗,以真情为根本,以质朴为文辞,以诗教为目的。《丹徒县志摭余》说他"长益肆力于汉魏六朝及历代诸大家,得其浑灏真朴之趣……故其诗不尚雕琢,自具劝惩"[2],同样指出其诗尚淳朴、寓美刺的特点。而陈氏论诗亦鼓吹复古,以《诗》《骚》为依归,提倡朴拙忠厚。可见二人同声相应,同气相求,无愧诗学上的莫逆之交。

(六)钱梦弼

钱梦弼,字仲良,陈廷焯友人。二人交往情况,仅见于陈氏《送钱仲良(梦弼)赴江阴张军门幕四十韵》一诗。诗中有云:"我昔始识君,知君公辅

---

① 《拙斋诗集》,卷首自序。
② 《丹徒县志摭余》,卷八第26页。

器。居贫励节操,读书究根柢。兵家五十三,卷卷藏腹笥。崇论宗濂洛,抗言排众议。苦设马融帐,孰拥文侯慧。吁嗟蓬根转,浩叹浮云逝。卜璞遇有时,盛衰不相弃。此行既特达,足以酬素志。"①又云:"君年逾五十,衣食困憔悴。谅无绝裾心,别母涕横泗。筹边愿苟偿,倚闾情亦慰。"②可知钱梦弼身虽贫贱,志向未移。崇尚理学,博及兵家。早年憔悴不遇,年逾五旬,方从军谋划。既解衣食之困,又酬素昔之愿。陈氏在诗中表达出对钱氏的依依不舍与殷切期待,可见两人交谊。

陈廷焯平辈友人中,尚有李慎传、王耕心二人。他俩与陈氏交情深厚,并影响了后者的词学思想,详见本书第四章。

三、门人子侄

陈廷焯的晚辈交游,主要是他的弟子和甥侄,即许正诗、许棠诗、王宗炎、陈兆煊、陈凤章和包荣翰。

(一)许正诗

许正诗,海宁人,陈氏门人。其《白雨斋词话跋》云:

> 既殁二年,太夫子铁峰先生整其遗著,得若干帙。正诗与同门王雷夏诸君子因有剞劂之请,而铁峰先生谦抑至再,以为不足传,仅许刻其《词话》八卷,并诗词附焉。③

许正诗是刊刻陈廷焯遗著的发起人之一,也是校刊《白雨斋词话》《白雨斋词存》《白雨斋诗钞》的主要参与者。除了撰写《白雨斋词话跋》外,他在《白雨斋词存》中尚有一条评语。

---

① 《白雨斋诗钞》,《清代诗文集汇编》第777册,第61页。
② 《白雨斋诗钞》,《清代诗文集汇编》第777册,第61页。
③ 许正诗:《白雨斋词话跋》,《白雨斋词话全编》,第1341–1342页。

（二）许棠诗

许棠诗，海宁人，疑即许正诗之弟，陈氏门人。他也参与校刊《白雨斋词话》，《白雨斋词存》中有其两条评语。

（三）王宗炎

王宗炎是陈廷焯的受业弟子，关于他的生平事迹，王雏文等《先祖王宗炎先生事略》有详细记载①，兹略述如下：王宗炎（1865—1936），字雷夏，号燕樵。王荫祜子，王耕心、王夒立弟。同治七年（1868），王荫祜一家由河北正定卜居泰州。七年后，荫祜辞世，宗炎年仅十一岁，遂由王耕心教养。稍长，北上河北通州外家，由舅氏课读。十九岁进学，旋补顺天府大兴县廪膳生。光绪十三年（1887），二十三岁的王宗炎携眷返回泰州，受业于陈壬龄、陈廷焯父子，继续攻读。三次北上参加顺天乡试，于光绪二十三年（1897）高中举人。中举后，宗炎不愿做官，而是在盐城、江宁两地教学。1901年随公使蔡钧赴日本，任驻日公使馆文案兼管留学生事务。1903年回国，任职于泰州学堂。后应两江总督端方委派，先后任南京高等实业学堂、高等商业学堂、税务学堂、陆军小学堂、镇江八旗学堂等八所学校的监督。民国时，任上海江海关监督公署文书科长，曾外放金陵、江阴等分关监督，后任上海英工部局华童公学教师。1932年退休后，再受上海交通银行董事长胡笔江先生之聘，为其子女补习中文。1936年突发脑溢血在上海去世，享年七十二岁。译有《蒙古地志》②，著有《海宁钟符卿先生实政记》③。

王宗炎一生向学，中年以后投身教育，孜孜不倦。学术方面，宗炎精通儒学和佛学。他曾在苏州归群草堂从太谷学派第三代传人黄葆年问

① 见朱琏瑞主编《海陵文史》第十辑，泰州市海陵区政协学习文史资料研究委员会，1999年版，第129-131页。

② ［日］村下修介辑，王宗炎译，有光绪二十九年（1903）铅印本。

③ 有民国二十二年（1933）铅印本，中国国家图书馆、上海图书馆藏。

学,同学者有王伯沆、钟泰、柳诒征等人。至于佛学,则是正定王氏的家学传统。宗炎中年后潜心佛典,与印光法师、聂云台、姬觉弥等佛教人士往还。曾任南京金陵刻经处董事会董事,筹刻大量佛学书籍。文艺方面,宗炎爱好书法,尤精篆书。他与李瑞清、萧俊贤、陈衡恪等书家交往颇多,在清末民初的书坛上亦占有一席之地。

从辈分上讲,宗炎与廷焯平辈。但他向陈氏执弟子礼,故仍视之为陈廷焯晚辈。光绪十三年(1887),王宗炎返泰。五年后,陈廷焯去世。宗炎在陈氏门下的时间并不算长。王宗炎也参与校刊《白雨斋词话》《白雨斋词存》《白雨斋诗钞》,《白雨斋词存》中还附其四条评语。今观其评语,多为浮泛之言。再加上他平生不以诗词见长,可以推知陈氏主要授其举子之业,于文学上或无太多交流。

(四)陈兆煊

陈兆煊,陈廷焯胞兄陈廷杰之子。《丹徒县志摭余》卷五"例贡监"下有陈兆煊之名,署安徽宿州知州①。陈兆煊参与了《白雨斋词话》的校勘,《白雨斋词存》中有其四条评语。

(五)陈凤章

陈凤章,陈氏族子。《丹徒县志摭余》卷五"例贡监"下载陈凤章,法部郎中②。著有《钱士青先生年谱》③《丹徒漕赋说明书》④。陈凤章参与了《白雨斋词话》的校勘,《白雨斋词存》中有其三条评语。

陈廷焯的晚辈交游中,尚有包荣翰。包氏于陈氏既为外甥,又为弟子,在举业与诗词方面均得到陈廷焯的传授。关于他们二人交往情况,详见本书第七章。

---

① 见《丹徒县志摭余》,卷五第13页。
② 见《丹徒县志摭余》,卷五第14页。
③ 民国三十一年(1942)铅印本,南开大学图书馆藏。
④ 稿本,中国国家图书馆藏。

现代词学巨擘唐圭璋先生曾感慨陈廷焯:"惜天不永年,未获与朱、况切磋,创制更多鸿著,以惠后学。"①事实上,陈廷焯不仅没能与晚清四大家相切磋,其至生前也无缘与当时词坛诸多名宿相往还。纵观其目前已知的交游,大部分都是亲属或者同乡(包括同一籍贯和定居同城),或二者兼具。总的来看,陈廷焯的交际圈子比较狭窄。他生前未能在更广阔的平台上吸取养分,发挥影响,这不能不说是一个遗憾。

---

① 唐圭璋:《〈白雨斋词话〉后记》,《词学论丛》,上海古籍出版社,1986年版,第1054页。

第二章　早期对浙派词学的继承与改造

陈廷焯十七八岁开始学词,二十二岁时编讫《云韶集》,撰成《词坛丛话》,这是他早期词学思想的集中体现。我们说,一个人文学思想的形成是内外因共同作用的结果。内因即个人之性情禀赋,外因则包括后天所接触到的各种学说与观念。从这个意义上来说,"生而知之"的文论家是不存在的。特别是在词学昌盛、流派众多的清朝,任何一位词学家的理论都无法抹去前人的痕迹与时代的色彩。陈廷焯也不例外,且在前后期均表现得十分明显。屈兴国先生《记陈廷焯〈云韶集〉稿本》中说"他早期的词学思想仍以浙派为依归"①,认为"《云韶集》以贯彻和推衍浙派词学主张为宗旨,所以它是浙派众多选本中之一种"②。林玫仪先生也说:"及观此书(按:指《云韶集》),始知陈氏早岁论词,竟以浙西词派为宗。"③学界公认陈氏早年是浙西词派的信徒。然而作为一种文学思潮,浙派词学并非一成不变,它也历经启蒙、全盛、蜕分、衰落等阶段。恰如晚清蒋敦复所云:"浙派词,竹垞开其端,樊榭振其绪,频伽畅其风。"④朱彝尊、厉鹗、郭麐正是浙派发展过程中分野之标志。到了晚清民国,浙派词学仍有新变⑤。因此,我们首先要明确参照物之内涵,即陈廷焯早年闻见的浙派词学到底是什么。在此基础上再来探讨二者的关系,才能切实了解其中的异同以及背后的原因。

---

① 屈兴国:《记陈廷焯〈云韶集〉稿本》,《白雨斋词话足本校注》,第857页。
② 屈兴国:《记陈廷焯〈云韶集〉稿本》,《白雨斋词话足本校注》,第858页。
③ 林玫仪:《新出资料对陈廷焯词论之证补》,《词学》第十一辑,华东师范大学出版社,1993年版,第202页。
④ 蒋敦复:《芬陀利室词话》,《词话丛编》,第3636页。
⑤ 见刘深《试论清代浙西词派的重新分期》,《中南大学学报》(社会科学版)2014年第6期。

第一节　以竹垞为师,以《词综》为法

　　书籍是古人系统获取知识的主要来源。通过考察《云韶集》中提及的书目特别是词学著作,我们可以大致了解陈廷焯早年的词学知识背景。

　　陈廷焯在《云韶集序》中说:

　　　　顷阅《御选历代诗余》《四库全书提要》暨吴中陆氏、华亭夏氏词选,并采摭诸家诗话、传记,中又得青浦王氏所选《明词综》及《国朝词综》,可谓先获我心。①

　　除《词综》外,陈廷焯经眼的有关词学的著作还有沈辰垣奉敕编纂的《历代诗余》,永瑢、纪昀等撰写的《四库全书总目提要》,陆昶编选的《历朝名媛诗词》,夏秉衡编选的《清绮轩词选》,王昶编选的《明词综》《国朝词综》。而"诸家诗话、传记"见录于《云韶集》者,有沈德潜选评的《古诗源》、潘德舆著《养一斋诗话》附《李杜诗话》、梁绍壬著《两般秋雨庵随笔》、雷琳等辑《渔矶漫钞》、陆以湉著《冷庐杂识》等。上述书目固然不能涵盖陈廷焯编选《云韶集》时的词学阅读范围,但应可以视作他早年词学知识框架中的主干。对于陈氏来说,这些参考书的功能可以分为三类:其一,主要提供词作文本(包括杂体词),如《古诗源》《两般秋雨庵随笔》《渔矶漫钞》《冷庐杂识》,皆是《云韶集》广采博收之渊薮;其二,主要提供理论材料,如《云韶集》大量缀录前人评语,《四库全书总目提要》《养一斋诗话》便多为陈廷焯所采择;其三,兼供词文与词论,如《词综》《历代诗余》《历朝名媛诗词》《清绮轩词选》《明词综》《国朝词综》既是《云韶集》的重要选源,其中的凡例、词话、词评等材料又广为陈廷焯所承袭和移录。

　　上述书目除诗选诗话、笔记杂俎外,较为纯粹的词学著作有《词综》

---

①《云韶集序》,《白雨斋词话全编》,第20页。

《明词综》《国朝词综》《历代诗余》《历朝名媛诗词》《清绮轩词选》以及《四库全书总目提要》(主要是词曲类)七种。其中以《词综》问世最早。康熙十七年(1678),朱彝尊编《词综》三十卷,收唐五代宋金元词一千八百六十七首。康熙三十年(1691),汪森补刻六卷,并在前三十卷中添入一些新词,合计两千二百五十二首。嘉庆间,王昶又补二卷一百一十九首,成为收词两千三百七十一首的三十八卷本①。王昶《明词综序》云:"国初朱竹垞太史集三唐五代宋金元之词,汰其芜杂,简其精粹,成《词综》三十六卷,汪氏晋贤刻之,为后世言词者之准则。"②《国朝词综序》谓其书"选词大旨,一如竹垞太史所云"③。而王昶侄孙王绍成所作的《国朝词综二集序》同样谓其书"取舍大旨,仍以太史为宗"④。可见,《明词综》与《国朝词综》(包括二集)对《词综》乃是亦步亦趋,推崇备至。除了《词综》系列这种嫡系外,其他词选亦不乏对《词综》顶礼膜拜者。夏秉衡《清绮轩词选自序》云:"惟朱竹垞《词综》一选,最为醇雅。"⑤而在公然推许《词综》的队伍中,《四库全书总目提要》无疑是分量最重的一家。《词综提要》说:

> 是编录唐、宋、金、元词通五百余家。于专集及诸选本外,凡稗官野纪中有片词足录者,辄为采掇,故多他选未见之作。其词名、句读为他选所淆舛,及姓名爵里之误,皆详考而订正之。其去取亦具有鉴别。盖彝尊本工于填词,平日尝以姜夔为词家正宗,而张辑、卢祖皋、史达祖、吴文英、蒋捷、王沂孙、张炎、周密为之羽翼,谓自此以后,得其门者或寡。又谓小令当法汴京以前,慢词则取诸南渡。又谓论词必出于雅正,故曾惜录《雅词》,鲖阳居士辑《复雅》。又盛称《绝妙好

---

① 关于《词综》的成书过程与版本流变,详见丁鹏《〈词综〉成书及版本考》,《嘉兴学院学报》,2012年第1期。

② 王昶辑,王兆鹏校点:《明词综》,辽宁教育出版社,1997年版,序言第1页。

③ 王昶:《国朝词综序》,施蛰存主编《词籍序跋萃编》,中国社会科学出版社,1994年版,第775页。

④ 王绍成:《国朝词综二集序》,《词籍序跋萃编》,第775页。

⑤ 夏秉衡:《清绮轩词选自序》,《词籍序跋萃编》,第763页。

词》甄录之当。其立说大抵精确，故其所选，能简择不苟如此，以视《花间》《草堂》诸编，胜之远矣。①

这篇提要的内容可以概括为三点：首先，《词综》一书搜罗广，考订精，是文献学意义上之善本；其次，援引朱彝尊多条词论，认为"其立说大抵精确"；最后，由于朱彝尊具有正确的词学观念，故《词综》"去取亦具有鉴别"，是一部可供效法的词集选本。众所周知，《四库全书总目提要》乃是官修书目，一般人看来具有至高无上、不容置疑的权威性。这篇提要以官方的形式肯定朱彝尊的词学理论，褒扬他所编选的《词综》，无疑会对陈廷焯服膺竹垞及其《词综》产生至关重要的引导作用。《历代诗余》与《历朝名媛诗词》两书虽未提及《词综》，但编者的词学思想与《词综》是符合的。康熙皇帝《御制选历代诗余序》云："诗余之作，盖自昔乐府之遗音，而后人之审声选调所由以缘起也……乃命词臣辑其风华典丽、悉归于正者为若干卷，而朕亲裁定焉。"②与《词综》一样，该书亦对词体溯源乐府，提倡雅正。陆昶的《历朝名媛诗词》则为女性诗词专选，凡十二卷。卷一至卷十收诗，卷十一收词，卷十二收鬼仙诗词。陆昶在自序中说："其后风流不古，雅南日远。率多留情燕昵，务为妍悦，贞静之风邈焉。而才人隽士无不从风而靡，《玉台》《香奁》沦肌浃髓，声韵之弊，流极既衰。所谓温柔敦厚之教，荡然无存，谁为挽其颓波哉！"③可见编者痛心于淫邪之作，故严加甄别，力挽颓波，专取丽而有则者，以求回归诗教。这与《词综》痛诋《花间》《草堂》在精神上是一致的。

作为有清一代影响最为持久的词选，《词综》不仅在清代前中期风靡词坛，且在嘉、道以后流风未沫，仍是学词的重要入门读物。具体到陈廷焯，在他早年阅读的词学书籍中，《词综》显然处于众望所归的领袖地位。他书或明确推崇，或隐然相合，并且得到上自朝廷、下至词林的一致认可。

---

① 永瑢等撰：《四库全书总目》，中华书局，1965年影印本，第1825页。
② 沈辰垣等编：《历代诗余》，上海书店，1985年影印本，第1—4页。
③ 陆昶评选：《历朝名媛诗词》，乾隆三十八年(1773)吴门陆氏红树楼刻本，中国国家图书馆藏。

在这种情况下,陈氏以竹垞为师,以《词综》为法,实乃一件顺理成章的事情。他于《云韶集》朱彝尊小传后说:"余选此集,自唐迄元,悉本先生《词综》,略为增减,大旨以雅正为宗,所以成先生之志也。"[1]俨然以朱氏后继者自任。《词坛丛话》也说:"竹垞所选《词综》,自唐至元,凡三十八卷,一以雅正为宗,诚千古词坛之圭臬也。"[2]所以说,陈廷焯早年治词,老师即朱彝尊,核心教材即《词综》。这也就是陈廷焯早年接受的浙派词学。

第二节　继承雅正观,加入主情论

欲了解陈廷焯早期词学思想,首先要知道他对词体的基本认识。陈廷焯论词鼓吹雅正,这完全是对朱彝尊观点的承袭。除此以外,他还极力高扬词中"情"的作用,几乎与"雅"相提并论,这就突破了竹垞词论的范围。

一、以雅正为宗

陈廷焯奉朱彝尊所编《词综》为圭臬,认同其雅正观念。他选《云韶集》,以南宋姜夔一脉相传的醇雅之作为主为正,而刚健者与工丽者亦有一席之地。

从前面的引文可以看出,陈廷焯一说到《词综》,就会拈出"雅正"二字。他认为这不仅是《词综》的选词宗旨,更是颠扑不破的词体规范。因此他仿效《词综》,亦以"雅正"作为自己编选《云韶集》的基本原则:

> 竹垞辑《词综》一书,洗《花间》《草堂》之陋,一以雅正为宗。千载
> 后古乐不致泯没者,皆先生力也。余选此集,屏邪扶雅,大旨亦不敢
> 外先生也。[3]

---

[1]《云韶集辑评》卷十五,《白雨斋词话全编》,第375页。
[2]《词坛丛话》,《白雨斋词话全编》,第10页。
[3]《云韶集辑评》卷十五,《白雨斋词话全编》,第375页。

朱彝尊《群雅集序》云："盖昔贤论词，必出于雅正。是故曾慥录《雅词》，铜阳居士辑《复雅》也。"①《词综发凡》也说："宋人选词，多以雅为目。"②而《词综》所选词作便是对"雅正"的最好诠释。翻开《词综》，我们会发现这里并非单一词风的天下。既有柳永风情万种的〔雨霖铃〕(寒蝉凄切)③，又有东坡铁板铜琶的〔念奴娇〕(大江东去)④，还有姜夔清虚骚雅的〔暗香〕(旧时月色)⑤。这些风格迥异的词作，在书中所占比重虽有不同，但皆属朱氏首肯的雅词。由此，陈氏便将"雅正"理解为一种可以涵盖诸多不同风格的美学范式。在《词坛丛话》中，他明确指出这一点：

> 是集所选，一以雅正为宗。纯正者十之四五，刚健者十之二三，工丽者十之一二。⑥

陈廷焯向读者声明，《云韶集》所选虽有工丽、刚健和纯正之别，但它们同在雅正之作这一大的框架下。那么对于这三者，陈氏的雅正观念分别是如何体现的呢？

(一)工丽者——丽而有则

所谓"工丽者"，主要指的是那些虽属艳词却不淫亵的作品。我们说，艳词以美女与爱情为主要内容，遣词艳丽，风格旖旎。稍有不慎，就会滑入秽亵，成为败坏风气的诲淫之作。朱彝尊编选《词综》，直接目的是取代当时盛行的《花间集》和《草堂诗余》，扭转绮丽淫靡的词坛风尚。因此，竹垞论"雅"，主要针对的就是绮罗香泽之态，提倡儒家的"思无邪"之旨。竹

---

① 朱彝尊：《群雅集序》，冯乾编校《清词序跋汇编》，凤凰出版社，2013年版，第340页。
② 朱彝尊、汪森编，李庆甲校点：《词综》，上海古籍出版社，1978年版，第14页。
③ 见《词综》卷五。
④ 见《词综》卷六。
⑤ 见《词综》卷十五。
⑥ 《词坛丛话》，《白雨斋词话全编》，第15页。

垞评曹溶词也说:"念倚声虽小道,当其为之,必崇尔雅,斥淫哇,极其能事,则亦足以宣昭六义,鼓吹元音。"①可见"斥淫哇"是"崇尔雅"的一项主要任务。陈廷焯深谙竹垞之用心,他鼓吹雅正,同样将"屏邪",即删削淫邪,当作首要任务来抓。作为《云韶集》之纲领,《词坛丛话》一而再、再而三地提及艳词。在第九十三则中,他反省自己学词之初好为艳词,表示"四五年来,屏削殆尽"②。并谓集中"工丽者十之一二",给予艳词最小的比重和最低的地位。第九十九则说:

> 言情之作,易流于秽。宋人选词,以雅为主。法秀道人语涪翁曰"作艳词当堕犁舌地狱",正指涪翁一等体制而言耳。是集于马浩澜辈所作,去取特严,宁隘毋滥,未始非挽扶风教之一助云。③

这段话乃是檃栝《词综凡例》,完全沿袭朱彝尊的说法。陈廷焯认为,明代马洪"陈言秽语蒸染江南坛坫"④,可谓淫词亵语的典型代表,故《云韶集》仅选其"尚不过淫慢"⑤的〔少年游〕(弄粉调脂)一首。陈氏屏邪扶雅之决心,由此可见一斑。

陈廷焯严加删汰淫词秽语,对于那些雅正的艳词,他往往以"丽而有则"褒之。如评朱彝尊〔临江仙〕(削就葱根待束)说:"婉丽之词,却不淫亵。诗人之词丽以则,如是如是。"⑥扬雄《法言·吾子》云:"诗人之赋丽以则,辞人之赋丽以淫。"⑦原本是说诗人作赋于铺采的同时兼具讽喻之功用,而辞人作赋则一味铺排,毫无节制,纯以辞章悦人。移用到词学,"丽而有则"或"丽以则"便指写艳词丽句能够把握好尺度,不流于秽亵。我们

---

① 《云韶集》卷十四。
② 《词坛丛话》,《白雨斋词话全编》,第15页。
③ 《词坛丛话》,《白雨斋词话全编》,第16页。
④ 《云韶集辑评》卷十三,《白雨斋词话全编》,第302页。
⑤ 《云韶集辑评》卷十三,《白雨斋词话全编》,第303页。
⑥ 《云韶集辑评》卷十五,《白雨斋词话全编》,第381页。
⑦ 扬雄撰,汪荣宝注疏:《法言义疏》,中华书局,1987年版,第49页。

来看一首例词：

> 红烛逢迎何处。笑倚玉人私语。莫上软金钩，留取水沉香雾。难去。难去。门外杏花春雨。

　　这是明末陈子龙的〔如梦令〕。全词寥寥数语，描写一对男女难舍难分、依偎缠绵的情景。其中，正面描写只有"笑倚玉人私语"一句，他处皆为侧面着笔。如红烛、金钩、沉香，营造出一个温柔之乡。结句更以门外之清寒，反衬屋内之温馨，使得"难去"之喟叹尤为真切动人。不难看出，此词虽写艳情，却避实就虚，纯以侧面烘托取胜。在不涉淫亵的前提下，达到了香艳动情的效果。故陈氏评云："此词最绮丽，却丽而有则，非淫慢者可比。"①这便是陈廷焯心目中工丽者之典范。

　　《清绮轩词选·发凡》云："词虽宜于艳冶，亦不可流于秽亵。"②陈廷焯在《词坛丛话》中则说："词虽不避艳冶，亦不可流于秽亵。"③这一二字之改动，充分表明陈廷焯对艳词绮语谨慎的态度。陈氏又说："是集所选艳词，皆以婉雅为宗。"④所谓"婉雅"，实际上就是丽而有则，是陈氏雅正观念在艳词上的体现。

（二）刚健者——扬湖海而不叫嚣

　　所谓"刚健者"，乃是陈廷焯对那些符合雅正的豪放之作所给予的称呼。在《云韶集》卷十四曹尔堪小传下，陈氏引录清人尤侗的一段话："近日词家爱写闺襜，易流狎昵；蹈扬湖海，动涉叫嚣，二者交病。"⑤雅正是排斥"狎昵"的，这在上文已有论述。而"蹈扬湖海，又失雅正之旨"⑥，叫嚣

---

①《云韶集辑评》卷十三，《白雨斋词话全编》，第306页。
②夏秉衡：《清绮轩词选发凡》，《词籍序跋萃编》，第764页。
③《词坛丛话》《白雨斋词话全编》，第17页。
④《词坛丛话》《白雨斋词话全编》，第17页。
⑤《云韶集》卷十四。
⑥《词坛丛话》，《白雨斋词话全编》，第13页。

之习、粗豪之气同样有悖于雅正。我们知道，传统的豪放词，既"豪"且"放"，每每放任豪情，发泄无余。陈廷焯去"豪放"而取"刚健"，就是要以雅正之旨对磅礴之气有所约束。且看曹尔堪的〔长相思〕：

> 溪边芦。水边梧。我唱新诗兴未孤。锦囊随小奴。　樽常枯。偈常逋。旧识僧徒与酒徒。年来多半疏。

词人放浪形骸，诗酒自娱，一气如话，冲口而出，不可谓不豪放。然而从整首词来看，上片逸兴遄飞，下片则渐趋低沉。特别是结句，并未一泻千里，而是系以感慨，情意深挚。陈氏评论说："何等雅致，西堂所谓扬湖海而不叫嚣者欤？"①此词豪气纵横，诚是蹈扬湖海。但感慨深沉，却又不涉叫嚣。陈氏谓其有"雅致"，视为刚健者之代表。又如朱彝尊〔卖花声〕：

> 衰柳白门湾。潮打城还。小长干接大长干。歌板酒旗零落尽，剩有渔竿。　秋草六朝寒。花雨空坛。更无人处一凭栏。燕子斜阳来又去，如此江山。

金陵形胜，风流一瞬，往日的繁华早已不再。词人所见，惟有衰柳寒潮、秋草燕子，沧桑之感，油然而生。竹垞的这首怀古名作笔力雄健，气象开阔，而结句"如此江山"四字则将万千情绪郁结一处，力能镇纸。陈氏批云："气韵沉雄，却不涉叫嚣，不流散漫，出苏、辛之上。"②显然，这是刚健之词，是雅正之作。总之，肯定刚健，反对叫嚣，是陈廷焯雅正观念的又一表现。

（三）纯正者——句琢字炼，归于醇雅

对于艳体词而言，不流淫亵，便是雅正；对于豪放词而言，不涉叫嚣，

---

① 《云韶集辑评》卷十四，《白雨斋词话全编》，第340页。
② 《云韶集辑评》卷十五，《白雨斋词话全编》，第376页。

便是雅正。工丽者与刚健者只是部分符合雅正的观念，真正能够充分体现雅正范式的乃是纯正者。这类词作的开山祖师是南宋姜夔。汪森《词综序》云："言情者或失之俚，使事者或失之伉。鄱阳姜夔出，句琢字炼，归于醇雅。"①汪森认为，白石词能够避免艳体词与豪放词的缺陷，呈现出一种醇雅的风貌。这种醇雅（或纯雅）之作主要具有以下三个特点：

其一，重视字句的锤炼。陈廷焯说："词不可无情，然有情无笔，竟似村歌，须观其运笔之雅。"②对于纯正者来说，一般意义上的遣词造句之文雅远远不够，其追求的是雕琢而出的词眼和警句。如清人凌廷堪〔齐天乐〕《同章酌亭夜话》一词，中有"糁玉成羹，调云作液，不放吟秋人去"三句。陈氏评云："炼字炼句，极其骚雅。"③这几句不过是说友人阻雨，但在凌氏笔下，却以比喻、拟人等修辞将一个简单的意思表达得极为精雅。陈氏说："词不可不炼字也。"④纯正者强调炼字炼句，正是文人意趣的一种体现。

其二，写男女之情，设色清淡，运笔空灵。清人吴锡麒有一首〔西江月〕，写女子春日怀人。词中以梅花作为佳人之化身，有"梅花不住水云中。云水替流幽梦"之句。这种笔法轻倩空灵，将浓烈深挚的感情完全融化到云水空蒙之中。陈廷焯云："'梅花'二语独绝千古，真神仙中人语。世人好为艳词，那有如许韵致。"⑤这种"其境过清，要自无一点俗艳"⑥的风格，是多么高雅出尘、超凡脱俗。

其三，写文士颠沛之苦、不遇之悲，哀而不伤，怨而不怒。杜甫说"文章憎命达"，才人或不遇，或羁旅，乃是封建社会极为普遍的现象。正所谓"不平则鸣"，而"鸣"的方式有很多种。如刚健者便直抒胸臆，一吐为快。相较而言，纯正者则秉承儒家传统，哀而不伤，怨而不怒，以温厚的笔墨传

①《词综》，第1页。
②《云韶集辑评》卷十八，《白雨斋词话全编》，第442页。
③《云韶集辑评》卷二十二，《白雨斋词话全编》，第535页。
④《云韶集辑评》卷十九，《白雨斋词话全编》，第455页。
⑤《云韶集辑评》卷二十四，《白雨斋词话全编》，第604页。
⑥姜宸英：《筠亭诗余小序》，《清词序跋汇编》，第366页。

达出一腔哀怨。如清人查慎行〔台城路〕：

> 商飚瑟瑟凉生候，孤灯影摇窗户。堤柳行疏，井梧叶尽，添洒芭蕉细雨。才听又住。正澹月朦胧，微云来去。萩萩空廊，有人还傍绣帘语。　　多因枕上无寐，才二十五更，残点频误。响玉池边，穿针楼畔，一派难分竹树。零砧断杵。又空外飞来，搅成凄楚。别样关心，天涯惊倦旅。

寒风、衰柳、落叶、细雨，渲染出一派秋景。词人独处客馆，面对孤灯，景况甚为凄凉。绣帘人语反衬作者之孤寂，捣衣声声平添离人之凄楚。全首词写羁旅之情，八面烘托，点到即止，字里行间弥漫的是一种淡淡的忧愁。陈氏评云："一层一层，写出无限秋声。他手至此，每写得慷慨激烈，否则凄咽缠绵，此独出以和雅之笔，令读者想见先生风度。"[1]的确，此词既不颓唐，又无怒气，而是温厚和平，颇有儒者风范。

纯正者重视锤炼字句，力避香艳词藻，表达方式温厚和平，绝不激烈。这种清雅工致的词风最合文人趣味，乃是陈廷焯雅正观念的代表。《云韶集》中有些地方提及雅正，实际上就是特指醇雅。在陈廷焯看来，纯正、刚健、工丽三者，都符合雅正之旨，皆为词中正声。而纯正者地位最高，故在书中占据了半壁江山。总之，我们理解陈廷焯的雅正观念可以有广义、狭义之分：前者包括纯正、刚健、工丽，后者则专指醇雅一派。

二、词必以情为主

如果认为陈廷焯以"雅正"论词体，那么这只说对了一半。在天平的另一端，"情"同样占据举足轻重的地位。

清人蒋士铨〔贺新凉〕（潇洒房栊底）一词，有"残月晓风多少恨，我辈

---

[1]《云韶集辑评》卷十七，《白雨斋词话全编》，第431-432页。

钟情而已"二句。陈廷焯读后，深有感触，不禁写下"我亦是钟情者"①的批语。年轻时候的陈廷焯一往情深，对人世间各种情感都表现得极为炽烈与执着。二十左右的年纪，正是春心萌动之时，他向往男女爱情，甚至以情种自许。其评萧抡〔卜算子〕"酒病何曾病。梦醒何曾醒。拼尽今宵长短更，翠被余香冷"云："情之至者，应有此语。情关一座，千古谁能破得？我哀古人，我知后人又哀我也。"②对于男女之情，陈廷焯深感前人之痴，也深知自己之痴。陈氏有柔肠，也有铁骨。《丹徒县志摭余》谓其"性磊落，敦品行，素有抱负，尤能豪饮"③，他的满怀豪情在家国忠爱面前展现得淋漓尽致。"拔剑斫地，敲碎玉唾壶。余读之，距跃三百，曲踊三百。"④这是陈廷焯读岳飞〔满江红〕的感受，我们分明可以看到一个热血男儿的形象。总之，年少的陈廷焯是深情的，是多情的。而在他看来，词这种文体就是用来抒发感情的。汪森《词综序》云："古诗之于乐府，近体之于词，分镳并骋，非有先后。"⑤汪森认为，古诗演变为近体诗，乐府演变为词，此乃平行发展的两条线索。乐府是词的源头。陈廷焯接受这种观念，他说："唐以前无词名，然词之源肇于赓歌，成于乐府。"⑥而乐府民歌乃是"感于哀乐，缘事而发"⑦，词既然由它演进而来，那么自当继承这种即事抒情的传统。钟情的陈廷焯与抒情的词体一拍即合，"情"也就顺理成章地被他视作词体之核心。陈氏认为"词不可无情"⑧，又云："词以情为上。"⑨"词必有情方工。"⑩以至于斩钉截铁地说："词若无情，便不成词。"⑪可见陈廷

---

① 《云韶集辑评》卷二十一，《白雨斋词话全编》，第499页。

② 《云韶集辑评》卷二十三，《白雨斋词话全编》，第544页。

③ 《丹徒县志摭余》，卷八第26页。

④ 《云韶集辑评》卷四，《白雨斋词话全编》，第116页。

⑤ 《词综》，第1页。

⑥ 《词坛丛话》，《白雨斋词话全编》，第3页。

⑦ 班固：《汉书》，中华书局，1962年版，第1756页。

⑧ 《云韶集辑评》卷十七，《白雨斋词话全编》，第407页。

⑨ 《云韶集辑评》卷十八，《白雨斋词话全编》，第452页。

⑩ 《云韶集辑评》卷二十四，《白雨斋词话全编》，第603页。

⑪ 《云韶集辑评》卷二十一，《白雨斋词话全编》，第504页。

焯已将词体的抒情性推到极致。

在主情的观念下,陈廷焯大力鼓吹那些情真语至、能够给他强烈触动的作品。像写男女之情的艳体词"情真语真,焉得不令人骨醉"①,写爱国之情的豪放词"我读之欲歌欲泣,为之起舞"②,写避世情怀的隐逸词"写出无限乐趣,真令我心醉"③。这仅是一些例子,无论写何种内容,只要饱含真情,能够动人,陈廷焯都予以肯定。陈廷焯的"主情论"在《云韶集》最后一卷体现得最为明显。《云韶集》卷一至卷二十三按朝代录词,卷二十四补词,卷二十五补人,此乃沿袭《词综》的体例。而卷二十六收录"杂体",则是陈氏别出心裁。据他说:"曰杂体者,上溯汉唐,下迄国朝,隐乎词曲小唱诸传奇而言也。"④今杂体一卷所收作品大致分为以下三类:

其一,汉至隋歌曲类于词者。上文已经提到,陈廷焯认为词之定名,始于唐朝。唐以前从上古至六朝,这一漫长时期的流行歌曲,可谓词之源头。故"兹将汉晋六朝诸歌曲,择其类于词者若干首,录入杂体一卷,亦数典不忘祖之义云"⑤。计有汉人杂体词五首,晋人杂体词五首,六朝人杂体词四首,隋人杂体词五首,凡十九首。

其二,唐至清之杂曲传奇。唐以后,词体正式确立。陈氏选录自唐至清的一些山歌、道情、词曲、传奇。计有唐人杂体词二十六首,五代十国人杂体词四首,宋人杂体词五首,元人杂体词三首,明人杂体词十九首,清人杂体词四十七首,以及附录于清人杂体词之后的无名氏之作十五首、传奇《荆钗记》《桃花扇》各一首,凡一百二十一首。

其三,本该录入前二十五卷中者。宋人杂体词下录有晁冲之〔感皇恩〕〔上林春慢〕、章谦亨〔念奴娇〕。这三首词"当选入补词,缘上未录,杂录于此"⑥。又金人杂体词下仅录李宪能〔春草碧〕一首,而该词乃是"正

---

① 《云韶集辑评》卷十四,《白雨斋词话全编》,第 343 页。
② 《云韶集辑评》卷十,《白雨斋词话全编》,第 227 页。
③ 《云韶集辑评》卷二十四,《白雨斋词话全编》,第 599 页。
④ 《云韶集辑评》卷二十六,《白雨斋词话全编》,第 663 页。
⑤ 《词坛丛话》,《白雨斋词话全编》,第 3 页。
⑥ 《云韶集辑评》卷二十六,《白雨斋词话全编》,第 675 页。

集、补集俱忘却入选,杂录于此"①。

综上所述,剔除本应录入前编的四首词,杂体一卷共收词一百四十首。创作时代上自西汉,下至清朝,时间跨度近两千年。体裁方面更是多种多样,有山歌(如刘三妹《妹相思曲》)、民谣(如《桓帝初小麦童谣》)、酒令(如妓者《酒令词》)、道情(如郑燮道情)、词(如李珣〔南乡子〕)、散曲(如唐寅〔对玉环带清江引〕)、传奇(如《桃花扇》〔哀江南〕一套)等等。这些作品虽然看上去驳杂,但它们都符合陈氏的选取标准,即给读者以快感。这种快感来源有二:因事而快与因词而快。卷中"亦间有端庄者,或以其事风雅,录其词,并录其事,以当一览之快"②。像宋祁〔鹧鸪天〕(画毂雕鞍狭路逢)、马颠"琪花瑶草满平皋"这套散曲之所以见录,主要是因为作品背后的故事很有意思,耐人玩味。而卷中更多的乃是因词而快,即作品本身具有真挚的情意及强大的感染力。陈廷焯说:"集中所选,大率风流秀曼,痛切入骨及一切看破红尘之作。"③显然,这些作品感情充沛,直抵人心,能够给其带来精神的愉悦。他说:

> 汉唐之际,歌曲有类于诗,实为词之先声,有目共赏,姑弗具论。自唐人以后,山歌樵唱、酒令道情、以及传奇、杂曲言虽俚俗,而令读者善心感发,欲泣欲歌,哀者可以使乐,乐者可以使哀,灯前酒后可以除烦恼,可以解睡魔。况夫古乐不作,独劳人、思妇、怨女、旷夫发为歌词,不求工而自合于古,何也? 同一性情之真也。④

这段话乃是陈廷焯选录杂体的理论依据。在他看来,汉至隋的歌曲是"词之先声",自当列入。他在具体选录的时候摒弃了那些年代虽远却无甚意味的作品:《南风》之操、五子之歌是词之祖,然味淡声稀,骤读之,

①《云韶集辑评》卷二十六,《白雨斋词话全编》,第677页。
②《云韶集辑评》卷二十六,《白雨斋词话全编》,第663页。
③《云韶集辑评》卷二十六,《白雨斋词话全编》,第663页。
④《云韶集辑评》卷二十六,《白雨斋词话全编》,第663页。

乌知其快,故弗录。"①对于词源,陈廷焯不收淡乎寡味,惟取深情厚意,甚至不惜语涉淫邪。如隋朝丁六娘的一首《十索曲》:

> 兰房下翠帏,莲帐舒鸳锦。欢情宜早畅,密意须同寝。欲共作缠绵,从郎索花枕。

此词以女子口吻直抒对欢爱的渴望,毫不避讳。陈氏评云:"'密意'五字淫而有味,以其真至故也。"②这与王国维所说的"然无视为淫词、鄙词者,以其真也"③可谓不谋而合。可见陈廷焯对于"词之先声",完全以真情至语作为第一要义。唐代以后,词体正式形成。陈氏仍然选录一些民歌道情、传奇杂曲,理由是它们具有"性情之真",能够打动人心。他的具体批语也说明了这一点,如评唐代猺人《猺歌》"行路思娘留半路,睡也思娘留半床"云:"一隙不离,情之至者。"④评元代赵孟頫《赠管夫人词》云:"言虽俚俗,却妙绝人寰,真第一等钟情,第一等痛快语。"⑤评清代郑燮道情云:"借以消余之烦恼,并借以平天下之争心。"⑥可知陈氏对于这些歌谣杂曲,同样着眼于其中的真情。

总的来看,杂体所录皆属音乐文学,与词相一致。更为重要的是,陈廷焯专挑那些情深语至的汉晋六朝歌曲作为词之"祖先",又在自唐至清的民歌杂曲中精选出情深语至者,作为词之"近亲"。可以说,在陈氏眼中,杂体与词体虽有文体面貌之别,但在抒情精神上二者血脉相通,"同一性情之真"。过去学者研究陈氏早期词学,往往不太关注《云韶集》最后一卷,认为其所论芜杂,不属词学范畴。事实上,陈廷焯对杂体中"情"的推崇,正是其词体主情论的延续与放大。

---

① 《云韶集辑评》卷二十六,《白雨斋词话全编》,第663页。
② 《云韶集辑评》卷二十六,《白雨斋词话全编》,第669页。
③ 王国维:《人间词话》,人民文学出版社,1960年版,第220页。
④ 《云韶集辑评》卷二十六,《白雨斋词话全编》,第671页。
⑤ 《云韶集辑评》卷二十六,《白雨斋词话全编》,第677页。
⑥ 《词坛丛话》,《白雨斋词话全编》,第13页。

陈廷焯除提倡雅正外,主情论也占据半壁江山。后者虽是本于陈氏天性,但在《词综发凡》中也可找到生发之端倪。竹垞说:

> 宣政而后,士大夫争为献寿之词。联篇累牍,殊无意味。至魏华父则非此不作矣。是集于千百之中止存一二,虽华甫亦置不录也。①

诸如献寿这样的应酬之作,竹垞认为"殊无意味",故弃置不录。此外,竹垞还认为:"易静兵要寓声于〔望江南〕,张用成悟真篇按调为〔西江月〕,词至此亦不幸极矣。"②借助于倚声的形式,晚唐易静占卜行军吉凶,宋代张用成阐述内丹理论。在竹垞看来,这皆是对词体毁灭性的打击。献寿、兵法、道教等,都无关乎个人的真情实感。竹垞摒弃它们,隐含着对词体抒情性的维护。陈廷焯便在这一点上大做文章。如果说"雅正"是陈廷焯步武朱彝尊《词综》的明确宣言,"主情"则犹如一股暗流,渗透于《云韶集》的具体评选,并在最后一卷中得到尽情地释放。陈廷焯一方面说:"词以雅为宗。"③另一方面说:"词必以情为主。"④又谓《云韶集》"其一切淫词滥语及应酬无聊之作,概不入选"⑤。可见在陈氏早期词学思想中,雅正观与主情论是同时存在的。

三、雅与情的矛盾

雅正与主情是陈廷焯对词体的两大基本认识。二者可以结合起来,成为雅情兼胜的作品。然而很多时候,陈氏的雅正观与主情论自相矛盾,这在《云韶集》中屡屡出现。

---

① 《词综》,第14页。
② 《词综》,第14页。
③ 《云韶集辑评》卷十一,《白雨斋词话全编》,第267页。
④ 《云韶集辑评》卷二十,《白雨斋词话全编》,第487页。
⑤ 《词坛丛话》,《白雨斋词话全编》,第15页。

"雅"与"情"并非不可调和,在理想状态下,二者可以实现完美统一。对于工丽、刚健和纯正三类词,陈氏都找到了雅情兼具之作。如江昉〔绮罗香〕(细擘湘痕),就被他视为"不必淫亵,尽有情态"①的佳作。再如顾贞观的名作〔贺新郎〕《寄吴汉槎宁古塔以词代书》二首,陈氏批云:"二词如说话一般,而淋漓痛快,婉转反覆,两人心事境况,一一可见。"②既不乏刚健之风,又将深厚的友情和盘托出,令读者动容。又如厉鹗〔曲游春〕(一水仙源曲),下半阕有云:"容易斜阳,恐穿烟凤子,尚寻珠唾。波面虹桥卧。任怨咽,玉箫吹过。无奈澹月笼灯,翠扉恨锁。"陈氏认为其"词绝丽,情绝深,而措语雅正,词人有此,庶几无憾"③,高度肯定醇雅与深情的融合。

然而就一种词风来说,想要实现"雅"与"情"的恰到好处,绝非易易。很多时候,陈廷焯都处在两者之间这一尴尬的境地,左右摇摆,顾此失彼。据陈氏自述,他早在十七八岁便开始学词,而"初好为艳词"④,其一入手便是写男欢女爱。高寿昌也说"亦峰喜为香奁体"⑤。可见他对艳体文学有一种特殊的偏好。虽然"四五年来,屏削殆尽"⑥,编《云韶集》时陈廷焯已经能以雅正的观念删削淫词亵语。但结习难忘,极具刺激性的描写还是会让血气未定的他心旌摇动,从而偏离雅正的轨道。如《云韶集》卷十三选明人呼举四首〔皂罗袍〕,分题《春》《夏》《秋》《冬》。其二云:

> 早是莺儿时候。见莲花儿出水,瓣瓣风流。心儿欲火畏红榴。鼻儿酸涕过梅豆。门儿重掩,帘儿半钩。人儿不见,病儿怎瘳。扇儿折叠眉儿皱。

---

① 《云韶集辑评》卷二十,《白雨斋词话全编》,第480页。
② 《云韶集辑评》卷十五,《白雨斋词话全编》,第362页。
③ 《云韶集辑评》卷十八,《白雨斋词话全编》,第439页。
④ 《词坛丛话》,《白雨斋词话全编》,第15页。
⑤ 《白雨斋诗钞》,《清代诗文集汇编》第777册,第63页。
⑥ 《词坛丛话》,《白雨斋词话全编》,第15页。

此与丁六娘《十索曲》有异曲同工之妙，亦以女性口吻直接表达对心上人的思念。通首触景生情，又以外物相比拟，将一己之寂寞与欢爱之向往抒发得淋漓尽致。其中"心儿欲火"云云，不免语涉淫邪，有违雅正之旨。对此，陈氏的主情论一时占据了上风。他说："所作〔皂罗袍〕四词，虽不免淫亵，而一往情深，盖有出于不得已者，我安忍不选？"①因为稍涉淫亵便将此深情之作弃置，钟情的陈廷焯着实不忍。他认为"文如词丽而淫矣，然风致殊胜"②，其强调"情"的一面，不惜破坏"丽而有则"的原则，可谓主情论对雅正观的一次反戈。

对于传统的豪放词，陈廷焯要求不涉叫嚣，成为符合雅正之旨的刚健者。然而另一方面，叫嚣之气往往成为词中情意喷薄而出的有力推手。陈氏说："盖有气以辅情，而情愈出。"③如果从主情论出发，叫嚣之词反而能给他带来更加强烈的情感触动。故陈氏说："苏、辛横其中，正如双峰雄峙，虽非正声，自是词曲内缚不住者，独至处，美成、白石亦不能到。"④他明知苏、辛词不尽雅正，仍然难掩喜爱之情。又如清代郑燮和蒋士铨词，皆为辛派一路，而狂呼叫嚣，更是变本加厉。二人之作深深触动陈氏的心魄："读板桥词，使人龌龊消尽；读心余词，使人气骨顿高。皆能动人之性情者。"⑤在古今众多豪放词中，陈廷焯尤爱"淋漓酣畅，色舞眉飞"⑥以至"无一字不直截痛快"⑦的板桥词。《云韶集》卷十九选郑燮词三十五首，卷二十四补录十四首，卷二十六杂体又选入十二首，总计多达六十一首。陈氏这样记述自己读板桥词的情形：

余每读板桥词，案头必置酒瓶二、巨觥一、锤一、剑一，击桌高唱，

①《云韶集辑评》卷十三，《白雨斋词话全编》，第329页。
②《云韶集辑评》卷十三，《白雨斋词话全编》，第329页。
③《词坛丛话》，《白雨斋词话全编》，第11页。
④《云韶集辑评》卷五，《白雨斋词话全编》，第127页。
⑤《词坛丛话》，《白雨斋词话全编》，第14页。
⑥《词坛丛话》，《白雨斋词话全编》，第12页。
⑦《词坛丛话》，《白雨斋词话全编》，第12页。

为之浮白,为之起舞,必至觥飞瓶碎而后已。①

对酒当歌,拔剑斫地,何其痛快,何其豪爽!"在倚声中当得一个快字"②的板桥词无疑是"情胜"的典范。借板桥词之酒杯,消我胸中之块垒,陈氏的情绪可以得到最大程度的释放。出于雅正观,陈氏自然会说:"板桥不免叫嚣,失雅正之旨。"③但在主情论的驱使下,他又大量选入板桥词并且啧啧称奇。其评郑燮〔沁园春〕(花亦无知)云:"此词太野,然痛快可喜。"④以板桥词为代表的猛起奋末之音,正是"情"到极致,亦"野"到极致,陈廷焯雅正观与主情论的矛盾再一次被凸显出来。

纯正者是陈廷焯雅正观念的代表,这种醇雅词风的基本特点乃是注重人工思力之安排,即锤炼字词,追求警句。然而"过炼之弊,转伤真气"⑤,在雕章琢句上过于费心,就会舍本逐末,影响词情的真挚与浑成。陈氏的主情论恰好与之相反,乃是以情为主,以词为辅,并不要求以词取胜。他说:"作词第一要以情胜。"⑥至于文辞字句,"情胜则不假词藻"⑦,甚至"情到至处,其词无有不工"⑧。陈氏认为,情是填词之根本。当具备了真情实感、绝世之情,辞章字句自会如影随形,因之达到绝妙的境地。由此,他提出"情之至者词亦至"⑨的观点。可见在对待修辞的态度上,陈廷焯的雅正观与主情论同样存在龃龉之处。

因为重情,陈廷焯对淫亵之词和叫嚣之气网开一面,对句琢字炼的醇雅之作亦心怀隐忧。雅正与主情并非水火不容,但二者在陈氏头脑中的交锋却是客观存在的。

---

① 《云韶集辑评》卷十九,《白雨斋词话全编》,第463页。
② 《云韶集辑评》卷十九,《白雨斋词话全编》,第463页。
③ 《云韶集辑评》卷十六,《白雨斋词话全编》,第385页。
④ 《云韶集辑评》卷二十四,《白雨斋词话全编》,第598页。
⑤ 《词坛丛话》,《白雨斋词话全编》,第15页。
⑥ 《云韶集辑评》卷十四,《白雨斋词话全编》,第342页。
⑦ 《云韶集辑评》卷六,《白雨斋词话全编》,第159页。
⑧ 《云韶集辑评》卷十五,《白雨斋词话全编》,第361页。
⑨ 《云韶集辑评》卷十五,《白雨斋词话全编》,第380页。

朱彝尊明确提出"雅正"作为词体准则,浙派中人莫不翕然从之。然而由于过分求雅,不免忽视词中情感的真实表达。清人袁学澜说:"樊榭词一味幽淡,毫无情味。"①浙西嫡传、中期盟主厉鹗尚且如此,他人词之雅而不韵可想而知。反观陈廷焯,在继承竹垞雅正观念的同时,极力发扬《词综》中重情的倾向,从而形成自己的主情论。可以说从一开始,陈廷焯便与所谓的浙派主流分道扬镳了。而从本质上说,"情"推崇真实与极致,"雅"则倡导修饰与节制,二者的确存在一定的对立。正是雅正观与主情论的矛盾,促使陈氏对词体风格进行了更为深入的思考。

第三节　以清雅为上,求三派之兼

风格是作家在作品中所表现出的格调与特色。随着词史的发展,词体也分化出种种不同的风格。而对于词风的褒贬取舍,则是包括陈廷焯在内每一个词学家都需要正视的问题。

一、以清雅为上的倾向

在千年词史中,词风大致有三种:婉约、豪放和清雅。婉约者主周、柳,豪放者祖苏、辛,清雅者法姜、史。在词风的选择上,倚声家们可谓各具手眼。

第一部文人词集《花间集》奠定了词体"香而软"的基本格调。美女爱情的主题,艳丽工巧的语言,含蓄隽永的情味,造就了婉约妩媚的词风。晚唐至北宋前期的词坛,基本处于婉约之风的笼罩下。而苏轼的出现,则打破了柔情曼声一统天下的局面。东坡词拓展了题材范围,使词从闺房庭院走向社会人生。在表达上更是直抒胸臆,高唱入云,这与传统的词风判然两途。正如清代尤侗所云:"柳郎中'晓风残月',苏学士'大江东去',

---

① 孙克强:《袁学澜〈适园论词〉辑校——附〈零锦词〉评》,《厦门广播电视大学学报》2012年第3期。

后人衣钵,不出两家。"①在相当长的时期内,填词家对风格的认识便囿于这种二元对立的模式,非婉约,即豪放。

作为词史初期的主导风格,婉约于历朝历代都有为数众多的拥趸。南宋王炎说:"长短句命名曰曲,取其曲尽人情,惟婉转妩媚为善,豪壮语何贵焉?"②词是一种委曲传情的文学,故婉约与之合,豪放与之悖。与王炎一样,明代张綖也视婉约为词体正宗。他说:"词体大略有二,一体婉约,一体豪放……大抵词体以婉约为正。"③这种以婉约为正、豪放为变的观念可谓深入人心,清人袁枚说:"词家以周、柳为正宗,以苏、辛为变调。"④清代徐緘说:"学耆卿不得,不失为靡丽之音;学稼轩不得,其敝如村巫降神,里老骂坐,与本色相去万里。"⑤从正反两面均可看出人们对婉约词风的追捧。

主婉约者人多势众,效豪放者亦不遑多让。在东坡乐府的指引下,不少高人雅士鄙夷纤冶卑微的婉约词,转而崇尚光明磊落的豪放之风。南宋胡寅说:"及眉山苏氏,一洗绮罗香泽之态,摆脱绸缪宛转之度,使人登高望远,举首高歌,而逸怀豪气,超然乎尘垢之外。于是《花间》为皂隶而柳氏为舆台矣。"⑥扬东坡而抑柳七的背后,乃是对词中"逸怀豪气"的向慕。无独有偶,清代张贞也持类似的观点:"昔人论词,以七郎、清照为当家,以其缠绵旖旎,动人情思耳。余谓不如东坡、稼轩慷慨雄放,为不失丈夫本色。"⑦他从作者的角度出发,认为男性词人理当抒写男儿本色,不必唱喁作小儿女情态,故心仪豪放,不喜婉约。而以陈维崧为代表的阳羡词派亦是祖述苏、辛,蹈扬湖海,根本不屑于"矜香弱为当家,以清真为本

---

① 尤侗:《许漱石粘影轩词序》,《清词序跋汇编》,第69页。

② 王炎:《双溪诗余自序》,金启华等编《唐宋词集序跋汇编》,江苏教育出版社,1990年版,第170页。

③ 张綖:《诗余图谱·凡例》后按语,台北"国家"图书馆藏明嘉靖十五年(1536)初刻本。

④ 袁枚:《箨仙词稿跋》,《清词序跋汇编》,第559页。

⑤ 徐緘:《水云集诗余序》,《清词序跋汇编》,第409页。

⑥ 胡寅:《酒边集序》,《唐宋词集序跋汇编》,第117页。

⑦ 张贞:《怀古词评》,《清词序跋汇编》,第166页。

色"①的婉约之作。

清代浙西词派登上词坛,又为这场旷日持久的婉约、豪放之争加入新的元素。以朱彝尊为代表的浙派发掘出一种有别于婉约、豪放的词风——清空骚雅,简称清雅、清空、醇雅、纯雅等等。这种风格设色清淡,笔意空灵,情致高雅,以南宋姜夔、史达祖、高观国、周密、王沂孙、张炎等为代表词人。汪森《词综序》云:"曲调愈多,流派因之亦别,短长互见。言情者或失之俚,使事者或失之伉。鄱阳姜夔出,句琢字炼,归于醇雅。"②在这里,汪森已经意识到词史上存在三种风格。他认为婉约者失之俚俗,豪放者失之叫嚣。惟有以姜夔为代表的清雅一派,能够消弭婉约与豪放的弊端,最值得人们效法。朱彝尊的观点与之相合,他说:"姜尧章氏最为杰出。"③又说:"词莫善于姜夔。"④竹垞反复推举姜夔,就是为了倡导白石词清空骚雅的词风。至此,词学史上的风格论争由"双雄会"演变为"三国演义"。浙派词家认为传统的婉约、豪放词风均可指摘,惟独清雅一路尽善尽美,洵为词体之正宗、词家之圭臬。

回到陈廷焯,他在《云韶集》中亦以三分法区别词体:"是集所选,一以雅正为宗。纯正者十之四五,刚健者十之二三,工丽者十之一二。"⑤所谓纯正、刚健、工丽实即雅正观念下清雅、豪放、婉约的别称。他认同竹垞标举清雅词风的做法,因为这是达到雅正标准的最好选择。所以他说《云韶集》中"纯正者十之四五",占据半壁天下,正反映出他以清雅为上的倾向。

在婉约、豪放、清雅三派中,陈廷焯以后者为最上,体现出他对朱彝尊词说的继承。可贵的是,陈廷焯对清雅词风之弊端也有较为清醒的认识,故他没有止步于此,而是追求三种词风之互补。

---

① 陈维崧:《词选序》,《唐宋词集序跋汇编》,第414页。

②《词综》,第1页。

③《词综》,第10页。

④《云韶集》卷十七引。

⑤《词坛丛话》,《白雨斋词话全编》,第15页。

二、"兼之乃工"的风格追求

以朱彝尊为代表的浙派中人推崇清雅词风,陈廷焯接受了这一点,但这并不能让他心满意足。因为以陈氏的雅正观与主情论综合评定,婉约、豪放、清雅三种词风,各有其美,亦各有其弊。他真正追求的乃是一种兼容并包的词体风格。

二八女郎轻唱"晓风残月",婉约之风感人至深;关西大汉高歌"大江东去",豪放之气动摇人心。正所谓"雄高则可以警心动魄,柔媚则可以断肠销魂"①,婉约与豪放两种词风长于抒情,易于动人,最合陈氏口味。然而其优点突出,缺点也很明显。明代孟称舜云:

> 幽思曲想,张、柳之词工矣。然其失则俗而腻也,古者妖童冶妇之所遗也。伤时吊古,苏、辛之词工矣。然其失则莽而俚也,古者征夫放士之所托也。两家各有其美,亦各有其病。②

婉约词香艳秾丽,失于"俗而腻";豪放词痛快淋漓,失于"莽而俚"。俗艳与粗鄙均有悖雅正之旨。故陈氏说:"低唱浅斟,不免淫亵;铜琶铁板,见笑粗豪。"③与很多人一样,陈廷焯也意识到婉约、豪放"各有其美,亦各有其病"。其美在多情,病在伤雅。

清雅词风"既不流于柔靡,复不蹈于豪放"④,原本是以补救婉约、豪放之弊的姿态出现的。在朱彝尊的指引下,"数十年来,浙西填词者,家白石而户玉田"⑤,浙西词派后学遂将南宋姜、张清雅词风的定位由"最佳"变成"惟一"。正所谓"稍涉香奁,一概芟薙"⑥,"以二窗为祖祢,视辛、刘

---

① 刘然:《可做堂词序》,《清词序跋汇编》,第334页。
② 孟称舜:《古今词统序》,《唐宋词集序跋汇编》,第403页。
③《云韶集辑评》卷十六,《白雨斋词话全编》,第385页。
④ 姚潜:《秋屏词钞题辞》,《清词序跋汇编》,第294页。
⑤《云韶集》卷十四引。
⑥ 谢章铤:《赌棋山庄词话》,《词话丛编》,第3367页。

若仇雠”[①]，完全排斥婉约、豪放等风格。“至朱竹垞以姜、史为的，自李武曾以逮厉樊榭，群然和之，当其时亦无人不南宋。”[②]从浙西六家以至厉鹗，清雅之风一脉相承。浙派中坚厉鹗“尝病倚声家荡者失之靡，豪健者失之肆，因约情敛体，深秀绵邈”[③]。其中“约情”一词颇为值得注意，它反映出清雅一派要以人工思力之安排对真切自然之感情进行约束和规范。这样一来，该派末流虽极雅正之至，词情却是死气沉沉，晦涩不彰，在清雅的道路上越走越窄。对此，乾隆年间的储国钧曾有一段中肯之论：

> 顾或者恐后生复蹈故辙，于是标白石为第一，以刻削峭洁为贵。不善学之，竞为涩体，务安难字，卒之抄撮堆砌，其音节顿挫之妙荡然。欲洗《花》《草》陋习，反堕浙西成派，谓非矫枉之过与？[④]

储氏认为，朱彝尊推尊白石，标举清雅，只是在反拨《花》《草》陋习情况下提出的一个方便法门。后人却奉此为金科玉律，不敢逾越半步，最终演变为模拟堆砌、千篇一律的浙西成派。这就从一个极端走向另一个极端，同样成为词学之不幸。杜诏说：“彼学姜、史者，辄屏弃秦、柳诸家，一扫绮靡之习，品则超矣，或者不足于情。”[⑤]“不足于情”可谓道出清雅派的致命缺陷。

陈廷焯虽视清雅为词中上乘，但他也能认识到这种风格会有“不足于情”的流弊。如厉鹗的好友吴焯，其词亦近姜、张一路。陈氏评其〔惜分飞〕（黄鸟阴阴交接语）云：

> 不必用艳丽之词，凭仗一枝笔写去，句句转接，字字飞舞，但不善

① 文廷式：《云起轩词钞序》，《清词序跋汇编》，第1877页。
② 谢章铤：《赌棋山庄词话续编》，《词话丛编》，第3530页。
③ 瓮熺：《秋林琴雅跋》，《清词序跋汇编》，第417页。
④ 储国钧：《小眠斋词序》，《清词序跋汇编》，第444页。
⑤ 杜诏：《弹指词序》，《清词序跋汇编》，第287页。

学者非失之枯寂，即失之平弱矣。①

不用脂粉秾丽语，是清雅词派的一个标志。陈廷焯在肯定吴焯词的同时，也指出这种笔法容易导致无聊乏味、平庸肤浅。又如陈章，著有《竹香词》，陈廷焯谓其词"清雅腴炼，在宋人中绝似碧山"②，可知亦是效法白石体者。陈廷焯说："竹香词佳则佳矣，但不免于晦，故所录从刻。"③可见炼字炼句以至于晦涩难懂，也是清雅一派的缺陷。故陈氏明确指出："舍是二者(按：指'低唱浅斟'与'铜琶铁板')，一以雅正为宗，又动涉沉晦迂腐之病。"④这里的"雅正"即指清雅一路，其"雅"有余而"情"不足。虽符合陈氏的雅正观，却扞格于他的主情论。

婉约、豪放，多情而伤雅；清空骚雅，极雅而乏情。这两大阵营之间，恰可互为补充。单就婉约、豪放来说，彼此亦多互补之处。故陈廷焯在《云韶集》中每每以一种词风作为另一种词风之药石。如以婉约医叫嚣，《云韶集》卷十九选清人陈章〔谒金门〕(天欲暮)，结句云："一霎无声投那处。隔溪黄叶树。"陈氏批云："婉约得妙，是板桥所欠。"⑤再如以清雅医叫嚣，陈氏评杜诏〔宴清都〕(晕碧裁红遍)："紫纶词大有怨情，然怨而不怒，《风》《雅》之遗也。说到自己凄风苦雨中，仍自雅正，真郑板桥一流才人之师也。"⑥之所以婉约与清雅均对叫嚣之症，乃因为二者在含蓄蕴藉的抒情方式上是相通的。虽然豪放叫嚣屡屡成为"整治"的对象，但另一方面它也是陈廷焯力矫纤冶、平庸之失的猛药。例如"粗粗莽莽，任意疾书"⑦的蒋士铨词，"彼好为艳词丽句者，对之汗颜无地矣"⑧。又"板桥词

---

① 《云韶集辑评》卷十九，《白雨斋词话全编》，第462页。
② 《云韶集辑评》卷十九，《白雨斋词话全编》，第469页。
③ 《云韶集辑评》卷十九，《白雨斋词话全编》，第469页。
④ 《云韶集辑评》卷十六，《白雨斋词话全编》，第385页。
⑤ 《云韶集辑评》卷十九，《白雨斋词话全编》，第469页。
⑥ 《云韶集辑评》卷十八，《白雨斋词话全编》，第436页。
⑦ 《云韶集辑评》卷二十一，《白雨斋词话全编》，第498页。
⑧ 《词坛丛话》，《白雨斋词话全编》，第14页。

是马浩澜、施浪仙辈一剂虎狼药"①,均是以桀骜不驯的英雄之气矫正柔腻秽亵的儿女之情。此外,豪放词中的凛凛生气还是饾饤成篇、千人一面的清雅末流所欠缺的。陈氏说:"板桥论诗,以沉着痛快为第一,而以温厚和平者为小家气。其言虽偏,可以药肤庸,自是一时快论。"②事实上,沉着痛快的板桥词正是陈氏医治"沉晦迂腐"的雅正之作的良药。《云韶集》中多录板桥词,固是陈廷焯主情论的体现,而他欲以豪放习气消弭另外两派弊端的用心也是十分明显的:

> 板桥词,讥之者多谓不合雅正之旨,此论亦是。然与其晦,毋宁显;与其低唱浅斟,不如击碎唾壶。余多录板桥词者,一以药平庸之病,一以正纤冶之失,非有私于板桥也。③

"低唱浅斟"的婉约,"铜琶铁板"的豪放,"一以雅正为宗"的清雅,三者既各有利弊,又互能补救。因此,陈氏提出"必兼之乃工"④的词风构想。

清代吴启昆说:"以前人之词论之,窃以为苏、辛雅也,周、柳郑也,调停于二者之间,庶几隽而不浅,浓而不俗,持此以核词人,而见者卒少也。"⑤可见这种兼收并蓄的风格论早已有之,但仅调停于婉约、豪放二家,就"见者卒少",并非易事。而陈廷焯乃是融婉约、豪放、清雅于一炉,其难度之大可想而知。对此,他自己也十分清楚:"必兼之乃工,然兼之实难。"⑥放眼千年词史,陈氏认为只有五人能够做到。

---

①《云韶集辑评》卷十九,《白雨斋词话全编》,第463页。

②《词坛丛话》,《白雨斋词话全编》,第12页。

③《云韶集辑评》卷十九,《白雨斋词话全编》,第463页。

④《云韶集辑评》卷十六,《白雨斋词话全编》,第385页。

⑤ 吴启昆:《花草余音序》,《清词序跋汇编》,第435页。

⑥《云韶集辑评》卷十六,《白雨斋词话全编》,第385页。

三、词中五圣

虽说三种词风"兼之实难",但词史中毕竟出现过这样的集大成者。陈氏说:"余谓圣于词者有五家,北宋之贺方回、周美成,南宋之姜白石,国朝之朱竹垞、陈其年也。"①这五人是陈廷焯心目中的"词圣",他们的词作便是"兼之乃工"的典范。

(一)贺铸

《云韶集》卷三选录方回十八首词,卷二十四复补选四首,共计二十二首。贺铸好友张耒《东山词序》云:"夫其盛丽如游金、张之堂,而妖冶如揽嫱、施之袪,幽洁如屈、宋,悲壮如苏、李,览者自知之,盖有不可胜言者矣。"②已经指出方回词体非一格、博采众长的特点。作为后世之"览者",陈氏与张耒所见略同:

> 词至方回,悲壮风流,抑扬顿挫,兼晏、欧、秦、柳之长,备苏、黄、辛、陆之体,一时尽掩古人。③

陈廷焯也认为方回词兼具婉约、豪放两体之长,并以"悲壮风流"四字概之。通过具体词作批语,我们可以对这一风貌有更为明晰的认识。如〔思越人〕一首:

> 重过阊门万事非。同来何事不同归。梧桐半死清霜后,头白鸳鸯失伴飞。　　原上草,露初晞。旧栖新垄两依依。空床卧听南窗雨,谁复挑灯夜补衣。

---

① 《云韶集辑评》卷十六,《白雨斋词话全编》,第385—386页。
② 张耒:《东山词序》,《唐宋词集序跋汇编》,第59页。
③ 《云韶集辑评》卷三,《白雨斋词话全编》,第76页。

词意明系悼亡,然无呜咽之声,有悲慨之调。在缠绵欲绝的痴情中,作者注入一股清刚劲健之气,使得整首词情挺异而不消沉。陈氏说:"此词最有骨,最耐人玩味。"①所谓"骨",就是一种刚性美,这是传统婉约风格所最为缺乏的。陈廷焯还特别圈出"梧桐"二句,云:"方回词儿女、英雄兼而有之。"②这两句遣词劲峭,传情哀婉,集中体现出贺词婉约、豪放兼具之美。又如〔薄幸〕(淡妆多态)一篇,写男女相思,有"几回凭双燕,叮咛深意,往来却恨重帘碍。约何时再"之句。词中的款款深情并非出于浅斟低唱,而是以淋漓直截的笔墨传达出来。故陈氏评云:"意味极缠绵,而笔势极飞舞,宜其独步千古也。"③我们说,柔情是婉约派的擅场,气势乃豪放派的标签。不仅是令词,方回的长调亦对二者进行了完美的融合。

除了刚柔相济外,贺铸在词法方面也造诣甚高,为陈廷焯所叹服。一般来说,词法包括章法、句法和字法。对于后两者,方回词颇有独到之处。宋末张炎说:"句法中有字面,盖词中一个生硬字用不得。须是深加锻炼,字字敲打得响,歌诵妥溜,方为本色语。如贺方回、吴梦窗,皆善于炼字面,多于温庭筠、李长吉诗中来。"④在借鉴唐诗、善于炼字的基础上,贺铸对词中句法尤为究心,甚至达到出神入化的境界。如"记得西楼凝醉眼,昔年风物似而今。只无人与共登临",陈氏批云:"纯用虚字琢句,奇绝横绝。"⑤再如"初未试愁那是泪,每浑疑梦奈余香",陈氏批云:"此种句法贺老从心化出,真正神技。"⑥又如"彩鸳鸯觉双飞起",陈氏批云:"句法总别致。"⑦不难看出,方回词虽句琢字炼,但并不堆砌生词僻字,乃是"只就众人所有之语运用入妙"⑧。既新奇,又自然,带给读者飘飘欲仙之感。陈

---

①《云韶集辑评》卷三,《白雨斋词话全编》,第78页。

②《云韶集辑评》卷三,《白雨斋词话全编》,第78页。

③《云韶集辑评》卷三,《白雨斋词话全编》,第76页。

④ 张炎:《词源》,《词话丛编》,第259页。

⑤《云韶集辑评》卷三,《白雨斋词话全编》,第77页。

⑥《云韶集辑评》卷三,《白雨斋词话全编》,第78页。

⑦《云韶集辑评》卷三,《白雨斋词话全编》,第78页。

⑧《云韶集辑评》卷三,《白雨斋词话全编》,第77页。

氏对此叹赏不置:"方回词,笔墨之妙,真乃一片化工。"①又云:"若论其神,则如云烟缥缈,不可方物。"②锤炼字句以至于矫变莫测、超凡脱俗,正是清雅一派夐绝之境。因此,方回词中也存在清雅词风的审美旨趣。悲壮风流加上词笔超凡,方回词由此实现婉约、豪放、清雅之兼容。

(二)周邦彦

《云韶集》卷四选录美成词三十首,卷二十四又补选一首,合计三十一首。清真词主要题材为羁旅怀人,但它并非一味婉约,而是以浩气行之。张炎说:"美成词只当看他浑成处,于软媚中有气魄。"③陈廷焯也注意到清真词之刚柔兼具。如写羁旅思乡,〔六丑〕有"为问家何在,夜来风雨,葬楚宫倾国"之句。陈氏批云:"如泣如诉,语极呜咽,而笔力沉雄。"④以沉雄之笔,传呜咽之情。再如写男女相思,〔过秦楼〕结句"但明河影下,还看稀星数点",陈氏批云:"凄艳绝世,满纸是泪,而笔墨极尽飞舞之致。"⑤意极哀怨,词笔却一气卷舒,毫不滞涩。可见清真词与方回词一样,亦是刚柔兼备。

近人陈匪石说:"贺铸洗炼之功、运化之妙,实周、吴所自出。"⑥在词法方面,周邦彦于贺铸可谓青出于蓝。美成词同样善于融化前人诗句,"炼字炼句,精劲绝伦"⑦。但正如陈氏所说:"美成词,镕化成句,工炼无比,然不借此见长。此老自有真面目,不以缀拾为能也。"⑧清真词的长处不仅在句琢字炼,更在于章法上的抑扬顿挫,回环往复,即"下字用意皆有法度"⑨。在这方面,清真词实乃冠绝古今。陈氏云:"美成词极顿挫之

---

① 《词坛丛话》,《白雨斋词话全编》,第5页。
② 《词坛丛话》,《白雨斋词话全编》,第5页。
③ 张炎:《词源》,《词话丛编》,第266页。
④ 《云韶集辑评》卷四,《白雨斋词话全编》,第94页。
⑤ 《云韶集辑评》卷四,《白雨斋词话全编》,第96页。
⑥ 陈匪石:《宋词举》,金陵书画社,1983年版,第63页。
⑦ 《云韶集辑评》卷四,《白雨斋词话全编》,第96页。
⑧ 《词坛丛话》,《白雨斋词话全编》,第5页。
⑨ 《词坛丛话》,《白雨斋词话全编》,第5页。

致，穷高妙之趣，前无古人，后无来者。词至美成，开合动荡，包扫一切。"①周邦彦在词法特别是章法上的讲求，使其词作进一步文人化和精致化。再加上"笔力劲绝，是美成独步处"②，故清真词虽写柔情，却不散漫委靡，而是"于纡徐曲折中有笔力，有品骨"③，体现出一份高雅的品格。陈廷焯曾这样描绘他读清真词的感受：

　　　读之如登太华之山，如掬西江之水，使人品概自高，尘垢尽涤。④

　　在陈氏眼中，清真词无疑是高雅脱俗的。这其中既有凌云健笔的功劳，也离不开细密词法的作用。

　　美成词于软媚中有气魄，兼婉约、豪放之长。又变方回词天矫莫测之句法，为整饬严密之章法，清真雅正，为南宋清雅词派开辟无数法门。陈廷焯说："南宋白石、梅溪，皆祖清真。"⑤又云："竹屋、梅溪、梦窗、草窗诸家大致远祖清真，近师白石。"⑥美成词刚柔兼济，导源清雅，由此成为陈氏心目中"兼之乃工"的典范。

（三）姜夔

　　《云韶集》卷六选白石词二十二首，卷二十四补选二首，合计二十四首。姜夔是清雅词派的祖师，其词鲜明体现出句琢字炼、清虚骚雅的特点。如〔念奴娇〕（闹红一舸），陈氏评云："此词炼字炼句，炼意炼骨，归于纯雅。"⑦〔点绛唇〕（燕雁无心）一首，陈氏评云："此词无限哀感，却字字清

　　①《云韶集辑评》卷四，《白雨斋词话全编》，第93页。
　　②《云韶集辑评》卷四，《白雨斋词话全编》，第97页。
　　③《云韶集辑评》卷四，《白雨斋词话全编》，第96页。
　　④《云韶集辑评》卷四，《白雨斋词话全编》，第93页。
　　⑤《词坛丛话》，《白雨斋词话全编》，第5页。
　　⑥《云韶集辑评》卷七，《白雨斋词话全编》，第169页。
　　⑦《云韶集辑评》卷六，《白雨斋词话全编》，第151页。

虚，无一字着实。"①又评〔暗香〕(旧时月色)结数语云："无一字不骚雅。"②
陈氏认为,作为清雅词风的开创者,姜夔是该派之中成就最高、影响最大
的词人:

> 碧山学白石得其清者,他如西麓得白石之雅,竹山得白石之俊
> 快,梦窗、草窗得白石之神,竹屋、梅溪得白石之貌,玉田得其骨,仲举
> 得其格,盖诸家皆有专司,白石其总萃也。③

在陈廷焯看来,王沂孙、陈允平、蒋捷、吴文英、周密、高观国、史达祖、
张炎、张翥等人虽被视为清雅一脉的嫡传,但不过"皆具夔之一体"④,只
有姜白石才是清雅词风的集大成者。

白石词不仅雄视清雅一派,而且旁逸斜出,复汲取婉约、豪放之长,从
而将三种词风熔于一炉。陈氏评价白石词说:

> 清劲似美成,风骨似方回。骚情逸志,视晏、欧如舆台矣;高举远
> 引,视秦、柳如傀儡矣。清虚中见魄力,直令苏、辛避席;刚健中含婀
> 娜,是又竹屋、梅溪、梦窗、草窗、竹山、玉田以及元、明诸家之先
> 声也。⑤

骚情逸志,高举远引,乃是清雅词风之底色。在此基础上,白石词又
绘入风情骨韵和清刚劲节。特别是"清虚中见魄力""刚健中含婀娜"二
语,尤能看出陈廷焯对白石词三体兼备风貌的发掘与推崇。

---

① 《云韶集辑评》卷六,《白雨斋词话全编》,第150页。
② 《云韶集辑评》卷六,《白雨斋词话全编》,第151页。
③ 《云韶集辑评》卷九,《白雨斋词话全编》,第203页。
④ 朱彝尊:《黑蝶斋词序》,《清词序跋汇编》,第215页。
⑤ 《云韶集辑评》卷六,《白雨斋词话全编》,第150页。

(四)朱彝尊

《云韶集》卷十五选竹垞词五十二首,卷二十四补选一首,合计五十三首,是《云韶集》前二十五卷中入选篇目最多的词人。对此,陈氏解释说:"余选此集,自唐迄元,悉本先生《词综》略为增减,大旨以雅正为宗,所以成先生之志也,故集中选先生词独多。"①陈氏的雅正观直接源于朱彝尊的《词综》,故他对竹垞本人的作品亦推崇备至。

朱彝尊《鱼计庄词序》云:"曩予与同里李十九武曾论词于京师之南泉僧舍,谓小令宜师北宋,慢词宜师南宋,武曾深然予言。"②朱彝尊的主张固然为陈廷焯所赞许③,但他并不认为竹垞本人的作品就局限于此。如小令〔一叶落〕(泪眼注),陈氏认为"如读汉人短乐府"④;〔桂殿秋〕(思往事),又可谓"真唐人化境"⑤;〔卖花声〕(衰柳白门湾)气韵沉雄,"出苏、辛之上"⑥;而〔好事近〕(新月下孤洲),则被陈氏视作"小令亦有如许气骨,此美成、白石化境也"⑦的佳什。因此在陈廷焯看来,竹垞令词实乃兼有众长:

> 竹垞词小令之工,兼唐、宋、金、元诸家而奄有众长。⑧

竹垞小令不拘一格,都成异彩。其长调同样相题成文,不主一家。集中有〔长亭怨慢〕(结多少悲秋俦侣)这样"既悲凉又忠厚"⑨的清雅正宗,

---

①《云韶集辑评》卷十五,《白雨斋词话全编》,第375页。

② 朱彝尊:《鱼计庄词序》,《清词序跋汇编》,第340页。

③ "余常谓长调以南宋为宗,小令则以五代、北宋为宗,然不至于唐不止也。"(《云韶集辑评》卷十五,《白雨斋词话全编》,第376页)

④《云韶集辑评》卷十五,《白雨斋词话全编》,第380页。

⑤《云韶集辑评》卷十五,《白雨斋词话全编》,第376页。

⑥《云韶集辑评》卷十五,《白雨斋词话全编》,第376页。

⑦《云韶集辑评》卷十五,《白雨斋词话全编》,第377页。

⑧《云韶集辑评》卷十五,《白雨斋词话全编》,第375页。

⑨《云韶集辑评》卷十五,《白雨斋词话全编》,第381页。

也有"通首气魄悲壮"①的〔满江红〕（玉座苔衣），而后者显然是苏、辛一脉。故陈氏云：

> 长调之妙尤为沉郁顿挫，独往独来，取法南宋而不泥于南宋。②

总之，竹垞的令词未尝以北宋婉约自缚，慢词长调更是突破了南宋醇雅词风的范围。就填词一道而言，朱彝尊实乃兼才之人。故陈氏赞叹道："先生真人杰哉！"③

需要注意的是，同为"兼之乃工"的典范，朱彝尊与贺铸、周邦彦、姜夔以及后面的陈维崧在内涵上是不同的。方回诸人词之"兼"，乃是对婉约、豪放、清雅三种词风的元素做出新的熔炼，从而形成自己独特并且相对固定的风格。而朱彝尊则是随物赋形，变化从心，兼有多种风格之词作。难能可贵的是，竹垞词无论以何种笔墨出之，都能做到情深一往，归于雅正。正是在这一点上，他与另外四人殊途同归。

（五）陈维崧

《云韶集》卷十六选其年词三十六首，卷二十四补选一首，合计三十七首。一般认为，其年词祖述苏、辛，乃是豪放词派后劲。陈廷焯认同"其源亦出苏、辛"④，但将其年词视作有别于传统豪放的一种新词风。他说：

> 其年才大如海，其于倚声，视美成、白石，直若路人。东坡、稼轩，不过借径。独开门径，别具旗鼓，足以光掩前人，不顾后世。⑤

---

① 《云韶集辑评》卷十五，《白雨斋词话全编》，第376页。
② 《云韶集辑评》卷十五，《白雨斋词话全编》，第375页。
③ 《云韶集辑评》卷十五，《白雨斋词话全编》，第375页。
④ 《词坛丛话》，《白雨斋词话全编》，第10页。
⑤ 《词坛丛话》，《白雨斋词话全编》，第11页。

其年词渊源于苏、辛，而它的词笔"力量更大，气魄更胜，骨韵更高"①，早已将婉约风格纳入其中。如〔春夏两相期〕有句云："草深小巷入都迷，竹暗层扉敲谁应。浅样风帘，爱他草阁，居然蚱蜢。"陈氏批曰："曲折画境，他手叙来风致必秀，此独字字有骨力，而其秀亦即在骨，真词坛巨擘也。"②如果说婉约追求风韵的话，那么在其年笔下，风韵已然蜕变为骨韵。正是在此意义上，陈氏认为其年词"视彼'浅斟低唱'者，固无论矣"③。

将婉约收入囊中后，其年词亦将清雅招致麾下。陈廷焯说："即视彼清虚骚雅，归于纯正者，亦觉其一枝一叶为之，未足语于风雅之大也。"④其年词舍"一枝一叶"的形式，直探清雅词风的核心，即温柔敦厚之情。陈氏说：

> 其年词，能包一切，扫一切，源出苏、辛，实兼姜、史之长，真词中之圣也。其年、板桥皆祖苏、辛，然板桥不免叫嚣，失雅正之旨。其年则学苏、辛而出其上，既淋漓悲壮，又忠厚温柔，除竹垞外谁敢与之并驱哉！其年年近五十尚为诸生……而词又其最著者，纵横博大，鼓舞风雷，其气吞天地、走江河，而其大旨，仍不外忠厚缠绵之意，后人蹈扬湖海，那有先生风格耶？⑤

其年词以豪放为底色，包容婉约，兼并清雅，洵推词中之圣。特别是它以淋漓悲壮为外表，以忠厚温柔为旨归，更成为陈廷焯心目中"风雅之大"的代表。

由于雅正与主情的矛盾，陈廷焯对词体风格进行了深入的思考。他提出"兼之乃工"的观点，就是为了取长补短，实现"雅"与"情"的和谐统

---

①《词坛丛话》，《白雨斋词话全编》，第10页。
②《云韶集辑评》卷十六，《白雨斋词话全编》，第387页。
③《词坛丛话》，《白雨斋词话全编》，第11页。
④《词坛丛话》，《白雨斋词话全编》，第11页。
⑤《云韶集辑评》卷十六，《白雨斋词话全编》，第385页。

一。从陈氏推举的五位"词圣"来看，彼此词风明显有别。但他们皆熔炼多家，体非一格，达到了情深语至、雅韵欲流的境界。

朱彝尊提倡清雅词风，许多浙派中人便只学清雅，不顾其他。陈廷焯则在肯定清雅的基础上，寻求一种更加包容、更加完美的风格。之所以产生这种同源异流的情况，除了陈廷焯个人的独立思考外，朱彝尊的词作和《词综》选词的多样性也在某种程度上给了陈廷焯启发。上文谈到，陈廷焯认为竹垞词无论小令、长调，均非专主一家一派。此非陈氏之私见，实乃四海之公言。郭麐就说："大抵樊榭之词，专学姜、张，竹垞则兼收众体也。"[1]丁绍仪也说："太史于南北宋词兼收并采，蔚为一代词宗。"[2]也就是说，竹垞词转益多师，绝非一味模拟姜、张。同样，《词综》也不单纯是一部清雅词派的选本，它与专主南宋的《国朝词综》判然有别。晚清谢章铤谓王昶"其选词专主竹垞之说，以南宋为归宿。不知竹垞《词综》无美不收，固不若是之拘也"[3]。应该说，"兼收并采"的竹垞词与"无美不收"的《词综》，为陈廷焯的不主一家、不拘一格提供了有力的支持，促成其提出"兼之乃工"的风格理论。总之，与"皆奉石帚、玉田为圭臬，不肯进入北宋人一步"[4]的浙派末流相比，陈廷焯的风格论无疑向前迈出了一大步。

第四节　建构通代词史，并重南北两宋

翻阅古代词书，我们经常能够看到人们对千年词史的描绘勾勒，这与他们的词体观、风格论都相辅相成。以朱彝尊为首的浙西词派在鼓吹雅正、标举清空的同时，也曾提及一些关于词史的看法。陈廷焯将这些只言片语粘合成一个庞大的框架，继而设计规划，添砖加瓦，筑造出一座前所未有的词史殿堂。

---

① 郭麐：《灵芬馆词话》，《词话丛编》，第1509页。
② 丁绍仪：《听秋声馆词话》，《词话丛编》，第2590页。
③ 谢章铤：《赌棋山庄词话续编》，《词话丛编》，第3501页。
④ 蒋敦复：《芬陀利室词话》，《词话丛编》，第3636页。

一、浙派的词史建构

首先要说明，这里所谓的"浙派"主要是朱彝尊、汪森等人，他们关于词史的建构是陈廷焯所确知的。

归纳起来，陈廷焯接触到的词史观念有以下四点：

其一，词体本于"三百篇"，是乐府的新生。汪森《词综序》发为此论，他说：

> 自有诗而长短句既寓焉，《南风之操》《五子之歌》是已。周之《颂》三十一篇，长短句居十八；汉《郊祀歌》十九篇，长短句居其五；至《短箫铙歌》十八篇，篇皆长短句。谓非词之源乎？迄于六代，《江南》《采莲》诸曲，去倚声不远，其不即变为词者，四声犹未谐畅也。自古诗变为近体，而五七言绝句传于伶官乐部，长短句无所依，则不得不更为词。①

汪森指出词体的远祖和近源。所举上古歌谣、《诗经》、汉乐府以及六朝乐府，句式长短不一，且都可歌。正是根据这两条标准，汪森认定它们是词体之源头。而古诗变为近体并入乐，直接导致古乐府的消亡。由此，一种新的配合长短句歌唱的音乐文学——词，便应运而生。

其二，南宋是词史之鼎盛期。朱彝尊说："世人言词，必称北宋。然词至南宋始极其工，至宋季而始极其变。"②又云："词至南宋始工。"③不遗余力地推崇南宋词。

其三，明代是词史之最低谷。《词综发凡》云："独《草堂诗余》所收最下最传。三百年来，学者守为兔园册，无惑乎词之不振也。"④竹垞还说："往

---

① 《词综》，第1页。
② 《词综》，第10页。
③ 《云韶集》卷十四引。
④ 《词综》，第11页。

者明三百禩词学失传。"①对于明词之衰落直言不讳。值得注意的是,朱彝尊虽对明词不满,但仍然简单勾勒出明词发展的梗概:

> 明初作手,若杨孟载、高季迪、刘伯温辈,皆温雅芊丽,咀宫含商。李昌祺、王达善、瞿宗吉之流,亦能接武。至钱唐马浩澜以词名东南,陈言秽语,俗气薰入骨髓,殆不可医。周白川、夏公谨诸老,间有硬语,杨用修、王元美则强作解事,均与乐章未谐。然三百年中,岂无合作?②

竹垞所论无甚发展脉络可言,但已将明代词坛的重要作家一一指出,并认为明词犹有抉幽发微的必要。后来的王昶便继承竹垞遗志,编选了《明词综》。在序中,他对明代词史也做出一番描述:

> 盖明初词人,犹沿虞伯生、张仲举之旧,不乖于风雅。及永乐以后,南宋诸名家词皆不显于世,惟《花间》《草堂》诸集盛行。至杨用修、王元美诸公,小令、中调颇有可取,而长调则均杂于俚俗矣。③

王昶从时间上对明词进行了划分,并提到不同体式在明代有盛衰之别。

其四,清代是词史之复兴期。王昶《国朝词综序》云:"方今人文辈出,词学亦盛于往时。"④王绍成《国朝词综二集序》云:"我朝文治光昌,即倚声亦盛于往代。"⑤而沈德潜的《清绮轩词选序》更是直言"我朝之词复几与宋相埒"⑥。诸人皆认为清词之盛远迈元、明,可与两宋相媲美。

---

①《云韶集》卷十四引。
②《词综》,第15页。
③《明词综》,序言第1页。
④《国朝词综序》,《词籍序跋萃编》,第774页。
⑤《国朝词综二集序》,《词籍序跋萃编》,第775页。
⑥ 沈德潜:《清绮轩词选序》,《词籍序跋萃编》,第762页。

上述四点成为陈廷焯词史建构的基本框架。除了这些明确的文字表述外，浙派中人编辑的词选也是他们词史观念的直接展现。朱彝尊《词综》收唐五代宋金元词二千三百七十一首，没有唐以前、元以后的作品。汪森《词综序》将词源上溯至上古歌谣，下以迄六朝，但《词综》并未收录这类作品。朱彝尊在《词综发凡》中也曾计划拣选明词"编为二集，继是编之后"①，但未遑实施。至于清词，则立国未久，更是无从谈起。因此，在陈氏看来，《词综》上无源，下无委，仅是一个词史的片段。后来王昶编《明词综》和《国朝词综》，补上了明词和清前中期词的创作情况。所以陈廷焯说"中又得青浦王氏所选《明词综》及《国朝词综》，可谓先获我心"，这两部书与他续写词史的想法不谋而合。

总的来看，陈廷焯见到的浙派的词史建构存在三个问题：一是"简"，理论表述比较简略，不成体系；二是"散"，《词综》系列各自成书，词史建构未经整合；三是"残"，唐以前的作品没有采录，尚属空白。因此，陈氏编选《云韶集》，很大程度上是要完成竹垞等人未竟之事业。

二、谱通史宏卷

陈廷焯《云韶集》"自汉迄道光初年而止"②，选词的同时，还从对具体词作的批评出发，形成对个体词人的认识，进而汇聚为对一代词风的把握。即以"词选+词评"的形式详细、连贯、完整地展现出两千多年的词史全貌，最终构建起"词创于六朝，成于三唐，广于五代，盛于两宋，衰于元，亡于明，而复盛于我国朝"③的通代词史。

（一）胚胎期——上古至隋朝

谈到词史，词的起源便是一个无法回避的问题。对此，陈廷焯基本沿袭《词综序》的观点，视词体为乐府的延续。他说：

①《词综》，第15页。
②《词坛丛话》，《白雨斋词话全编》，第18页。
③《云韶集辑评》卷十四，《白雨斋词话全编》，第331页。

唐以前无词名,然词之源肇于赓歌,成于乐府。汉郊祀歌、短箫铙歌诸篇,长短句不一,是词之祖也。迨于六代,《江南》《采莲》诸曲,去倚声不远。其不即变为词者,律体未兴,古风犹未远也。自古诗变为近体,五七言各分古、律、绝,传于伶官乐部。长短句无所依,而词于是作焉。①

　　这基本上是对汪森之言的复述,甚至很多字句都完全一致。那么在"肇于赓歌,成于乐府"这一漫长的历史时期中,究竟哪些作品可以算作词之祖考呢? 对于这个问题,陈廷焯无法在《词综》中找到答案,故只能自出机杼:"兹将汉晋六朝诸歌曲,择其类于词者若干首,录入杂体一卷,亦数典不忘祖之义云。"表2-1便是陈氏所选录的词"祖":

表2-1　陈氏所选录的词"祖"

朝代	总计	作家及作品			
汉人杂体词	五首	武帝《李夫人歌》《落叶哀蝉曲》	杨恽《拊缶歌》	蔡琰《胡笳十八拍》	无名氏《桓帝初小麦童谣》
晋人杂体词	五首	谢芳姿《团扇歌》二章		无名氏《女儿子》《休洗红》二章	
六朝人杂体词	四首	胡太后《杨白花》	冯太后《青台歌》	崔娘《䤵面词》	斛律金《敕勒歌》
隋人杂体词	五首	丁六娘《十索曲》五首			

　　耐人寻味的是,汪森钦点、陈氏首肯的上古歌谣、周《颂》、汉《郊祀歌》《短箫铙歌》、六朝《江南》《采莲》诸曲皆未入选。对此,陈廷焯解释说:"《南风》之操、五子之歌是词之祖,然味淡声稀,骤读之,乌知其快,故弗录。"可见他所谓"择其类于词者",乃是注重内容上的多情动人。这一点可以从陈氏评汉武帝《李夫人歌》中见出端倪。他说:"传神之笔,遂为千古艳词之祖。"②其将描写男女爱情的作品置诸词源之首,隐然透露出"词

---

　　①《词坛丛话》,《白雨斋词话全编》,第3页。
　　②《云韶集辑评》卷二十六,《白雨斋词话全编》,第664页。

为艳科"的观念。

上古至隋朝并无词这一文体的名称,它只可谓词史之胚胎期。陈廷焯选录自汉至隋十九首杂体词作为词源,充分表明"情"是其词史构建中着重考虑的一个要素。

(二)形成期——唐五代

陈廷焯说:"有唐一代,太白、子同首开其体,继至白、温踵事增华,至五代而规模益备。"[①]唐五代十国,是词体正式确立并渐趋完备的时期。

1.唐词

《云韶集》选唐词二十家,凡六十二首。其中,李白、张志和、白居易、刘禹锡、温庭筠五人地位突出。陈氏认为"唐以前无词名",至唐代词体方正式确立,标志便是李白的〔菩萨蛮〕和〔忆秦娥〕。陈氏说:"太白〔菩萨蛮〕〔忆秦娥〕两调为倚声之祖。"[②]这两首是陈廷焯所见到的最早的词,故他视李白为词史之真正起点:"词虽创于六朝,实成于太白,千古论词,断以太白为宗。"[③]而与李白同时的张志和也作有〔渔父〕一首,故"有唐一代,太白、子同,千古纲领"[④],二人均有开创之功。我们知道,李白的〔菩萨蛮〕〔忆秦娥〕分别是怀远和吊古,语言古雅,气体清雄。张志和〔渔父〕写隐逸情怀,亦复清新自然。但是词的发展并未沿着古朴清雅一路走下去,而是向男女之情、工丽之言靠拢。所谓"乐天、梦得,声调渐开"[⑤],稍后的白居易、刘禹锡便是这一过渡时期的代表人物。直至晚唐温庭筠出,温柔旖旎,工丽芊绵,始将唐词推至高峰。陈氏说:

终唐之世,无出飞卿右者,当为《花间集》之冠。[⑥]

---

① 《云韶集序》,《白雨斋词话全编》,第20页。

② 《白雨斋诗话》,第111页。

③ 《云韶集辑评》卷一,《白雨斋词话全编》,第21页。

④ 《词坛丛话》,《白雨斋词话全编》,第3页。

⑤ 《词坛丛话》,《白雨斋词话全编》,第3页。

⑥ 《词坛丛话》,《白雨斋词话全编》,第3页。

他深知"飞卿虽工绮语而风骨不高"①,但仍将其推为唐词之翘楚,主要原因有三:首先,温庭筠可谓唐代倚声专家。李白等人词作寥寥,而飞卿词见录于《花间集》者便有六十六首之多。《云韶集》选飞卿词二十八首,数量居唐词之冠。其次,飞卿词情韵并茂,胜过后来艳词。"飞卿词以情胜,以韵胜,最悦人目"②,符合陈氏的审美旨趣。之所以谓其"风骨不高",乃是与不涉绮语的李白、张志和等人相比"风格已隔一层"③。就艳体而论,"后人好为艳词,那有飞卿风格"④,飞卿词仍是有品格的佳作。最后,飞卿词奠定"词为艳科"的传统,对后世产生深远影响。飞卿词以美女与爱情为主要题材,设色秾丽,遣词精致。不仅为有唐一代之结穴,且为后代词人树立了取资效法的典范。陈氏说:"飞卿词绮语撩人,开五代风气。"⑤评〔蕃女怨〕(万枝香雪开已遍):"'又飞回'三字更进一层,令人叫绝,开两宋先声。"⑥评〔菩萨蛮〕(小山重叠金明灭):"温丽芊绵,已是宋、元人门径。"⑦足见其词法、风格等方面影响后世颇多。陈氏云:"飞卿词,风流秀曼,实为五代两宋导其先路。"⑧在他看来,温庭筠无疑是词史发展中的一大关捩。

2.五代十国词

《云韶集》选五代十国词二十四家一百一十三首,词人与词作数量均较唐词有明显增加。关于此期情况,陈廷焯有一段概述:

> 李后主情词凄婉,独步一时。和成绩、韦端己、毛平珪三家,语极

---

① 《云韶集辑评》卷一,《白雨斋词话全编》,第21页。
② 《云韶集辑评》卷一,《白雨斋词话全编》,第23页。
③ 《云韶集辑评》卷一,《白雨斋词话全编》,第23页。
④ 《词坛丛话》,《白雨斋词话全编》,第3页。
⑤ 《云韶集辑评》卷一,《白雨斋词话全编》,第23页。
⑥ 《云韶集辑评》卷一,《白雨斋词话全编》,第26页。
⑦ 《云韶集辑评》卷一,《白雨斋词话全编》,第23页。
⑧ 《词坛丛话》,《白雨斋词话全编》,第3页。

工丽,风骨稍逊。孙孟文崛起,笔力之高,庶几唐人。自冯正中出,始极词人之工,上接飞卿,下开欧、晏,五代词人,断推巨擘。①

在这二十四位词人中,陈氏仅纳六家入史。而这六人实已涵盖南唐、西蜀、荆南三大填词中心。李煜以亡国之君发为凄恻之音,"凄艳出飞卿之右"②,在五代诸家中独树一帜。陈氏肯定后主词"情词凄婉"的特点,给予其较高的评价。和凝、韦庄、毛文锡三家,陈氏归入一类。他评和凝云:"成绩词骨不高,而琢句却妙。"③评韦庄云:"端己词凄艳入人骨髓,飞卿之流亚也。"④评毛文锡云:"平珪词婉丽,不减南唐后主。"⑤陈廷焯认为三人词俱属婉丽动人一路,"词骨不高""风骨稍逊"则是他们的通病。前文已经提到,陈氏思想中有"与其低唱浅斟,不如击碎唾壶"的一面,他对"词骨""笔力"等阳刚之美有一份特别的追求。他希望词中有"骨",这对艳体而言尤其重要。故陈氏推重"笔力之高,庶几唐人"的荆南词人孙光宪。他说:"孟文词,在五代时最见气格,风致亦复不泛,出韦端己之上。"⑥置孙光宪于韦庄之上,与传统观念明显不同,这充分体现出陈廷焯在词史问题上的独立思考。后主、孟文各有千秋,"花间"词人稍逊一筹。谁才是陈廷焯心目中五代词之首呢? 答案是冯延巳。《云韶集》选正中词十九首,为五代词人最多。"正中词高处入飞卿之室,却不相沿袭,雅丽处时或过之。"⑦正中词继承飞卿词思深藻丽的传统,而变绮丽为雅丽,"字和音雅,情味不求深而自深"⑧,"情"与"雅"得到很好的结合。这种雅丽的词风对宋初词坛极有影响,陈氏说:"正中词如摩诘之诗,字字和雅,晏、

① 《云韶集辑评》卷一,《白雨斋词话全编》,第30页。
② 《云韶集辑评》卷一,《白雨斋词话全编》,第31页。
③ 《云韶集辑评》卷一,《白雨斋词话全编》,第32页。
④ 《云韶集辑评》卷一,《白雨斋词话全编》,第33页。
⑤ 《云韶集辑评》卷一,《白雨斋词话全编》,第36页。
⑥ 《云韶集辑评》卷一,《白雨斋词话全编》,第42页。
⑦ 《云韶集辑评》卷一,《白雨斋词话全编》,第44页。
⑧ 《云韶集辑评》卷一,《白雨斋词话全编》,第44页。

欧之祖也。"①可以说,陈廷焯推举"正中词为五代之冠"②,一方面是冯词"极词人之工",情词并茂;另一方面则是其"上接飞卿,下开欧、晏",在词史发展中具有承前启后的重要意义。

从盛唐到五代十国,词体固然经历了草创至完备的嬗变过程。但若置诸千年词史中考量,唐五代完全可以视作一个整体。一方面,唐词和五代词同具古朴之风,这与后世判然有别。陈氏评白居易〔长相思〕(汴水流):"'吴山点点愁'是唐人语,宋人不能道。"③即指出唐词朴率天然,宋人无此风格。又评南唐中宗李璟〔山花子〕(手卷真珠上玉钩)下半阕云:"绮丽芊绵,置之元、明以后便成绝妙好词。缘彼时尚以古为贵,故不便圈也。"④陈氏只点未圈,仅仅表示一般欣赏,原因在于这种雕章琢句有悖于当时"以古为贵"的主流风格。另一方面,古朴之下也潜藏着后世绮丽风华的端倪。陈廷焯说:"词虽盛于宋,实唐人开其先路也。"⑤以温庭筠、冯延巳为代表的唐五代词风流秀曼,雅丽工稳,成为宋词兴盛不可或缺的前奏与根基。

(三)兴盛期——两宋

《云韶集》选宋词三百二十一家一千一百零六首(无名氏计为一家),词人、词作数量均远远超过唐五代时期。不仅是量的激增,在质上"至两宋乃集其大成"⑥。陈廷焯说:"宋人之词如唐人之诗,五色藻缋,八音和鸣,前无古人,后无来者。"⑦词至宋代,如同唐诗般璀璨夺目,呈现出空前的兴盛局面。

---

① 《云韶集辑评》卷一,《白雨斋词话全编》,第44页。
② 《云韶集辑评》卷一,《白雨斋词话全编》,第44页。
③ 《云韶集辑评》卷一,《白雨斋词话全编》,第23页。
④ 《云韶集辑评》卷二十四,《白雨斋词话全编》,第578页。
⑤ 《云韶集辑评》卷一,《白雨斋词话全编》,第26页。
⑥ 《云韶集序》,《白雨斋词话全编》,第20页。
⑦ 《云韶集辑评》卷二,《白雨斋词话全编》,第49页。

1.北宋词

北宋词坛,名家辈出。陈氏以十二位词人串联起这一时期的词史脉络:

> 北宋晏、欧、王、范诸家,规模前辈,益以才思。东坡出而纵横排宕,扫尽纤浮。山谷崛强盘屈,另开生面。张、晁则摇曳生姿,才不大而情胜。秦、柳则风流秀曼,骨不高而词胜。自方回出,独辟机杼,尽掩古人。自美成出,开阖动荡,骨格清高,如羲之之书,伯玉之诗,永宜独步千古。①

宋初词坛,陈氏推晏殊、欧阳修、王安石、范仲淹四人为代表。其中,晏、欧二人风流蕴藉,气骨清高,词风相似。陈氏评大晏词:"元献词风神婉约,骨格自高,不流俗秽,与延巳相伯仲也。"②评永叔词:"公词风流蕴藉,飞卿、延巳不得专美于前。"③晏、欧上承正中词,神貌俱似,可谓"规模前辈"的典型。范仲淹、王安石作词不多,而笔力劲健,透露出宋初词坛的一股新气象。陈氏说:"希文词不多,而一二沉着痛快处,冠绝古今。"④评王安石词云:"文公词风格自高,运笔亦精健。"⑤可见王、范二家有别于晏、欧,更多地体现出"益以才思"的一面。东坡词的横空出世,是词史上的一件大事。陈廷焯承认豪放不羁的东坡词转变词风的意义,但却以变体别调目之⑥。同时的山谷词笔力奇横,亦属东坡之流亚。与苏、黄相对,北宋婉约派人多势众。陈氏举张先、晁补之、秦观、柳永概之,这四家词鲜明体现出婉约之风多情少骨的特点。陈氏说:"子野词不假敷佐,一

---

① 《云韶集辑评》卷二,《白雨斋词话全编》,第49页。

② 《云韶集辑评》卷二,《白雨斋词话全编》,第52页。

③ 《云韶集》卷二。

④ 《云韶集辑评》卷二,《白雨斋词话全编》,第55页。

⑤ 《云韶集辑评》卷二,《白雨斋词话全编》,第60页。

⑥ "东坡词独树一帜,妙绝古今,虽非正声,然自是曲子内缚不住者。"(《词坛丛话》,《白雨斋词话全编》,第4页)

往情深,卓不可及。"①又说:"秦、柳自是作家,然却有可议处……微以气格为病也。"②总之,宋词发展到这里,名家虽多,却是瑕瑜互见:晏、欧家数近小,王、范所作寥寥,苏、黄原非正声,张、晁、秦、柳缺乏气骨。直至贺铸的出现,方令陈廷焯赞赏不已。他说:"词至方回,悲壮风流,抑扬顿挫,兼晏、欧、秦、柳之长,备苏、黄、辛、陆之体,一时尽掩古人。"③方回词兼具婉约、豪放之长,将此前众多名家的特色一齐囊括。贺铸之后,北宋词坛又诞生一位"词圣"——周邦彦。"词至美成,开合动荡,包扫一切。"④与方回词一样,美成词同样融汇前人词风之优长。更重要的是,它还在诸多方面沾溉南宋词人,遂为两宋词坛承上启下的关键。

2.南宋词

陈氏说:"词至北宋,亦云盛矣,然亦未极其变也。"⑤北宋词坛名家迭出,极一时之盛,而真正穷尽词体妙谛的则是南宋词人。关于南宋词坛,陈廷焯有如下论述:

> 南宋而后,稼轩如健鹘摩天,为词坛第一开辟手。刘、陆两家效之,虽非正格,而飞扬跋扈,直欲推倒古今。于是鄱阳姜白石出,炼骨、炼格、炼字、炼句,归于醇雅,而词品至是乃有大宗。史、高出而和之,张、吴、赵、蒋、周、陈、王、石诸家师之。自张叔夏出,斟酌古今,词品愈纯,大致亦不外白石词体。⑥

陈氏认为南宋词史存在两大流派:一派以辛弃疾为领袖,效法者有刘过、陆游等。稼轩词上承东坡之风,"粗粗莽莽,桀傲雄奇,出坡老之

---

①《云韶集辑评》卷二,《白雨斋词话全编》,第63页。
②《词坛丛话》,《白雨斋词话全编》,第4页。
③《云韶集辑评》卷三,《白雨斋词话全编》,第76页。
④《云韶集辑评》卷四,《白雨斋词话全编》,第93页。
⑤《云韶集辑评》卷二,《白雨斋词话全编》,第49页。
⑥《云韶集辑评》卷二,《白雨斋词话全编》,第49页。

上"①。而"豪壮感激,升稼轩之堂"②的改之词与"才力真可亚于稼轩"③的放翁词是其羽翼。这一派虽然"扫尽绮靡,别树词坛一帜"④,但并非正声,无法成为南宋词的代表。另一派以姜夔为首,句琢字炼,归于醇雅,调停于婉约、豪放之间,开创了清空疏宕、高雅脱俗的新词风。在陈廷焯看来,白石词体一呼百应。南宋主要词人,如史达祖、高观国、张辑、吴文英、赵以夫、蒋捷、周密、陈允平、王沂孙、石孝友、张炎等皆师事之。因此,姜派成为南宋词坛的主流,他们所标榜的骚雅风格将词品之高、词体之雅推至极致。陈氏说:

> 南宋自鄱阳白石出,竹屋、梅溪、梦窗、草窗、西麓、竹山、碧山、玉田诸家,起而羽翼之,出《风》入《雅》,词至是蔑以加矣。⑤

在姜夔等人的努力下,词体极高雅之至。在此意义上,陈廷焯才有"词至南宋,正如诗至盛唐,呜呼至矣"⑥的赞叹。

3.南北宋之辨

浑言之,宋词极一代之盛。析言之,两宋词犹有不同。陈廷焯说:"词至于宋,声色大开,八音俱备,论词者以北宋为最。竹垞独推南宋,泂独得之境,后人往往宗其说。"⑦清代词学史上长期存在南北宋之争⑧。推崇北宋,还是师法南宋,俨然成为词学思想的风向标。因此,分析两宋词各自特点并予以评判,不仅是词史的题中之义,而且具有很强的现实针对性。陈氏云:"北宋词极其高,南宋词极其变。"⑨"高"与"变"之别具体体现在

---

① 《词坛丛话》,《白雨斋词话全编》,第6页。
② 《云韶集辑评》卷六,《白雨斋词话全编》,第157页。
③ 《云韶集辑评》卷六,《白雨斋词话全编》,第154页。
④ 《云韶集辑评》卷六,《白雨斋词话全编》,第154页。
⑤ 《云韶集序》,《白雨斋词话全编》,第20页。
⑥ 《云韶集辑评》卷二,《白雨斋词话全编》,第49页。
⑦ 《词坛丛话》,《白雨斋词话全编》,第3页。
⑧ 见孙克强《清代词学的南北宋之争》,《文学评论》1998年第4期。
⑨ 《云韶集辑评》卷二,《白雨斋词话全编》,第49页。

以下三个方面：

其一，北宋词言短意长。词调的演进，乃是从令词逐渐向慢词长调发展。北宋人多作令词，至南宋长调始成主流。据此，陈氏提出"长调以南宋为宗，小令则以五代、北宋为宗"①。这与朱彝尊的说法是一样的。我们说，令词篇幅短小，"须突然而来，悠然而去，数语曲折含蓄，有言外不尽之致。"②北宋词正是深得"言有尽而意无穷"之妙。南宋词则多长调，重词法，贵铺叙。情韵往往体现在转折变换之中，不以言外之意取胜。故陈氏说："要言不烦，以少胜多，南宋诸家，或未之闻焉。"③所谓"不着一字，尽得风流"，在这方面，北宋词远出南宋词之右。

其二，北宋词风格更高。陈廷焯曾说："古人之高，愈味愈出，后人词愈工，骨愈下矣。"④从一种文体的发展来看，最初往往专主情意，朴实无华。其后渐渐究心于辞藻，踵事增华，最终不免情为词掩。在主情论下，陈氏必然推崇相对近古的作品，认为其风格更高。就两宋词来说，北宋先于南宋。且多令词，词人兴寄所至，冲口而出，不假修饰，不事雕琢。其佳者情韵并茂，真是自然而然。这就深契陈氏以情为主、情之至者词亦至的观念。而南宋多长调，词人以赋法入词，专诣为之。降天工为人巧，感发的力量被大大削弱了。因而陈廷焯判定："北宋而后，古风日远，南宋虽极称盛，然风格终逊北宋。"⑤原因就在于"南宋非不尚风格，然不免有生硬处，且太着力，终不若北宋之自然也"⑥。北宋词以感发为主，浑然天成，自成高格；南宋词以锻炼为工，斧凿未除，力求高格。两者相较，高下立判。

其三，南宋词尤为雅正。陈氏说："北宋间有俚词，间有伉语。南宋则

---

①《云韶集辑评》卷十五，《白雨斋词话全编》，第376页。

②沈祥龙：《论词随笔》，《词话丛编》，第4050页。

③《词坛丛话》，《白雨斋词话全编》，第3页。

④《云韶集辑评》卷二，《白雨斋词话全编》，第54页。

⑤《云韶集辑评》卷十八，《白雨斋词话全编》，第448页。

⑥《词坛丛话》，《白雨斋词话全编》，第3页。

一归纯正,此北宋不及南宋处。"①北宋词不假雕琢,自然而然,其高者固是天籁,其下者又不免放荡、粗率之弊。而以清雅词派为代表的南宋词,炼字炼句,炼意炼骨,毫无叫嚣、淫冶之失,达到了雅正的极致。也就是说,以"雅"这一标准衡量,南宋词无疑更胜一筹。

北宋词之高,在于它以少胜多,自然传情;南宋词之变,在于它别树清雅,一归纯正。可见,两宋词互有短长。因此陈氏说:"北宋词,《诗》中之风也;南宋词,《诗》中之雅也。不可偏废,世人亦何必妄为轩轾。"②他以《诗经》中的"国风"和"二雅"相比拟,凸显出北宋词以"情"胜、南宋词以"雅"胜的特点。而这恰好分别与陈廷焯的主情论、雅正观相合,故"不可偏废"云云实乃顺理成章的结论。

两宋词坛,词人、词作之盛前所未有。《云韶集》中,陈氏予以总评的宋代词人多达八十八家。有七人被陈氏视为两宋翘楚:"两宋词人,前推方回、清真,后推白石、梅溪、草窗、梦窗、玉田诸家。"③其中,周邦彦与姜夔分别领衔北宋词与南宋词:"两宋作者,断以清真、白石为宗。"④倘若更进一步,在周、姜之中选择一人作为宋词至尊,陈氏认为是姜白石。《云韶集》选姜夔词二十四首,单看数量,远不及辛弃疾(四十五首)、周密(三十七首)、张炎(三十五首)、吴文英(三十三首)、周邦彦(三十一首)等人。然而,姜夔却是宋代词人中入选比例最高的一家。陈廷焯说:"白石词中之仙也,惜其乐府五卷,今仅存二十余阕。"⑤可以说,凡是当时能够见到的白石词,几乎悉数录入《云韶集》中。上节已经提到,姜夔是清雅词风的开创者和佼佼者。同时,白石词还兼具婉约、豪放二体之长。因此,陈氏视其为有宋一代乃至整个词史的集大成者:"白石神清意远,不独方回、清真不得专美于前,直欲合唐、宋、元、明诸家尽归笼罩矣。词至白石,而知词

---

①《词坛丛话》,《白雨斋词话全编》,第4页。
②《词坛丛话》,《白雨斋词话全编》,第4页。
③《云韶集辑评》卷五,《白雨斋词话全编》,第127页。
④《云韶集辑评》卷二,《白雨斋词话全编》,第49页。
⑤《词坛丛话》,《白雨斋词话全编》,第5页。

人之有总萃焉。"①词至宋代，诸体皆备，穷极高妙，而白石词便是这一代之盛的缩影与代表。

（四）衰亡期——金元明

盛极而衰，理固宜然。两宋之后，词史开始走下坡路。陈廷焯说："金有遗山，元有仲举，风格稍低，犹堪接武。明初如伯温、孟载辈，去古已远，尚有可观。至马浩澜辈出，陈言秽语，薰染词坛，是不为诗之援而为诗之贼也。词之不幸，莫此为甚。"②词至金、元、明，可谓每况愈下。

1. 金词

《云韶集》选金词二十九家六十一首。予以总评者只有刘仲尹、王特起、段克己、段成己、李俊民、元好问六人。金代词坛，吴激与蔡松年名著一时，并称"吴蔡体"。陈廷焯对此不以为然，仅录吴激两首，且未收蔡松年词。他说："同时尚'吴蔡体'，余雅不喜伯坚词，故从舍旃。即彦高词所选亦宁刻勿滥。"③足见陈氏不囿于成见。

金代与南宋大致同时，严格来说，其与宋词并非后先交替，乃是齐头并进的态势。受到东都遗风的影响，金人亦能倚声填词，并时时高出流俗。如段克己词"笔力精健，在稼轩、放翁之间"④，李俊民词"有骨有韵，自是高手"⑤。从整体来看，金词不乏风骨。陈氏说："金词格律犹高，不流薄弱，虽不逮两宋，固远出元、明之上。"⑥诸家之中，又以元好问最为杰出："元遗山词，为金人之冠。"⑦《云韶集》选遗山词二十一首，为金词之最。陈氏认为遗山词"极风骚之趣，穷高迈之致，自不在玉田下"⑧，有清

---

① 《云韶集辑评》卷六，《白雨斋词话全编》，第150页。
② 《云韶集序》，《白雨斋词话全编》，第20页。
③ 《云韶集辑评》卷十一，《白雨斋词话全编》，第245页。
④ 《云韶集辑评》卷十一，《白雨斋词话全编》，第251页。
⑤ 《云韶集辑评》卷十一，《白雨斋词话全编》，第252页。
⑥ 《云韶集辑评》卷十一，《白雨斋词话全编》，第245页。
⑦ 《词坛丛话》，《白雨斋词话全编》，第8页。
⑧ 《词坛丛话》，《白雨斋词话全编》，第8页。

雅词风的美感。同时,又能以浩气行之,骨力十足:

> 遗山词以旷逸之才,驭奔腾之气,使才而不矜才,行气而不使气,
> 骨韵铮铮,精金百炼,别于清真、白石外自成大家。①

在陈廷焯看来,以元好问为代表的金词几乎可与两宋鼎足而立。虽
有未逮,亦不遑多让。

2.元词

金与南宋皆亡于元。元词继起,为词史一大转折。元代词人未能延
续宋词的辉煌,反而气骨顿衰,走入纤冶一路。陈氏说:

> 元代作者如程钜夫、赵子昂辈,犹是宋音,后则渐尚新艳,风格
> 不逮。②

这种尖新艳冶的词风有悖雅正,为陈廷焯所鄙弃。体现在《云韶集》
中,便是选录元词时宁缺毋滥,严格把关。他说:“余所选元词,尽除鲜冶,
专取风雅之正,故所收不多。”③有元一代,仅选六十四家一百三十五首
词。相对于宋词之出《风》入《雅》、高妙多姿,纤冶的元词无疑显得低俗卑
微。陈氏由此认为“倚声衰于元也”④。

在绮罗香泽一统词坛的局面下,谁能超拔于时俗,谁便迥出诸人之
上,成为一代翘楚。在陈氏眼中,元代特立独行的词人有三:赵孟頫、虞集
和张翥。其中,“子昂原属宋人”⑤,不能代表元词。虞集“所作寥寥,不足
振弊”⑥,亦难称大家。只有张翥一人,可谓元词仅存之硕果。《云韶集》选

---

① 《云韶集辑评》卷十一,《白雨斋词话全编》,第252页。
② 《云韶集辑评》卷十一,《白雨斋词话全编》,第255页。
③ 《云韶集辑评》卷十一,《白雨斋词话全编》,第256页。
④ 《词坛丛话》,《白雨斋词话全编》,第8页。
⑤ 《词坛丛话》,《白雨斋词话全编》,第8页。
⑥ 《云韶集辑评》卷十一,《白雨斋词话全编》,第255页。

张翥词十九首,为元代最多。其词特点,陈廷焯评价如下:

> 仲举词自是祖述清真,取法白石,其一种清逸之趣、渊深之致,固自不减梦窗。①

仲举词亦属清雅词风,为陈氏心目中的南宋正宗绵延一线。其在元代词坛鹤立鸡群,势单力孤的他无法阻挡词体在纤弱淫邪的道路上愈趋愈下。"自仲举后,三百余年,渺无嗣响。"②到了明代,词已濒临灭亡了。

3.明词

"词至于明而词亡矣"③,明代被陈廷焯视作词史的最低谷。《云韶集》所选明词一百八十二家二百七十四首,乃是他"删其芜秽,节录若干,尚无害于风雅也"④的结果。在朱彝尊、王昶之论的基础上,陈氏结合自己的认识,将有明三百年的词史发展分成四个阶段来概述:

> 明初如刘伯温、高季迪、杨孟载之流,尚沿虞伯生、张仲举之旧,无害风雅。至文征明、杨升庵辈,风格虽低,犹堪接武。自此而后,如马浩澜辈,陈言秽语,读之欲呕。明末陈人中为一时杰出,但气数近小,国运使然。⑤

"明初诸公沿伯生、仲举之旧,去宋未大远也。"⑥刘基、高启、杨基三人为明初词坛的代表作家。其词上承元代,清新婉雅,不蹈纤佻浮薄之习。且时出雄秀之笔,更为后人所莫及。特别是伯温词,"秀炼入神,永乐

---

① 《云韶集辑评》卷十二,《白雨斋词话全编》,第272页。
② 《词坛丛话》,《白雨斋词话全编》,第9页。
③ 《云韶集辑评》卷十二,《白雨斋词话全编》,第281页。
④ 《云韶集辑评》卷十二,《白雨斋词话全编》,第281页。
⑤ 《云韶集辑评》卷十二,《白雨斋词话全编》,第282页。
⑥ 《云韶集辑评》卷十二,《白雨斋词话全编》,第283页。

以后诸家远不能及"①,为一时巨擘。明代中期,词坛风气渐趋纤弱。陈氏以杨慎、文征明为此期作手。用修词"小令之妙,信堪接武伯温"②,"衡山词,情词凄秀,不在杨用修之下"③。在当时均可谓一流词家。明代后期是陈氏最为痛心疾首的一个阶段,整个词坛笼罩于软媚柔靡的风气之下,更有甚者径入淫亵一路。马洪即是如此,其词"陈言秽语蒸染江南坛坫,词至是而词亡矣"④。而同时的施绍莘词"不惟不及宋、金、元诸家,且不及明初伯温辈,并不及永乐以后用修、元美诸家"⑤,只是由于不淫慢,"在当时便算高手"⑥。面对这种情形,陈廷焯既觉得无奈,又深感悲哀。他连声哀叹:"词亡矣,我如何不哭!"⑦到了明末,词风仍尚绮靡。而陈子龙的异军突起,总算给陈廷焯带来些许慰藉。《云韶集》选陈子龙词十六首,为明人最多。陈氏说:"陈人中词芊绵婉丽,独步一时,直与伯温并驱中原。"⑧明词前有刘基,后有陈子龙,双峰并峙,遥相呼应,诚乃漫漫长夜中难得的亮点。

柔媚少骨是明代的主导词风,此外,明词尚有两大特点。其一是句法的浅俗无韵。李东阳〔雨中花〕上片云:"正爱月来云破。那更柳眠花卧。帘幕风微,秋千人静,酒尽春无那。"陈氏评末句云:"自是明人声口,不可强也。"⑨"酒尽春无那"写惜春之情,浅白直截,毫无余韵,陈廷焯认为这正是明词的特点。又支如增〔如梦令〕:"又见东风吹遍。岁岁扰侬庭院。皱了绿萍纹,又皱却桃花面。埋怨。埋怨。忽地暗将人换。"亦写伤春惜时,结三句有如说话一般。陈氏谓其"自是明派"⑩,同样有感于这种浅直

① 《云韶集辑评》卷十二,《白雨斋词话全编》,第282页。
② 《云韶集辑评》卷十二,《白雨斋词话全编》,第291页。
③ 《云韶集辑评》卷十二,《白雨斋词话全编》,第293页。
④ 《云韶集辑评》卷十三,《白雨斋词话全编》,第302页。
⑤ 《云韶集辑评》卷十三,《白雨斋词话全编》,第303页。
⑥ 《云韶集辑评》卷十三,《白雨斋词话全编》,第303页。
⑦ 《云韶集辑评》卷十三,《白雨斋词话全编》,第303页。
⑧ 《云韶集辑评》卷十三,《白雨斋词话全编》,第306页。
⑨ 《云韶集辑评》卷十二,《白雨斋词话全编》,第288页。
⑩ 《云韶集辑评》卷十三,《白雨斋词话全编》,第306页。

率意的词句。其二是工于小令，不谙长调。陈氏认为，明代词人擅长令词，所作长调不尽人意，虽当时名家亦然。如杨慎，"用修词清新雅秀，长调不免俚俗"①；如王世贞，"弇州词缠绵婉丽，长调虽俚俗而小令却工"②；再如施绍莘，"浪仙小词尚有可取，长调则不免庸软"③；又如陈子龙，"大樽小令之工仿佛元人，但长调是其所短"④。因此，陈廷焯得出"明代工长调者无一人"⑤的结论。

　　从金代开始，词的盛世悄然落幕。至明代，更是沦落到风雅扫地的处境。这种巨大的落差之下，纤冶的元词难辞其咎。陈氏说："明词之失，谁作之俑？论古者不得不归咎于元。"⑥他不以宋、元对举，而以元、明并称，一齐视为词史的中衰："词至元、明而后，纤冶流于淫矣，雅正之音不可复作。"⑦这种衰亡的实质并非词家之减少、词作之罕觏，乃是与雅正之旨发生了根本性的背离。

（五）中兴期——清

　　正所谓"贞下起元，无往不复"。走出明代的低谷，词文学在清朝重新焕发了生机。陈廷焯认为，倚声一道，自己所处的朝代完全可以媲美两宋。这种观念直接反映在《云韶集》的选词数量上。陈氏说："是集所选，以两宋为宗，而国朝诸公，实足与两宋相埒，故所选独多。"⑧《云韶集》选清词四百六十三家一千五百一十五首（无名氏计为一家），得到陈氏总评者便有一百零五人之多。词人、词作以及名家的数量皆较宋代等而上之，而这还只是清初至道光初年的情况。对于这段辉煌灿烂的词史，陈廷焯

---

① 《云韶集辑评》卷十二，《白雨斋词话全编》，第291页。
② 《云韶集辑评》卷十三，《白雨斋词话全编》，第297页。
③ 《云韶集辑评》卷十三，《白雨斋词话全编》，第303页。
④ 《云韶集辑评》卷十三，《白雨斋词话全编》，第308页。
⑤ 《云韶集辑评》卷十三，《白雨斋词话全编》，第308页。
⑥ 《云韶集辑评》卷十一，《白雨斋词话全编》，第255页。
⑦ 《云韶集辑评》卷八，《白雨斋词话全编》，第192页。
⑧ 《词坛丛话》，《白雨斋词话全编》，第18页。

分五期予以论述。

1.初盛期

选评乏善可陈的明词时,陈氏不免捉襟见肘,勉为其难。而面对名家无算的清初词坛,其又感到一种幸福的烦恼:"国初诸老之词,论不甚论。"①他只能优中选优,择其尤者以入词史:

> 国初梅村、棠邨、南溪、渔洋、珂雪、艺香、华峰、饮水、羡门、西堂、秋水、符曾、分虎、晋贤、覃九、蘅圃、松坪、荦野、紫纶、奕山诸家,各具旗鼓,互有短长。②

按照引文中的次序,陈廷焯认定的清初名家有吴伟业、梁清标、曹尔堪、王士禛、曹贞吉、吴绮、顾贞观、纳兰性德、彭孙遹、尤侗、严绳孙、李良年、李符、汪森、沈岸登、龚翔麟、孙致弥、许田、杜诏、张梁。其中,吴伟业、王士禛、纳兰性德、彭孙遹、李良年、李符六人,尤为杰出③。而真正领衔清初词坛的要数朱彝尊和陈维崧两位大家。陈氏说:"圣于词者莫如其年、竹垞两家,譬之于诗,一时李、杜,分道扬镳,各有千古,词至是蔑以加矣。"④可以看出,陈廷焯眼中的清初词坛是一个"百花齐放,百家争鸣"的时代。各种词风争奇斗艳,一扫明末萎靡狭小之格局。从这个意义上说,"国朝诸老出,直轶两宋而上之"⑤,清初词人直追两宋,几乎并驾齐驱。"而冠于国朝者,则竹垞、其年也"⑥,朱、陈二人不仅是国初的领袖,实乃清词之冠冕。置诸有清一代中衡量,清初词坛亦是一个顶峰。

---

① 《词坛丛话》,《白雨斋词话全编》,第11页。
② 《云韶集辑评》卷十四,《白雨斋词话全编》,第331页。
③ "而最著者,除吴、王、朱、陈之外……而饮水、羡门、符曾、分虎,尤为杰出。"(《词坛丛话》,《白雨斋词话全编》,第11–12页)
④ 《云韶集辑评》卷十四,《白雨斋词话全编》,第331页。
⑤ 《云韶集辑评》卷十六,《白雨斋词话全编》,第385页。
⑥ 《云韶集辑评》卷十六,《白雨斋词话全编》,第385页。

2.再盛期

朱彝尊推尊姜夔,开创浙西词派。陈维崧师法苏、辛,领袖阳羡词派。嗣后词坛为此两派所牢笼,而效法白石词体者尤多。陈廷焯说:

> 朱、陈外,首推樊榭,而南香、石牧并重于时,继之小山、鹤汀、香雪、昙华、澤虚、绣谷诸家,俱能变化三唐,出入两宋而独树一帜,此词之再盛也。①

此期词坛主流为南宋宗风,陆培、黄之隽、毛健、徐庚、王轳、吴焯皆为代表。而王时翔(小山)与王策(香雪)不受流俗羁缚,别树一帜。一般认为,小山词与香雪词纯是瓣香北宋,与时俗格格不入。陈廷焯则有独到之见:"时诸家皆效法南宋,小山独宗北宋,而亦兼有南宋之长。"②又评王策词云:"香雪词亦是取法北宋,然得其神髓,非貌似者,且兼有众长,亦不拘于北宋。"③陈氏并不认同"二王"是纯粹的北宋信徒,而是觉得他们的词作以北宋风格为主,兼有南宋词之长。这就近于陈廷焯"兼之乃工"的要求,故他谓"小山、香雪尤为杰出"④,视作这一时期的词坛名家。但是执此期牛耳者并非"太仓二王",而是浙派中坚厉鹗。在陈廷焯眼中,樊榭词"窈曲幽深,脱尽凡艳"⑤。取法南宋而能自树立,形成一种幽艳冷香的独特风格。所以陈氏说:"樊榭词自是樊榭笔墨,随举一篇,知非白石,非玉田,非草窗,非梦窗,非梅溪、竹屋,非其年、竹垞也。"⑥乃至于"非唐、宋词,非元、明词,非国初诸老词"⑦,在词史上很有特色。因此,陈氏极为珍视和赏爱樊榭词。不仅推作此期盟主,而且上比朱、陈,标为清词之三绝:

---

① 《云韶集辑评》卷十四,《白雨斋词话全编》,第331页。
② 《词坛丛话》,《白雨斋词话全编》,第12页。
③ 《云韶集辑评》卷二十四,《白雨斋词话全编》,第597页。
④ 《云韶集辑评》卷十四,《白雨斋词话全编》,第331页。
⑤ 《词坛丛话》,《白雨斋词话全编》,第12页。
⑥ 《云韶集辑评》卷十八,《白雨斋词话全编》,第439页。
⑦ 《云韶集辑评》卷二十四,《白雨斋词话全编》,第596页。

"词至国朝,直追两宋,而等而上之。作者如林,要以竹垞、其年为冠。朱、陈外,首推太鸿。譬之唐诗,朱、陈犹李、杜,太鸿犹昌黎。作者虽多,无出三家之右。"①厉鹗为领袖,"二王"为护法,浙派诸人为羽翼,清词由此迎来第二次兴盛。

3.又盛期

清词的第二次高潮刚刚退去,第三次盛况便接踵而至。此期词坛大致可分为三大阵营:阳羡后劲、浙西中人和自成一家的史承谦。陈廷焯说:

> 嗣是而后,板桥名重江南,竹香名重武陵,渔川名重临潼,橙里名重安徽,而琢春、梅鹤尤为杰出,名不逮板桥诸家而词骨实过之。益以淡存、龙威并峙两雄,遂佺、梦影亦不多让,位存起而囊括之,信为当时第一作手,此词之又盛也。②

"淋漓酣畅,色舞眉飞"③的板桥词"远祖稼轩,近师其年"④,是阳羡词派在此期的回响。相比于郑燮的孤军作战,浙西词派则人多势众。陈章、张四科、江昉、江炳炎、江昱、任曾贻、张云锦、朱云翔、陆烜诸人皆为一时作手。其中,江炳炎(琢春)与江昱(梅鹤)"词骨最高"⑤,是当时的两大名家。陈廷焯评江炳炎词:"琢春词疾徐进退,兼有南宋诸家之长。"⑥评江昱词:"梅鹤词骚情古致,逼近姜、史,与琢春并峙为两雄。"⑦可见二人能够采撷诸家之长,独得南宋姜、史神髓。我们知道,陈廷焯推重将多种风格兼收并蓄、融化出新的词人。究心于一体,即使将之发挥到极致,也不

---

① 《词坛丛话》,《白雨斋词话全编》,第9页。
② 《云韶集辑评》卷十四,《白雨斋词话全编》,第331页。
③ 《词坛丛话》,《白雨斋词话全编》,第12页。
④ 《词坛丛话》,《白雨斋词话全编》,第12页。
⑤ 《词坛丛话》,《白雨斋词话全编》,第12页。
⑥ 《云韶集辑评》卷十九,《白雨斋词话全编》,第471页。
⑦ 《云韶集辑评》卷十九,《白雨斋词话全编》,第472页。

能成为词史上的大家。对于郑燮及浙西诸人,陈氏"每病诸公家数近小,只可称名家,不足称大家也"①。至史承谦出,陈廷焯方才找到一位领军人物。史承谦词感情深挚,韵味悠长,囊括阳羡、浙西两派之优长,而无叫嚣与浮泛之弊。故陈氏说:"位存词独标新异,卓然名家,在乾隆初年时无出其右者。"②而史承谦的词史意义不仅仅是一时之领袖,他还被陈廷焯视为整个清词发展的一大关捩:

> 位存词,实乃风气一大转移。嗣后作者虽多,而气魄终小。其一二才气发煌之士,大率蹈扬湖海,又失雅正之旨,实自位存始也。③

陈廷焯认为,位存词有情韵,有气骨,兼长并美,气度雍容。其后作者只能得其一端,局促叫嚣,两失之矣。这在后来的朱芳霭、蒋士铨等人词中可以得到印证。

4. 复盛期

史承谦以后,清词进入到一个相对疲软的阶段。效浙西者气魄狭小,宗阳羡者不免叫嚣。陈廷焯说:

> 继而春桥、荀叔、湘云、秋潭、圣言、对琴诸家,风格微低,犹堪接武。而铜弦以魄力争雄,竹屿以风流制胜。自璞函出,直逼朱、陈,分镳樊榭。芝田、晴波、蠡槎、蒉渔起而羽翼之,此词之复盛也。④

朱芳霭、吴烺、过春山、朱昂、江立、汪棣、吴泰来、朱泽生、郑沄、林蕃钟、沈起凤等人皆为浙西嫡派,蒋士铨词则"骎骎乎升其年之堂"⑤,为郑

---

① 《词坛丛话》,《白雨斋词话全编》,第13页。
② 《云韶集辑评》卷二十,《白雨斋词话全编》,第481页。
③ 《词坛丛话》,《白雨斋词话全编》,第13页。
④ 《云韶集辑评》卷十四,《白雨斋词话全编》,第331页。
⑤ 《词坛丛话》,《白雨斋词话全编》,第14页。

燮之后阳羡词派的又一劲将。同时作者虽多，"无出湘云、心余、竹屿之右者"①，过春山、蒋士铨、吴泰来三人尤为出众，为当时名家。值得注意的是，著名一时的铜弦词"视板桥稍逊一着"②，并不及前一阶段的郑燮。而蒋、吴二人"皆在湘云下"③，三人中成就最高的过春山也被陈廷焯认为"风格微低"。因此，这一时期的整体创作水平是偏低的。幸好有赵文哲，使得清词能在繁荣的道路上继续前行。陈氏评其词云：

> 璞函词亦是南宋规模，而才大心细，圆美流传，斟酌古名家而出之者，尽美矣，又尽善也。④

陈廷焯承认赵文哲也是沐浴南宋，但与上述诸家不同的是，璞函词不仅婉雅，且富于情韵的流动。不纤佻，不清枯，实现了雅正与深情的完美融合。因此，陈廷焯给予赵文哲极高的词史地位："璞函词，直逼朱、陈，分镳樊、榭。"⑤又云："璞函词几欲与竹垞相等，似尤出位存之右。"⑥可以说，正是有了赵文哲，清词史中才有这复盛的时期。

5. 乾嘉以还

乾嘉以后至道光初年，是陈廷焯笔下清词史的最后一个阶段。对于此期词史，陈氏的描述相对简略：

> 乾嘉以还，谷人一时独步，而蓉裳、伊仲、次仲、频伽、米楼、荔裳、吉晖诸君，古风虽远，亦不在元人下。⑦

---

① 《词坛丛话》，《白雨斋词话全编》，第14页。
② 《云韶集辑评》卷二十一，《白雨斋词话全编》，第498页。
③ 《词坛丛话》，《白雨斋词话全编》，第14页。
④ 《云韶集辑评》卷二十一，《白雨斋词话全编》，第505页。
⑤ 《词坛丛话》，《白雨斋词话全编》，第14页。
⑥ 《云韶集辑评》卷二十一，《白雨斋词话全编》，第509页。
⑦ 《云韶集辑评》卷十四，《白雨斋词话全编》，第331页。

此期名家有杨芳灿、吴翌凤、凌廷堪、郭麐、倪稻孙、杨揆、沈星炜等人，首屈一指的则是吴锡麒。陈廷焯说："谷人著作，一以雅正为宗。论者讥其有过炼之弊，转伤真气。独倚声炼字炼句，归于纯雅。亦间有疏朗处，以畅其机，尽美矣，又尽善也。"①谷人词亦是南宋家风，其之所以能够独步乾嘉之际，乃是在于"纯雅中而有眉飞色舞之致"②，即雅正之中有真情贯穿，不枯寂晦涩。虽然陈廷焯没有明言，但其"古风虽远，亦不在元人下"的评价颇有些似褒实贬的味道。且前四个阶段都以"盛"字定论，惟独此期避而不谈，亦可见轩轾之意。

初盛、再盛、又盛、复盛直至乾嘉以还，每个阶段都有一个或几个领军人物，正所谓"朱、陈之后有太鸿，太鸿之后有位存，位存之后有璞函，璞函之后有谷人"③。这清词史中的六大家，在各自时期号令群雄，推波助澜，使得词坛盛况此起彼伏地向前发展。在陈廷焯看来，清词虽有渐趋衰颓之势，但仍保持了相当程度的兴盛。故他说"道光已后诸名家，俟续集再当补入"④，尚有续写清词史的雄心壮志。

陈廷焯的词史观念上自三代，下迄道光，源远流长，气象恢宏。上古至隋朝是词的胚胎期，歌谣、乐府等音乐文学孕育着词体的生命。唐五代十国，词体正式形成并得到极大发展，至两宋缔造了词史上第一个盛世风华。金、元、明三朝，风格日下，词体面临衰亡。至清词一出，盛况空前，遥追两宋，成为词史之中兴。这种发展的脉络，仿佛一条起伏升沉的波浪线，宋代和清代便是其中的两座高峰。陈氏所推尊的"词中五圣"，宋代有三，清代有二，正是两者分庭抗礼的缩影。而同为"黄金时代"，宋词与清词亦复有别。陈廷焯认识到这一点，他说："论词以两宋为宗，而断推国朝为极盛也。"⑤在艺术水平方面，宋词达到难以企及的高度，是后世必须效

---

①《词坛丛话》，《白雨斋词话全编》，第15页。

②《词坛丛话》，《白雨斋词话全编》，第15页。

③《词坛丛话》，《白雨斋词话全编》，第15页。

④《词坛丛话》，《白雨斋词话全编》，第18页。

⑤《云韶集辑评》卷十四，《白雨斋词话全编》，第331-332页。

法的典范。而若论词人之多,词作之丰,名家之前赴后继,则清代无与伦比,允推极盛。

三、陈廷焯词史建构的价值与意义

陈廷焯的词史建构脱胎于浙派,而又超越了浙派。他将一个框架谱写为一部丰满的通代词史,并对两宋词做出重新的评价。

清代词学是中国古代词学史中最为繁荣的一个时期。清代词学家利用各种载体表达自己的词学思想,如词选、词话、论词诗词、序跋、批注、书札等等。这些形式都曾被用来阐述个人的词史观念。词选方面,如《词综》这类以时代先后编排的历代词选就有展现词史的功能。其特点是形象性有余,理论性不足。词话方面,如谢章铤《赌棋山庄词话》卷三尝引录一篇骈文,描述中唐至宋末的词史,洋洋洒洒,蔚然大观。该文主要罗列著名词人,穿插以词史发展的节点。然而受限于体例,未能充分展开。论词诗词方面,清代有不少论词绝句组诗系统地评论历代词人,从中可见论者的词史观①。这种体裁同样受到韵文形式的局限,很多问题只能点到为止,无法详述。在序跋中回顾词史的发展,以此作为自己立论的根据,亦是非常普遍的做法。如夏秉衡在《清绮轩词选自序》的开篇便总结了自唐至清的词史发展。然核其篇幅,尚不足二百字,太过简略粗率。批注也是词学家借以发表见解的重要手段,以评词评人为主,间有从词史角度做出宏论。如杨希闵在《词轨·总论》中以正变观念分列七宗,贯穿唐宋词史,带有鲜明的主观色彩。至于论词书札,乃是词家之间交流切磋的主要方式。内容上可就专题讨论,篇幅上亦不拘长短。相较于前五种体裁,更加适合论者演绎自己的词史观念。如乾隆年间史承豫的《与马绳贤论词书》,以将近七百字的篇幅论述自唐至清的词史发展。其所论虽较他人为多,但仍然感到意犹未尽。综上所述,陈廷焯之前的词学家无论以何种方式表达词史观念,都不免存在三大缺陷:一是不全,所论多为词史之片段,集中

---

① 见孙克强、杨传庆《清代论词绝句的词史观念及价值》,《学术研究》2009年第11期。

于唐宋;二是不精,所论多属泛泛而谈,有框架,无骨肉;三是不公,所论多存门派之见,出主入奴,未为公允。陈氏的《云韶集》(包括《词坛丛话》)则在很大程度上克服了这些弊端,构建起既精且备、持论平允的通代词史。

词史是文学史中分体史的一种。现代学术研究认为,一部合格的文学史著作应当完成以下三项任务:完整展示文学发展的历史进程,科学评价文学创作的历史地位,深入探讨文学进步的历史规律。陈廷焯的词史建构与之基本符合。

首先,陈廷焯的词史论起自上古,迄于清代,从时间层面上完整展示出词体发展的全貌。更为重要的是,这种展示并非单纯罗列作家作品,而是以一种通变的视角审视词史。陈廷焯依朝代把词史分为若干阶段,认为"词创于六朝,成于三唐,广于五代,盛于两宋,衰于元,亡于明,而复盛于我国朝",视词史为一个起伏升降的动态过程。具体到各个朝代、时期,陈廷焯会特别指出转变风气、承前启后的关键词人,如温庭筠、冯延巳、贺铸、周邦彦、姜夔、张翥、史承谦等。以至于对每位词人的评价,陈廷焯也多从其师承渊源入手。这种叙述动的文学变迁而不是排次静的文学行列,无疑契合文学史的精神实质。

其次,陈廷焯予以总评的历代词人共有二百六十家之多。由于陈氏既主雅,又主情。词风兼容并包,不拘一格。因此,他评价词人能够不偏不倚,较少门户之见,给予的词史定位相对客观。如果说哪些词人与我们今天的词史评价出入较大,那么非苏、辛莫属。当今主流词史中,苏轼被誉为词体革新的领袖,辛弃疾被视作南宋词坛的巨擘。而陈廷焯囿于传统观念,以苏、辛为变体别调,词史地位不高。尽管如此,《云韶集》选东坡词二十首,选稼轩词更是多达四十五首。且陈廷焯认为"苏、辛横其中,正如双峰雄峙,虽非正声,自是词曲内缚不住者。其独至处,美成、白石亦不能到"[1],已在最大程度上肯定了苏、辛一派的成就。

最后,陈廷焯在叙述词史发展的同时,已经涉及对盛衰背后原因的探

---

[1]《云韶集辑评》卷五,《白雨斋词话全编》,第127页。

讨。如他论宋词时说:"一代之盛,虽曰人力,亦天运攸关也。"①即认为宋词的兴盛是才人努力与时代风会共同作用的结果。又谓明末陈子龙词:"但气数近小,国运使然。"②认为大明王朝气数已尽,是陈子龙词不出婉约秾挚一路的深层原因。又评清词云:"我朝文教蔚兴,词学盛行。"③认为清词的复兴离不开整个文化繁荣的大背景。这些分析虽然比较简单,远远谈不上"深入",但它毕竟体现出陈廷焯探究词史发展规律的自觉意识。

孙维城先生说:"陈廷焯的词史观念及词史建构开启了近现代的词史撰写,此后的词学家写作词史,都不能离开《白雨斋词话》。"④事实上,陈氏早年便已构建出完整详细、科学公允的通代词史。以今天的眼光看,《云韶集》可谓词选与词史的结合体。而陈廷焯的词史建构也超越了浙西词派乃至整个古代词学,依稀带有现代学术的色彩。

在陈廷焯的词史观念中,关于两宋词比较和评价很值得注意。他论词肇于赓歌,成于乐府,以南宋词为极盛,视明代为衰亡期,推清代为中兴期,莫不与浙派相合。而在南北宋之辨这一涉及词学立场的关键问题上,陈氏与竹垞产生了分歧。竹垞原话为"词至南宋始极其工,至宋季而始极其变",认为南宋胜于北宋。陈氏则改为"北宋词极其高,南宋词极其变",认为两宋词互有短长,不可偏废。而他具体的分析以及所推尊的宋代"词圣"(北宋有二,南宋惟一),甚至还会给人一种北宋犹胜南宋的感觉。

自朱彝尊首倡,"雅正""清空骚雅""姜夔""南宋"等关键词逐渐成为浙西词派的标签。沿袭既久,人们在清雅的道路上越走越窄,一味模拟、生气索然种种弊端就浮现出来。浙派后期词家已经发现这一问题,并试图予以补救。如吴锡麒(1746—1818)不惟姜、张是尊,追求健骨,主张抒发性情;郭麐(1767—1831)不固执门户之见,主通变,抒性灵等等。陈廷

---

① 《云韶集辑评》卷二,《白雨斋词话全编》,第49页。

② 《词坛丛话》,《白雨斋词话全编》,第9页。

③ 《词坛丛话》,《白雨斋词话全编》,第18页。

④ 孙维城:《千年词史待平章:晚清三大词话研究》,安徽大学出版社,2010年版,第299页。

焯早年自许为朱氏门徒,他承袭竹垞雅正观念的同时,高扬自己的主情论。为了解决雅与情的矛盾,陈氏提出"兼之乃工"的风格论,并以符合这一标准的"词中五圣"作为典范词人。至于并重南北宋词,则是其既主雅、又主情的必然选择。陈廷焯早期论词,出发点和落脚点在于追求词体之雅情相兼、尽善尽美。其词风不主一体,词人不主一家,不偏废南北宋词,构建起一个更为开放包容的词学体系,可谓继吴、郭之后浙派后期界内新变的又一代表。

第三章　前期诗学及曲学思想

《骚坛精选录》卷七录谢朓《暂使下都夜发新林至京邑赠西府同僚》，陈廷焯对其中的名句"大江流日夜，客心悲未央"有批语："余年十四，读此二语，为之拍案惊绝，十余日不敢起视焉。"[1]又《词坛丛话》云："余十七八岁，便嗜倚声。古人老去填词，余愧学之早矣。"[2]以此可知陈廷焯学诗早在学词之前。作为陈廷焯现存惟一一部诗选，《骚坛精选录》无疑是我们考察陈廷焯前期诗学最为重要的材料。根据该书残存的批语，并结合《云韶集》中的相关论述，我们可以从诗体观念、诗史建构和诗圣推举三个方面了解陈廷焯早期的诗学思想。长久以来，学界对于陈廷焯的研究一直集中在词学领域，近年来方朝其诗学拓展，而对其曲学几乎无人问津。通过《云韶集》的选录情况以及评语中所提供的一些信息，我们可以得知陈氏早年便阅读了大量曲作，并且有自己的戏曲观与散曲观。明乎此，有助于我们全面认识陈廷焯的文学思想。

第一节　复古的诗体观念

中国古人似乎普遍有一种好古之心，因为"古"往往意味着源头、正宗、真淳、质朴、美好等等。这里面夹杂着道德的崇高感与制度的权威性，故为后人追慕和效仿的典范。这种心态和观念也体现在文学领域内，几千年的中国古代文学史中可以找出太多的例证。陈廷焯亦是如此，他的

---

① 《白雨斋诗话》，第17页。
② 《词坛丛话》，《白雨斋词话全编》，第15页。

诗体观念、关于诗歌高下优劣的评价,都离不开这个"古"字。

一、追步《风》《骚》,标举汉魏

陈廷焯是晚清人,在他之前,诗歌文学已历经数千年的发展变迁。先秦时期的《诗经》《离骚》,两汉乐府,魏晋南北朝古诗,唐、宋、元、明诗,以至于清代前中期的诗歌。这些对于陈氏而言,自然都可以算作"古诗"。但作为他诗体准则和诗学宗旨的"古"只有两个:一个是《风》《骚》,一个是汉魏。

陈廷焯评南朝宋汤惠休《怨诗行》云:"此诗纯乎古音,六朝时不可多得。"①谓北齐萧悫《秋思》"仅取其工丽耳,去古则远矣"②。又评北周庾信《商调曲·君以宫唱》云:"古质朴茂,于颓靡时重见大雅之音。"③在陈氏看来,与古相合的诗便是好诗,否则即为下乘。可以说,"古"是陈廷焯诗体观念最为集中、凝练的表述。

显然,单说"古"字是十分抽象的。具体到陈廷焯的诗学体系中,"古"主要有两个意义指向,首先一点就是《风》《骚》的诗教传统。陈廷焯在批语中屡屡以"风雅"赞许诗人。如他评鲍照《代放歌行》:"鲍公诸乐府,惟此篇纯乎《风》《雅》。"④评王维《被出济州》:"三、四语亦周旋,亦曲折,亦明快,亦深沉,得风人旨。"⑤除《国风》外,以《离骚》为代表的楚辞也是陈廷焯树立的光辉典范。凡是规模楚骚的诗作,陈廷焯皆赞不绝口。如王维的《辛夷坞》,陈氏谓其"孤绝幽绝,用楚词而不学楚词,而义蕴亦不让楚词,所以为高"⑥。又认为李白的《代寄情楚词体》"学楚骚而别具清机,非天才不能"⑦。我们说,《风》《骚》之所以被古人奉若神明,很大程度上是

① 《白雨斋诗话》,第12页。
② 《白雨斋诗话》,第54页。
③ 《白雨斋诗话》,第56页。
④ 《白雨斋诗话》,第1页。
⑤ 《白雨斋诗话》,第69页。
⑥ 《白雨斋诗话》,第74页。
⑦ 《白雨斋诗话》,第111页。

在于一种伦理道德的教化意义。陈廷焯推举《风》《骚》，同样落脚于温柔敦厚的诗教传统。如他评李白《长相思三首》其二说："怨而不怒，风人之旨。"①评杜甫《麂》："不作一咎人语，和平温厚。"②总之，陈廷焯论诗直接上升到诗教的高度，《诗经》《楚辞》乃其诗学谱系中的万世不祧之祖。

　　除了追步《风》《骚》外，标举汉魏是"古"的另一内涵。众所周知，《风》《骚》而后，汉代产生五言诗，七言诗亦萌发于魏晋之间。这两种体式构成古代诗史的主体框架。因此，陈廷焯在远绍《风》《骚》的同时，势必要提出一种更加契合于乐府、古、近体诗的诗体观念，这就是所谓的"汉魏之音"。其评南朝宋鲍照《拟古》"幽并重骑射"一首说："吾尤爱其渊深朴茂，纯乎汉魏之音。"③评南朝陈诗人阴铿《渡青草湖》云："自是精心着意之作，然而去汉魏音节杳乎远矣。"④是否与汉魏古诗相合，俨然成为陈廷焯评判一首作品优劣的标尺。

　　那么汉魏之诗的特点是什么？简单来说，就是"风骨"二字。《文心雕龙·风骨》中说："怊怅述情，必始乎风；沉吟铺辞，莫先于骨。故辞之待骨，如体之树骸；情之含风，犹形之包气。结言端直，则文骨成焉；意气骏爽，则文风清焉。"⑤"风"主要指情意的感染力，要求深厚动人；"骨"偏重于文辞的表现力，力图简明朗畅。陈廷焯对"风骨"的理解与此相近，他评南朝梁人柳恽时说："文畅诗，风致有余，微乏骨力。"⑥即以"风致"和"骨力"诠释"风骨"，并注意到两者的缺一不可。有"风"而无"骨"，则浮靡纤弱；有"骨"而无"风"，则外强中干。"风"与"骨"相辅相成，从而形成一种情深文明、深挚自然的美学风貌。从"风骨"的诗体观出发，陈廷焯特别反对在古诗中舍本逐末、一味追求形式美的做法。这首先体现在对于诗中对仗的态度上。魏晋六朝时期，骈文得到空前的发展。追求骈偶，也渐渐渗入古

---

①《白雨斋诗话》，第101页。

②《白雨斋诗话》，第180页。

③《白雨斋诗话》，第6页。

④《白雨斋诗话》，第46页。

⑤ 刘勰注，范文澜注：《文心雕龙注》，人民文学出版社，1958年版，第513页。

⑥《白雨斋诗话》，第29页。

诗的创作。对此,陈廷焯尤为反感。他评南朝梁人刘峻《自江州还入石头诗》云:"'我思'下却有意义,但通体排偶,风骨便弱。"①大量使用对句,便缺乏质直的骨力,进而影响感情抒发的真至程度,这就与"风骨"的要求背道而驰。再如徐陵的《山斋》一诗,句句对仗,辞胜于情极矣。故陈氏慨叹:"通篇纯用排偶,古诗一脉绝矣。"②彻底否定此类诗作。至于唐代诗人储光羲的《登戏马台作》,虽属佳什,但多用排偶却是美中不足。陈廷焯说:"'泗水'二语健拔雄肆,然终是排偶,若单行又将如何也!"③益见其在古诗句式方面倡单行、抑排偶的观念。除对偶外,讲究声律也是诗歌形式美的重要方面,这同样被陈廷焯视为"风骨"之大敌。他评沈约《宿东园》说:"休文研于声律,故诗篇婉秀而气骨已衰。"④即认为过分追求声韵协谐,乃是诗骨衰颓的罪魁祸首。又谓隋朝王胄《别周记室》:"音调近与五律无异,置之古诗中竟不相类。"⑤亦从音律角度对其表达了不满。

隋唐之际是古代诗歌发展过程中的一大转折,古体诗与近体诗开始分道扬镳。前者以质朴自然为宗,后者以格律谨严著称。陈廷焯标举汉魏风骨,排斥对偶、声律,似带有崇古体、抑近体的倾向。然而,这并非意味着古体诗不顾形式,近体诗一无是处。如南朝宋人吴迈远《古意赠今人》,陈廷焯认为"'北寒'二语虽属排偶,而句调深厚,仍是单行之神"⑥。又北周大家庾信的《拟咏怀》"摇落秋为气"一首,陈廷焯认为"'摇落'四语,音调近唐律,而骨格却仍是古风,所以为高"⑦。可见关键是要不以排偶、音调影响到古诗的神理。而近体诗尽管在平仄、押韵、对仗等形式方面有种种严苛的要求,但名家巨擘却能不受束缚,将古诗的深厚韵味保留下来。陈廷焯评孟浩然《游精思观回王白云在后》云:"通首以古行律,有

---

① 《白雨斋诗话》,第41页。
② 《白雨斋诗话》,第47页。
③ 《白雨斋诗话》,第83页。
④ 《白雨斋诗话》,第25页。
⑤ 《白雨斋诗话》,第66页。
⑥ 《白雨斋诗话》,第10页。
⑦ 《白雨斋诗话》,第58页。

晋人风味。"①又谓杜甫《北风》"律体偏以古胜"②。格律诗中同样可以古致纷披。总的来看，陈氏所秉持的乃是一种复古的诗体观念，是诗教传统与风骨精神的结合。

陈廷焯早年秉持复古的诗体观。"古"的内涵有二：《风》《骚》精神和汉魏风骨。前者主要体现为关乎风教的内容、比兴寄托的手法、温柔敦厚的用意；后者则是自然质朴地来抒发真切美好的情感。在陈氏看来，汉魏古诗很好继承了《风》《骚》精神，可以作为后世诗歌的楷模。从这个意义上来说，《风》《骚》的诗教精神就是其诗学的核心。

二、诗类书籍的广泛阅读

陈廷焯复古诗体观念的形成，与他所读过的书密切相关。通过《骚坛精选录》《云韶集》《词坛丛话》的引述，我们可以大致了解陈氏早年阅读过哪些诗歌方面的书籍。

像《诗经》《楚辞》这样的经典，陈廷焯烂熟于心，自不待言。他读过的诗选还有《古诗笺》《唐诗别裁集》《古诗源》《古唐诗合解》《御选唐宋诗醇》《唐诗三百首续选》等。清初大诗人王士禛曾编选《古诗选》，分五言古诗和七言古诗两个部分。后来闻人倓给该书作笺，名曰《古诗笺》，于乾隆三十一年（1766）初刻。《唐诗别裁集》和《古诗源》都是清代诗学大家沈德潜编选的，前者二十卷，分体编排，有评点；后者凡十四卷，康熙年间成书。王尧衢的《古唐诗合解》包括唐诗十二卷和古诗四卷，问世于雍正年间。二十多年后，日本就有重刊之和刻本，可见其流布之广。《御选唐宋诗醇》乃乾隆皇帝御定，包括正文四十七卷和目录二卷。《唐诗三百首续选》附《姓氏小传》为于庆元编选，书前有道光十七年（1837）序言。此外，陈廷焯还看过陆昶《历朝名媛诗词》这样的诗词合集以及《文选》这样的诗文合集。《骚坛精选录》曾大量转引于光华的《重订昭明文选集评》。该书刻于

①《白雨斋诗话》，第80页。
②《白雨斋诗话》，第187页。

乾隆四十三年(1778),乾隆、咸丰、同治、光绪年间又多次翻刻,在清代中后期很是流行。

《骚坛精选录》选评杜甫诗时引用过钱谦益、仇兆鳌、浦起龙等人的评语。钱谦益笺注过《杜工部集》,所谓《钱注杜诗》。仇兆鳌《杜诗详注》更是杜诗注疏的集大成之作。浦起龙则有《读杜心解》。不过,陈氏很可能并未通读钱、仇二书,所引评语乃转引自《御选唐宋诗醇》。除了杜诗,我们可以确知陈氏读过的别集还有郑燮的《板桥集》。

诗话方面,陈廷焯读过潘德舆《养一斋诗话》十卷附《李杜诗话》三卷。诗法有徐文弼的《汇纂诗法度针》三十三卷首一卷,乾隆间著名诗人蒋士铨为序。这本书是通过选诗、评诗,来教人如何作诗。

上一章介绍陈廷焯早年词学知识背景时,提到他曾看过永瑢、纪昀等编写的《四库全书总目提要》,梁绍壬《两般秋雨庵随笔》,雷琳等《渔矶漫钞》,陆以湉《冷庐杂识》。这些书里都有大量论诗之语。另外,《骚坛精选录》所录诗作的题注引及《说文》《艺文》《乐府》《诗所》,当分别是《说文解字》《艺文类聚》《乐府诗集》《唐诗所》。夹批还引过《尔雅》《礼记》《广韵》等。这些书目应该都在陈廷焯的阅读范围。

陈廷焯早年看过的诗歌方面的书籍固然不止这些,而他涉猎之广由此可见一斑。且被他多次引述者,理论上讲都是其精读之书。从中我们可以找到陈氏诗体观念的渊源。

三、诗学导师沈德潜

通过考察陈廷焯早年阅读的诗类书籍,我们可以发现他的诗体观念明显受到前人的影响。首先要说的便是清代前期诗学大家沈德潜。

沈德潜(1673—1769),字确士,号归愚,江苏长洲(今苏州)人。乾隆时官至内阁学士兼礼部侍郎,清代著名诗人和学者。他编辑了多部诗选,包括《古诗源》《唐诗别裁集》《明诗别裁集》《国朝诗别裁集》。最后一部今人又称之为《清诗别裁集》。陈廷焯是否看过《明诗别裁集》《清诗别裁集》,我们目前还无法确知,但他肯定精读了《古诗源》和《唐诗别裁集》。

《唐诗别裁集》选编时间较早，原序作于康熙五十六年（1717）。两年后，沈氏有感于明代前后七子株守唐诗，一味模拟，故又溯源而上，辑录先秦至隋朝的诗歌（《诗经》《楚辞》除外）七百多首，这便是《古诗源》。《古诗源》加上《唐诗别裁集》，就构成上古至唐代的通代诗选。陈廷焯编《骚坛精选录》正是这个路数。该书始自古逸，现存残卷至唐代，历时编排。而且《古诗源》"于各代诗人后嗣以歌谣"①，《骚坛精选录》也在各朝诗后殿以"歌谣"。另外，《骚坛精选录》有大量批语直接引用或檃栝化用《古诗源》和《唐诗别裁集》里的话。除了体例的模仿和批语的因袭，陈廷焯受沈德潜更深层次的影响乃是在于诗学观念。就《古诗源》和《唐诗别裁集》这两部书来看，沈氏论诗立足于"诗教"。他在《唐诗别裁集》的序言中说："人之作诗，将求诗教之本原也。"②想要作诗，必须理解和贯彻诗教的真谛。他编选《古诗源》也说"于诗教未必无少助也夫"③，有鼓吹、扶持诗教之用意。《诗大序》云："故正得失，动天地，感鬼神，莫近于诗。先王以是经夫妇，成孝敬，厚人伦，美教化，移风俗。"④沈德潜对此完全认同，其《重订唐诗别裁集序》说："诗教之尊，可以和性情，厚人伦，匡政治，感神明。"⑤《古诗源·例言》里也有类似的表述。既然诗这种体裁有如此广泛而重大的社会政治功用，那么对于写诗自然就有了要求和限制。比如说要"思无邪"，不能出现叛逆、淫邪、失节等内容。沈氏说："诗非谈理，亦乌可悖理也。"⑥所以《古诗源》坚决摒弃那些离经叛道之作。他又说《子夜》《读曲》等歌虽然俚拙可喜，但由于属郑卫之音，所以不录。《唐诗别裁集》未收香奁体诗，也是同样的原因。还有张籍著名的乐府诗《节妇吟》，"还君明珠双泪垂，恨不相逢未嫁时"，沈德潜认为"然玩辞意，恐失节妇之旨"⑦，因

---

① 沈德潜选：《古诗源》，中华书局，2006年版，例言第2页。
② 沈德潜编：《唐诗别裁集》，中华书局，1975年版，第1页。
③《古诗源》，序第2页。
④《十三经注疏》整理委员会整理：《毛诗正义》，北京大学出版社，1999年版，第11—12页。
⑤《唐诗别裁集》，第2页。
⑥《古诗源》，例言第2页。
⑦《唐诗别裁集》，第124页。

而《唐诗别裁集》不收。在诗歌内容没有原则问题的基础上,表情达意还应追求温柔敦厚,中正和平,这样才能更好实现"和性情,厚人伦,匡政治,感神明"的目的。故沈氏说:"作诗之先审宗指,继论体裁,继论音节,继论神韵,而一归于中正和平。"①

沈德潜认为诗歌具有重要的社会功能,这还决定了他更加强调诗歌内容的真切与充实。《唐诗别裁集》卷十五温庭筠小传云:"情不足而文多,晚唐诗所以病也。得此意以去取温诗,则真诗出矣。"②卷十九王建《新嫁娘》尾批云:"诗到真处,一字不可移易。"③卷二十白居易《邯郸至夜思亲》尾批云:"只有一'真'字。"④《古诗源·例言》对颜延之与谢灵运、鲍照齐名不以为然:"延年声价虽高,雕镂太甚,未宜鼎足矣。"⑤凡此皆可见沈氏论诗重真情,斥夸饰。如此一来他推崇汉魏风骨,褒扬古体散行,便是情理之中的事了。《古诗源》谓南朝梁诗"惟以艳情为娱,失温柔敦厚之旨。汉魏遗轨,荡然扫地矣。故所选从略"⑥,汉魏诗歌是他树立的典范。两晋南北朝诗人如云,能够为沈氏所极力推举者主要是由于他们的诗作风清骨峻。像西晋诗人左思,于繁缛绮丽的太康诗坛特立独行,沈氏说他"丰骨峻上,尽掩诸家"⑦;还有由南入北的庾信,沈氏说他"悲感之篇,常见风骨,所长不专在造句也"⑧,认为庾信比与他齐名的徐陵成就要高。南朝齐梁之际的沈约,沈德潜推为大家,说他"边幅尚阔,词气尚厚,能存古诗一脉也……水部名句极多,然渐入近体"⑨,肯定之余又不无惋惜,扬古体而抑近体之意十分明显。在比较谢灵运和陶渊明诗的时候,沈氏又说:

---

① 《唐诗别裁集》,第2页。
② 《唐诗别裁集》,第212页。
③ 《唐诗别裁集》,第257页。
④ 《唐诗别裁集》,第271页。
⑤ 《古诗源》,例言第2页。
⑥ 《古诗源》,例言第248页。
⑦ 《古诗源》,例言第1页。
⑧ 《古诗源》,例言第2页。
⑨ 《古诗源》,第250页。

"陶诗高处在不排,谢诗胜处在排,所以终逊一筹。"①认为散体单行胜过排偶对仗。综上所述,《古诗源》《唐诗别裁集》体现的诗学观念的核心就是《风》《骚》诗教,具体表现为诗歌内容要"无邪",表达上要温厚和平,重真情而斥浮华,崇汉魏风骨而斥齐梁浮艳,重古体散行而薄律体排偶。很明显,陈廷焯复古的诗体观几乎就是它的翻版。

除了沈德潜这两部书,我们在《养一斋诗话》《古唐诗合解》《御选唐宋诗醇》《唐诗三百首续选》《汇纂诗法度针》《板桥集》中也能从不同方面溯源陈氏的诗体观。《养一斋诗话》乃潘德舆所撰,陈廷焯说"潘彦辅所著《养一斋诗话》尽有可观",对这本书还是很认可的。潘氏论诗以"质实"为贵,本诸性情,求"真",究"本原"。诗话卷十有这样一条:

> 香山《读张籍古乐府》云:"为诗意如何,六义互铺陈。风雅比兴外,未尝著空文。上可裨教化,舒之济万民。下可理情性,卷之善一身。言者志之苗,行者文之根。所以读君诗,亦知君为人。"数语可作诗学圭臬。②

白居易的这首诗是在论诗,个中观点潘德舆完全赞同。潘氏认为作诗应当继承《诗经》的风雅比兴传统,大到教化百姓,小到个人修养,诗歌都能起到积极重要的作用。作诗和做人要统一起来,都纳入封建纲常伦理之中。可见潘德舆也是鼓吹诗教,大体上陈廷焯与之相同。而潘氏立论更为严苛,他说"诗以教人忠孝为先"③,由此对于作者的人品大节有着极为严格的要求,不惜以人废言。这是陈氏与其异处。王尧衢《古唐诗合解》既选唐诗,又选古诗,且将诗溯源至上古赓歌。乾隆帝《御选唐宋诗醇》本忠孝,重诗教。于庆元《唐诗三百首续选》主雅正,贵温厚,斥性灵,高度评价初唐

---

①《古诗源》,第196页。

② 潘德舆:《养一斋诗话》,郭绍虞编选,富寿荪校点《清诗话续编》,上海古籍出版社,1983年版,第2166-2167页。

③ 潘德舆:《养一斋李杜诗话》,《清诗话续编》,第2177页。

陈子昂诗力追建安风骨。徐文弼《汇纂诗法度针》提出"五戒""十宜",重视诗教传统。郑燮《板桥集》有《板桥诗钞》和《板桥词钞》。诗如《偶然作》,词如〔贺新郎〕《述诗二首》,以诗词来论诗,反对描头画脑,提倡有补于世。以上这些都会从不同角度对陈廷焯诗体观念的形成产生影响。

所谓"古之学者必有师",一个人求学之初更加需要老师的指引。我认为,陈廷焯早年学诗习词都有"师傅领进门"。后者无疑是朱彝尊,而前者恐怕就是沈德潜了。如果《骚坛精选录》能够完整保存下来,我们或许能在序言、凡例中看到陈氏对沈氏的服膺之辞与瓣香之意。

于庆元《续唐诗三百首例言》云:"诗贵温柔敦厚,然与卑琐庸靡、秽亵纤巧,奚啻毫厘千里? 前辈云:'说诗专主性灵,其弊必至于废学。'观时下风尚,作俑者有由归矣。"①清代诗坛存在"复古"与"性灵"两大流派,分别以沈德潜和袁枚为代表。陈廷焯早期秉持的正是以《风》《骚》诗教为核心的复古的诗体观念。

第二节　诗史建构与骚坛大将

不论是前期还是后期,不论是学诗还是习词,陈廷焯治学有个一以贯之的好习惯,就是将微观的作品批评与宏观的文学史建构结合起来,最终统一于他的文体观念。这样一来,能够形成比较完整的思想体系。他早年选评《骚坛精选录》,就已经是这种路数了。与《云韶集》一样,《骚坛精选录》也是一部带有文学史意味的选本。一代之前有总论,一人之下有专论。该书现存南朝宋至盛唐杜甫部分(初唐阙如),从中我们可以看到陈廷焯对南北朝隋唐这一时期的诗史构建,并且知晓谁是他最为推崇的诗人。这些同样是他早期诗学思想的重要内容。

---

① 于庆元编:《唐诗三百首续选》,清道光十七年(1837)刻本,例言第2页。

一、愈趋愈下的南朝诗

历史上,南朝上承东晋,乃是宋、齐、梁、陈四个政权前后更替。"六朝绮靡极矣"①,这一时期的诗歌整体看来是对汉魏风骨的反动。陈廷焯说:"诗至六朝,世风日薄,萧梁之代,又不若宋、齐。"②具体而言,宋、齐诗犹承魏晋遗风,尚有可观。梁、陈以后,则每况愈下,衰颓至极。

宋是南朝的第一个朝代。与汉魏之诗相比,宋诗日趋浮薄。但在南朝诗中,宋诗则为翘楚,这很大程度上由于三大家的存在。陈廷焯说:

> 宋所赖者,康乐、明远二公,能令诗风独振,其外更有一颜延之,几欲与谢、鲍并驱。故诗风薄如六朝,而宋则犹能进退于汉魏两晋之间,以其有三人故也。③

颜延之、谢灵运和鲍照被称为"元嘉三大家",陈廷焯认为他们提升了宋诗的平均水平。这三人,仅有鲍照诗存于《骚坛精选录》残卷中。陈氏谓:"明远诗奔放处有驱走风霆之势,其清丽处则风流蕴藉,潇洒绝尘,而一种刚劲之气依然不灭。"④又说:"明远《拟古》诸篇,得陈思、太冲遗意。"⑤可见在陈廷焯看来,鲍诗风骨遒劲,可与汉魏之音遥相呼应,故为宋诗之佼佼者。

宋以后为齐。与宋诗的三足鼎立相比,齐代诗坛要沉寂得多,惟有谢朓一人鹤立鸡群。陈廷焯说:"元晖诗雅淡处如陶公,沉着处似康乐而清俊过之,滔莽处似汉乐府,描写处实开唐人先声。"⑥谢朓诗雅淡、沉着、清

---

① 《白雨斋诗话》,第11页。
② 《白雨斋诗话》,第13页。
③ 《白雨斋诗话》,第13页。
④ 《白雨斋诗话》,第8页。
⑤ 鲍照《拟古》(蜀汉多奇山)批语,《骚坛精选录》卷七。
⑥ 《白雨斋诗话》,第14页。

俊、滔莽、描写种种皆备，亦复"骨高，品高，精神团炼"①，自是风骨兼具的典范。今残卷存其诗多达二十八首，实际选录的还要更多②，足见陈氏之推崇。也正是因为谢朓，齐诗方能与宋诗并驾齐驱：

> 齐有元晖一人，足与颜、谢、鲍三家力敌。视颜则过之，视谢、鲍则一之。此齐之所以与宋并称千古也。③

由于谢朓诗的异常出色，陈廷焯将其列为"骚坛之名将"④，诗史地位仅次于所谓"骚坛大将"。

单从"量"上来看，梁代可谓南朝诗歌发展的黄金时代。《骚坛精选录》选梁诗总数当为南朝四代之最。而若论"质"，则梁诗着实不敢恭维。陈氏对梁诗有一段总评：

> 萧梁之代，风格日卑。沈、何、江、范之辈，吐词摛藻，未尝不斐然成章，然总非能出群之雄。⑤

梁诗的"风格日卑"主要体现在作者一味究心于文辞的工拙，陷入"为文以造情"的误区。陈廷焯说："梁、陈间人专于字句间求工。"⑥又云："句斟字酌，的是梁、陈间人面目。"⑦梁代诗人普遍追求表面的清词丽句，这无疑与"风骨"的精神背道而驰。其中吴均、江淹、何逊三人虽不及宋、齐诸家，但在梁代也可算差强人意。陈氏选江淹诗为梁代最多，并说："文通

---

① 《白雨斋诗话》，第19页。
② 谢朓诗见录于《骚坛精选录》卷七、卷八，今存卷八前有缺页。
③ 《白雨斋诗话》，第13页。
④ 《白雨斋诗话》，第14页。
⑤ 《骚坛精选录》卷八。
⑥ 《白雨斋诗话》，第32页。
⑦ 《白雨斋诗话》，第32页。

诗修饰明净,别有古致。梁、陈中不可无一、不能有二者也。"①又谓他的《效阮公诗》"风骨尚高,气质尚厚,能脱当时排偶之习,梁、陈中定当让渠独步"②。以江诗风骨尚存,而推为梁、陈之冠冕。其次则为吴均、何逊,前者"时于清俊中独见风骨,梁、陈中最为矫矫"③,后者"深情宛转,意味不尽,梁、陈中首推大家"④,两人可作为江淹之羽翼。另外梁朝诗风颇盛,除一般文人,几个皇帝也有诗作传世。陈廷焯对其中的梁武帝评价较高,谓其诗"渊浑朴茂,独矫齐、梁,可以步武汉、魏,真一时之雄也"⑤,认为后来的简文帝和梁元帝都远不如他。所以陈氏推许的梁代诗人里还包括武帝萧衍。

古诗至陈,已经跌到谷底。虽然"诗教之衰始于梁、陈"⑥,但"梁诗犹间有一二高古处,固远出陈诗上"⑦。梁诗尚有江、吴、何以及梁武帝支撑,陈诗则近乎一无是处。陈廷焯说:

> 梁、陈之代,风格日卑。陈之视梁,抑又降焉。盖梁诗虽卑弱,犹尚风格,合通篇观之,亦间有高古处。陈诗如阴、徐、江、张之辈,专攻琢句,不尚体格,可叹人也。⑧

"陈时诗人无一首不排,力薄也。"⑨陈代诗人专攻对偶等雕章琢句,诗中骨力丧失殆尽,故陈廷焯有"陈诗靡弱"⑩之叹。阴铿、徐陵、江总、张正见诸人俱不免为风气所囿,其中江总稍佳。"总持诗颇有清晰处,在陈时

---

①《白雨斋诗话》,第32页。
②《白雨斋诗话》,第36页。
③《白雨斋诗话》,第30页。
④《白雨斋诗话》,第37页。
⑤《骚坛精选录》卷八。
⑥《白雨斋诗话》,第41页。
⑦《白雨斋诗话》,第21页。
⑧《白雨斋诗话》,第45页。
⑨《白雨斋诗话》,第50页。
⑩《白雨斋诗话》,第47页。

当首推大家。"①陈廷焯以"清晰"的江总诗为冠,愈发衬出陈诗的衰靡不振。

总的来说,陈廷焯眼中的南朝诗,宋、齐、梁、陈,去古日远,愈趋愈下。

二、独见古质的北朝诗

历史上北朝与南朝隔江而望,同时并存,包括北魏、北齐、北周三个政权。或许是受到北地慷慨之气的影响,北朝诗歌虽然数量远逊于南朝,但笔力轩昂,颇有汉魏风骨的遗风,故而得到陈廷焯的肯定。

陈廷焯说:"北魏诗颇有劲快处,音调上接古人,迥非陈诗纤弱之比,惜乎所存者少。"②劲快的北魏诗与纤弱的陈诗形成鲜明的对比,轩轾之意十分明显。而到了北齐,诗中的古致不减反增,犹胜于北魏,正所谓"诗至北齐,年代与唐日近,然转有独见古质处"③。其中,邢邵和颜之推尤为出众。前者"诗有清远处,尚带古风"④,后者"颇见古质,颓靡时罕得有此"⑤,均为北齐诗的杰出代表。作为北朝之殿,北周诗人寥寥无几。陈廷焯说:"北周诗传人甚少,仅有庾子山、王子渊二公。"⑥故《骚坛精选录》录北周诗只有庾信和王褒的作品,其中绝大多数都是庾信的诗。对于庾诗,陈廷焯毫不吝惜赞美之辞:"子山赋足以独有千古,诗亦冠绝一时,真天人也。"⑦又云:"子山诗琢句清新,格律高迈。六朝自谢、鲍而外,定当让渠独步。"⑧将之与宋时的谢灵运、鲍照相提并论。正是庾信以一人之力将北周诗带到一个新的高度,才使得"诗至北周,风气转高于梁、陈"⑨,为北朝诗史画上一个完满的句号。

---

① 《白雨斋诗话》,第48页。
② 《白雨斋诗话》,第50页。
③ 《白雨斋诗话》,第53页。
④ 《白雨斋诗话》,第53页。
⑤ 《白雨斋诗话》,第55页。
⑥ 王褒《渡河北》批语,《骚坛精选录》卷十一。
⑦ 《白雨斋诗话》,第56页。
⑧ 《白雨斋诗话》,第56页。
⑨ 《白雨斋诗话》,第56页。

与南朝的梁、陈诗相比,北朝诗虽然作者和作品数量都不多,但古意犹存,故而得到陈廷焯的称许。

三、风气转移的隋唐诗

隋朝代北周而立,复南下灭陈,统一全国。虽然其二世而亡,享国未久,但在陈氏眼中,隋诗的地位极为重要,乃是诗歌发展史中的一大关捩。

陈廷焯说:"诗至于隋,风气一大转移之机也。盖自此以往,古音愈杳,律体竞作,流于薄弱之渐也。"[①]隋朝之所以被陈氏视作诗史上的转折点,主要在于体裁上由古而入律。齐、梁间沈约诸人探索声律,南朝诗人习用排偶,格律诗得到孕育与萌发,并在隋朝呼之欲出。比如隋朝诗人王胄的《别周记室》,诗云:"五里徘徊雀,三声断绝猿。何言俱失路,相对泣离樽。别路悽无已,当歌寂不喧。贫交欲有赠,掩涕竟无言。"五言八句,押平声韵。平仄方面,完全符合一句之内平仄相间,一联之内平仄相对,两联之间平仄相粘。对仗方面,更是四联全部对仗。综合句数、押韵、平仄、对仗等方面来看,这完全是一首标准的五言律诗。所以陈廷焯说它"音调近与五律无异,置之古诗中竟不相类"[②]。需要指出的是,虽然隋诗体裁上由古入律,但这并不意味着它的水准比前面的陈诗还要低。陈廷焯特意予以明辨:"陈、隋并称陋习,然隋自高出于陈。"[③]像薛道衡那首著名的《人日思归》,"入春才七日,离家已二年。人归落雁后,思发在花前。"全诗四句都在对仗,律化痕迹明显,却无害其佳,以其真切写出了浓郁的乡情。故而陈廷焯在点明该诗"四句皆排,当时所尚"[④]的同时,给予了"却自真实,绝不雕琢"[⑤]的好评。再以诗人来说,陈廷焯于隋朝最为

---

① 《白雨斋诗话》,第61页。
② 《白雨斋诗话》,第66页。
③ 《骚坛精选录》卷十一。
④ 《骚坛精选录》卷十一。
⑤ 《白雨斋诗话》,第64页。

推许杨素。他说："武人诗,在庾子山之下,在沈、范、阴、何之上。"①又云："武人诗,风格颇高,别饶远韵。自是一时大家,卓不可及。"②在陈氏看来,杨素乃隋诗一大家。虽说比不上北周的庾信,但要高于南朝梁之沈约、范云、何逊以及陈之阴铿。可见陈廷焯对隋诗并没有简单地全盘否定。

诗至初唐,又迎来一次转折。陈廷焯评阴铿《开善寺》说："使无陈伯玉,吾不知其伊于胡底也。"③初唐的陈子昂便是那个截断颓流、力挽狂澜的人。陈子昂在《修竹篇序》中说："文章道弊五百年矣,汉、魏风骨,晋、宋莫传,然而文献有可征者。仆尝暇时观齐、梁间诗,彩丽竞繁,而兴寄都绝,每以永叹。思古人常恐逶迤颓靡,《风》《雅》不作,以耿耿也。"④明确提出诗应上溯《风》《雅》,有所兴寄,鼓吹汉魏风骨。除了理论方面大声疾呼,陈子昂还以自己的《感遇》诗三十八首做出实践上的表率。显然,这些主张、作品都与陈廷焯的"复古"观念若合符契。因此,陈廷焯给陈子昂以崇高的诗史地位:"初唐陈伯玉复古之功,当为骚坛第一座。"⑤又说:"唐初陈伯玉出而风骨始正,挽回之功千古第一。"⑥正是由于陈子昂的努力,初唐开启了"复古"之门。

沈德潜《古诗源·例言》已对唐以前的诗史进行了描述,陈廷焯关于这段的诗史建构与之非常相近⑦。以"古"这一诗体观念审视诗史,陈廷焯认为南朝诗"失古",北朝诗"存古",隋代诗"变古",初唐诗"复古"。虽然此间不乏名家,但无一人能够达到陈氏心目中的极致,直到杜甫的出现。

---

① 《白雨斋诗话》,第62页。

② 《白雨斋诗话》,第62页。

③ 《白雨斋诗话》,第46页。

④ 陈子昂著,徐鹏校点:《陈子昂集》,中华书局,1960年版,第15页。

⑤ 《白雨斋诗话》,第61页。

⑥ 《白雨斋诗话》,第41页。

⑦ 对于某些具体诗人的评价,陈氏也有反驳沈氏的情况。如南朝梁之江淹,《古诗源》卷十三云:"文通颇能修饬,而风骨未高。"《骚坛精选录》卷九则云:"文通诗表里俱全,沈归愚讥其风骨未高,误矣。"

四、骚坛大将与杜甫

从现存的《骚坛精选录》中,我们仅能看到南北朝隋唐的诗史片段。而根据推测,原选应当是一个大部头的通代诗选,即陈廷焯对整个诗史皆有一番梳理。在此基础上,他提出千古骚坛的四位"大将"。

陈廷焯录谢朓诗时,曾详细解释他为何列谢朓为"名将"而非"大将"。正是在这段中,他明确提出自己所推举的四位"骚坛大将":

> 骚坛大将,余独举四人:陈思、彭泽、太白、少陵……余所以独以四人为大将者,以四人之圣于诗也,而少陵尤为圣中之圣。

所谓"骚坛大将",就是我们通常所说的"诗圣"。陈廷焯认为历史上最好的诗人有四位,依次是汉魏的曹植、东晋的陶渊明、唐代的李白和杜甫。其中,杜甫的地位又高于另外三人,是陈廷焯心目中最为完美的诗人。陈廷焯四大诗圣的提出,无论是从名称上,还是从人选上,都有着颇为深刻的诗学渊源。

先来说一下"大将""名将"这种表述,当是直接来自《御选唐宋诗醇》。该书《凡例》有这样一段话:"大家与名家,犹大将与名将,其体段正自不同……然则骚坛之大将旗鼓,舍此何适矣。"[1]陈廷焯便用"大将"与"名将"来分别指称他心目中的诗圣和稍逊一筹者。其将诗选命名为《骚坛精选录》,很可能也是受到这段话的启发。至于为何选择这四位诗人,最直接的原因是《养一斋诗话》的影响。《骚坛精选录》论杜甫时说:"潘彦辅曰:'子建诗如文、武,文质适中;陶公诗如夷、惠,独开风教;太白诗如伊、吕,气举一世;子美诗如周、孔,统括千秋。'"[2]潘德舆《养一斋诗话》卷三云:"两汉以后,必求诗圣,得四人焉:子建如文、武,文质适中……子美

---

① 乾隆帝编:《御选唐宋诗醇》,清乾隆二十五年(1760)珊城遗安堂重刻本,凡例第1页。
② 《骚坛精选录》卷二十一。

如周、孔，统括千秋。"①在稍后编选的《云韶集》中，陈廷焯再次引述这段话，并表示"此论实获我心"。可见陈廷焯的骚坛四大将，完全是从潘德舆的四大诗圣而来。而陈氏读过的其他书，也能给他同样的理论支持。像《古诗源》称曹植"为一大宗"②，认为他在"三曹""七子"中首屈一指。又说陶渊明"无意为诗，斯臻至诣"③。还有《唐宋诗醇》引用《诗薮》的话，说曹植的古体、杜甫的律诗和李白的绝句皆天授，非人力。而陈廷焯最为推尊杜甫，也是渊源有自。且不论杜甫被尊为"诗圣"，早已是千古定论。就陈氏所看到的这些书，也普遍将杜甫置于最高的位置。如潘德舆《养一斋诗话》后附有《养一斋李杜诗话》，谓杜甫"允为列代诗人之称首"④。《御选唐宋诗醇》选唐宋六诗人，尤重杜甫。徐文弼《汇纂诗法度针》首选杜诗，特为拈出，极力推崇。郑燮《板桥集》有给他弟弟的家书，说要精读杜诗，一生受用不尽。

　　受前人诗学观点影响，陈廷焯列举出四位骚坛大将并尤尊杜甫。对这四位诗人，陈氏自然会有非常详细的评论。遗憾的是，曹植和陶渊明诗不见于今《骚坛精选录》残卷，所幸李、杜的部分基本上保存了下来。陈廷焯在选录他们二人诗之前，写有大量总评。其中的很多评语，都是移录、檃栝《唐诗别裁集》和《养一斋李杜诗话》。由此陈廷焯对于李白、杜甫的具体评价，也就明显带有沈德潜和潘德舆观点的烙印。李白被人称作"诗仙"，一般认为他喜爱寻仙访道，为人飘逸豪放，狂傲不羁，为诗也是天马行空，无拘无束。而陈廷焯评价李白其人其诗的角度与此不同。他说：

　　　　当开元、天宝时，宵小盈朝，贤人在野。白以偶傥之才，遭谗被放。虽放浪江湖，而忠君爱国之心，未尝少忘，一于诗发之。诸篇之中，可指数也。岂非风雅之嗣音、诗人之冠冕乎！与少陵并称，夫何

───────────

①《养一斋诗话》，《清诗话续编》，第2046页。

②《古诗源》，例言第1页。

③《古诗源》，例言第1页。

④《养一斋李杜诗话》，《清诗话续编》，第2183页。

愧哉！①

　　陈氏认为李白具有忠君爱国之心、忧国忧民之情，其诗中也有所体现。在这一点上，李白和杜甫并无二致。且李白作诗，明确复古，陈氏说：

　　　　太白尝言："齐、梁以来，艳薄斯极。沈休文有尚以声律，将复古道，非我而谁？"故其所作，摆脱骈俪，驱除旧习，上继陈思、彭泽，同时与少陵并驱。朱子以为"圣于诗"者，非虚语也。②

　　像《古风》五十九首，就是李白复古之作的代表，陈氏称赞这组诗"远追嗣宗《咏怀》，近比子昂《感遇》。其间指事深切，言情笃挚，缠绵往复，每多言外之旨"③，可谓推崇备至。正因为李白有意复古，所以他的诗看似毫无章法，实则脉络井然。陈氏说：

　　　　人知太白天马行空，不可羁绁。不知太白诗格律丝毫不乱，起伏严明，变化盘屈，与子美并称，夫何愧焉？④

　　综上，陈廷焯对李白的认识主要有三：为人忠爱、矢志复古、作诗有法。《养一斋李杜诗话》卷一专论李白，大量引述前人评论，或赞同或批驳。总的观点是认为李白忠爱勃发，本原甚正。其诗原本《风》《骚》，锐意复古，从容于法度之中。很明显，在对李白诗的认识和理解上，陈廷焯受到潘德舆很大的影响。另外，陈廷焯还按不同体裁对李白诗分别进行评价，其论断多来自沈德潜《唐诗别裁集》，这里就不再举例细说了。

　　对于杜诗，陈廷焯研读最精，用力最勤。他之所以独尊杜甫，一方面

---

①《骚坛精选录》卷十八。
②《白雨斋诗话》，第122页。
③《骚坛精选录》卷十八。
④《白雨斋诗话》，第122页。

是因为杜诗能包括曹、陶、李三家之长。陈氏说：

> 至如少陵，具备万物，横绝太空，凡诸家之长，无不在其牢笼中，永为骚坛首座。

这实际上就是在说杜甫"集大成"。关于这一点，潘德舆《养一斋李杜诗话》有详细论述，陈氏自是了然于心。另一方面，陈廷焯还尤为看重杜诗在"与古为化"的基础上开创出"与古为变"的新境界。《风》《骚》传统要求诗歌有为而作，带有强烈的功利主义色彩。众所周知，杜甫以诗歌的形式真实记录了"安史之乱"下的唐代社会，被后人尊为"诗史"。而他在叙述的同时，也将自己的一腔忠爱挥洒于诗中。陈廷焯说："圣人言诗，自兴、观、群、怨，归本于事父事君。少陵身际乱离，负薪拾橡，而忠爱之意惓惓不忘，得圣人之旨矣。"①又说："少陵忠君爱国，时于吟咏见之。"②既关心时政，又饱含忠爱，杜诗完全继承了《风》《骚》精神。值得注意的是，与其他诗歌止于"现在时的记录"不同，杜诗之中往往有"将来时的预判"，陈氏特别强调这一点。他评《前出塞》九首其九云："卒章说到论功处，不屑写策勋进爵等语，恐启君臣幸功之心也。少陵一身经济学问，于此可见一斑。"③杜甫写开边征战，却不提论功行赏。陈廷焯认为，这体现出杜甫力矫君主穷兵黩武，可谓用心良苦。再如《收京三首》其二颈联"羽翼怀商老，文思忆帝尧"，在光复之初首先想到朝内大臣的稳定，以及玄宗、肃宗间的关系处理。陈廷焯评论道："五、六举其重且大者为国家首务，真经济，真大家也。"④认为杜甫未雨绸缪，目光长远。又《后出塞》五首题注："当禄山未叛之先，少陵已逆料之，何等卓识！"⑤并说："五章含愁托讽，洞

---

① 《骚坛精选录》卷二十一。
② 《白雨斋诗话》，第125页。
③ 《白雨斋诗话》，第126页。
④ 《白雨斋诗话》，第169页。
⑤ 《骚坛精选录》卷二十一。

悉奸人心事,老杜识力之高、经济之大,岂徒诗圣云尔哉!"①在陈廷焯的心目中,杜甫已不仅仅是一个诗人,还是一位具有深刻洞察力与敏锐预见性的政治家。杜诗中的"经济"因素,使它不但反映现实,而且干预现实。这就将古代诗歌的社会政治功用发挥到极致,较《诗经》"主文而谲谏"的传统有过之而无不及。

继承并发展《风》《骚》精神的同时,杜甫在诗歌写法方面多有创立,此乃他"变古"的一面。这种"变"集中体现在五古与乐府两种体裁上。沈德潜说:"苏、李、《十九首》以后,五言所贵,大率优柔善入,婉而多风。少陵材力标举,篇幅恢张,从横挥霍,诗品又一变矣。"②温婉和平是五言古诗的传统风格,由汉至隋的名家里手往往如此。而杜甫变温婉为纵横,大大改变了五古的风貌。《骚坛精选录》引用了沈氏这段话,表明陈氏认同其看法,所以他说:"少陵一出,法乎古而变乎古,《三百篇》不得专美于前,遂使诸家一齐抹倒。"③杜诗延续了五古的创作精神,并创立了新的艺术风貌。与五古类似,乐府诗在杜甫手中也重获"新生"。陈廷焯总结乐府诗的发展史说道:

乐府兴于汉魏,盛于六朝,变于唐人。太白纵横排奡,驰骤万里。少陵一出,独辟蹊径,阳开阴阖,雷动风飞,如《兵车行》《哀江头》《哀王孙》诸篇,入神出化,鬼斧神工,长短疾徐,指挥如意,永宜独步千古。④

乐府之变,并非始于杜甫,李白的《蜀道难》《行路难》等便有一种前所未有的豪情逸致。而杜诗对于乐府的改造更为明显,陈廷焯说:"少陵乐

---

①《骚坛精选录》卷二十一。
②《唐诗别裁集》,凡例第3页。
③《白雨斋诗话》,第123页。
④《白雨斋诗话》,第125页。

府妙能驾驭汉、魏，创新立题，为千古绝唱。"①杜甫直接创立乐府新题，写眼前景，道胸中情。像引文中提到的《兵车行》，陈廷焯认为其"风号雨溢，海啸山崩，奴婢《风》《骚》，藐视汉、魏，开辟一十二万年，谁敢望其项背"，具有开天辟地的绝大手段。至于《哀王孙》，更是"缠绵往复，温厚和平，岂止冠绝三唐，雄跨汉魏已哉！即求《风》《雅》《离骚》，亦无此种笔墨。开辟以来，当以此为第一篇"，不仅冠绝杜诗，且为千古至文。可以说，就乐府这一体裁而言，杜甫在表现力的广度与深度方面均有空前的开拓。此外，像七古领域，"少陵七古，波澜变化，层出不穷，无论短篇长篇，皆非他人所得道其只字者，信为千古一人"②，高出前人数倍。律诗中，"五七律、排律，又少陵独步千古者也"③，他手望尘莫及。绝句虽非杜甫至诣，但五绝"旨正辞严，别开大道"④，七绝"与众不相延习"⑤，亦是迥不若人。所谓"少陵才大如海，不屑于绝句中与诸家各胜争能。然偶一为之，已足超伦绝类，故能自成一家"⑥。

总之，陈廷焯认为杜诗的内在精神是关切时政、忠君爱国，与古为化；外在形式则是自成一家，自我作古，在古、律、绝、乐府诸体中皆开创出全新的美学范式。故有"诗之变，情之正者也"⑦的论定。而这几个字正是《唐诗别裁集·凡例》中的原话。潘德舆《养一斋李杜诗话》卷二、卷三专论杜甫，陈氏也引用和采纳了该书的不少言论。但潘氏认为杜诗不仅是"情之正"，乐府、五古等也属正宗，与沈德潜持论有异。因此，在对杜诗正变问题的认识和评价上，陈廷焯更多地接受了沈德潜的观点。

陈廷焯的好友王耕心说过："吾友陈君亦峰，少为诗歌，一以少陵杜氏

---

① 《白雨斋诗话》，第 133 页。
② 《白雨斋诗话》，第 123 页。
③ 《白雨斋诗话》，第 151 页。
④ 《白雨斋诗话》，第 125 页。
⑤ 《白雨斋诗话》，第 125 页。
⑥ 《骚坛精选录》卷二十一。
⑦ 《白雨斋诗话》，第 123 页。

为宗,杜以外不屑道也。"①若从《骚坛精选录》来看,这句话一半对,一半错。陈氏并非"杜以外不屑道",曹植、陶渊明、李白都是他极为推崇的诗圣。而杜甫确实是他最为尊崇的诗人,没有之一。陈廷焯甚至将杜诗的地位置诸《风》《骚》之上。陈廷焯说:"他如《风》《骚》、十九首、陈思、彭泽、太白诸家,或以浑含胜,或以沉痛胜,或以古茂胜,或以冲澹胜,或以豪迈胜,自有老杜出,古今皆无颜色矣。"在陈氏看来,杜诗乃是《风》《骚》之后诗歌史上又一光辉的典范。

在《骚坛精选录》中,陈廷焯建构了诗史,列举了诗圣。具体内容既源于他复古的诗体观念,又与沈德潜、潘德舆等人的影响密切相关。

第三节　戏曲观与散曲观

曲是继诗、词之后兴起的又一韵文体裁。它大体上可分成散曲和戏曲,前者又可分为小令和套数,后者主要包括杂剧和传奇。所谓唐诗、宋词、元曲,今人往往将诗、词、曲相提并论。陈廷焯对这三种文体都有关注,但投入的精力、付出的心血却有多寡之别。他从早年就精研诗词,既编诗选、词选,又有诗论、词话,同时还作诗、填词,一生的著述基本都是围绕诗词展开的。对于戏曲和散曲,陈廷焯很爱读,也读了不少。但我们没有发现他写过专门的曲学论著或是戏曲、散曲作品。可以说,陈廷焯是诗词的研究家,是曲的爱好者。尽管如此,陈氏零散的曲论也有不少。据此可以归纳出他的戏曲观与散曲观,这也是他文学思想的组成部分。

一、关乎风化的戏曲观

对于陈廷焯早年的曲学观念,我们有必要将其散曲观与戏曲观分开讨论。前者与陈氏的词论多有交织,后者则颇有诗教的意味。

杂剧是古代戏曲艺术发展到成熟阶段的产物,它滥觞于宋、金,在元

---

①《白雨斋词话叙》,《白雨斋词话全编》,第1340页。

朝达到鼎盛,成为一代之文学。当时的曲家认为杂剧除了娱乐大众外,更重要的作用乃是教化百姓。如《中原音韵》的作者周德清谓杂剧"观其所述,曰忠,曰孝,有补于世"①,即提倡在剧中灌输忠孝等伦理观念,借此教育观众。而夏庭芝更是把这种教化功能与剧目一一对应:"院本大率不过谑浪调笑,杂剧则不然。君臣如《伊尹扶汤》《比干剖腹》,母子如《伯瑜泣杖》《剪发待宾》,夫妇如《杀狗劝夫》《磨刀谏妇》,兄弟如《田真泣树》《赵礼让肥》,朋友如《管鲍分金》《范张鸡黍》,皆可以厚人伦,美风化。"②在夏氏看来,元杂剧就应当以宣扬"五伦"为己任,成为维护纲常名教的重要工具。到了明代,以北曲为牌调的杂剧日趋衰落,取而代之的则是以南曲为唱腔的南戏和传奇。虽然传奇较杂剧在演唱方式和剧本结构方面都有很大的改变,但是戏曲的教化功能则在明人这里一脉相承。明初高明的《琵琶记》脍炙人口,作者在副末开场的〔水调歌头〕中说:"不关风化体,纵好也徒然。"③明确将有关风化作为传奇的根本宗旨。其后,身为文渊阁大学士的邱濬创作了《伍伦全备忠孝记》,更是将这一宗旨推向极致。其〔鹧鸪天〕云:"书会谁将杂曲编。南腔北曲两皆全。若于伦理无关紧,纵是新奇不足传。"④所谓"传奇",顾名思义就是传播事之新奇者,以悦人耳目。但在邱濬看来,宣扬伦理风化才是传奇的创作意义和评判标准。

　　杂剧也好,传奇也罢,古代社会主流价值观要求戏曲肩负起补救世道人心的重要使命。陈廷焯的戏曲观念即渊源于此,这在他对蒋士铨《藏园九种曲》的评论中可以得到充分体现。陈氏《词坛丛话》云:"心余太史,才名盖代。其传奇各种,脍炙人口久矣。"⑤清乾隆年间的蒋士铨诗、词、曲兼善,其曲作最著者为《藏园九种曲》,又名《红雪楼九种曲》。包括杂剧

---

　　① 周德清:《中原音韵序》,吴毓华编《中国古代戏曲序跋集》,中国戏剧出版社,1990年版,第10页。

　　② 夏庭芝:《青楼集志》,《中国古代戏曲序跋集》,第16页。

　　③《琵琶记·第一出·副末开场》,隗芾、吴毓华编《古典戏曲美学资料集》,文化艺术出版社,1992年版,第71页。

　　④《伍伦全备忠孝记·付末开场》,《古典戏曲美学资料集》,第87页。

　　⑤《词坛丛话》,《白雨斋词话全编》,第14页。

《一片石》《第二碑》《四弦秋》和传奇《空谷香》《桂林霜》《雪中人》《香祖楼》《临川梦》《冬青树》共九部戏曲。这九种曲,陈廷焯全部读过,尤其欣赏《空谷香》和《冬青树》二种:

> 余于先生九种曲,最爱《空谷香》《冬青树》二种,所谓脱尽脂粉气而无堆垛之迹者也。①

《空谷香》"写少女姚梦兰由亲戚为媒,许与书生顾孝威为妾,恶少吴赖欲强占,姚梦兰自刎幸免于死。其继父孙虎受吴赖怂恿悔婚,姚梦兰再度自尽遇救。孙虎犹不甘休,后扬州知府将孙虎押送还乡,并令顾孝威、姚梦兰即日成亲。婚后,姚梦兰生一子,未几病逝"②,表达了烈女贞节的观念。《冬青树》则"叙文天祥起兵抗元、慷慨就义与谢枋得严守气节、绝食殉国的忠贞事迹,穿插以唐珏冒死收葬诸陵骸骨,并植冬青树以为表识以及汪大有、王清惠、林景熙、王炎午、张千载、谢翱、金应、杜浒等忠臣义士的动人故事"③,歌颂了忠贞爱国的崇高精神。可见这两部传奇均宣扬了封建社会的名理纲常,事实上《藏园九种曲》的其他七种也都以典型的忠孝节义之人为主角。陈廷焯青睐这类作品,无疑流露出他重视风化的戏曲观念。蒋士铨〔贺新凉〕(女子如斯也)乃《空谷香》题词,陈氏选入《云韶集》,在批语中明确表示:

> 《西厢记》《牡丹亭》最脍炙人口,然皆无关风化,何如先生诸传奇。④

---

①《云韶集辑评》卷二十一,《白雨斋词话全编》,第501页。
②上海艺术研究所中国戏剧家协会上海分会编:《中国戏曲曲艺词典》,上海辞书出版社,1981年版,第531页。
③钱仲联等主编:《中国文学大辞典》,上海辞书出版社,1997年版,第1500页。
④《云韶集辑评》卷二十一,《白雨斋词话全编》,第501页。

《西厢记》和《牡丹亭》都是中国戏曲史上不朽的名剧。但若以古人的标准衡量,恐怕不仅是"无关风化",甚至是"有伤风化"。陈氏认为《西厢》《牡丹》不如蒋士铨作的戏曲,显然是把关乎风化与否作为评判戏曲高下的主要条件。

　　应当注意的是,陈廷焯虽然强调戏曲的教化功能,但与那些迂腐的封建卫道士毕竟不同。在鼓吹风化的基础上,陈廷焯还要求曲文真至动人、修辞雅驯。元明戏曲史上曾经出现过一些纯粹说教、无甚美感的作品,《伍伦全备忠孝记》就是典型。该戏完全是程朱理学的图解,即通过剧中人物之口将封建伦理生硬地灌输给受众。陈廷焯所谓的"风化"并非如此,他追求的乃是自《诗经》"风以动之,教以化之"①以来将"晓之以理"寓于"动之以情"的文学传统。因而他所推崇的作品都具有油然感人的一面。如蒋士铨的九种曲,陈氏说:"每读先生《空谷香》《香祖楼》诸篇,未尝不喉中哽咽也。"②而尤为让陈廷焯动容的,莫过于清初孔尚任的《桃花扇》。他评该戏卒章云:"凄凄惨惨,抚景伤心,读竟而不堕泪者,其人必不忠不孝不仁不义人也。谁不伤心,不堪回首,虽少陵悲情之诗,亦不过如此。吾对此景,能不大哭乎?"③而这份强烈的感染力离不开剧中真挚的情感。陈廷焯说:"余尝谓《桃花扇》之妙,不独《西厢》《牡丹》不及,即《拜月》《琵琶》亦不及也,盖《西厢》《琵琶》诸传奇俱不免有沿袭之病。"④《西厢记》《琵琶记》等剧皆属于"世代累积型",依人作嫁,难免辞胜于情。而《桃花扇》乃是"一部传奇,描写五十年间遗事,君臣将相,儿女友朋,无不人人活现,遂成天地间最有关系文章"⑤,以"曲史"的形式记录下明清易代之际的众生离合,其中寄寓的亡国之痛更是后来单凭想象者所无法比拟的。事真情真,故能感人至深,由此激发起读者内心的忠爱。除此之

---

　　①《毛诗正义》,第6页。
　　②《云韶集辑评》卷二十一,《白雨斋词话全编》,第501页。
　　③《云韶集辑评》卷二十六,《白雨斋词话全编》,第693页。
　　④《云韶集辑评》卷二十六,《白雨斋词话全编》,第693页。
　　⑤ 刘中柱:《桃花扇跋语》,《中国古典戏曲序跋集》,第445页。

外,陈氏还注意到戏曲语言的雅俗问题,他个人是倾向雅洁的。如谓《空谷香》《冬青树》"脱尽脂粉气而无堆垛之迹",又说"《桃花扇》笔路清真,无纤冶之失,无科诨之谬"①,均体现了他对曲辞简雅以传情的推许。

内容方面有关风化,是陈廷焯对于戏曲作品的根本要求。在此基础上,他又提出表达上的真切动人和语言上的雅致修洁。不难发现,陈廷焯的戏曲观念与他的诗教思想是相通的。

二、词曲混一的散曲观

了解陈氏的戏曲观后,我们再来看一下他对散曲的认识。与戏曲相比,散曲和词要"亲近"得多,陈廷焯早期即秉持一种词曲混一的观念。

《云韶集》的选录情况是陈廷焯词曲混一观念最为直观的体现,表3-1便是《云韶集》中收录散曲的统计:

表3-1 《云韶集》收录散曲统计表

卷数	篇目	合计
十三	呼采〔皂罗袍〕四首	四首
十七	龚翔麟〔天净沙〕一首	一首
二十五	乔吉〔天净沙〕一首;马致远〔天净沙〕三首	四首
二十六	唐寅〔对玉环带清江引〕四首;杨慎〔黄莺儿〕三首;黄氏〔黄莺儿〕一首;锁懋坚〔沉醉东风〕一首;蒋士铨套数一首;马颠南北曲一套;赵庆熺〔江儿水〕一首、南北曲一套;无名氏〔黄莺儿〕二首;无名氏〔对玉环带清江引〕九首	二十四首

《云韶集》一共选入三十三首散曲。陈廷焯之所以要在词集中混入曲作,乃是因为两者在很多方面都存在共性。

首先,在文体功能方面,词与曲均为自由抒情的体裁。我们知道,主情论是陈廷焯早期的词体观之一,词以写情是他对词的一个基本认识。他在词中特别推崇感情的真至。那么散曲呢?陈廷焯说:"况夫古乐不作,独劳人思妇、怨女旷夫发为歌词,不求工而自合于古,何也?同一性情

---

① 《云韶集辑评》卷二十六,《白雨斋词话全编》,第693页。

之真也。"①包括散曲在内的诸多"杂体"都是作者真情实感的抒发。因此,词体与散曲有着共同的灵魂,那就是抒写真情。

其次,在形式韵律方面,词与曲也颇多相近之处。从属性上讲,词、曲均为配乐演唱的句式长短不一的歌词,而散曲又是由词演变而来。这种血缘关系,可以从押韵方式的雷同上窥见一斑。《词坛丛话》中说:

> 词止一韵,或转韵,皆是古体。宋词如〔戚氏〕〔西江月〕〔换巢鸾凤〕〔少年心〕〔惜分钗〕〔渔家傲〕诸阕,元人小曲如〔干荷叶〕〔天净沙〕〔凭栏人〕〔平湖乐〕诸阕,平、上、去三声并用,是宋词已为曲韵滥觞,至元则全入于曲矣。是集间有采录,盖不欲没古人之美,词曲混一之讥,固所不免。②

这段话乃是对《词综发凡》的因袭③。我们说,词韵的特点是平仄不通押,舒促不通押;而曲韵则是入派三声,三声通押。押韵原本是区分词、曲的一个标志。然而像我们熟悉的〔西江月〕乃是平仄通押,也就是说,倘若不考虑时代先后的因素,〔西江月〕称作词也行,谓之曲亦可。同理,〔干荷叶〕〔天净沙〕等散曲也可以视作词体。这样一来,词、曲之间的界限便模糊不清了。从韵律的角度混同词曲,乃是陈廷焯《云韶集》兼收散曲最主要的依据。

最后,在语言风格方面,散曲可以上溯到词。顾夐〔诉衷情〕的名句"换我心,为你心,始知相忆深",人所共传。陈廷焯评论道:"元人小曲往往脱胎于此。"④认为这三句用笔疏宕,口语化的痕迹十分明显,正是"肆

---

①《云韶集辑评》卷二十六,《白雨斋词话全编》,第663页。

②《词坛丛话》,《白雨斋词话全编》,第16页。

③《词综发凡》云:"元人小曲,如〔干荷叶〕〔天净沙〕〔凭栏人〕〔平湖乐〕等调,平、上、去三声并用,往往编入词集。然按之宋词,如〔戚氏〕〔西江月〕〔换巢鸾凤〕〔少年心〕〔惜分钗〕〔渔家傲〕诸阕,已为曲韵滥觞矣。是集间有采录,盖仿杨氏《词林万选》之例,览者幸勿以词曲混一之为讪。"

④《云韶集辑评》卷一,《白雨斋词话全编》,第39页。

口而成"的散曲之先声。再如晏几道〔两同心〕有句云:"好意思、曾同明月,恶滋味、最是黄昏。"陈廷焯敏锐地指出:"清词丽句,为元人诸曲之祖。"①词中浅近直白的用语,正是散曲修辞的蓝本。又如沈会宗〔蓦山溪〕结尾"尊前月,月中人,明夜知何处",陈氏认为"结三句一往情深,元人小曲之祖"②,以浅显的语言表达浓烈的感情,最为散曲之胜场。可以说,在五代和北宋文人词中,就已出现口语化的语言风格。单从这一点来看,词体与散曲并无二致。

在文体功能、形式韵律、语言风格等方面,陈廷焯找到词、曲间的相通之处。而他词曲混一的观念,绝非词曲不分,这是需要注意的。

最晚到陈廷焯二十二岁的时候,他就已经对诗、词、曲都形成了比较明确的认识与观念。而他的文学思想并未止步于此,而是继续发展变化。其中,最显眼的便是词学思想的"推倒重来"。常州词派庄棫之一言,彻底改变了他的词学轨迹。

---

① 《云韶集辑评》卷二,《白雨斋词话全编》,第61页。
② 《云韶集辑评》卷四,《白雨斋词话全编》,第105页。

第四章　与庄棫等交往及其对陈廷焯词学思想的转变

《白雨斋词话》卷七云："余词得力处,半由蒿庵一言,半由道农、子薪辩论之功也。"[1]蒿庵、道农、子薪分别是庄棫、王耕心与李慎传。庄棫将陈廷焯领入常州词派门下,王、李的词论也多为陈氏借鉴采纳。这三人对陈廷焯的由浙入常及其后期词学思想的形成起到至关重要的作用。

第一节　庄棫的词学思想

庄棫(1830—1878),字中白,一名忠棫,字希祖,号蒿庵,江苏丹徒人。与谭献交谊甚笃,同为常州词派后继,并称"庄谭"。在讨论庄棫的词学之前,我们有必要了解一下他的生平经历与学术思想。

一、君子忧道不忧贫

庄棫出生在扬州一个累世盐商的巨贾之家。在他九岁时,便纳捐得部主事官候选。道光十二年(1832),两江总督兼两淮盐政陶澍在淮北改行票盐法[2],使淮北盐业的产、运、销状况大为改善。道光三十年(1850),陶澍的继任者陆建瀛将票盐法推广至淮南,扬州传统的盐商巨族遭到重创。年方弱冠的庄棫目睹了家族的由盛转衰。福无双至,祸不单行。咸

---

① 《白雨斋词话》卷七,《白雨斋词话全编》,第1281页。
② 清代前期实行官督商办的纲盐制,盐商按规定年额完税运销食盐,收、买、运、销权都归于盐商,可以世袭。票盐制则是听商散售,认票不认人。这样一来,垄断的盐商集团便被众多的散商所取代。

丰三年(1853),太平天国军队攻陷南京。继而北伐,直逼扬州。仓促间,庄械逃到上海避难。两年后,二十六岁的庄械北上京师,"以资绌不得上官,待试京兆"①,于是年冬天返回扬州。庄械此行,虽然未遂初衷,但结交了谭献、李汝钧、杨传第、易佩坤、吴怀珍等人。特别是谭献,成为庄械一生的挚友。

咸丰六年(1856)二月,太平军再次攻打扬州,庄械复仓皇脱身,辗转重返北京。其后两年时间里,庄械一直留在京城,以卑微之身结识了尹耕云、叶名沣、李鸿裔、翁同龢、王茂荫、龙汝霖、朱琦等朝中大臣。而第二次鸦片战争的爆发,使得庄械有机会接近朝政。咸丰八年(1858)四月,英、法联军攻占天津,直接威胁到清王朝的统治。面对这种危局,朝廷上分化出主战、主和两派。庄械此时也尽一切可能挥洒着他的政治热情。谭献《庄械传》云:

> 西人要盟天津,歙王侍郎茂荫谢病,桃源尹侍御耕云建言,君皆密赞之。于是投书时相,言甚激切。②

据谭献所述,庄械不仅为王茂荫、尹耕云等人出谋划策,甚至还以个人名义上书主政大员,直言抗战。虽然我们不知道庄械具体说些什么以及他的建议是否被当权者所采纳,但众所周知的是,清政府在这场战争中一败涂地。是年末,庄械南返。转年秋天,正式移家于泰州东百里之曲塘,此时的他已值而立之年。

在泰州度过相对平静的六年后,一位显赫的朝臣改变了庄械的生活轨迹,他就是曾国藩。《庄械传》记载:"江东既定,大府奏开书局,延访方闻士,君乃谋食淮南、江宁,校正群籍。惟曾文正公叹为异才,始终敬礼之。"③同治三年(1864),曾国藩率清军攻陷南京,剿灭太平天国运动。嗣

---

① 谭献:《亡友传》,《复堂文续》卷四,《清代诗文集汇编》第721册,第261页。
② 《亡友传》,《清代诗文集汇编》第721册,第261页。
③ 《亡友传》,《清代诗文集汇编》第721册,第261页。

后开设金陵书局校书,招贤纳士。次年春,庄棫应曾国藩招,来到南京。同事者有张文虎、戴望、周缦云、李善兰、丁至和等人。此后五年,庄棫主要在南京活动,偶尔回泰省亲。同治十年(1871),四十二岁的庄棫由南京来到扬州,加入何绍基主持的扬州书局。在此期间,结识袁昶、郭嵩焘、程秉钊等人。光绪三年(1877)七月,庄棫由扬州至安庆,寻访多年未见的好友谭献。这也成为两人的最后一次晤面。谭献说:"光绪三年七月访献于安庆,语穷三昼夜,年未五十,谆谆言后事。献默讶其不祥,明年竟病殁于家。"①光绪四年(1878)四月,庄棫病卒于泰州,享年四十九岁②。

庄棫的一生,无疑是命途多舛的。他所处的时代,大清王朝内忧外患交加。太平天国席卷江南,英、法联军入寇京师,兵间转徙成为他前半生的常态。他所在的家族,由钟鸣鼎食而一夕中落。袁昶在为庄棫写的哀辞中说:"予意君童少时,家道鼎盛,中更零替,至贫无扉屦,不能自存。"③家族的衰落,直接导致不谙生产的庄棫备受衣食之困。以贫苦之身,处乱离之世,常人想到的必然是保全性命,养活妻儿。而庄棫却不尽以此为意,他心心念念的乃是一个高远的理想:

> 人以为鄙之境遇可忧,而不知可忧者,境遇而外,且百十倍也。世风日下久矣,生民之本,造化之秘,制作之大,纲纪之原,一启口不独无所请益,抑且非之笑之,目为无用。兵火以后,惟知干禄,弊益滋甚。④

钻营之徒实多,即便是在战火方息、人心初定的时候。庄棫并不追逐一己之富贵,而是探求天道之循环、人伦之根本。这成为他读书治学的初

---

① 《亡友传》,《清代诗文集汇编》第721册,第261页。
② 关于庄棫生平,朱德慈先生《庄棫行年考》一文言之甚详,可以参看。见其《近代词人行年考》,当代中国出版社,2004年版,第142-162页。
③ 袁昶:《庄棫哀辞》,《蒿庵遗集》卷首,《清代诗文集汇编》第711册,第238页。
④ 庄棫:《与友人书》,《蒿庵文集》卷七,《清代诗文集汇编》第711册,第226页。

衷与依归。

二、通经致用,文以载道

庄械《赠泾县翟生序》开篇便说:"均之学也,或为文,或为词章,或为心性,或为经济。"①学分多种,高下有别。庄械一生泛览群籍,可谓博通。其中,经学为其安身立命之根本,文章之学次之。

"经"居四部群书之首,在中国古代封建社会中居于纲领性的地位,受到每个读书人的顶礼膜拜。在清代,除去应付科举之辈,真正有志于经学者无外两派:古文经学与今文经学。前者以乾嘉学派为代表,偏重音韵训诂,又称"汉学""朴学",盛行一时。自常州学派崛起,继承汉代今文经学的传统,着重阐发经文中的微言大义,力求经世致用。庄械所治便是今文经学,他说:

> 鄙人于声音、训诂之说,一无所知。心所爱慕而私好者,则在于《春秋繁露》。辄以谓董子传公羊氏之学,圣门一线相承之绪,其在于兹。②

对于琐细的音韵训诂之学,庄械颇为不屑。他所推重的乃是董仲舒的《春秋繁露》,认为其发扬《公羊传》,独得孔子之真传。《公羊传》与《春秋繁露》均为典型的今文经学著作,庄械所好在此,其学术倾向不言而喻。在《答黄荻生书》中,庄械又重申此说:

> 昔者孔子聚百国宝书而作《春秋》,而传其书者惟董仲舒。仲舒,汉人也,非亲授受于孔子者也,而能传其业。以明学之不必亲授受,而始为弟子也。传书惟董仲舒者,谓左氏止能举其事,详其人。其微

---

① 庄械:《赠泾县翟生序》,《蒿庵文集》卷六,《清代诗文集汇编》第711册,第217页。
② 庄械:《与刘恭甫书》,《蒿庵文集》卷七,《清代诗文集汇编》第711册,第230页。

言大义，惟《公羊》传之，仲舒知之也。①

《左传》"举其事，详其人"，不过是对《春秋》表意之敷衍。只有《公羊传》、董仲舒承传了孔子思想中最博大、最精微的意蕴。庄槲由此将董氏《春秋繁露》作为研治经学的方法论，写出他平生最得意的一部学术著作——《大圜通义》。庄槲在写给谭献的信中说："仆所著不下十种，皆可散弃。惟《大圜通义》为生平心力所注，以待后世子云者。"②谭献刊刻庄槲遗著时，嫌其名夸，改为《周易通义》。关于该书始末，庄槲自己有过介绍：

> 癸亥之秋，贞元之始，即仿《繁露》之体以说《易》，而以精气为物，游魂为变，为人生之大端，即托始于此。中间或作或辍，至乙亥秋岁首，一周八十一篇之文居然具备。③

同治二年癸亥（1863）至光绪元年乙亥（1875），庄槲的写作历时十二年，总计八十一篇，这与天道循环之数隐然相合。该书不仅参考了《春秋繁露》的形式，更是贯注了今文经学的精神。名为说《易》，实则有着极强的现实针对性。深谙庄槲用心的谭献评价此书云：

> 作《易》者，其有忧患乎？太史公言：古圣贤人不得已而作，文王之《易》居一焉。《通义》之书，当今世而出。其次篇曰《负且乘》，终篇则曰《贞下起元》，是何为也哉？非夫忧患之余，何为而有此言与？固非经生博士之家法也。④

---

① 庄槲：《答黄获生书》，《蒿庵文集》卷七，《清代诗文集汇编》第711册，第229页。
② 《周易通义》谭献识语引，《续修四库全书》第38册，第11页。
③ 庄槲：《与刘恭甫书》，《蒿庵文集》卷七，《清代诗文集汇编》第711册，第230页。
④ 《周易通义》谭献识语，《续修四库全书》第38册，第11页。

古人之作《易》,乃是有为而作。庄棫之通义,亦复如是。其篇名《负且乘》《贞下起元》云云,明显影射干戈扰攘的晚清时代。谭献认为,庄棫以易学为代表的经学研究,绝非固守书斋、墨守成规一路,而是以一份浓重的忧患意识直面现实,努力寻求生民与社会的出路。

庄棫的经学思想是致用。而在他来看,文章就是用来阐明和传承孔门精义的,可谓经文的某种延续。故庄棫说:"夫士之能读书者,贵能通古人之义耳,文章之道亦然。"①在《答黄获生书》中,庄棫纵论孔子以后至明代文章的流变情况,包括政论文、辞赋、语录体、骈文、散文、应试文等等。他认为各种文体形式的更替差异并不重要,关键是内容"贵能通古人之义",即要万变不离其宗。以文学史中反复上演的骈散之争为例,庄棫就破除门户,直探本源:

> 文必有用于世然后贵,其体之奇偶不与焉。故虽布衣韦带之士,其言可用于天下,传于后世。而世俗之泯泯棼棼,名教赖以不坠者,亦在于空言维持之。如是之文,奇亦可贵,偶亦可贵。而世之学者不察,执持门户,出主入奴。即尽屏骈俪之习,亦复依光附响,如应试者摹习句调,又奚足贵哉?②

庄棫明确提出"文必有用于世然后贵"的观点。"有用于世"的可以是针对国家大事的政论文,也可以是维护纲常礼教的论说文。总之,形式、流派等因素都不在庄棫的考虑范围,他对文章的态度完全是一种功利主义的观念。

庄棫说经以致用,论文以载道,均体现出他重"意"的倾向以及向儒家礼教的紧密靠拢。庄棫的词学思想同样带有这样的底色。

---

① 庄棫:《答黄获生书》,《蒿庵文集》卷七,《清代诗文集汇编》第711册,第229页。
② 庄棫:《穆参军集序》,《蒿庵文集》卷六,《清代诗文集汇编》第711册,第216页。

三、词非小道,比兴为上

与对待经学、文章如出一辙,庄棫以正襟危坐的姿态从事词章之学。庄棫认为,词非小道末技,应继承《国风》传统,以比兴手法寄寓家国之思。

庄棫在为谭献所作的《复堂书目序》中,表达过自己对古代学术源流的认识:"首阴阳家,《周易》为之冠,余凡隶阴阳家言属焉。次及于《春秋》,《史》《汉》以及后世史书入焉。次又及于礼,《礼》为之首,凡通于礼者附焉。次及于乐,诗者,乐之属也。《诗》为主,而诗集附焉,词亦附焉。舍乎诗,不得言词也。"[①]庄棫按照易、春秋、礼、乐为次序编排经书。诗原本是配合礼乐制度的文辞,故其从属于乐,以《诗经》为代表,后世诗集附缀。值得注意的是,庄棫将词亦归属于乐,俨然视词体为经部之后裔。且附于《诗经》之后,并直言"舍乎诗,不得言词也",鲜明体现出诗词一体的观念。那么词与诗为何有关以及究竟何种关系? 对于这两个问题,我们可以从庄棫的乐府论中找到答案。他说:

> 《诗》之六义,比赋兴,杂诗中可求之。风雅颂,非求之于乐府不可也。盖郊祀燕射,颂也;鼓吹,雅也;横吹,又雅之近于风也;风人之旨,惟在相和。汉时分相和三调,及其末流,遂为清商。生居晚近,古义陵蔑。求什一于千百,惟有三调。上溯十五,下接词曲,舍相和其谁属钦? [②]

《诗》有六义,三体三用。赋、比、兴等手法,诸诗皆可用之。而风、雅、颂三体,《诗经》之后,惟有乐府诗继承了下来。庄棫特别强调《国风》在汉乐府中的遗存,即相和平调、相和清调、相和瑟调。此三调往后发展,"宋齐以后清商杂曲,唐末五代变为填词"[③],最终演变为词体。因此,由十五

---

① 庄棫:《复堂书目序》,《蒿庵文集》卷六,《清代诗文集汇编》第711册,第216页。
② 庄棫:《乐府诗初编自序》,《蒿庵遗集》卷二,《清代诗文集汇编》第711册,第247页。
③ 庄棫:《乐府诗二编叙》,《蒿庵遗集》卷三,《清代诗文集汇编》第711册,第254页。

国风至相和三调,再到清商杂曲,终成倚声填词,完全是一脉相承。庄棫说:"不知乐府之晦实由于唐,古近体分,雅音遂失。"①他所谓的"舍乎诗,不得言词也"中的"诗",并非指晚出的近体诗,乃是由乐府上溯至《诗经》。并且与《诗经》中的《雅》《颂》无涉,只有《国风》才是词的源头。

《诗大序》云:"上以风化下,下以风刺上,主文而谲谏,言之者无罪,闻之者足以戒,故曰风。"②《国风》的作者多为在野之徒,作品中隐含着对于朝政的关切。庄棫以十五国风作为词源,亦要求词不苟作,强调反映时政的功能。他在《复堂词序》中说:

> 或曰:仲修与子方厉学为世用,安藉是靡靡者为? 予曰:仲修年近三十,大江以南兵甲未息,仲修不一见其所长,而家国身世之感未能或释,触物有怀,盖风人之旨也。③

当不能学为世用、见其所长的时候,通过词来寄寓自己的家国之感,这完全符合诗教传统。由此出发,庄棫反对词乃小道的观点。他在同治五年(1866)所作的词集自序中说:

> 查工片石即予字之切韵,取以弁首,无余义焉。若谓词之道小,不足尽所长,此其所以为片石与? 是又郢书而燕说矣。④

庄棫以"查工片石"名其词集,并特意指出其乃"中白"二字之反切。"片石"之谓,绝无词为小道的意思。总之,通过追溯词源,庄棫提高了词体的文学地位,并对词的内容做出个人情感政治伦理化的限定。

同治五年(1866),三十七岁的庄棫回顾往昔填词道路时说:"予无升

---

① 庄棫:《乐府诗二编叙》,《蒿庵遗集》卷三,《清代诗文集汇编》第711册,第254页。
②《毛诗正义》,第13页。
③ 庄棫:《复堂词序》,《蒿庵文集》卷六,《清代诗文集汇编》第711册,第217页。
④ 庄棫:《词自序一》,《蒿庵遗集》卷十,《清代诗文集汇编》第711册,第311页。

沉得丧之戚，其善自怀思，则自少壮至今固无殊也。"①个人之荣辱得失，庄棫未尝挂念于心，他流露词中的乃是一份怀念与思恋。《左传·昭公七年》记载："孤与其二三臣，悼心失图，社稷之不皇，况能怀思君德！"②"怀思"一词从一开始便与国君社稷紧密联系。庄棫词以家国天下为归宿，是其词非小道的观念决定的。那么如何表达这份国君之怀与朝纲之思呢？前文提到，庄棫在英、法联军进逼北京之时，曾上书时相，极力主战。对此，曾任御史的朱琦不以为然：

> 桂林朱给谏琦规以出位，君感其言。后有哀愤，则托于乐府古诗，回曲其辞以寓意，至倚声为长短句，皆是物也。③

朱琦认为庄棫以一介书生言事，超越了自己的职分。庄棫深受触动，最终选择与自己身份相符的方式即通过乐府古诗和倚声填词抒发对于时局的哀愤。需要注意的是，庄棫没有采取"赋"的表达方式，而是"回曲其辞以寓意"，走上了比兴寄托的道路。

庄棫在词中运用比兴的创作手法，是在诗词"同体"的基础上又加入"同用"的因素。他的比兴创作论最初是在学诗过程中悟出的："余弱冠后始学为诗，久无所得。癸丑岁避兵海上，杜门谢人事，肆力于萧梁《文选》，始读选诗，继稍稍得其要领。知诗有六义，比兴之旨，辞虽不同，义则一也。遂取汉魏六朝下至初盛唐诗遍读之，并旁及郭茂倩编次乐府，益自以为可信。"④通过遍读古人诗作，庄棫认为比、兴二者虽有区别，但皆为言在此而意在彼，即有言外之意而耐人寻味，可作诗法之金针。显然，庄棫以比兴论诗与以微言大义说经在深层次上是相通的。在《复堂词序》中，他正式将比兴之旨由诗引入词：

---

① 庄棫：《词自序一》，《蒿庵遗集》卷十，《清代诗文集汇编》第711册，第311页。
② 左丘明撰，杜预集解：《左传》，上海古籍出版社，1997年版，第1289页。
③《亡友传》，《清代诗文集汇编》第721册，第261页。
④ 庄棫：《诗自序》，《蒿庵遗集》卷四，《清代诗文集汇编》第711册，第262页。

自古词章，皆关比兴。斯义不明，体制遂舛。狂呼叫嚣，以为慷慨，矫其弊者，流为平庸。风诗之义，亦云渺矣。谭君仲修，深于诗者也。其言曰：吾少志比兴，未尽于诗，而尽于词。又曰：吾所知者，比已耳，兴则未逮。河中之水，吾讵能识所谓哉？嗟乎，仲修之意远矣！夫义可相附，义即不深，喻可专指，喻即不广。托志帷房，眷怀君国，温、韦以下，有迹可寻。然而自宋及今几九百载，少游、美成而外，合者鲜矣。又或用意太深，辞为义掩，虽多比兴之旨，未发缥缈之音。①

这段话可分为四部分来看。首先，庄棫开宗明义地说"自古词章，皆关比兴"，认为比兴对诗词均有至关重要的作用。其次，援引谭献之言，引出"比"与"兴"有高下之别。再次，庄棫认为"义可相附，义即不深"，作者想要表达的内容如果能用某个意象简单比附，那么这种情意一定不深；反过来，"喻可专指，喻即不广"，如果某个意象被人反复袭用，已成套路，那么其所指必然不广。这种简单浅显的比附对应并非好的"比兴"。最后，如果寄托过深，就会晦涩难懂，反而丧失美感，无法打动读者。所谓过犹不及，庄棫指出这样的"比兴"也是不好的。

谭献说："予录《箧中词》，终以中白，非徒齐名之标榜，同声之喁于，亦以比兴柔厚之旨，相赠处者二十年。"②庄、谭二人均以比兴作为在词中抒发家国身世之感的最佳途径。他对谭献，有"吾窃愿君为之而蕲至于兴也"③的期许。可知庄棫也将"兴"视为至高的词学境界。

四、由五代北宋入南宋

词非小道，比兴为上，这种观念贯穿于庄棫词学道路的始终。然而他

---

① 庄棫：《复堂词序》，《蒿庵文集》卷六，《清代诗文集汇编》第711册，第217页。
② 谭献辑，罗仲鼎、俞浣萍校点：《箧中词》，西泠印社出版社，2007年版，第214页。
③ 庄棫：《复堂词序》，《蒿庵文集》卷六，《清代诗文集汇编》第711册，第217页。

在具体取径上则经历了明显的转变过程。

咸丰八年（1858），二十九岁的庄棫为钱国珍《寄庐词存》作序。文中说：

> 嘉庆、道光之间，榛芜始辟。据余所见，卓卓可传者二家：一为武进张编修皋文，一即仪征汪明经冬巢。皋文先生之后，常州精于词者日益众。而扬州继冬巢先生者，惟朱君震伯及王君西御，又皆未竟其业，困踬以死。然则通冬巢之业而续其绪，其有待于吾丈乎？然而张氏之名满天下，汪氏则名只震于一乡一邑。因是习为词者，见学汪氏，莫不少之。予私以为不然。盖张氏之学在北宋，汪氏之学在南宋，皆能摆脱凡近，自成一家。①

庄棫认为，嘉、道之间，词学始尊，而以张惠言和汪潮生最为杰出。其中，张氏取法北宋，汪氏瓣香南宋。庄棫以张、汪二人相提并论，俨然表现出对南北宋词不偏不倚的态度。需要注意的是，汪潮生传词学于朱震伯，朱震伯乃钱国珍之舅。庄棫推崇汪潮生及其南宋家法，不免有虚夸之嫌。这种猜测可以在《复堂词序》中得到证实。庄棫在作于三年后的《复堂词序》中说：

> 托志帷房，眷怀君国，温、韦以下，有迹可寻。然而自宋及今几九百载，少游、美成而外，合者鲜矣。

晚唐五代的温、韦词以男女喻君臣，是庄棫心中比兴寄托的发端与典范。再往后，他发现自宋至清的漫长词史中除秦观和周邦彦外，深契词旨、可供效仿的词人寥寥无几。从庄棫的点名中，可以明显看出其取法北宋以及上溯唐末五代的倾向。

---

① 庄棫：《寄庐词存序》，《清代诗文集汇编》第 654 册，第 730 页。

同治八年(1869)，四十岁的庄棫总结自己的词学道路，认为是一个由易而难的经历："余自壬子学为词，至今十八年。综所作计之，几三百首。始以为难，继以为易，丙寅以后，由易而知难矣。"①第一次的"难"无非是万事开头难之意。其后渐渐驾轻就熟，游刃有余，故以为易。而同治五年丙寅(1866)后，庄棫发现倚声之道并不是自己想象得那样简单。那么同治五年左右，究竟发生了什么？庄棫所谓的"易"和"难"又分别指什么？这些问题只能在庄棫的生平、交游中找到答案。前文已经提到，同治四年(1865)到同治九年(1870)，庄棫一直在南京生活，与张文虎、戴望、周缦云、李善兰、丁至和等人过从甚密。其中，张、周、丁三人对词学皆有涉猎，特别是丁至和，自壮及老为之不倦。同治六年(1867)，身处金陵的庄棫给谭献写了一封信，信中引述了丁至和的词学见解：

> 又有丁至和字保庵者，江都人，云："吾于诗不知，而工于词。大凡词有三变，其近世之〔霜花腴〕〔念奴娇〕一派也。由此而上溯于五代十国，兼及于清真、淮海，又一派也。然与词中升降大相背。词上承为诗，而下降为曲。诗散而词整。诗句在激扬，而词在矜炼。五代十国诗余，非词也。曲之音促，而词之音缓。元人之词，曲也，非词也。□知北宋为词与诗余之分界，南宋与元为词与曲之关津，又一派也。"②

丁氏谓词有三派，第一派是究心于词乐音律者。〔霜花腴〕是吴文英的自度曲，宋代以后便成绝响。而〔念奴娇〕则特指姜夔移宫换羽之〔湘月〕。白石〔湘月〕词序有云："予度此曲，即〔念奴娇〕之鬲指声也，于双调中吹之。鬲指亦谓之'过腔'。"③项鸿祚《忆云词丙稿自序》云："时异境迁，结

---

① 庄棫：《词自序二》，《蒿庵遗集》卷十，《清代诗文集汇编》第711册，第311页。
② 钱基博整理编纂：《复堂师友手札菁华》，人民文学出版社，2015年版，第708-709页。
③ 姜夔著，夏承焘笺校：《姜白石词编年笺校》，上海古籍出版社，1981年版，第9页。

习不改,〔霜花腴〕之剩稿,〔念奴娇〕之过腔,茫茫谁复知者?"①可知时人以此二调指代失传之词乐,丁氏在此当指审音辨律的吴中词派而言。第二派为模仿五代北宋词者,矛头直指张惠言领衔的常州词派,丁氏并不以之为然。他认为五代十国是诗余,元代是曲子,惟南北两宋才有真正的词,第三派即深明此义者。可以看出,丁氏此论带有强烈的诗、词、曲之辨的意味。他在《荇绿词续编序》中也说:"此中三昧,于诗有别。"②而南宋词尤为整饬矜炼、纡徐舒缓,较北宋词更能体现词之特质,与诗判然分途。因此,丁氏有"词至南宋,叹观止矣"③的感慨。可见丁氏强调词体之特性,并由此推崇南宋词。在这封书信中,庄棫对丁至和的词论称述而已,未置可否。但可以肯定的是,丁氏之言打破了庄棫头脑中五代北宋的围城,促使他关注南宋词,进行更为深入的词学思考。这一重大转变,庄棫自己说得很明白:"于是向从北宋溯五代十国,今复下求南宋得失离合之故。"④庄棫的词作也在同治八年(1869)即他四十岁以后向南宋风味明显倾斜。如〔玉京秋〕《谱草窗》和〔夜飞鹊〕《落叶》这类即景抒怀、托物言志的作品大为增加。至于〔高阳台〕《丙子清明,题郭湘渠所持临宋人上河图一角画扇。感今怀古,念乱忧生,触绪成吟,不自觉其言之拉杂也》,更是以一角画扇起兴,纡徐反复,兴亡之感溢于言表。谭献评此词云:"碧山、白云之调,屈原、宋玉之心。"⑤即指出其与宋末遗民词形神俱似,消息相通。

　　庄棫的词学取径由北宋上溯五代十国,最终落脚于南宋。至此,他一方面体会到作词之难,另一方面也自谓在倚声之道更进一步,探得骊珠。同治八年给谭献的信中,庄棫说道:"以笔墨而论,君则诗胜于文,诗胜于词。弟今日则反是。"⑥对自己如今的词学造诣非常自信。而光绪二年(1876),四十七岁的庄棫似乎预感到大限将至,对自己的著作进行了一番

---

① 项鸿祚撰,黄曙辉点校:《忆云词》,华东师范大学出版社,2009年版,第49页。
② 丁至和:《荇绿词续编序》,《清词序跋汇编》,第1334页。
③ 丁至和:《荇绿词自叙》,《清词序跋汇编》,第1328页。
④ 庄棫:《词自序二》,《蒿庵遗集》卷十,《清代诗文集汇编》第711册,第311页。
⑤《箧中词》,第214页。
⑥《复堂师友手札菁华》,第716页。

删削整理,其中也包括词:"词删存二十九首,已刻者止留十六阕。'月影东风'一首已为雪鸿之迹,其实并可不留。"①在庄棫看来,自己的词作能够传世者尚不到三十首。已刻者与后期作品各占一半。由此可见,庄棫晚年在尊词体、主比兴的基础上,通过揣摩南宋词,对词的艺术技巧有了更深的体认与更高的追求。

作为庄棫的知己,谭献在《蒿庵遗集叙》中准确概括出庄棫的一生:"若夫其志,则学《蕃露》之学以通《春秋》,权于《春秋》之变以明《易》,夫岂空言而已。覃思天人之际,而反治理于百王,表行事于儒者。又以为治定制礼,功成作乐,躬在韦布,瘵思颂声。不得已思其次乐府之官之所掌,在野之臣朝不坐而燕不与,乃仅托于里巷歌谣,待采风之登进。极之令慢小词,今乐犹古之乐,六义之所以首风者,其默识之矣。"②庄棫最大的志愿乃是通过经学来探究天道人伦,进而治国平天下。不在其位,则退而求其次,以乐府古诗履行诗人的职责。再其次,则流为倚声填词,仍然上追风人之旨。他这一生,始终固守儒者的节操。或许对庄棫来说,词学仅仅是不得已而为之的绪余。而正是这份绪余,沾溉了他的表侄陈廷焯,从而造就出一位常州词派的杰出传人。

第二节　庄棫词学对陈廷焯的影响

庄棫虽然出生在扬州,但其祖籍丹徒,与陈廷焯同乡。不仅如此,他们二人还存在亲戚关系。陈氏在《白雨斋词话》中说:"吾乡庄棫,一名忠棫,字希祖,号中白,吾父之从母弟也。"③可知庄棫是陈廷焯的姨表叔。庄棫直到晚年才与陈廷焯有数面之缘,而他的一番高论,彻底颠覆了陈廷焯原有的词学思想。

---

① 《复堂师友手札菁华》,第720–721页。
② 谭献:《蒿庵遗集叙》,《清代诗文集汇编》第711册,第237页。
③ 《白雨斋词话》卷六,《白雨斋词话全编》,第1249页。

一、庄棫与陈廷焯的会面

庄棫生于道光十年（1830），陈廷焯生于咸丰三年（1853），二人相差二十三岁。他们虽是亲戚，却长时间无缘谋面。庄棫于咸丰九年（1859）移家泰州，同治四年（1865）至九年（1870）在南京活动，同治十年（1871）来到扬州，离家甚近。而陈廷焯于同治十年底到光绪元年（1875）初常住浙江黄岩，此后定居泰州。直到此时，庄、陈终于在时空上有了交集。《白雨斋词话》卷六"自丙子年与希祖先生遇后"云云，记录了他们二人初次见面的情形。这一年是光绪二年（1876），庄棫四十七岁，陈廷焯二十四岁。次年，二人又一次见面。而再转过年来，庄棫便谢世了。从二人初见至庄棫病卒，尚不到三年时间，他们面谈词学的次数屈指可数。对此，陈廷焯颇为感慨：

> 中白病殁时，年甫半百。生平与余觌面，不过数次，晤时必谈论竟夕。①

庄棫在人生末期方与陈廷焯晤面，没有更多机会相互切磋，这固然是不幸的。然而换个角度来看，二人会面之时，庄棫的词学思想已臻成熟，对晚唐五代、北宋、南宋各个阶段的词作洞悉源流，融会贯通。因此，陈氏可以聆听到庄棫最为完整的词学见解。通过《词则》和《白雨斋词话》的相关记载，可以知道陈廷焯接触的庄棫词学包括以下三类内容：

其一，《蒿庵词》四十阕。庄棫的词作曾经三次刊刻。第一次在咸丰八年戊午（1858），庄棫当时年仅二十九岁。他说："戊午刻词四十首于京师，后间有作，不复著录。"②刊刻地点在北京，乃是与谭献词合刻，刘履芬为作《庄蒿庵谭仲修诗余合刻序》，收录庄棫词四十首。第二次是庄棫卒

---

① 《白雨斋词话》卷六，《白雨斋词话全编》，第1249页。
② 庄棫：《词自序一》，《蒿庵遗集》卷十，《清代诗文集汇编》第711册，第311页。

后，其婿许承家于光绪十二年（1886）刊刻《蒿庵遗集》十二卷，其中有词三卷，共计一百一十九首。第三次是民国十五年（1926）吴庠刊《中白词》四卷。前三卷翻刻《蒿庵遗集》本，后一卷则据戊午刻本补遗十五首，总共一百三十四首。对于陈廷焯来说，《中白词》已不及见，《蒿庵遗集》亦未尝寓目，他只看到咸丰八年（1858）所刻的《蒿庵词》。《白雨斋词话》卷六云："《蒿庵词》一卷，所传不过四十阕。其一生所作，必不止于此。余友李子薪尝欲得其全稿以付梓，余求之两年，竟不能得。"[1]因此，陈廷焯见到的庄棫词仅有寥寥四十首，皆为早年作品。

其二，《复堂词序》。《白雨斋词话》卷六援引了庄棫的《复堂词序》："中白先生序《复堂词》有云：……先生此论，实具冠古之识，并非大言欺人。"[2]可知陈廷焯看过谭献的《复堂词》，并由此得见庄棫的序文。

其三，庄棫的口授。《蒿庵词》与《复堂词序》均为庄棫的词学文献，是一种文字的记录。此外，陈廷焯还通过面谈的方式得到庄棫的亲传。《白雨斋词话》引述庄棫多条论词之语，内容主要是关于南宋词的心得体会。

综上所述，陈廷焯对庄棫的词作、词论均有所了解，庄氏主要的词学思想基本涵盖其中。对此，陈氏选择了全盘接受。

二、词体观的转变

庄棫将词体上溯至《国风》，反对词为小道的说法。他将这种尊体的词学观念传达给陈廷焯，媒介便是张惠言的《词选》。

张惠言在经学、古文方面造诣颇深，是常州学派与阳湖文派的代表人物。嘉庆二年（1797），张惠言与其弟张琦为金氏诸生编选《词选》，不经意间开启一代风会之转移，被后人尊为常州词派之祖。作为张惠言的后生晚辈，庄棫甚为尊敬这位学者，对其各个领域的著述皆有所关注。庄棫《荀氏九家义序》云："我朝自长洲惠征士始治汉《易》，明《易》本于商瞿田

---

① 《白雨斋词话》卷六，《白雨斋词话全编》，第1254页。
② 《白雨斋词话》卷六，《白雨斋词话全编》，第1249—1250页。

198

生,撰集各家为《周易述》。其后武进张皋闻先生继之,专治虞氏,又以郑、荀二家稍可次理,汇集其注,以待后人发明。余读二先生书,心焉好之。"①庄棫推服张惠言的《周易虞氏义》,并受其启发,为作《荀氏九家义》一书。经学之外,庄棫古文亦受到张惠言的影响。他在《蒿庵文集叙》中说:"暇读武进张氏书,知世之文章不专以韩、欧为尚。盖自癸丑至庚申,心迹大相判别。私心谓文章之成,不皆由于作之多以及诵读之苦,于是复泛滥于群籍矣。"②通过阅读张惠言的著作,庄棫对文章之道有了新的理解。故袁昶认为庄棫"论著文之体制,则于皋闻张氏为近"③,带有阳湖文风的印迹。至于倚声之学,张惠言及其《词选》同样在庄棫心中占据重要的位置。他评谭献词说:"意内言外之趣,仲修所作,殆无憾焉。"④"意内言外"云云,明显来源于《词选》。他在《寄庐词序》中说:"据余所见,卓卓可传者二家:一为武进张编修皋文,一即仪征汪明经冬巢。皋文先生之后,常州精于词者日益众。"庄棫对常州词派持肯定态度,并推该派领袖张惠言为近代词坛屈指可数的大家。无怪乎朱祖谋云:"皋文说,沆瀣得庄谭。"⑤与谭献一样,庄棫也是张惠言词学的追随者。

纵观陈廷焯一生的词学经历,其前后两期均以词选作为入门阶梯。他早年以朱彝尊《词综》为圭臬,只字未提张惠言及其《词选》。而在后期词学中,《词选》有如横空出世,瞬间占据了词选界的顶峰。《词则总序》云:

操选政者,率昧正始之义,媸妍不分,雅郑并奏。后之为词者,茫乎不知其所从。卓哉皋文,《词选》一编,宗风赖以不灭,可谓独具只眼矣。⑥

① 庄棫:《荀氏九家义序》,《蒿庵文集》卷六,《清代诗文集汇编》第711册,第212页。

② 庄棫:《蒿庵文集叙》,《蒿庵文集》卷首,《清代诗文集汇编》第711册,第158页。

③ 袁昶:《庄棫哀辞》,《蒿庵遗集》卷首,《清代诗文集汇编》第711册,第238页。

④ 庄棫:《复堂词序》,《蒿庵文集》卷六,《清代诗文集汇编》第711册,第217页。

⑤ 朱孝臧著,白敦仁笺注:《彊村语业笺注》,巴蜀书社,2002年版,第367页。

⑥《词则总序》,《白雨斋词话全编》,第696页。

此时陈廷焯眼中的词选恐怕只有两种：《词选》和其他词选。在这种情况下，当初被奉若神明的《词综》也跌落神坛。据陈廷焯回忆，庄棫对《词综》"病其芜"①。陈氏则说"竹垞《词综》，可备览观，未尝为探本之论"②，说它"备而不精"③，这都是对庄棫"芜"之批评的发挥。陈廷焯还将《词选》和《词综》放在一起直接比较：

> 皋文《词选》一编，可称精当，识见之超，有过于竹垞十倍者，古今选本，以此为最。④

陈氏的结论是在"识见"方面，《词选》要远胜《词综》。我们说，从功能的角度划分，词选有征歌者，有存人存词者，也有表达某种词学思想或审美倾向者。《词综》和《词选》即属于最后一类，它们分别是浙派词学与常派词学的代表。对于"词是什么"这一本体论问题，两个词派的解释有本质上的区别。因而这两种词选在陈廷焯心目中的升沉，实际反映出他词体观念的转变。陈廷焯早年信奉《词综》，以长短句和配合音乐两大标准追溯词源，自上古歌谣至六朝乐府皆被视为词之先声。他认为词是抒发个人感情的体裁，只需雅正即可。故与言志载道的诗文相比，词仍然属于小道末技。《词选》则不同，张惠言开宗明义地赋予词体极其崇高的地位：

> 叙曰：词者，盖出于唐之诗人，采乐府之音以制新律，因系其词，故曰词。传曰：意内而言外谓之词。其缘情造端，兴于微言，以相感动。极命风谣里巷男女哀乐，以道贤人君子幽约怨悱不能自言之情。低徊要眇，以喻其致。盖诗之比兴，变风之义，骚人之歌，则近

---

① 《白雨斋词话》卷十，《白雨斋词话全编》，第1324页。
② 《白雨斋词话自序》，《白雨斋词话全编》，第1161页。
③ 《白雨斋词话》卷十，《白雨斋词话全编》，第1330页。
④ 《词则辑评·大雅集》卷六，《白雨斋词话全编》，第790页。

之矣。①

张惠言认为,词体直接由乐府演变而来,这只是音乐上的渊源。在内容方面,词与变风、《离骚》相似,乃是"以道贤人君子幽约怨悱不能自言之情"。这就不再是宽泛的个人感情,而是将词意限定为封建士人的伦理政治情怀。如此一来,词也是"言志"的,与诗无异。因此张惠言在序言结尾说:"无使风雅之士惩于鄙俗之音,不敢与诗赋之流同类而风诵之也。"②在他看来,词体上合《风》《骚》,与诗同类,绝非小道卑体。陈廷焯后期正是接受了这种观念,他说:

> 词也者,乐府之变调,《风》《骚》之流派也。③

音乐承乐府之变,内容衍《风》《骚》之义,词源的追溯变得简单明了。陈氏对词体的基本认识,便由雅正地抒情转变为《风》《骚》地言志。相应地,词之地位也从小道上升为"与诗赋之流同类而风诵之"。

在庄棫的影响下,陈廷焯退《词综》而进《词选》,其词体观念随之发生了根本性的扭转。

三、比兴的推扬

陈廷焯早期以抒写个人感情为词体功能,追求词情的真至。对于比兴,他既不排斥,也不强调,仅仅视作一种创作手段。而当词体观念转向《风》《骚》,比兴随之成为惟一的词法,并且带有明确的诗教指向。庄棫辨析比兴之论,成为陈廷焯进一步探索的理论基础。

庄棫认为词作应当符合比兴之旨,他的相关论说集中体现在《复堂词序》中。《白雨斋词话》两次援引这篇序文。第一次是卷五第六十则:

---

① 张惠言:《词选序》,《张惠言论词》,《词话丛编》,第1617页。
②《词选序》,《张惠言论词》,《词话丛编》,第1617-1618页。
③《词则总序》,《白雨斋词话全编》,第696页。

仲修之言曰："吾少志比兴，未尽于诗，而尽于词。"又曰："吾所知者比已耳，兴则未逮。河中之水，吾讵能识所谓哉！"即其词以证其言，亦殊非欺人语。庄中白序《复堂词》云："仲修年近三十，大江以南，兵甲未息，仲修不一见其所长，而家国身世之感，未能或释。触物有怀，盖风人之旨也。世之狂呼叫嚣者，且不知仲修之诗，乌能知仲修之词哉。礼义不愆，何恤乎人言。吾窃愿君为之而蕲至于兴也。"盖有合风人之旨，已是难能可贵。至蕲至于兴，则与风人化矣。自唐迄今，不多觏也。求之近人，其惟庄中白乎？①

第二次是卷六第四则：

中白先生序《复堂词》有云："夫义可相附，义即不深。喻可专指，喻即不广。托志帷房，眷怀君国，温、韦以下，有迹可寻。然而自宋及今，几九百载，少游、美成而外，合者鲜矣。又或用意太深，辞为义掩，虽多比、兴之旨，未发缥缈之音。近世作者，竹垞撷其华，而未芟其芜。茗柯溯其原，而未竟其委。"又曰："自古词章，皆关比、兴。斯义不明，体制遂舛。狂呼叫嚣，以为慷慨。矫其弊者，流为平庸。风诗之义，亦云渺矣。"先生此论，实具冠古之识，并非大言欺人。②

两段引文加起来，基本就是《复堂词序》的全貌。上节已经提到，庄棫的比兴之论包括四点内容：一是诗词皆关比兴；二是比兴有别，"兴"高于"比"；三是简单比附、浅显对应不是好的比兴；四是不能比兴寄托过深而影响词意的传达。陈廷焯对《复堂词序》的继承与发扬主要集中于前三点。《白雨斋词话自序》云："伊古词章，不外比兴。"③陈氏沿袭庄棫之言，

---

① 《白雨斋词话》卷五，《白雨斋词话全编》，第1246—1247页。
② 《白雨斋词话》卷六，《白雨斋词话全编》，第1249—1250页。
③ 《白雨斋词话自序》，《白雨斋词话全编》，第1161页。

肯定比兴在古代诗歌中的必要性。在此基础上,他也认为比兴二者有高下之分。谭献尝自言其词只达到"比"的水平,未进入"兴"的境界。言下之意,"兴"较"比"更高、更难。陈廷焯认同这种说法,并描述比是"有合风人之旨",兴"则与风人化矣"。那么"比"与"兴"究竟区别何在?《白雨斋词话》卷八有一则专门辨析比兴:

> 或问比与兴之别。余曰:宋德祐太学生〔百字令〕〔祝英台近〕两篇,字字譬喻,然不得谓之比也。以词太浅露,未合风人之旨。如王碧山咏萤、咏蝉诸篇,低回深婉,托讽于有意无意之间,可谓精于比义……若兴则难言之矣。托喻不深,树义不厚,不足以言兴。深矣厚矣,而喻可专指,义可强附,亦不足以言兴。所谓兴者,意在笔先,神余言外,极虚极活,极沉极郁,若远若近,可喻不可喻,反复缠绵,都归忠厚。①

陈廷焯首先强调浅露的比拟譬喻算不得"比",这明显受到庄棫影响。在解释"兴"的含义时,陈氏又借用了庄棫的言论。他称赞庄棫的说法"实具冠古之识",其比兴之辨即是对此的继承和发挥。需要指出的是,陈廷焯接受了庄棫《复堂词序》的思想,但并未止步于此。他融入自己的思考,从而形成更为丰富、深刻、明晰的比兴观念,成为其"沉郁说"的重要组成部分。关于陈廷焯的比兴之论,这里仅仅指明它与庄棫词学的渊源关系,并不具体展开讨论。相关详细论述,留待下一章进行。

四、词圣的更替

推尊词史上的作家,是一个人词学思想最为直观的体现。陈廷焯前后期均推出过自己心目中的词圣,但在人选方面出入较大。之所以出现这种变化,其中就有庄棫的直接影响。

---

① 《白雨斋词话》卷八,《白雨斋词话全编》,第1290—1291页。

庄棫早年以唐五代北宋词为法,故其在《复堂词序》中推举以下四位词人:晚唐的温庭筠、韦庄,北宋的秦观、周邦彦。而他后期开始关注南宋词,又提出新的词学榜样。光绪三年(1877),四十八岁的庄棫对陈氏说:

> 子知清真、白石矣,未知碧山也。悟得碧山,而后可以穷极高妙。①

通过对南宋词的研读揣摩,姜夔和王沂孙登上了庄棫的点将台。特别是王沂孙,俨然成为庄棫心中词学之极致。庄棫曾为陈廷焯讲解过王沂孙〔天香〕《龙涎香》的词旨:"此词应为谢太后作,前半所指,多海外事。"②陈氏也说:"知碧山者惟蒿庵,即皋文尚非碧山真知己也。"③可知庄棫最为致力、最为推崇的词人是宋末王沂孙。因此,通过词序和面谈,庄棫向陈廷焯推介了六大词人:温庭筠、韦庄、秦观、周邦彦、姜夔和王沂孙,且以王沂孙为最。

《词坛丛话》中说:"古今诗人众矣,余以为圣于词者有五家。北宋之贺方回、周美成,南宋之姜白石,国朝之朱竹垞、陈其年也。"④将陈廷焯早期推举的五圣与庄棫提出的六家相较,惟有周、姜二人重合。对于温、韦、秦、王,陈廷焯早年的评价都不高。飞卿词,陈廷焯虽然评为唐词之冠,但也指出其"虽工绮语而风骨不高"⑤的缺陷。端己词,更是被置于孙光宪之下。少游词,陈廷焯以之与柳永相提并论,认为"秦、柳自是作家,然却有可议处"⑥,亦是瑕瑜互见。碧山词,则是仅得姜夔之一体,词史地位尚不及史达祖、周密、吴文英、张炎诸人。而到陈廷焯后期,清真、白石依然如故,温、韦、秦、王的地位则急剧上升,取代了贺铸、朱彝尊和陈维崧的

---

① 《白雨斋词话》卷六,《白雨斋词话全编》,第1249页。
② 《词则辑评·大雅集》卷四,《白雨斋词话全编》,第745页。
③ 《白雨斋词话》卷十,《白雨斋词话全编》,第1329页。
④ 《词坛丛话》,《白雨斋词话全编》,第4页。
⑤ 《云韶集辑评》卷一,《白雨斋词话全编》,第21页。
⑥ 《词坛丛话》,《白雨斋词话全编》,第4页。

"词圣"称号。《白雨斋词话》卷十云：

> 宋词可以越五代，而不能越飞卿、端己者，彼已臻其极也。①

温庭筠和韦庄既是词史之发端，又是词人之极则，可谓千古词坛的典范。又《白雨斋词话》卷二云：

> 词法莫密于清真，词理莫深于少游，词笔莫超于白石，词品莫高于碧山。皆圣于词者。②

周邦彦、秦观、姜夔、王沂孙成为此时陈氏心目中的词圣。再加上温庭筠和韦庄，陈廷焯后期着力标举的正是这六家。恰如他在《白雨斋词话》卷六所说：

> 千古词宗，温、韦发其源，周、秦竟其绪，白石、碧山，各出机杼，以开来学。③

温、韦、周、秦、姜、王，是陈廷焯后期确立的千古词宗，这与庄棫的观念完全吻合。对于庄棫特别推重的碧山词，陈廷焯也通过长期的认真阅读和细心揣摩，渐渐领会到庄棫的深意："余初不知其言之恳至也。十余年来，潜心于碧山，较曩时所作，境地迥别，识力亦开。乃悟先生之言，嘉惠不浅。"④陈廷焯服膺庄棫之言，也将王沂孙推为词人之至尊，置于圣中之圣的崇高地位：

---

① 《白雨斋词话》卷十，《白雨斋词话全编》，第1334页。
② 《白雨斋词话》卷二，《白雨斋词话全编》，第1192页。
③ 《白雨斋词话》卷六，《白雨斋词话全编》，第1249页。
④ 《白雨斋词话》卷六，《白雨斋词话全编》，第1249页。

美成、少游，词坛领袖也。所可议者，时有俚语耳。白石亦间有此病。故大雅一席，终让碧山。①

显然，庄棫的说法完全决定了陈廷焯后期对词圣的推尊。而这种表象背后，是陈廷焯对这六大家的解读直接构成其"沉郁说"的理论内涵。特别是碧山词，已然成为"沉郁"境界的完美体现。

陈廷焯说："得茗柯一发其旨，而斯诣不灭。特其识解虽超，尚未能尽穷底蕴。然则复古之功，兴于茗柯，必也成于蒿庵乎？"②张惠言最先将词源上溯《风》《骚》，提出"诗之比兴"③"温庭筠最高，其言深美闳约"④等观念，但"尚未能尽穷底蕴"。是"穷源竟委，根柢槃深"⑤的庄棫在此基础上辨析比兴之别，强调"兴"的重要意义，并大力揄扬碧山词，在一定程度上实现了常州词派词学路径的拓展与深化。陈氏所做的乃是全盘接受庄棫的词学思想，在此框架内继续抉择幽微，踵事增华，完成张惠言和庄棫未竟的事业。故陈廷焯云："过此以往，精益求精，思欲鼓吹蒿庵，共成茗柯复古之志。"⑥晚年庄棫与青年陈廷焯的晤面，可谓常州词派一次薪火相传。这种影响，不仅仅是词学思想的授受，还包括一份殷切的期望。陈廷焯记载与庄棫的某次会面：

余出旧作与观，语余曰："子于此道，可以穷极高妙，然仓卒不能臻斯境也。"⑦

在倚声之道，庄棫认为陈廷焯假以时日，必成大器。正是这种期许，

---

① 《词则辑评·大雅集》卷四，《白雨斋词话全编》，第748页。
② 《白雨斋词话》卷六，《白雨斋词话全编》，第1249页。
③ 《词选序》，《张惠言论词》，《词话丛编》，第1617页。
④ 《词选序》，《张惠言论词》，《词话丛编》，第1617页。
⑤ 《白雨斋词话》卷六，《白雨斋词话全编》，第1249页。
⑥ 《白雨斋词话》卷六，《白雨斋词话全编》，第1255页。
⑦ 《白雨斋词话》卷六，《白雨斋词话全编》，第1249页。

激励着陈氏十数年来不断钻研,精益求精,终于有所成就。总之,庄棫的出现是陈廷焯词学改旗易帜的直接原因。他奠定了陈氏后期词学思想的基本框架,成为陈廷焯浸淫常派词学以至登峰造极的精神动力。

第三节　王耕心、李慎传对陈廷焯词学的影响

王耕心和李慎传是陈廷焯在泰州结识的两位好友。与庄棫不同,王、李二人并非专门词家。但这并不妨碍他俩与陈氏畅论词学,且在一定程度上影响到陈廷焯后期的词学思想。

一、王、李二人与陈廷焯的交往

陈廷焯祖籍江苏丹徒,因避战乱而流寓泰州。王耕心和李慎传正是他在泰州期间结交的两位好友。

王耕心(1846—1909),字穆存,一字道农,号龙宛居士。原籍河北正定,寓居泰州,官南河同知。《江苏艺文志》谓其"学兼儒佛,深究天人之故。50岁后尤笃好贾子之学,著述甚富"[1]。编有《正定王氏家传》《槐隐庵剩稿》,著有《龙宛居士集》《贾子次诂》《贾子年谱》等。王耕心是王夑立的长兄,王夑立子王允成娶陈廷焯女为妻,故王耕心与陈廷焯份属姻亲。王氏在《白雨斋词话叙》中说:

> 同治之季,予始识亦峰于泰州,切劘道义既久,因得附为婚姻。迄今二十余年,莫渝终始。[2]

同治末年,王耕心与陈廷焯相识于泰州。对于王耕心的学问,陈廷焯给予很高的评价:"正定王道农耕心,天才超逸,博学多能。经史古文诗词

① 南京师范大学古文献整理研究所:《江苏艺文志·扬州卷》,江苏人民出版社,1995年版,第1266页。
② 王耕心:《白雨斋词话叙》,《白雨斋词话全编》,第1340页。

之类,皆能淹贯古今,独抒己见,而尤精于内典。"①两个家族不仅通婚,二人还成为切磋学问的挚友。根据王耕心《白雨斋词话叙》的记载,陈氏生前便请王氏为《白雨斋词话》作序,但未能遂愿。陈廷焯卒后,其门下弟子复有此请。可知在词学方面,王耕心亦是陈廷焯的知己。

李慎传(1835—1882),字子薪,号君冑,江苏丹徒人。同治九年(1870)举人,四赴礼部不第,选授江宁县训导,未满任,以候选学正去官。为学博通,于经史、星算、经济、词章等皆有所致力。文学方面,《丹徒县志摭余》谓其"工古文诗词,尤以古近体诗为最"②。光绪十年(1884),李慎传家人将其遗文汇为十卷,定名《植庵集》刊行。李慎传父李承霖为道光二十年(1840)庚子科状元,其《丹徒李承霖碑记》云:"余至兵燹后,故园沦落,转江南北。岁乙亥至泰州,以其风土善,遂卜居。"③因避太平天国战乱,李承霖挈家离开故土,于光绪元年(1875)辗转来到泰州。李慎传也由此得以与陈廷焯觌面。在《植庵集叙》中,陈氏回顾了两人相识相交的经过:

> 光绪乙亥仲夏,始识李君子薪于海陵。一见倾心,意为之下。君亦谬相推许,而以弟畜之。行歌互答,把酒言欢,往来无间者七阅寒暑。④

光绪乙亥,正是李慎传定居泰州之年。寓泰伊始,李慎传便与陈廷焯结识。二人年纪虽然相差十八岁之多,但仍以兄弟相称。他们的交往方式即陈廷焯所说的"行歌互答,把酒言欢",也就是诗词酬唱与饮酒聚会。今《植庵集》中有〔念奴娇〕《送陈亦峰赴金陵秋试》、〔陂塘柳〕《陈亦峰倚声送余北上作此答之即留别》、〔金缕曲〕《同辈阅〈申报〉,中有江东拾翠生留

---

① 《白雨斋词话》卷七,《白雨斋词话全编》,第1281页。
② 《丹徒县志摭余》,卷八第21页。
③ 《续纂泰州志》卷五引,《中国地方志集成·江苏府县志辑50》,江苏古籍出版社,1991年版,第569页。
④ 陈廷焯:《植庵集叙》,《清代诗文集汇编》第723册,第629页。

别陈郎桐仙〔金缕曲〕一阕,缠绵悱恻,真词人之笔也。漫效其体,《与马兰江、陈亦峰及子均同赋》等词,可见两人的文字之交。又卷六有诗《冒雨携子均邀同沈少槎、马兰江、陈亦峰赴经武桥旁之醉云居小酌,雨霁踏月而归,次子均韵四律即呈同游诸君子》,可知"把酒言欢"云云亦非虚语。

陈廷焯与王耕心相交近二十年,与李慎传相交也有七年之久。在这么长的时间里,他们切磋学问,互相补益,其中就包括倚声之学。

二、王耕心"性情说"的影响

王耕心生平仅有四首词作传世,可见其并非倚声专家。而他对词的某些见解,则深刻影响了陈廷焯后期的词学观念。

王耕心在《赠李审言叙》中说:"君子之道,或出或处,或默或语,必先有超然无浼之志,然后靡所入而不自得。盖'成性存存,道义之门',重内轻外,理有固然。"①"成性存存"出自《易·系辞上》,朱熹解释说:"成性,本成之性也。存存,谓存而又存,不已之意也。"②王耕心要求始终珍护、充盈自己的至善本性,这是为人处世之根本。"重内轻外"也成为王耕心一以贯之的思想,体现在修身出处以至词章之学等各个方面。其《绿净园诗存叙》云:

> 有先天之文,有后天之文。天秉至性,是为先天。勤记诵,务华饰,是为后天。上自至道,下及诸艺,其得失厚薄,莫不由此,而诗其一也。③

这里的"至性"与"成性"一样,都是一种天生赋予的符合儒家伦理纲常的品质。能够葆其真、扬其善,自然达出,这便是先天之文,是深厚至美的。倘若一味记诵,着意修饰,此乃舍本逐末的后天之文,轻薄而不足取。

---

① 王耕心:《赠李审言叙》,《龙宛居士集》卷二,《清代诗文集汇编》第761册,第663页。
② 朱熹撰,苏勇校注:《周易本义》,北京大学出版社,1992年版,第142页。
③ 王耕心:《绿净园诗存叙》,《龙宛居士集》卷一,《清代诗文集汇编》第761册,第659页。

故就诗而言,王耕心认为:"夫诗之工拙,惟以性情之得失为进退而已。若性情浮薄,虽饰藻采以自衒,适成独绣之鑿帨,且为识者所窃笑,君子奚取焉?"①而词与诗一样,也是"上自至道,下及诸艺"之一种,故王耕心在《白雨斋词话叙》中表达了类似的词体观。他说:

> 诗莫盛于唐,而词莫盛于宋。宋以后词律复变,则南北曲出焉。故词之为体,诗以为祢,曲以为子。识者为之,莫不沿溯汉魏,游衍屈宋,以蕲上窥三百篇之旨。意谓不如是,不足以征其源、涉其奥。其说亦既美矣。然予尝以为此文辞之源,非文心之源也。文心之源,亦存乎学者性情之际而已。为文苟不以性情为质,貌虽工,人犹得以抉其柢,不工者可知。所谓词者,意内而言外,格浅而韵深,其发擿性情之微,尤不可掩。而世乃欲以锼薄求之,藻绘揉之,抑末已。②

王耕心的词论可以简单概括为"性情说",它包含以下两个要点:第一,以"性"统"情"。孔颖达曾有"性""情"之辨:"性者,天生之质,正而不邪;情者,性之欲也。"③通过上文论述可知,王氏所谓的"性情"实偏指"性"。也就是说,他对广义上的词情做了道学色彩和伦理指向的限定。第二,性情为本,文饰为末。王氏认为,填词应以抒发性情为第一要义,雕章琢句已落下乘。其区分文心之源与文辞之源,就是要强调"性情"在词学中的核心地位,反对侈谈文体溯源而徒具形式之工的做法。王氏援引"意内言外"之说,但他明显重"意"轻"言",只求抒写性情,不讲究甚至反对繁复的修辞手法。在这种观念下,王耕心的词作冲口而出,不假雕饰,带有豪放词的特点。如〔满江红〕《读史之四》一首:

---

① 王耕心:《例授文林郎拣选知县汪君墓志铭》,《龙宛居士集》卷五,《清代诗文集汇编》第761册,第696页。

②《白雨斋词话全编》,第1339-1340页。

③《十三经注疏》整理委员会整理:《周易正义》,北京大学出版社,1999年版,第21页。

云起风飞,我殊怪、汉高皇帝。亭长耳、居然天子,烦苛一洗。礼乐不求三代旧,文章能夺千秋气。更遭逢、三杰与陈曹,金瓯济。人竞惜,经纶意。天独创,英雄例。嗟汉家制度,如斯而已。豁达难容淮上狗,威棱翻纵宫中雉。剧销魂、也效楚人歌,纷垂涕。①

　　此词直抒胸臆,将自己对汉高祖一朝的臧否和盘托出。读来一气如话,痛快淋漓。

　　对于王耕心的词学思想,陈廷焯有如下概括:"其论词亦以大雅为主,而不废猛起奋末之音。"②所谓"大雅",即指以性情为本,这一点为陈廷焯所认同。他后期撰写《白雨斋词话》,"性情"俨然成了书中一个关键词。仅在自序中,陈氏就多次提及。如谓:"窃以声音之道,关乎性情,通乎造化。"③又云:"大雅日非,繁声竞作,性情散失,莫可究极。"④在他看来,词之衰,根源即在于作者性情的丧失,词体与性情诚乃息息相关。那么,这里的"性情"究竟何指?自序中说:"萧斋岑寂,撰词话十卷。本诸《风》《骚》,正其情性。"⑤《白雨斋词话》卷一则云:"词贵缠绵,贵忠爱,贵沉郁。"⑥可知陈氏所谓的"性情"乃是以《国风》《离骚》为代表的忠君爱国的精神。其涵义与王耕心所讲一样,均带有封建伦理纲常的色彩。除此之外,对于性情与修辞的本末关系,陈廷焯的看法也和王耕心一致。他说:

　　古之为词者,自抒其性情,所以悦己也。今之为词者,多为其粉饰,务以悦人,而不恤其丧己,而卒不值有识者一噱。是亦不可以已乎!⑦

①《龙宛居士集》卷六,《清代诗文集汇编》第761册,第717页。
②《白雨斋词话》卷七,《白雨斋词话全编》,第1281页。
③《白雨斋词话自序》,《白雨斋词话全编》,第1161页。
④《白雨斋词话自序》,《白雨斋词话全编》,第1161页。
⑤《白雨斋词话自序》,《白雨斋词话全编》,第1162页。
⑥《白雨斋词话》卷一,《白雨斋词话全编》,第1170页。
⑦《白雨斋词话》卷十,《白雨斋词话全编》,第1329页。

陈廷焯同样以性情为本，反对描头画脑、粉饰字句的恶习。陈氏后期的"沉郁说"以性情为出发点，这与王耕心的影响不无关系。

需要说明的是，王、陈二人虽在词中皆主性情，但仍有明显分歧。所谓"沿溯汉魏，游衍屈宋，以蕲上窥三百篇之旨"，正是陈氏推崇的上溯《风》《骚》，而王耕心却认为此乃文辞之源，态度上有所保留。又王氏不太讲词法，仅求辞达而已，时有猛起奋末之音。而陈廷焯则提倡比兴，含蓄不露，明确反对叫嚣。因此，在与王耕心的词学交流中，陈廷焯乃是一种有选择的接受。

三、李慎传"比兴观"的影响

李慎传年逾四旬，方习倚声。在讨论其词学思想之前，我们先来了解一下他的诗学观念。

《植庵集》中，古近体诗有四卷，比重占全集近一半。可知李慎传对诗歌一道尤为属意。他曾以书信的形式和陈廷焯探讨《麦秀之歌》《邶风·凯风》《卫风·硕人》等先秦诗作。其中讨论《硕人》一篇，集中反映出李慎传对于《诗经》的看法，姑移录如下：

> 足下谓《硕人》之诗，写庄姜美处直写成一个风流女子，如息夫人、西施者流，总不若"窈窕淑女"四字为德美双全也。但昏乱如庄公，美且不知，又焉知德？今只写其美可耳，德自于言外见之。余窃以此论为非。是盖三百篇中，《雅》深于《颂》，《小雅》深于《大雅》，《风》又深于《小雅》者，就题明叙，不若语外传神也。《国风》咏妇人，绝无一字道着有德无德。《关雎》淑女，亦只咏其美而已。寄托之词，言在此而意在彼。满口道其美，实满腹称其德。直以"美"字代"德"字，所以为风人之笔也。唐诗尚有此风味，宋以后始竭力表彰妇德，满纸

陈腐,无复风雅矣。①

　　在陈廷焯看来,"巧笑倩兮,美目盼兮"云云只是单纯描写容貌,稍逊于《关雎》的"窈窕淑女"既写美貌,又表贞德。再进一步分析,他觉得《硕人》的这种笔法乃是出于讽喻卫庄公的考虑。李慎传不以为然,他认为《风》《雅》《颂》之中,《国风》之传情达意最为深微隐晦。包括《关雎》在内的十五国风,凡是描写女性,皆为仅咏其美,不道其德之有无,而让读者言外体会。这种言在此而意在彼的寄托手法、这种"语外传神"的"风人之笔"正是比兴。可见李慎传推崇比兴,且视《国风》为比兴寄托之极则。在《论诗》诗中,他又进一步阐述了自己的比兴观:

　　　　风雅哀以思,比兴实微妙。下及乐府词,蕴藉自成调。托意显晦间,引人足悲笑。才士转昧此,直言作号啸。②

　　李慎传《论诗》凡八首,此乃首章。在诗中他指出"比兴"是中国诗歌的优良传统,具有含蕴蕴藉的特点。其中"托意显晦间,引人足悲笑"二句值得注意。在他看来,比兴寄托应当是若隐若现、时明时暗的。惟其如此,读者方能见仁见智,或悲或喜,与自身发生作用。李慎传论诗强调对于读者的感发。而"比兴"作为实现这一目的的手段,自然要语外传神、耐人寻味。陈廷焯后期以《国风》为词源,以比兴为词法,如何理解《国风》中的比兴就变得至关重要。李慎传通过书信与陈廷焯切磋论辩,其观点自然会对陈氏有所影响。又陈廷焯认为"比"是"托讽于有意无意之间","兴"是"神余言外""若远若近""可喻不可喻",两者都是一种清虚灵活、触绪纷纭的寄托。这种认识亦当受到李慎传"托意显晦间"等观念的启发。

　　李慎传既有词论,又有词作。其论词的只言片语,皆见于陈氏引述。

---

① 《与陈亦峰论诗小札数则》,《植庵集》卷二,《清代诗文集汇编》第723册,第499–500页。
② 《论诗八首》其一,《植庵集》卷三,《清代诗文集汇编》第723册,第539页。

《白雨斋词话》卷六记载：

> 李子薪（慎传）尝语余云："庄希祖词，穷极高深，竟难于位置。即置之清真、白石间，尚非其驻足处。"①

可见李慎传对庄棫词推崇备至。又《植庵集叙》云：

> 尝语余曰：古文诗赋，代有作者。独倚声之学，南宋后绝且千年，杳无嗣响。吾邑庄中白庶乎词之中兴，然知之者鲜矣。②

张惠言《词选序》云："自宋之亡而正声绝，元之末而规矩隳。"③李慎传的词史观与之相近，并且将庄棫置诸词史中兴的崇高地位。陈廷焯还说："《蒿庵词》一卷，所传不过四十阕。其一生所作，必不止于此。余友李子薪尝欲得其全稿以付梓。"总之，李慎传在言语与行动上均表现出对庄棫词的顶礼膜拜，这对陈廷焯推尊庄棫、坚定常派道路无疑是一种支持。至于李慎传的词作，则不尽如陈廷焯意。《植庵集》卷七收录其词五十六首，编年排列。始于光绪二年（1876），终于光绪六年（1880），都是他结识陈廷焯以后的作品。这些词以长调居多，除了一般的酬答之作外，主要抒发自己的颠沛之苦、不遇之叹。陈廷焯谓其"词则取径玉田，而犹不废猛起奋末之音，则遇为之也"④。读了李慎传词，我们会发现其造语俗白，仅得玉田之滑。又多慷慨悲歌，表意轩豁呈露，与他所崇拜的庄棫词相去甚远。陈廷焯也有同样的感受，《放歌集》录其词六首，《闲情集》录其词一首，词牌上方圈点皆为〇，评价着实不高。尽管李慎传词不佳，但陈氏认

---

① 《白雨斋词话》卷六，《白雨斋词话全编》，第1250页。
② 《植庵集叙》，《清代诗文集汇编》第723册，第629页。
③ 《词话丛编》，第1617页。
④ 《植庵集叙》，《清代诗文集汇编》第723册，第629页。

为这只是"年逾四十,始习倚声,学力未充"①的结果,其指导思想并无问题,故有"以君之识,充君之学,固足推本乎《风》《骚》,而方驾乎姜、史"②的慨叹。总的来看,李慎传于倚声一道可谓眼高手低。在对词的认识上,他完全可与陈廷焯互相砥砺。

总之,李慎传对陈廷焯词学的影响不在其词作,而在其对《国风》、比兴的解读乃至对庄棫的推扬。

寓居泰州期间,陈氏先后结识了王耕心、李慎传以及与庄棫会面。三人中,庄棫与陈廷焯谋面最晚,相处时间也最短,但他直接扭转了陈氏的词学观,且为陈氏后期词学思想提供了基本框架,其影响是最大的。王、李二人与陈廷焯长期切磋,王耕心的"性情说"、李慎传的"比兴观"都属于陈廷焯所谓"辩论之功"的探讨内容。在吸取诸家之言的基础上,陈廷焯经过十余年的潜心钻研,最终创立出体大思精、自成系统的正变观与"沉郁说"。

---

① 《词则辑评·放歌集》卷六,《白雨斋词话全编》,第888页。
② 《植庵集叙》,《清代诗文集汇编》第723册,第629页。

第五章　后期词学之核心理论——沉郁说

陈廷焯早年受到浙派词学影响,后期则转向常州词派。其词学思想的转变从对词源的认识就开始了。他早期认为"词之源肇于赓歌,成于乐府",主要着眼于长短参差的句式与合乐可歌的体制,偏向外在的形式。陈氏后期则将词体溯源至十三国变风和二十五篇楚辞,以其内在精神一脉相承。以《风》《骚》精神为标准,陈廷焯对词体进行了"正声"与"变体"的划分。在研究揣摩词中正声的过程中,陈廷焯别出心裁地提出"沉郁说"。《白雨斋词话》卷一云:"辛稼轩,词中之龙也,气魄极雄大,意境却极沉郁。"① 又卷八云:"观稼轩词,才力何尝不大,而意境亦何尝不沉郁。"② 简单来说,"沉郁"就是一种意境。而这种意境极为丰富,自成体系,它在词情、词笔、词旨诸方面都有明确的要求。

第一节　本诸《风》《骚》的正变观

谭献说:"文字无大小,必有正变,必有家数。"③ "正变论"是中国文学史上一个非常重要的问题,体现在诗、文、词、曲等各种文体之中。文学上的正、变之分肇始于《诗经》。《诗大序》云:"至于王道衰,礼义废,政教失,国异政,家殊俗,而变风、变雅作矣。"④ 一般认为,十五国风中的《周南》《召南》为"正风",其余十三国风为"变风"。至于"正雅"与"变雅",诸家之

---

① 《白雨斋词话》卷一,《白雨斋词话全编》,第1174页。
② 《白雨斋词话》卷八,《白雨斋词话全编》,第1290页。
③ 《箧中词》,第185页。
④ 《毛诗正义》,第16页。

说则多有不同。这里需要注意的是,《诗经》之正变,乃是以诗歌产生的社会政治环境为划分标准。即治世之诗为正风、正雅,乱世之诗为变风、变雅。在后人来看,二者均为典范。清人叶燮就说:"且夫《风》《雅》之有正有变,其正变系乎时,谓政治、风俗之由得而失,由隆而污。此以时言诗,时有变而诗因之。时变而失正,诗变而仍不失其正。"①而随着文学观念的发展,正变论的焦点逐渐由作品外延向内涵转移,"正变"也就兼具褒贬取舍的意义。陈廷焯前后期秉持不同的词体正变观念,他后期的正变观尤为清晰严密,构成其词学思想的基础。

一、早期词体正变观

陈廷焯早期词体观念乃是雅正观与主情论的结合。由此出发,他分别从风格和体式两大维度定义了词体的正变。

前文已经说过,陈廷焯对于词风已有婉约、豪放、清雅三分之认识。倘若以正变的概念对这三种风格重新归类,陈廷焯认为婉约、清雅乃词中正格,豪放之作为词中变体。他评冯延巳〔蝶恋花〕(六曲阑干偎碧树)云:"字字和雅,字字秀丽,词中正格也。"②冯词乃是典型的婉约风格,陈廷焯以之为正宗。又评清人江昉〔摸鱼子〕(舣孤篷水平天远)说:"题易激昂,此独骚雅,词中正声也。"③江词模仿南宋白石一派,词风清虚骚雅,陈廷焯同样视为"词中正声"。至于豪放词,则被陈氏视作词中变调。他说:"南宋而后,稼轩如健鹘摩天,为词坛第一开辟手。刘、陆两家效之,虽非正格,而飞扬跋扈,直欲推倒古今。"④又云:"两宋词人,前推方回、清真,后推白石、梅溪、草窗、梦窗、玉田诸家。苏、辛横其中,正如双峰雄峙,虽非正声,自是词曲内缚不住者。"⑤在陈廷焯心中,肇端于苏轼,历经辛弃

---

① 叶燮:《原诗》,丁福保编《清诗话》,上海古籍出版社,1978年版,第569页。
②《云韶集辑评》卷一,《白雨斋词话全编》,第44页。
③《云韶集辑评》卷二十,《白雨斋词话全编》,第480页。
④《云韶集辑评》卷二,《白雨斋词话全编》,第49页。
⑤《云韶集辑评》卷五,《白雨斋词话全编》,第127页。

疾、刘过、陆游等人发扬光大的豪放词派乃是词中变体,绝非正声。陈氏以婉约、清雅为正,以豪放为变,归根结底是由他的雅正观念决定的。陈廷焯说:"词以雅为宗,而雅以婉约为主。"①陈廷焯以"雅"为正宗,而"雅"除了内容方面的规范外,在表情达意上也要求"婉约",即委婉含蓄,切忌狂呼叫嚣。显然,婉约与清雅这两种风格在传情之含蓄隽永方面高度一致,故均可视为正体。而轩豁呈露的豪放词则与含蓄之风相左,只能处于变体的位置。

除了雅正观,"主情论"也是陈廷焯早期的词体观念。陈氏将词视为抒情的体裁,认为情为主,辞为辅,情之至者词亦至。凡是将一己之真情在词中自然地传达出来,便是正格。如果本末倒置,过分雕琢文辞以至辞胜于情,即为变格。所谓"变格"主要包括两类,一类是相对固定的特殊体式。陈廷焯说:"集句原非正格,且近小家气。"②又说:"联句亦非正格。"③此外像回文体、独木桥体等皆属此类。另一类虽无特定格式,但在文辞方面亦有巧妙结撰。如王昊〔望江南〕有"本为情多将酿病,却愁病久转关情"之句,陈氏评云:"回环入妙,但非正格耳。"④又向子谖〔生查子〕一首:

近似月当怀,远似花藏雾。好是月明时,同醉花深处。　　看花不自持,对月空相顾。愿学月频圆,莫作花飞去。

句句对举"花月",作意显而易见。陈氏评道:"拈'花月'二字,写来饶有情致,一句一意,不同泛衍,然总是变格。"⑤我们说,上述两类变格的共同之处在于把词体变成文字游戏,"为文以造情"的痕迹十分明显,这与陈廷焯的主情观念无疑背道而驰。

---

① 《云韶集辑评》卷十一,《白雨斋词话全编》,第267页。
② 《云韶集辑评》卷十五,《白雨斋词话全编》,第382页。
③ 《云韶集辑评》卷十五,《白雨斋词话全编》,第382页。
④ 《云韶集辑评》卷十六,《白雨斋词话全编》,第391页。
⑤ 《云韶集辑评》卷四,《白雨斋词话全编》,第108页。

陈廷焯早期的正变论根源于他的词体观。他在风格上以婉约、清雅为正，以豪放为变；在体式上以自然抒情为正，以修辞奇巧为变。

二、《大雅》为正，三集副之

张惠言的《词选》是陈廷焯后期词学的蓝本，他的正变观也渊源于此。《词选序》云：“盖《诗》之比兴，变风之义，骚人之歌，则近之矣……其荡而不反，傲而不理，枝而不物，柳永、黄庭坚、刘过、吴文英之伦，亦各引一端，以取重于当世。”①简单来说，张惠言以本诸《风》《骚》者为词体之正，以“荡而不反，傲而不理，枝而不物”者为词体之变。陈氏完全接受这种观念，并贯彻到《词则》一书的编选之中。

（一）本诸《风》《骚》，归于忠厚

在正变论中，以源为正、以流为变是极为普遍的思路。关于词源的认识，陈廷焯后期说：“《风》《骚》为诗词之原。”②又云：“十三国变风，二十五篇楚辞，忠厚之至，亦沉郁之至，词之源也。”③陈廷焯认为，《国风》和《楚辞》是词体之根源。如此一来，只有符合《风》《骚》精神的词作，才是陈廷焯心目中的正声。《词则总序》说：“余窃不自揣，自唐迄今，择其尤雅者五百余阕，汇为一集，名曰《大雅》。长吟短讽，觉南豳雅化，湘汉骚音，至今犹在人间也。”④陈廷焯选自唐至清的词作五百七十一首汇为《大雅集》，置诸《词则》四集之首，并认为“《大雅集》六卷，所以存词也”⑤，其正统地位不言而喻。而“南豳雅化，湘汉骚音”云云，即指明词中正声是《国风》《楚辞》的嫡传。

陈廷焯以“大雅”为词中正声，而“大雅”的典范便是《风》《骚》。那么

---

① 张惠言：《词选序》，《张惠言论词》，《词话丛编》，第1617页。
②《白雨斋词话》卷九，《白雨斋词话全编》，第1308页。
③《白雨斋词话》卷一，《白雨斋词话全编》，第1164页。
④《词则总序》，《白雨斋词话全编》，第696页。
⑤《白雨斋词话》卷十，《白雨斋词话全编》，第1336页。

《风》《骚》精神究竟如何体现于词中呢？在《大雅集序》中，陈廷焯较为具体地描述出"正声"的特点：

> 古之为词者，志有所属，而故郁其辞；情有所感，而或隐其义。而要皆本诸《风》《骚》，归于忠厚。①

陈廷焯心目中的"正声"需要同时具备三大要素：首先，"志有所属""情有所感"，即作者有感而发，言中有物；其次，"故郁其辞""或隐其义"，即隐约其词，不可指明；最后，"归于忠厚"，即词情与词笔的结合整体给人以忠厚之感。古往今来的词篇不胜枚举，能够完全符合陈廷焯"正声"标准者毕竟有限。余下的词作，便被陈廷焯视作"变体"。他说："顾境以地迁，才有偏至，执是以寻源，不能执是以穷变。"②随着词史的发展和词人的分化，词坛上不仅有正声，还出现各种各样的繁声变体。他将这些"变体"一分为三，命名以《放歌集》《闲情集》《别调集》，恰好对应张惠言所谓的"傲而不理""荡而不反""枝而不物"之词。

（二）纵横排奡，感激豪宕

《词则总序》云："《大雅》而外，爰取纵横排奡感激豪宕者四百余阕为一集，名曰《放歌》。"③《放歌集》录自唐至清词作四百四十九首。关于这些作品的特点，陈氏在《放歌集序》中有所概述：

> 息深达蒉，悱恻缠绵，学人之词也。若瑰奇磊落之士，郁郁不得志，情有所激，不能一轨于正，而胥于词发之。风雷之在天，虎豹之在山，蛟龙之在渊，恣其意之所向，而不可以绳尺求。酒酣耳热，临风浩歌，亦人生肆志之一端也。杜诗云："放歌破愁绝。"诚慨乎其

---

① 《大雅集序》，《白雨斋词话全编》，第697页。
② 《词则总序》，《白雨斋词话全编》，第696页。
③ 《词则总序》，《白雨斋词话全编》，第696页。

言矣。①

《放歌集》中的词作"情有所激",同样是有感而发,且不乏感时伤事的爱国情愫。这一点与"正声"是相通的。而其之所以被陈廷焯视为变体,不在于词情,而在于词笔。他在《白雨斋词话自序》中曾总结词坛创作的六大弊端,实即词中变体的六种表现。第一种就是"飘风骤雨,不可终朝,促管繁弦,绝无余蕴"②,即表达方式的恣意抒怀,一览无余,这与正声的"郁辞隐义"截然相反。总之,《放歌集》代表第一类变体,它主要在词笔上与正声龃龉。

(三)尽态极妍,哀感顽艳

《闲情集》所选是第二类变体,它主要在词情方面与正声背离。《词则总序》云:"取尽态极妍哀感顽艳者六百余阕为一集,名曰《闲情》。"③《闲情集》录词六百五十五首,其序言称:

> 兹编之选,绮说邪思,皆所不免。④

可知该集所收多为绮语艳词,即以美女与爱情为主要内容。陈廷焯曾说:"诗三百篇,大旨归于无邪。"⑤在陈廷焯看来,《风》《骚》的主旨是忠爱,不是私情。相应地,"正声"也就将男女之情排除在外。陈廷焯说:"美人香草,貌托灵修,蝶雨梨云,指陈琐屑,失之二也。"⑥单纯写女子体态与男女之情亦是词坛流弊,有违词旨。如北宋词人晏几道多写爱情,陈廷焯

---

①《放歌集序》,《白雨斋词话全编》,第803页。
②《白雨斋词话自序》,《白雨斋词话全编》,第1161页。
③《词则总序》,《白雨斋词话全编》,第696页。
④《闲情集序》,《白雨斋词话全编》,第893页。
⑤《白雨斋词话》卷一,《白雨斋词话全编》,第1168页。
⑥《白雨斋词话自序》,《白雨斋词话全编》,第1161页。

就认为其"不免思涉于邪,有失风人之旨"①,并非正声。又陈氏谓东坡词"情得其正,不似耆卿之喁喁儿女私情耳"②,明确指出儿女私情不属于情之正者。正是由于词情的偏离,艳词与正声分道扬镳。

(四)清圆柔脆,争奇斗巧

《词则》最后一集为《别调集》。《词则总序》云:"其一切清圆柔脆争奇斗巧者,别录一集,得六百余阕,名曰《别调》。"③《别调集》收词六百八十五首,该集序言解释了何为"别调":

> 人情不能无所寄,而又不能使天下同出一途。大雅不多见,而繁声于是乎作矣。猛起奋末,诚苏、辛之罪人;尽态逞妍,亦周、姜之变调。外此则啸傲风月,歌咏江山,规模物类,情有感而不深,义有托而不理。直抒所事,而比兴之义亡;侈陈其盛,而怨慕之情失。辞极其工,意极其巧,而不可语于大雅,而亦不能尽废也。④

猛起奋末之音,《放歌集》已收;尽态逞妍之作,《闲情集》已录。此外的"繁声",陈廷焯全部归入《别调集》。比如以下几类:"雕搜物类,探讨虫鱼,穿凿愈工,风雅愈远"⑤,即沉溺于咏物词,争新求奇,以选事典僻为能,缺乏情致;"惨慽憭凄,寂寥萧索,感寓不当,虑叹徒劳"⑥,即叹老嗟贫,过分悲怨,皆非情之正者;"交际未深,谬称契合,颂扬失实,遑恤讥评"⑦,即将词作为羔雁之具,彼此应酬,互相吹捧,失去讽喻精神;"情非

---

① 《白雨斋词话》卷一,《白雨斋词话全编》,第1168页。
② 《白雨斋词话》卷一,《白雨斋词话全编》,第1169页。
③ 《词则总序》,《白雨斋词话全编》,第696页。
④ 《别调集序》,《白雨斋词话全编》,第1023页。
⑤ 《白雨斋词话自序》,《白雨斋词话全编》,第1161页。
⑥ 《白雨斋词话自序》,《白雨斋词话全编》,第1161页。
⑦ 《白雨斋词话自序》,《白雨斋词话全编》,第1161页。

苏、窦,亦感回文,慧拾孟、韩,转相斗韵"①,即究心于文字游戏,把词当作逞才斗智的工具,例如回文、集句、联句、叠韵等等。不难看出,与《放歌》《闲情》相比,《别调集》所收较为驳杂,如同大杂烩。故陈廷焯以"别调"二字名之,无法给予明晰的称谓。尽管如此,该集作品仍有一个共同之处,那就是情不正不深,辞极工极巧。显然,这与正声的要求格格不入。

陈廷焯说:"《大雅》为正,三集副之。"②《词则》四集鲜明体现出陈廷焯后期的词体正变观念。值得注意的是,正声只有一种,变体包括但不限于《放歌》《闲情》《别调》三集。换句话说,除了本诸《风》《骚》者,其余一切词作皆属变体。

三、偏执与包容

"正变观"既包括对正变的辨别,又包括对正变的态度。有人只分正变,不分高下。而更多人则在区分正变的基础上进一步崇正抑变。陈廷焯近于后者,而他对变体的态度又颇为矛盾。

以正声为优,极力推崇;以变体为劣,大肆贬抑。此乃历代文论家习惯的做法。陈廷焯也不例外,他说:"论古人词,不辨是非,不别邪正,妄为褒贬,吾不谓然。"③所谓"是"和"正",就是以《大雅集》为代表的正声;所谓"非"和"邪",就是《放歌集》《闲情集》《别调集》等变体。很明显,陈廷焯的词体正变观已然成为其论词的是非观与正邪观。而他以"是非""正邪"这样的字眼来给正变定性,无疑表明其匡扶正声、摒弃变调的决心。陈廷焯后期词学的理论核心是"沉郁说",而"沉郁"即是对词中正声的总结与提炼。他认为"词则舍沉郁之外,更无以为词"④,俨然将正声视若词体之惟一,彻底否定变体的存在价值。这样来看,陈廷焯似乎极度崇正抑变。

事实上,陈廷焯对于词中正变的态度比较复杂。他一方面鄙弃变体,

①《白雨斋词话自序》,《白雨斋词话全编》,第1161页。
②《词则总序》,《白雨斋词话全编》,第696页。
③《白雨斋词话》卷一,《白雨斋词话全编》,第1169-1170页。
④《白雨斋词话》卷一,《白雨斋词话全编》,第1164页。

另一方面又给变体留有一席之地,甚至时有赞许之辞。如"放歌"类词,陈氏就说:"激昂慷慨,原非正声。然果能精神团聚,辟易万夫,亦非强有力者,未易臻此。"①承认它是变体的基础上,肯定其中的绝大笔力。而在特定的历史条件下,这类大声疾呼之作又有重要的现实意义。像南宋初期的爱国词,陈氏认为"此类皆慷慨激烈,发欲上指。词境虽不高,然足以使懦夫有立志"②,对其鼓舞人心的作用赞许有加。再如"闲情"类词,吴文英赋女髑髅、题华山女道士扇、题藕花洲尼扇诸作,陈廷焯明知"此类命题,皆不大雅"③,但又谓其"用意造句,仙思鬼境,两穷其妙"④,倾心于飘逸幽丽的情词,难以割舍。《闲情集》选朱彝尊词七十二首,居全集之冠。陈廷焯说:"国初诸公多好为艳词,未有如竹垞之空绝前后者,虽非正声,亦令人叹赏不置。"⑤毫不掩饰自己的喜爱之情。又如"别调"类词,《白雨斋词话》曾大段引述朱彝尊的集句词,认为"诸篇皆脱口而出,运用自如,无凑泊之痕,有生动之趣,出古人之右矣"⑥。可见即使面对词中的文字游戏,陈廷焯也没有一概删削,反而揄扬个中佳者。

　　陈廷焯时或偏执地推崇正声,时或包容地称许变体,这种看似无法解释的现象背后有着深层的根源。陈廷焯转投常派后,以张惠言《词选》为圭臬。而《词选》是只取正声,不收变体的。张氏弟子金应珪在《词选后序》中提出淫词、鄙词、游词三弊之说,更是将词中变体贬得一文不值。陈廷焯以张惠言后继者自居,自然要在这种原则问题上与张氏保持一致,故其极力鼓吹正声,排斥变体。我们说,一个词学家的思想观念可以发生转变,但某些基本的思维习惯却是根深蒂固。陈廷焯早期治学,无论诗词,都有宏观展现文学史的意图。陈氏于《大雅》之外选录《放歌》《闲情》《别调》三集,亦是全面展示词史风貌。至于他还屡屡发覆变体之词的妙谛,

①《白雨斋词话》卷七,《白雨斋词话全编》,第1272页。
②《白雨斋词话》卷八,《白雨斋词话全编》,第1289页。
③《白雨斋词话》卷二,《白雨斋词话全编》,第1184页。
④《白雨斋词话》卷二,《白雨斋词话全编》,第1184页。
⑤《白雨斋词话》卷三,《白雨斋词话全编》,第1210页。
⑥《白雨斋词话》卷十,《白雨斋词话全编》,第1333页。

我们可以从《白雨斋词话》卷十的一则中得到解释：

> 蒿庵曾语余云："唐以后诗，元以后词，必不可入目，方有独造
> 处。"此论甚精。然余谓作诗词时，须置身于汉、魏（指诗言）、唐、宋（指
> 词言）之间，不宜自卑其志。若平时观览，则唐以后诗，元以后词，益
> 我神智，增我才思者，正复不少。博观约取，亦视善学者何如耳。①

庄棫不读元以后词，实乃恪守张惠言之说，完全摒弃变体。陈廷焯则
采取更为圆融的策略，即必须创作正声，而可以观览变体。"即遁而之他，
亦即可于《放歌》《闲情》《别调》中求大雅，不至入于岐趋"②，变体中的某
些妙处还可成为创作正声的养分。这样一来，陈廷焯既突出正声的崇高
地位，又兼顾变体的文学价值。两者不再是非此即彼的仇雠，而具有了兼
容并包的可能。

以陈廷焯为极端的正声追求者或开放的变体接纳者，均是未窥全豹
之论。"博观约取"才是他对待词中正变的真实态度。

陈廷焯早期以偏重外在形式的风格、体式论正变，正变观是其词体观
的延伸；后期则以内在的《风》《骚》精神论正变，正变观就是其词体观，成为
他后期词学思想的基点。陈氏的"沉郁说"和艳词理论皆脱胎于正变观，而
"博观约取"的姿态则为其后期词学偏颇性与开放性的共存埋下了伏笔。

第二节　"沉郁说"的词情

"沉郁"是陈廷焯后期词学的核心范畴，是他评价词体、词人、词史、词
选、词论的统一标准。而"沉郁说"既丰富，又复杂，实乃包括从作者到作
品再到读者的文学活动的全过程。因此，本书并不简单定义"沉郁"的概

---

① 《白雨斋词话》卷十，《白雨斋词话全编》，第1328页。
② 《词则总序》，《白雨斋词话全编》，第696页。

念,而是分别阐释其不同的意义指向。首先,我们来看"沉郁说"对词情提出了哪些规范。

一、意在笔先

情为主,辞为辅,这是陈廷焯早期的词体观念。虽然他后来词学思想发生较大转变,但对情辞关系的认识却始终如一。其"沉郁说"即首先强调词情的本原地位。

《白雨斋词话》卷一第十条是对"沉郁"最为集中的解释,其开头便说:"所谓沉郁者,意在笔先,神余言外。"①可见,"意在笔先"是实现"沉郁"的第一步。这四个字最早出现在书法理论中,王羲之《题卫夫人〈笔阵图〉后》云:"夫欲书者,先乾研墨,凝神静思,预想字形大小、偃仰、平直、振动,令筋脉相连,意在笔前,然后作字。"②其《书论》也说:"凡书贵乎沉静,令意在笔前,字居心后,未作之始,结思成矣。"③意在笔前,就是在正式书写之前,头脑中已经有了作品的雏形。这一说法后被引入绘画领域,清人沈德潜说:"写竹者必有成竹在胸,谓意在笔先,然后著墨也。"④即胸有成竹之意。可以看出,"意在笔先"应用于书学、画学中的含义基本一致,均指下笔前已经具有完整的艺术构思。而当这一术语移诸文学理论,其侧重点则发生了明显的偏移。张惠言在《送钱鲁斯序》中转述钱氏之言曰:

> 吾囊于古人之书,见其法而已。今吾见拓于石者,则如见其未刻时;见其书也,则如见其未书时。夫意在笔先者,非作意而临笔也……吾于为诗,亦见其若是焉。岂惟诗与书,夫古文,亦若是则已耳。⑤

---

① 《白雨斋词话》卷一,《白雨斋词话全编》,第1165页。
② 华东师范大学古籍整理研究室选编:《历代书法论文选》,上海书画出版社,1979年版,第26页。
③ 《历代书法论文选》,第29页。
④ 沈德潜:《说诗晬语》,《清诗话》,第548页。
⑤ 张惠言著,黄立新校点:《茗柯文编》,上海古籍出版社,1984年版,第70页。

钱鲁斯从书法中得到启发,从而将"意在笔先"推广至诗古文辞等文学领域。需要注意的是,他的理论重心并非构思之浑成,而是强调"非作意而临笔",即情感意绪的自然生发。

陈廷焯论词的"意在笔先"与其有相通之处。他在《白雨斋词话自序》中说:"夫人心不能无所感,有感不能无所寄。"①在《白雨斋词话》卷六中也说:"盖人不能无所感,感不能无所寄。"②其之所以反复强调"人生不能无所感"③,就是想要说明感情是包括词体在内一切文学的源泉,词则是寄托感情的一种体裁。有感而发,也就成为词中达到沉郁境界的前提和基础。陈廷焯通过自身的填词经历不断印证这一点,他说:"庚辰秋九月,中宵不寐,万感交集,赋〔蝶恋花〕一阕。"④又云:"丙戌之秋,余曾赋〔丑奴儿慢〕一篇,极郁极厚,有感而发也。"⑤心中有真情实感,继而诉诸词章,这就是"意在笔先",也就符合"沉郁说"的要求。倘若因果倒置,笔在意先,则终身不可语于"沉郁"。浙西词派末流便是这种反面典型。自朱彝尊倡导清空醇雅的南宋词风,浙派中人愈加究心于炼字炼句,以至末流完全沉溺于修饰辞藻,内在情意往往空泛枯寂。金应珪曾将其概括为"哀乐不衷其性,虑叹无与乎情"⑥的游词。陈氏痛斥这种作品,认为"此病最深,亦最易犯"⑦。其"似是而非,易于乱真"⑧,从一开始便与"沉郁"判然分途。陈廷焯说:

情有所感,不能无所寄。意有所郁,不能无所泄。古之为词者,

---

① 《白雨斋词话自序》,《白雨斋词话全编》,第1161页。
② 《白雨斋词话》卷六,《白雨斋词话全编》,第1255页。
③ 《白雨斋词话》卷六,《白雨斋词话全编》,第1258页。
④ 《白雨斋词话》卷六,《白雨斋词话全编》,第1259页。
⑤ 《白雨斋词话》卷六,《白雨斋词话全编》,第1260页。
⑥ 金应珪:《词选后序》,《词话丛编》,第1619页。
⑦ 《白雨斋词话》卷九,《白雨斋词话全编》,第1303页。
⑧ 《白雨斋词话》卷九,《白雨斋词话全编》,第1303页。

自抒其性情,所以悦己也。今之为词者,多为其粉饰,务以悦人,而不恤其丧己,而卒不值有识者一噱,是亦不可以已乎![1]

古之为词者以"情"为本,自抒性情,以蕲沉郁;今之为词者以"辞"为本,粉饰藻绘,误入歧途。陈廷焯的"沉郁说"具有极强的现实针对性,它在强调"意在笔先"的同时,就将"笔在意先"的浙派末流排斥在外。

陈廷焯后期依旧以真实情意作为填词的出发点,有感而发成为"沉郁"之路的起步阶段。在此基础上,"沉郁说"对词情内容做出了严格的限制。

二、词贵忠爱

陈廷焯早期论词注重真情,只要不是过于淫邪,各种词情的作品都能为他所接受和欣赏。而陈廷焯后期不仅要求情真,还将词情分出三六九等。在词中抒发忠爱之情,成为实现"沉郁"的惟一选择。

人心不能无所感,而感情的具体内容则有千差万别。陈廷焯说:"诗词所以寄感,非以狥情也。不得旨归,而徒骋才力,复何足重?"[2]同是感情,陈氏肯定"寄感",反对"狥情"。所谓"狥情",就是作者受控于人性中的某些弱点,在词中一味表现轻薄放荡的情思。他还说:"古人意有所寓,发之于诗词,非徒吟赏风月以自蔽惑也。"[3]表达的是同一观念。我们知道,艳情冶思之作,陈氏置诸《闲情集》;吟风弄月之篇,陈氏归入《别调集》。它们都与"沉郁"的正声泾渭分明。总之,在词情方面,"沉郁说"排斥风花雪月的内容。

古代中国是一个礼法森严的社会组织,上自帝王、下至庶民普遍尊崇"三纲五常"。若以符合伦理道德的情感取代一己之情欲,是否就满足"沉郁说"的要求呢? 答案是未必。封建传统中有"五伦"之说,即君臣、父子、

---

①《白雨斋词话》卷十,《白雨斋词话全编》,第1329页。
②《白雨斋词话》卷十,《白雨斋词话全编》,第1334页。
③《白雨斋词话》卷十,《白雨斋词话全编》,第1328页。

兄弟、夫妇、朋友，分别对应忠、孝、悌、忍、善的行为准则。清代词人董以宁有〔满江红〕《乙巳述哀》十二首，乃是怀念先妣之作。陈廷焯谓这组词"命题不无可议，而词则字字真切，令人堕泪"①，既肯定其中油然感人的孝子之心，又认为题材未能尽善，故将其放在《别调集》中。这就意味着孝道不属"沉郁说"的词情范围。写夫妻间的深情又如何呢？清人沈星炜有〔临江仙〕十首，乃是悼亡其妻。陈氏评云："悼亡十阕，情文交至，措词以真切胜，正不必求深也。"②虽然情真语至，但也只能成为《别调集》中的佳什，无法在《大雅集》中谋得一席。可见，写夫妇之情的词也与"沉郁"无关。至于顾贞观的名篇〔贺新郎〕二首，将自己与吴兆骞的友情表现得淋漓尽致。陈廷焯选入《放歌集》，一方面由于"二词只如家常说话，而痛快淋漓"③，另一方面则是朋友之义并不属于"沉郁说"的内容。那么究竟在词中写什么才有可能"沉郁"呢？陈廷焯说："求之于词，旨有所归，语无泛设者，吾惟服膺碧山。"④所谓"旨归"，就是"沉郁说"所规定的词情。那碧山词的主题是什么？陈廷焯云："看来碧山为词，只是忠爱之忱，发于不容已。"⑤至此，我们终于明白"沉郁说"的词情并非个人的闲情，而是社会的伦理；并非父子、兄弟、夫妇、朋友的道德规范，而是居于"五伦"之首的君臣大义；并非"君使臣以礼"⑥，而是"臣事君以忠"⑦。这一点，陈氏在《白雨斋词话》中有明确表述："词贵缠绵，贵忠爱，贵沉郁。"⑧对君上的忠爱，可谓"沉郁说"惟一的内容要求。

　　说到这里，有必要澄清与词情相关的两个问题。首先是"怨情"与"忠爱"的关系。在古人看来，《诗经》与《离骚》的关键词之一便是"怨"。谭献

①《词则辑评·别调集》卷四，《白雨斋词话全编》，第1112页。
②《词则辑评·别调集》卷六，《白雨斋词话全编》，第1142页。
③《词则辑评·放歌集》卷三，《白雨斋词话全编》，第845页。
④《白雨斋词话》卷十，《白雨斋词话全编》，第1328页。
⑤《白雨斋词话》卷二，《白雨斋词话全编》，第1188页。
⑥《论语译注》，第30页。
⑦《论语译注》，第30页。
⑧《白雨斋词话》卷一，《白雨斋词话全编》，第1170页。

说："昔孔子之论《诗》也，曰可以怨。太史公曰《离骚》之作，盖自怨生也。夫风诗肇兴，大率劳人思妇、放臣逐子有难言之隐，托物以寓其意，怨思深矣。屈原以眷怀宗国而作《离骚》，美人香草，蕉萃行吟，所谓怨诽而不乱者以此。"①孔子谓《诗》"可以怨"，《诗经》特别是其中的"变风"大有怨情，屈原《离骚》中的哀怨更是时时流露于楮墨之间。其对个人的处境遭遇皆心存不满，颇为怨念。然而有一点必须明白，"怨"实乃忠爱之情在压抑状态下的一种委曲表达。风人也好，屈原也罢，其诗歌的出发点与落脚点仍在于"慕"，即对君国始终不渝的忠爱。因为只有心怀忠爱，才会在政乱主昏、群小当道的境况下不离不弃，哀怨不已。且抒发哀怨不是为了恩断义绝，而是"恐年岁之不吾与"②，期待君臣早日遇合，修明政教，仍然归诸忠君爱国。因此，《风》《骚》明写哀怨，暗表思慕，这也就是后人视"变风"和《离骚》变而不失其正的主要原因。陈廷焯把词体上溯《风》《骚》，也将这种写"怨"表"慕"的《风》《骚》精神贯注于词。张惠言说："以道贤人君子幽约怨悱不能自言之情。"已指明词中怨悱之情的普遍性。陈廷焯对此心领神会，屡屡拈出"怨情"加以推扬。如评史承谦"团扇先秋生薄怨，小池风不断"二句云："神似温、韦语。然非其中真有怨情，不能如此沉至。故知沉郁二字，不可强求也。"③评厉鹗〔谒金门〕(凭画槛)云："中有怨情，意味便厚。否则无病呻吟，亦可不必。"④还有他释"沉郁"一则中的"交情之冷淡，身世之飘零"⑤，实即个人不遇之感，也是一种哀怨的情愫。而在陈廷焯"沉郁说"的框架内，抒发怨情，就是表达思慕与忠爱。这可从他对周邦彦〔菩萨蛮〕的解释中得到确证。周词云：

银河宛转三千曲。浴凫飞鹭澄波绿。何处望归舟。夕阳江上

---

① 谭献：《怀佩轩诗叙》，《复堂文续》卷二，《清代诗文集汇编》第721册，第207页。
② 屈原《离骚》中句，见朱熹撰，蒋立甫校点《楚辞集注》，上海古籍出版社，2001年版，第8页。
③《白雨斋词话》卷四，《白雨斋词话全编》，第1229页。
④《白雨斋词话》卷四，《白雨斋词话全编》，第1224页。
⑤《白雨斋词话》卷一，《白雨斋词话全编》，第1165页。

楼。　　　天憎梅浪发。故下封枝雪。深院卷帘看。应怜江上寒。①

一带江河,宛转绵长,将"我"与所思迢迢阻隔。飞卿词云:"过尽千帆皆不是,斜晖脉脉水悠悠。"②"我"亦复如是,在江畔高楼上朝朝暮暮地盼望离人归来。年复一年,节序更替,大雪纷飞,寒意逼人。身居幽深庭院的"我"卷帘探梅,不禁想起远方的人,他是否有冬衣抵御这刺骨的严寒呢? 这首词可以视为代言体,也可以理解成作者自道。陈廷焯认为是后者,即表达词人对于国君的思念。他着重分析了上下片结尾两句:

　　　美成〔菩萨蛮〕上半阕云:"何处望归舟,夕阳江上楼。"思慕之极,故哀怨之深。③

一个被抛弃的女子,希望意中人可以回到她的身边。一位被遗忘的忠臣,同样期待君主能够再次重用他。他越是痴情地期盼,越能让人觉察出发自心底的哀怨。显然,陈廷焯将词中的哀怨归因于思慕。陈氏又说:

　　　下半阕云:"深院卷帘看,应怜江上寒。"哀怨之深,亦忠爱之至。④

女子独守空房,有怨而无悔。节序的变化让她立刻想到远方的心上人是否平安如意。词人也是如此,纵使有千般哀怨,也无法减却对君主的关心与爱戴。因而哀怨愈深,忠爱愈至。由此,我们可以清晰看出陈廷焯对词中怨情的认识。"怨"来源于思慕,归结于忠爱。而"思慕""忠爱"实

---

①《大雅集》卷二,《词则》,第70页。
②温庭筠〔梦江南〕(梳洗罢)中句,见《花间集校》,第23页。
③《白雨斋词话》卷一,《白雨斋词话全编》,第1173页。
④《白雨斋词话》卷一,《白雨斋词话全编》,第1173页。

乃同一情感的不同表述。《别调集序》云："侈陈其盛，而怨慕之情失。"①从反面证明"沉郁"之作就是要写怨慕之情。而"怨"是表象，"慕"即忠爱才是实质。总之，"沉郁说"的词情是忠爱，"怨"则是忠爱之情最主要的一种表现形态。联系到陈廷焯自己就是其人忠爱，其心怨慕，所以他有这样的观念是很正常的。

不少学者认为"沉郁说"要求反映社会现实，特别是重大的历史事件，这一观点同样有待商榷。在《白雨斋词话》中，陈廷焯的确赞许那些以天下兴亡为背景的词作。他说："感慨时事，发为诗歌，便已力据上游。"②这里的"诗歌"兼指诗词而言。对于南宋词人，陈氏尤其突出感伤时事的主题。他说："碧山、玉田，多感时之语，本原相同，而用笔互异。"③王沂孙和张炎的词作虽然用笔不同，但都寄寓了易代之悲，均为陈廷焯所推重。又云："题咏西湖十景，惟陈西麓感时伤事，得风人之正。草窗〔木兰花慢〕十阕，泛写景物，了无深义。"④同是题咏西湖美景，陈允平在词中注入时代色彩，周密则是单纯描摹景物。陈廷焯褒扬前者，贬抑后者。这样看来，"沉郁说"的词情似乎是感时伤事。其实不然，陈寅恪先生曾说：

> 吾中国文化之定义，具于《白虎通》三纲六纪之说，其意义为抽象理想最高之境，犹希腊柏拉图所谓Eidos者。若以君臣之纲言之，君为李煜，亦期之以刘秀；以朋友之纪言之，友以郦寄，亦待之以鲍叔。其所殉之道、所成之仁，均为抽象理想之通性，而非具体之一人一事。⑤

"沉郁说"对词情的要求正是表达臣对君绝对忠贞这一抽象的理想，

①《别调集序》，《白雨斋词话全编》，第1023页。
②《白雨斋词话》卷二，《白雨斋词话全编》，第1179页。
③《白雨斋词话》卷二，《白雨斋词话全编》，第1195页。
④《白雨斋词话》卷九，《白雨斋词话全编》，第1314页。
⑤陈寅恪：《王观堂先生挽词并序》，《学衡》1928年第64期。

具体的一人一事只是该理想兴发的引线或附着的载体。陈廷焯之所以推崇在词中感时伤事，乃是因为山河破碎的巨变更易激起词人的忠爱之情。换句话说，社会现实和家国大事并非"沉郁说"的必备，只是忠爱之情的偏好。故以时事作为"沉郁说"的词体内容，实非探本之论。

封建伦理规定，臣民对君主要无条件忠爱。陈廷焯的"沉郁说"以此作为惟一的情感取向。它时或表现于哀怨之情，时或具化为感时伤事。然而万变不离其宗，忠君爱国是"沉郁说"词情的核心与关键。

三、词情与作者

"沉郁说"限定词情，实际上是给作者提出了某种规范。陈廷焯以臣下对君上的忠爱为情感依归，故"沉郁说"对词作者的身份和品性均有一定的涉及。

在陈廷焯看来，"沉郁"的词作就是臣对君表忠。这无疑使得词人身份偏向于"臣""士"，即与政治紧密相关的文人士大夫阶层。像释道之徒虽然思想不同，但均以出世为标志。从他们词中寻觅世俗的君臣大义，这是比较难的。故方外词普遍与"沉郁"绝缘。与方外之人一样，封建女性不存在科举、入仕的可能，其与政治上的君臣纲常距离遥远，故女性词中罕见忠君爱国的情怀，也就难以达到"沉郁"的境界。葛长庚和李清照分别是陈廷焯心中方外词与女性词的翘楚，陈氏对此二人的评价充分体现出"沉郁说"在作者身份方面的取舍。他说：

> 两宋词家，各有独至处，流派虽分，本原则一。惟方外之葛长庚，闺中之李易安，别于周、秦、姜、史、苏、辛外，独树一帜，而亦无害其为佳，可谓难矣。然毕竟不及诸贤之深厚，终是托根浅也。①

周、秦、姜、史、苏、辛虽然词风不同，但皆为文士，皆主忠爱，皆至沉

---

① 《白雨斋词话》卷八，《白雨斋词话全编》，第1285页。

郁。葛、李之词佳则佳矣,却未造沉郁深厚之境。个中原因,陈廷焯释以"托根浅"。很明显,葛、李二人的身份均游离于君臣之纲,自然托根浅薄,缺乏深挚的忠爱之情,也就无法成为"沉郁"的范式。

"沉郁说"的词情是臣对君之忠爱,这就决定了作者身份侧重于文士,并且应该是具有忠贞品格的文士。像苏轼、黄公度、王沂孙等"沉郁"的典范的确具备忠爱的品性。陈廷焯早期认为东坡词豪放不入律吕,并非正声。后期则对苏轼推崇备至,视为"沉郁"的代表作家之一。陈氏说:"即东坡、方回、稼轩、梦窗、玉田等,似不必尽以沉郁胜,然其佳处,亦未有不沉郁者。"①而苏轼亦是一个"心地光明磊落,忠爱根于性生"②的士人。再如宋末王沂孙,陈廷焯认为"沉郁至碧山止矣"③,俨然看作"沉郁"的最高典范。而陈廷焯同时指出王氏崇高的人品:"碧山词,性情和厚,学力精深。怨慕幽思,本诸忠厚。"④推崇碧山忠贞温厚的品性。又如南宋初年的黄公度,陈氏评其词"泃《风》《雅》之正声,温、韦之真脉"⑤,又谓"气格高远,语意浑厚,直合东坡、碧山为一手"⑥,亦是沉郁的佳作。而其人"以与赵鼎善,为秦桧所忌,至窜之岭南"⑦,诚为耿介之忠臣,故陈廷焯有"人品既高,词理亦胜"⑧的赞许。然而很多时候,沉郁的词品与忠贞的人品并不相符,反而大有出入,甚至相互矛盾。陈廷焯对此有清醒的认识:

> 诗词原可观人品,而亦不尽然……独怪史梅溪之沉郁顿挫,温厚缠绵,似其人气节文章,可以并传不朽。而乃甘作权相堂吏,致与耿桧、董如璧辈并送大理,身败名裂。其才虽佳,其人无足称矣。(梅溪

---

① 《白雨斋词话》卷一,《白雨斋词话全编》,第1164页。
② 《白雨斋词话》卷八,《白雨斋词话全编》,第1296页。
③ 《白雨斋词话》卷二,《白雨斋词话全编》,第1195页。
④ 《白雨斋词话》卷二,《白雨斋词话全编》,第1187页。
⑤ 《白雨斋词话》卷一,《白雨斋词话全编》,第1178页。
⑥ 《白雨斋词话》卷十,《白雨斋词话全编》,第1327页。
⑦ 《白雨斋词话》卷一,《白雨斋词话全编》,第1178页。
⑧ 《白雨斋词话》卷一,《白雨斋词话全编》,第1177页。

姓氏不见录于文苑中，职是之故。)视陈西麓之不肯仕元，当时有海上盗魁之目，宁不愧死！①

　　陈允平词"和平婉雅，词中正轨"②，其人亦难忘故国，孤忠可鉴，与苏轼等人同为词品、人品两相符合的例证。而二者背离的情况亦复不少，如引文中提到的史达祖，其词沉郁顿挫、忠爱缠绵，其人则非但不是忠臣，反而是千夫所指的奸佞。再如唐末五代的韦庄，乃是与温庭筠并驾齐驱的"沉郁"典范。陈氏谓其〔菩萨蛮〕〔归国遥〕〔应天长〕等词"皆留蜀后思君之辞"③，不可谓不忠爱，但同时也指出"端已人品未为高"④的本质。又如南唐权臣冯延巳，陈廷焯一方面谓其"〔蝶恋花〕四章，忠爱缠绵，已臻绝顶"⑤，另一方面则说"然其人亦殊无足取，尚何疑于史梅溪耶"⑥，再次承认忠爱之词并非出于忠爱之人。故陈氏说："诗词不尽能定人品，信矣。"⑦他最终接受了词品与人品离合无常的事实，这就意味着"沉郁说"放弃了对作者人品的严格要求。如何对待文品与人品的离合，这实际上是个老生常谈的话题。如沈德潜论诗就立足于诗，《唐诗别裁集》卷一宋之问小传说："不以人废言，故薄其行而仍录其诗。"⑧《古诗源》卷十四评隋朝杨素："武人亦复奸雄，而诗格清远，转似出世高人，真不可解。"⑨对那些品行有亏的诗人仍然保留并肯定他们的作品。而潘德舆论诗则更多考虑到人品，他说："人与诗有宜分别观者，人品小小缪戾，诗固不妨节取耳。若其人犯天下之大恶，则并其诗不得而恕之。"⑩因此他希望人们选

　　①《白雨斋词话》卷七，《白雨斋词话全编》，第1272页。
　　②《白雨斋词话》卷二，《白雨斋词话全编》，第1185页。
　　③《白雨斋词话》卷一，《白雨斋词话全编》，第1167页。
　　④《白雨斋词话》卷一，《白雨斋词话全编》，第1167页。
　　⑤《白雨斋词话》卷七，《白雨斋词话全编》，第1272页。
　　⑥《白雨斋词话》卷七，《白雨斋词话全编》，第1272页。
　　⑦《白雨斋词话》卷七，《白雨斋词话全编》，第1272页。
　　⑧《唐诗别裁集》，第9页。
　　⑨《古诗源》，第307页。
　　⑩《养一斋诗话》，《清诗话续编》，第2008页。

诗读诗的时候,"曹操、阮籍、陆机、潘岳、谢灵运、沈约、范云、陈子昂、宋之问、沈佺期诸乱臣逆党之诗,一概不选不读"①,这就有些极端了。陈廷焯早年编选《骚坛精选录》也面临这一问题,他的态度与沈德潜类似。陈氏承认诗品和人品有时相合,有时相悖②。遇到人劣而诗优的情况,他也会选录其诗,且不吝好评。所以陈廷焯后期对待词品与人品,仍是延续他早年关于诗品与人品关系的看法。

作者的身份明显影响到词情的表达,从某种意义上讲,"沉郁说"是一种偏爱文士词的理论学说。至于作者的品性,则与词情关系若即若离,因而不在"沉郁说"的重点关注范围。

中国古代有"知人论世"之说,古代文论往往重视作者的地位。陈廷焯的"沉郁说"则更强调词中情感的本原性与指向性。他对词作者的态度完全取决于是否影响忠爱之情的抒发。因此我们必须认识到,陈廷焯实乃从作者之词情层面开始"沉郁说"的建构。

第三节　"沉郁说"的词笔

《白雨斋词话》卷一第十条是对"沉郁"最为集中的表述:

> 所谓沉郁者,意在笔先,神余言外。写怨夫思妇之怀,寓孽子孤臣之感。凡交情之冷淡,身世之飘零,皆可于一草一木发之。而发之又必若隐若现,欲露不露,反复缠绵,终不许一语道破。匪独体格之高,亦见性情之厚。③

---

① 《养一斋诗话》,《清诗话续编》,第2045页。

② 相合者如《骚坛精选录》卷八评梁武帝《籍田》:"武帝在六朝时亦可谓贤主,言根于心,观其言可知其人。"卷十八评唐代张巡:"诗如其人也,有一片血性。"相悖者如卷十一评隋炀帝《饮马长城窟行示从征群臣》:"气体阔大,立言宏敞,颇似君人之语,惜其言是而其人非。"同卷评杨素《山斋独坐赠薛内史二首》:"清高越俗,几于阮、嵇、郭、张等身分,高绝清绝,诗竟不可以定人品耶?"

③ 《白雨斋词话》卷一,《白雨斋词话全编》,第1165页。

寥寥三行，已将"沉郁说"的词情、词笔、词旨一并囊括。词情即"写什么"，写的是"孽子孤臣之感""交情之冷淡，身世之飘零"，皆可归于忠爱之情。这一点上节已经说明。词旨即"为什么这样写"，因为"匪独体格之高，亦见性情之厚"，这一点将于下节详述。而词笔即"如何写"，是"寓"，是"发"，是"终不许一语道破"，这也就是所谓的"比兴"。

一、伊古词章，不外比兴

陈廷焯将词体上溯《风》《骚》，其"沉郁说"全面继承《风》《骚》的精神。他以比兴为词笔，即直接源于对《风》《骚》的体认。

中国文学的源头《诗经》有"六义"之说，即风、雅、颂、赋、比、兴。前三者为"体"，即体裁；后三者为"用"，即手法。朱熹说："赋者，敷陈其事而直言之者也。"[①]所谓"赋"，就是直说，将自己的情意直截了当、毫无保留地表达出来。至于"比"和"兴"，则是大同小异。明人李东阳说："所谓比与兴者，皆托物寓情而为之者也。"[②]均是借助外物来寄寓内心。因此，"比兴"往往连用，与直抒胸臆的"赋"相对立。《诗经》之后的《楚辞》继承了赋、比、兴的传统，朱熹说："其为赋，则如《骚经》首章之云也；比，则香草恶物之类也；兴，则托物兴词，初不取义，如《九歌》沅芷澧兰以兴思公子而未敢言之属也。"[③]并且将比兴进一步发展成为"美人香草"的经典范式。表面上看，赋、比、兴三者都是表情手法，并无高下之分。但在陈廷焯眼中，直来直往的"赋"并不可取。他说：

> "投畀豺虎""投畀有北"，《三百篇》之痛快语也。然谓《三百篇》之佳者在此，则谬不可言矣。[④]

---

① 朱熹集注：《诗集传》，上海古籍出版社，1980年版，第3页。
② 李东阳著，李庆立校释：《怀麓堂诗话校释》，人民文学出版社，2009年版，第80页。
③《楚辞集注》，第6页。
④《白雨斋词话》卷八，《白雨斋词话全编》，第1300页。

"投畀豺虎""投畀有北"，《小雅·巷伯》中语。作者愤恨那些屡进谗言的佞幸，以至于想把他们投喂豺虎，或是流放到极北苦寒之地。这两句纯用赋体，疾恶如仇，大快人心。但陈廷焯认为这样写太过浅白，并非《诗经》的佳处。言下之意，比兴才是他心中《风》《骚》之精髓。恰如他在《白雨斋词话自序》中所云：

　　　　伊古词章，不外比兴。《谷风》阴雨，犹自期以同心；攘诟忍尤，卒不改乎此度。①

　　《邶风·谷风》云："习习谷风，以阴以雨。黾勉同心，不宜有怒。"②以阴阳和合比拟夫妇和睦。又屈原《离骚》云："屈心而抑志兮，忍尤而攘诟。"忍辱负重的背后，乃是始终不渝的忠贞。陈廷焯举此二例以互文，表明《风》《骚》的精华正是比兴。既然词本《风》《骚》，那么比兴的笔法自然是词体的首选。试举一例说明。南宋初年张孝祥有感于中原沦陷，义愤填膺地写下〔六州歌头〕一阕。对于这首千古传诵的爱国词篇，陈氏颇有微辞：

　　　　张孝祥〔六州歌头〕一阕，淋漓痛快，笔饱墨酣，读之令人起舞。惟"忠愤气填膺"一句，提明忠愤，转浅转显，转无余味。③

　　张氏此词饱含忠爱，显然符合"沉郁说"的词情。但其中"忠愤气填膺"一句，以"赋"的方式直接点出作意，遂为陈廷焯眼中之败笔。那究竟应该怎样写呢？陈廷焯明确表示：

---

　　①《白雨斋词话自序》，《白雨斋词话全编》，第1161页。
　　②《诗集传》，第21页。
　　③《白雨斋词话》卷八，《白雨斋词话全编》，第1286页。

238

感慨时事,发为诗歌,便已力据上游,特不宜说破,只可用比
兴体。①

在词中抒发忠爱之情,已然在"沉郁"的道路上成功了一半。但万万
不可将这份忠爱指明点破,只能用比兴的手法曲折传出。惟其如此,才算
真正达到"沉郁"。

《词则·别调集序》云:"直抒所事,而比兴之义亡。"②这从反面印证了
"沉郁说"的词笔不是"赋",而是"比兴"。需要注意的是,陈氏的比兴观是
为"沉郁说"服务的。它与传统的比兴观念并不完全吻合,而是有其独特
之处。

二、或问比与兴之别

作为"沉郁说"的词笔,"比兴"所肩负的使命乃是不露忠爱地表露忠
爱。陈廷焯在讨论"比兴"时着意强调含蓄不露,这一点也成为他评价"比
兴"之是否、高下的标准所在。

(一)不得谓之比

正所谓"存真必先去伪",陈廷焯论述作为"沉郁说"词笔的"比兴"前,
先指明何种"比兴"与"沉郁"无涉。陈氏说:

宋德祐太学生[百字令][祝英台近]两篇,字字譬喻,然不得谓之
比也。以词太浅露,未合风人之旨。

德祐太学生词最早见于无名氏《湖海新闻夷坚续志》后集卷二,董毅
《续词选》据此选录,陈廷焯又据《续词选》录入《大雅集》卷四。两词内容,

---

①《白雨斋词话》卷二,《白雨斋词话全编》,第1179页。
②《别调集序》,《白雨斋词话全编》,第1023页。

正如陈廷焯所云："权臣当国,不得志者隐于下位,不敢明斥其非,托为诗词,长歌当哭,哀之深,怨之至也。"①时值宋廷存亡之际,一些爱国士子发为诗词,声讨奸臣。姑举〔百字令〕《德祐乙亥》一首来看:

> 半堤花雨,对芳辰消遣,无奈情绪。春色尚堪描画在,万紫千红尘土。 鹃促归期,莺收佞舌,燕作留人语。绕栏红药,韶华留此孤主。 真个恨杀东风,几番过了,不似今番苦。乐事赏心磨灭尽,忽见飞书传羽。湖水湖烟,峰南峰北,总是堪伤处。新塘杨柳,小腰犹自歌舞。②

作者"不敢明斥其非",乃是借助传统的伤春主题来抒发对于国事的忧愤。而词中所写意象,又多有影射:

> 三、四谓众宫女行,五谓朝士去,六谓台官默,七指太学上书,八、九谓只陈宜中。"东风",谓贾似道;"飞书传羽",谓北军至也;"新塘杨柳",谓贾妾。③

一般认为,此词通过"比"的手法间接表达了忠爱之情。然而,陈廷焯并不认可这种"比",理由是"词太浅露,未合风人之旨"。我们说,该词字字譬喻,表面上并未直斥时政之非。而"莺收佞舌""飞书传羽""新塘杨柳"等语明显别有用心,读者一望便知其讽喻之意。故陈廷焯认为其虽未点明,实已道破,绝非"沉郁"之作。

陈廷焯说:"婉讽之谓比,明喻则非。"④诸如德祐太学生词这类作品,虽然运用了"比"的手法,但在他看来太过显明,不是能够实现"沉郁"

---

① 《词则辑评·大雅集》卷四,《白雨斋词话全编》,第757页。
② 《大雅集》卷四,《词则》,第175页。
③ 《词则辑评·大雅集》卷四,《白雨斋词话全编》,第757页。
④ 《白雨斋词话》卷八,《白雨斋词话全编》,第1291页。

的"比"。

（二）精于比义

那么怎样才是实现"沉郁"的"比"呢？陈廷焯说：

> 如王碧山咏萤、咏蝉诸篇,低回深婉,托讽于有意无意之间,可谓精于比义。

陈氏以王沂孙〔齐天乐〕《萤》《蝉》等词为"精于比义"的典范,我们就举〔齐天乐〕《蝉》一词为例：

> 绿槐千树西窗悄,厌厌昼眠惊睡。饮露身轻,吟风翅薄,半剪冰笺谁寄。凄凉倦耳。谩重拂琴丝,怕寻冠珥。短梦深宫,向人犹自诉憔悴。　残红收尽过雨,晚来频断续,都是秋意。病叶难留,纤柯易老,空忆斜阳身世。窗明月碎。甚已绝余音,尚遗枯蜕。鬓影参差,断魂清镜里。①

夏日昼寝,人被窗外蝉声惊觉。此后开始正面写蝉。上片状蝉之高洁幽独,以至憔悴。换头点出节序变换,夏往秋来,蝉之生命渐尽。嘶声不再,枯蜕仅存,仿佛蝉鬓玉人,空留断魂。这首咏蝉词,无论白描抑或用典,均深契蝉之形神,可谓一首通体浑融的咏物佳作。陈廷焯说："碧山咏物诸篇……就题论题,亦觉踌躇满志。"②也就是说,它看上去就是一首咏物词,并无德祐太学生词明显的比拟痕迹。因此,"比"乃是词句与形象字字贴切,此其含蓄不露、未尝道破之处。而读者一旦知人论世,细细涵咏,则会发现词中藏有寄托的消息。陈廷焯就体会到这一点：

---

① 《大雅集》卷四,《词则》,第142–143页。
② 《白雨斋词话》卷二,《白雨斋词话全编》,第1188页。

咏蝉首章云："短梦深宫,向人犹自诉憔悴。"言中有物,其指全太后祝发为尼事乎? ①

全太后为南宋度宗皇后、恭帝之母。《宋史》谓其"宋亡,从瀛国公入朝于燕京。后为尼正智寺而终"②。南宋灭亡,她被元军押解至大都,后出家为尼。"短梦"二句,让陈廷焯联想到南宋的亡国太后。而后半阕"病叶难留"直至末尾,陈氏也认为"意境虽深,然所指却了然在目"③,同样让他想到一位风烛残年的老妪枯坐于尼庵,回忆当年的荣华富贵、衣香鬓影。根据这些句子的暗示,陈廷焯最终寻绎出此词的意旨乃是哀叹全太后的遭遇,进而抒发对于故国的怀恋。至此,作者通过"比"完成了不露忠爱地表露忠爱,这份忠爱之情乃是由形象所喻指的人事体现出来。

(三)若兴则难言之

陈廷焯说:"盖有合风人之旨,已是难能可贵。至蕲至于兴,则与风人化矣。"显然,"兴"较"比"更为高级,也更为难得。那究竟什么是"兴"呢?陈廷焯说:

若兴则难言之矣。托喻不深,树义不厚,不足以言兴。深矣厚矣,而喻可专指,义可强附,亦不足以言兴。所谓兴者,意在笔先,神余言外,极虚极活,极沉极郁,若远若近,可喻不可喻,反复缠绵,都归忠厚。

庄棫谓"义可相附,义即不深,喻可专指,喻即不广",是说相附专指等同于不深不广,这样的比兴是不好的。陈廷焯对此改造了一下,认为"托

---

①《白雨斋词话》卷二,《白雨斋词话全编》,第1190页。
②脱脱等撰:《宋史》,中华书局,1977年版,第8661页。
③《白雨斋词话》卷二,《白雨斋词话全编》,第1190页。

喻不深,树义不厚"谈不上比兴;托喻深,树义厚,但"喻可专指,义可强附",这只做到了"比";喻深义厚,且喻不能专指,义无法强附,这才近乎"兴"。前文已经说过,精于比义的词作能够给会心的读者一种暗示,而这种暗示往往具有特定的意义指向。"兴"则不同,它"极虚极活,极沉极郁,若远若近,可喻不可喻",令人无法确知这首词想要说些什么。但也绝非胡天胡地,不知所云,而是"反复缠绵,都归忠厚",呈现以一种整体的情感趋向,仍能让人感受到忠爱之情。

　　了解完理论,我们就来看一看具体词例。陈廷焯认为达到"兴"的词作"自唐迄今,不多觏也"①,"求之两宋,如东坡〔水调歌头〕〔卜算子〕《雁》,白石〔暗香〕〔疏影〕,碧山〔眉妩〕《新月》、〔庆清朝〕《榴花》、〔高阳台〕(残雪庭除一篇)等篇,亦庶乎近之矣"②。即使求诸宋词,也只有苏轼两首、姜夔两首、王沂孙三首接近"兴"的境界。试举王沂孙〔高阳台〕一词:

　　　　残雪庭除,轻寒帘影,霏霏玉管春葭。小帖金泥,不知春是谁家。相思一夜窗前梦,奈个人水隔天遮。但凄然,满树幽香,满地横斜。　　　　江南自是离愁苦,况游骢古道,归雁平沙。怎得银笺,殷勤与说年华。如今处处生芳草,纵凭高不见天涯。更消他,几度东风,几度飞花。③

　　上片写春天将至,我所思念的人远在天涯,惟有掩映窗前的梅花伴我幽独。下片写故人由江南至漠北,海阔山遥,无人代传信笺。一任时光荏苒,芳草连绵,渐渐遮断望眼。不消多时,便又飞红万点,东君远逝,倍增伤感。全词围绕梅花,以写伤春怀人。这份"伤"乃是无穷的哀怨,这份"怀"又是深挚的相思。陈氏评此词云:"无限哀怨,一片热肠,反复低回,

---

　　①《白雨斋词话》卷五,《白雨斋词话全编》,第1247页。
　　②《白雨斋词话》卷八,《白雨斋词话全编》,第1291页。
　　③《大雅集》卷四,《词则》,第147页。

不能自已。"①所怀之人乃词意的关键,他是碧山的旧交,还是故国的忠良? 是宋廷的皇族,抑或就是亡国的君主? 作者没有暗示,读者无法确指。然而,这并不妨碍词中的"哀怨"与"热肠"汇聚为一股浓烈的怨慕忠爱之情,直抵人心。由此可见,"兴"不仅表面毫无比拟的痕迹,而且更深一层推求也没有特定的喻指。它以浑融的形象直接给人以忠爱的感受,同样实现了不露忠爱地表露忠爱。

陈廷焯说:"即比兴中亦须含蓄不露,斯为沉郁,斯为忠厚。"②根据含蓄不露的程度,陈廷焯将"比兴"分为三个层次:下品为浅露之比附,它不得谓之"比",不能实现"沉郁";中品为"比";上品为"兴"。其中"比"犹有线索可寻,"兴"则浑化无痕,难以实指,达到含蓄不露的极致。这两者均可实现"沉郁"。特别要指出的是,对于陈廷焯的比兴观,我们一定不能泥看。其释"沉郁"说"写怨夫思妇之怀,寓孽子孤臣之感。凡交情之冷淡,身世之飘零,皆可于一草一木发之",前半是以男女喻君臣,后半是托物寓意。谭献弟子徐珂云:"语在此而意在彼者,曰寄托,托于男女托于物以咏之也。"③陈廷焯并非是说比兴只能托于男女和托于咏物,他不过举这两种最典型的写法为例。事实上,凡是做到"言在此而意在彼",且由"言"到"意"欲露不露,陈氏皆视为比兴的运用。所以他说:"苏、辛、周、秦之于温、韦,貌变而神不变。声色大开,本原则一。南宋诸名家,大旨亦不悖于温、韦,而各立门户,别有千古。"④这里的"貌变""声色大开""各立门户"即包含比兴的表现形式灵活多样,而皆造沉郁之境。由于"比兴"之于"沉郁"的重要性,陈廷焯有时会将作为词笔的"比兴"径称为"沉郁"。如他说:"温厚以为体,沉郁以为用。"⑤再如:"诚能本诸忠厚,而出以沉郁,豪放亦可,婉约亦可。"⑥又云:"周、秦词以理法胜……要皆负绝世才,而又

---

①《词则辑评·大雅集》卷四,《白雨斋词话全编》,第749页。

②《白雨斋词话》卷二,《白雨斋词话全编》,第1179页。

③徐珂:《词曲概论讲义》,《民国词学史著集成补编》,第91页。

④《白雨斋词话》卷十,《白雨斋词话全编》,第1327页。

⑤《白雨斋词话自序》,《白雨斋词话全编》,第1162页。

⑥《白雨斋词话》卷一,《白雨斋词话全编》,第1170页。

以沉郁出之,所以卓绝千古也。"①这里的"沉郁"指的都是比兴手法。因此从某种意义上讲,"沉郁说"也就是"比兴说"。

三、沉郁之中,运以顿挫

谈起"沉郁说"的词笔,我们不能不提及"顿挫"这一概念,陈廷焯后期词学中常常有"沉郁顿挫"连用的情形。我们说,同属表达手法,"比兴"乃是"沉郁"的必需物,而"顿挫"则属"沉郁"的奢侈品。

"顿挫"是中国古代文艺中一个通用的理论范畴。陆机《文赋》中说:"铭博约而温润,箴顿挫而清壮。"②以"顿挫"作为"箴"这一应用文的文体规范。杜甫《观公孙大娘弟子舞剑器行》序云:"观公孙氏舞剑器浑脱,浏漓顿挫,独出冠时。"③则以"顿挫"描述舞蹈的姿态。清人方薰《山静居画论》说:"往在徐丈蛰夫家,见旧人粉本一束,笔法顿挫如未了,画却奕奕有神气。"④又以"顿挫"来形容画笔。那么究竟何为"顿挫"呢?笔者认为,以书法理论中的"顿挫"来解释最为形象可感。周振甫先生说:"顿挫好比用毛笔写字,把笔锋按下去叫顿,顿后使笔锋稍松而转笔叫挫。"⑤例如横钩"⁀"这一笔画,横笔末尾需要作一按顿,继而提转作折笔,整个过程就叫作"顿挫"。简单来说,"顿挫"就是两者的转折关系,而这种转折又有意脉的连贯。正如横钩中虽有顿挫,却一气呵成,毫无断裂,是完整浑融的一笔。因此,诗文、舞蹈、书画领域中所说的"顿挫"虽然具体所指各异,但都具有前后转折与一脉相承这两大要素。

陈廷焯对"沉郁顿挫"的杜诗非常熟悉,如同"沉郁",他在词学中使用"顿挫"也是对杜诗学术语的直接借用。此外,与"比兴"一样,陈廷焯以"顿挫"论词可以溯源至《风》《骚》。清人刘熙载在其《艺概·赋概》中说:

---

① 《白雨斋词话》卷八,《白雨斋词话全编》,第1285页。

② 萧统编,李善注:《文选》,上海古籍出版社,1986年版,第766页。

③ 杜甫著,仇兆鳌注:《杜诗详注》,中华书局,1979年版,第1815页。

④ 俞剑华编著:《中国古代画论类编》,人民美术出版社,2004年版,第234页。

⑤ 周振甫:《诗词例话》,中国青年出版社,1979年版,第383页。

"顿挫莫善于《离骚》,自一篇以至一章,及一两句,皆有之,此《传》所谓'反覆致意'者。"①刘熙载指出《离骚》具有顿挫的笔法。而陈廷焯读过刘氏《艺概》②,想必对此心有戚戚焉。他在词中也提出顿挫的要求:"词则以温厚和平为本,而措语即以沉郁顿挫为正。"③这里的"沉郁"即指"比兴",那"顿挫"在词中又是如何体现的呢?陈氏说:"冯正中词,极沉郁之致,穷顿挫之妙。"④他认为冯延巳词是顿挫的。具体到词中,可以〔蝶恋花〕为例:

> 冯正中〔蝶恋花〕云:"谁道闲情抛弃久。每到春来,惆怅还依旧。日日花前常病酒。不辞镜里朱颜瘦。"可谓沉着痛快之极,然却是从沉郁顿挫来,浅人何足知之。⑤

这首〔蝶恋花〕乃词史名篇,陈廷焯引其上半阕谓之"顿挫"。"谁道"句逆入,闲情看似抛诸脑后。"每到"二句突转,谓每每因春怀人,此情着实难忘。"日日"句则将此种惆怅之情具象为花前病酒,由虚转实。最后"不辞镜里朱颜瘦",谓虽借酒消愁以至红颜憔悴,但"我"并不后悔,甘愿为此。又作一转语,可谓空际转身。可以看出,上片四个韵句之间皆有转折,或是意绪之变换,或为情景之更迭,这也就是所谓的"顿挫"。虽然正中词句句转寰,但情感脉络尚属清晰。在陈廷焯眼中,将词笔之开阖起伏发挥到极致的乃是清真词:

> 美成词,有前后若不相蒙者,正是顿挫之妙。如〔满庭芳〕《夏日溧水无想山作》上半阕云:"人静乌鸢自乐,小桥外,新绿溅溅。凭栏

---

① 刘熙载撰,袁津琥校注:《艺概注稿》,中华书局,2009年版,第420页。
②《白雨斋词话》卷九云:"近时兴化刘熙载论词,颇有合处,尚不染板桥余习。"即为明证。
③《白雨斋词话》卷十,《白雨斋词话全编》,第1329页。
④《白雨斋词话》卷一,《白雨斋词话全编》,第1167页。
⑤《白雨斋词话》卷八,《白雨斋词话全编》,第1300—1301页。

久，黄芦苦竹，拟泛九江船。"正拟纵乐矣，下忽接云："年年。如社燕，飘流瀚海，来寄修椽。且莫思身外，长近樽前。憔悴江南倦客，不堪听、急管繁弦。歌筵畔，先安枕簟，容我醉时眠。"①

此词乃是周邦彦谪居江苏溧水时所作。作者在上半阕有感于时序之清和，故"拟泛九江船"，想出游散心。张炎曾说："最是过片，不要断了曲意，须要承上接下。"②按照传统观点，慢词之换头应当承前启后，词连意属。此词则不然，过片突然一折，转而抒发宦游的苦闷。乍一看，与上片情意毫不相干。因此，陈廷焯谓其"前后若不相蒙"，这充分体现出前后转折是"顿挫"的核心要素。

然而，仅仅理解到这一点还不够。我们说，"顿挫"的词句间固然有转折变化，甚至是"若不相蒙"。但重要的是，它们皆从属于同一情感主题，犹有意脉可寻。刘熙载说："《离骚》东一句，西一句，天上一句，地下一句，极开阖抑扬之变，而其中自有不变者存。"③词中之"顿挫"亦复如此。像前文所举正中词，尽管百转千回、淋漓曲折，但都是伤春怀人的表现。再如美成的〔满庭芳〕，时乐时苦，似乎矛盾。但在陈廷焯看来，"正拟纵乐"不过是困境中的遐想，前后对照，愈加反衬出作者的哀怨之情。正如陈氏所说："大抵美成词，一篇皆有一篇之旨，寻得其旨，不难迎刃而解，否则病其繁碎重复，何足以知清真也。"④表面的"繁碎重复"实即词笔的离合转折，而这些转折皆围绕着"一篇之旨"来做文章，这才是真正的"顿挫"。否则就只是割裂饾饤，蒋捷词便是这样的反面典型。陈廷焯说：

　　竹山词多不接处。如〔贺新郎〕云"竹几一灯人做梦"，可称警句。下接云"嘶马谁行古道"，合上下文观之，不解所谓。即云托诸梦境，

　　①《白雨斋词话》卷一，《白雨斋词话全编》，第1172页。
　　②张炎：《词源》，《词话丛编》，第258页。
　　③《艺概注稿》，第418页。
　　④《白雨斋词话》卷一，《白雨斋词话全编》，第1172页。

无源可寻,亦似接不接。下云"起搔首窥星多少",盖言梦醒。下云"月有微黄篱无影",又是警句。下接云:"挂牵牛数朵青花小。秋太淡,添红枣。"此三句无味之极,与通首词意,均不融洽,所谓外强中干也。古人脱接处,不接而接也,竹山不接处,乃真不接也。①

陈廷焯以蒋捷〔贺新郎〕为例,像"竹几"句与"嘶马"句之间以及"月有"句与"挂牵牛"句之间,词意上均有突兀的转折。而与清真词的"不接而接"不同,蒋捷这几句的确是东一句,西一句,并无一以贯之的题旨,故陈廷焯谓其"真不接也"。陈廷焯说:"奇警非难,顿挫为难。"②如竹山词不乏警句,但通首观之,却是有句无篇。陈廷焯在此对举"奇警"与"顿挫",正是要强调后者意脉连贯的一面。总之,与诗舞书画等领域类似,陈氏词学中的"顿挫"同样兼具前后转折与一脉相承,两者缺一不可。

明白了"顿挫"的内涵,接下来的问题便是"顿挫"与"沉郁"的关系。不少学者以"顿挫"为实现"沉郁"的一种方式,笔者认为这种观点有待商榷。从本质上讲,"沉郁"就是不露忠爱地表露忠爱,它所讨论的是"言"与"意"之间的关系。而"顿挫"属于词法中的章法范畴③,它所关注的乃是"句"与"句"之间的关系。因此,单纯的词句转折且意脉融贯,与"沉郁"并无直接的因果关系。能够实现"沉郁"的只有言在此而意在彼的"比兴"。虽然"顿挫"不能实现"沉郁",但它在"沉郁说"的理论建构中仍有十分重要的地位。陈廷焯不满足仅以比兴实现沉郁,而是试图让沉郁变得精彩动人,"顿挫"便是他找到的利器。陈廷焯说:"顿挫则有姿态,沉郁则极深厚。既有姿态,又极深厚,词中三昧,亦尽于此矣。"④又谓词"必须沉郁顿挫出之,方是佳境。否则不失之浅露,即难免平庸"⑤。从正反两方面说

---

①《白雨斋词话》卷一,《白雨斋词话全编》,第1177页。
②《白雨斋词话》卷九,《白雨斋词话全编》,第1317页。
③《白雨斋词话》卷二云:"顿挫之妙,理法之精,千古词宗,自属美成。"正是由于"顿挫"隶属章法范畴,故以词法细密著称的周邦彦才被陈廷焯推为"顿挫"的至尊。
④《白雨斋词话》卷一,《白雨斋词话全编》,第1171页。
⑤《白雨斋词话》卷九,《白雨斋词话全编》,第1307-1308页。

明由"比兴"以至"沉郁"可造深厚之境,其解决的是浅露之失;而"顿挫"的笔法则使得词意往复激荡、生动多姿,它医治的乃是平庸之弊。两者的结合方为无上妙谛。陈廷焯说:

> 入门之始,先辨雅俗。雅俗既分,归诸忠厚。既得忠厚,再求沉郁。沉郁之中,运以顿挫,方是词中最上乘。①

陈廷焯明确提出一条学词阶梯:雅俗→忠厚→沉郁→顿挫。通过比兴的手法寄托忠爱的感情,这已经实现"沉郁",但只可谓合格。惟有更进一步,做到"沉郁之中,运以顿挫",再将"顿挫"的笔法融入其中,这才算是优秀的词作。因此,对于"沉郁"这种境界而言,"顿挫"之笔的意义并非造就,而是润色,是增光添彩、锦上添花。故"沉郁顿挫"就比单纯的"沉郁"更加高妙,更为可贵。陈氏说:"大抵北宋之词,周、秦两家,皆极顿挫沉郁之妙。"②又谓"稼轩'更能消几番风雨'一章,词意殊怨,然姿态飞动,极沉郁顿挫之致"③。还说:"白石词,雅矣,正矣,沉郁顿挫矣。"④又云:"碧山有大段不可及处,在恳挚中寓温雅。蒿庵有大段不可及处,在怨悱中寓忠厚。而出以沉郁顿挫则一也,皆古今绝特之诣。"⑤除了前文提到的冯延巳、周邦彦,能够被陈廷焯目以"沉郁顿挫"的词家还有秦观、辛弃疾、姜夔、史达祖、王沂孙和庄棫等。诸人无一例外皆为陈廷焯心中的词史巨擘。这也从侧面印证了"顿挫"乃是增强"沉郁"之词艺术性的高级手段。

陈廷焯将诗文书画领域内的"顿挫"引入词中,特指情意转折而意脉连贯的章法结构。它不能单独实现"沉郁",而是要在"比兴"的框架内,以所谓"反复缠绵"的形式增加词作的艺术表现力,由此达到陈廷焯最高的

---

① 《白雨斋词话》卷九,《白雨斋词话全编》,第1310—1311页。
② 《白雨斋词话》卷七,《白雨斋词话全编》,第1269页。
③ 《白雨斋词话》卷一,《白雨斋词话全编》,第1176页。
④ 《白雨斋词话》卷二,《白雨斋词话全编》,第1188页。
⑤ 《白雨斋词话》卷十,《白雨斋词话全编》,第1329页。

词学审美理想。

　　"沉郁说"的词笔是陈廷焯从作品技法层面对"沉郁"提出的要求。"比兴"是实现"沉郁"的惟一方法，陈氏扬弃了传统的比兴观念，把对含蓄不露的追求推向极致。在此基础上，他又别出心裁地提出"顿挫"作为"沉郁"的美学升华剂。因而单从词笔的角度来看，"沉郁说"并不空洞单薄，而是一种丰富立体的理论学说。

第四节　"沉郁说"的词旨

　　陈廷焯说："作词之法，首贵沉郁，沉则不浮，郁则不薄。"①"沉郁"二字本身就包含着词情与词笔的要求。在陈廷焯看来，关乎忠爱的感情乃天下之大义，寄于词中凝重而不轻浮，这才可以"沉"；而惟有运用比兴的手法，欲露不露，方能实现"郁"。"沉"是前提，"郁"是关键，这样一首词作才会"不薄"，达到"厚"的境界。

一、归于忠厚

　　通过比兴，可以实现词意之"厚"。但需要注意的是，陈廷焯所追求的"厚"并非审美的，而是伦理的。

　　陈廷焯评孙光宪〔后庭花〕（石城依旧空江国）云："胸有所郁，触处伤怀，妙在不说破，说破则浅矣。"②又谓两宋之交的曾觌"词极感慨，但说得太显，终病浅薄"③。在陈氏看来，纵使有像天下兴亡这样沉重的感情，一旦指明道破，词意即一览无遗，词境也随之浅显。针对这个问题，他提出"比兴"作为惟一的词笔，并且于"言在此而意在彼"中极力强调"不露"。这种将真实意图潜藏遮掩起来的状态就是"郁"，就会给人一种深厚的感

　　①《白雨斋词话》卷一，《白雨斋词话全编》，第1164页。
　　②《词则辑评·大雅集》卷一，《白雨斋词话全编》，第708页。
　　③《白雨斋词话》卷八，《白雨斋词话全编》，第1297页。

觉。故陈廷焯说："情以郁而后深。"①又云："不郁则不深，不深则不厚。"②我们说，这种对于深厚意味的追求，极易让人把它与古典文论中的"含蓄"等同起来。陈廷焯注意到这一点，他特意辨析了两者的区别：

> 渔洋词含蓄有味，但不能沉厚。盖含蓄之意境浅，沉厚之根柢深也。彼力量薄者，每以含蓄为深厚。③

言有尽而意无穷谓之含蓄，"言""意"之间同样存在距离。但含蓄不涉及感情的类别、属性，是一种纯粹的艺术手法。深厚则不同，它一方面来源于由比兴造成的"郁"，另一方面植根于忠爱之情的"沉"，正所谓"非沉郁无以见深厚"④。因此，"厚"绝非陈廷焯从文学审美层面对词体的要求，而是隐含着伦理道德的意义。

在古代儒家传统的语境下，带有伦理色彩的"厚"有一个特定的称谓，叫作忠厚或者温厚。什么是忠厚呢？《诗经·小雅·北山》有云："溥天之下，莫非王土。率土之滨，莫非王臣。大夫不均，我从事独贤。"⑤对这几句，朱熹是这样解释的：

> 言土之广，臣之众，而王不均平，使我从事独劳也。不斥王而曰大夫，不言独劳而曰独贤，诗人之忠厚如此。⑥

诗的本意乃是大夫抱怨君王役使不均，导致自己长年奔波。但诗人并未直言，而是旁敲侧击。不提君主的分配不公，而说诸位大夫的受任不均；不提独自辛劳，而说独享贤名。如此一来，对于君主的怨怼完全隐藏

---

① 《白雨斋词话》卷十，《白雨斋词话全编》，第1336页。
② 《白雨斋词话》卷四，《白雨斋词话全编》，第1217页。
③ 《白雨斋词话》卷三，《白雨斋词话全编》，第1203页。
④ 《白雨斋词话》卷十，《白雨斋词话全编》，第1328页。
⑤ 《诗集传》，第150页。
⑥ 《诗集传》，第150页。

于诗人愧疚之情的背后。这种对君上有所不满却深藏暗表的做法，就是忠厚品质的体现。回到词中，"沉郁说"以忠爱为词情，而忠爱主要表现为不遇之感和家国之悲。怀才不遇，难免心生怨念；国破家亡，往往悲伤欲绝。陈廷焯说："诗以穷而后工，倚声亦然。"①可以说，哀怨乃是"沉郁说"挥之不去的情感基调。重要的是，这份哀怨并非直接道破，而是以比兴不露的词笔委曲传出。词情与词笔相结合，最终形成与《诗经》一样的忠厚品格。《白雨斋词话》中凡四十一次提及"忠厚"，从陈廷焯的表述中，我们可以清楚地看出"忠厚"是"沉郁说"的归宿。他说："居心忠厚，托体高浑，雅而不腐，逸而不流，可以为词矣。"②还说："诚能本诸忠厚，而出以沉郁，豪放亦可，婉约亦可。"③皆将"忠厚"置于填词的首要地位。又评价王沂孙词云："碧山〔齐天乐〕诸阕，哀怨无穷，都归忠厚，是词中最上乘。"④益见"忠厚"是"沉郁"意境的终极表现。而陈廷焯自述填词历程的一段话，更是将这一点盖棺定论：

> 丙子年与希祖先生遇后，旧作一概付丙，所存不过己卯后数十阕，大旨归于忠厚，不敢有背《风》《骚》之旨。

"沉郁"是陈廷焯评词、填词的统一标准。他以"忠厚"作为自己后期词作的落脚点，这就意味着"忠厚"就是"沉郁说"的旨归。

最后再来说一下"温厚"。陈氏自序云："温厚以为体，沉郁以为用。"⑤可见"温厚"与"忠厚"一样，也是"沉郁说"的本原所在。两者相较，大同小异。其细微差别在于"温厚"有优柔不迫的一面，以此立论，难免与既豪放又沉郁的稼轩词等有所龃龉。而"忠厚"只要求"不露"，并无"不

---

①《白雨斋词话》卷十，《白雨斋词话全编》，第1320页。
②《白雨斋词话》卷九，《白雨斋词话全编》，第1317页。
③《白雨斋词话》卷一，《白雨斋词话全编》，第1170页。
④《白雨斋词话》卷二，《白雨斋词话全编》，第1190页。
⑤《白雨斋词话自序》，《白雨斋词话全编》，第1162页。

露"的风格限制,它与"沉郁说"更为兼容。因此,陈廷焯更偏向于使用"忠厚"这一概念作为"沉郁说"的词旨。

二、感发性情

作为一位词学理论家,陈廷焯首先是一个普通的读者。其早年以主情论评词,特别欣赏能够给他带来心灵震撼的作品。这种对于感染力的重视,一直延续到陈氏后期词学,他的"沉郁说"同样强调词要打动人心。

在《白雨斋词话自序》中,陈廷焯明确指出《诗经》《离骚》"为一室之悲歌,下千年之血泪,所感者深且远也"①。既然《风》《骚》是感人至深的,那么其嫡系——词——也应如此。陈廷焯在评论某些"沉郁"之作的时候,往往会将自己的读后感直接写入批语。如苏轼的〔水龙吟〕杨花词,是陈廷焯心目中最好的东坡词之一。他读后说:"身世流离之感,而出以温婉语,令读者喜悦悲歌,不能自已。"②深受感染,不能自禁。再如被视作"沉郁"极轨的王沂孙词,陈廷焯更是为之泪堕:"碧山词,何尝不沉着痛快。而无处不郁,无处不厚。反复吟咏数十过,有不知涕之何从者。"③完全被那种遗民忠爱所感动。至于宋代无名氏的《九张机》,陈廷焯给予"词至是,已臻绝顶,虽美成、白石亦不能为"④的崇高评价,这组词的感染力更加深广:"凄凉怨慕,千古孤臣孽子劳人思妇读之,皆当一齐泪下。"⑤其感动的已不仅是陈廷焯,还有千千万万的天下读者。

虽然"沉郁"的词作千姿百态,但在陈廷焯看来,它们带给读者的感动可以一言以蔽之。他说:"寄托不厚,感人不深,厚而不郁,感其所感,不能感其所不感。"⑥这段话出现在《白雨斋词话自序》中,亦属"沉郁说"的纲领性文字。寄托厚、感人深,显然是指词情之"沉"。倘若"不郁"而指明点

---

① 《白雨斋词话自序》,《白雨斋词话全编》,第1161页。
② 《词则辑评·大雅集》卷二,《白雨斋词话全编》,第715页。
③ 《白雨斋词话》卷八,《白雨斋词话全编》,第1301页。
④ 《白雨斋词话》卷七,《白雨斋词话全编》,第1278页。
⑤ 《白雨斋词话》卷七,《白雨斋词话全编》,第1278页。
⑥ 《白雨斋词话自序》,《白雨斋词话全编》,第1161页。

破,那么读者所感知的只是作者具体的情事。惟有既"沉"且"郁",方能"感其所不感",即不以作者一己之情事而以诸人同有之品性来产生共鸣。这种品性就是上文提到的忠厚。陈氏说:

> 四家之词,沉郁至碧山止矣。而玉田之超逸,西麓之澹雅,亦各出其长以争胜。要皆以忠厚为主,故足感发人之性情。①

"沉郁"的程度固然因人、因词而异,但"沉郁"的意境总会形成忠厚的品格,由此感发读者的性情。而所感发的,也就是读者自身的忠厚品性。陈廷焯在词话中曾大量援引自己的词作并加以评析,对于其中一首〔蝶恋花〕,他有如下期许:

> 庚辰秋九月,中宵不寐,万感交集,赋〔蝶恋花〕一阕,天下后世,读我词者,皆当兴起无穷哀怨,且养无限忠厚也。②

且不论这首〔蝶恋花〕水平如何,至少陈廷焯视之为"沉郁"的杰作。他认为该词能使后世读者"养无限忠厚",具有培养品性的重要作用。这就充分说明"沉郁说"所谓的"感人"乃是对读者特定性情的触发,是"忠厚"由作品向读者的一种感染和传递。

讲到这里,陈廷焯"沉郁说"的脉络已经非常清晰了。其以忠爱为词情,以比兴为词笔,从而形成忠厚的词旨。至此并未结束,而是要以之感发读者,不断强化其性情中的"忠厚"品质,这才算完成"沉郁说"的使命。这种利用文学作品来影响读者品性的观点古已有之。《礼记·经解》上说:"孔子曰:'入其国,其教可知也。其为人也温柔敦厚,《诗》教也。'"③孔颖

---

① 《白雨斋词话》卷二,《白雨斋词话全编》,第1195页。
② 《白雨斋词话》卷六,《白雨斋词话全编》,第1259页。
③ 《十三经注疏》整理委员会整理:《礼记正义》,北京大学出版社,1999年版,第1368页。

达正义云："《诗》依违讽谏不指切事情,故云'温柔敦厚',是《诗》教也。"①即以《诗经》的讽喻精神培养国人温柔敦厚的性情。陈廷焯的"沉郁说"与此殊途同归,即将《诗经》替换为"沉郁"之词,而教化品性的作用并无二致。因此,从文学功能的角度来看,"沉郁说"继承了古代的诗教传统,可以视为一种"词教"理论。

三、读者指向

"沉郁"的词作最终都会呈现出抽象的情感状态——忠厚,并以此感发人心。那么读者就成为"沉郁说"的最后一环,实际上也是最为重要的一环。

在陈廷焯看来,凡是"沉郁"之词,其所要表达的情意皆被比兴的手法所深藏。那么词中之寄托,完全依靠读者的细心发掘。因此,"沉郁说"对读者的个人素养提出很高的要求。陈氏以碧山词为例,说明了这一点:

> 《词选》云:"碧山咏物诸篇,并有君国之忧。"自是确论。读碧山词者,不得不兼时势言之,亦是定理。或谓不宜附会穿凿,此特老生常谈,知其一不知其二。古人诗词,有不容穿凿者,有必须考镜者,明眼人自能辨之。否则徒为大言欺人,彼方自谓识超,吾直笑其未解。②

陈廷焯认为,一个合格的读者不能以"就词论词"的眼光看待词史上的所有作品,而是应该有所分辨。就碧山词来说,读者势必要知人论世,了解王沂孙作词时的历史背景,这样才有可能发现其中的蛛丝马迹,进而明晰作者真实的情意。除了有足够的学识外,宁静的心态也是读出"沉郁"的重要条件。陈廷焯说:"读碧山词,须息心静气,沉吟数过,其味乃

---

① 《礼记正义》,第1368页。
② 《白雨斋词话》卷二,《白雨斋词话全编》,第1188页。

出。心粗气浮者,必不许读碧山词。"①惟有心平气和,方能将思绪沉潜下来,剥丝抽茧般地寻绎出言辞背后的主旨,继而感受到忠厚,体会到沉郁。上述几点说起来容易,做起来实难。连陈廷焯自己也感叹词中意绪的深不可测:"作词难,选词尤难。以我之才思,发我之性情,犹易也。以我之性情,通古人之性情,则非易矣。"②陈氏表面上是说选词的问题,实则流露出读者对于词中寄托的难以把握。

我们说,这种难以把握可以分为两种:一是无法确定是否有寄托;二是无法确知寄托为何。"沉郁说"的包容之处在于,纵使词情是未知数,也不妨碍"沉郁"意境的生成。如陈廷焯认为李璟之词"沉郁":

> 南唐中宗〔山花子〕云:"还与韶光共憔悴,不堪看。"沉之至,郁之至,凄然欲绝。③

李璟是南唐第二代君主,身为帝王的他不可能在词中表达忠君爱国的情愫,陈廷焯对此心知肚明。然而,"还与韶光"等句还是令他从以男女喻君臣的比兴角度联想起去国逐臣的憔悴不偶,并由此体会到一份忠爱之情与忠厚之感。因而这首词仍然是"沉郁"的。再如柳永,陈廷焯认为耆卿词"意境不高,思路微左,全失温、韦忠厚之意"④,总体上乏善可陈。不过,荒淫之篇却出现了"沉郁"之句:

> 柳耆卿〔戚氏〕云:"红楼十里笙歌起,渐平沙落日衔残照。"意境甚深,有乐极悲来、时不我待之感。而下忽接云:"不妨且系青骢,漫结同心,来寻苏小。"荒谬无度,遂使上二句变成淫词,岂不可惜。⑤

---

①《白雨斋词话》卷二,《白雨斋词话全编》,第1191页。
②《白雨斋词话》卷十,《白雨斋词话全编》,第1330页。
③《白雨斋词话》卷一,《白雨斋词话全编》,第1166页。
④《白雨斋词话》卷一,《白雨斋词话全编》,第1169页。
⑤《白雨斋词话》卷八,《白雨斋词话全编》,第1295页。

陈氏深知柳永此词乃是狎邪之作,"红楼"二句写作者看到秦楼楚馆,以引出下文纵乐之意。而倘若单看这两句,则会给人以"乐极悲来、时不我待之感",与美成词之"醉倒山翁,但愁斜照敛"异曲同工①,也会生成"沉郁"的意境。这种近乎"断章取义"的说词方式,充分表明"沉郁"在很大程度上就是读者的一种自我感觉。

　　至于无法确知寄托的内容,原本就是"沉郁说"的应有之义。因为陈廷焯对于比兴的要求是含蓄不露,越是不清楚寄托为何,就愈发显得忠厚、沉郁。相反如果一一坐实,那就不叫"沉郁"了。因此,陈廷焯在评论"沉郁"之作的时候往往点到即止。如谓贺铸〔踏莎行〕《荷花》:"此词应有所指,骚情雅意,哀怨无端,读者亦不自知何以心醉也。"②评姜夔〔翠楼吟〕《武昌安远楼成》:"此词应有所刺,特不敢穿凿求之。"③又说王沂孙的〔天香〕"荀令如今渐老,总忘却尊前旧风味"二句"必有所兴,但不知其何所指,读者各以意会可也"④。即使陈廷焯对词中寄托有所说明,通常也会采取推测的口吻。如评王沂孙〔庆宫春〕(明玉擎金):"凄凉哀怨,其为王清惠作乎?"⑤又评其〔水龙吟〕(晓霜初著青林):"笔意幽冷,寒芒刺骨,其有慨于厓山乎?"⑥这种对寄托内容的语焉不详、惜墨如金,归根结底是因为"沉郁说"的目的是以抽象的忠厚感化读者,具体情事的索隐非但没有必要,反而与含蓄不露的要求背道而驰。

　　陈廷焯的"沉郁说"以忠君爱国为词情,以比兴顿挫为词笔,以忠厚感人为词旨,涵盖了作者、作品、读者三个方面。深藏寄托的词,有赖读者发

---

①《白雨斋词话》卷一云:"美成〔齐天乐〕云:'绿芜凋尽台城路,殊乡又逢秋晚。'伤岁暮也。结云:'醉倒山翁,但愁斜照敛。'几于爱惜寸阴,日暮之悲,更觉余于言外。此种结构,不必多费笔墨,固已意无不达。"

②《词则辑评·大雅集》卷二,《白雨斋词话全编》,第719页。

③《白雨斋词话》卷二,《白雨斋词话全编》,第1181页。

④《白雨斋词话》卷二,《白雨斋词话全编》,第1188页。

⑤《词则辑评·大雅集》卷四,《白雨斋词话全编》,第746页。

⑥《词则辑评·大雅集》卷四,《白雨斋词话全编》,第747页。

覆而彰显"沉郁";本无寄托的词,可由读者联想以生成"沉郁"。而教化读者的目的又决定了词情的伦理内容与词笔的欲露不露。因此,"沉郁说"是一种主观性极强的理论学说,带有鲜明的读者指向。

第五节　填词实践中的"沉郁说"

古人有填词而不治词者,未有治词而不填词者。亦有将填词与治词相结合、以治词指导填词者,陈廷焯即是。他编辑词选、撰写词话的同时,始终都在从事填词创作。而我们今天所能看到的陈廷焯词只有区区五十余首。之所以这么少,主要原因在于陈氏的词作经过有心的删削以及无意的散失。陈廷焯十七八岁开始习词,最初喜填艳词。过了几年,到他二十二岁编选《云韶集》的时候,艳词已经"屏削殆尽",他学词初期的艳词作品基本上都没有留下来。另外,陈廷焯和他的好朋友王凤起、李慎传多有词作上的唱和。陈和王的诗词唱和要早一些,尤其集中在陈氏二十一二岁时。两人词作唱酬不下十几首,但"大半率意之作,都无存稿"[1],目前只留下一首〔摸鱼子〕。据李慎传《植庵集》可知,陈氏二十五岁那年给李写过一首送别词。同年两人又都仿效《申报》所载江东拾翠生留别陈郎桐仙的〔金缕曲〕填词。但陈氏这两首词都不存。陈廷焯与庄棫会面后词学思想发生很大转变,"旧作一概付丙,所存不过己卯后数十阕",他二十七岁以前的词作被舍弃了。陈、李的交往之词应该就是这样消失的。综合《白雨斋词存》、十卷本《白雨斋词话》以及《云韶集》来看,陈廷焯现存词作五十五首(含三首残篇),少量作品可以编年,大部分只可推知其作于前期或后期。陈廷焯后期以"沉郁"为标尺臧否古今词作,褒贬之中即见"沉郁"之义。而陈氏的词作"今是而昨非",他在《白雨斋词话》中也以自己的作品为例,贬前期而褒后期,来证明其后期词学的合理性。通过考察陈廷焯词,我们不仅可以进一步理解"沉郁说"的内涵,还能以此为视角看一看

---

[1]《白雨斋词话》卷八,《白雨斋词话全编》,第1301页。

"沉郁说"指导填词创作的效果如何。

一、丰富多样的前期词

陈廷焯生前即对他早期的词作屡有删削。我们今天能够看到的他的前期词不足十首，或是来自《云韶集》偶然提及，或是在《白雨斋词话》中作为"反面教材"出现。

《云韶集》批语中提到过陈廷焯的三首词：一首〔十六字令〕仅存末二句，题为咏愁月。还有两首〔忆江南〕，乃是追忆江南胜地。我们来看其中一首：

> 江南忆，能不忆扬州。梦到绿杨城郭地，多情重上十三楼。明月二分秋。

唐代白居易有〔忆江南〕三首，脍炙人口。陈廷焯写了六首，数量翻倍，句法、结构方面明显有模仿痕迹。扬州美景，天下闻名，晚唐杜牧、清初王士禛等在此留下过风流韵事、文坛佳话。唐人徐凝《忆扬州》说："天下三分明月夜，二分无赖是扬州。"王士禛〔浣溪沙〕"绿杨城郭是扬州"，亦是描写扬州的名句。陈廷焯此词化用前人成句，写出扬州城的旖旎多情，表达自己的怀想之意。〔十六字令〕和两首〔忆江南〕都作于陈氏二十二岁之前，是目前已知的其最早的词作。

陈廷焯前期还写过一些送别词。二十二岁那年，王凤起远行，陈氏填词赠之。另外《白雨斋词存》有一首〔满江红〕，亦是送别之作，我们来看一下：

> 杯酒长亭，我醉矣、为君起舞。君不见、谢王门第，已成尘土。只有钟山青不断，随君直向淮安去。卷西风、木叶晚萧萧，秋将暮。
> 功名事，浑无据。英雄泪，都如注。又我南君北，万端离绪。此去天

台寻旧迹,桃源隔断人间路。但劝君、莫过愤王祠,悲风怒。①

原有题序:"江口送客之淮徐,余亦有天台之行。""江口"当指南京长江边。陈廷焯在此送好友北上淮安,而他自己也将南下浙江黄岩,相比起来路途更为遥远。南京是六朝古都,历尽沧桑,功名事业,总归尘土。陈氏为友人置酒送行,对其功名未就予以宽慰,兼及个人往来吴越、别易会难之慨。整首词用笔劲健而中有感喟。其中"此去天台寻旧迹,桃源隔断人间路",写二人别后音讯渺茫,用典切合,饶有深情,值得称道。

陈廷焯秉性忠贞,自视甚高,科场得失自会极大影响他的心情。比如这首〔临江仙〕:

> 落日江干分手处,无端重见云英。眉棱犹带远山青。多卿珍重意,苦语慰飘零。　　飒飒西风摧劲羽,萧郎憔悴而今。宾鸿嘹唳过前汀。红灯摇客梦,明月碎秋心。②

关于此词的创作背景,《白雨斋词话》卷七交代得很清楚。光绪二年(1876)丙子,正是举行乡试的年份。二十四岁的陈廷焯在这次江南乡试中落榜。而后在王凤起的离筵上,陈氏写下了这首词。秋风萧瑟,落日江边,与好友分别,已是令人伤感。更何况陈廷焯又遭到科考失利的打击,心情更加抑郁。"多卿珍重意,苦语慰飘零",他只能在重逢的歌女那里寻求些许慰藉。词中大量出现"飘零""摧""憔悴""碎"等凄清哀婉的字眼,弥漫着一种消沉落寞的心绪。结语"红灯摇客梦,明月碎秋心",情词凄婉,令人不堪卒读。

同是不遇,他既有失意之词,又有愤懑之作。这首〔金缕曲〕便是:

---

①《白雨斋词存》,《清代诗文集汇编》第777册,第52页。
②《白雨斋词话》卷七,《白雨斋词话全编》,第1282页。

节过重阳矣。渡芦洲、数行哀雁,暮天声起。王粲登楼空怅望,落日苍烟无际。消不尽、胸中块垒。箕踞狂呼聊复尔,拭青萍、夜夜光凝紫。便欲击,唾壶碎。　　黄花小圃饶秋意。扫苍苔、眠茵藉草,径须觅醉。得失鸡虫何足数,一笑浮云富贵。聊自学、田家生计。不信马周终落拓,倒金尊、且了东篱事。更不下,穷途泪。①

此词上片抒发怀才不遇之感。青萍,宝剑名。"拭青萍"云云,亦是稼轩"醉里挑灯看剑"之意。一腔抱负,不得施展。下片换笔换意,别开境界。不计较眼前得失,以唐代马周自比,坚信自己终能为世所知所用。与〔临江仙〕一样,这首词也作于秋天。不同的是,〔临江仙〕低回哀婉,〔金缕曲〕则高唱入云。虽然大量使用典故,但词意并不隐晦。而是将自己的牢骚不平、怀才自信直截了当地表达出来。

陈廷焯留存下来的前期词作数量只有个位数,但已涵盖咏物、忆旧、送别、感怀等多个主题。所谓"管中窥豹,可见一斑"。可以推知,陈氏早年填词内容非常丰富,他用词来抒写各种情感。修辞表达上则或清丽,或哀婉,或豪放,风格不拘,情至而已。陈廷焯前期的词作是其"主情论"的鲜明体现。

二、深浅有别的后期词

由于词学思想的转变,陈廷焯对他前期词作进行了毁弃。他希望传世的,皆是他后期的作品。对于这些词,陈氏自评为"大旨归于忠厚,不敢有背《风》《骚》之旨"。事实上,其后期词有着意境深浅的差别,至少陈廷焯自己是这样认为的。

光绪十一年(1885)乙酉,又值三年一次的乡试。三十三岁的陈廷焯在考试中状态不佳,自我感觉很差。还没放榜,陈氏便已有所预感。他在归途中写下一首〔临江仙〕:

---

① 《白雨斋词存》,《清代诗文集汇编》第777册,第51—52页。

八月西风吹客袂，初程少驻征鞍。雁声嘹唳碧云端。高城天共远，回首泪阑干。　　短荻长芦秋瑟瑟，水边红蓼花残。冰轮寂寞夜江寒。回潮如有恨，呜咽绕前滩。①

　　九年前乡试失利，陈廷焯就写过〔临江仙〕，中云"宾鸿嘹唳过前汀"。如今"雁声嘹唳碧云端"，真如李清照词所说的那样："雁过也，正伤心，却是旧时相识。"当年落榜，陈氏还比较年轻。且好友在座，歌女相陪。现今陈氏已过而立之年，竹庵已逝，佳人不再，其失意之感、寂寞之情更甚，故有"回首泪阑干""呜咽绕前滩"之语。此词记录下陈廷焯这次科考的失意与痛苦，情意简单明了而又沉重痛切，所以陈氏自评此词为"意不深而情胜"②。次日，陈氏归舟为风雨所阻，又赋〔洞仙歌〕一阕，上半阕云：

　　荒江晚泊，舣兼葭深处。回首高城堕烟雾。正酒怀落寞，旅途凄迷，愁欲绝、况是短篷疏雨。③

　　〔临江仙〕"高城天共远"，〔洞仙歌〕"回首高城堕烟雾"，这里的"高城"应该是江南乡试的举办地——南京。实际上已成为陈廷焯科考出仕、施展才能的一个象征。而他却与此渐行渐远，遥不可及。秋雨淅淅，晚景荒凉，前路茫茫，陈氏伤心欲绝。这两首词所表达的情感一样，都是个人求仕遇挫后的失落与愁苦。词里没写缠绵忠爱，没用比兴手法，也就谈不上沉郁。正如陈廷焯自己所说，二词"词境皆浅，聊寄吾怀而已"④，只是当时落寞心绪的一种抒发和排遣。
　　陈廷焯后期词中，"词境皆浅，聊寄吾怀"的其实很少。大多数都是比

---

①《白雨斋词话》卷九，《白雨斋词话全编》，第1314页。
②《白雨斋词话》卷九，《白雨斋词话全编》，第1314页。
③《白雨斋词话》卷九，《白雨斋词话全编》，第1314页。
④《白雨斋词话》卷九，《白雨斋词话全编》，第1314页。

兴寄托的沉郁之作。而按照忠厚程度的不同，这些词又可分成两个层次。下面我们对比来看两首〔蝶恋花〕：

镇日双蛾愁不展。隔断中庭，羞与郎相见。十二阑干闲倚遍。凤钗压鬓寒犹颤。　　昨日江楼帘乍卷。零乱春愁，柳絮飘千点。上巳湔裙人已远。断魂莫唱蘋花怨。①

谁道蓬山天外远。晓起开帘，重见芙蓉面。鬒鬓笼云眉翠敛。低头不觉朱颜变。　　避入花阴藏不见。细拾残红，不语思量遍。小院新晴寒尚浅。秋风先已捐团扇。②

据陈廷焯说，二词创作时间只隔了两天。且择调、用韵相同，又都运用以男女喻君臣的比兴手法。而它们的区别在于情意口吻。前一首写女子与男子曾有过一段美好的遇合，后来横遭阻隔，无缘相见。女子黛蛾长敛，阑干倚遍，黯然神伤，相思相忆。值得注意的是遣词的口吻，不说男子不见她，而说自己"羞与郎相见"。"断魂莫唱蘋花怨"，化用王沂孙〔南浦〕《春水》"断魂重唱蘋花怨"。其中虽也点明"怨"，却以"莫"字收敛，仍是极有节制。这样来表情达意就是所谓的忠厚、温厚，让人感受到陈廷焯对君王有一份怨慕幽思。后一首写男女重逢，但女子急忙避而不见。原因就是"朱颜变"，这也是理解此词作意的关键。这位女子等待多年，已然美人迟暮。她如同那初春时节的落花，还没有盛开，还没有得到充分的欣赏与珍重，就早早地凋谢，归于尘土。结尾写风对花的无情，即男子对女子的抛弃，也就是君主对陈廷焯的遗忘。"秋风先已捐团扇"一句，怨念极深，甚至有些控诉的意味。在温柔敦厚方面，明显不如前一首。这两首词之所以忠厚程度有别，主要原因是"怨"的尺度不一样。怨情原本是忠爱的一种表现，但表达的声情口吻不同，就会给人不同的感受。这就是陈廷焯所

---

① 《白雨斋词存》，《清代诗文集汇编》第777册，第51页。
② 《白雨斋词存》，《清代诗文集汇编》第777册，第51页。

区分的"怨而不怒"和"怨而怒矣"。儒家的"发乎情,止乎礼""乐而不淫""哀而不伤""怨而不怒"等等,都是说感情的抒发要有节制,要有分寸。文士怀才不遇,难免中有怨情。如果表达得"怨而不怒",读者体会到的就主要是背后的缠绵忠爱,温柔敦厚,比如第一首〔蝶恋花〕;如果表达得"怨而怒矣",怨怼和不满就会占据上风,也就有伤忠厚,比如后一首〔蝶恋花〕。陈廷焯后期有一首〔买陂塘〕,也是"怨而怒"的典型。全词描写一位红袖佳人的相思之苦。上片高楼望远,目断天涯;下片倩雁传书,自伤自怜。结尾几句云:"还嘱咐。也不望、重逢慰我飘零苦。华年已误。便瑶瑟亲调,玉筝低弄,哽咽不成语。"①意即自己红颜老去,不再奢望与意中人重逢。暗喻陈氏行将老大、壮志难酬的悲慨。"飘零苦""哽咽不成语"云云,真是哀怨至深。而"不望重逢""华年已误",其语气之决绝、落空之悲愤,较"秋风先已捐团扇"有过之而无不及。

像那首"怨而不怒"的〔蝶恋花〕自然是沉郁之作,而陈廷焯"怨而怒矣"的词是否还能算"沉郁"呢? 答案是肯定的。《白雨斋词话》卷六说:

> 诗词皆贵沉郁,而论诗则有沉而不郁,无害其为佳者。杜陵情到至处,每多痛激之辞,盖有万难已于言之隐,不禁明目张胆一呼,以舒其愤懑,所谓不郁而郁也。作词亦不外乎是。惟于不郁处,犹须以比体出之,终以狂呼叫嚣为耻,故较诗为更难。②

陈廷焯认为作诗可以"沉而不郁",像杜诗有时情到至处,难以遏抑,不由得大声疾呼。究其原因,还是杜甫忠爱深厚郁勃,所以陈氏叫它"不郁而郁"。同样是怨怼之情、愤懑之怀、不平之气,在词中就不能直接吐露、狂呼叫嚣,而仍然要用比兴的手法蒙一层面纱,加一层含蓄,以保持词体之沉郁。所以陈廷焯自评〔买陂塘〕云"怨而怒矣,然亦有不能已于言之

---

①《白雨斋词存》,《清代诗文集汇编》第777册,第45-46页。
②《白雨斋词话》卷六,《白雨斋词话全编》,第1258-1259页。

隐"①,评后一首〔蝶恋花〕云"决绝如此,未免怨而怒矣,然自是幽郁"②,说这两首"怨而怒"的词有不得不言的苦衷、积聚于胸的幽郁,即还是"郁"的。而更加明确的表述出现在《词则》对辛弃疾〔摸鱼儿〕(更能消几番风雨)的评语中:"怨而怒矣,姿态飞动,极沉郁顿挫之致。"③"怨而怒"的词,也可以达到沉郁的极致。事实上,陈廷焯的〔买陂塘〕遣词造境仿效庄棫〔买陂塘〕(问西风数行新雁)④,用意用笔则有与辛弃疾〔摸鱼儿〕(更能消几番风雨)相通之处。这再一次说明,比兴才是"沉郁说"的核心要素。

《风》《骚》诗教的旨归是温柔敦厚,"怨而不怒"自然更好。这从陈廷焯对双卿和吴藻香词的评价中即可看出一二。《白雨斋词话》卷九云:"双卿词,怨而不怒,可感可泣。吴藻香则怨而怒矣,词不逮双卿。"⑤两者相较,高下立判。就上文所引两首〔蝶恋花〕来说,陈氏谓前者"怨而不怒,尚有可观"⑥,谓后者"决绝如此,未免怨而怒矣",味其语意,当更为推许前一首。

陈廷焯后期词中有极个别不用比兴、无关沉郁者,这类作品被认为词境浅显。而他的沉郁之作,又有"怨而怒矣"和"怨而不怒"之分。二者都用比兴,后者更显忠厚,故而要更胜一等。

三、比兴寄托的三种类型

既然"沉郁说"的核心是比兴,那么如何运用比兴、怎样把比兴用好就成为创作沉郁之词的关键。就陈廷焯后期词作来看,他的比兴寄托大体可以归纳为三种类型。

---

① 《白雨斋词话》卷六,《白雨斋词话全编》,第1259页。
② 《白雨斋词话》卷九,《白雨斋词话全编》,第1314页。
③ 《词则辑评·大雅集》卷二,《白雨斋词话全编》,第725页。
④ 见《白雨斋词话》卷六,《白雨斋词话全编》,第1251页。
⑤ 《白雨斋词话》卷九,《白雨斋词话全编》,第1311页。
⑥ 《白雨斋词话》卷九,《白雨斋词话全编》,第1313页。

(一)以男女喻君臣

以男女来喻君臣是自《风》《骚》以来相沿已久的比兴传统,可谓最经典的比兴手法。陈廷焯在诗中就写过不少思妇诗、弃妇诗,以寓托自己对君主的怨慕之思。对于这种创作方法,他非常熟悉,且运用自如。后期词学释"沉郁"之义,就提到"写怨夫思妇之怀,寓孽子孤臣之感",说明陈氏已经将这类比兴视为实现沉郁的主要手段。这一观念也落实到填词实践中,其后期很多词作的抒情主人公都是思妇形象。像前文提到的那两首〔蝶恋花〕和〔买陂塘〕即是如此。下面再举一首〔菩萨蛮〕:

> 翡帏翠幄深深处。画屏金雀双双舞。鸾镜照花枝。低回拢鬓丝。 敢将脂粉弃。知合时宜未。寂寞倚阑干。小窗春梦残。①

词中之深意,陈廷焯自己有详细解释:

> "翡帏"二语,言托根之厚。"鸾镜"二语,言修饰之工,即《离骚》"内美修能"意。不弃脂粉,委曲求全,寂寞梦残,言所遇之卒不合也。②

这首词句句比兴,表面上是写女子,实则是写陈廷焯自己。他的真实意思是说我的品德、才能、性情都很好,但没有得到君主的赏识和任用。此中有哀怨,也有期盼,语意温厚缠绵。陈氏自评此词"于伊郁中饶蕴藉,厚之至也"③,即是沉郁之什、上乘之作。

如果对温庭筠词比较熟悉,那么读到陈氏这首〔菩萨蛮〕时读者一定会有似曾相识之感。没错,他正是模仿温词。而且他不仅模仿唐代温庭

---

① 《白雨斋词存》,《清代诗文集汇编》第777册,第49页。
② 《白雨斋词话》卷六,《白雨斋词话全编》,第1257页。
③ 《白雨斋词话》卷六,《白雨斋词话全编》,第1257页。

筠，还效法五代冯延巳。陈廷焯认为飞卿词"全祖《离骚》，所以独绝千古"①，正中词"缠绵忠厚，与温、韦相伯仲也"②。他认定两人词中所写男女相思，绝非艳词，而是有君国兴寄，乃沉郁佳作。陈氏填词，要上追古人。《白雨斋词话》云：

> 飞卿〔菩萨蛮〕，古今绝调，难求嗣响。蒿庵诸词，几于上掩古人，惟〔菩萨蛮〕十三章，虽穷极高妙，究不能出飞卿之右。盖词各有极，既振其蒙矣，又何加焉。后人为此调者，本诸《风》《骚》，参以温、韦，无害大雅，便算合作，更欲驾飞卿上之，则不能也。③

就〔菩萨蛮〕一调而言，温庭筠的十四首已经成为经典和范式，包括庄棫在内的后世词人都不可能超过了。除〔菩萨蛮〕外，〔更漏子〕也是温庭筠的"专利"。《白雨斋词话》说："〔菩萨蛮〕〔更漏子〕诸阕，已臻绝诣，后来无能为继。"④冯延巳也有自己的"招牌"词调——〔蝶恋花〕。陈廷焯说：

> 〔蝶恋花〕一调，最为古雅。"六曲阑干"唱后，几成绝响。一千年来，复得蒿庵四阕，仲修六阕，可以嗣响正中，此外鲜有合者。⑤

在陈廷焯看来，像温庭筠的〔菩萨蛮〕〔更漏子〕、冯延巳的〔蝶恋花〕，都属于"只能被模仿，无法被超越"的存在。出于复古，他有意选用这几个词调反复填写。经统计，其后期创作了十五首〔菩萨蛮〕、三首〔更漏子〕、十一首〔蝶恋花〕，总计二十九首，占到现存后期词作数量的一半以上。从这些词中，我们很容易发现"参以温、韦""嗣响正中"的影子。陈廷焯不光

---

①《白雨斋词话》卷一，《白雨斋词话全编》，第1165页。
②《白雨斋词话》卷一，《白雨斋词话全编》，第1167页。
③《白雨斋词话》卷六，《白雨斋词话全编》，第1257页。
④《白雨斋词话》卷一，《白雨斋词话全编》，第1165页。
⑤《白雨斋词话》卷六，《白雨斋词话全编》，第1255页。

沿袭以男女喻君臣的比兴手法，还屡屡化用温、冯的原句。即以上面所举〔菩萨蛮〕为例，“画屏金雀双双舞”从温庭筠的“画屏金鹧鸪”而来；“小窗春梦残”化用温庭筠的“绿窗残梦迷”；“鸾镜照花枝”更是与温庭筠的“鸾镜与花枝”只有一字之差。总之，陈廷焯后期填写了很多以男女相思寄托君臣怨慕的词作，在用意用笔、遣词造句方面有着浓重的模拟痕迹。

（二）托物寓意

陈廷焯在解释“沉郁”时列举出两种具有代表性的比兴手法：一个是“写怨夫思妇之怀，寓孽子孤臣之感”，还有一个是“凡交情之冷淡，身世之飘零，皆可于一草一木发之”，即托物寓意。王沂孙很擅长这种创作手法。《词则·大雅集》选录碧山词凡三十八首，大部分是咏物之作。且其所咏之物多种多样，如龙涎香、萤、蝉、莼、春水、雪意、新月、落叶、绿阴、秋声、红叶，仅花这一类就有水仙、牡丹、海棠、白莲、梅花、榴花、苔梅、梅影等。王沂孙咏物，并不是要争奇斗巧，而是借所咏以感时伤世，寄托忠爱。《白雨斋词话》说：“碧山咏物诸篇，固是君国之忧。时时寄托，却无一笔犯复，字字贴切故也。”①碧山词寄意浑融，温厚缠绵，极托物寓意之能事，也极沉郁顿挫之能事，是陈廷焯心目中的词圣。陈氏熟读、细读碧山词，认真揣摩其中的比兴之义，也将这种托物寓意的创作手法自觉运用到个人的填词实践当中。比如下面这首〔丑奴儿慢〕：

> 嫩寒破晓，帘外落红成阵。镇几日、花昏柳暗，雨湿云封。婉娩年华，一时都付鸟声中。小窗梦冷，西楼月淡，影掠孤鸿。　　记否年时，游丝系处，不碍帘栊。叹此日、飘残清泪，遗误花工。寂寞空山，更无人与说残红。野烟深锁，侭伊憔悴，莫怨东风。②

---

①《白雨斋词话》卷二，《白雨斋词话全编》，第1188页。

②《白雨斋词存》，《清代诗文集汇编》第777册，第51页。

词乃传统的伤春主题,整首都围绕落花命意。上片"婉娩年华,一时都付鸟声中",写韶华倏忽而逝,是一篇主旨。过片今昔对比,当年游丝轻飏,风光旖旎;如今飞花万点,香断红绡。昔盛今衰,倍觉凄楚。"寂寞空山"二句,哀怨愈深。结尾"侭伊憔悴,莫怨东风",尽其在我,忠厚之至。词写伤花,实则自悼。用笔反复缠绵,用意怨而不怒,寄托了陈廷焯的怨慕之情、忠爱之意。陈氏自评此词也说"极郁极厚,有感而发也"①。碧山咏物,表达的是君国之忧;陈氏〔丑奴儿慢〕,抒发的是不遇之感。虽然他们所感不同,但在托物写怨、缠绵忠爱上是高度一致的。需要指出的是,陈氏这首词与庄棫〔丑奴儿慢〕(飞来燕燕)②择调、用韵相同,词句、章法也都很像。不同的是,庄词书写了一段美人伤春的心曲。结尾"蛾眉休说"云云,明显仍是以男女喻君臣。而陈词则有意消融痕迹,将"人"与"花"打并为一,亦花亦人。全词声情,与王沂孙〔高阳台〕(残雪庭除)一篇相通。"叹此日、飘残清泪,遗误花工。寂寞空山,更无人与说残红",亦是脱化自王沂孙〔庆清朝〕《榴花》"朱旛护取,如今应误花工。颠倒绛英满径,想无车马到山中"。可见陈廷焯在学习他老师庄棫词的基础上遥追碧山,以托物寓意的比兴手法来达到沉郁的境界。

(三)信笔写去,自饶深厚

前面两种比兴手法有一个共性,那就是有作意,有构思。以男女喻君臣,词中的女子形象、穿戴服饰、居住环境、一举一动显然是虚构出来的。托物寓意之"物"也未必是作者所亲见。像〔丑奴儿慢〕描写的是春天,而陈廷焯明确告诉我们"丙戌之秋,余曾赋〔丑奴儿慢〕一篇"③,乃是光绪十二年(1886)秋天所作。词中的花谢花飞、空山烟锁,亦是他的想象之辞。也就是说,这两类经典的比兴模式需要人工思力的安排,很多时候写的是心中景,而非眼前景。事实上,陈廷焯后期所理解的比兴非常灵活,包容

---

① 《白雨斋词话》卷六,《白雨斋词话全编》,第1260页。
② 见《白雨斋词话》卷六,《白雨斋词话全编》,第1253页。
③ 《白雨斋词话》卷六,《白雨斋词话全编》,第1260页。

性很广。凡是植根忠爱、语外传神、归诸忠厚者皆属于比兴的运用。比如辛弃疾词,他的不少沉郁之作既非托志帷房,又非托物寓意。《白雨斋词话》卷一云:

> 稼轩词着力太重处,如〔破阵子〕《为陈同甫赋壮诗以寄之》、〔水龙吟〕《过南剑双溪楼》等作,不免剑拔弩张。余所爱者,如"红莲相倚深如怨,白鸟无言定是愁",又"不知筋力衰多少,但觉新来懒上楼",又"城中桃李愁风雨,春在溪头荠菜花"之类,信笔写去,格调自苍劲,意味自深厚。不必剑拔弩张,洞穿已过七札,斯为绝技。①

辛弃疾〔破阵子〕结云:"了却君王天下事,赢得生前身后名。可怜白发生。"壮志难酬,慷慨激烈,此即剑拔弩张、着力太重处。陈廷焯所欣赏的乃是"红莲"等句。"红莲相倚"二句、"不知筋力"二句皆出自稼轩〔鹧鸪天〕(枕簟溪堂冷欲秋),"城中桃李"二句出自稼轩〔鹧鸪天〕(陌上柔桑破嫩芽)。这两首〔鹧鸪天〕陈氏录入《词则·放歌集》,视为变体。但所引这几句在词选中都旁加密圈,表示最高程度的赞赏,词话又谓其"格调自苍劲,意味自深厚"。陈氏后期词学中,"深厚"几乎是"沉郁"的代名词,所谓"非沉郁无以见深厚"。所以在陈氏看来,辛弃疾这两首〔鹧鸪天〕纵非沉郁之词,却有沉郁之句。像"不知筋力衰多少,但觉新来懒上楼",多少放废之悲、不平之气,多少报国之心、忠爱之意,却不露声色,平常道来,引人深思,耐人寻味。而"红莲""白鸟""桃李""荠菜",也非有意托喻,而是"信笔写去",情与景会,自有一番韵味。陈廷焯认为这种写法是"绝技",是一种很高的艺术境界。他自己也填过一首类似的词:

> 一夜西风古渡头。红莲落尽使人愁。无心再续西洲曲,有恨还
> 登舴艋舟。　　残月堕,晓烟浮。一声欸乃入中流。豪怀不肯同零

---

① 《白雨斋词话》卷一,《白雨斋词话全编》,第1175页。

落,却向沧波弄素秋。①

又是秋天,又是渡头。也许这首词又作于一次乡试落榜的归舟之中。上片点出"愁"与"恨"。《西洲曲》是南朝乐府民歌,其中说:"开门郎不至,出门采红莲。采莲南塘秋,莲花过人头。低头弄莲子,莲子青如水。置莲怀袖中,莲心彻底红。"以"莲"谐"怜",陈廷焯《骚坛精选录》谓这首诗"大抵是女子怀人之词"②。词云"无心再续西洲曲",可知"红莲落尽使人愁"的"愁"不是因为爱情,而是像南唐中主李璟所说的"菡萏香销翠叶残。西风愁起绿波间",是一份岁华摇落、志意无成的愁苦。"有恨还登舴艋舟"的"恨"则是一份下第还乡、怀才不遇的悲慨。下片"残月堕,晓烟浮。一声欸乃入中流",黎明时分,归舟启程。结句"豪怀不肯同零落,却向沧波弄素秋",是说我自有豪情壮志、一腔抱负来为国效力,不肯与那红衰翠减一样凋零,但如今却只能处江湖之远吟赏秋景。其中"弄"字颇有味,有闲适把玩之意。与"豪怀"相对照,尤觉可哀。二句用笔豪放顿挫,语意沉着深婉,多少不甘、多少无奈、多少希冀,都在言外。辛弃疾〔鹧鸪天〕云:"却将万字平戎策,换得东家种树书。"陈廷焯此词结尾,与之很像。《白雨斋词话》卷九云:"词有信笔写去,若不关人力者,而自饶深厚,此境最不易到。"③接着便引了自己的这首〔鹧鸪天〕,然后说"书以俟识者"④。陈廷焯这首词一气贯注,自然流畅,写眼前景,有言外意,在择调、用笔等方面有意模仿辛弃疾〔鹧鸪天〕,自我认为已经达到"信笔写去,自饶深厚"的境界。

无论前期还是后期,陈廷焯的创作和理论都是高度契合的。陈氏前期词作存世很少,但已能充分体现出词以抒情、题材多样、风格不拘的特点。后期由于词学思想的转变,陈氏对前期词全盘否定,说"余初为词,亦

---

① 《白雨斋词存》,《清代诗文集汇编》第777册,第51页。
② 《骚坛精选录》卷八。
③ 《白雨斋词话》卷九,《白雨斋词话全编》,第1314页。
④ 《白雨斋词话》卷九,《白雨斋词话全编》,第1314页。

不免淫冶叫嚣之失"①，又说"此类非无才思，皆不足语于大雅"②，还说自己早年写过类似于淫词、鄙词、游词的作品。他后期填词，就求"沉郁"，求"大雅"，作"正声"，即用比兴之法寄寓忠爱之情。而陈氏后期词中的情感大都是因科举蹭蹬而产生的不遇之感、怨慕之思，实际上是比较单调的。至于比兴，陈氏主要运用过三种不同的手法，都是他对前人词心摹手追以蕲沉郁之境的结果。其中，以男女喻君臣这种手法用得最多，模仿痕迹也最重。《白雨斋词话》卷一云："稼轩〔菩萨蛮〕《书江西造口壁》一章，用意用笔，洗脱温、韦殆尽，然大旨正见吻合。"③陈廷焯恰好与之相反，他写的〔菩萨蛮〕〔更漏子〕〔蝶恋花〕诸阕，用意用笔，处处可见温、韦、正中的影子。甚者篇篇"华年已误"，首首"音信无据"，看多了就会给人一种概念化、模式化、符号化的印象。《清词菁华》云："道、咸后词，自庄棫、谭献至廷焯，皆袭常州之貌，锐意复古，尚模拟而轻创举，渐失真面。廷焯尤甚。"④施蛰存先生也评价陈廷焯说："其自作词，亦刻意揣摩温、韦，用功于文字声色之间，但得貌似耳。"⑤都指出陈词存在模拟、貌似的缺陷。从本质上来说，陈廷焯后期对"沉郁说"的实践，与文学史上各种复古派一样，都难逃古人窠臼，都难免形成套路。倘若天假其年，丰其阅历，富其才学，陈廷焯或许能够跳脱藩篱，更进一步，接近沉郁顿挫、极虚极活的艺术境界。但很遗憾，这只能是一种假设了。

词体正变观是陈廷焯后期词学的主体框架。他大力鼓吹"正声"，由此提炼出自成系统的"沉郁说"，并落实到个人填词创作中。至于放歌、闲情、别调等变体，陈氏对于闲情之作，也就是艳词别具青眼，甚至构建起完整丰富的艳词理论体系。

①《白雨斋词话》卷七，《白雨斋词话全编》，第1282页。
②《白雨斋词话》卷七，《白雨斋词话全编》，第1283页。
③《白雨斋词话》卷一，《白雨斋词话全编》，第1176页。
④ 沈轶刘、富寿荪选编：《清词菁华》，安徽文艺出版社，1986年版，第374页。
⑤ 施蛰存选定：《花间新集》，浙江古籍出版社，1992年版，第334页。

第六章　后期词学之专题理论——艳词理论

艳词,是以描写女性体态和男女之情为主要内容的词作。在词的题材内容不断拓展,几乎与诗相埒的情况下,艳词在最大程度上继承了词体"香而软"的特质。它的香艳多情仿佛一把双刃剑,既吸引无数文人走入词学的殿堂,又被正人君子斥为诲淫,乃至遭受堕入泥犁地狱的恐吓。可以说,围绕艳词的争议与矛盾是每个学词、治词的人都无法回避的,古代词学家的艳词观亦是各有主张。陈廷焯学词之初即好为艳词,后期对古今艳词做了全面的梳理,进而提出一整套关于艳词的分类法、批评论和创作论,代表了古代艳词理论的最高水平,对于我们今天的艳词研究也有重要的指导意义。

第一节　词学史上的艳词观

在词史早期阶段,词为艳科,所写内容几乎都与美女、爱情有关,故"艳词"与"词"在内涵上极为接近。随着文人词的发展,词开始向诗靠拢,题材内容亦不断拓宽。自北宋后期以来,爱国、寿赠、悼亡、山水、边塞、怀古等类型的词大量涌现,艳词开始从词体中独立出来。在陈廷焯之前,古代词学家便对艳词颇多关注,其具体态度则有明显分歧。

一、主雅

欧阳炯《花间集叙》云:"因集近来诗客曲子词五百首,分为十卷。"①

---

① 赵崇祚辑,李一氓校:《花间集校》,人民文学出版社,1958年版,第1页。

所谓"文人词",在某种意义上就是诗人词。一些词家受到传统诗学观念的影响,大力鼓吹雅词,否定艳词。

东坡词"一洗绮罗香泽之态,摆脱绸缪宛转之度"①,为脂粉笼罩下的词坛吹进一股清新之气。在言志词的映衬下,喁喁作儿女情态的艳词无疑显得低俗和卑微。于是,在某些词家的心目中,艳词成为雅词的对立面。王灼《碧鸡漫志》记载北宋末年万俟咏词:"雅言初自集分两体,曰雅词,曰侧艳,目之曰胜萱丽藻。后召试入官,以侧艳体无赖太甚,削去之。"②在"主雅"的观念下,"无赖太甚"的侧艳之词便成为删削的对象。事实上,持这种态度的词人并非少数,如南宋汪莘说:

> 唐宋以来,词人多矣。其词主乎淫,谓不淫非词也。余谓词何必淫? 顾所寓何如尔!余于词,所爱喜者三人焉。盖至东坡而一变,其豪妙之气,隐隐然流出言外,天然绝世,不假振作。二变而为朱希真,多尘外之想,虽杂以微尘,而其清气自不可没。三变而为辛稼轩,乃写其胸中事,尤好称渊明。此词之三变也。③

"顾所寓何如尔"一句颇有意味。在汪莘看来,词可写的内容题材多种多样,何必偏执于动涉淫亵的艳词呢? 因此他喜爱苏轼、朱敦儒、辛弃疾这类抒写人生志意、隐逸情怀的词作,彻底将艳词打入冷宫。再如清代阳羡词派领袖陈维崧,他以"为经为史"④的气魄对待填词,自然会轻视艳词。又如浙派后期词家江顺诒,认为"香奁本非词格,后生小子,矜其一得,竟为秽亵之语,岂大雅所屑道者哉"⑤。

上述诸人虽然词学主张不尽相同,但都追求一种比艳词更为雅致的

---

① 胡寅:《酒边集序》,《唐宋词集序跋汇编》,第117页。
② 王灼:《碧鸡漫志》,《词话丛编》,第83—84页。
③ 汪莘:《方壶诗余自序》,《唐宋词集序跋汇编》,第227页。
④ 陈维崧:《词选序》,《唐宋词集序跋汇编》,第414页。
⑤ 江顺诒:《词学集成》,《词话丛编》,第3264页。

词体类型。他们排斥艳词,也就谈不上更多的理论认识了。

二、主艳

如果说"主雅"派是"稍涉香奁,一概芟薙"[①],将艳词贬得一文不值的话,那么"主艳"派则走向另外一个极端。他们将艳词的地位抬至词体至尊,这以明代词人为代表。

李宗准在《遗山乐府后记》中说:"乐府,诗家之大香奁也。"[②]俨然将"词"与"艳词"画上等号。王世贞则说:

> 故词须宛转绵丽,浅至儇俏,挟春月烟花于闺襜内奏之,一语之艳,令人魂绝,一字之工,令人色飞,乃为贵耳。至于慷慨磊落,纵横豪爽,抑亦其次,不作可耳。作则宁为大雅罪人,勿儒冠而胡服也。[③]

在明人看来,艳词就是词中正宗。此外的一切题材、风格都是变体别调。明人对艳词持肯定态度,并且着重强调"情"这一要素。沈际飞说:

> 虽其镂镂脂粉,意专闺襜,安在乎好色而不淫?而我师尼氏删国风,逮仲子狡童之作,则不忍抹去。曰:人之情,至男女乃极。未有不笃于男女之情,而君臣、父子、兄弟、朋友间反有钟吾情者。[④]

沈氏认为,男女之情是五伦的根本。故词中不仅可以写男女之情,而且要写得真至细腻、动人魂魄。王世贞说:"美成能作景语,不能作情

---

① 谢章铤:《赌棋山庄词话》,《词话丛编》,第3367页。
② 李宗准:《遗山乐府后记》,《唐宋词集序跋汇编》,第331页。
③ 王世贞:《艺苑卮言》,《词话丛编》,第385页。
④ 沈际飞:《诗余四集序》,《唐宋词集序跋汇编》,第400页。

语……以故价微劣于柳。"①单就词中结句来说,周邦彦多以景作结,有含蓄不尽之意;柳永则直接以情作结,虽被宋人讥为"往往轻而露"②,但在王氏眼中却尤为真切动人。又杨慎评欧阳修〔瑞鹤仙〕(脸霞红印枕):"人谓永叔不能作情语,此词煞甚情至。"③在杨慎看来,艳词中"不能作情语"可谓重大缺陷,只有"情至"才值得称道。

这种重情的艳词观符合文学规律,原本应予肯定。但明人对艳词中的"情"具有一种绝对的追求,缺乏必要的节制。明末茅映《词的·凡例》说:"幽俊香艳,为词家当行,而庄重典丽者次之。"④明人的艳词观正是但求香艳,不求典丽。如此一来,淫词亵语、俚词俗调便有了生存空间,这也成为"主艳"派的致命缺陷。

三、艳中求雅

"主雅"与"主艳"可谓过犹不及,对待艳词的态度均有失偏颇。更多词学家则采取一种折中的方案,即艳词可作,但必须严辨雅俗。

艳词之所以饱受诟病,根本原因在于它每每滑入淫亵,有伤风化。因此,在内容上提倡雅正,严禁淫邪,成为艳词雅俗之辨最主要的任务。南宋王炎说:

> 今之为长短句者,字字言闺阃事,故语懦而意卑。或者欲为豪壮语以矫之,夫古律诗且不以豪壮语为贵,长短句命名曰曲,取其曲尽人情,惟婉转妩媚为善,豪壮语何贵焉? 不溺于情欲,不荡而无法,可以言曲矣。⑤

---

① 王世贞:《艺苑卮言》,《词话丛编》,第389页。
② 沈义父:《乐府指迷》,《词话丛编》,第279页。
③ 杨慎:《批点草堂诗余》,葛渭君编《词话丛编补编》,中华书局,2013年版,第311页。
④ 茅映辑评:《词的》,《四库未收书辑刊》八辑第30册,北京出版社,2000年版,第470页。
⑤ 王炎:《双溪诗余自序》,《唐宋词集序跋汇编》,第170页。

王炎认为,不能因为艳词容易"语懦而意卑",就因噎废食,弃之不顾。而是要"不溺于情欲,不荡而无法",在抒情的时候把握好尺度,使之不流为淫词。宋末张炎也持类似的观点,他说:"词欲雅而正,志之所之,一为情所役,则失其雅正之音。"①在张炎看来,词可以写风月之情、男女之思,但"风月二字,在我发挥"②,作者当高悬"雅正"之标尺,切不可"为情所役",流荡忘反。这种在艳词中提倡雅正的观念乃是对儒家正统的"乐而不淫""思无邪"之旨的继承与发挥,故在后世词学家中引起了广泛响应。清初朱彝尊说:"言情之作,易流于秽,此宋人选词,多以雅为目。"③即摒弃艳词中的淫词。清代女词人钱裴仲说:"言情之作易于亵,其实情与亵,判然两途,而人每流情入亵。余以为好为亵语者,不足与言情。"④亦将艳词一分为二,取"情"而去"亵"。而晚清谢章铤更是鲜明提出"作情语勿作绮语"的主张,他说:

> 纯写闺禕,不独词格之卑,抑亦靡薄无味,可厌之甚也。然其中却有毫厘之辨。作情语勿作绮语,绮语设为淫思,坏人心术。情语则热血所钟,缠绵恻悱,而即近知远,即微知著,其人一生大节,可于此得其端倪……绮语淫,情语不淫也。⑤

谢氏将艳词分为"情语"和"绮语",前者发乎情,止乎礼,抒写性情,自然中节;后者则为情所役,乃是诲淫之词。不难看出,所谓"毫厘之辨",仍是"淫"与"不淫"的区别。

除了在内容上区分正邪外,艳词的雅俗之辨还体现在文辞方面。清初词人承袭明末余风,肯定艳词的正宗地位。但他们既求香艳,又求典

---

① 张炎:《词源》,《词话丛编》,第266页。
② 张炎:《词源》,《词话丛编》,第267页。
③ 《词综》,第14页。
④ 钱裴仲:《雨华庵词话》,《词话丛编》,第3012页。
⑤ 谢章铤:《赌棋山庄词话》,《词话丛编》,第3366—3367页。

丽,反对鄙俚的文辞。清初徐沁说:

> 词虽小道,境有雅俗之分,要必以柔脆香艳为主。若《尊前》《花间》,固无伦已。宋人伎筵传唱,取于悦耳谐声。柳屯田、周清真、康伯可俱饶本色,而以取使伶坊,不无伤雅。故文人学士触感寄情,必以欧、晏、晁、秦为法。①

徐沁认为,同是"柔脆香艳"的艳词,柳永、周邦彦、康与之所作乃是浅俗的乐工之词,"不无伤雅";而欧、晏、晁、秦所作乃是可供效仿的典雅的文人之词。"境有雅俗之分"主要指的就是遣词方面的典雅与俚俗。而邹祗谟《远志斋词衷》所记的一则轶事更具代表性:

> 广陵寓舍,一日彭十金粟雨中过,集读《云华》《蓉渡》诸词曰,此非秀法师所诃耶? 如此泥犁,安得有空日? 又曰:自山谷来,泥犁尽如我辈,此中便无俗物败人意,为之绝倒。②

彭孙遹是清初的艳词专家,他认为沈谦《云华词》和董以宁《蓉渡词》均为"海淫"的侧艳之作,当下泥犁地狱。但耐人寻味的是,彭氏诸人并不以此为耻,反而洋洋自得。原因在于他们追求艳词的富丽精工,不避淫邪,惟恐俚俗。清初人的艳词观可用蒋景祁的一言以蔽之:"艳情冶思,贵以典雅出之,方不落黄莺挂枝声口。"③〔黄莺儿〕是曲牌,〔挂枝儿〕是民歌,在这里指代那些俚曲俗调。他们亦"艳中求雅",但追求的重点并非内容之雅正,而是文辞之典雅。

回顾词学史,我们发现人们对艳词的态度主要有"主雅""主艳""艳中求雅"三大派。前两派各执一端,有失偏颇,固无论矣。相较而言,第三派

---

① 徐沁:《空翠集序》,《清词序跋汇编》,第37页。
② 邹祗谟:《远志斋词衷》,《词话丛编》,第657页。
③ 蒋景祁:《刻瑶华集述》,《清词序跋汇编》,第272—273页。

持论平允,从者最多,陈廷焯早期也是该派的拥趸。《词坛丛话》云:"词虽不避艳冶,亦不可流于秽亵。"又说:"是集所选艳词,皆以婉雅为宗。"他一方面肯定艳词存在的合理性,另一方面又用"雅正"的标尺加以规范,体现出鲜明的"艳中求雅"的倾向。

　　关于艳词的认识,可谓词学史上一个重要的专题。对此,陈廷焯之前的古代词学家们仅仅给出简单的艳词观念。即使如陈廷焯早期的"艳中求雅"一派,也只是以单纯的雅俗之辨来品评纷繁复杂的艳词,这无疑是笼统和肤浅的。陈廷焯转向常州词派后,不仅没有舍弃艳词,反而精益求精,对词史上这一重要的词体类型进行了更为深入细致地研究。最终明确提出艳词的分类法、批评论和创作论,在很大程度上解决了艳词相关的诸多问题,将古代艳词的理论认识水平提升到一个前所未有的高度。

第二节　艳词分类法

　　常州词派领袖张惠言以有无寄托为标准,将一般意义上的艳词区分为"正声"与"浮艳"。陈廷焯接受这种观念,并对张氏弃之不顾的浮艳之作进行了全面的梳理,从而建立起细致合理的艳词分类方法。

　　论及陈氏后期的艳词理论,仍然离不开常派祖师张惠言的影响。《词选》将词体上溯至《国风》《离骚》,要求以比兴的方式寄托忠爱的感情。只有这样的词才可称为"正声",此外都是变体别调,毫无存在的价值。在此观念下,艳词的命运便有天壤之别:凡是"极命风谣里巷男女哀乐,以道贤人君子幽约怨悱不能自言之情"[1]即被认为有寄托的艳词,就是可供效法的正声;而被认为无甚寄托、纯写男女之情的艳词,则是不足为训的浮艳之作。陈廷焯接受了这种观念,也按照寄托之有无将描写男女之情的艳词一分为二。他评北宋晏殊、欧阳修词说:

---

　　[1]《词选序》,《词话丛编》,第1617页。

晏、欧词，雅近正中，然貌合神离，所失甚远。盖正中意余于词，体用兼备，不当作艳词读。若晏、欧不过极力为艳词耳，尚安足重！①

从表面上看，晏、欧与冯延巳的词都是写美女与爱情的艳词，此所谓"貌合"。但正中词是"思君之词，托于弃妇"②，言在此而意在彼，实乃词中正声，"不当作艳词读"；晏、欧词则并无微言大义，只是"极力为艳词"，此所谓"神离"。我们知道，张惠言编选《词选》目的是"塞其下流，导其渊源"③，即选取正声，摒弃变调。故他只收"不当作艳词读"的作品，对于"极力为艳词"者一概不录。这种做法立意虽高，但就完整认识词史而言，显然存在重大缺憾。陈廷焯有感于张氏"识解虽超，尚未能尽穷底蕴"④，慨然以其后继者自任，对上下千年的词史做了一番全面的甄别与梳理，这就是《词则》。其中《闲情集》收录自唐至清的艳词二百一十七家，六百五十五首，对张惠言舍弃的艳词给予独立的关注。有了选评《闲情集》的基础，陈廷焯在《白雨斋词话》中系统阐述了他的艳词理论。其理论性首先体现在他对艳词进行细致、合理的分类。

叶嘉莹先生曾对艳词做过一番定义，她认为狭义的艳词专指一些写得淫亵而秾艳的作品，广义的艳词乃是总括一切凡叙写美女与爱情者⑤。从《闲情集》的选录情况来看，陈氏所谓的"艳词"近于广义上的艳词，即写美女与爱情的词。我们说，写一个美人的体态，往往会逗出她的情思，以求生动感人；写男女之间的爱情，往往会描摹女子的容貌，以求赏心悦目。在很多时候，美女与爱情是密不可分的。但如果仔细梳理古代的艳词作品，我们会发现有些艳词偏重写美女，而有些艳词偏重写爱情。陈廷焯注

---

① 《白雨斋词话》卷一，《白雨斋词话全编》，第1168页。

② 《词则辑评·大雅集》卷一，《白雨斋词话全编》，第702页。

③ 《词选序》，《词话丛编》，第1617页。

④ 《词则辑评·大雅集》卷六，《白雨斋词话全编》，第797页。

⑤ 见叶嘉莹《从艳词发展之历史看朱彝尊爱情词之美学特质》，《清词丛论》，河北教育出版社，2000年版，第42页。

意到这点，他在比较朱彝尊和董以宁艳词的时候说：

> 竹垞艳词，言情者远胜文友。而体物诸篇，则文友为工。①

即按照侧重点的不同，将艳词分成"言情"和"体物"两大类。所谓"体物类"的艳词，就是将女性身体及其附属品视作客观的对象，以咏物词的笔法描摹绘出。这类词肇始于南宋刘过的〔沁园春〕《美人足》《美人指甲》二首，元代邵亨贞，明代瞿祐、马洪又踵事增华，愈趋愈多，至清代已成蔚然大观。清初朱彝尊、钱芳标、董以宁等人争奇斗巧，各有名篇。而乾隆时的朱昂甚至以〔沁园春〕一调填至百首分咏仕女，集为《百缘语业》。体物类艳词之精工细腻，在清代达到了空前的程度。

艳词之所以吸引人，最根本的原因在于它充满了生香真色的男女之情。因此，艳词以言情类为多、为主，体物类只占很小的比重。陈廷焯深知这一点，故他对体物类没有再进一步划分，而是将更多注意力放到言情类的分析上。陈氏说：

> 将婉娈风流，写成轻薄不堪女子，吾不知此辈是何肺腑。即以之写歌妓尚不可，况闺襜耶！②
> 至赠妓之词，原不嫌艳冶，然择言以雅为贵，亦须慎之。③

在写男女之情的艳词中，女性显然是描写的重点和中心。陈廷焯对于言情类的划分，依据的便是女性身份的不同。闺襜，即指词中的女性是闺中少妇或少女，总之是良家女子。另外一类女性便是风尘女子，是歌妓。这样一来，言情类艳词便分成闺襜之作与赠妓之作。艳词划分到这里，实际上已经非常细致了。但陈廷焯的过人之处在于，他比旁人有着更

---

① 《白雨斋词话》卷九，《白雨斋词话全编》，第 1306 页。
② 《白雨斋词话》卷六，《白雨斋词话全编》，第 1261 页。
③ 《白雨斋词话》卷六，《白雨斋词话全编》，第 1263 页。

为敏锐的观察力。他发现像《静志居琴趣》那样写自己真实感情的艳词与传统的闺襜之作有明显的不同。因此,他在论闺襜词后、赠妓词前,做了一段补充说明:

> 若竹垞《静志居琴趣》一卷,璞函〔祝英台近〕八章,文友〔东坡引〕〔鹧鸪天〕诸阕,俱实有所指,又当别论。①

朱彝尊《静志居琴趣》写与妻妹冯寿常之间的私情;赵文哲〔祝英台近〕八章写与一个少女相识、相爱直至分别的经过;董以宁〔东坡引〕九章则是写给他的婢女。很明显,这些作品都是词人某段艳情的实录。陈氏说:"竹垞艳词,确有所指,不同泛设。"②与朱彝尊等人"实有所指,又当别论"的艳词相比,传统的闺襜之作多为"泛设"之词。也就是说,女子的形象、情事、口吻很大程度上出自男性词人的想象与虚构。于是同写闺襜,其中又有"泛设"和"实指"之别。至此,陈廷焯完成了对于艳词的分类。下面我们就通过图示对其艳词分类法予以更加清晰的呈现(见图6-1):

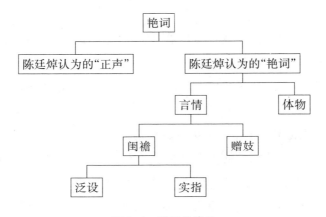

图6-1　艳词分类法

---

①《白雨斋词话》卷六,《白雨斋词话全编》,第1263页。
②《白雨斋词话》卷三,《白雨斋词话全编》,第1209页。

对于艳词,陈廷焯按照寄托之有无将其分作"正声"与"艳词"。前者可以入选《大雅集》,后者只能入选《闲情集》。他将这些"艳词"分为言情和体物两大类,并以前者为主。言情类再分为闺襜之作和赠妓之作。闺襜之作又可分为泛设和实指。有了细致合理的分类,陈廷焯下面要做的便是对古今艳词进行客观、精当的批评。

第三节　艳词批评论

在分类的基础上,陈廷焯根据不同类型艳词的特点,对其进行了具有针对性的鉴赏批评。其批评方法可以概括为八个字:先辨雅俗,再分高下。

一、言情类闺襜之作

描写闺襜是言情类艳词的主要题材。无论是泛设,还是实指,陈廷焯皆去邪俗,取雅驯,并以情之深浅厚薄作为惟一评判标准。

在封建社会中,良家女子被要求始终保持一份端庄秀丽的形象。陈氏将这种观念移入词中,直斥那些将闺襜塑造为轻薄女子的俗词。如"起常憎婢早,睡每怨娘迟",写爱恋过于露骨;如"一面发娇嗔,碎揉花打人",写娇宠太过轻佻。诸如此类,皆与含蓄矜持的大家闺秀相去甚远。陈廷焯说:

> 将婉娈风流,写成轻薄不堪女子,吾不知此辈是何肺腑。即以之写歌妓尚不可,况闺襜耶!

由于作者品性、趣味的不同,将婉娈风流的闺秀描写成各种轻薄女子,陈廷焯对此深恶痛绝。除了痛斥"俗情"外,陈氏对"俗辞"也毫不手软。他说:

如牛希济之"终日劈桃穰,人在心儿里",辛稼轩之"道无书却有书中意。排几个,人人字",国朝蒋希元之"刺绣恁般针脚细,拈词好个笔头尖。错教夫婿认神仙",又闺秀秦清芬之"戏剥瓜仁排梵字,闲将盏底印连环",又有竹影词人所谓"你看他疏疏密密,整整斜斜,总写着个人两字",此类皆一味纤巧,不可语于大雅。①

陈廷焯认为这些词句描写尖新,运用谐音、双关,太过做作。而"尖巧新颖,病在轻薄"②,纤巧的后果就是辞胜于情,抒情的力度被大大削弱了。纤巧是过分雕琢以致伤雅,遣词粗俗同样影响词情的表达。陈廷焯说:

> 又有着力写去,适形粗鄙者,如柳耆卿之"昨宵里恁和衣睡,今宵里又恁和衣睡",蔡伸道之"我只为相思特特来,这度更休推,后回相见",辛稼轩之"枕头儿放处,都不是旧家时,怎生睡",国朝陈其年之"努力做虀砧模样",董文友之"不禁莲瓣一轻敲",郑板桥之"盈盈十五人儿小,惯是将人恼。撩他花下去围棋,故意推他勍敌让他欺",皆是也。③

为了避免纤巧之失,有些词人特意追求一种本色俊语。然而稍不留意就会矫枉过正,由浅白滑入俚俗,从而降低感情的品质与格调。总之,对于闺襜之作来说,轻薄之态、纤巧之思、粗鄙之辞,三者但犯其一,便是俗词,即被陈廷焯剥夺参评优秀作品的资格。

剔除俗词后,陈廷焯就要对剩下的雅调进行高下之分。其评判的标准只有一个——"情"之深浅。我们先来看泛设之作。陈廷焯说:

---

① 《白雨斋词话》卷六,《白雨斋词话全编》,第 1263 页。
② 《白雨斋词话》卷七,《白雨斋词话全编》,第 1277 页。
③ 《白雨斋词话》卷六,《白雨斋词话全编》,第 1263 页。

古人词如毛熙震之"暗思闲梦,何处逐云行"……似此则婉转缠绵,情深一往,丽而有则,耐人玩味。其次则牛松卿之"强攀桃李枝,敛愁眉"……均不失为风流酸楚。①

陈廷焯将泛设的闺帏之作分为两个等级:"情深一往"和"风流酸楚",并分别举出例句。我们姑且各挑一例进行比较。在"风流酸楚"中,陈氏举出欧阳修〔诉衷情〕"都缘自有离恨,故画作远山长"。其《闲情集》卷一评云:"笔妙,能于无理中传出痴女子心肠。"②此句写闺中少妇的痴情相思,用笔巧妙。但也正是因为"笔妙",故作意有余,感发不足。而贺铸〔瑞鹧鸪〕的"初未试愁那是泪,每浑疑梦奈余香",同样是写闺思,同样究心于句法,却将一个女子愁泪无端、梦醒长在的相思之情婉转缠绵地表达出来,较欧词更加刻骨动人。故陈廷焯视之为"情深一往"的典范。因此,以情之深浅为标尺,"风流酸楚"者只能排在次席,天长地久的相思和至死不渝的爱慕才是陈廷焯所最为推重的。

与"泛设"相比,实有所指的闺帏之作数量既少,且难以坐实。陈廷焯特别提出朱彝尊的《静志居琴趣》,赵文哲〔祝英台近〕八章,董以宁〔东坡引〕九章、〔鹧鸪天〕七章为这类词的代表。他说:

竹垞眷所戚,璞函眷一妹,文友则眷一婢,惟其情真,是以无微不至。③

实指词最大的特点便是"情真",它能写出泛设词所无法达到的细腻和生动,更能打动人心。因此,陈廷焯对朱、赵、董三人的这类艳词都有极高的评价:

---

①《白雨斋词话》卷六,《白雨斋词话全编》,第1261-1262页。
②《词则辑评·闲情集》卷一,《白雨斋词话全编》,第908页。
③《词则辑评·闲情集》卷五,《白雨斋词话全编》,第983页。

《静志居琴趣》一卷,尽扫陈言,独出机杼。艳词有此,匪独晏、欧所不能,即李后主、牛松卿亦未尝梦见,真古今绝构也。①

　　璞函〔祝英台近〕八章,遣词闲雅,用笔沉至。艳词中运以绝大笔力,真千年绝调也。②

　　文友〔鹧鸪天〕诸阕,婉雅芊丽,艳词之有则者。③

　　〔东坡引〕九章皆示婢词,细意熨帖,无微不入,不及秀水之清雅,而韵致过之,亦秀水之劲敌也。④

　　朱彝尊写与妻妹的私情,赵文哲写与邻女的艳遇,董以宁写与侍婢的密意,他们都是抒发自己的真情实感,而以朱词最为动人。我们说,艳遇也好,密意也罢,这类感情尚可直接言说。而朱氏与妻妹之间的情感有悖封建伦理,是一种时时受到压制却时时无法自抑的真情。故《静志居琴趣》写得若隐若现、欲语还休,词中蕴含的情意尤为深沉。陈廷焯体会到这一点:

　　竹垞艳词,确有所指,不同泛设。其中难言之处,不得不乱以他词,故为隐语,所以味厚。⑤

　　朱、赵、董三人词皆"确有所指",但朱氏的不同在于他既有难言之隐,却又不吐不快,这种矛盾造就了传情达意的幽深窈曲,留给读者久久回味的余地。因此,陈氏给予朱词极高的词史评价:

　　艳词至竹垞,扫尽绮罗香泽之态,纯以真气盘旋,情至者文亦至,

　　①《白雨斋词话》卷三,《白雨斋词话全编》,第1209页。
　　②《白雨斋词话》卷五,《白雨斋词话全编》,第1235页。
　　③《词则辑评·闲情集》卷五,《白雨斋词话全编》,第982页。
　　④《词则辑评·闲情集》卷五,《白雨斋词话全编》,第983页。
　　⑤《白雨斋词话》卷三,《白雨斋词话全编》,第1209页。

前无古人,后无来者,〔洞仙歌〕其最上乘也。①

陈廷焯认为,以〔洞仙歌〕十七首为代表的朱氏艳词不仅优于赵、董,甚至在整个艳词史中都首屈一指。

与泛设之词相比,朱词情真;与赵、董之词相比,朱词情至。正是由于感情的真至,朱彝尊艳词成为陈廷焯心目中艳词的巅峰之作。

二、言情类赠妓之作

赠妓是言情之作的另一主题。与闺襜相比,歌妓较少名教的束缚,描写尺度可以放宽一些。但是这并不意味赠妓词可以不受约束,陈廷焯仍先对其进行雅俗之辨的取舍。

陈廷焯说:"赠妓之词,亦以雅为贵。"②他严斥淫亵之情和鄙俗之辞:

> 至赠妓之词,原不嫌艳冶,然择言以雅为贵,亦须慎之。若孙光宪之"醉后爱称娇姐姐,夜来留得好哥哥,不知情事久长么",真令人欲呕。魏承班之"携手入鸳衾,谁人知此心",语亵而意呆。林楚翘之"重道好郎君,人见莫恼人",亦俚鄙可笑。③

"携手"二句直接描写欢爱场景,语涉淫亵。而像"姐姐""哥哥""郎君"等都是陈廷焯认为"俗劣已极,断不可用"④的字面。删汰淫亵鄙俚的俗词后,陈氏同样依据词情之深浅将赠妓词评为下、中、上三品。他说:

> 古人词佳者,如孙光宪之"将见客时微掩敛,得人怜处且生疏,低头羞问壁边书",又"除却弄珠兼解佩,便随西子与东邻,是谁容易比

①《词则辑评·闲情集》卷四,《白雨斋词话全编》,第970页。
②《词则辑评·闲情集》卷六,《白雨斋词话全编》,第1007页。
③《白雨斋词话》卷六,《白雨斋词话全编》,第1263页。
④《白雨斋词话》卷八,《白雨斋词话全编》,第1293页。

真真"，张子野之"舞彻〔梁州〕，头上宫花颤未休"，陈无己之"弹到断肠时，春山眉黛低"，刘潜夫之"贪与萧郎眉语，不知舞错〔伊州〕"，均无害为婉雅。①

以上词句皆为描绘歌妓的娇羞多情，情态有余，而情意不足。相比于这些作品，陈廷焯更倾心于在赠妓词中蕴含浓情爱意：

而余所爱者，则张子野之"望极蓝桥，正暮云千里。几重山，几重水"，司马公之"相见争如不见，有情还似无情"，周美成之"旧时衣袂，犹有东风泪"，贺方回之"芭蕉不展丁香结。枉望断天涯，两厌厌风月"，张仲宗之"相见嫣然一笑，眼波先入郎怀"，王渔洋之"今夜梦潇湘，琴心秋水长"，陈其年之"凝情低咏年时句，人在东风二月初"，周冰持之"尊前谱我淋铃调，与滴雨新梅一样酸。看舞余欲坠，歌余微喘，不忍催完"，皆极其雅丽，极其凄秀。②

张先、司马光、周邦彦、贺铸写词人对歌妓的留恋，张元干、王士禛、陈维崧、周稚廉写歌妓对词人的爱慕。也就是说，凡在赠妓词中抒写深情挚爱，陈廷焯都颇为欣赏。然而由于歌妓身份的特点，她们与男子往往是一晌留情。纵然感情深挚，也不能与闺禕之作同日而语。因此陈廷焯并未以爱情作为赠妓词的止境，而是推崇一种更加深厚的情感。且看赵文哲〔绮罗香〕《席上》：

乳燕栖梁，丝莺坐槛，曾记看花同住。十载蓬飘，那分者回重聚。浑已换、款柳心情，犹未减、咒桃眉妩。向芳筵、粉笺轻招，剪灯还认旧题句。　　相看惟有掩袖，无限鸳思凤想，都随飞絮。选婿窗边，

①《白雨斋词话》卷六，《白雨斋词话全编》，第1263页。
②《白雨斋词话》卷六，《白雨斋词话全编》，第1263-1264页。

可忆断魂柔路。纵尊前、不鼓琵琶,算青衫、也无干处。怕明朝、划地东风,钿辕吹又去。①

历经十年的江湖漂泊,词人与心爱的歌妓重逢于席间。女子依旧多情,而词人早已意兴阑珊,困顿愁苦。词中亦有男女之情,但更多的则是借歌妓来抒发"我未成名君未嫁"的不遇之悲。这种情感无疑比单纯的娇羞情态、相思恋爱要深沉得多。故陈廷焯视之为赠妓词的翘楚:"淋漓曲折,一往情深,较古人赠妓之作,高出数倍。"②又评价道:

情深文明,自是绝唱。作赠妓词者,要当以此为法,则不病词芜,亦不患情浅矣。③

所谓"法",就是一种"同是天涯沦落人"的叙写模式。凡是这样来写赠妓词,都会为陈廷焯所激赏。如他评刘过〔贺新郎〕(老去相如倦)云:"亦只从'同是天涯沦落人'化出,而波澜转折,悲感无端,改之艳词中最雅者。"④评吴伟业〔临江仙〕(落拓江湖常载酒)云:"一片身世之感,胥于言外见之,不第以丽语见长也。"⑤总之,在陈廷焯看来,赠妓词中抒发身世之感,情最深,味最永。

闺襜之作与赠妓之作同属言情类艳词,陈廷焯均以"情"之深浅判为高下之分,但两者之极致有所不同。就赠妓之作而言,"将身世之感打并入艳情"⑥才是陈廷焯最高的审美要求。

---

①《闲情集》卷六,《词则》,第1090页。

②《词则辑评·闲情集》卷六,《白雨斋词话全编》,第1008页。

③《白雨斋词话》卷六,《白雨斋词话全编》,第1264页。

④《词则辑评·闲情集》卷二,《白雨斋词话全编》,第925页。

⑤《词则辑评·闲情集》卷三,《白雨斋词话全编》,第946页。

⑥周济:《宋四家词选目录序论》,《词话丛编》,第1652页。

三、体物类艳词

体物类艳词是艳体与咏物词的结合。陈廷焯既延续雅俗之辨的思路，又根据体物类的特点提出新的评判标准。

作为始作俑者，刘过〔沁园春〕二首饱受陈氏的诟病，认为其"淫词亵语，污秽词坛。即以艳体论，亦是下品"①。他评元代邵亨贞〔沁园春〕《美人眉》云："'江亭'四语，切合大雅，余尚不过纤小。"②总之，面对体物之作，陈廷焯也要严辨雅俗，反对淫亵之情和纤小之辞。在照例反俗后，陈廷焯根据体物类艳词的特点提出"趣"和"精"两个批评标准。

与言情类相比，乏情是体物类先天的缺陷。陈廷焯认识到这一点，故他对体物之作不苛求情意之深挚，而是代之以博人一笑的风趣。这体现在他对朱彝尊词的批评上。朱氏有《茶烟阁体物集》二卷，是一部咏物词集。陈廷焯从中选取了八首艳词录入《闲情集》。他说："诸篇各有机趣，较《静志居琴趣》一卷，情虽不及，趣则过之。"③"趣"取代了"情"，成为评判体物类艳词的一大标尺。例如朱彝尊〔沁园春〕《背》结尾几句：

> 每到嗔时，抛郎半枕，难啮猩红一点唇。堪憎甚，纵千呼万唤，未肯回身。④

题为美人之背，作者没有一味呆写，而是虚构了一个场景：由于生气，女子背过身去，任凭郎君百般讨好，也没有转过身来。这种女子娇嗔、男子讨好的画面源于生活，风趣传神。故陈氏评云："风趣绝胜，是谓艳词。"⑤在读者的会心一笑中，体物之作得到了丰满、灵动的呈现。

---

① 《白雨斋词话》卷一，《白雨斋词话全编》，第1177页。
② 《词则辑评·闲情集》卷二，《白雨斋词话全编》，第937页。
③ 《词则辑评·闲情集》卷四，《白雨斋词话全编》，第970页。
④ 《闲情集》卷四，《词则》，第1011页。
⑤ 《词则辑评·闲情集》卷四，《白雨斋词话全编》，第971页。

体物类艳词本质上是一种咏物词。它的写作技巧与咏物词的笔法相一致,即围绕所咏之物运用典故和化用成句,以求达到精致入微的境界。在这方面,陈廷焯推董以宁词为典范。《闲情集》选董以宁体物之作七首,即以〔沁园春〕分咏美人额、美人鼻、美人齿、美人肩、美人乳、美人背、美人膝。陈廷焯评《美人额》"笑黄饰仙娥,难方桂蕊,素妆公主,待点梅花"云:"运典多多益善,不为题所窘。"①评《美人乳》"幽欢再,为娇儿抛下,湿透重绡"云:"'宁断娇儿乳,不断郎殷勤',未免过涉荒淫。似此运用入妙,转有分寸。"②均属意于董词选事典僻的巧夺天工。而在与朱彝尊同题词作的比较中,更能看出董词的精工细致:

> 《美人肩》云:"想向月凭时,削成软玉,将云护着,衬出明霞。"又云:"愁多处,似相思担尽,绕遍天涯。"又云:"更眠语羞应,笑时微耸,慵情漫倚,颤处恒斜。娇若难胜,瘦如欲脱,寒倩萧郎半袂遮。"……竹垞赋此题云:"篱弱才过,墙低乍及,结伴还从影后窥。缘红索,上秋千小立,恰并花枝。"亦自贴切,而不及文友精细。③

朱词乃是一句一景,一句一换;董词则数句描写一个场景,四面烘托,更加精细。以精致细腻这一标准衡量,"竹垞非不工巧,然不及文友之精"④。

体物类艳词中,陈廷焯极推朱彝尊、董以宁二人。前者以"趣"胜,后者以"精"胜,那么谁更胜一筹呢?陈廷焯说:"竹垞艳词,言情者远胜文友。而体物诸篇,则文友为工。"显然,陈廷焯更加看重体物类的精工细腻,由此董以宁坐上了这类艳词的头把交椅。

陈廷焯说:"入门之始,先辨雅俗。"他对艳词的批评即肇始于雅俗之

---

① 《词则辑评·闲情集》卷五,《白雨斋词话全编》,第987页。
② 《词则辑评·闲情集》卷五,《白雨斋词话全编》,第989页。
③ 《白雨斋词话》卷九,《白雨斋词话全编》,第1307页。
④ 《白雨斋词话》卷九,《白雨斋词话全编》,第1306页。

辨。轻薄的情态,淫亵的词意,纤巧的构思,粗鄙的措辞,艳词但有其中一弊,必会被陈廷焯所鄙弃。只有那些毫无低级趣味且文雅明畅的艳词才能进入下一轮的评比。言情之作以"情"为主,而陈氏正是一位充分认识到"情"的重要意义的词学家。他说:"李后主、晏叔原皆非词中正声,而其词则无人不爱,以其情胜也。情不深而为词,虽雅不韵,何足感人?"①故陈廷焯以"真至"二字评判古今言情之作,各得其所,无不中的。至于体物之作,陈廷焯另出机杼,以造境之风趣与词笔之精细为两大标准,亦深契体物类的特点。通过"先辨雅俗,再分高下"的批评模式,陈廷焯从传统的雅俗范畴进入到丰富多彩的文学审美领域,构建起思想性与艺术性和谐统一的艳词批评论。但令人遗憾的是,他的艳词创作论没能沿着这条正确的道路继续开拓,而是走入"虽雅不韵"的误区。

第四节 艳词创作论

在讨论陈廷焯的艳词创作论之前,首先需要明确一点:陈廷焯不提倡创作艳词,只要求创作大雅正声。他的艳词创作论便生发于这种观念。

一、锐意复古,只作正声

词中正声,就是"温厚以为体,沉郁以为用"②,用比兴的手法寄托忠爱的情思。这是词史早期温庭筠、韦庄所树立的光辉传统,是陈廷焯完成复古使命的必然选择。

在陈廷焯看来,温、韦词是沉郁的典范。但随着时间的推移,词坛上不仅有正声,还出现了各种各样的繁声变体。如"纵横排奡,感激豪宕"的豪放词,"情有感而不深,义有托而不理"的游词,以及"尽态极妍,哀感顽艳"的艳词。陈廷焯认为,上下千年的词史,就是一段正声式微、变体横流

---

① 《白雨斋词话》卷九,《白雨斋词话全编》,第1317页。
② 《白雨斋词话自序》,《白雨斋词话全编》,第1162页。

的发展过程:"自温、韦以迄玉田,词之正也,亦词之古也。元、明而后,词之变也。"①简单来说,唐宋时期,正声多于变体;元明而后,"众喙争鸣,古调绝响"②,正声湮没不彰。幸有张惠言《词选》一书,指明词体本原,将词由邪路拉回正途,稍后的庄棫则继续鼓吹张氏之论。陈廷焯说:"贞下起元,往而必复。皋文唱于前,蒿庵成于后。《风》《雅》正宗,赖以不坠。"③故"茗柯、蒿庵,其复古者也"④,词史即将回复到其最初的美好状态。作为常派后学,陈廷焯远祖皋文,近师蒿庵,更以复古的使命自任。他说:

> 近人为词,习绮语者,托言温、韦。衍游词者,貌为姜、史。扬湖海者,倚于苏、辛。近今之弊,实六百余年来之通病也。余初为倚声,亦蹈此习。自丙子年与希祖先生遇后,旧作一概付丙,所存不过己卯后数十阕,大旨归于忠厚,不敢有背《风》《骚》之旨。过此以往,精益求精,思欲鼓吹蒿庵,共成茗柯复古之志。蒿庵有知,当亦心许。⑤

陈廷焯要复古,其填词必然效法正声,"大旨归于忠厚,不敢有背《风》《骚》之旨"。那么艳词、游词、叫嚣词等下乘之作自然"一概付丙",不能犯其笔端。

然而与游词、叫嚣词相比,艳词与正声并非泾渭分明,而是有一种非常微妙的相通之处,这就为陈廷焯艳词创作论的提出留下了可能。

二、亦艳体,亦正声

陈廷焯所谓的"正声"有两大经典模式:一是以男女喻君臣,晚唐温庭筠词为代表;二是托物寓意,以宋末王沂孙词为代表。陈氏的艳词创作论即

---

① 《白雨斋词话》卷九,《白雨斋词话全编》,第1310页。
② 《词则总序》,《白雨斋词话全编》,第696页。
③ 《白雨斋词话》卷十,《白雨斋词话全编》,第1327页。
④ 《白雨斋词话》卷九,《白雨斋词话全编》,第1310页。
⑤ 《白雨斋词话》卷六,《白雨斋词话全编》,第1255页。

脱胎于第一种模式。

我们说,"写怨夫思妇之怀"原本是一种艳词。但陈廷焯认定其"托志帷房,眷怀君国",即作者有寄托,有寓意,故视之为正声。如果不能判定有无寄托,这样的词是正声,还是艳词呢?清人纳兰性德有一首〔酒泉子〕:

> 谢却荼蘼。一片月明如水。篆香消,犹未睡。早鸦啼。　　嫩寒无奈罗衣薄。休傍阑干角。最愁人,灯欲落。雁还飞。①

开到荼蘼花事了,春天已经过去,而闺中少妇所思之人仍未归来。她彻夜未眠,望眼欲穿,沉浸在深深的哀愁与相思之中。在难以判断作者本意的情况下,词中描写的深情相思却能给读者一种孤臣忠爱的感发与联想。在陈廷焯看来,此词可能别有寄托,是正声,故他选入《大雅集》卷五;但也可能绝无寄托,是艳词,故又选入《闲情集》卷三。这种矛盾的情形恰好给了陈廷焯一个启发:艳词可以写成正声,但必须按照一种固定的模式,那就是描写女子对男子深挚的爱慕与相思。他说:

> 或问余所作艳词,以何为法? 余曰:余固尝言之,根柢于《风》《骚》,涵泳于温、韦,以之作正声也可,以之作艳体亦无不可。盖绮语已属下乘,若不取法乎古,更于淫词亵语中求生活,则吾岂敢!②

"取法乎古",就是要像温庭筠词那样写弃妇之相思。对于作者而言,初衷本是写艳词,故"以之作艳体亦无不可";对于读者而言,亦可"兴起无穷哀怨,且养无限忠厚",故"以之作正声也可"。陈廷焯举出自己的〔菩萨蛮〕十二章③,说它们就是很好的例子。词云:

---

① 《大雅集》卷五,《词则》,第204页。又见《闲情集》卷三,《词则》,第972页。
② 《白雨斋词话》卷六,《白雨斋词话全编》,第1264页。
③ 见《白雨斋词存》,《清代诗文集汇编》第777册,上海古籍出版社,2010年版,第47—48页。

　　　　锁香金篋归何处。伤心怕问蓬山路。本拟嫁文鸳。梦魂偏不
双。　　　暮春曾赋别。处处鹃啼血。消息近何如。难传尺素书。
　　　　白云深处归来也。多情明月扬州夜。箫鼓画船归。双双蝴蝶
飞。　　　背灯应暗泣。独守纱窗黑。太息镜中缘。当时意惘然。

首二章写与情人永别,"当时意惘然"引出下文之回忆,此乃倒叙的
写法。

　　　　新愁旧恨年年有。重逢又是春归后。觌面悄无言。低头弄素
纨。　　　几回相见也。嘿嘿何为者。心事素娥知。月明三五时。
　　　　采芝重问天台路。关山望极空云树。刘阮竟无缘。溪桥漭野
烟。　　　风尘辛苦意。谙尽愁滋味。别后诉飘蓬。除非春梦中。

三、四两章写与男子相见,心事难诉,只能将爱慕之情寄托于梦中。

　　　　高梧夜鹊惊飞起。月明帘外天如水。灯背小红楼。残钟咽暮
秋。　　　万千珍重意。互拭罗衫泪。依约梦回时。横窗竹影移。
　　　　玉楼明月关情处。者番同向长干住。转近转难亲。分明梦里
人。　　　翠眉愁不展。咫尺天涯远。谁为洗烦冤。情深无一言。

五章入梦,两人在梦中互道衷肠。六章梦醒,则咫尺天涯,相顾难言。

　　　　屏风六曲深深掩。众中早被萧郎见。小立影珊珊。春风罗袖
单。　　　一杯桑落酒。薄醉黄昏后。劝饮意殷勤。低回拢鬓云。

七章终与意中人定情。

柳棉吹尽春寒恻。为谁含怨中庭立。草草理残妆。春山眉黛长。　花枝娇欲并。杳杳青鸾信。竹外一枝斜。输他桃李花。

卷帘人倚东风下。亭亭瘦影秋相亚。宛转绣花枝。当窗理乱丝。　生来高格调。惯惹闲烦恼。杨柳夜乌飞。愁中音信稀。

八、九两章写好景不长,娥眉见妒,"愁中音信稀"已透露恐遭遗弃之消息。

梦云依约无凭据。孤根嫩叶禁风雨。掩袖泪痕多。松松挽髻螺。　翠娥愁黛浅。苦语还相劝。风景暗销魂。寒灯一点昏。

夜来噩梦殊堪讶。无端幻作伤心话。千里雁书来。秋风落叶哀。　西湖烟水好。莫惜红颜老。无计挽斜晖。空教泪满衣。

秋深又是伤离别。车轮肠转真应折。去去莫回头。烟波江上愁。　常时相见候。每恨分离骤。从此见应难。相思独倚阑。

最后三章情词愈加悽恻,情人已去,永无重逢之日。"无计挽斜晖""从此见应难",皆为绝望之辞。而"相思独倚阑"既照应首章,又以相思作结,有怨无悔,温厚和平。通过联章体的形式,陈廷焯叙述了一个女子与其意中人相识、相爱、遭弃、相思的感情经历。其中欢爱的时刻是短暂的,定情前的爱慕和被弃后的相思才是描写的重点。这就容易让人联想到封建士人怀才不遇的哀怨以及信而见疑却忠爱不渝的品格。之所以能产生这样的联想,是因为陈廷焯这组词高度模仿了温庭筠〔菩萨蛮〕十四章。张惠言《词选》评论温词:"此感士不遇也。篇法仿佛《长门赋》,而用节节逆叙。"①与温词相比,陈廷焯〔菩萨蛮〕十二章不仅选择了相同的词调,而且在章法结构、遣词命意方面亦步亦趋,故能产生与温庭筠词类似的阐释空

---

① 张惠言:《张惠言论词》,《词话丛编》,第1609页。

间。这组词陈氏自谓"虽属艳词,似尚不背于古"①,充分体现了他"根柢于《风》《骚》,涵泳于温、韦,以之作正声也可,以之作艳体亦无不可"的艳词创作理论。

陈廷焯说:"今人不知作词之难,至于艳词,更以为无足轻重,率尔操觚,扬扬得意,不自知其可耻,此《关雎》所以不作也,此郑声所以盈天下也,此则余之所大惧也。"②既要作艳词,又得求大雅。陈廷焯的艳词创作论就是他所想到的两全其美的办法。

三、创作论与批评论的脱节

在文学理论中,创作论往往是批评论的延续,两者的主要观念和美学倾向应当是一致的。而陈廷焯却是例外,他的艳词创作论与批评论大相径庭。

上节已经谈到,陈氏对古代艳词进行了面面俱到、令人信服的批评。然而一旦涉及创作,他所推崇的艳词名作、艳词大家便都不足为训。如晏几道,陈廷焯认为"艳词至小山,全以情胜"③,又"北宋艳词自以小山为冠"④,对其言情之作给予了很高的评价。但也正是因为"情胜",小山词不能成为创作的典范:

> 然小山虽工词,而卒不能比肩温、韦,方驾正中者,以情溢词外,未能意蕴言中也。故悦人甚易,而复古则不足。⑤

"情溢词外",即是说小山词抒情浓烈真挚,一读便知其为男女之情,不能给人以托喻君臣的联想,也就无法复古,绝非正声。又如朱彝尊,陈

---

① 《白雨斋词话》卷六,《白雨斋词话全编》,第1265页。
② 《白雨斋词话》卷六,《白雨斋词话全编》,第1264页。
③ 《词则辑评·闲情集》卷一,《白雨斋词话全编》,第909页。
④ 《词则辑评·闲情集》卷一,《白雨斋词话全编》,第911页。
⑤ 《白雨斋词话》卷九,《白雨斋词话全编》,第1318页。

廷焯几乎推为古今艳词第一人：

> 艳词至竹垞，空诸古人，独抒妙蕴，其味浓，其色澹，自有绮语以来，更不得不推为绝唱也。①

　　陈廷焯虽视《静志居琴趣》为古今绝构，但还会补充一句："惜托体未为大雅。"②朱彝尊艳词"生香真色，得未曾有"③，所写就是与妻妹的私情，没必要也不可能去"托"温、韦之"体"。其写男女之情越真实细腻，距离陈廷焯心目中的正声也就越远。另外，像"同是天涯沦落人"模式的赠妓词，陈廷焯在批评中最为推崇，可他对自己的这类作品却颇为自责："此类非无才思，皆不足语于大雅。"④至于体物类艳词冠冕的董以宁，陈廷焯则以"词妖"目之，认为"学词者一入其门，念头差错，终身不可语于大雅矣"⑤。也就是说，陈氏最为欣赏的艳词词作、词人，都不能成为他创作艳词的典范。这听起来有些滑稽，但在陈廷焯的词体正变观念下却是一个必然的选择。陈廷焯的艳词批评论建立在艳词是变体的基础上。故他能够不受正声的束缚，以较为纯粹的文学审美进行鉴赏批评，从而取得成功；陈廷焯的艳词创作论则建立在他追求复古、只作正声的观念上。他在各类艳词中极力寻找能与正声相衔接的创作路数，由此将艳词的创作模式化、概念化、单一化，彻底丢掉了艳词丰富多彩、摇荡人心的特质，是一种失败的创作理论。
　　由于受到正声的"绑架"，陈廷焯的艳词创作论偏离了文学创作的轨道，理论价值远不及其批评论。陈氏曾说："有长于论词，而不必工于作词者。"⑥这恰可作为其艳词批评论和创作论的定评。

---

① 《词则辑评·闲情集》卷四，《白雨斋词话全编》，第961页。
② 《白雨斋词话》卷三，《白雨斋词话全编》，第1209页。
③ 《白雨斋词话》卷三，《白雨斋词话全编》，第1209页。
④ 《白雨斋词话》卷七，《白雨斋词话全编》，第1283页。
⑤ 《白雨斋词话》卷三，《白雨斋词话全编》，第1215页。
⑥ 《白雨斋词话》卷十，《白雨斋词话全编》，第1330页。

张宏生先生说:"艳词是整个词史的一部分非常重要的内容。不管人们从各自不同的立场出发,对此有着多么大相径庭的看法,但词史上艳词的作者之盛,作品之多,却是不争的事实。"①在千年词史中,对于艳词,人人皆知其名,无人详察其义。直至晚清陈廷焯,他以一人之力构建起完整丰富的艳词理论体系,成为其"沉郁说"外又一自成系统的理论成果。甚至可以这样说,艳词专家代不乏人,而艳词研究专家,惟陈廷焯一人而已。陈氏殁后,其门人弟子在陈父的授意下,对稿本《白雨斋词话》进行删削整理,其中删去最多的便是评论艳词部分。这种观念上的狭隘,恰可说明陈廷焯的艳词理论具有一种超越封建时代的特征,透露出现代研究的曙光。今天,关于艳词的理论、作品、作家研究受到越来越多学者的关注。陈廷焯的艳词理论,特别是其中的分类法和批评论,对于现代词学框架下的艳词研究有着极为重要的方法论意义。

---

① 张宏生:《艳词的发展轨迹及其文化内涵》,《社会科学战线》1995年第4期。

第七章　陈廷焯文学思想的意义和影响

如果我们将陈廷焯的诗学、词学和曲学放在一起来看，就会发现他在后期对这三种韵文体裁有过一番整合，并形成"大诗教"的文学思想体系。在此过程中，"比兴""沉郁"等文学史上的经典范畴得到新的诠释和运用。陈氏的文学思想，以词学最为夺目，前、后期皆有体系。那其词学思想究竟是以前期还是后期作为代表呢？笔者认为，这应从两个方面考虑。首先，就陈氏个人来说，他是否定前期而肯定后期的。对于早年选评的《云韶集》，陈廷焯以"芜杂"目之。就连自己往昔的词作，也要一概烧毁，不留痕迹。由此可见他对早年词学思想的反省与决裂。至于后期词学的结晶——《白雨斋词话》，陈氏则较为满意，有"尽扫陈言，独标真谛"[1]的自评，并认为该书具备"为斯诣绵延一线"[2]的重大意义。因此，从陈廷焯本人的态度上看，他只承认后期词学。其次，就实际情况来说，《云韶集》成书后长期藏于陈氏家中，知者寥寥，见者益罕，所谓影响更是无从谈起。而《白雨斋词话》则在陈氏卒后不久便刊刻问世，且逐渐从乡邦地域进入词坛中心。与其早年相比，陈廷焯后期词学与当时的词学界有着更为密切的联系。把后期词学思想作为陈廷焯词学的代表应是一种合情合理的选择。基于此，给他在词学史上定位，梳理其后世影响，也是本书要解决的问题。

---

[1]《白雨斋词话》卷一，《白雨斋词话全编》，第1163页。
[2]《白雨斋词话自序》，《白雨斋词话全编》，第1162页。

第一节 "大诗教"体系的建立与经典范畴的新诠

在讨论陈廷焯后期"大诗教"思想体系前,我们先来整体看一下他早期的文体观念。《骚坛精选录》除选录一般的古诗、近体外,还将歌谣囊括其中。《云韶集》最后一卷有山歌、道情、散曲、戏曲等等,故命名为"杂体"。耐人寻味的是,北齐崔娘《馘面词》既出现在《骚坛精选录》卷十,又见录于《云韶集》卷二十六。表面上看,陈廷焯好像模糊了诗、词、曲三者的界限。事实上,这仅说明陈氏早年在"主情论"下对于童谣俚唱、民歌俗曲这类的"俗文学"保留了一定的空间。只不过这种空间在诗体里少些,在词体里多些罢了。传统观念中,诗渊源于儒家经典《诗经》,是言志载道的,地位明显高于遣兴娱宾的词曲。陈廷焯前期也这样认为,《云韶集》中曾两次提及词为小道①,又屡屡将词和曲相提并论。我们若看一下陈氏早年读过的书,就会明白他有这样的想法是很正常的。沈德潜《古诗源》就流露过诗尊词卑的观念,潘德舆《养一斋诗话》也认为诗庄词媚,诗高于词。最具典型、最有权威的当属官方编著的《四库全书总目》。该书将词、曲放在一起,置于集部最后一类,并称之为"闰余"②,就是附庸多余的意思。又词曲类小序说:"词、曲二体,在文章、技艺之间。厥品颇卑,作者弗贵,特才华之士,以绮语相高耳。"③将词和曲一并视为小道卑体。总之,陈廷焯前期的文体观念有三:包容俗体;诗尊词卑;词曲混一。到后期,随着词学思想的转变,他对包括诗、词、曲在内的整个的文体统系进行了重构,最终建立起"大诗教"的思想体系。

---

① 评陈维崧:"词虽小道,未易言矣。"(《云韶集辑评》卷十六,《白雨斋词话全编》,第385页)评查慎行〔临江仙〕:"词虽小道,可以观志。"(《云韶集辑评》卷十七,《白雨斋词话全编》,第432页)

②《四库全书总目》,第1267页。

③《四库全书总目》,第1807页。

一、诗词同体异用

《骚坛精选录》虽然残破不全,但犹能呈现陈廷焯早期诗学之面貌。至于陈廷焯后期诗学,我们未能直接看到其诗选或诗话类著作,惟有在《词则》《白雨斋词话》以及《杜集书录》所引《杜诗选》序言和少量批语中了解大概。在《白雨斋词话》中,陈廷焯凡三次提到"诗词一理",他后期认为诗与词在基本的理念上是相通的。

诗词一理主要体现为诗词同体,即诗、词具有共同的本质。陈廷焯说:"《风》《骚》为诗词之原。"《诗经》和楚辞乃诗歌之祖,这早已是千古定论,陈廷焯学诗伊始便深信不疑。而在庄械的影响下,陈氏论词也本诸《风》《骚》。这样一来,诗体与词体均为《风》《骚》的嫡系。那么诗、词也自当像《风》《骚》那样,以温柔敦厚的诗教为根本宗旨。故陈廷焯云:"温厚和平,诗教之正,亦词之根本也。"①甚至直接说:"温厚和平,诗词一本也。"②在他看来,无论作诗填词,均要以温厚和平作为创作的出发点和落脚点。举例来说:

> 少陵每饭不忘君国,碧山亦然。然两人负质不同,所处时势又不同。少陵负沉雄博大之才,正值唐室中兴之际,故其为诗也悲以壮。碧山以和平中正之音,却值宋室败亡之后,故其为词也哀以思。推而至于《国风》《离骚》则一也。③

少陵为诗中之圣,碧山为词中之圣,两人作品分别是陈廷焯心目中诗体和词体的最佳代表。由于个人禀赋与时代环境的差异,杜诗沉雄悲壮,王词中正哀婉,文体风格很不一样。但若透过表象,直抉根柢,则二者同

---

① 《白雨斋词话》卷九,《白雨斋词话全编》,第1307页。
② 《白雨斋词话》卷十,《白雨斋词话全编》,第1329页。
③ 《白雨斋词话》卷二,《白雨斋词话全编》,第1192页。

是本诸《风》《骚》，以忠爱温厚的诗教为旨归。陈氏说："必读碧山词，乃知词所以补诗之阙，非诗之余也。"①传统的"诗余说"以词为诗之余事，鄙为小道，游戏为之。陈廷焯则认为词可以"补诗之阙"，本质上与诗相同，乃是另一种形式的诗。

从诗词同体出发，陈廷焯还认为许多具体的创作原则诗、词都适用。归纳起来，约有以下四个方面：

首先，学习方式一致。陈廷焯说："余谓作诗词时，须置身于汉、魏（指诗言）、唐、宋（指词言）之间，不宜自卑其志。若平时观览，则唐以后诗，元以后词，益我神智，增我才思者，正复不少。博观约取，亦视善学者何如耳。"就诗而言，读诗时可以任意观览，不分时代，但求增益神智才思。创作时则要追蹑汉、魏，取法乎上。习词亦然，元以后词虽然变体横流，但仍可取其菁华，为我所用。填词时则须步趋唐、宋，锐意复古，方可达到无上妙谛。由此可见，陈廷焯认为学诗、学词均当以"博观约取"为不二法门。

其次，情感趋向一致。"穷而后工"是诗学史上一个著名的理论命题，陈廷焯认为词体也是如此。他说："诗以穷而后工，倚声亦然。故仙词不如鬼词，哀则幽郁，乐则浅显也。"②无论诗词，陈廷焯皆以哀怨的情愫为优秀作品的必要条件。

再次，禁忌内容一致。每种文体各有其"禁区"，一旦涉笔，便非合作。在陈廷焯看来，有三种创作习气既不可入乎诗，又不可施于词："无论作诗作词，不可有腐儒气，不可有俗人气，不可有才子气。"③即诗词作品中应当杜绝迂腐之论、市井之言和纤巧之思。其中，陈氏特别强调"才子气"的流弊，他说："腐儒气、俗人气，人犹望而厌之。若才子气，则无不望而悦之矣，故得病最深。"④迂腐粗鄙之言，人所共厌。而纤巧聪明之语，小有才者摇笔即来，庸夫俗子转相追捧，为初学者最易蹈袭。故陈廷焯云："诗词

<hr />

①《白雨斋词话》卷二，《白雨斋词话全编》，第1192页。
②《白雨斋词话》卷十，《白雨斋词话全编》，第1320页。
③《白雨斋词话》卷七，《白雨斋词话全编》，第1277页。
④《白雨斋词话》卷七，《白雨斋词话全编》，第1277页。

中浅薄聪明语,余所痛恶。"①"才子气"乃是诗词创作共同的大敌。

最后,去取原则一致。诗词以温厚和平为本,合乎此,便可能成为精品,值得流传。否则就是浪费楮墨,多作无益。陈廷焯说:"声名之显晦,身分之高低,家数之大小,只问其精与不精,不系乎著作之多寡也。"②贵精不贵多是他去取诗词的统一原则。从诗史上看,"子建、渊明之诗,所传不满百首,然较之苏、黄、白、陆之数千百首者,相越何止万里。"③曹植、陶渊明诗虽少却精,犹胜苏轼、黄庭坚、白居易、陆游等人之既多且杂。再从词史上看,"词中如飞卿、端己、正中、子野、东坡、少游、白石、梅溪诸家,脍炙人口之词,多不过二三十阕,少则十余阕或数阕,自足雄峙千古,无与为敌。近人以多为贵,卷帙哀然,佳者不获一二阕。吾虽以之覆酒瓮,覆酱瓿,犹恐污吾酒酱也。"④举凡唐宋名家,皆惜墨如金,不似今人之夸多斗靡。因此陈廷焯说:"吾愿肆志于古者,将平昔应酬无聊之作,一概删弃,不可存丝毫姑息之意。而后真面目可见,而后可以传之久远,不为有识者所讥。"⑤这既是对诗家的规劝,又是对词人的期许。

在抽象的本原方面,诗词同体,均以温厚和平为本。在具体的创作原则上,诗词间也存在着广泛的共性。可以说,"诗词一理"是陈廷焯后期处理诗、词关系的基调。既然诗词一理,那么诗体与词体之间的界限还是否存在?倘若存在,区别又在哪里?陈廷焯注意到这个问题,他从句式、修辞和用笔等角度给出了诗词之辨。

词一名长短句,句式之长短参差是词体有别于诗体的一个重要标志。然而在词史早期,经常出现牌调似词而句式似诗的作品。对于这种情况,陈廷焯借鉴了《词统源流》⑥的观点:"《词统源流》曰:'词之〔纥那曲〕〔长

---

① 《白雨斋词话》卷十,《白雨斋词话全编》,第1323页。
② 《白雨斋词话》卷十,《白雨斋词话全编》,第1322页。
③ 《白雨斋词话》卷十,《白雨斋词话全编》,第1322页。
④ 《白雨斋词话》卷十,《白雨斋词话全编》,第1322页。
⑤ 《白雨斋词话》卷十,《白雨斋词话全编》,第1322页。
⑥ 署名彭孙遹的《词统源流》乃是书贾由《词苑丛谈》中割裂而成的伪作,见孙克强、张东艳《〈词统源流〉等四部词话伪书考》,《文学遗产》2004年第6期。

相思〕,五言绝句也。〔柳枝〕〔竹枝〕〔清平调引〕〔小秦王〕〔阳关曲〕〔八拍蛮〕〔浪淘沙〕,七言绝句也。〔阿那曲〕〔鸡叫〕,仄韵七言绝句也。〔瑞鹧鸪〕七言律诗也。〔款残红〕,五言古诗也。体裁易混,征选实繁。故当稍别之,以存诗词之辨。'余于《大雅集》中,近五七言绝句者,概不入选。惟《别调集》登皇甫子奇〔采莲子〕一首、〔浪淘沙〕一首、刘采春〔罗唝曲〕两首而已。"①陈廷焯也从诗词之辨的立场出发,将句式近乎五七言绝句的"词"一概屏之《大雅集》外,力求在形式上保持词体的特性。此外,在文辞的雅俗方面,陈廷焯也认为诗、词有所不同。他说:"昔人谓诗中不可着一词语,词中亦不可作一诗语,其间界若鸿沟。余谓诗中不可作词语,信然。若词中偶作诗语,亦何害其为大雅?且如'似曾相识燕归来'等句,诗词互见,各有佳处。彼执一而论者,真井蛙之见。"②陈廷焯所谓"昔人"当指清初王士禛。王氏《花草蒙拾》云:"或问诗词词曲分界,予曰'无可奈何花落去,似曾相识燕归来',定非香奁诗。"③即认为词语俗而诗语雅,两者之间不容相混。陈廷焯对此说法有扬有弃,他一方面认同诗语雅于词语,雅者中不可混入俗者;另一方面又提出俗者不妨容纳雅者,即词中可以有诗语。由于陈廷焯后期尚雅倾向明显,故其修辞方面的诗词之辨并不绝对,存在一定的弹性。

句式也好,修辞也罢,诗词在这些方面的区别皆属皮相,浅人尽知。陈氏诗词之辨的独到之处在于对用笔的深入分析上,而他的这种体认直接来源于其后期的诗史观和词史观。陈廷焯早年论诗推曹植、陶渊明、李白和杜甫为"骚坛大将",并认为杜诗法乎古而变乎古,集古今之大成,树立起新的诗学典范,故置杜甫以"圣中之圣"的崇高地位。陈廷焯后期的诗史观与此一脉相承,他谓陈王诗"千古得《骚》之妙者"④,谓陶诗"独有

---

① 《白雨斋词话》卷十,《白雨斋词话全编》,第1330—1331页。
② 《白雨斋词话》卷七,《白雨斋词话全编》,第1280页。
③ 王士禛:《花草蒙拾》,《词话丛编》,第686页。
④ 《白雨斋词话》卷九,《白雨斋词话全编》,第1308页。

千古，无能为继"①，谓太白《古风》五十五首"何等朴拙，何等忠厚"②，对此三人依旧推崇备至。至于杜甫，更是陈廷焯诗论的重心。在艺术成就上，"诗至于杜，集古今之大成，更无与并者矣"③，杜诗"横绝古今，无与为敌"④，是陈氏心目中永远的骚坛首座。在诗史发展上，杜诗也具有十分关键的意义。陈廷焯说："自《风》《骚》以迄太白，诗之正也，诗之古也。杜陵而后，诗之变也。"⑤杜甫一出，改变了诗歌的面貌，造就了诗史的转折。总之，"诗至杜陵而圣，亦诗至杜陵而变"⑥，这是陈廷焯对杜诗的两大基本定位。倘若进一步推求杜诗的特点，则是那千古公认的四个字——沉郁顿挫。陈廷焯云："杜陵之诗，包括万有，空诸依傍，纵横博大，千变万化之中，却极沉郁顿挫，忠厚和平。"⑦在陈廷焯后期的诗论中，"沉郁"一词近乎杜甫的专利。说完陈氏后期的诗史观，我们再来简单了解一下他对词史的认识。陈廷焯说："唐五代词，不可及处，正在沉郁。宋词不尽沉郁，然如子野、少游、美成、白石、碧山、梅溪诸家，未有不沉郁者。即东坡、方回、稼轩、梦窗、玉田等，似不必尽以沉郁胜，然其佳处，亦未有不沉郁者。词中所贵，尚未可以知耶？"⑧唐五代是词史最初阶段，温、韦词即已"沉郁"，则"沉郁"是词体与生俱来的特质。宋代是词史的黄金时代，陈廷焯认为宋词诸大家皆以"沉郁"制胜，则"沉郁"又是词体的至境。明乎此，陈廷焯所谓诗词在用笔方面的异同便迎刃而解了。归纳起来，主要有以下三点：

其一，诗词之极则相同。陈廷焯论诗以杜甫为最，而杜诗的特点乃在"沉郁"。故陈廷焯说："诗之高境，亦在沉郁。"⑨又云："诗之高境在沉

---

①《白雨斋词话》卷十，《白雨斋词话全编》，第1337页。

②《白雨斋词话》卷九，《白雨斋词话全编》，第1309页。

③陈廷焯：《杜诗选》自序，《杜集书录》，第426页。

④《白雨斋词话》卷十，《白雨斋词话全编》，第1337页。

⑤《白雨斋词话》卷九，《白雨斋词话全编》，第1309页。

⑥《白雨斋词话》卷九，《白雨斋词话全编》，第1308页。

⑦《白雨斋词话》卷十，《白雨斋词话全编》，第1337页。

⑧《白雨斋词话》卷一，《白雨斋词话全编》，第1164页。

⑨《白雨斋词话》卷一，《白雨斋词话全编》，第1164页。

郁。"①"沉郁"也就成为作诗的极高境界。至于词,自以"沉郁"为贵。这样一来,"诗词皆贵沉郁","沉郁"成为诗体与词体共同的最佳表现。

其二,诗词之宽狭不同。诗词虽然皆贵沉郁,但可供诗体选择的用笔方式尚有其他。就诗而言,神余言外固佳,直抒其事亦无不可。正如陈廷焯所云:"即不尽沉郁,如五七言大篇,畅所欲言者,亦别有可观。"②像五古、七古、长篇歌行等体裁,诗人每每纵笔直书,这种笔法在诗中是被允许的。至于词,则别无他选,惟有沉郁一途。陈廷焯说:"若词则舍沉郁之外,更无以为词。盖篇幅狭小,倘一直说去,不留余地,虽极工巧之致,识者终笑其浅矣。"③在他看来,词不可像诗那样畅所欲言、不留余地,只能采取深隐幽微、含蓄隽永的笔触。总之,陈廷焯认为:"诗之高境在沉郁。其次即直截痛快,亦不失为次乘。词则舍沉郁之外,即金氏所谓俚词、鄙词、游词,更无次乘也。"④诗体的表现手段比较宽泛,甚至可以容纳"沉郁"与"直截痛快"这样截然相反的笔法;而词体的表现手段则是单一的,必须以"沉郁"出之。

其三,诗词之本色不同。在用笔方面,诗可以沉郁,也可以不沉郁,前者是高境,后者乃次乘。乍一看,陈氏当以"沉郁"为诗中正宗。其实不然,且看下面这段话:

> 温厚和平,诗词一本也。然为诗者,既得其本,而措语则以平远雍穆为正,沉郁顿挫为变……词则以温厚和平为本,而措语即以沉郁顿挫为正,更不必以平远雍穆为贵。诗与词同体异用者在此。⑤

诗词皆以温厚和平的诗教为根本,两者的区别在于"用",即作为文体

---

① 《白雨斋词话》卷十,《白雨斋词话全编》,第1328页。
② 《白雨斋词话》卷一,《白雨斋词话全编》,第1164页。
③ 《白雨斋词话》卷一,《白雨斋词话全编》,第1164页。
④ 《白雨斋词话》卷十,《白雨斋词话全编》,第1328页。
⑤ 《白雨斋词话》卷十,《白雨斋词话全编》,第1329页。

特征的表现方式有所不同。就诗而言，"沉郁顿挫"固是高境。但此种笔法源于杜诗，而"杜陵之诗，洗脱汉魏六朝面目殆尽"①，诚乃诗中之变。所以"沉郁顿挫"是措语的变体，不能代表诗歌的风貌。真正能体现诗体特点的乃是汉魏古诗。作为诗史的发轫，它们近源，其平远雍穆的措辞方式自然是正格。所以陈廷焯才会说作诗要"置身于汉、魏"，其《白雨斋诗钞》八十二首，古体诗就有四十六首，占了一半以上。所谓"平远雍穆"，措语庄重平夷而饶有远韵。"沉郁顿挫"，则是幽微要眇，情词起伏转折。因此，诗中可有多种表达手段，惟平远雍穆的笔法是诗体本色。至于词，诞生之初便是沉郁，"舍沉郁之外，更无以为词"。沉郁(实即比兴)是词体惟一的笔法，乃词体的特质。

除了句式、修辞和用笔外，感人程度的不同也是诗词间的一大区别。《白雨斋词话自序》中说："后人之感，感于文不若感于诗，感于诗不若感于词。诗有韵，文无韵。词可按节寻声，诗不能尽被弦管。"②也就是说，文、诗、词三体，感人程度是递增的。陈廷焯认为词比诗更加感人，并归因于词体的音乐性，这是从乐教的角度来说的。实际上，主要原因还是在于用笔曲直的不同。如王沂孙〔法曲献仙音〕《聚景亭梅次草窗韵》一首，陈廷焯有如下评语：

> 高似孙过聚景园诗云："翠华不向苑中来，可是年年惜露台。水际春风寒漠漠，官梅却作野梅开。"可谓凄怨。读碧山此词，更觉哀婉。③

对于陈氏而言，碧山词显然已经无法"按节寻声"，只能作文字观了。他之所以有"更觉哀婉"的体会，即认为"感于诗不若感于词"，完全是诗词异用的结果。王沂孙词下片有云："已悲惋。况凄凉近来离思，应忘却、明

---

① 《白雨斋词话》卷九，《白雨斋词话全编》，第1310页。
② 《白雨斋词话自序》，《白雨斋词话全编》，第1161页。
③ 《词则辑评·大雅集》卷四，《白雨斋词话全编》，第748页。

月夜深归辇。荏苒一枝春,恨东风、人似天远。纵有残花酒,洒征衣、铅泪都满。"①高诗与王词意旨相同,均以梅花之盛衰感慨国事之兴亡。而在用笔上,高诗的首句与结句作意十分明显,其忠爱之情直达读者内心。王词则不言翠华不来,但云忘却归辇;不言无人赏怜,但云人似天远。"纵有"句又加一倍写,哀怨益深。不难发现,与诗相比,词笔变直为曲,层层渲染,极沉郁顿挫之能事。故意味更加深厚,更能感动人心。

"同体异用"是陈廷焯后期对于诗体与词体关系最为凝练的表述。诗词同体,均以温厚和平为旨归。诗之措语平远雍穆,是一种直接的感发。而词之措语沉郁顿挫,欲露不露、反复缠绵的笔法能够起到一种增深加厚的作用,令人愈觉忠厚和平。因此,在感发性情的教化功能上,词体比诗体更为胜任和出色。

二、词曲异体异用

随着词学思想发生转变,陈廷焯后期观念中的词与散曲不再"亲密无间",而是分道扬镳,渐行渐远。《词则》已经透露出这一消息,其收录的曲作只有元人马致远的三首〔天净沙〕,且置诸《别调集》中。可以说,"词曲之辨"已经成为陈廷焯后期词、曲关系论的重心。

词、曲间的不同首先表现在语言方面,即词语文雅,曲语俚俗。反映到陈廷焯的词论中,即要求词中不可掺入曲语:"词中不妨有诗语,而断不可作一曲语。"②陈氏后期论词反对雕章琢句、卖弄聪明,但这并不意味他全然不顾措辞的文野。陈廷焯说:"炼字琢句,原属词中末技。然择言贵雅,亦不可不慎。古人词有竟体高妙,而一句小疵,致令通篇减色者。"③词史上不乏因混入些许曲辞而导致全篇降格的例子。如明代杨慎,颇工小令,但是未脱明人以曲为词的习气。正所谓"用修小令,合者有五代人

---

① 《大雅集》卷四,《词则》,第144–145页。
② 《白雨斋词话》卷七,《白雨斋词话全编》,第1280页。
③ 《白雨斋词话》卷七,《白雨斋词话全编》,第1279页。

遗意,而时杂曲语,令读者短气"①,由于词中混入曲语,即使"有五代人遗意",也不足为贵。再看下面这首宋代无名氏的〔鹧鸪天〕:

> 宋无名氏〔鹧鸪天〕云:"镇日无心扫黛眉。临行愁见理征衣。樽前只恐伤郎意,阁泪汪汪不敢垂。　　停宝马,捧瑶卮。相斟相劝忍分离。不如饮待奴先醉,图得不知郎去时。"语不必深,而情到至处,亦绝调也。惟措词近曲,终欠大雅。②

《词则·闲情集》卷二收入此词,批云:"语不深而情深,千古离别之词,以此为最。"③特别是结尾两句,以通俗的语言表达出深挚的情意,真切感人。陈廷焯虽然给予很高的评价,但犹有遗憾,原因就在于其中存在"郎""奴"等曲辞。又如柳永的名篇〔八声甘州〕,陈廷焯同样有白璧微瑕之叹:"柳耆卿'对萧萧暮雨洒江天'一章,情景兼到,骨韵俱高。而有'想佳人妆楼长望'之句,'佳人妆楼'四字,连用俗极,亦不检点之过。"④可以看出,陈氏对于曲语的排斥已经近乎极端。或许是觉得这样指瑕尚欠醒目,陈廷焯干脆直接列出一份词中禁用字汇总表,以供词家遵守:

> 词中如佳人、夫人、那人、檀郎、伊家、香腮、心儿、莲瓣、双翘、鞋钩、断肠天、可怜宵、莽乾坤、哥、奴、姐、要等字面,俗劣已极,断不可用。即老子、玉人、则个、好个、那个、拼个、元是、娇嗔、兜鞋、恁、些、他、儿等字,亦以慎用为是。盖措词不雅,命意虽佳,终不足贵。⑤

上文提到的"郎""奴""佳人"等赫然在列。很明显,陈氏所举皆为曲

---

①《白雨斋词话》卷三,《白雨斋词话全编》,第1201页。

②《白雨斋词话》卷八,《白雨斋词话全编》,第1293页。

③《词则辑评·闲情集》卷二,《白雨斋词话全编》,第932页。

④《白雨斋词话》卷七,《白雨斋词话全编》,第1279页。

⑤《白雨斋词话》卷八,《白雨斋词话全编》,第1293页。

家常用词汇。他在词中力避曲语，正是一种严守词曲之辨的体现。

　　语言的雅俗有别尚属表象，体用方面才是词、曲本质上的区别。陈氏说：

> 诗词同体而异用。曲与词则用不同，而体亦渐异，此不可不辨。①

　　诗与词均以温厚和平为本体，在用笔上，前者以平远雍穆为正，后者以沉郁顿挫为正。此诗、词"同体异用"之处。至于散曲，陈廷焯认为其既不以温厚和平为"体"，又不以沉郁顿挫为"用"，与词乃是"异体异用"的关系。陈廷焯在此并未具体说明散曲的体、用，我们可以给他作一补充。明初朱权在《太和正音谱》中从内容主旨和语言风格的角度总结了散曲的各种体式，称之为"乐府体一十五家"。其中有所谓的"楚江体"，乃是"屈抑不伸，抒衷诉志"②，尚可与温厚和平相通。此外如"神游广汉，寄情太虚"③的黄冠体，"裙裾脂粉"④的香奁体，"嘲讥戏谑"⑤的骚人体，以至"诡喻淫虐，即淫词"⑥的俳优体，皆与温厚和平毫不相干，甚至视若仇雠。由此可见，散曲之"体"丰富多彩，绝非诗教所能局限。至于散曲之"用"，更是与词之"沉郁"针锋相对。关于曲子的表达方式，任中敏先生曾有一段精辟的论述：

> 曲以说得急切透辟，极情尽致为尚。不但不宽弛，不含蓄，且多冲口而出，若不能待者。用意则全然暴露于词面，用比、兴者并所比

---

① 《白雨斋词话》卷十，《白雨斋词话全编》，第1336页。
② 朱权著，姚品文点校笺评：《太和正音谱笺评》，中华书局，2010年版，第14页。
③ 《太和正音谱笺评》，第13页。
④ 《太和正音谱笺评》，第14页。
⑤ 《太和正音谱笺评》，第14页。
⑥ 《太和正音谱笺评》，第14页。

所兴亦说明无隐。此其态度为迫切，为坦率，恰与词处相反地位。①

词贵沉郁，强调含蓄不露；曲尚晓畅，要求轩豁呈露。两者在表情达意的方式上刚好相反，故陈廷焯有"曲与词则用不同"的论断。

陈廷焯后期从辞、体、用三个方面辨析了词体与散曲的区别，总的来看，词、曲之间呈现出对立的状态。文学史的发展也反映了这种矛盾："元代尚曲，曲愈工而词愈晦。周、秦、姜、史之风，不可复见矣。"②他将元词之不振归咎于元曲之兴盛，这明显带有"曲妨害词"的味道。

三、"比兴"的由实入虚与"沉郁"的由诗入词

中国古代文论有一个特点，那就是概念范畴普遍具有丰富的内涵。同一个范畴，不同时代的不同论者往往有不同的理解、不同的运用。陈廷焯后期对于"比兴""沉郁"这两大经典范畴作了不同于前期、有别于前人的诠释和运用。

比兴滥觞于《诗经》，衍波于楚辞，是中国古代经学、文论里的经典范畴。关于它的含义，历来众说纷纭。时代较早的毛传云："比，见今之失，不敢斥言，取比类以言之。兴，见今之美，嫌于媚谀，取善事以喻劝之。"③即以"比"讽喻，以"兴"颂扬。唐代孔颖达进一步指出："其实美、刺俱有比、兴者也。"④认为比兴的手法在美诗、刺诗中均有，并无严格区分。而南朝刘勰则说："比则畜愤以斥言，兴则环譬以记讽。"⑤认为比兴均用以讽谏。虽然诸人观点不一，但皆未将比兴单纯视作表达方法，而是同时赋予封建伦理的意义指向。南宋朱熹《诗集传》云："比者，以彼物比此物

---

① 任中敏：《词曲通义》，商务印书馆，1931年版，第29页。
②《白雨斋词话》卷三，《白雨斋词话全编》，第1200页。
③《毛诗正义》，第13页。
④《毛诗正义》，第13页。
⑤ 刘勰著，范文澜注：《文心雕龙注》，人民文学出版社，1958年版，第601页。

也。"①又说:"兴者,先言他物以引起所咏之词也。"②并在《诗集传》和《楚辞集注》中分章析句,不厌其烦地注明以何比何,以何兴何。众所周知,《诗集传》是明清科举的指定教材,故朱熹的解释颇具权威性,影响很大。陈廷焯早年即重视比兴在诗中的运用,他说:"诗中比兴体最佳。"③又谓:"诗有比有兴,所以抒下情而通讽喻也。"④也把讽喻当作比兴的固有之义。至于具体如何理解,陈氏则完全沿用朱子之说。他评诗时也会分析说哪句是比,哪句是兴。比如北魏陈留长公主《代王肃答谢氏》,他说首二句"纯是诗之比也"⑤;李白《古风》(天津三月时),他说"前用兴起"⑥;北魏谢氏尼《赠王肃》,他说首二句是"诗之比而兴也"⑦;杜甫《秦州杂诗》(萧萧古塞冷),他说"前四,兴而比也"⑧。在此基础上,陈廷焯还会进一步阐明诗人比兴喻指的本意。像鲍照的《代白头吟》,陈氏在"食苗实硕鼠,点白信苍蝇"下有夹批:"喻谗佞也。"⑨又如江淹《古离别》,结二句"菟丝及水萍,所寄终不移",陈氏有尾批:"兔丝附松柏,萍依水,以比妇人托于夫也。"⑩既然比兴可以被这样阐明,则陈氏自然不介意那些浅露显明的比兴。如陈廷焯谓杜甫《遣怀》:"结以比语,露出本意,妙不嫌于尽。"⑪又自《唐宋诗醇》转引仇兆鳌语评杜甫《萤火》:"'腐草'喻刑余之人,'太阳'乃人君之象,比义显然。"⑫在陈廷焯眼中,"露出本意""比义显然"并非缺点,让读者一目了然的"比"仍属合格。而"兴"在"先言他物"后便会将"所咏之词"和盘托出,作品本意亦是昭然若揭。陈廷焯早年的比兴观深受朱

① 《诗集传》,第4页。
② 《诗集传》,第1页。
③ 李白《古风》(桃李开东园)批语,《骚坛精选录》卷十八。
④ 李白《古风》(绿萝纷葳蕤)批语,《骚坛精选录》卷十八。
⑤ 《骚坛精选录》卷十。
⑥ 《骚坛精选录》卷十八。
⑦ 《骚坛精选录》卷十。
⑧ 《白雨斋诗话》,第171页。
⑨ 《骚坛精选录》卷七。
⑩ 《骚坛精选录》卷九。
⑪ 《白雨斋诗话》,第172页。
⑫ 《白雨斋诗话》,第174页。

熹影响,既指实其名,又指实其义,且包括明喻。

到后期,陈廷焯依然要求比兴必须关乎讽喻。《白雨斋词话》明确指出凡是诗中无关讽喻的比拟都不能称之为"比":

> 《随园诗话》中所载诗,如咏六月菊云:"秋士偶然轻出处,高人原不解炎凉。"咏落花云:"看他已逐东流去,却又因风倒转来。"咏茶灶云"两三杯水作波涛"等类,皆舌尖聪明语,恶薄浅露,何异刘四骂人?即"经纶犹有待,吐属已非凡"之句,无不倾倒,然亦不过考试中兴会佳句耳,于风诗比义,了不相关。宋人"而今未问和羹事,且向百花头上开",自是富贵福泽人声口,以云风格,视"经纶"句又低一筹矣。①

咏六月菊、咏落花、咏茶灶三诗,明为咏物,实拟人品。诸诗并无讽喻精神,只是运用修辞学意义上的比喻、拟人等方法。至于咏蚕的"经纶犹有待,吐属已非凡",咏梅的"而今未问和羹事,且向百花头上开",则近于双关和诗谶。虽较前三首为含蓄浑融,但"于风诗比义,了不相关",同样没有美刺的意旨。在强调讽喻精神方面,陈廷焯的比兴观一以贯之。但在如何理解比兴讽喻上,陈氏后期的观念发生了显著的变化。他一改早期将比、兴与作品内容逐句对应的思路,开始批驳朱熹的做法。他说:

> 《风》诗三百,用意各有所在。仁者见之谓之仁,智者见之谓之智,故能感发人之性情。后人一为臆测,系以比、兴、赋之名,而诗义转晦。子朱子于《楚词》,亦分章而系以比、兴、赋,尤属无谓。②

陈廷焯认为,《国风》也好,《离骚》也罢,像朱熹那样指明何者为比、何者为兴,徒劳而无益。论者肢解诗意,读者拘泥固执,这有悖经典见仁见

---

① 《白雨斋词话》卷八,《白雨斋词话全编》,第1291页。
② 《白雨斋词话》卷八,《白雨斋词话全编》,第1291页。

智、感发性情的宗旨。因此,他提出"有比兴之义,无比兴之名"的新说:

> 《风》《骚》有比、兴之义,本无比、兴之名。后人指实其名,已落次乘。作诗词者,不可不知。①

陈廷焯反对斤斤刻求比兴之名,主张涵咏体会比兴之义。这就意味着他不再机械质实地看待比兴,不再容许浅显的托喻,而是主张从整体上去把握幽微要眇、神余言外的特质,认为这才是真正的比兴。他在词话中也曾辨析比、兴之别,说前者是"低回深婉,托讽于有意无意之间",后者是"意在笔先,神余言外,极虚极活,极沉极郁,若远若近,可喻不可喻,反复缠绵,都归忠厚",实际上它们就是含蓄与更含蓄、虚活与更虚活的程度的不同,含蓄不露地感发人心是其共同的指向。总之,陈廷焯后期对比兴的理解乃其"大诗教"体系的核心。为了最大程度上感发性情、教人忠厚,比兴就必须要托讽于有意无意之间,要可喻不可喻,要极虚极活。作为诗词创作论的比兴寄托如此要求,作为诗词批评论的比兴论诗评词也是同样的思路。

陈廷焯前后期比兴观的变化是有痕迹可寻的。除了前面提到的庄棫、李慈铭传的影响,沈德潜的观点或许也给过陈氏启发。《唐诗别裁集·凡例》云:"读诗者心平气和,涵泳浸渍,则意味自出。不宜自立意见,勉强求合也。况古人之言,包含无尽。后人读之,随其性情浅深高下各有会心。"②陈氏论比兴说见仁见智,感发性情,与沈氏所强调的诗无达诂、读者自会有相通之处。另外需要注意的是,陈廷焯早期已经认识到有些诗歌不能句分字析,一一指实,而是从整体上给人一种兴发感动。例如他谓庾信的《拟咏怀》:"子山咏怀,寄兴无端,不必专指一人一事也。"③又说杜甫的《寄韩谏议》应当这样来理解:

---

① 《白雨斋词话》卷八,《白雨斋词话全编》,第 1291 页。
② 《唐诗别裁集》,第 3 页。
③ 《白雨斋诗话》,第 58 页。

予谓钱笺太泥，驳之者亦非。必求其人以实之，未免穿凿。但其诗不可不读，灵光缥缈，风物皆仙，远跨汉、魏，直追屈、宋。昔人谓如读《蒹葭》《秋水》之篇，初不知其何指，而往复低徊，自有不能已者。知言哉！①

正是这种对于诗中无端寄慨、整体感发的认识，给陈廷焯后来受人启发形成新的比兴观念留下了可能。

杜甫《进雕赋表》云："臣之述作，虽不能鼓吹六经，先鸣数子，至于沉郁顿挫，随时敏捷，扬雄、枚皋之徒，庶可企及也。"②"沉郁顿挫"本是杜甫对自己文章的评价，后来成为人们评价杜甫诗风的经典话语。陈廷焯在《白雨斋词话》首卷便拈出"沉郁"二字为其词学核心，王耕心给词话写的序言又说到陈氏学诗伊始即以杜诗为宗，这就让我们很容易想到陈氏词学的"沉郁说"是从对杜诗"沉郁顿挫"的认识中借用过来的。当我们对陈廷焯著述有更为全面的了解后，这种想法和感觉就得到了印证。陈氏以"沉郁"评诗论词其实从他早年就开始了。现存《骚坛精选录》残卷中至少五次出现"沉郁"，其中两处转引潘德舆与何义门之言，另外三处则为陈廷焯自道，兹逐录于下：

康乐沉郁较胜元晖，元晖爽朗过于康乐。盖一则风骨高，一则神气清也。千古并称，乌得漫置轩轾于其间也。③
沉郁顿挫，声泪俱下。④（评杜甫《述怀》）
《天河》诸作，窅缈雄深，沉郁顿挫。⑤（评杜诗）

---

① 《白雨斋诗话》，第159页。
② 《杜诗详注》，第2172页。
③ 《白雨斋诗话》，第13页。
④ 《白雨斋诗话》，第129页。
⑤ 《白雨斋诗话》，第174页。

《骚坛精选录》中的杜诗批语何啻千百,但出现"沉郁"的次数却少之又少。且陈廷焯不仅谓杜诗"沉郁",还以"沉郁"评价谢灵运之诗,可见其并无严格的君臣忠爱的道德指向。他还认为沉郁的"大谢"诗与爽朗的"小谢"诗千古并称,难分伯仲,益知"沉郁"在陈氏早期诗学思想中并无特殊地位。也就是说,陈廷焯早期诗学中的"沉郁"仅指一般意义上情感之深沉含蓄。再来看陈廷焯早期词选《云韶集》,也用过"沉郁"这一术语,共计十四次。如评周邦彦〔兰陵王〕:"又沉郁,又劲直,有独往独来之概。"① 评辛弃疾〔摸鱼儿〕:"怨而怒矣,然沉郁顿挫,笔势飞舞,千古所无。"② 乍一看,与《白雨斋词话》的评论极为相似。实际上,这不过偶合而已,《云韶集》中的"沉郁"与陈廷焯后期的"沉郁说"存在本质上的区别。陈氏早期膜拜朱彝尊词,谓其"长调之妙尤为沉郁顿挫"③,即以"沉郁"目之。然而后期却说他"求一篇如两宋诸公之沉郁顿挫,颇不易得"④,又否定了竹垞词的"沉郁"特点。在这里,评家相同,对象相同,惟有"沉郁"的内涵发生了变化。陈廷焯说:"竹垞词,疏中有密,但少沉厚之意。"⑤陈廷焯后期所谓的"沉厚""深厚"云云,乃是植根于忠爱之情。而这一点,《云韶集》中的"沉郁"并不包括。除此之外,前后期词论中"沉郁"的含蓄程度也有所不同。以宋代朱服〔渔家傲〕为例,其结句云:"拼一醉。而今乐事他年泪。"陈氏早期批道:"沉郁悲壮,笔墨淋漓,小儒何足知之。"⑥后期则将此词录入《放歌集》卷一,评结句说:"慨当以慷。"⑦又在《白雨斋词话》中将朱词与贺铸〔惜双双〕作对比,有"同一感慨,而朱病激烈,贺较深婉"⑧的评判。

① 《云韶集辑评》卷四,《白雨斋词话全编》,第93页。
② 《云韶集辑评》卷五,《白雨斋词话全编》,第130页。
③ 《云韶集辑评》卷十五,《白雨斋词话全编》,第375页。
④ 《词则辑评·大雅集》卷五,《白雨斋词话全编》,第772页。
⑤ 《词则辑评·大雅集》卷五,《白雨斋词话全编》,第772页。
⑥ 《云韶集辑评》卷三,《白雨斋词话全编》,第81页。
⑦ 《词则辑评·放歌集》卷一,《白雨斋词话全编》,第810页。
⑧ 《白雨斋词话》卷八,《白雨斋词话全编》,第1295页。

对于同一首词，陈廷焯早期有"沉郁"之目，后期则置诸《放歌集》中，病其慷慨发越，浅显豁露，不再谓之"沉郁"。可见《云韶集》中的"沉郁"更加偏重于感情的深挚浓烈，对含蓄的一面并无苛求。至此，我们可以清楚地看到，早在陈廷焯为学之初，"沉郁"便是其诗学与词学的通用而非重要的范畴。此时"沉郁"主要指情感的深重郁勃，与陈氏后期所谓的"沉郁"名虽同，实则异。

《白雨斋词话》谓杜诗"力量充满，意境沉郁"①，陈廷焯后期仍然用"沉郁"来评价杜诗，而这时的"沉郁"与杜甫诗歌已经具有某种"绑定"关系。幸得周采泉先生《杜集书录》摘录陈廷焯《杜诗选》的序言和部分批语，我们才知道陈氏后期对于杜诗之"沉郁"已有一番新的理解。他在自序中这样说：

> 窃以为杜诗大过人处，全在沉郁。笔力透过一层谓之沉，语意藏过数层谓之郁。精微博大，根柢于沉；忠厚和平，本原于郁。明于沉郁之故，而杜之面目可见。

陈氏后期认为杜诗的精华与不可及处正在"沉郁"，只有理解了"沉郁"，才能真正读懂杜诗。那什么是"沉郁"呢？陈氏解释为感情深重，语意含蓄，忠厚和平。又《杜诗选》评《自京赴奉先咏怀》说"沉郁顿挫，至斯已极"，又说它"百折千回，终无一语道破，沉之至，郁之至，和平忠厚"，即指出"沉郁"不可说破。可见陈氏后期所理解的"沉郁"乃是发于忠爱，含蓄不露，归诸忠厚，这显然是他从杜甫诗中提炼出来的。而"杜陵与古为化者也"②，杜诗完美继承了《风》《骚》精神，作为诗歌源头的《风》《骚》自然也是"沉郁"的，正所谓"十三国变风，二十五篇楚词，忠厚之至，亦沉郁之至，词之源也"。既然《风》《骚》沉郁，那么原本《风》《骚》、比兴寄托的词

---

①《白雨斋词话》卷九，《白雨斋词话全编》，第1308页。
②《白雨斋词话》卷九，《白雨斋词话全编》，第1309页。

体,其胜境也就可以用"沉郁"来指称了。《白雨斋词话》云:"作词之法,首贵沉郁,沉则不浮,郁则不薄。""沉则不浮,郁则不薄"的解释,与"笔力透过一层谓之沉,语意藏过数层谓之郁"正可相通。陈廷焯后期通过精研杜诗,重新定义了"沉郁"的含义。继而上溯《风》《骚》,下衍倚声,一以"沉郁"相贯穿。我认为,这应当就是陈氏词学"沉郁说"由诗入词的发展理路。

讲到"沉郁",顺便还要提一下"顿挫"。与"沉郁"内涵的前后变化不同,陈廷焯对于"顿挫"的理解始终如一。如杜甫的名篇《丹青引赠曹将军霸》开头四句:"将军魏武之子孙,于今为庶为清门。英雄割据虽已矣,文采风流今尚存。"①陈氏在《骚坛精选录》中有如下分析:

> 起七字郑重。"于今"一语,如水逝云卷,风流电掣,何等悲凉!"英雄"七字,又一提振,是开笔。"文彩"七字是阖笔。"英雄割据"四字,何等气魄!"虽已矣"三字,不胜苍凉。以一"虽"字作开笔,"文彩"而今,何其悲也!"尚存"二字,又为通局提纲,是一句中又自为开合也。只起四句,正如怒涛忽起忽落。②

首句指出曹将军出身名门,令人肃然起敬。次句笔锋突转,不禁悲从中来。"英雄"句追忆往昔,再次提振。如今则是但存文采,情意又生波澜。不仅句与句之间开合起伏,一句之中亦以虚字承转。因此,陈廷焯认为这四句诗"正如怒涛忽起忽落",可谓极浏漓顿挫之至。把句子间语意的开阖转折目为"顿挫",是陈廷焯前后期诗学的一贯认识。他直接将其引入词中,成为与"沉郁"配合使用的重要范畴。

关于比兴,陈廷焯早年指实名、义,浅显不妨;后期则要求含蓄不露,极虚极活。至于沉郁,在陈氏前期只是一个普通的批评术语,后期内涵发生变化,是他理解杜诗的关键,并创造性地引入词学,作为核心范畴反复

---

① 《杜诗详注》,第1148页。
② 《白雨斋诗话》,第157页。

申说。"比兴"是手法,"沉郁"是意境,两者之间有着非常密切的关系。陈廷焯后期对于"比兴""沉郁"的新诠新用,成为其"大诗教"体系的重要组成内容。

四、《风》《骚》统领下的诗教与词教

陈廷焯后期对于《风》《骚》,对于诗、词、曲的文体特质及相互关系有了新的体认,最终建立起以《风》《骚》为统领、诗教加词教的"大诗教"思想体系。

这一体系可以从以下三个方面来看:

首先,《风》《骚》为诗歌领域的惟一权威。陈廷焯早年论诗即高举《风》《骚》,但又认为杜诗的水平时或高于《风》《骚》,这在某种意义上表明《风》《骚》并非不可超越。另外,陈氏前期编选的《骚坛精选录》和《云韶集》收录了许多歌谣杂曲,他认为童谣是天籁,还说山歌樵唱等等是"古乐不作,独劳人思妇、怨女旷夫发为歌词,不求工而自合于古"。这就给人一种印象:《风》《骚》并非独一无二,后世也有类似《国风》"里巷歌谣""男女相与咏歌"[1]这样的作品。而到后期,《风》《骚》被陈廷焯推到至高无上的独尊地位。《白雨斋词话》谓杜甫"更欲驾《风》《骚》而上之,则有所不能",否认杜诗能超过《风》《骚》,即以《风》《骚》为最高的诗歌典范。至于民歌童谣,他的态度较早年来了个一百八十度的大转弯。《白雨斋词话》卷九说:

> 山歌樵唱,里谚童谣,非无可采。但总不免俚俗二字,难登大雅之堂。好奇之士,每偏爱此种,以为转近于古,此亦魔道矣。《风》《骚》自有门户,任人取法不尽,何必转求于村夫牧竖中哉?

这段话简直就是陈廷焯对自己早年观念的悔悟,当年的他不正是堕入"魔道"、偏爱山歌童谣的"好奇之士"吗? 如今他从"入门之始,先辨雅

---

[1]《诗集传》,序第2页。

俗"出发,排斥俚俗的里谚民歌,强调《风》《骚》具有无可替代的惟一性。总之,陈廷焯后期认为在诗歌领域里,《风》《骚》是诗教源头,是儒家经典,是惟一权威,将其放在了不可动摇、无与伦比的统领地位。

其次,该体系里有词而无曲。由《风》《骚》发展到古近体诗,源流脉络千古昭然,后世之诗自然属于《风》《骚》统领下的诗教体系当中。而同属诗歌韵文的词和散曲情况则不同。就像《词则·大雅集》序所说:"诗教虽衰,而谈诗者犹得所祖祢。词至两宋而后,几成绝响。"①陈廷焯认为,古人基本都知道诗源何在,诗为何物。但是倚声一体,宋以后繁声竞作,昧厥旨归,人们普遍以小道卑体目之。陈氏早年就是如此,秉持诗尊词卑、词曲混一的观念。他那时觉得词和散曲就是抒情遣性、自娱娱人的,艳情冶思、粗豪叫嚣,有亦无妨,这两种文体是游离于诗教之外的。而当陈廷焯转投常州词派,词体一下子就变成《风》《骚》的嫡系,被纳入诗教体系。词和诗"同体",都以温厚和平为依归。曲和诗词为"异体",曲就被排除在外了。

最后,词比诗难写,更得《风》《骚》真传。陈廷焯说:"诗词一理。然不工词者可以工诗,不工诗者断不能工词。故学词贵在能诗之后。若于诗未有立足处,遽欲学词,吾未见有合者。"②学词先以学诗为方便法门,目的是通过诗歌的学习,在心中牢固树立起温厚和平这一根本的宗旨。从诗入手,可以相对容易地领悟本原,不致误入歧途。把握住"温厚以为体"后,诗体以平远雍穆为"用",且不排斥其他表达手法。可以比兴寄托,也可以畅所欲言,故路径较宽。而词只能"沉郁以为用","故较诗为更难"。而《风》《骚》正是以"温厚为本,沉郁为用",所谓"十三国变风,二十五篇楚词,忠厚之至,亦沉郁之至"。从某种意义上可以说,诗仅传《风》《骚》之体,词并得《风》《骚》之用。

至此,我们看到陈廷焯后期已然构建起以《风》《骚》为祖祢、诗词为兄弟的"诗教大家族"。在这个谱系中,词体一方面以沉郁顿挫的用笔作为

---

① 《大雅集序》,《白雨斋词话全编》,第697页。
② 《白雨斋词话》卷九,《白雨斋词话全编》,第1305页。

文体特质与诗相区分,另一方面又以体用兼备而成为《风》《骚》最为完美的化身。词比诗更易感发性情、教化人心,词教成为"大诗教"体系中的亮点所在。

关于"词教",陈水云先生指出:"这一观念在晚清词坛表现得尤为突出,晚清词学的相关观念多是由'词教'思想引发出来的。"①陈廷焯的"沉郁说"也反映出这一时代特征。而其可贵之处在于,他不仅纳词教于"大诗教"体系,还将词与诗、曲的文体异同,词教与《风》《骚》的关系,词教与诗教相比的特色等等揭示得清清楚楚,辨析得明明白白。其中他对"比兴"的讨论和对"沉郁"的使用颇为引人瞩目。明代李东阳曾阐述过比兴对于感发性情的重要意义②,比陈廷焯时代稍早的方玉润也对朱熹分章析句指实比兴的做法提出过批驳③。与前人相比,陈廷焯对比兴理解得更加深刻灵活,阐释得更为清晰明确,极富启发性。至于"沉郁",更是首次引入词学作为核心范畴来使用,极具创造性。我们应该认识到,陈廷焯后期所建立的以《风》《骚》为统领、诗教加词教的"大诗教"体系,是从宏观层面对中国古代诗教传统,对诗、词、曲各类文体特质进行的一次穷源竟委的总梳理。同时他对"比兴""沉郁"等经典范畴新的诠释和运用,又为中国古代文论尤其是词学范畴的丰富与拓展做出重要的历史贡献。

第二节　陈廷焯在中国词学批评史上的地位

"词盛于宋,词学之盛,却不在宋而在清。"④从填词创作上看,清词的

---

① 陈水云:《论词教:晚清词坛的尊体与教化》,《文艺理论研究》2014年第5期。
② 李东阳《怀麓堂诗话》:"所谓比与兴者,皆托物寓情而为之者也。盖正言直述,则易于穷尽,而难于感发。惟有所寓托,形容摹写,反复讽咏,以俟人之自得,言有尽而意无穷,则神爽飞动,手舞足蹈而不自觉,此诗之所以贵情思而轻事实也。"
③ 方玉润《诗经原始·凡例》:"赋、比、兴三者,作诗之法,断不可少。然非执定某章为兴,某章为比,某章为赋。更可笑者,'赋而兴''兴而比'之类,如同小儿语,句句强为分解也。"
④ 吴熊和:《唐宋词通论》,商务印书馆,2003年版,第408页。

水平稍逊于两宋。而就词的研究来说，清代词学绝对算是中国古代词学史中的最高峰。现代著名词学家龙榆生曾总结出清代词学的五大成就，即以万树《词律》为代表的"图谱之学"、凌廷堪《燕乐考原》为代表的"词乐之学"、戈载《词林正韵》为代表的"词韵之学"、张宗橚《词林纪事》为代表的"词史之学"以及朱祖谋《彊村丛书》为代表的"校勘之学"。并希望今后在"声调之学""批评之学""目录之学"等方面有所开拓和突破[1]。这就是龙榆生所概括的词学研究的八个方面。自五代欧阳炯《花间集序》出以至清近，"批评之学"始终是词学研究的主要内容。尤其到清代，人们借助词话、词选、序跋、书札、笔记、论词诗词等来进行词学批评，云蒸霞蔚，彬彬其盛矣！如果要论批评的理论色彩与建树，常州词派则远超云间、浙西、阳羡等派，独踞峰巅。龙榆生说："常州派继浙派而兴，倡导于武进张皋文、翰风兄弟，发扬于荆溪周止庵氏，而极其致于清季临桂王半塘、归安朱彊村诸先生，流风余沫，今尚未全衰歇。"[2]与其他文学流派一样，常州词派也历经启蒙、全盛、蜕分、衰落等发展阶段。莫立民曾将龙氏的常派发展史具化为以下三个阶段：一是发皇孕育期，从嘉庆二年(1797)至道光十年(1830)，约三十年；二是光大兴盛期，从道光十年(1830)至光绪十二年(1886)，约五十六年；三是界内新变期，从光绪十二年(1886)至清末民初，有三十年左右的时间[3]。给陈廷焯在中国词学批评史上定位时，我们需要着重看一看在常派百余年的发展过程中，陈廷焯词学处于什么地位，扮演何种角色？若想回答这个问题，则必须对常州词派最重要的两个人物张惠言和周济的词学思想有所了解。

一、导源风雅的张惠言

清人杨希闵说："自康熙至乾隆，为词学者，多为竹垞《词综》所锢。

---

① 详见龙榆生：《研究词学之商榷》，《龙榆生词学论文集》，上海古籍出版社，1997年版，第87-103页。

② 龙榆生：《论常州词派》，《龙榆生词学论文集》，第387页。

③ 详见莫立民：《晚清词研究》，中国社会科学出版社，2006年版，第71-73页。

嘉、道间，常州张皋文乃上溯《金荃》，参以南渡，运心思于幽邃窈折之路，情寄骚雅，词兼比兴，遂又别开境界。"①张惠言以《词选》开启词坛风气之转移，被后学尊为常州词派的开山鼻祖。然而正如吕耀斗所说："吾乡茗柯溯其原，未穷其委。"②张惠言的词学观念只可谓大辂椎轮，尚有不少偏颇与缺憾。

张惠言（1761—1802），字皋文，号茗柯，江苏武进（今常州）人。精通虞翻《易说》，为今文经学大家。又致力于古文，与恽敬开创"阳湖文派"。至于倚声之学，他本无专诣。嘉庆二年（1797），张惠言与弟张琦馆于安徽歙县金榜家。金氏诸生有学词之请，故为之编选一部教材，这就是《词选》。当时词坛主要受到浙西词派的笼罩，而嘲弄叫嚣之气与淫词艳曲之风也有一定的"市场"。张惠言弟子金应珪云："近世为词，厥有三蔽：义非宋玉，而独赋蓬发。谏谢淳于，而惟陈履舄。揣摩床笫，污秽中篝，是谓淫词，其蔽一也；猛起奋末，分言析字。诙嘲则俳优之末流，叫啸则市侩之盛气。此犹巴人振喉以和《阳春》，龟蜮怒嗌以调疏越，是谓鄙词，其蔽二也；规模物类，依托歌舞。哀乐不衷其性，虑叹无与乎情。连章累篇，义不出乎花鸟。感物指事，理不外乎酬应。虽既雅而不艳，斯有句而无章，是谓游词，其蔽三也。"③淫词是明末以来难以根除的陋习，鄙词主要指阳羡词派的后学，游词则针对一味雕章琢句却毫无真情实感的浙派末流而发。有鉴于这三大弊端，张惠言提出词体非小道末技，而是当与《国风》《离骚》等量齐观。他的《词选》专取词史早期的唐宋词，并指明其中的比兴托义，就是要从根源上证明词体本诸《风》《骚》，进而实现尊体之目的。归纳张惠言词学之得失，约有以下四个方面：

其一，区分词体正变，崇正而抑变。张惠言以合于风雅者为正，悖于风雅者为变，首倡以内在思想而非外部风格作为区分词体正变的标准。

---

① 杨希闵撰，孙克强辑：《词轨辑评》，孙克强主编《清代词话全编》第九册，凤凰出版社，2019年版，第358页。

② 吕耀斗：《泥雪堂词钞跋》，《清词序跋汇编》，第1644页。

③ 金应珪：《词选后序》，《唐宋词集序跋汇编》，第424页。

对待正声与变体,张惠言则秉持鲜明而决绝的态度:正声可选可作,应大力提倡;"荡而不反,傲而不理,枝而不物"的变体非但不能染指,甚至没有选评的必要。其《词选》所收一百一十六首唐宋词即皆属正声,变体别调一概摒弃不录。

其二,确立比兴寄托的词学方法。张惠言认为,词应写"贤人君子幽约怨悱不能自言之情",此乃寄托之内容。至于比兴手法,他在《词选》中也进行了解读示范。《词选序》云:"今第录此篇,都为二卷。义有幽隐,并为指发。"①对于《词选》中的一些作品,张惠言以经学家说经的方式一一指明其比兴所在。张氏弟子宋翔凤云:"其于古人之词,必缒幽凿险,求义理之所安,若讨河源于积石之上,若推经度于辰极之表。"②易顺鼎也说:"皋文言词以比兴为主,于古人所作,必合以当时情事,而知其用心。"③宋、易二人均点明张惠言解词的落脚点在于坐实作品之本意,论定作者之用心。这样一来,那些对词意持不同见解的人,难免会以张惠言之说为穿凿附会。如谢章铤就认为:"杜少陵虽不忘君国,韩冬郎虽乃心唐室。而必谓其诗字字有隐衷,语语有微辞,辨议纷然,亦未免强作解事。若必以此法求之于词,则夫酒场歌板,流连景光,保无即事之篇、漫与之作而不必与之庄论者乎?"④即指出张惠言论词有"强作解事"的一面。金武祥则云:"余在岭南晤陈兰甫京卿,亦言《宛邻词选》类多穿凿。"⑤可见张惠言这种缒幽凿险的论词方法颇受时人诟病,存在较大的缺陷。

其三,重意内而轻言外。吴梅说:"词有律有文,律不细非词,文不工亦非词。"⑥张惠言论词强调比兴寄托,专主内在之"意"。《词选》中除了一

---

① 张惠言:《词选序》,《唐宋词集序跋汇编》,第423页。
② 宋翔凤:《香草词序》,《清词序跋汇编》,第851页。
③ 易顺鼎:《摩围阁词自叙》,《清词序跋汇编》,第1610页。
④ 谢章铤:《张惠言词选跋》,《清词序跋汇编》,第1410页。
⑤ 金武祥:《留云借月庵词叙》,《清词序跋汇编》,第1738页。
⑥ 吴梅:《词学通论》,中华书局,2010年版,第166页。

些章法的分析外，对于外在的形式如词藻、声律等等皆未涉及①。

其四，初步提出词统。《词选序》云："温庭筠最高，其言深美闳约。"②又云："宋之词家，号为极盛。然张先、苏轼、秦观、周邦彦、辛弃疾、姜夔、王沂孙、张炎，渊渊乎文有其质焉。"③词史中，张惠言推举唐代一人、北宋四人、南宋四人，共九人为典范，并以温庭筠词为倚声家之极则。

蒋兆兰说："茗柯《词选》，导源风雅，屏去杂流，途轨最正。世所称阳湖派者，实本于兹。"④张惠言并非专门词家，也无意开宗立派，但在客观上却成为常州词派导夫先路的祖师。他将词体上溯《风》《骚》，以比兴寄托说词，奠定了常州词派的理论基石。至于其词学理论的不足之处，则有待常派后学完善，周济便是此中之佼佼者。

二、开坛树帜的周济

谭献说："茗柯《词选》出，倚声之学，日趋正鹄。张氏甥董晋卿，造微踵美。止庵切磋于晋卿，而持论益精。"⑤周济师从张惠言外甥董士锡学词，深化并发展了张氏词学，使常州词派真正树帜于清代词坛。

周济（1781—1839），字保绪，号止庵，江苏荆溪（今宜兴）人。文学之外，复于史学用力颇勤，著有《晋略》八十卷。周济十六岁开始学词，嘉庆九年（1804）结识张惠言的外甥董士锡，遂师事之。三十二岁左右编选《词辨》，著《介存斋论词杂著》。二十年后，复辑《宋四家词选》，著《宋四家词选目录序论》，词学思想较此前又有发展深化。通过董士锡，周济得以习闻皋文词说。而他后来的词学建树，明显体现出对于张惠言词学的补救。

首先，重新定义正变观，并对变体兼容并包。周济《词辨》原本十卷，

---

① 陈文述《葛蓬山蕉梦词叙》云："曩在都下，与张皋闻太史、杨蓉裳农部论词，太史曰：'词境甚仄，词律宜严，率尔操觚者乃诗人之余事，非词家之正声也。'"可知张惠言另有诗词之辨以及词律方面的见解，但未在《词选》中体现，时人亦罕知之。

②《词选序》，《唐宋词集序跋汇编》，第423页。

③《词选序》，《唐宋词集序跋汇编》，第423页。

④ 蒋兆兰：《词说》，《词话丛编》，第4631页。

⑤ 谭献：《复堂词话》，《词话丛编》，第4009页。

后因稿本落于黄河,仅追记成前两卷。但这十卷目录尚存,犹知周济之用心。他说:"向次《词辨》十卷,一卷起飞卿为正。二卷起南唐后主为变。名篇之稍有疵累者为三四卷。平妥清通才及格调者为五六卷。大体纰缪、精彩间出为七八卷。本事词话为九卷。庸选恶札迷误后生、大声疾呼以昭炯戒为十卷。"①后主词在《词选》中乃是正声,周济以之为变,似与皋文龃龉。实则并非如此,周济云:"南唐后主以下,虽骏快驰骛,豪宕感激稍漓矣。然犹皆委曲以致其情,未有亢厉剽悍之习,抑亦正声之次也。"②由此可知,周济所谓"变"是仅次于"正"的意思,大体上仍是肯定的。此外,对于《词选》只收正声、无视变体的狭隘做法,周济也予以反拨。其《词辨》的三、四、五、六、七、八、十等卷中,不乏张氏鄙薄之作。正如周济所说:"虽乖缪庸劣,纤微委琐,苟可驰喻比类,冀声究实,吾皆乐取,无苛责焉。"③在正变去取的问题上,周济较张惠言更加通达与包容。

其次,完善比兴寄托说。关于寄托内容,周济以史学家的眼光做了相对具体的说明:"感慨所寄,不过盛衰,或绸缪未雨,或太息厝薪,或己溺己饥,或独清独醒,随其人之性情学问境地,莫不有由衷之言。见事多,识理透,可为后人论世之资。诗有史,词亦有史,庶乎自树一帜矣。若乃离别怀思,感士不遇,陈陈相因,唾渖互拾,便思高揖温、韦,不亦耻乎?"④在这里,周济强调词中所寄应具备两点特征:一是有"由衷之言",反对"陈陈相因";二是要"见事多,识理透",即可以小见大,反对泛泛抒写小我之愁绪。至于寄托方式,也就是比兴,周济则有初级、高级之分。初级的寄托是"有寄托",是"入",即"意感偶生,假类毕达,阅载千百,馨欬弗违"⑤,作者既有心比附,读者可按图索骥;高级的寄托是"无寄托",是"出",即"铺叙平淡,摹缋浅近,而万感横集,五中无主。读其篇者,临渊窥鱼,意为鲂鲤,中

① 周济:《介存斋论词杂著》,《词话丛编》,第1636页。
②《词辨自序》,《词话丛编》,第1637页。
③《词辨自序》,《词话丛编》,第1637页。
④《介存斋论词杂著》,《词话丛编》,第1630页。
⑤《宋四家词选目录序论》,《词话丛编》,第1643页。

宵惊电,罔识东西。赤子随母笑啼,乡人缘剧喜怒"①,作者深厚的性情自然流露于词中而不自知,读者亦见仁见智,无法指实其所寄何言,所托何意。总之,周济的"寄托出入说"兼具创作论和批评论的性质。前者提示了习词的阶段性,后者则有效纠正了张惠言的穿凿附会之失。

再次,以意为主,不废文、律。周济说:"学词先以用心为主。"②这是对张惠言重"意"思想的继承。同时周济对词的文法、声律均有关注:"次则讲片段,次则讲离合,成片段而无离合,一览索然矣。次则讲色泽、音节。"③并在《宋四家词选目录序论》中进行了具体而微的阐发④。又据潘祖荫说:"止庵复有论调一书,以婉、涩、高、平四品分之。其选调视红友所载,只四分之一。"⑤益见周济对于词律的重视与精研。

最后,真正建立词统。张惠言以飞卿词为最高,周济对此无甚异议,在《介存斋论词杂著》和《宋四家词选目录序论》中均对飞卿词反复致意。然而,温庭筠只是被周济高高挂起,并不在其词学统系之内。他的词统观念主要在宋代四家:周邦彦、辛弃疾、吴文英、王沂孙。其中,清真词"浑化",是"无寄托"的代表。"稼轩由北开南,梦窗由南追北,是词家转境。"⑥分别是由"出"而"入"与由"入"而"出"的代表。碧山词则"餍心切理,言近指远,声容调度,一一可循"⑦,乃是"有寄托"的代表。周济说:"是为四家,领袖一代。余子荦荦,以方附庸。"⑧宋四家不仅是宋词四种艺术成就的集中代表,还完美体现了周济"寄托出入说"的四个发展阶段。因此他们并非孤立的四大典范,而是联结成一个循序渐进的词学阶梯:"问涂碧山,历梦窗、稼轩以还清真之浑化。"⑨这样一来,周济的词统观便与其寄

---

① 《宋四家词选目录序论》,《词话丛编》,第1643页。
② 《介存斋论词杂著》,《词话丛编》,第1630页。
③ 《介存斋论词杂著》,《词话丛编》,第1630页。
④ 详见《宋四家词选目录序论》,《词话丛编》,第1645-1646页。
⑤ 潘祖荫:《刊周济宋四家词选序》,《词话丛编》,第1658页。
⑥ 《宋四家词选目录序论》,《词话丛编》,第1644页。
⑦ 《宋四家词选目录序论》,《词话丛编》,第1643页。
⑧ 《宋四家词选目录序论》,《词话丛编》,第1643页。
⑨ 《宋四家词选目录序论》,《词话丛编》,第1643页。

托说表里相宣,有机地结合起来。

谭献说:"周氏撰定《词辨》《宋四家词筏》,推明张氏之旨,而广大之。"①蒋兆兰说:"周止庵穷正变,分家数,为学人导先路,而词学始有统系,有归宿。"②吴梅则说:"至周介存,遂得独辟奥窔,自抒伟论,其于阳湖,洵可揖让坛坫,不得以附庸目之也。"③在时人看来,周济不仅是张氏功臣,还是奠定常派词学体系并使之发扬光大的关键人物。可以说,在常州词派中,张惠言与周济固是一祖一祢,永享千秋。

三、别为一宗的陈廷焯

陈廷焯是常州词派在晚清最有建树的词学家之一,学界普遍认为他是张惠言、周济一脉之传人。然而深入考察陈氏词学后,我们发现他与周济并无瓜葛,乃是由庄棫直接上承张惠言。

陈廷焯于光绪十六年(1890)编迄《词则》,次年完成《白雨斋词话》。光绪二十年(1894),八卷本《白雨斋词话》方刊行于世。从时间上看,陈廷焯词学已进入常州词派的"界内新变期"。黄志浩《常州词派研究》也将之归入"常州词派的流布与嗣响"④。再从师承上看,张惠言、董士锡、周济三人,一脉相传。其后,谭献淑艾于止庵之学,庄棫复与谭献切磋应求,而陈氏又受词学于庄棫。看上去,陈廷焯即是张、周一脉的传人。欧明俊就说:"常州词派的师承是近代词学师承的主线,张惠言是'祖师',周济是真正开宗立派者,张、周词学师承分两线发展,一线由谭献承继,同道有庄棫、叶衍兰,复传冯煦、徐珂、陈廷焯、叶恭绰等。"⑤无论从时间还是师承上说,陈廷焯似乎都是常州词派张、周一脉之晚辈后学。但笔者认为,这种定位有待商榷。

---

① 《复堂词话》,《词话丛编》,第4010页。
② 《词说》,《词话丛编》,第4637页。
③ 《词学通论》,第160页。
④ 黄志浩:《常州词派研究》,中国社会科学出版社,2008年版,第266-268页。
⑤ 欧明俊:《近代词学师承论》,《上海大学学报》(社会科学版)2007年第5期。

首先,我们有必要探讨一下陈廷焯是否了解周济其人其学。关于《白雨斋词话》并未提及周济的问题,学界有两种截然相反的解释:一是陈氏不知道周济的存在,另一种是陈氏知道周济而故意回避。持前一种观点的是黄志浩,他在《常州词派研究》中认为陈廷焯确实不知在张惠言和庄棫之间尚有董士锡和周济一段词学。原因是他见闻不广、时代动乱、周济突然谢世而文稿大量散失等等①。更多学者则认为陈廷焯知道周济,而出于自己的目的有意回避。持此种观点的学者主要有屈兴国、方智范、彭玉平、孙维城等②。他们认为周济的词学著作在当时已经流行,陈氏不会不知。且从陈廷焯的词学观念和选本理念中均可看出有周济的影响。他避而不谈,是建立自己接续张、庄的"词学谱系"的需要。笔者赞同黄志浩的观点,陈廷焯并不知道周济,至少不清楚周济的词学建树。他在《词则》和《白雨斋词话》中曾纵论古今词学著作,目录如表7-1所示:

表7-1　陈廷焯后期所论词学著作

类别	书名
词选(含词集丛刊)	唐五代:赵崇祚《花间集》,无名氏《尊前集》 宋:曾慥《乐府雅词》,黄昇《花庵词选》,何士信《草堂诗余》,赵闻礼《阳春白雪》,周密《绝妙好词》 明:陈耀文《花草粹编》,毛晋《宋六十家词》 清:邹祗谟、王士禛《倚声初集》,孙默《十六家词》,朱彝尊《词综》,王昶《明词综》《国朝词综》,夏秉衡《清绮轩词选》,黄承勋《历代词腴》,戈载《宋七家词选》,张惠言《词选》,董毅《续词选》,冯煦《宋六十一家词选》,成肇麐《唐五代词选》
词话	宋:吴曾《能改斋漫录》,周密《浩然斋雅谈》,张炎《词源》 明:金圣叹《唱经堂批欧阳永叔词十二首》 清:彭孙遹《金粟词话》《词藻》《词统源流》,毛奇龄《西河词话》,沈雄《古今词话》,徐釚《词苑丛谈》,吴衡照《莲子居词话》,乔笙巢(冯煦)《蒿庵论词》,刘熙载《艺概·词曲概》
词谱	万树《词律》,康熙帝《钦定词谱》
词韵	无名氏《箓斐轩词韵》

---

①《常州词派研究》,第268页。

② 见屈兴国《〈词则〉与〈白雨斋词话〉的关系》;方智范《谭献〈复堂日记〉的词学文献价值》,《南京师范大学文学院学报》2003年第3期;彭玉平《选本批评与词学观念——陈廷焯的词选批评探论》;孙维城《陈廷焯词学思想前后期不同的共同基础》。

陈氏论及词选二十一部、词话十三部、词谱二部、词韵一部，基本都予以评价。其褒者如："成肇麚《唐五代词选》，删削俚亵之辞，归于雅正，最为善本。"①其贬者如："近阅《莲子居词话》，其中亦有可采。然于词之原委，全未讨论，枝叶虽荣，本根已槁，此亦六百余年之通病也。"②总体上看，则是批判多于赞许。我们知道，陈廷焯后期词学以破除迷障、回归正始为己任，对于影响力相对更大的词选、词话类著作自然尤为关注。他通过褒贬抑扬这些著作，能够从另一角度正本清源、拨云见日，将世之为词者引入正途。可以推知，凡是其经眼的词学著作，都会被他褒贬一番，作为发挥其词学思想的工具，更何况是《词辨》《介存斋论词杂著》《宋四家词选》附目录序论这样重要的词选词论。今陈氏论及的三十七部词学著作中没有周济的作品，可见他并未看到周济之书。另外，陈廷焯为人自信甚至自负，为学则诚恳精研，谓其对周济有意避而不谈，亦不合情理。总之，从陈廷焯治词的宗旨、性格和态度等方面综合来看，他对周济绝非视而不见，乃是确实不知。

未知周济词学只是陈廷焯见闻不广的一个缩影。从表7-1上看，陈氏所接触到的常派性质的词选仅有《词选》《续词选》《宋六十一家词选》《唐五代词选》，词话仅有《蒿庵论词》《艺概·词曲概》。此外，他还听闻过庄棫、谭献部分绪论。可见陈廷焯虽然晚出，但对常州词派的了解并不多，其主要接受的仍是张惠言《词选》。陈氏说："得茗柯一发其旨，而词以不灭，特其识解虽超，尚未能尽穷底蕴。"③他同样认识到张惠言词学有源无委的偏失，故在诸多方面予以补救和完善。

首先，补正正变观念。《词选》所录皆为张惠言认为的"正声"，陈廷焯认为其有三大缺陷：一是"唐五代两宋词，仅取百十六首，未免太隘"④，有遗珠之憾；二是不乏鱼目混珠者，如王元泽〔眼儿媚〕、欧阳公〔临江仙〕、李

---

① 《白雨斋词话》卷七，《白雨斋词话全编》，第1268页。
② 《白雨斋词话》卷七，《白雨斋词话全编》，第1268页。
③ 《词则辑评·大雅集》卷六，《白雨斋词话全编》，第797页。
④ 《白雨斋词话》卷一，《白雨斋词话全编》，第1164页。

知几〔临江仙〕、朱希真〔渔父〕五章、东坡〔洞仙歌〕等；三是"以吴梦窗为变调，摈之不录，所见亦左"①，即理解尚有偏差。有鉴于此，陈廷焯重选古今词五百七十一首为《大雅集》，以补充修正《词选》。专取正声、摒弃变体是张惠言对待词中正变之态度。陈廷焯一方面继承了张氏专作正声的观点，另一方面则对变体网开一面，即可选可评。他在《词则》中增入《放歌集》《闲情集》《别调集》，并进行评点，肯定了它们的存在价值。特别是对于艳词，建立起文学本位的分类法和批评论。陈廷焯对于变体别调所持的包容姿态，在很大程度上纠正了张惠言正变观的偏狭。

其次，完善比兴寄托说。陈廷焯将张惠言的比兴寄托说整合、发展为一个新的词学理论体系——沉郁说。陈廷焯认为词贵忠爱。具体来讲，可以写"小我"的身世之感，也可以写"大我"的家国之悲。除寄托内容外，"沉郁说"对张氏比兴寄托说的最大发展乃是在于比兴的理解上。张惠言解词常常简单比附，指实作品之本意和作者之用心。陈廷焯则认为简单浅露、一一坐实的比拟不得谓之比，他以有意无意、可喻不可喻为比兴之义。相应地，其解词的落脚点也不再是作者、作品，而是强调感发读者之性情，肯定和鼓励见仁见智的丰富联想。总之，张惠言的比兴寄托说求"实"，索隐作者本意；陈廷焯的沉郁说尚"虚"，注重读者感受。后者由此避免了穿凿附会之讥。

再次，贵求本原，不废文藻。陈廷焯论词在本原，在沉郁，这是张惠言以立意为本的一种延续。与此同时，陈廷焯还对词的修辞、声律等方面提出了要求。他说："炼字琢句，原属词中末技。然择言贵雅，亦不可不慎。"②即指出斟酌字句的必要性。另外，陈廷焯还鼓吹用笔"顿挫"，提倡章法布局之离合转折，亦属于词法范围。至于声律，本非《白雨斋词话》的讨论重点。陈氏说："斯编之作，专在直揭本原。声调之学，有《词律》在，余弗赘论。"③尽管如此，他还是在书中数次论及词律："词有平仄可以通

---

① 《白雨斋词话》卷一，《白雨斋词话全编》，第1165页。
② 《白雨斋词话》卷七，《白雨斋词话全编》，第1279页。
③ 《白雨斋词话》卷九，《白雨斋词话全编》，第1305页。

融者,有必不可以通融者。一字偶乖,便不合拍。"①又云:"词之音律,先在分别去声。不知去声之为重,虽观《词律》,亦知其然而不知其所以然,知犹不知也。"②由此可见他对词律的留意。正如陈廷焯所云:

> 作词贵求其本原,而文藻亦不可不讲。求之《词选》,以探其本。博之《词综》,以广其才。按之《词律》,以合其法。词之道,几尽于是。③

在陈氏看来,作词首先须"正确"。在此基础上,还要写得精彩、写得谐适。对于倚声之道,他所追求的乃是一种尽善尽美、表里俱佳的审美境界。陈廷焯在强调思想性的前提下,兼顾到词体的文学性和音乐性,较张惠言所论完整丰富许多。

最后,重新建构词统。张惠言以温庭筠为最高,陈廷焯同样将飞卿词置诸无上之地位:"宋词可以越五代,而不能越飞卿、端己者,彼已臻其极也。"又选宋代四家推为词圣:"词法莫密于清真,词理莫深于少游,词笔莫超于白石,词品莫高于碧山,皆圣于词者。"评词圣之所以舍唐而言宋,与陈廷焯的词史观念有关。他说:"唐五代小词,皆以婉约为宗。长调不多见,亦少佳篇。至宋乃规模大备矣。"④与草创未就的唐词相比,词至宋代诸体皆备,尽善尽美,进入这一文体的黄金时代。以宋词为尊,既有词体代表性,又便于后学效仿。陈廷焯所推举的秦观、周邦彦、姜夔、王沂孙四人,分别是词理、词法、词笔、词品方面的典范。其中"至碧山乃一归雅正。后之为词者,首当服膺勿失"⑤,王沂孙乃圣中之圣,是陈氏心目中词人之冠冕。这样一来,陈廷焯就一改张惠言以温庭筠为最高、以宋词八家并列

---

①《白雨斋词话》卷九,《白雨斋词话全编》,第1305页。
②《白雨斋词话》卷九,《白雨斋词话全编》,第1305页。
③《白雨斋词话》卷九,《白雨斋词话全编》,第1304页。
④《白雨斋词话》卷十,《白雨斋词话全编》,第1334页。
⑤《白雨斋词话》卷二,《白雨斋词话全编》,第1192页。

的观念,而是将温、韦词高高挂起,以宋词四家各领风骚,总萃于宋末之王沂孙。

陈氏说:"皋文唱于前,蒿庵成于后。"以庄棫直接承继张惠言。至于谭献,犹被视为庄棫之亚①。陈廷焯本人则"思欲鼓吹蒿庵,共成茗柯复古之志",乃是张、庄二人的忠实信徒。如此一来,张惠言、庄棫、陈廷焯的词学传承谱系十分明确,陈廷焯与周济并无交集。

陈廷焯词学较周济词学晚出近一个甲子,他们二人在不同的时间却做着相同的事情,那就是深化拓展张惠言词学,从而建立起一个较为完善的理论体系。周济曾说:"自悼冥行之艰,遂虑问津之误。不揣浅陋,为察察言。退苏进辛,纠弹姜、张,剟刺陈、史,芟夷卢、高,皆足骇世。由中之诚,岂不或亮? 其或不亮? 然余诚矣。"②其有感于词学之误,遂撰此一家之言。陈氏抱有同样的心态,他说:"余窃不自量,撰为此编,尽扫陈言,独标真谛,古人有知,尚其谅我。"③又说:"余不得已撰述此编,推诸《风》《骚》,以尽精义。知我罪我,一任天下也。"④这与周济之言何其相似! 可以说,周、陈二人都自觉肩负起对于倚声一道继往开来的历史使命。事实上,他们说到做到。在正变观念、比兴寄托、辞采声律、词学统系等重要的词学问题上,两人不约而同地丰富发展了张惠言之说。其中有不谋而合者,如皆包容变体、重视片段离合和词律、将温庭筠高高挂起而以宋词为典范。特别是周济推崇的"无寄托"之"浑化",与陈廷焯"沉郁说"中"兴"的含义有异曲同工之妙。两人观点也有不同之处,甚至是对立的地方。前者如周济的"寄托出入说"中存在"有""入"这一阶段,陈廷焯则专主沉郁。后者如周济的词统观是从南宋上窥北宋,陈氏则刚好相反,乃是由北宋下求南宋。总的来说,陈廷焯虽然晚出,但并未汲取周济的词学观念,故将其视作常州词派之集大成者是不恰当的。平心而论,周、陈二人的词

---

①《白雨斋词话》卷五云:"余尝谓近时词人,庄中白尚矣,蒇以加矣,次则谭仲修。"

②《宋四家词选目录序论》,《词话丛编》,第1646页。

③《白雨斋词话》卷一,《白雨斋词话全编》,第1163页。

④《白雨斋词话》卷九,《白雨斋词话全编》,第1304页。

学思想或合或否、互有短长,但都完善了张惠言词学,构建起个性鲜明的常派词学体系。仿江西诗派"一祖三宗"之例,常州词派"一祖"者,张惠言也,周济与陈廷焯则各为一宗,以开来学。

四、古典词学批评之最具体系者

现在我们需要将陈廷焯从常州词派中择出,甚至从清代词学中择出,把他放在更为广阔的历史平台中去观察其位置,考量其意义。我认为,在中国词学批评史上,陈廷焯词学占据一"最",即为古典词学批评之最具体系者。

有别于西方文学批评的理性思辨与严密逻辑,中国古代的词学批评往往"不以鲜明的外在逻辑架构出现,而以一种自由漫话的方式,东云一鳞,西云一爪地存在于词话之中,或者散在地存在于词集序跋、词选批注、书札笔记、论词诗之中"①。陈廷焯进行词学批评所运用的方式载体仍然不外乎上面这些,但他却将系统性做到了极致。早在1932年,一位署名"春痕"的作者就指出陈氏词学具有罕见的系统性。他说:"《白雨斋词话》开首即抱定沉郁为主旨,以后处处如此发挥。不特在词话中是不经见的作品,就是在中国文学批评中,也是很有统系有组织的著作。"②后来学者谈到《白雨斋词话》体系严密,理由基本都是陈氏明确拈出"沉郁"为其词学核心,并时时处处据此立论评说。事实上,单单这一点,远不足以彰显陈氏词学体系的博大精深。我们看《白雨斋词话》,不能只依据后人删削的八卷刊本,而是要回归陈氏写定的十卷稿本。我们理解陈氏词学的体系,也不能只看词话,还要将《词则》这部评点词选一并纳入进来。我以为,陈廷焯词学批评的体系至少包括以下三个层面:

---

① 《中国词学批评史》,前言第1—2页。
② 春痕:《读〈白雨斋词话〉》,《微音月刊》1932年第4期。

（一）词选—评点—词话

词学批评的各个载体中,词话运用得最为普遍,其体系性也相对最强。其次则为词选。在有志于词学批评的选家手中,词选本身就是一种词学观念的呈现。特别是清代,词选在宣扬词学主张、扭转词坛风气方面起到非常重要的作用。典型的如朱彝尊《词综》、张惠言《词选》,分别成为浙西词派、常州词派的奠基石和扬声器。而在选词的过程中进行评点,添加批注,则会大大提升批评色彩和理论程度。陈廷焯治词,用的就是词话和词选这两种相对最适合系统表述词学理念的文献形态。《白雨斋词话》十卷,卷首有陈氏自序,卷一总论词史得失后即提出全书主旨——沉郁。然后直到卷六都是按时代依次评论唐、五代、两宋、金、元、明、清词人,以温庭筠起,以陈廷焯自己终。卷七开头评论词选、词集丛刊、词话、词论,继而直到全书结束为杂论古今词人、词作、词法,兼及《风》《骚》、诗论,以补前六卷之未备。可见《白雨斋词话》颇有条理,特别是前六卷眉目清晰,有条不紊。《词则》包括《大雅集》《放歌集》《闲情集》《别调集》,"大雅"为正,三集副之",等级明确。集各六卷,凡二十四卷。每一集中再按词人时代先后录词。全书前有《词则总序》《词则总目》,每集前都有序言和详目。一眼看去,这部词选有如军中行伍,极其严整规范。《白雨斋词话》和《词则》除了各自精心组织、体例整齐外,两书还存在既相互补充、又紧密联结的关系。《词则》分体录词,胜在微观;《白雨斋词话》分条立论,偏重宏观。二者可以配合使用,相辅而行。而联结词选与词话的纽带,便是《词则》里二千三百六十首词的评点。《白雨斋词话》很大程度上就是《词则》评点的思想升华与理论结晶。

说到评点,本书第一章第二节已经介绍过《词则》的圈点情况,这里有必要再多说几句。评点是中国古代文学批评的一种方式,广泛应用于文集、诗集、词集、戏曲和小说。评点包括"评"和"点",前者即评语或批语,后者则为各种圈点符号。"评"和"点"可以单纯存在,也可以搭配使用。即以陈廷焯所读过的书来说,"评""点"兼具的就有不少。比如于光华《重订文选集评》有集评，也有圈点。该书《凡例》云："大段落用大画截住，小段落用句中逗圈别之。佳句用密圈，脉络用密点，逐段眼目用尖圈或用密点，字法用实圈或用单点，俱各从其轻重耳。"①圈点符号多样。沈德潜《重订唐诗别裁集》有旁批和尾批，诗中佳句用密圈，败笔则于句尾旁用粗点指示。王尧衢《古唐诗合解》也是有"评"有"点"。圈点方面，体格兼胜的用密圈，清词丽句用密点，诗眼和重要虚字用单点。徐文弼《汇纂诗法度针》于旁批、总评外，诗旁另有圈点，包括密圈和密点。彰显虚字字法时，则用双点标明。浦起龙《读杜心解》有夹批、夹注、总评、总论，诗旁则有密圈和密点。陆昶《历朝名媛诗词》，作者名下多有评语，并在所录诗词旁加圈加点。还有道光十年（1830）刊刻之张惠言《词选》、董毅《续词选》。二书所录词调上方皆画圆圈，一二三个不等，以标示高下等级。词后多有批语，揭橥词意、章法。句旁时有空心圆圈或实心墨点，指示佳句、筋节。另外也有有"点"无"评"者，像陈廷焯前后期都提到过的夏秉衡《清绮轩词选》就没有评语，只是在所录词旁加圈加点。可见密圈和密点是这些书中最主要的两种圈识符号，表示不同方面或不同程度的赞赏。根据文体特点以及评点者个人习惯，又有其他符号的使用和发挥。

陈廷焯编选的《骚坛精选录》《云韶集》《词则》都有评点，其后期所编《杜诗选》也是评点本②。不过，他的评点方式和类型一直在发展变化。最早的《骚坛精选录》里有大量评语，位置包括页眉、文末、诗间、题下。内容不仅有文学评赏，还涉及校勘（罗列异文）和笺注（解释名物典故）。从来源上看，这些评语有陈氏自撰，也有明言引用他人之论，亦有抄录或檃栝他人之论而未加说明者。至于圈识，《骚坛精选录》只在诗旁用"圈"，未在其他位置用过其他符号。总的来看，这部诗选的"评"比较驳杂，"点"则有些单一。与《骚坛精选录》相比，《云韶集》的评点样式有所变化。根据

---

① 于光华辑：《重订文选集评》，许逸民主编《清代文选学名著集成》第三册，广陵书社，2013年版，第48页。

② 《杜集书录》引《杜诗选》自序云："因选杜诗六百六十余首加以评点。"

《词坛丛话》所言①，并对照《云韶集》来看，这部词选里的陈氏评语基本都是鉴赏批评，但位置尚未固定，主要在页眉，有时也会出现在词后。凡是引用他人之言，陈氏都会注明出处，这类评语一般都置诸词后或作者名下。所用圈点符号的种类也有所增加，像《历朝名媛诗词》《清绮轩词选》那样"圈""点"并用，表示不同程度的赞许。位置则仍然只在词作正文旁边。到了《词则》，"评点"形态实现了一次质的飞跃。作者名下只介绍生平、著述情况，不再附有任何评语。陈氏原创之言一律放在页眉，引用他人之论一律置诸词后，不同来源的评语有了各自固定的位置归属。圈点方面，符号种类进一步增加，在密圈、密点的基础上，新增粗点和半圈。与之相关，符号所蕴含的褒贬态度也更为多样。除了密圈表最佳，密点表次佳，还用句尾旁的粗点表明此句极为恶劣，句尾旁的半圈表明此句小有瑕疵。圈点的位置，不再限于正文旁边，而是扩展到每首词的调名之上也加圈点，反映出陈氏对一首词的整体评价。这类圈点共九种样式，等级由低到高依次为"、""、、""、、、""〇""、〇""、、〇""〇〇""、〇〇""〇〇〇"。从评点体例上看，《骚坛精选录》到《云韶集》再到《词则》，评语由随意驳杂变为严谨清晰，圈点由单一简略变为丰富系统。圈点是《词则》中的一大亮点，也是陈廷焯词学批评极具体系的一个缩影。他有继承前人之处，像使用密圈、密点指示不同等级的佳句，即是一般词集评点的常规做法。还有用粗点指示劣句，当从沈德潜《唐诗别裁集》而来。在调名上添加圈点，则是张惠言《词选》的直接影响。他更有开拓创新的地方，比如《词选》词调上方只用圆圈，仅三种样式，《词则》则拓展为圈、点组合运用，样式多达九种，等级划分更为精细。还有用半圈表示小疵，也是陈氏的独创。在圈点符号的运用上，陈氏有继承，有创新，并且很好地整合为一个批评系统。

---

① 《词坛丛话》："是集多缀古人评语，附词之末。其品骘未当者，亦概不录入。"又云："古今字句音韵之讹，不可屈指，集中悉为改正。间注明一二于眉批中，亦有不注者。博雅君子，当不待烦言而自解矣。"又云："古人一词之妙，必有本旨，骤观或者茫然。余不揣固陋，妄加眉批。亦间有批于词后者，其有合与否，未敢自信。而先辈诸名公所论，则必注某人云云，不敢掠古人之美也。"

"词的评点在宋代即已出现,明代中后期以对《草堂诗余》《花间集》等词集的评点为标志得以展开,到清代更是得到全面发展,蔚为大观。"①明、清时期的不少词选都有"评"有"点",著名的像明末沈际飞《草堂诗余四集》,卓人月、徐士俊《古今词统》,清初邹祗谟、王士禛《倚声初集》。在陈廷焯之前,词集圈点最有特色的当属沈际飞的《草堂诗余四集》。该书发凡有"著品"一条,其中说道:"兹集精加批剥,旁通仙释,曲畅性情。其灵慧新特之句用'○',尔雅流丽之句用'、',鲜奇警策之字用'◎',冷异巉削之字用'△',鄙拙肤陋字句用'∣',复用'··'读句,以便览者。"②除最后一种符号标明句读,另外五种都是用于鉴赏批评,四种褒,一种贬。若论圈点符号的种类数量,《草堂诗余四集》比《词则》还要多。只不过沈际飞是用不同符号来辨析词句风格,而"新特""鲜奇""冷异"等概念颇为接近,这几种符号的意义之间不免存在模糊地带。反观《词则》圈点,无论词文旁,还是调名上,都直接表示陈氏的高下评判。词句分为四级,整首分为九等,等级森严,清晰明确,在系统性和示范性方面都首屈一指。

　　刘军政《词集评点形式及其批评功能的实现》一文说:"晚清词学家陈廷焯的《词则》以抄本行世,其中圈点的系统和专业堪称词集圈点的典范。"③一些学者已经注意到《词则》圈点的成就,不过似乎只看到词调上的多种圈点组合,没有察觉词旁还新增了表示贬义的粗点和半圈。对于《词则》的圈点,我们应该有这样的认识:这是一个在继承中有创新的体系;这是一个既针对具体词句、又总评整首词作,既有褒、又有贬的体系;这是一个将圈点符号批评功能最大化的体系;这是一个圈点与评语紧密配合、互相发明、互相补充的体系。总之,以《词则》《白雨斋词话》为标志的陈廷焯词学批评,具有"词选—评点—词话"文献形态上的组织体系。

---

　　① 丁放、甘松:《中国古代词集笺注、评点的演变及功能》,《复旦学报》(社会科学版)2012年第6期。

　　② 沈际飞选评:《镌古香岑批点草堂诗余四集》,天津图书馆藏明末南城翁少麓刻本,发凡第4页。

　　③ 刘军政:《词集评点形式及其批评功能的实现》,《北方论丛》,2012年第5期,第30页。

（二）正变—沉郁—艳词

陈廷焯词学批评的系统性还体现在理论内涵层面。其词体观区分正变，以本诸《风》《骚》、比兴寄托者为词中正声。其他诸如叫嚣鄙俚、淫词艳语、辞胜于情者皆属变体别调。词中正体亦即词的文体特质，陈氏名之曰"沉郁"，用它来衡量千载，臧否古今。词中变体则有多种表现，陈氏选取词史上作品众多、争议很大的艳词一类予以细致梳理，提出分类法、批评论和创作论。可以说，陈廷焯对词体进行了较为明确的正变划分，正、变之下又各有理论系统。其正变观、"沉郁说"、艳词理论在内容上或有可议之处，但不容否认的是其"正变—沉郁—艳词"的理论建构纲举目张，井井有条。

（三）词体—词人—词史

陈廷焯治学，始终都有根究原委、上下贯通的意识。其早期的诗学和词学研究，都涵盖文体观、作者论和文学史建构。他后期的词学批评，同样是这一理路。《词则》分四集选词评词，是以词体为纲。《白雨斋词话》前六卷历论古今词人，是对他们词作的正变高下予以整体评价。再进一步归纳总结，便成为陈廷焯后期的词史建构。《白雨斋词话》中多次论及词史，但有详略之分。词话开篇头一则就说："词兴于唐，盛于宋，衰于元，亡于明，而再振于我国初，大畅厥旨于乾、嘉以还也。"①乍一看，似乎与《云韶集》所描述的词史进程差不多。事实上，这里所说的兴盛衰亡的内涵与早期完全不同。我们看一下他词史论述的"详版"便能明白。《白雨斋词话》卷九云：

> 自温、韦以迄玉田，词之正也，亦词之古也。元、明而后，词之变

---

① 《白雨斋词话》卷一，《白雨斋词话全编》，第1163页。

也。茗柯、蒿庵，其复古者也。①

陈廷焯后期所谓的"词史盛衰"是与词体正变相表里的。大体上讲，唐、五代、两宋词古意未失，正声犹存。元、明以后，繁声竞作，变体横流。直至张惠言和庄棫截断众流，鼓吹复古，正所谓"大畅厥旨于乾、嘉以还也"。而各个时期内还可以进一步细分：

> 温、韦创古者也。晏、欧继温、韦之后，面目未改，神理全非，异乎温、韦者也。苏、辛、周、秦之于温、韦，貌变而神不变。声色大开，本原则一。南宋诸名家，大旨亦不悖于温、韦，而各立门户，别有千古。元、明庸庸碌碌，无所短长。至陈、朱辈出，而古意全失，温、韦之风，不可复作矣。贞下起元，往而必复。皋文唱于前，蒿庵成于后。《风》《雅》正宗，赖以不坠。好古之士，又可得寻其绪焉。②

陈廷焯将整个词史划分为创古、变古、失古、复古四个阶段。以温庭筠、韦庄为代表的唐五代词是创古者。变古者为两宋词，其中"变"又分成两种情况：一种是貌合神离，如宋初晏殊、欧阳修词；一种是貌离神合，两宋诸名家大都如此。所以宋词从整体上看仍是词之正、词之古。元、明以至清前期，乃是失古者。到陈维崧、朱彝尊那里，词中古意全失。直到清中期以后，方有张惠言、庄棫举起复古旗帜，接续词脉。可见，陈廷焯后期的词史建构围绕一个"古"字在做文章。这个"古"就是"正"，就是本诸《风》《骚》、比兴忠厚。这就意味着，他从词体观到词人论再到词史建构，一以"正变"贯穿期间。通过正变观的联结，"词体—词人—词史"成为一个环环相扣、层层递进的批评体系。

在文献形态、理论内涵、批评层次等多个方面，都能看出陈廷焯词学

---

① 《白雨斋词话》卷九，《白雨斋词话全编》，第1310页。
② 《白雨斋词话》卷十，《白雨斋词话全编》，第1327页。

批评具有极强的组织性与系统性。如果从更高的层面来说,陈廷焯还建立起"《风》《骚》—诗教—词教"的思想体系,这在上节已经介绍过了。所以说,陈廷焯词学批评是一个博大丰富、严谨清晰的理论体系。而体系本身往往就能够反映理论水平与思想深度。

在常州词派中,陈廷焯发展完善了张惠言的词学理论,别于周济而自为一宗。其《词则》二十四卷、《白雨斋词话》十卷,提出正变观与"沉郁说",纵论唐、宋、元、明、清的词作、词人和词史,对中国词文学进行了一次全面的总结。他在词中首次提出"沉郁顿挫"这一范畴并详加探讨,具有鲜明的开创性质。陈氏词学批评所具有的这种总结性和独创性,对于中国词学批评而言当然是非常重要的贡献。只不过,总结性是晚清词学批评的主流,独创性更是常派词学批评的特色。像周济的"寄托出入",谭献的"折中柔厚"以及后来王鹏运、况周颐的"重、拙、大",都是主观色彩鲜明的一家之言,闪耀着缤纷各异的理论光辉。陈廷焯的"沉郁说"可与诸家并列,是中国古代最杰出的词学理论之一。让他真正在词学史上出类拔萃、独占鳌头的乃在于其词学批评具有空前严密的体系。清末民初以来,受西方著述方式的影响,很多词学著作采用章节结构布局,从内容到形式都呈现出高度的系统性。陈廷焯使用的仍然是词话、词选、评点等传统文献形式,却一改率意感悟、片段零散,而精心组织成一个博大精深的理论体系。其在充分保留并发扬本民族文学批评优势与特色的基础上,将中国古典词学批评形态的系统性推向了顶峰。

第三节　陈廷焯弟子包荣翰对陈氏词学的继承与背离

从古到今,中国学术的发展离不开师承这一方式。晚近词学的传衍,师承也是一条重要的线索。欧明俊《近代词学师承论》就描述过常州词派的师承脉络①。像谭献词学传弟子徐珂,况周颐、朱祖谋师事王鹏运,况

————————

① 见《上海大学学报》(社会科学版)2007年第5期。

氏又传弟子赵尊岳，朱氏弟子众多，著名的有吴梅、龙榆生、杨铁夫等等。其间许多师承都成为词林佳话，在传播师说、发展词学方面起了重大的作用。词学方面，陈廷焯算得上庄棫的忠实门生，而陈氏自己也有一位弟子——包荣翰。那包荣翰有没有谨守师法，又是否弘扬师说了呢？

一、包荣翰的生平、著述

关于包荣翰的生平事迹，今人已有述及。顾一平先生编著的《冶春后社诗人传略》第一辑收有《包荣翰传略》，可供采撷者颇多。笔者据此并参考其他相关材料，对包氏的生平、著述情况做一简介。

包荣翰（1863—1927），字素人，一作树人，生于同治二年（1863）七月十九日。原籍镇江丹徒，寓居扬州，住在城南卸甲桥。包荣翰是晚清岁贡生①，娶扬州盐商女儿李氏（李荃，字兰君）为妻。他早年一直生活在扬州，中年以后常在外奔波。光绪三十二年（1906）春夏间，四十四岁的包荣翰来到芜湖小住。同年秋，至安庆受聘于江苏旅皖公学，为地学教习。其后，又客居苏州。此外，常州、镇江、南京、杭州等江浙一带都留有他的足迹。"辛亥革命后，包荣翰无意仕途，以教书为业，曾受聘为盐商西席，受业者众多，可谓桃李芬芳。"②他于民国十六年（1927）三月二十一日病卒，享年六十五岁。

清代的扬州经济发达，人文蔚盛，"冶春诗社"便是广陵文脉的一个代表。"冶春社"原本扬州虹桥西岸的一个茶肆，后被围入私家园林，题景名"冶春诗社"。康熙年间，在扬州为官的文坛巨擘王士禛在此修禊，写下著名的《冶春绝句》二十首，和者甚众。此后，扬州文人每每雅集于此，"冶春"也就成为扬州文学的代名词。清末，扬州当地的一些名流骚客追慕遗风，再次结为文学团体，联额云"社名仍号冶春，何必改作；来者都为游夏，可与言诗"，是为冶春后社。据《芜城怀旧录》记载："冶春后社创始于有

---

① 《民国续丹徒县志》，《中国地方志集成·江苏府县志辑30》，第623页。
② 顾一平编著：《冶春后社诗人传略》（一），扬州市扬大印刷厂承印，2010年版，第175页。

清光宣之际,同社推臧宜孙太史执牛耳。每值花晨月夕,醵金为文酒之会……一时传为韵事。民初最盛,厥后觞咏渐稀;但人才踵起,钩心斗角,亦复蔚然可观。继续至今,有四十余年之历史,积稿甚夥,重经选定,屡拟印行未果。迨丁丑战事起,地经兵燹,不知选稿遗落何所,深为惋惜。"①臧谷是冶春后社的发起者和主盟,该社自成立至抗日战争全面爆发而被迫终止,有四十多年的历史。社员凡百余人,详见《芜城怀旧录》所附《冶春后社人名表》②。包荣翰赫然在列,可知包氏活跃于清末民初的扬州文坛。

包荣翰究心文艺,诗书画俱佳,时有"三绝"之称。"他的画多为册页和扇面,大幅多为竹石,小幅多为山水。"③其书画作品已不经见,文学方面尚有诗文词传世。诗有《断肠诗一百首》,华东师范大学图书馆藏民国铅印本。又有《水云轩诗钞》《遗砚斋诗存》以及集外诗若干,天津图书馆藏民国间抄本。此本《水云轩诗钞》中有"门生姚训祺校录"字样。按姚训祺(约1899—1963)字袤雪,又字君素,号灵犀,以号行世,江苏丹徒人。民国时期为天津梦碧词社成员,曾主编《南金》杂志。顾一平先生还在包氏嫡曾孙包善扬处得见包荣翰手录的《水云轩诗钞》残稿,计五古十六首,七古十首。文仅存《祭落花文》《顺受篇》《刘母周太夫人开七寿序》三篇,皆见于天津图书馆所藏抄本。至于词,天津图书馆藏有其《倚盾鼻词草》和《醉眠芳草诗余》两种词集的抄本,张宏生先生《清词珍本丛刊》第20册据以影印收录。然而,这两种并非包氏词集全豹,且行草抄录,不易辨识,难称善本。幸运的是,笔者在南开大学图书馆古籍部发现了包荣翰词的全集——《包素人词集》。该书一函三册,函脊有朱笔楷书"南金社",函底有朱笔楷书"包师树仁词集三种"。此本为正楷恭录,可知当为姚训祺对其师词作定稿的誊清。《包素人词集》包括《醉眠芳草诗余》《红灯白纻词》和《倚盾鼻词草》,每种又各分上下卷。书前有张之纯序,臧谷、洪炳文、蔡庆

① 董玉书:《芜城怀旧录》,江苏古籍出版社,2002年版,第17页。
②《芜城怀旧录》,第14—16页。
③《冶春后社诗人传略》(一),第175页。

344

昌、孙可学、汪朝桢、何宾笙、王岳崧、吴宗钰等人题词。本文所引包氏词作即据此本。包荣翰《岁暮留别诸子》诗云："北上望燕云，征尘扑难灭。不见江南山，惟看津门月。"后有作者自注："明岁有天津之行。"[1]可知包氏可能曾来过天津。其诗词集大量保存于津门，则与他活跃于天津文艺界的同乡兼门人姚训祺直接相关。

包荣翰《醉眠芳草诗余》所收多清雅和婉之作，凡一百四十四首。《红灯白纻词》所录乃男欢女爱、旖旎多情的艳词，计九十八首，另附其妻李氏寄外词一首。至于《倚盾鼻词草》，则多激昂慷慨之篇，凡一百二十二首。经统计，三部词集总共存词三百六十四首，采用多达一百一十五种词调。包荣翰填词多，择调广，反映出他对倚声之道的浸淫与熟稔，而其词学导师便是陈廷焯。

二、理论的继承

包荣翰是陈廷焯的外甥暨学生。在诸多及门弟子中，绝大多数人仅从陈廷焯习举子之业，惟有包荣翰一并继承了陈氏的词学。

陈廷焯去世后两年，在陈父的指导下，包荣翰与同学许正诗、许棠诗、王宗炎、陈兆煊、陈凤章诸人一起整理出版了《白雨斋词话》《白雨斋词存》《白雨斋诗钞》。今《词存》和《诗钞》中均有署名"受业甥包荣翰"的评语。与其他门人子侄辈不同，包荣翰的评语不仅数量最多（《词存》十三条，《诗钞》三条），而且基本出于自己之手。以《白雨斋词存》中的十三条评语为例，仅有评〔菩萨蛮〕二首为檃栝陈氏的自评，其余皆为包氏自撰。这与他人大量割裂、概括陈廷焯自评而据为己有的现象形成了鲜明的对比。可见包荣翰于倚声一道绝非外行，而是深有体会的。在《白雨斋词话跋》中，包荣翰深情回忆起陈廷焯传授他词学的经过：

> 荣翰自束发受业于亦峰舅氏，亲承指受者有年。乙亥岁，补弟子

---

[1]《冶春后社诗人传略》（一），第184页。

员,旋食廪饩。舅氏喜荣为可造,由是举业外,兼课诗词杂艺,时得闻
其绪论。①

　　乙亥为光绪元年(1875),十三岁的包荣翰成为一名廪生,当时陈廷焯
也只有二十三岁。陈氏认为包氏天资聪颖,学有余力,故除辅导其举子业
外,还给他开设了一些诗词杂艺的"选修课"。就是从那时起,陈廷焯开始
亲授包荣翰学词。而从现存包氏的词论来看,他也绝对称得上是陈氏词
学的嫡传。理由有四:

　　其一,包荣翰准确把握住陈廷焯词学的本原并倍加推崇。他评《白雨
斋词话》说:"一本温柔敦厚,以上溯《国风》《离骚》之旨,可谓发前人之所
未发,俾后学奉为圭臬,卓卓乎词学之正宗矣。"②本诸《风》《骚》,温厚以
为体,这是陈廷焯后期词学的理论基石。包氏深明此意并大力鼓吹,可见
他对陈氏词学的准确理解和强烈认同。其《题绣春馆词》一诗也说:"风骚
根底压南唐,北海琴樽共一囊。"③包氏以"风骚根底"赞许李丙荣词,益见
他在词学本原上与陈廷焯的一脉相承。

　　其二,包荣翰大量运用陈廷焯词学的核心范畴评论词作。如评陈氏
〔水调歌头〕三首:"右调三章,沉郁忠厚,一往情深,却是有感而发。"④即
以"沉郁""忠厚"立论。再如评陈氏〔买陂塘〕:"感时伤世,意苦思深,有欲
言难言之隐,所以为深,所以为厚。"⑤又评其〔蝶恋花〕四章云:"气味深
厚,耐人咀嚼。"⑥即以"深厚"来评词。我们知道,"沉郁""忠厚""深厚"等
皆为陈廷焯词学的核心范畴。包荣翰以之评价陈氏词作,虽有溢美之嫌,
但可看出他对陈廷焯词学的深刻接受。

　　其三,在推举词人上包荣翰与陈廷焯保持一致。包氏《挽李亚白先

---

　　① 包荣翰:《白雨斋词话跋》,《白雨斋词话全编》,第1341页。
　　②《白雨斋词话跋》,《白雨斋词话全编》,第1341页。
　　③《集外诗《,见天津图书馆藏民国间抄本。
　　④《白雨斋词存》,《清代诗文集汇编》第777册,第45页。
　　⑤《白雨斋词存》,《清代诗文集汇编》第777册,第46页。
　　⑥《白雨斋词存》,《清代诗文集汇编》第777册,第50页。

生》其三云："再拜读公词,苏辛得真气。"①可知苏、辛词在包荣翰心中具有崇高的地位。又其《城南行》云："城南有处士,自名遁觚子……默探文字灵,直抉丹青秘。词效苏与辛,诗学杜与李。"②包氏就住在扬州城南卸甲桥,所谓"城南处士"显然是"夫子自道"。"词效苏与辛"一句直接表明他对苏、辛词的无上推崇。而东坡、稼轩正是陈廷焯后期词学中的典范作家。《白雨斋词话》卷八说:"苏、辛自是正声,人苦学不到耳。"③很明显,包氏推崇苏、辛有合陈氏之师法。

其四,陈廷焯生前即认为包荣翰得其词学真谛。包荣翰回忆说:"曾记昔时舅氏以近作四章邮寄见示,证词境之一变,至今思之,犹觉泫然。"④可知陈氏改投常派后,曾将自己的新作寄给包氏看,那么包氏是如何理解的呢?《白雨斋词话》中恰好有一例子,陈廷焯录出己作后同时附有包荣翰的评语:

> 词云:"采采芙蓉秋已暮。一夜西风,吹折江头树。欲寄相思怜尺素。雁声凄断衡阳浦。　赠我明珠还记否。试拨鹍弦,更欲从君诉。蝶雨梨云浑莫据。梦魂长绕南塘路。"余甥包荣翰云:"采采芙蓉,日暮途远之感。西风折树,言所如辄阻也。欲寄相思,情不能忘。雁声凄断,书无可达。明珠忆赠,旧事关心。鹍弦更诉,不忍薄待其人。雨云无据,明知诉必无功。梦魂长绕,意虽不达,情总不断也。可以观,可以怨,郁之至,厚之至,词至是,乃蔑以加矣。"⑤

陈氏此词调寄〔蝶恋花〕,乃是其"沉郁说"的一次创作实践。通篇采用"写怨夫思妇之怀,寓孽子孤臣之感"的比兴模式,以寄托自己怀才不遇

---

① 见《水云轩诗钞》,天津图书馆藏民国间抄本。
② 见《遗砚斋诗存》,天津图书馆藏民国间抄本。
③《白雨斋词话》卷八,《白雨斋词话全编》,第1300页。
④《白雨斋词存》,《清代诗文集汇编》第777册,第50页。
⑤《白雨斋词话》卷六,《白雨斋词话全编》,第1259-1260页。

却忠爱不渝的感情。包荣翰深谙陈廷焯词心,他并未将此词等闲视作艳体,而是逐句探得其托意所在。特别是"可以观,可以怨,郁之至,厚之至"的评价,完全抓住了"沉郁说"的怨慕之情、比兴之笔、忠厚之旨这三大要素。对于包氏的评论,陈氏表面上未置可否,但明眼人都能看出他的首肯与赞许。显然,在陈廷焯看来,包荣翰已经领悟到"沉郁说"的精髓。

正如清末词人林葆恒所云:"素人为陈廷焯之甥,从廷焯学词,颇有心得。"[1]包荣翰继承了陈廷焯的词学观念,可谓"沉郁说"的嫡系传人。不过,这仅仅局限在理论的层面。

三、创作的背离

区分正变是陈廷焯词学的一个基本观念。所谓"词中正声",就是"沉郁",要以比兴的方式寄托忠爱的感情。除此之外皆属变体、别调。为了接续张惠言、庄棫的"复古"使命,陈廷焯规定只能填写正声,不得染指变体。包荣翰虽然得到陈氏词学真传,却严重违背了这一创作宗旨。

陈廷焯在创作上专主"沉郁",排斥所有其他类型的作品。身为陈氏词学的嫡传,包荣翰自然深谙此意。可是纵览包氏词集,我们发现他非但没有严格践行此说,反而写了不少为陈廷焯所深恶的淫词、鄙词和游词。下面分别举例说明:

首先来看艳词,包荣翰自谓:"我亦当年狂杜牧,算三生、花月情犹寄。"[2]包氏钟情于风花雪月,屡屡将美女与爱情写入词中,以至衰为专集。按照陈氏对艳词的分类,包氏的艳词既言情,又体物,可谓诸种皆备。如言情类闺襜之作中,〔浣溪沙〕《闺夜四首》为凭空泛设。而〔满江红〕《车中书所见二首》,乃是其艳遇的一次记录,带有实指的意味。再如赠妓词,则有〔菩萨蛮〕《庚寅春二月寓让卿弟处观歌姬演夜剧》与〔浪淘沙〕《过浔阳里有感》。至于体物类艳词,更是蔚然大观。我们知道,以〔沁园春〕一

---

① 林葆恒编,张璋整理:《词综补遗》,上海古籍出版社,2005年版,第1134页。
② 〔金缕曲〕《竹西怀古八章·廿四桥》,见《倚盾鼻词草》卷上。

调题咏女性身体各个部位,乃是体物类艳词的经典模式。包荣翰沿袭了这一套路,但在选题上化实为虚,分咏《美人睡》《美人忆》《美人浴》和《美人叹》,以达到推陈出新的目的。与直接咏美相比,包荣翰更加偏好描摹女性用品或与女性相关的事物。如以〔东坡引〕咏《湘帘》《藤枕》《凉蕈》《裙带》《牙梳》《红抹胸》《铜锁》《手帕》《绣鞋》《粉幌》《帐钩》,以〔蝶恋花〕咏《照衣镜》《梳妆台》《䪻面盆》《画眉笔》《刷牙粉》《梳头油》《铜手炉》《聚头扇》,以〔南歌子〕咏《虾须帘》《龙涎香》《蝉翼笺》《守宫砂》等等。总的来说,包氏虽然难比董以宁、朱彝尊等前辈刻画之精微,传情之风趣,但他挖空心思结撰新题,也在一定程度上拓宽了体物类艳词的题材范围。包荣翰大量创作艳词,这已经是对师说的违背,更何况他还有一些轻薄乃至淫邪的描写。如〔偷声木兰花〕写一闺秀,有"媚眼惺忪。斜睇檀郎一笑中"①之句。毫无端庄闺秀的仪态,正是陈廷焯痛斥的"将婉娩风流,写成轻薄不堪女子"一路。而像"好梦初回罗帐里,香肌亲贴枕函边。莫教辜负已凉天"②这样的句子,更是丽而淫矣,已然近乎淫词了。

其次来看豪放之作。张之纯序包荣翰词集云:"昔吾家其锦氏曰:词有两派,一以豪迈为主,一以清空为主。读《倚盾鼻词草》,何其豪迈也!"豪迈正是《倚盾鼻词草》的主导风格。我们说,陈廷焯肯定稼轩词那样纳"沉郁"于豪放之中,反对直截道破、一览无余的作品。而包氏的豪放词恰恰主要是后者。且看这首〔稍遍〕《庚子秋,送李芷仙归安丰。时有言津沽已复者,疑信交并,感而赋此》:

满地干戈,君向何归,拔剑为君舞。叹乾坤、到处是疮痍。萧萧蛮烟瘴雨,闻说到、三军横飞血肉。而今以战为儿戏。又说到岩疆,蓦然失守,北望欷歔而已。千里万里羽书驰。听鼙鼓无声声又起。虎豹当关,腥风怒卷,貙人以噬。　　叹无定河边,黄沙满目成邱垒。

---

① 〔偷声木兰花〕(困人天气浓于酒),见《红灯白纻词》卷上。
② 〔浣溪沙〕(小立芳阶倦未眠),见《红灯白纻词》卷上。

洒遍征夫泪。梦魂惊春闺里。引领望天涯,其存其没,妻孥儿女谁为语。想汉将营前,胡笳互动,呜咽陇头寒水。况兵家胜败本无常,算未必江淮可宴安,又时闻烽烟起矣。和戎更非良策,只仰天浩叹。掀髯怒叱椎床,大叫拍手,高谈吾志。吾将老矣事糟邱。亦人生不得已耳。①

此词背景为光绪庚子年(1900)八国联军入侵北京,慈禧太后带着光绪帝仓皇"西狩",神州大地烽烟弥漫。包氏以送别友人起兴,抒发自己对于时局的悲愤。他特意选用〔稍遍〕这一慢词长调,将中原干戈、边疆失守、江淮不保、和议难成等情事一一道来。结尾处"掀髯怒叱椎床,大叫拍手,高谈吾志"几句更是怒发冲冠、击碎唾壶,不留丝毫余地。全词纯用赋笔直书,乃是典型的慷慨发越之作。《白雨斋词话》说:"赵以夫〔龙山会〕《九日》云:'西北最关情,漫遥指、东徐南楚。黯销魂,斜阳冉冉,雁声悲苦。'感时之作,但说得太显,不耐寻味,金氏所谓鄙词也。"②〔龙山会〕与〔稍遍〕均为感时伤事,论浅显程度,后者更是有过之而无不及。赵词若为鄙词,则包词无疑是鄙词之极者。

最后来看咏物词。包荣翰说:"日日诗狂兼酒渴,辟芳园、爱植花如绣。"③包氏在扬州城南有一别墅——半亩园,手植花木其间④。他喜爱花草,客居他乡时,每每剪取数枝作小窗清供,以慰孤寂。故集中咏花草旁及禽鸟者颇多。其中固有因花起兴、睹物思人的寄情之篇,然亦不乏辞胜于情的作品。如《醉眠芳草诗余》卷下接连有〔解语花〕《菜花》、〔陌上花〕《芦花》、〔东风第一枝〕《蘋花》、〔沁园春〕《李花》,争奇斗巧之意十分明显。又〔疏影〕《咏白燕》词序云:"此题于诗词集中屡见之,终嫌空泛。因拈此

---

① 见《倚盾鼻词草》卷上。
②《白雨斋词话》卷十,《白雨斋词话全编》,第1327–1328页。
③〔金缕曲〕《谢〈断肠诗〉诸公和作》,见《倚盾鼻词草》卷下。
④ 详参〔念奴娇〕(小园半亩)词序,见《醉眠芳草诗余》卷下。

题,填〔疏影〕调,较前人稍加点缀耳。"①更直接道出点缀修饰以求胜于人的创作目的。而陈氏认为:"咏物词不得呆写正面,纵极工巧,终无关于兴、观、群、怨之旨。"②包词咏物正犯此弊。除咏物词外,包氏的"辞极其工,意极其巧"还体现在他的和韵词与回文词。陈廷焯说:"回文、集句、叠韵之类,皆是词中下乘。有志于古者,断不可以此居奇。"③坚决排斥这类文字游戏。并特别强调:"最下莫如回文,断不可效尤也。"④而包荣翰不仅有《和胡壶山词九首用原调》这样的叠韵之作,而且还创作了〔菩萨蛮〕《回纹体二首》。总之,包氏集中应酬无聊的作品不在少数,这显然与本诸性情的陈氏词学背道而驰。

包荣翰填写了大量陈廷焯所谓的变体别调乃至词中下乘,表现出对师说的强烈背离。但需要注意的是,包氏并未完全放弃正声的创作,其词集中不乏着意效法"沉郁"的作品。

四、在继承中背离——包荣翰的"沉郁说"实践

包荣翰填词取径较宽,既填写了许多变体、别调,又试图将"沉郁说"付诸实践。重要的是,他的确具备创作"沉郁"之词的主客观条件。

与陈廷焯类似,包荣翰也是一个满怀忠爱的士人。他在《顺受篇》中说:"死之中有生理者,虽死不得谓之死,死或愈于生。所谓忠臣烈士,孝子慈孙,贞夫节妇是也。"在包氏的头脑中,"君君,臣臣,父父,子子"的伦理纲常仍然根深蒂固。除了本性忠爱外,他的人生遭逢也是最适合"沉郁"意境生发的土壤。包荣翰很早便成为清朝廪生,但在功名上却始终未能更进一步。中年后奔走他乡,身世之飘零怅触于怀。加之他所生活的清末民初,乃是一个战火频仍、天下鼎革的时代。其词集中就记录有1900年八国联军侵华战争、1908年11月安庆马炮营起义、1911至1912年

---

① 见《醉眠芳草诗余》卷下。
② 《词则辑评·大雅集》卷六,《白雨斋词话全编》,第792页。
③ 《白雨斋词话》卷七,《白雨斋词话全编》,第1271页。
④ 《白雨斋词话》卷七,《白雨斋词话全编》,第1271页。

的辛亥革命、1915年的袁世凯称帝，以及由此引发的讨袁战争。感伤时事俨然成为包词的一大主题。包荣翰既有忠爱之心，又有足以激发、承载这份忠爱的身世之感和家国之悲，可谓完全具备"沉郁"的创作基础。接下来我们就看一看他有合于"沉郁说"的作品——〔虞美人〕：

> 千回百转相思字。梦也无从记。愁痕和泪上眉弯。忍向万花深处看春山。　　暮云直隔三千里。尺素无双鲤。水晶帘外月初斜。莫对断肠时节怨年华。①

此词编排在〔多丽〕《鸠江即景》之后，可知作于芜湖。通篇代言，出以女子口吻。千回百转，更无好梦，则相思之深；万花开遍，泪眼忍看，则哀愁之至；暮云遥隔，锦书难托，则情不能达；水晶帘外，玲珑望月，则终无怨怼。表面上看，该词就是写女子伤春怀人。而包荣翰置诸《醉眠芳草诗余》而非《红灯白纻词》，可知不当作艳词看。时包氏已届中年，初至芜湖。不遇之感与飘零之愁交织在一起，胥于词中发之，而采用的乃是以男女喻君臣的比兴手法。词中曰"愁痕和泪"，曰"梦也无从记"，是其哀怨之处；而"相思字""莫对断肠时节怨年华"，又归诸思慕之意。包氏此词怨慕幽思，归于忠厚，与上文所引陈氏〔蝶恋花〕同一机杼，也达到"沉郁"的境界。而"千回百转""万花深处""三千里"云云，力量极大，感情极深，在艺术感染力方面犹有出蓝之胜。

这首〔虞美人〕是包荣翰对"沉郁"最为完美的诠释，堪称形神俱似。然而，这也是仅有的一次。随着时间的推移，包氏的心态发生了变化，他的"沉郁说"实践也走入貌合神离的境地。如《醉眠芳草诗余》卷下的一组联章词〔调笑转踏〕，当写于辛亥年（1911）秋，距〔虞美人〕之作已经过去了五年。词有小序：

---

① 见《醉眠芳草诗余》卷上。

盖闻荃兰芳草,歌灵均托讽之辞;云雨巫山,咏宋玉寓言之赋。写中年之哀乐,丝竹皆悲;托素志于帷房,梦魂长绕。予生也晚,恨不逢时。酒阑人散之余,夜雨秋灯之夕。爰赋小词八章,不过效平子工愁,悲徐娘易老云尔。

包氏回顾了《楚辞》香草美人的寄托传统,明确表示自己这八首词也是"托素志于帷房",即规模"沉郁说"。对于这组词,我们无暇逐句分析,仅概述其各章大意。首章女子深居幽闺,懵懂无知;次章女子内美修能,倾城倾国;三章女子情窦初开;四章男女定情;五章男女离别;六章女子相思年年,颜色憔悴;七章郎心难测,女子悔却当时;八章美人迟暮,徒留懊恼。通过叙写一个天生丽质的女子被意中人抛却以至孤独终老,包氏寄寓了自己的怀才不遇之感。乍一看,这与〔虞美人〕如出一辙。然而细细体味,两者间有个非常重要的区别。〔虞美人〕结以"莫对断肠时节怨年华",即终是爱君,是为忠厚,是为沉郁。而〔调笑转踏〕末两章曰"悔却当时轻诺",曰"都是一番懊恼",落脚在悔恨与怨怼。如此一来,怨恨之情就盖过了思慕之意。词中忠爱缠绵的因素一旦弱化,则"沉郁"的程度就会大打折扣。之所以会出现这种变化,归根结底在于包荣翰的心态。前文已经说过,包荣翰原本是满怀忠爱的。纵使面对京城陷落、皇帝西逃的庚子事变,他对清王朝仍有"王孙此行慎勿忘,会当收京还帝乡"①的期待和"二百年来世业,定看驱除豺虎,遍地种桃花"②的信心。而接下来的十年,国难益深,国是日非。包荣翰眼中的时局从"乾坤正多事"③,变为"世事而今已乱丝"④,直至"况今大陆世界已沉沦"⑤,可谓每况愈下。身处"乾坤已破金瓯缺"⑥,包荣翰不仅才华难施、碌碌终老,而且"苟全性命乱

---

① 《哀王孙·庚子九月作》,见《水云轩诗钞》。
② 〔水调歌头〕《自义和团之变,燕云失守,江淮戒严,感而赋此》,见《倚盾鼻词草》卷上。
③ 《秋怀》其二,见《水云轩诗钞》。
④ 《戊申暮秋登大观亭谒余忠宣公墓寄怀放歌》,见《水云轩诗钞》。
⑤ 《偕张剑虹游留园》,见《水云轩诗钞》。
⑥ 〔贺新郎〕《书感》,见《倚盾鼻词草》卷上。

世里。可容吾、安处庐里"①,连最基本的生存权利都时时受到威胁。正如〔调笑转踏〕序所说:"予生也晚,恨不逢时。"对于这个时代,他心存怨恨;对于这个时代的统治者——"君",他也不再抱有任何幻想。因此,与〔虞美人〕相比,〔调笑转踏〕"怨"多而"慕"少,"沉郁"之意远不及前者。

写于1912年春的〔渡江云〕《壬子春日登金山妙高台》同样是一首徒有其表的"沉郁"之作。时清帝退位,民国成立。在江山易主的巨变下,包荣翰登上镇江金山寺妙高台,凭栏远眺,感慨万千,写下这首词:

> 江山刚梦醒,倚栏吊古,尘海变沧桑。抚高台百尺,烟水萧萧,北望暮云长。芦沙渔鼓,风景换、多少凄凉。只剩得、一襟遗恨,搔首问穹苍。　　心伤。飘萍贴水,断梗随风,叹浮踪飘荡。遮莫是、愁添平子,鬓减潘郎。桃花燕子皆无恙,对东风、说甚兴亡。登临望,高城一片斜阳。②

江山梦醒,点出春天之节序。而变化的不仅是四时之景,更有人事的沧海桑田,此观"尘海"句可知。"北望暮云长",隐然暗指京城故国。冬去春来,原本令人欣喜,却云"风景换、多少凄凉",则是愁人眼中景象。"只剩得"三句,与《诗经·王风·黍离》"悠悠苍天,此何人哉"同一感慨,故国之思蔼然言外。下片自伤老大漂泊,"桃花燕子"三句再回挽兴亡之感。结以高城斜阳,此中有多少无奈、多少惋惜。包氏这首词运用比兴以及欲语复咽的手法将对于清王朝的一丝怀恋含蓄深沉地表达出来。其《和杨毅人书怀》其二云:"王粲登楼悲故国,中仙感世寄新词。"③显然,包荣翰以感伤时事、沉郁忠厚的碧山词自拟。事实上,包词与王词不可同日而语。王沂孙对南宋的忠爱,可谓一往情深、矢志不渝。包荣翰则不同,此时此刻的他对清廷、国君的忠爱已经十分有限了。同一年,包荣翰作有《挽李吟

① 〔西河〕《用王潜斋韵》,见《倚盾鼻词草》卷上。
② 见《倚盾鼻词草》卷下。
③ 见《遗砚斋诗存》。

白先生绝句十二首》。最后一首自注:"先生常与予言,我等皆亡国遗民。"①李吟白自许为遗民,那包荣翰呢?包氏〔探春慢〕《壬子除夕》自注云:"国步方移,指辛亥光复,宣统退位,改建共和。"②以"光复"指称辛亥革命,这足以见出他对共和制的拥护。当清朝成为历史,包荣翰只不过本能地发出一声悼叹。其内心更多的是一份同情,而非遗民泣血般的忠贞。故同是感时伤事出之以"沉郁",碧山词与包词的深浅厚薄有着天壤之别。当包荣翰失去忠君爱国这一《风》《骚》根柢,那么所谓的"沉郁"便成为比兴的空壳。他表面上步趋"沉郁说",实际已与陈廷焯词学的精神内核渐行渐远。

从包荣翰的主观角度上讲,〔虞美人〕〔调笑转踏〕〔渡江云〕皆是他对"沉郁说"的自觉践行。而事实上,他在继承中走向对陈氏词学的背离。尽管这种背离连包氏自己都没有意识到。这或许正应了陈廷焯的那句话:"沉郁二字,不可强求也。"

包荣翰是陈廷焯的嫡传弟子,对以"沉郁说"为代表的陈氏词学有着准确的认识和细腻的体悟。考察他对于陈氏词学的接受,虽属个案,却具有一定的代表性。通过前文论述,我们可以得出以下两点结论:第一,陈廷焯词学存在着实践困境。陈氏提出正变观与"沉郁说",他自己填词力求与理论统一起来。而《别调集序》云:"人情不能无所寄,而又不能使天下同出一途。大雅不多见,而繁声于是乎作矣。"词史的经验告诉陈廷焯,将所有人的创作都引入"沉郁"一路是不现实的,或者说是非常困难的。包荣翰大量填写变体别调,正是这种困难的体现。即使包氏有心按照"沉郁说"进行创作,也会受制于性情的变化而有真伪厚薄之别,这已经不是理论、技巧所能解决的问题。此乃陈氏词学的又一实践困境。第二,师承对陈廷焯词学的后世流播作用有限。所谓"听其言而观其行",与词论相比,词作更能反映一个人的真实想法。在包荣翰的词学思想中,我们可以

---

① 见《水云轩诗钞》。
② 见《醉眠芳草诗余》卷下。

清楚地看到陈廷焯词学的浓重痕迹。但关键在于，包氏并不愿拘囿于"沉郁说"的条框，去完成陈氏的"复古"大业。词体在他心中仍是一种随心所欲的文学体裁。从这个意义上讲，包荣翰与陈廷焯词学是"离"大于"合"的。这或许可以解释为什么现存包氏诗、词、文中，罕有关于陈廷焯的记述。可以说，除了早年刊行《白雨斋词话》并撰跋，评点《白雨斋词存》外，包荣翰再未对陈廷焯词学做进一步的传播和阐发。因此，与晚近其他词学名家相比，师承在陈廷焯词学传衍过程中所起到的作用实在是太小了。

第四节 《白雨斋词话》在近现代词学界的反响

光绪二十年（1894），即陈廷焯卒后两年，《白雨斋词话》八卷附《白雨斋词存》《白雨斋诗钞》木刻刊行。很长一段时间，《白雨斋词话》是陈氏传世的惟一词学著作。虽说陈廷焯的弟子包荣翰没有更多地为先师词学张目，但在晚近常派宗风方兴未艾的环境下，该书以其体系周密、见解精到引起词学界的广泛关注。

一、《白雨斋词话》的书籍流通与媒体传播

《白雨斋词话》问世之后，数次重印，版本很多。这是人们了解、熟知陈廷焯词学的文献基础。当时报纸上的一些文章、讯息也多次提及此书，有效提升了它的知名度。

从晚清到民国，《白雨斋词话》版本众多。据笔者所知，1949年以前，《白雨斋词话》除初刻本，尚有1927年苏州中报馆《词话汇刊》本，1929年上海文瑞楼书局鸿章书局王启湘评点本《评点白雨斋词话》，1934年唐圭璋《词话丛编》本，1938年开明书店本，后来开明书店又在1948年重印此书。也就是说，短短半个世纪的时间，《白雨斋词话》至少刊行了六次，这还不包括难以计数的各种民国间的油印本。据《庋橱偶识》记载，文史学家王伯祥有一部苏州中报馆的《白雨斋词话》，乃其好友叶圣陶从苏州小书摊买来送他。词曲学家任中敏于1931年出版的《词曲通义》中列举了

五种词学参考书，其选取标准乃是"最要或最易得而比较合用之书"①，《白雨斋词话》作为惟一一部词话类著作入选。词学家蔡嵩云于1931年写成《词源疏证》，其"引据书目·词学类"中列有陈廷焯《白雨斋词话》。凡此可见该书在当时流通之广，颇为易得。

近现代报刊业的蓬勃发展也为《白雨斋词话》的推广助了一臂之力。1928年9月天津《大公报》刊发了一篇署名"蠹舟"的《评赵景深〈中国文学小史〉》，其中说道："陈廷焯《白雨斋词话》，其识甚锐，论词者不可不读。"②同年10月该报刊发的《悼江山刘毓盘先生》论及庄棫、谭献词，说"观陈亦峰（廷焯）《白雨斋词话》便可知其一斑"③。这两篇文章并非专门论述《白雨斋词话》，但在客观上都给该书打了广告。而《申报》所刊登的开明书店出版《白雨斋词话》的讯息，则是直接向读者进行推介。1948年，开明书店重印此书。除了在书讯中说明书名、作者和售价，还配有一段内容提要：

> 本书论词有独特的见解，作者说以前讲词的人不能洞悉本源，所以他揭出温厚沉郁来探求词的本源。本书一方面可作历代词的批评史读，一方面可作文艺理论书读。④

言简意赅地指出《白雨斋词话》的特色、宗旨和价值，以吸引读者购买。作为最早的大众传播媒体，报纸的普及性广、影响力大。而《大公报》和《申报》分别是当时中国两大都会天津和上海的主流媒体，其受众群体、影响范围就更大了。可以想见，很多人正是通过读报知道了《白雨斋词话》这部书。有的很感兴趣，便会买来阅读。搭着报纸媒体这一"东风"，《白雨斋词话》为更多人所熟知。

---

① 《词曲通义》，第38页。
② 蠹舟：《评赵景深〈中国文学小史〉》，天津《大公报》1928年9月3日第10版。
③ 《悼江山刘毓盘先生》，天津《大公报》1928年10月29日第10版。
④ 《开明书店最近重版新书》，《申报》1948年4月29日第6版。

清末民国时期,人们有很多机会可以了解到陈廷焯的《白雨斋词话》,也很容易能买到这部书。正是在这样的背景下,词学家们对《白雨斋词话》予以广泛地关注、评述。至于具体态度与观点,则不尽相同。

二、谭献等人的赞许

近现代词学家在提到陈廷焯及其《白雨斋词话》的时候,很多都持肯定态度。这一派人多势众,根据推许方式和接受程度的不同,又可细分成以下三类。

(一)整体推赏

如果陈廷焯地下有知,恐怕要感谢其丹徒同乡李恩绶。正是他在《白雨斋词话》刊行不久便将此书推向词坛中心。光绪二十四年(1898)四月十九日,谭献收到李恩绶寄来的陈廷焯《白雨斋词话》一书:

> 丹徒友人李恩绶亚伯寄陈廷焯亦峰《白雨轩词话》附所作诗词来。盖严事中白,《词话》中奉为正宗,而以予附配以为同声者也。持论坚卓,自撰亦雅韵有神,惜年四十以乙科终。见其遗书,已不及遥申商榷矣。①

此后在是年的七月廿六日、十二月十六日以及转年的五月廿九日,谭献又在日记中三次提及该书,兹迻录如下:

> 重阅陈亦峰《词话》。以沉郁为宗旨,固人间精鉴也。②
> 又阅陈丹崖孝廉《白雨轩词话》。推见本末,洞达正变。倚声乐府有此旷古之识,于流别一一疏证,与予夙论同者十之七八。盖此君

---

① 谭献:《复堂日记》,河北教育出版社,2001年版,第396页。
② 《复堂日记》,第399页。

深契中白,推为正宗,因于复堂亦为不谋面之知己。一举于乡,蕉萃
早世,年尚不逮中白,可悼叹也。检《箧中词》前、后、今集,证之陈氏
所论多合,益惜未得接席深谈耳。①

　　榆园札来,有刻诸家词话之意。因检《听秋声馆》《芬陀利室》《白
雨轩》及《词辨》四种,将借之审定。②

　　根据以上四条记载,我们可以归纳出谭献对于《白雨斋词话》的几点
认识:其一,谭献准确提炼出《词话》的宗旨为"沉郁",并给予很高的评价;
其二,谭献认为《词话》所论与自己的词学思想大同小异,不谋而合;其三,
谭献将《词话》借给许增汇刻,有推而广之的用意。总的来看,谭献高度认
可《词话》,并且欲其广为流传,嘉惠词林。而得到当时词坛泰斗的首肯和
揄扬,无疑标志着《白雨斋词话》开始跻身于词坛主流,也预示着陈廷焯词
学将得到更多人的关注。

　　民国十四年(1925),丹徒人吴庠重刻庄棫词集。他在跋语中说:"仁
和谭复堂《箧中词选》盛称蒿庵先生词,乡前辈陈亦峰《白雨斋词话》倾倒
尤至。晨夕讽诵,知两家之言非阿私所好也。"③可见其熟谙陈廷焯的《白
雨斋词话》。再如著名目录学家、历史学家柳诒徵《双花阁词钞跋》云:"吾
乡多诗家,而词人罕著,惟庄蒿庵、陈亦峰为世矜重。"④同样推重陈氏在
倚声之学上的造诣。又如清末民初的经史大家吉城曾为《寄沤止广词合
钞》作序,文中称:"同光之际,江淮间言词者往往称吾郡陈亦峰。"⑤指出
陈氏词学在江淮一带已经颇有名气。上述三人皆占籍丹徒,与陈廷焯份
属同乡。他们了解并推崇《白雨斋词话》,可谓近水楼台,顺理成章。

　　上面提到的这几位,除吴庠于词稍有致力外,柳、吉二人均不以词名。

---

① 《复堂日记》,第401页。

② 《复堂日记》,第404页。

③ 吴庠:《中白词跋》,《清词序跋汇编》,第1480页。

④ 柳诒徵:《双花阁词钞跋》,《清词序跋汇编》,第687页。

⑤ 吉城:《寄沤止广词合钞序》,《清词序跋汇编》,第2036页。

而宜兴蒋兆兰则是一位地道的词学家。他于1926年出版《词说》，书中云："谭复堂揭柔厚之旨，陈亦峰持沉着之论。凡此诸说，犹之书家观剑器，见争道，睹蛇斗，皆神悟妙境也。"①蒋氏鼓吹张炎、周济、蒋敦复、谭献、陈廷焯等人的学说。陈氏的词论正在其中，同样被蒋兆兰认可与推崇，以至推为"神悟妙境"。1935年，清末民初词学家叶恭绰编纂《广箧中词》问世。该书选录陈廷焯词四首，并称："《白雨斋词话》极力提倡'柔厚'之旨，识解甚高，所作亦足相副。"②视陈廷焯为谭献同道，对《白雨斋词话》给予很高的评价。

谭献、蒋兆兰、叶恭绰均为近现代著名词学家，他们都从整体上颇为推赏陈廷焯的《白雨斋词话》。特别是谭献，执词坛牛耳有年。他对此书持肯定态度并大力揄扬，奠定了该书在晚近词学界中的一席之地。

（二）吸收借鉴

《白雨斋词话》问世时，谭献的词学观念业已成熟，他对《词话》的借鉴比较有限。而到吴梅及其弟子任中敏、赵万里、唐圭璋，以及陈匪石、张伯驹、周重能、俞平伯、詹安泰、陈仲镜这些出生于19世纪末20世纪初的学人，《词话》已经成为其词学思想的重要来源。

吴梅（1884—1939），字瞿安，号霜厓，江苏长洲（今苏州）人。1917年后，历任北京大学、东南大学、中山大学、中央大学等校教授，主讲古代戏曲及词学。吴梅是晚近以来词、曲兼擅第一人，他的词学思想主要体现在1927年出版的《词学通论》。全书开篇便说："词之为学，意内言外。"③又云："武进张氏，别具论古之怀，大汰言情之作。词非寄托不入，皋文已揭橥于前……又有介存周子，接武毗陵，标赵宋为四家，合诸宗于一轨。其壮气毅力，有非同时哲匠可并者。"④吴梅推崇张惠言、周济，标举意内言

---

① 蒋兆兰：《词说》，《词话丛编》，第4634页。
② 叶恭绰选辑，傅宇斌点校：《广箧中词》，人民文学出版社，2011年版，第72页。
③《词学通论》，第1页。
④《词学通论》，第146页。

外、比兴寄托,明显是常州词派的信徒。至于其词学框架体系,则全从《白雨斋词话》得来。他评温庭筠词说:

> 陈亦峰曰:"所谓沉郁者,意在笔先,神余言外。写怨夫思妇之怀,寓孽子孤臣之感。凡交情之冷淡,身世之飘零,皆可于一草一木发之。而发之又必若隐若现,欲露不露,反复缠绵,终不许一语道破。匪独体格之高,亦见性情之厚。"此数语惟飞卿足以当之。学词者从沉郁二字着力,则一切浮响肤词,自不绕其笔端,顾此非可旦夕期也。①

吴梅在此全文引录陈廷焯对于"沉郁"的定义,并明确表示此二字也是自己论词的宗旨。除飞卿词外,书中在评论韦庄、冯延巳、张先、秦观、辛弃疾、姜夔、张炎、王沂孙、史达祖、吴文英、周密、陈允平、张翥、王士禛、顾贞观、朱彝尊、厉鹗、史承谦、张惠言、庄棫、谭献等人词作的时候,皆稍加櫽栝甚至直接袭用《词话》原文。《白雨斋词话》之于吴梅的影响是显而易见的。

然而我们必须认识到,吴梅绝非陈氏的传声筒,他在沿用《词话》的同时也进行了某种改造。陈廷焯的"沉郁说"专主比兴,而吴梅则兼取赋体。如他评李煜词:"其用赋体,不用比兴,后人亦无能学者也。"②又评孙光宪词:"余谓孟文之沉郁处,可与李后主并美。"③显然,吴梅认为独用赋体的后主词也是沉郁的佳作,这与陈氏扬中主而抑后主的观点判然有别。又陈廷焯谓"鹿潭稍逊皋文、庄、谭之古厚"④,以庄棫为清词首座。吴梅则意见不同,他说:"词中有鹿潭,可谓止境。谭仲修虽尊庄中白,陈亦峰亦

---

① 《词学通论》,第50页。
② 《词学通论》,第54页。
③ 《词学通论》,第59页。
④ 《白雨斋词话》卷五,《白雨斋词话全编》,第1242页。

崇扬之,究其所诣,尚不足与鹿潭相抗也。"①即以蒋春霖为清词冠冕。而鹿潭词的一大特点便是不专主比兴:"鹿潭不专尚比兴,〔木兰花〕〔台城路〕,固全是赋体。即一二小词,如〔浪淘沙〕〔虞美人〕,亦直言本事,绝不寄意帷闼,是真实力量。他人极力为之,不能工也。"②在吴梅看来,托志帷房以眷怀君国固佳,直言本事而能沉郁顿挫更为难得。单从词笔的角度讲,吴梅所说的"沉郁"统括赋、比、兴三体,较陈廷焯更加包容。吴梅对于"沉郁说"的另一扬弃,便是淡化其中的忠爱之情、忠厚之旨,独取其含蓄深沉的一面。这在他对周邦彦词的评论中体现得尤为明显:

> 余谓词至美成,乃有大宗,前收苏、秦之终,后开姜、史之始。自有词人以来,为万世不祧之宗祖。究其实亦不外"沉郁顿挫"四字而已。即如〔瑞龙吟〕一首……通体仅"黯凝伫""前度刘郎重到""伤离意绪"三语,为作词主意,此外则顿挫而复缠绵,空灵而又沉郁。③

引文前半部分源自《词话》,后面则具体分析清真词如何"沉郁顿挫"。耐人寻味的是,吴梅所举例词乃是〔瑞龙吟〕(章台路),而这首词陈氏仅置诸《别调集》卷二,所写乃是重寻所欢,根本不符"沉郁说"的情感旨归。这样一来,吴梅所说的"顿挫而复缠绵,空灵而又沉郁"就完全剥离了忠爱的内涵,仅仅着眼于情意的幽微要眇、沉挚深厚。总之,吴梅在一定程度上摆脱了陈廷焯"沉郁说"中对于比兴寄托和伦理教化的执著,他将"沉郁"进一步解放出来,使之成为更加纯粹的审美范畴。

吴梅不仅是《词话》的继承者,还是《词话》的传播者。而后一点,对于词学史的意义尤为深远。他在1917年执教北京大学时即采用《白雨斋词话》作为讲义,1922年到东南大学讲授词曲通论,仍然沿袭陈廷焯的观点。吴氏弟子众多,其中治词曲者如任中敏、赵万里、唐圭璋等耳濡目染,

---

① 《词学通论》,第166页。
② 《词学通论》,第166页。
③ 《词学通论》,第75—76页。

各自词学思想中或多或少都带有《白雨斋词话》的色彩。任中敏（1897—1991）于1920年毕业于北京大学，师事吴梅，研究词曲。其《词曲通义》中说："若词曲分科，择一而事，则最要或最易得而比较合用之书，各举五种如下。"①词的部分包括词集二，词律一，词韵一，《白雨斋词话》作为惟一词话著作入选。他出版于1935年的《词学研究法》便大量引用《白雨斋词话》的论述。与其师吴梅类似，任中敏对于《白雨斋词话》也没有一味盲从、照单全收。他说："《白雨斋词话》之绝对主张《风》《骚》，厓岸过高，途径过仄。"②对陈氏词学既有借鉴，又有突破。再如赵万里（1905—1980），1921年考入东南大学，师从吴梅研究词曲。自1929年起，赵氏先后在北京大学、清华大学、辅仁大学、中国大学等校任教，其自编的讲义《词概》多引录陈廷焯之说。像对于温庭筠、冯延巳、姜夔、史达祖、周密、张翥的评价都是照搬陈氏词论。他讲解周邦彦〔瑞龙吟〕词说："顿挫缠绵，空灵沉郁，此清真独具之境界。清光绪间陈廷焯草《白雨斋词话》时始发其奥，持此说以细参清真词，斯得之矣。"③表面上来自吴梅之论，追根溯源仍是陈氏的余沥。又如唐圭璋（1901—1990）于1922年入东南大学，师承吴梅。对于《白雨斋词话》，唐先生有很高的评价："以温厚为体，沉郁为用，广开词域，阐述详赡，为世所称。"④唐氏自己的词学思想，也颇受《词话》启发。他说："词之作风，一曰'雅'，二曰'婉'，三曰'厚'，四曰'亮'。"⑤以雅、婉、厚、亮作为论词的四字箴言。至于这四字的具体含义，唐先生亦有说明："兹更拈四字，申释其旨：雅——清新纯正；婉——温柔缠绵；厚——沉郁顿挫；亮——名隽高华。"⑥不难发现，唐氏所谓的"厚"直接源于"沉郁说"，"婉"也与陈氏词学暗自相通。

　　除了吴梅及其门人，还有不少词学家也受到《白雨斋词话》的沾溉。

---

① 《词曲通义》，第38页。
② 任中敏：《词学研究法》，商务印书馆，1935年版，第17页。
③ 赵万里：《词概》，《赵万里文集》（第二卷），国家图书馆出版社，2012年版，第48页。
④ 唐圭璋：《〈白雨斋词话〉后记》，《词学论丛》，上海古籍出版社，1986年版，第1054页。
⑤ 唐圭璋：《梦桐词话》，朱崇才编《词话丛编续编》，人民文学出版社，2010年版，第3327页。
⑥ 《梦桐词话》，《词话丛编续编》，第3327页。

如陈匪石(1884—1959),他在1927年初编《宋词举》,后经修订增补,于1947年印行。在这部词选序言中,陈匪石就提到陈廷焯的词论很有道理。书中评论姜夔〔扬州慢〕〔暗香〕〔翠楼吟〕〔点绛唇〕等词,俱援引《白雨斋词话》,高度认同。他另外一部词学著作——定稿于1949年的《声执》,自序中再次提及陈廷焯《词话》对他的指导作用。《声执》卷上说:"忠爱缠绵,同源异委;沉郁顿挫,殊途同归……故词之为物,固衷于诗教之温柔敦厚,而气实为之母。但观柳、贺、秦、周、姜、吴诸家,所以涵育其气,运行其气者即知。东坡、稼轩音响虽殊,本原则一。"①明显带有《白雨斋词话》的痕迹。比如近现代收藏家、书画家、诗词学家张伯驹(1898—1982),其《丛碧词话》颇为认同陈廷焯对温庭筠、周邦彦、李清照词的评价。再如周重能(1899—1982),受学于近代思想家、学者吴虞,与词人、词学家周岸登学为倚声。周重能有《花外集试解》,乃是对王沂孙词的笺释。该书逐篇逐句指发幽隐,间引张惠言、周济之论,显系常派一路。全书开篇便引陈廷焯"所谓沉郁者,意在笔先,神余言外"那段经典论述,然后说道:"持此论以读碧山咏物诸阕,则更具神解也。"②俨然将"沉郁说"当成寻获碧山词真谛的一把钥匙。值得一提的是,周重能很可能没有看过《白雨斋词话》原书。他所引的"沉郁"一段以及陈氏对碧山词的评语皆应来自吴梅《词学通论》。由于《词学通论》有用《白雨斋词话》而未加注明者,所以《花外集试解》里出现的所谓"吴梅之论",有些实则为陈廷焯说的。这也可见吴梅《词学通论》在传播陈廷焯《白雨斋词话》所产生的重要作用。又如现代著名学者俞平伯(1900—1990),他早年熟读张惠言《词选》,对周济、谭献词论也每多称许。他认可陈廷焯《白雨斋词话》,亦是顺理成章的事情。1948年,开明书店印行了他的《清真词释》。周邦彦是陈廷焯极为尊崇的词人,至以"沉郁顿挫"相推许。俞平伯具体解释清真词时,对于陈氏词论或援引,或化用,或以"沉郁""顿挫"等概念阐释发挥。尤其是〔玉楼春〕

---

①陈匪石:《声执》,《词话丛编》,第4950页。

②周重能:《花外集试解》,周重能著,张学渊校注《水竹山庄诗文集》,成都市新都华兴印务公司,2002年版,第632页。

词,《白雨斋词话》云:"美成词,有似拙实工者。如〔玉楼春〕结句云:'人如风后入江云,情似雨余黏地絮。'上言人不能留,下言情不能已,呆作两譬,别饶姿态,却不病其板,不病其纤,此中消息难言。"①俞氏对此深表赞同,并在陈氏评语的基础上又进行了长篇大段的敷衍解说。最后他慨叹道:"夫清真远矣,仆何足以知之,惟作陈氏笺疏耳。以婴武声气为博士买驴宁不自哂其尘下,然苟有千虑之得,发其所未发,则亦亦峰氏之功臣也钦?"②俞平伯认为陈廷焯的评语言简意赅,精辟到位。而他只不过是在鹦鹉学舌,言冗无当。他把自己的解说看作陈氏词论的笺疏,希望能对其有些许引申和补充。可见俞氏对陈氏词论的推服和倾倒,简直到了无以复加的地步。1936年,《词学季刊》第三卷第三号刊发了现代著名词学家詹安泰(1902—1967)的《论寄托》。文中大量援引《白雨斋词话》,对陈氏词论多所移用。1947年,《四海杂志》刊发了陈仲镔《中国词学概论》的部分章节。其中提到词的性质是"探微言奥",并援引《白雨斋词话》关于"沉郁"的数则,陈仲镔评价说"可谓的评"③,深以为然。

与谭献、蒋兆兰老一辈词学家相比,吴梅等人对《白雨斋词话》有更加深度的接受。他们从不同方面取资于《词话》,融入己见而别有建树,推动词学不断向前发展。

(三)摘录推介

在赞许陈廷焯《白雨斋词话》的词家当中,易孺的表达方式很有特色。易孺(1874—1941),字韦斋,号大厂。历任北京高等师范学堂、上海音乐学院教授。他是近现代文学家、书画家、篆刻家,文学方面工诗词,尤以词名。所作多取清真、梦窗僻调,严守四声。1933年,《申报》刊登了上海民智书局的书讯,说该书局最新出版了一部《韦斋活叶词选》,并有详细介绍。首先说编者易韦斋浸淫此道多年,精心编辑了这部词选。继而介绍

---

① 《白雨斋词话》卷一,《白雨斋词话全编》,第1173页。
② 俞平伯:《清真词释》,开明书店,1948年版,第19-20页。
③ 陈仲镔:《中国词学概论》,《民国词学史著集成补编》,第814页。

了该书的宗旨和体例。然后提到该书采用活页的形式，可以灵活购买。最后说道：

> 并附自撰选词缘起于前，及摘录丹徒陈氏《白雨斋词话》于后，尤为名贵。本书不仅视为倚声家可珍之轨范，且为大中学词科最良好之教材。[①]

"尤为名贵""可珍轨范""最良好教材"云云不无溢美之处，而在报纸上给《白雨斋词话》打了一次广告确是毫无疑问的。

这部《韦斋活叶词选》，笔者也找到了。果然如报上所说，书后附有"陈亦峰《白雨斋词话》摘录"，下署"韦斋辑"。他对《词话》自叙、各卷内容都有摘录，多寡不一，洋洋洒洒一共抄录了七张活页之多。易孺在这里没有对陈廷焯及其《词话》进行任何评论，但他将大量《词话》原文附诸其词选刊行，服膺之心、推荐之意已是不言而喻。

需要指出的是，上述三类只是大概区分，整体推赏者和摘录推介者又何尝不会受到陈廷焯词论的濡染？应该说，在近现代词学界，《白雨斋词话》的正面影响是普遍存在的。

三、吴世昌的批驳

自谭献以下诸家大都有常派词学的背景，他们接受并推扬《白雨斋词话》实乃情理之中。倘若将目光从常派一脉移开，我们会发现学界亦有否定《词话》的声音。比如新派词学的代表人物胡云翼（1906—1965）就在其选注的《宋词选》中认为陈廷焯对姜夔〔点绛唇〕词的评价很不妥当。而要说对《词话》批驳的范围之广、力度之大，则首推词学家吴世昌。

吴世昌（1908—1986），字子臧，浙江海宁人。1935年毕业于燕京大学国学研究所。吴世昌回顾他的学词经历说："学生时代，我不曾正式学

[①]《民智书局最新出版》，《申报》1933年2月6日第4版。

过词,也不像夏承焘、唐圭璋先生他们那样,有一段专门的学词经历。对于学词此道,我是自己摸索出来的。"①对于倚声之学,吴氏既非科班出身,又无传统师承,完全是出于兴趣而自学成材。而其摸索的过程正是对常州词派由将信将疑到彻底否定的转变。吴氏一开始也读张惠言的《词选》,但没有看懂。后来他幡然醒悟,意识到常州词派的评语都是骗人的:"自寄托之说兴,而深涩之论作。推而衍之,则曰沉郁,曰重拙。于是言情者曲讳其情,感事者故掩其事。倡是说者,若皋文、复堂、亦峰、夔笙诸君。"②张惠言、谭献、陈廷焯、况周颐等常派主将,无一例外都被吴世昌打倒。其中,陈廷焯的《白雨斋词话》首当其冲,成为吴氏批驳的重点对象。

吴世昌曾手批八卷本《白雨斋词话》,几乎逐条予以驳斥。如《词话》的纲领性文字"所谓沉郁者,意在笔先,神余言外"一则,吴氏批云:

> 文字游戏,了无意义。胡说,大言欺人。妄极。何不言"一毛一发发之"?"一犬一猪发之"?"一蚊一蝇发之"?"一蚌一蛤发之"? 信口开河,令人齿冷。此其所以沦为断语也。活见鬼,一派女巫骗人口气。③

认为所谓的"沉郁说"完全是故弄玄虚,自欺欺人,言辞甚为激烈。"沉郁说"就作者而言,惟有抒写忠爱才是词中正道。吴世昌不同意这种观点:"开口《骚》《雅》,最是酸腐,最为可厌。一似不关《骚》《雅》,便不许人言情。"④他反对将词中之"情"局限在君臣大义,而是应该无拘无束,毫无禁忌。就作品来讲,"沉郁说"提出了"沉郁顿挫"的用笔法则。对此,吴世昌同样嗤之以鼻,他说:"曰沉郁顿挫,可弄玄虚。何谓'沉郁'? 何谓'顿

① 吴世昌:《我的学词经历》,《罗音室学术论著》(第二卷),中国文艺联合出版公司,1991年版,第1页。
② 吴世昌:《我的词学观》,《罗音室学术论著》(第二卷),第16页。
③ 吴世昌:《评〈白雨斋词话〉》,《罗音室学术论著》(第二卷),第332页。
④ 《评〈白雨斋词话〉》,《罗音室学术论著》(第二卷),第412页。

挫'？造此二怪名词,连自己也不知所云,若知所云,为何说不明白?"①俨然视"沉郁顿挫"四字为陈氏掉弄玄虚、大言欺人的工具。再有"沉郁说"对读者的个人素质提出较高的要求,颇有"中人以下,不可以语上也"②的意味。吴世昌则大加驳斥:"天下第一流作品,只有连庸夫俗子亦知其好,方为真正杰作,真正第一流作品。令人不终篇而思卧者,不论其人是否庸夫俗子,其所读必为劣作无疑。"③至此,吴世昌的词学观已经非常明晰了:

> 填词之道,不必千言万语,只二句足以尽之。曰:说真话;说得明白自然,切实诚恳。④

吴氏认为,凡是真情实感,皆可发于词中,绝无内容方面之限定。而在表达上,则是追求晓畅明白,近乎白诗之"老妪能解"。显然,这与陈廷焯的"沉郁说"完全针锋相对,他全盘否定《白雨斋词话》也就不足为奇了:

> 此编所论,以碧山为极则,视玉田如神品,一若非应酬花草鸟虫,便不算好词。而言情之作,反视为卑不足道。否则即附会比兴,其谬甚矣。此皆中张惠言寄托谬论之毒,而又造沉郁一说以自缚,有以致之。⑤

在吴世昌看来,陈氏论词上承张惠言比兴寄托。所谓的"沉郁说"偏狭附会,实乃词学之谬论。可以说,在《白雨斋词话》的反对声中,吴氏所言最为刺骨和激切。

---

①《评〈白雨斋词话〉》,《罗音室学术论著》(第二卷),第344页。
②《论语译注》,第61页。
③《评〈白雨斋词话〉》,《罗音室学术论著》(第二卷),第426页。
④《我的词学观》,《罗音室学术论著》(第二卷),第15页。
⑤《评〈白雨斋词话〉》,《罗音室学术论著》(第二卷),第450页。

吴世昌先生以"虽尊师说,更爱真理,不立学派,但开学风"①的精神深刻批驳了《白雨斋词话》。其所论或未必尽然,但确实为学界吹进一股新风,对于现代词学的发展亦起到促进作用。

四、夏承焘等人的褒贬兼具

除了前面所说的赞许派和批驳者,还有一些词学家既肯定《白雨斋词话》的价值,认同其中的某些观点,同时又指出了它的不足,夏承焘、孙人和、徐兴业、施蛰存、朱庸斋等人即是如此。

一代词宗夏承焘(1900—1986)早年就读过《白雨斋词话》。他在1931年的日记中记录下该书的读后感:"论词一主沉郁顿挫,立论甚高……全书大体可观,立论与张氏《词选》相表里。惟间有皮傅之谈,措词时挂荆棘,为小疵耳。"②他认为陈氏以"沉郁顿挫"论词,是一个很高的标准。同时也指出书中偶有附会之论和激切之辞。夏承焘对《词话》的评价可用八个字概括:大体可观,时有小疵。

近现代词学家、词人孙人和(1894—1966)曾参与撰写《续修四库全书总目提要》,陈廷焯《白雨斋词话》的提要便是由他主笔。孙人和认为《词话》论词范围最广,对唐至清末词人的评价总体上是公允的。陈氏对于此前词选、词话的评价,也比较中肯。其拟辑的《古今二十九家词选》的词人排布也大致精审。至于不足之处,主要有二:一是陈氏对庄棫的评价过高,不能令人信服;二是陈氏在词学文献上失察,对一些伪作亦津津评论。《提要》最后说道:"然书体甚大,自不能以一眚掩也。"③可见,"大醇小疵"是孙人和对《白雨斋词话》的盖棺定论,他对陈廷焯词学主要还是肯定的。

我们在介绍学界关于陈廷焯的研究历程时,曾提到过徐兴业(1917—1990)完成于1937年的《清代词学批评家述评》。徐氏在解说陈氏词学理论后,表示认同其"沉郁""雅正"之论,同时又认为其具体论述存在勉强自

---

① 吴世昌:《词林新话》,北京出版社,1991年版,前言第1页。
② 夏承焘:《天风阁学词日记》,《夏承焘集》第五册,浙江古籍出版社,1997年版,第206页。
③ 《续修四库全书总目提要》(稿本)第13册,第669页。

附之处。如徐氏不认同陈氏以李后主词为变格，又觉得他将庄棫词抬得过高。还说"其论清词非专家，亦有谬处"①，不仅是评庄棫，对其他清代词人的评价也有错误的地方。

近现代著名作家、学者施蛰存（1905—2003）在多个领域都卓有成就。据施氏自己所说，他在1961到1965年间热衷词学。1963年选《宋花间集》十卷，转年选《清花间集》十卷，合称《花间新集》，以续"花间"令词传统。该书《凡例》云："余选清词，得细读诸家词集，复参考前人词话评论，于诸家造诣得失，略有管见，附志于后。亦有异于前贤定评者，请备一说。"②《清花间集》于各家录词之后，殿以施氏评论。施氏录词，从清人词别集而来，一手文献，最有依据。其甄别去取，自出手眼，旁参前人词评，以做论定。陈廷焯历论清代词人，《白雨斋词话》自然成为施蛰存的重要参考。《清花间集》卷九云："白雨斋论词主沉郁，谓'沉则不浮，郁则不薄'，论小令主唐五代，谓'晏、欧已落下乘'，持论甚高。"③言辞间有赞赏之意。另一方面，因为施氏论词自出手眼，故在具体词评中难免有与陈氏相龃龉者。他认为《白雨斋词话》对于毛奇龄、曹贞吉、蒋士铨、杨芳灿、郭麐、袁通、蒋春霖、庄棫词的评价皆不客观。如《清花间集》卷二评毛奇龄词说："取境之高，直是南朝清商曲辞。陈亦峰乃讥其'造境未深，运思多巧'，殆不知词之本源者。"④卷八评蒋春霖词说："实湘累之遗音，黍离之别调。白雨斋乃谓之'未升风骚之堂'，殆不知其变者。"⑤卷九评庄棫词，认为其不如谭献，而陈廷焯却盛称庄词，是"乡曲阿私，乃至于此"⑥。批评的语气、不满的程度都不算轻。1983年，《白雨斋词话足本校注》出版，转一年《词则》稿本也影印问世。这两部书施蛰存都见到了，并且做了介绍。他在介绍《白雨斋词话足本校注》时说：

---

① 《清代词学批评家述评》，《民国词学史著集成补编》，第665页。
② 《花间新集》，第6页。
③ 《花间新集》，第334页。
④ 《花间新集》，第215页。
⑤ 《花间新集》，第309页。
⑥ 《花间新集》，第330页。

清光绪初，丹徒陈廷焯亦峰覃精词学，著《白雨斋词话》，探讨唐宋以来词学源流得失，评泊历代词家，议论均有卓见，向称词话杰构，为词家枕中鸿宝。①

给予了很高的评价。综合来看，大体精审、白璧微瑕应当是施蛰存对于《白雨斋词话》的看法。

现代词学家朱庸斋(1920—1983)曾问学于岭南著名词人陈洵，其与旧派词学有渊源。朱氏《分春馆词话》信奉周济词论，对"重、拙、大"亦有会心。书中还提到陈廷焯的词学，卷一云："词有重拙大、有沉郁顿挫、有沉着浓厚等评语，此皆公认为高度评价。"②认同陈氏提出的"沉郁顿挫"为词中胜境。他还说："陈廷焯《白雨斋词话》虽偏见不少，然能自始至终以'沉郁顿挫'为论词之准绳。"③既指出陈氏具有一以贯之的论词宗旨，又认为《白雨斋词话》存在不少偏见。陈廷焯对吴文英词的评价，朱庸斋比较赞同。对蒋春霖词的评价，朱氏则有所修正。至于陈氏评庄棫和元好问词，朱氏则很不以为然。他说："陈廷焯对庄氏评价极高，未免标榜过甚。"④又将陈氏对元好问词的评价比喻为叶公好龙：

遗山词，《白雨斋词话》竟诋为"刻意争奇求胜"，"可称别调，非正声也"。而陈廷焯论词有"本诸风骚"，"不外比兴"之语，似此则有类于叶公好龙矣！⑤

元好问词，朱庸斋谓其"匪独为金词之冠，即百代之后，尚无其匹"⑥，

---

① 施蛰存：《北山楼词话》，华东师范大学出版社，2012年版，第98页。
② 朱庸斋：《分春馆词话》，广东人民出版社，1989年版，第7页。
③《分春馆词话》，第8页。
④《分春馆词话》，第82-83页。
⑤《分春馆词话》，第134页。
⑥《分春馆词话》，第134页。

评价很高。他觉得陈廷焯的评价有误,对此深表不满。

上述诸家对《白雨斋词话》的评价褒贬兼具,相对而言比较全面。而且我们会发现,他们的"贬"还存在共性,普遍对陈廷焯的清人词评尤其是庄棫词评有所指摘。

在谈到《白雨斋词话》的时候,施蛰存先生说该书木刻问世后,"历经坊间石印、铅印诸本,流布甚广。"①又说:"其书既出,天下翕然,以为'词话'中旷古之作。"②施氏出生于1905年,享年近百岁,他是近现代学术史的亲历者与见证者。据他的回忆与感受,《词话》在当时流通很广,且得到普遍赞誉。而经过一番梳理回顾,可知确实如施先生所言《白雨斋词话》在晚近以降的词学界,人们认可多于质疑,接受多于排斥。正如唐圭璋先生所云:"(陈氏论词)崇风格,尚比兴,重寄托,提出'沉郁'两字为词旨,影响词学颇巨。"③这种影响归根结底源于《词话》本身的博大精微、质量上乘。也正是因为其书论词范围广、条理分明、持论较允,不仅嘉惠学林,而且便于教学,才会进一步走入民国大学课堂,成为教学讲义的蓝本。对于吴梅等人,《词话》固然是他们词学思想的"养料"。而对吴世昌来说,把《词话》当作"靶子"加以批驳,未尝不是其词学观的一种体现。总而言之,在近现代词学的发展过程中,陈廷焯《白雨斋词话》是一股不容忽视的理论源泉。

①《北山楼词话》,第98页。
②《北山楼词话》,第172页。
③《词则后记》,《词则》,后记第1页。

余论　陈廷焯治学的得失与启示

　　了解完近现代词学家对于《白雨斋词话》的态度与看法后,现在轮到我们对它做出评价了。我们面对的不仅是八卷本《词话》,而是要对陈廷焯整个的文学思想评骘论定,择其善者而从之。我们要吸收借鉴的也不仅是陈氏的学术思想,还有他的治学方法与精神。

　　先来说陈廷焯的"所治之学"。陈氏一生精研诗、词,对曲也颇多关注。他的学术精力投注在诗歌文学之中。其早年推重真情、雅俗共赏,在情感内容和修辞表达的开放性、包容性方面要胜过后期。而后期乃是陈廷焯文学思想的成熟阶段,较前期更多创见,也更具系统。他所建立的《风》《骚》为统领、诗教加词教的"大诗教"体系,将曲体排除在外,对诗词的情感类型、表达方式都做了限定,最终落脚于温柔敦厚的儒家诗教。可能今天的人觉得陈廷焯有些迂腐,但笔者认为必须历史地看待这个问题,应该把他放回到那个时代,从陈氏个人的性情、心态出发去理解。陈廷焯所处的晚清,朝纲不振,国是日非,列强侵扰,西学东渐,整个社会在政治、经济、文化诸多方面都在发生变化,呈现出动荡不安的局面。《白雨斋词话》里有这样一则很耐人寻味:

　　　　万事万理,有盛必有衰。而于极衰之时,又必有一二人焉,扶持之使不灭。词盛于宋,亡于明。国初诸老,具复古之才,惜于本原所在,未能穷究。乾、嘉以还,日就衰靡,安所底止。二张出而溯其源流,辨别真伪。至蒿庵而规模大定,而词赖以存矣。盛衰之感,殊系人思，独词也乎哉！①

　　这段话概述了词史由盛而衰、衰而复振的过程，又将这种"盛衰之感"推而广之。这就让人联想到，词史可以"衰而复振"，整个历史何独不然？陈廷焯身处封建社会的衰世，对于清王朝的中兴，他还是有所期待的。其在《词话》最后一卷再次表达了"衰者可以复振，亡者犹有存焉"②的观念，恐怕个中也有一份挽回国势之意、重振朝纲之心。所以说，陈氏提出"大诗教"，本质上是出于坚守儒家文化，维持传统社会秩序的需要，是与整个时代的"复振"愿景相配合的。而他本人满腔忠爱，一心通过科举出仕，却多年蹭蹬，志意难酬。他要求诗词本诸《风》《骚》，要温厚和平，说诗词的高境都是"沉郁"，这也是他抒发一己怨慕幽思的自然选择。

　　陈廷焯文学思想的发展过程中，其词学思想变化最大。有个有意思的现象：《云韶集》《词坛丛话》带有浙西词派色彩，恰在浙江定稿；《词则》《白雨斋词话》发挥常州词派学说，正完成于江苏。陈廷焯人生足迹的迁徙，与其词学宗尚的转型隐然相合。而他个人的由浙入常，也是晚近词界浙派式微、常派日盛的一个缩影。后期词学是陈廷焯词学的代表，也是陈廷焯文学思想中最具理论光辉、最为世人瞩目的部分。我们应当如何评价它呢？我以为，其得失可以从以下三个方面来看。

　　首先是正变观。陈廷焯认为词要忠爱，要比兴，要本诸《风》《骚》，归于忠厚。这类"沉郁"之作是词中正体，其独尊之。此外皆属变体别调，其卑视之。这种将词情限于忠爱、词笔限于比兴、词旨限于忠厚的观念，当然有失狭隘与偏颇。但反过头来看，笔者以为这里面仍有可取之处。中国古代的词多是文人词，这些作者的身份又多是"士"，他们与朝政、君王密切相关。陈廷焯正是抓住了封建文士的"情意结"——出处遇合。将历代文士普遍存在的怀才不遇、去国怀乡、忧谗畏讥等心境归结于一个"怨"

---

① 《白雨斋词话》卷五，《白雨斋词话全编》，第1238页。
② 《白雨斋词话》卷十，《白雨斋词话全编》，第1336-1337页。

字，与其"沉郁说"的忠爱词情相表里。另外还有一点值得注意，就是陈廷焯在追溯词源时，浑言之为《风》《骚》，确切地说乃是"十三国变风，二十五篇楚词"。这是从张惠言的"变风之义，骚人之歌"来的。而"变风"产生于乱世，所以词情也包括忧生念乱、感时伤事等内容。也就是说，陈廷焯所谓的词中正声、沉郁之作，所要抒写的情意是文士的不遇之感与家国之思，这是他寻找到的词史上的最大公约数。这就给我们理解古人词的作意提供了一个视角，虽未必尽如陈氏所言，但也绝非毫无道理。

其次是批评与创作。陈廷焯后期的词学批评涵盖正声与变体。对于前者，陈氏既以《风》《骚》为准则，"沉郁"为标尺，那他的具体词评一定是句句忠爱缠绵，篇篇温厚和平。牵强附会，千篇一律，迂腐可笑，令人生厌。有这种想象和推论似乎合情合理，事实上也的确存在牵强迂腐之处。但有一个不争的事实是今天的各类论词书籍普遍援引陈廷焯的《白雨斋词话》，这就意味着我们对于陈氏的词评有着广泛、高度的认可。个中原因，大概是这样的：陈廷焯认为唐五代两宋诸大家词之佳处都在沉郁。而唐宋词史上的这些著名词人自有面貌，风格各异。陈廷焯要将他们纳于"沉郁"一炉，在词情忠爱与词旨忠厚相对固定的前提下，他自然会对丰富多彩、各具特色的词笔进行深入细腻的赏析。如评韦庄词说："似直而纡，似达而郁。"①评苏轼词说："东坡词寓意高远，运笔空灵。"②评姜夔词说："白石词，以清虚为体，而时有阴冷处，格调最高。"③评吴文英词说："梦窗之妙，在超逸中见沉郁。"④分析周邦彦〔兰陵王〕〔六丑〕〔满庭芳〕〔浪淘沙慢〕诸阕章法之顿挫，更是鞭辟入里、精彩绝伦。总之，陈廷焯在具体词评中往往致力于比兴之义与顿挫之姿的分析，多切中肯綮之论。这种对于词笔的重点关注与独到体认，使得陈氏词学依然保有鲜明的文学审美属性，在一定程度上消解了忠爱之情、忠厚之旨的固执与偏狭。即以韦庄词

---

① 《白雨斋词话》卷一，《白雨斋词话全编》，第1167页。
② 《白雨斋词话》卷一，《白雨斋词话全编》，第1169页。
③ 《白雨斋词话》卷二，《白雨斋词话全编》，第1179页。
④ 《白雨斋词话》卷二，《白雨斋词话全编》，第1183页。

"似直而纡,似达而郁"为例,其中的"纡""郁"陈氏原本指的都是故国之思。而我们完全可以理解为一般意义上的深沉幽微、难以明言的情感,且这并不影响我们对于陈氏所揭示的韦庄词表情达意特色的认同与信服。对于词中变体,陈廷焯在承认其不及正声的前提下,就可以摆脱"沉郁说"的束缚,对这些作品进行更加纯粹的文学批评。此时,他出众的艺术感受力便得到淋漓尽致的发挥,所评所论皆极精当,艳词批评便是一个很好的例证。吴世昌谓陈廷焯:"只要钻出牛角尖,头脑便清楚。"①又说:"亦峰于词颇有所见。"②陈廷焯词学批评论颇有可取之处,这一点连对《白雨斋词话》猛烈抨击的吴世昌先生都不得不承认。与批评的高水准相比,陈氏一旦涉及创作,着实令人短气。他的艳词创作论就是一个失败的例子。在正声的取法上,他也走入一条狭窄的死胡同。陈廷焯进行词学批评时,尚能将不同风格特点的词人一并置诸"沉郁说"下。然而在创作时却将比兴呈现为有限几个模式,尤以男女喻君臣的手法为多,甚至章句遣词都一意模拟温庭筠和冯延巳。或许陈廷焯的确是有感而发,但在读者眼中,其词陈陈相因,几无打动人心的真实力量。才阅数首,词中的比兴关系便固化而明显。如此一来,其词浅显豁露,近乎"不得谓之比",反而与"沉郁"之境渐行渐远。这不单是创作的问题,还会影响到其"沉郁说"的可信程度。

最后是谈古与论今。陈廷焯长于论词而短于作词,单就其论词而言,亦复有得有失。总体上看,陈氏对于古代词人的评价与词史定位大体精粹,且时有深造自得之论。但对于近人尤其是常州词派的作家,陈廷焯之评往往有失公允。如谓恽敬〔阮郎归〕《画蝴蝶》"情深意远,不袭温、韦、姜、史之貌,而与之化矣"③,吴世昌先生驳云:"咏物大都如此俗滥,并不足观。捧之上天,徒见鄙倍。"④所言虽不免过激,但却道出陈廷焯揄扬失

---

①《评〈白雨斋词话〉》,《罗音室学术论著》(第二卷),第238页。

②《评〈白雨斋词话〉》,《罗音室学术论著》(第二卷),第450页。

③《白雨斋词话》卷五,《白雨斋词话全编》,第1239页。

④《评〈白雨斋词话〉》,《罗音室学术论著》(第二卷),第402页。

实的弊端。陈氏历论诸家中,最滋后人疵议的要数对于庄棫的评价。陈廷焯说:"余观其词,匪独一代之冠,实能超越三唐、两宋,与《风》《骚》、汉乐府相表里。自有词人以来,罕见其匹。"①将他的词学导师推尊为古今第一词人。显然,庄棫词远没有达到这样的高度,陈氏此论未免大言欺人。陈廷焯评论古人词时,尚能客观持平。一旦涉及与其词学渊源相关的作家,他便受制于门户之见与师承之亲,每每有夸大之论。

中国古典诗歌,从源头上起就是抒情言志的。一首好的诗歌,是作者有一份真诚、美好的情感,然后用恰当的艺术手法通过诗歌的形式表达出来,使人读后也能引起相应的感动。锐感深情的陈廷焯始终将真情实感作为诗词作品的生命,只不过他后来专主"性情","情"的范围较早年有所收敛。陈廷焯后期建立的"大诗教"体系,强调诗词对读者性情的感发,只不过这种感发特指封建伦理的教化。当然,忠诚也是一份美好的情感,温厚亦属一种可贵的兴发。但人世间美好的情感还有许多,比如亲情、友情、爱情、对理想的追求、对品格的持守等等。这些承载着真诚美好情感、具有强大感发力量的作品,都应属于优秀的诗篇,都能给人带来美好心灵的滋养与高尚人格的塑造。所以说,对于陈廷焯的文学思想,我们应当吸收他重真情、重感发的观念,而突破其"忠爱""温厚"的局限,将情感内容、感发旨归推而广之,同时广泛借鉴陈廷焯的古代诗歌批评尤其是词学批评,以及他关于诗、词、曲各自美感特质的论述,进而深入挖掘中国古典诗歌中生生不息的感发生命。这对于传承中华优秀传统文化、弘扬中华诗教精神、促进当今诗词教育发展都是很有意义的。

说完了陈廷焯的"所治之学",最后来谈一谈他"如何治学"。陈廷焯的文学思想博大精深,能有如此造诣与成就,离不开他严肃认真的治学态度、开放阔大的思维格局、精益求精的学习思考,以及超迈常人的天资禀赋。周济曾说:"文人卑填词为小道,未有以全力注之者。其实专精一二

---

① 《白雨斋词话》卷六,《白雨斋词话全编》,第1249页。

年,便可卓然成家。若厌难取易,虽毕生驰逐,费烟楮耳。"①陈廷焯一生研诗治词,即以词学而论,其专心为之何啻一二年!他从十七八岁的时候始习为词,经过近五年的时间选评成《云韶集》,又撰成《词坛丛话》。前者批语多达十三万余字,后者亦有八千余字。陈廷焯后来改宗常派,重新选评词集和撰述词话。十五年间,七易其稿以成《词则》四集,批语凡十万余字。又五易其稿以成《白雨斋词话》,凡九万五千余字。自十七岁直至去世,陈氏始终沉潜于倚声一道,总共留下三十多万字的词学著述。正如王耕心所云:"亦峰之于词,思与学兼尽如此,亦勤矣哉!"②陈廷焯以治经治史的姿态孜孜不倦地研治诗词,这是他终有所成的重要因素。另外,陈廷焯治学,格局极大,方法却又极扎实。《白雨斋词话》说:"无论诗古文词,推到极处,总以一诚为主。"③陈氏讲究"诚",做的是"为己之学"。他的创作和研究都与他的生命志意密切联系,具有极强的现实针对性。即从研究来看,他对诗史、词史皆有宏观把握,对《风》《骚》、诗、词、曲的文体特质与相互关系也有整体上的思考。而无论是前期还是后期,他均秉持着从实践中来、到实践中去的研究理念。就词学来说,陈廷焯以"竭泽而渔"的方式穷尽其所能见到的词作。来源主要是词集,旁及词话、词律等词学著作以及笔记、杂俎等等。《云韶集》收词三千四百三十四首,《词则》收词二千三百六十首,则其所见词作数量犹有过之。在通读这些作品的基础上,他按照自己的审美标准进行去取,并对收录的词作予以评点,此即《云韶集》和《词则》。同时将《云韶集》和《词则》中的批语提炼总结,由具体而微的词评升华为条分缕析的词话,这便是《词坛丛话》和《白雨斋词话》。这种明晰的词学思想,又分别与陈廷焯前期词作和后期词作同向同行。由此可见,陈廷焯从大量一手材料出发,读词,选词,评词,撰写词话,既以理论指导创作,又以创作深化理论。这种扎实合理的研究方式必然能够得出真知灼见,绝非浅尝辄止、以耳代目者可比。当然,还有一点也不能忽视,

---

①《宋四家词选目录序论》,《词话丛编》,第1646页。

②王耕心:《白雨斋词话叙》,《白雨斋词话全编》,第1340页。

③《白雨斋词话》卷十,《白雨斋词话全编》,第1329页。

那就是陈廷焯具有一位杰出文学理论家的天赋。他能感之,能够敏锐体会到诗词的妙处所在;又能写之,还能将这种感受体会用文字准确地表达出来。这份天资禀赋从他早年评点《骚坛精选录》《云韶集》,撰写《词坛丛话》即可见端倪,到后期更是日益精深,以至炉火纯青。可以说,陈廷焯既有严谨的态度,又有人生的体悟;既有敏锐的感受,又有准确的表述;既有微观的辨析,又有宏观的建构;既有出众的天赋,又有过人的勤奋。对于治学而言,真算得上是"四美具,二难并"!

至此,关于晚清陈廷焯文学思想的研究就要搁笔了。而诗歌感发生生不息,中国学术日新月异。前修已远,遗风未沫。我辈后学,可不勉诸!

附录一　陈廷焯行年考略

现存有关陈廷焯的材料并不很多,笔者难以逐年考清其生平事迹,仅能得其行年大略。兹附录如下,聊为知人论世之一助。

咸丰三年癸丑(1853)　一岁

十一月二十日生。祖书田,父壬龄,母吕氏。世居镇江西门内堰头街。

《光绪戊子科江南乡试同年齿录》:"陈廷焯,字伯与,号亦峰,行十。咸丰癸丑年十一月二十日吉时生。镇江府丹徒县廪生。民籍。曾祖洪绪,曾祖妣氏李、王、汪、马,祖书田,祖妣氏胡,父壬龄,母氏吕,具庆下。胞伯祖书勋,胞叔祖书曾、书畴、书玉,胞兄廷杰,胞侄兆煊,胞侄孙长庆,妻氏王,子兆珍、兆霖、兆寯,女四。世居镇江西门内堰头街,现居泰州城内八字桥西街。"

同治五年丙寅(1866)　十四岁

读"大江流日夜,客心悲未央"二语,叹为观止。

谢朓《暂使下都夜发新林至京邑赠西府同僚》"大江流日夜,客心悲未央"夹批:"余年十四,读此二语,为之拍案惊绝,十余日不敢起视焉。"(《骚坛精选录》卷七)

同治八年己巳(1869)　十七岁

初习倚声,好为艳词。

《词坛丛话》:"余十七八岁,便嗜倚声。古人老去填词,余愧学之早矣。余初好为艳词,四五年来,屏削殆尽。"

同治十二年癸酉(1873)　二十一岁

是年,与王凤起诗词唱和颇多。

《白雨斋词话》卷八:"余友王竹庵,工诗词,而未造深厚之境……癸酉年,与余唱和甚多。"

春,与王凤起宴饮,席间有歌伎作陪。

〔金缕曲〕(鹃血凝罗袖)词题序云:"秋江送别,座有歌者,即癸酉春竹庵座中所见也。琵琶三弄,哀怨不胜,为赋此曲。"(《白雨斋词话》卷七)

开始编选《云韶集》。

《白雨斋词话》卷九:"癸酉、甲戌之年,余初习倚声,曾选古今词二十六卷,得三千四百三十四首,名曰《云韶集》。"

同治十三年甲戌(1874)　二十二岁

家住浙江黄岩,时常往返吴越。

暮春,王凤起远行,陈廷焯赋〔摸鱼子〕饯之。

〔摸鱼子〕(又匆匆几声杜宇)词题序云:"甲戌春暮,竹庵将有远行,赋此留之。"又词中注云:"时余家在黄岩,余则往来吴越。"(《白雨斋词话》卷八)

八月中旬,在浙江,编迄《云韶集》,写定《词坛丛话》。

《云韶集序》:"岁在同治十三年秋八月仲浣,丹徒亦峰陈世焜自序于天台客舍。"

《词坛丛话》:"岁在同治十三年秋八月仲浣,亦峰陈世焜随笔录于天台客舍。"

在泰州,结识王耕心。

王耕心《白雨斋词话叙》:"同治之季,予始识亦峰于泰州。"

光绪元年乙亥（1875） 二十三岁

在泰州。

仲夏，结识李慎传。一见如故，约为兄弟。

陈廷焯《植庵集叙》："光绪乙亥仲夏，始识李君子薪于海陵。一见倾心，意为之下。君亦谬相推许，而以弟畜之。"

光绪二年丙子（1876） 二十四岁

初会庄棫，词学思想开始转变。

《白雨斋词话》卷六："自丙子年与希祖先生遇后，旧作一概付丙，所存不过己卯后数十阕，大旨归于忠厚，不敢有背《风》《骚》之旨。"

八月，赴南京参加乡试，得李慎传〔念奴娇〕《送陈亦峰赴金陵秋试》。

《植庵集》卷七载此词，编年丙子。

在南京，与高寿昌同寓。朋友宴席间，陈廷焯诵寿昌诗句，遭到嘲讽。

高寿昌《哭陈亦峰孝廉廷焯》诗自注："丙子金陵乡试，与君同寓。一日君赴友宴，酒酣诵余诗，座客訾謷之，大受窘。既罢宴返寓，不言笑者累日。"（《拙斋诗集》卷十三）

乡试失利后，与王凤起饮宴，席间赋〔临江仙〕（落日江干分手处）。

《白雨斋词话》卷七："犹忆丙子报罢后，宴竹庵座中，赋〔临江仙〕云：……"

光绪三年丁丑（1877） 二十五岁

在泰州。

与李慎传等人至醉云居饮酒。

李慎传《植庵集》卷六有《冒雨携子均邀同沈少槎、马兰江、陈亦峰赴经武桥旁之醉云居小酌，雨霁踏月而归，次子均韵四律即呈同游诸君子》，编年丁丑。

与李慎传等人同赋〔金缕曲〕。

李慎传《植庵集》卷七有〔金缕曲〕《同辈阅〈申报〉,中有江东拾翠生留别陈郎桐仙〔金缕曲〕一阕,缠绵悱恻,真词人之笔也。漫效其体,与马兰江、陈亦峰及子均同赋》,编年丁丑。陈廷焯原词已佚。

李慎传北上,陈廷焯赋词送之。

李慎传《植庵集》卷七有〔陂塘柳〕《陈亦峰倚声送余北上作此答之即留别》,编年丁丑。陈廷焯原词已佚。

与庄棫晤面,得闻作词之道。

《白雨斋词话》卷六:"中白病殁时,年甫半百。生平与余觌面,不过数次,晤时必谈论竟夕。余出旧作与观,语余曰:'子于此道,可以穷极高妙,然仓卒不能臻斯境也。'又曰:'子知清真、白石矣,未知碧山也。悟得碧山,而后可以穷极高妙。'此言在中白病殁之前一年。"

光绪四年戊寅(1878)　二十六岁

秋,赋〔浪淘沙〕(残日照平沙)。

《白雨斋词话》卷六:"戊寅秋,余作〔浪淘沙〕云:……书以志一时之感。"

光绪五年己卯(1879)　二十七岁

秋,在南京,与同邑马尚珍探讨词学。

《白雨斋词话》卷七:"吾邑马眉生尚珍,天资甚优,生有词癖。充其力量所至,可以卓然成家。己卯秋,会于金陵旅次,畅论词学源流,并赠以旧录《唐宋词》一本。"

九月,赋〔买陂塘〕(最愁人深秋时节)。

《白雨斋词话》卷六:"己卯九月,余作〔买陂塘〕一阕,呜咽缠绵,几不知是血是泪,盖天地商声也。词云:……怨而怒矣,然亦有不能已于言之隐。"

九月十九日,赋〔卜算子〕(残梦逐杨花)。

《白雨斋词话》卷六:"余作〔卜算子〕云:……时己卯九月十九日也,可与〔买陂塘〕一阕参看。"

九月二十日,赋〔浪淘沙〕(凉月照空阶)。

〔浪淘沙〕词序:"漏下三鼓,读飞卿'词客有灵'二语,为之三叹。感赋此阕,时己卯九月二十日也。"(《白雨斋词存》)

光绪六年庚辰(1880)　二十八岁

九月,赋〔蝶恋花〕(采采芙蓉秋已暮)。

《白雨斋词话》卷六:"庚辰秋九月,中宵不寐,万感交集,赋〔蝶恋花〕一阕,天下后世,读我词者,皆当兴起无穷哀怨,且养无限忠厚也。词云:……"

作〔蝶恋花〕词五日后,又赋〔满庭芳〕(潮落枫江)。

《白雨斋词话》卷六:"越五日,复作〔满庭芳〕词云:……哀怨与上〔蝶恋花〕一阕同,而冲厚之意微减。"

光绪十年甲申(1884)　三十二岁

仲春,为亡友李慎传《植庵集》作序。

《植庵集叙》:"时在光绪甲申仲春上浣同里亦峰陈廷焯叙。"

秋,路过靖江,作七绝《路出靖江怀亡友王竹庵》。三日后,过王凤起墓下,作七律《过王竹庵墓是夜宿宜陵二首》。

《白雨斋词话》卷八:"甲申秋,余过靖江,怀以诗云:……越三日,过其墓下,是夜旅宿宜陵,复赋二律云:……"诗题见《白雨斋诗钞》。

光绪十一年乙酉(1885)　三十三岁

八月,赴南京参加乡试失利。归途赋〔临江仙〕(八月西风吹客袂),次日赋〔洞仙歌〕(荒江晚泊)。

《白雨斋词话》卷九:"乙酉乡试,泄泻委顿,草草完卷。归舟望月,秋气沉寥,曾赋〔临江仙〕云:……明日阻雨,又赋〔洞仙歌〕一阕。上半阕云:……亦即上章之意,词境皆浅,聊寄吾怀而已。"

光绪十二年丙戌(1886)　三十四岁

作七律《杂感》四首。

《白雨斋词话》卷十:"'寂寞空城鼓角鸣……指日关河雪涕收。'此余丙戌年《杂感》中四律也。"

秋,赋〔丑奴儿慢〕(嫩寒破晓)。

《白雨斋词话》卷六:"丙戌之秋,余曾赋〔丑奴儿慢〕一篇,极郁极厚,有感而发也。词云:……"

光绪十四年戊子(1888)　三十六岁

八月,中江南乡试举人,名列中式第十二名。房师为汪懋琨。

王耕心《白雨斋词话叙》:"举光绪戊子科江南乡试。"据《光绪戊子科江南乡试同年齿录》,此科中式举人一百四十五名,解元为姚永概,陈廷焯名列第十二。

汪懋琨《白雨斋词话叙》:"陈子亦峰,予戊子江南所校士也。闱中得生卷,议论英伟,而真意恳挚,决其为宅心纯正之士。亟荐于主司,果膺魁选。"

光绪十五年己丑(1889)　三十七岁

赴北京参加会试落第,归途资助一寡妇归殡亡夫。

《丹徒县志摭余》卷八:"陈廷焯,字亦峰,光绪戊子举人……己丑赴礼闱试罢归,经山东途次闻某妇哭声哀,询悉夫浙江人,棺久停,无力归。慨然赠赀,雇舟伴回。有侠某伺旁密侦之,嗣见廷焯公正不苟,始吐实情以谢。"

光绪十六年庚寅(1890)　三十八岁

经过七易其稿,于是年五月中旬,编成《词则》。

《白雨斋词话》卷七:"余旧选《词则》四集,二十四卷,计词二千三百六十首,七易稿而后成。"

《词则总序》:"光绪十六年五月望日丹徒亦峰陈廷焯序。"

《白雨斋词话》初稿完成。

王耕心《白雨斋词话叙》:"记三年前,亦峰尝挈是书初稿见视,且属为叙。"王序作于光绪十九年(1893)夏四月,可知光绪十六年《白雨斋词话》已有初稿。

光绪十七年辛卯(1891)　三十九岁

经过五易其稿,是年除夕,《白雨斋词话》定稿。

包荣翰《白雨斋词话跋》:"荣请付梓以公诸世,舅氏不许,谓:'于是编历数十寒暑,识与年进,稿凡五易,安知将来不更有进于此者乎?'"

陈廷焯《白雨斋词话自叙》:"光绪十七年除夕日亦峰陈廷焯序。"

王耕心《白雨斋词话叙》:"及既殁,遗书委积,多未彻编。惟手录词话,已有定稿。"

光绪十八年壬辰(1892)　四十岁

因感染病毒,于是年八月十一日去世,归葬于镇江附近山上。陈父壬龄犹健在。

汪懋琨《白雨斋词话叙》:"讵意年甫强仕而殁,尊公犹健在也。"

王耕心《白雨斋词话叙》:"而亦峰遽以光绪壬辰秋奄忽辞世……殁时年四十。"

包荣翰《白雨斋词话跋》:"壬辰岁,舅氏遽归道山。"

赵而昌《谈陈廷焯——兼及他的〈词则〉和〈白雨斋词话〉》:"一八九二光绪十八年当地白喉流行,死者日以百计,由于接触病者,感染病毒,于是年八月十一日即第五子兆响出世之次日猝故,葬于镇江附近的山上。"

附录二　陈廷焯诗词文补遗

　　屈兴国先生、林玫仪先生等为陈廷焯诗词文的补遗做出过很多贡献。笔者在前辈学者工作的基础上,复辑补陈廷焯试帖诗一首、词三首(其中一首存残句)、四书文一篇。另将陈廷焯对李慎传时文、律赋的评语一并辑出。

一、诗

《赋得金罍浮菊催开宴》得鸣字五言八韵

　　赴宴催群彦,开怀听鹿鸣。金罍筵特设,丹菊酿初成。刻烛分曹待,传餐丈席横。一杯邀月共,九酝入秋清。萸结重阳佩,苹吹小雅笙。上尊黄目粲,晚节素心盟。侑爵兴贤意,陈经服古荣。曲江春信早,多士会蓬瀛。

(《戊子科江南闱墨》诗第2页)

二、词

咏愁月〔十六字令〕(残)

西风起,吹碎作秋声。

(《云韶集》卷十九)

〔忆江南〕六首其三

江南忆,能不忆扬州。梦到绿杨城郭地,多情重上十三楼。明月二分秋。

(《云韶集》卷二十二)

〔忆江南〕六首其六

江南忆，我亦忆淮城。平野送他千里目，深秋添我一分情。落日海门声。

三、文

子曰：可与共学，未可与适道；可与适道，未可与立；可与立，未可与权。唐棣之华，偏其反而。岂不尔思，室是远而。子曰：未之思也，夫何远之有。

学无止境，毋自诿于远也。夫学必期于权，不以远废学也。彼以远废思者，宜夫子以何远折之欤？今夫学之为道，可以无乎不至也。而靳而用之，则能至者亦有所不至。善学者亦惟求其可至，勉其未至，尽其所能至而通其所不能至，则所至者为无穷矣，所不至者亦不敢自诿矣。吾子与人从事于学，见夫中道而废者，辄曰远莫致之也。夫学之始，期于能立，而修身为本，先于诚正植其基。学之终，妙于能权，而中道从容，难于择执希其诣。若夫养气根于集义，而自反无以动其心。大德不敢逾闲，而致远犹然恐其泥。则所谓可与立者，即是时矣。以云权也，可乎不可乎，若犹未也，则又安有远之可自诿哉！且夫论学以远为期，而穷远以思为则。凭虚而拘一复高之境，诚不可以一蹴几。吾第求其可至，而此中层累曲折之数，积之久而或得其贯通，竭吾力焉耳，遑言功效哉！此行远贵乎自迩也。而程功所至，复何限于高深？无端而涉夫辽廓之途，亦何能以旋踵至。吾惟尽其能至者，虽极夫殊方绝域之遥，志所向而不虞其窒阂，尽吾心焉耳，遑问通塞哉！此即近可以求远也。而意念所周，复何病于暌隔？故夫思之为物也，不论其学之远与否，惟思可以通之。又不论其用之学与否，凡远可以届之。《诗》曰："唐棣之华。"兴所思也。又曰："偏其反而。"言思服也。既而曰："岂不尔思，室是远而。"怅思之不为远辍，而远之不为思移也。夫室有形者也，思则无形者也。其思共学之人乎？抑思善权之人乎？天下之不善言思者，莫此若矣。由斯言也，风雨名山之业，苟力有未至，皆得以途穷自谢,而造诣皆虚。子臣弟友之经,苟事值其难,皆得以道阻为辞,而天伦亦薄,亦可谓靳用其思而求解于远者哉！子曰:"未之思也,夫何远之有?"言远不限思也。又曰:"夫何远之有?"言思能彻远也。天下由共学以至于可权之人,闻此说,其可以不思为戒矣。或曰:"是说也,盖夫子论权道云。"

(《戊子科江南闱墨》第25页)

四、评

李慎传《樊迟问仁,子曰爱人;问知,子曰知人》

体大思精,文成法立,令我一读一击节。小弟陈廷焯读。

(《植庵集》卷八)

李慎传《修道之谓教。道也者,不可须臾离也,可离非道也》(庚午乡墨)

清思一缕,直骒单微,名世寿世,两无愧矣。小弟陈廷焯读。

(《植庵集》卷八)

李慎传《铸鼎象物赋》以"川泽山林不逢不若"为韵

排宕纵横,沉博浓丽。教弟陈廷焯拜读。

(《植庵集》卷九)

李慎传《贯虱赋》以"三年之后如车轮"为韵

实气内含,精金百炼。文中之贾长沙,诗中之鲍明远。淘空前绝后之作。教弟陈廷焯拜读。

(《植庵集》卷九)

附录三　陈廷焯曲论汇录

　　陈廷焯的曲论可以分为三类:其一,大段词话中兼及论曲;其二,词作批语中兼及论曲;其三,混入词集中曲作的批语。今从《词坛丛话》《云韶集》《词则》《白雨斋词话》中辑出若干,条列如下,以供读者参考。

《词坛丛话》

　　心余太史,才名盖代。其传奇各种,脍炙人口久矣。词不逮曲,然倔强盘屈,自是奇才。

　　词止一韵,或转韵,皆是古体。宋词如〔戚氏〕〔西江月〕〔换巢鸾凤〕〔少年心〕〔惜分钗〕〔渔家傲〕诸阕,元人小曲如〔干荷叶〕〔天净沙〕〔凭栏人〕〔平湖乐〕诸阕,平上去三声并用,是宋词已为曲韵滥觞,至元则全入于曲矣。是集间有采录,盖不欲没古人之美,词曲混一之讥,固所不免。

　　传奇各种,佳者林立,思欲采一二支,录入《杂体》之后。再四思之,此举未果。惟《桃花扇》〔哀江南〕一曲,实乃空绝前后,有不可以传奇目之者,故附录国朝《杂体》之后。

《云韶集》

卷一

　　评顾敻〔诉衷情〕(永夜抛人何处去):元人小曲往往脱胎于此。

卷二

　　评聂冠卿〔多丽〕(想人生):此词情文并茂,富丽极矣。汤义仍《牡丹亭》大半从此脱胎，但有此情词，无此风格。古人之高，愈味愈出，后人词愈工，骨愈下矣。《西厢》"彩云何在"，亦是盗袭此词。余尝谓〔多丽〕一词为词中最下品，为曲中最上乘，实元人杂曲之祖也。

评范仲淹〔苏幕遮〕(碧云天)：《西厢·长亭》篇从此脱胎。

评范仲淹〔御街行〕(纷纷坠叶飘香砌)：淋淋漓漓，《西厢》之祖也。但《西厢》有此情词，无此骨力，北宋所以为高。

评晏几道〔两同心〕(楚乡春晚)：清词丽句，为元人诸曲之祖。

卷四

评曹组〔青玉案〕(碧山锦树明秋霁)：情兼景，韵味无穷，《西厢·长亭》套此。

评沈会宗〔蓦山溪〕(想伊不住)：结三句一往情深，元人小曲之祖。

评蔡伸〔七娘子〕(天涯触目伤离绪)：此种笔法，元人曲本往往宗之。

卷五

评张元干〔石州慢〕(寒水依痕)：淋漓曲折，纯用白描，高东嘉之祖也。

评朱敦儒〔念奴娇〕(别离情绪)：不以词胜而以味胜，竹坡之敌，东嘉之祖也。

卷七

评史达祖〔换巢鸾凤〕(人若梅娇)："花外"二语精丽，为元人诸曲之祖。

卷九

评汪元量〔莺啼序〕(金陵故都最好)：通首伤今吊昔，淋淋漓漓，《黍离》《麦秀》之歌当不过是，后来惟《桃花扇》传奇卒章有此哀感，他皆不及也。

卷十

评李清照〔醉花阴〕（薄雾浓云愁永昼）：深情苦调，元人词曲往往宗之。

卷十二

评刘燕哥〔太常引〕（故人别我出阳关）：直似元人小曲，但情致却好，自是可儿。

卷十三

评陈子龙〔千秋岁〕（章台西弄）：凄艳酸楚，似元人小曲。

评瞿寄安〔长相思〕（朝含颦）："疑是君"妙绝，从《西厢》"风弄竹声，只道金佩响；月移花影，疑是玉人来"化出。

评呼采〔皂罗袍〕（早是灯儿时节）（早是莺儿时候）（早是雁儿天气）（早是雪儿飘粉）：万历间呼文如，江夏营妓也。能诗善琴，与邱谦之定情。将携以东，父不许，文如刺血寄邱诗曰："长门当日叹浮沉，一赋翻令帝宠深。岂是黄金能买客，相如曾见白头吟。"后谦之赴京，道过武昌，相见甚喜，互相唱和诗词甚多，其最苦者如"悬知雨露深如许，结子明朝是小星"之句，相与涕泣而别。一日雪甚，邱方倚楼念文如，忽见一小艇飞楫渡江，直抵楼下，推篷而起，则文如也。相见惊喜，乃委禽成礼焉。所作〔皂罗袍〕四词，虽不免淫亵，而一往情深，盖有出于不得已者，我安忍不选。

卷十五

评严绳孙〔双调望江南〕（临欲别）：凄绝之时，写婉丽之词，即《西厢》"风弄竹声"四句之意。彼在事前，此在事后，各极其盛，古人不尚蹈袭也。

卷十七

评龚翔麟〔天净沙〕（草芽径浅春还）：此调最难合拍，此作尚不离

392

于古。

评冯瑞〔满江红〕（夜永更阑）：真有此情，即《西厢》"风弄竹声，只道金佩响"之意，却更紧切。

卷二十

评徐柱臣〔珍珠帘〕（云空碧落寒光透）：深深款款，反覆低徊，不减《西厢》。

评吴烺〔探春〕（度曲人归）：《续西厢》云："你若知我害相思，我甘心儿为你死。"此云："便销尽吟魂，知他知未。"不顾相思死活而惟恐其不知，真死于情者。

评吴烺〔水龙吟〕（新凉才换罗衫）：上半束笔，下半起笔，都由《西厢·长亭》一篇偷来。

卷二十一

评蒋士铨：心余太史九种曲，脍炙人口久矣，词不逮曲，然一种壮往之气，自是无敌。

评蒋士铨〔贺新凉〕（蝶是庄生化）：先生《一片石》传奇表娄妃之墓，极其悲壮淋漓，此词非题传奇之事，乃写自己襟怀，所以传奇之故也。

评蒋士铨〔满江红〕（十载填词）：余于先生九种曲，最爱《空谷香》《冬青树》二种，所谓脱尽脂粉气而无堆垛之迹者也。余虽不敢谬托知音，然每读先生《空谷香》《香祖楼》诸篇，未尝不喉中哽咽也。

评蒋士铨〔贺新凉〕（女子如斯也）：《西厢记》《牡丹亭》最脍炙人口，然皆无关风化，何如先生诸传奇。

卷二十五

评乔吉〔天净沙〕（一从鞍马西东）：不知者谓此词自然梦不及真，何必多说。知之者谓此词真情真语至，盖心中千思百转，而后有此梦，而后有此情，而后有此作也。

评马致远〔天净沙〕(枯藤老树昏鸦)：此三词别本作无名氏作，非也。凄凄切切。

评马致远〔天净沙〕(平沙细草斑斑)：词骨铮铮，不减唐人。

评马致远〔天净沙〕(西风塞上胡笳)：塞外荒寒之景。结句萧萧飒飒。

卷二十六

评唐寅〔对玉环带清江引〕(春去春来)：老子云"知足不辱"，此其是也。

评唐寅〔对玉环带清江引〕(极品随朝)：且自由他。庄子《齐物论》亦只是看得达耳。人到两脚直时，万念俱休矣。

评唐寅〔对玉环带清江引〕(礼拜弥陀)：忍耐三分，大彻大悟。我辈恃此聪明，为害不浅，而今而后，吾知过矣。

评唐寅〔对玉环带清江引〕(暮鼓晨钟)：乌飞兔走，百年不过一瞬耳，世人还要争甚么。英雄竖子，十二万年后同归于尽，有甚惺惺懵懂。

评杨慎〔黄莺儿〕三首：〔黄莺儿〕四首，前一首为升庵夫人作，后三首为升庵作。王元祯以为四词皆出升庵，非也。

评杨慎〔黄莺儿〕(夜雨滴空阶)：凄清苦调。

评杨慎〔黄莺儿〕(霁雨带残红)：触处生愁，出于不得已。

评杨慎〔黄莺儿〕(细雨湿流光)：愁人作达语，愈是一片伤心。

评黄氏〔黄莺儿〕(积雨酿春寒)：此词为夫人作无疑，观结句可知非用修作。

评锁懋坚〔沉醉东风〕(风过处)：是词成于茗城朱文理座间，为一时所称，详见二十五卷眉批中。

评蒋士铨〔秋夜月〕(花影斜)：结二语冷隽可喜。

评蒋士铨〔粉蝶儿〕(黯淡冰绡)：茗生心折其年，观其下笔之真切可知。

评蒋士铨〔叫声〕(当日个)：情之至者，直令千古伤心。

评蒋士铨〔醉春风〕(乌栏纸)：红颜易憔悴，白发已萧条，淋淋漓漓，笔歌墨泪。

评蒋士铨〔迎仙客〕（千金字）：出题。

评蒋士铨〔红绣鞋〕（把笔处掀髯微笑）：令读者恍见其年丰神。

评蒋士铨〔普天乐〕（想当初）：其年年近五十，尚为诸生，有日者曰："君过五十必入翰林。"云郎事见前。

评蒋士铨〔石榴花〕（玉堂偎傍可儿娇）：同时诸诗老指渔洋、玉叔、竹垞、愚山、西堂诸君，皆题其图者。

评蒋士铨〔剔银灯〕（片时石光火摇）：凄感无限，今人吊古人，不转瞬间，后人又复吊今人矣，哀哉！

评蒋士铨〔苏武持节〕（一样古人才调）：既羡之，又复悲之，情文相生之作。

评蒋士铨〔红衫儿〕（生逐莺花老）："一代才华过了"六字，有多少抚玩。

评蒋士铨〔煞尾〕（画图魂）：水逝烟销，岂人世所能预料。

评马颠南北曲一套（琪花瑶草满平皋）：吴中马颠家贫，工诗词，而名不出里党。薄游于扬，以诗谒诸贵游，三载不遇。适有鹾贾设宴园亭，招名士之客于扬州者。时扬州扶乩正盛，马私挟诗稿而往，伪托扶乩，其《扬州新乐府》四首并此词，伪托康对山所撰。其《绿窗词》三十首并题《题瓷杯中瓦和尚》二绝，伪托无垢师及卞叔娘所撰。鹾贾伏地膜拜，诸名士竞相传写。已而入席，令马缀于座侧，诸名士互诵乩诗，且有引喉按拍作曼声以哦者，鹾贾亦拍掌和之。马不能忍，曰："乩仙所作绝无谢朓惊人之句，诸公何必倾倒。"众叱曰："井蛙敢谤海，此亦妄人也已矣。"马笑曰："仆有拙稿愿呈斧削。"诸名士才一披阅，曰："此穷儒酸馅耳，何足言诗。"连阅数首，俱言不佳，尽情丑诋。继阅至后卷前所题新乐府及和绿春词俨然在列，相顾色变。马拍案而起曰："公等碌碌，真所谓井蛙谤海者也。仆虽不才，谬以词章自负，不谓三年浪迹，未遇知音。窃料近日名士，专于纱帽下求诗，故嫁名殿元，以使文章增价。且方丈缁流，青楼艳质落笔便诧奇才，押韵即称杰作，因此诡托娇名，假标梵字，俾无目者流随声附和，亦至妄肆雌黄。名下题诗,古今积习,是非九方皋安能赏识于牝牡骊黄外哉?"诸名士汗流气沮,匿颜向壁。醝贾捧腹大笑曰:"吴儿狡狯,今信然矣。"急延之上坐,竞酌巨觥相劝,并嘱讳言其事。马笑曰:"诗坛月旦,举世皆然,岂独公等。"于是交劝迭酬,尽欢而散,而诸名士推马为主盟。醝贾家争相延致,时以千金恤其家,自此马颠之名大著。而本领既大,心计转粗,不复能唱《渭城》矣。

评赵庆熺〔江儿水〕(自古欢须尽):新警无匹,秋舲自是艳才。

评赵庆熺南北曲一套(莽天涯何处挂诗瓢):风流潇洒中一片骚情雅意。

评无名氏〔黄莺儿〕(妾命木星临):此词未知是国朝之事否,姑录于此。

评无名氏〔黄莺儿〕(花发不能簪):邑令能不我见犹怜耶?

评无名氏〔对玉环带清江引〕(乐处酣歌):语语看得破即是神仙。"别人骑马我骑驴,仔细思量我不如。回首只一看,又有挑脚汉。"言虽俚俗,平世上争心。

评无名氏〔对玉环带清江引〕(覆辙翻舟):韩、彭何在? 阅历既深,定能参透,但世人谁不参透? 特参得透,跳不出耳。

评无名氏〔对玉环带清江引〕(皂帽丝绦):阅历过来语如此。哀哉众生,大声疾呼。

评无名氏〔对玉环带清江引〕(画栋雕梁):比诸傀儡,真说得痛切。大千世界一部传奇也。

评无名氏〔对玉环带清江引〕(南陌东畴):说短论长百计算,有甚意处,天公早已安排定也。

评无名氏〔对玉环带清江引〕(麋鹿山边):禽兽犹知防害,世人反不知也。非天催人老,人自患不老,故争名夺利,恋酒迷花,正如急急加鞭耳,哀哉!

评无名氏〔对玉环带清江引〕(铁锁重关):我要痛哭,我知悔矣。知足不辱。

评无名氏〔对玉环带清江引〕(百瓮黄韭)：有命在天，凭你聪明，总跳不出此老掌中。警绝痛绝。

评无名氏〔对玉环带清江引〕(你会使乖)：□□善便是□，□甚人便□□福人。□□且过，真□□语。

评《荆钗记》一首《王十朋祭江》(巫山一朵云)：《荆钗记》污蔑王十朋，罪应入刀山狱。此词本杨大年祭皇太后作，而点窜一二字，殊有别趣，故录之。

评《桃花扇》一首《苏昆生〔哀江南〕一套》(山松野草带花桃)：凄凄惨惨，抚景伤心，读竟而不堕泪者，其人必不忠不孝不仁不义人也。谁不伤心。不堪回首，虽少陵悲情之诗，亦不过如此。吾对此景，能不大哭乎？□□繁华□□卷，□□兴衰转□□耳。□用眼看他□字惊心触□。□奏商音，不堪再诵。凄凄惨惨，一往痛绝，真古今绝调也。余尝谓《桃花扇》之妙，不独《西厢》《牡丹》不及，即《拜月》《琵琶》亦不及也。盖《西厢》《琵琶》诸传奇俱不免有沿袭之病，独《桃花扇》笔路清真，无纤冶之失，无科诨之谬，逼真骚雅，独绝古今。〔哀江南〕一套，首吊孝陵，次吊秦淮，泪痕血点结缀而成，前无古，后无今。

《词则》

《放歌集》卷一

评苏轼〔西江月〕(照野弥弥浅浪)：〔西江月〕一调，易入俚俗，稍不检点，则流于曲矣，此偏写得洒落有致。

《闲情集》卷一

评顾敻〔诉衷情〕(永夜抛人何处去)：末三语嫌近曲。

评聂冠卿〔多丽〕(想人生)：此词情文并茂，富丽精工，汤义仍《还魂记》从此脱胎，《西厢》"彩云何在"亦是盗袭此词后阕语。长孺此篇，为词中降格，实为曲中上乘，盖元、明人杂曲之祖也。

评范仲淹〔御街行〕(纷纷坠叶飘香砌):淋漓沉着,《西厢·长亭》篇袭之,骨力远逊,且少味外味,此北宋所以为高。小山、永叔后,此调不复弹矣。

评司马光〔西江月〕(宝髻松松挽就):真情至语,《西厢》"多情总被无情恼",浅矣。

评晏几道〔两同心〕(楚乡春晚):清词丽句,为元曲滥觞。

《闲情集》卷五

评董以宁〔苏幕遮〕(绿初回):櫽栝《牡丹亭》前半部。

《别调集》卷三

评马致远〔天净沙〕(枯藤老树昏鸦):叠写景物,末句寄情。
评马致远〔天净沙〕(西风塞上胡笳):意境萧飒。

《白雨斋词话》

卷三

元代尚曲,曲愈工而词愈晦。周、秦、姜、史之风,不可复见矣。
用修小令,合者有五代人遗意,而时杂曲语,令读者短气。

卷七

诗中不可作词语,词中不妨有诗语,而断不可作一曲语。温、韦、姜、史复起,不能易吾言也。

卷八

宋无名氏〔鹧鸪天〕云:"镇日无心扫黛眉。临行愁见理征衣。樽前只恐伤郎意,阁泪汪汪不敢垂。 停宝马,捧瑶卮。相斟相劝忍分离。不如饮待奴先醉,图得不知郎去时。"语不必深,而情到至处,亦绝调也。惟措词近曲,终欠大雅。

卷十

诗词同体而异用。曲与词则用不同,而体亦渐异。此不可不辨。

附录四　南京图书馆藏有关"陈廷焯"书信考辨

前面介绍王宗炎的时候,提到了太谷学派。这是清朝嘉庆、道光年间由安徽人周太谷在扬州创立的一个民间儒学学派。其活跃于苏、鲁、沪、浙地区,尤其以扬州、泰州和苏州为活动中心,传衍百余年,全盛时有上万徒众。该学派立足于儒家学说,同时又吸收了佛、道两家的思想,从而对传统儒学做出了许多新的解释①,被称作"我国封建社会里儒家的最后一个学派"②。之所以这里会谈太谷学派,还要从南京图书馆获赠的一批书信说起。

2014年6月14日,陈廷焯后人将《骚坛精选录》《词则》《白雨斋词话》的稿本捐献给南京图书馆。三天后,由江苏省古籍保护中心主办、南京图书馆承办的江苏古籍保护网发布了一则新闻说:"今天,南京十大藏书家之一的汪维寅先生将其珍藏的十七封书信的电子版赠给南图。这些书信是陈廷焯的亲友及学生写给他的,内容广泛,至此南图又新增有关陈廷焯先生的研究资料。"③中国图书馆学会的网站也报道了这一消息④。笔者看到这条新闻后,颇为兴奋,这可是研究陈廷焯的新材料。于是就到南京图书馆去查阅,果然在馆内电脑里看到了这批书信的照片。不过,笔者见到的书信不止十七封,而有三十三封之多。写信人包括王宗炎(八封),吴同甲(八封),赵永年(四封),李泰阶(三封),韩国侨(二封),解琅(二封),

---

① 关于太谷学派的主要思想和代表人物,可参阅周新国等《太谷学派史稿》,社会科学文献出版社,2014版。

② 陈辽:《佛家思想和太谷学派》,《江淮论坛》1993年第4期。

③ http://www.jslib.org.cn/njlib_jsgjbhw/njlib_jsgjbhwgzjz/njlib_jsgjbhwxwdt/201406/t20140617_127956.html

④ http://www.lsc.org.cn/contents/1217/8783.html

蒋廷玉、陆钟庠、鸿至、玉麟、张作哲以及未能辨识出姓名者各一封。诸人中，有不少为太谷学派的成员。如王宗炎是第三代传人黄葆年的弟子。赵永年是第二代传人李光炘的表侄。李泰阶是李光炘的长孙、黄葆年的弟子及女婿。黄葆年去世后，他继承太谷学派道统，主讲苏州归群草堂。韩国侨、解琅都是黄葆年的学生。蒋廷玉是第三代传人蒋文田的儿子。这些信里所提到的人也多为太谷学派中人。倘若这些信真是写给陈廷焯的，那么陈氏就与曾在泰州广泛传布的太谷学派有着千丝万缕的联系。

然而，当笔者仔细读完这三十三封书信的内容后，不免有些失望，因为收信人根本不是陈廷焯。之所以会有"这些书信是陈廷焯的亲友及学生写给他的"这样的误解，笔者认为主要原因在于书信抬头多次出现"亦峰"二字。但这位"亦峰"绝非丹徒亦峰陈廷焯，因为这批书信除了称呼"亦峰"外，此人还被称作"一峰"和"挹峰"。从现有资料来看，陈廷焯从未使用过这两个词作为字号。更为重要的是，这个"亦峰"在世时间要比陈廷焯长很多。韩国侨写于七月初十日的那封信，抬头是"亦峰学长老哥大人执事"，信中有"执事年过六旬"这样的话。显然，此"亦峰"至少活了六十多岁。王宗炎写于七月廿三日的那封信，抬头称"亦峰大哥"，信中说"弟长兄逝矣，仲兄远离"。王宗炎的长兄、仲兄分别是王耕心和王夔立。王耕心卒于1909年，也就是说这位"亦峰"此时尚健在。值得一提的是，根据王宗炎的这八封信，他的这位"亦峰大哥"也居住在泰州，两人的关系很是亲密。光绪二十八年（1902），黄葆年、蒋文田在苏州归群草堂开舍讲学。由信中可知，后来王宗炎到苏州面见黄、蒋两先生，就有这位"亦峰"的帮助。这就意味着王宗炎在泰州有两位熟识的"亦峰"，先是他的业师兼姻亲陈廷焯，后是他在太谷学派的学长大哥。

那这位太谷学派的"亦峰"到底是谁呢？这个问题已经超出了本书讨论的范围，笔者在此仅做一番简单考察。刘德隆《毛庆蕃致蒋文田书浅析》一文引录了一封毛庆蕃给蒋文田的书信，中有"昨从一峰信中得知从者元旋"之句。笔者认为，这个"一峰"和南图书信的收信人"亦峰"（一峰、挹峰)是同一人。刘先生谓"一峰"待考①,不知道此人是谁。笔者目前也搞不清此人姓名,但通过这些书信可以获知他是赵永年的表哥、李泰阶的姻叔。与蒋文田、黄葆年辈分相同,而师事蒋、黄。目前学界关于太谷学派的研究已经颇具规模,南图所藏三十三封太谷学人的遗墨对陈廷焯研究帮助不大,却是深入了解太谷学派成员及其交往的宝贵一手文献。

最后还是回到陈廷焯。同治七年(1868),周太谷弟子李光炘开始在泰州讲学传道。光绪十一年(1885),李光炘在泰州去世,黄葆年、蒋文田等继承绪业。虽然李光炘主持的龙川草堂在扬州,黄、蒋二人主持的归群草堂在苏州,但泰州长期是太谷学派的重要据点。黄、蒋便都是泰州人,学派之中也有大量泰州籍的人士。久居泰州的陈廷焯对太谷学派应当是有所耳闻的。而就目前掌握的资料来看,陈廷焯没有与太谷学派产生直接的联系,也没有受到该学派思想的影响。个中原因,或许是太谷学派三教杂糅的思想学说以及民间宗教性质的神秘色彩,与陈廷焯的儒家正统观念并不合拍。

---

① 见刘德隆《刘鹗散论》,云南人民出版社,1998年版,第226-227页。

参考文献

陈廷焯著作

[1] 陈廷焯:《骚坛精选录》(残卷),南京图书馆藏稿本。

[2] 陈廷焯:《云韶集》,南京图书馆藏誊清稿本。

[3] 陈廷焯:《云韶集》,中国国家图书馆藏南通王氏晴蔼庐抄本。

[4] 陈廷焯:《词则》,北京大学图书馆藏抄本。

[5] 陈廷焯:《词则》,中国科学院图书馆藏抄本。

[6] 陈廷焯:《词则》,上海古籍出版社,1984年影印本。

[7] 陈廷焯:《白雨斋词话》,苏州中报馆,1927年版。

[8] 陈廷焯著,王启湘评点:《评点白雨斋词话》,上海文瑞楼书局鸿章书局,1929年版。

[9] 陈廷焯:《白雨斋词话》,开明书店,民国间铅印本。

[10] 陈廷焯:《白雨斋词话》,南京图书馆藏民国油印本。

[11] 陈廷焯著,杜维沫校点:《白雨斋词话》,人民文学出版社,1959年版。

[12] 陈廷焯著,屈兴国校注:《白雨斋词话足本校注》,齐鲁书社,1983年版。

[13] 陈廷焯:《白雨斋词话》,上海古籍出版社,1984年影印本。

[14] 陈廷焯:《白雨斋词话》,唐圭璋编《词话丛编》,中华书局,1986年版。

[15] 陈廷焯:《白雨斋词话》,《续修四库全书》集部第1735册,上海古籍出版社,2002年版。

[16] 陈廷焯著,彭玉平导读:《白雨斋词话》,上海古籍出版社,2009年版。

[17] 陈廷焯著,孙克强主编《白雨斋词话全编》,中华书局,2013年版。

[18] 陈廷焯:《白雨斋词存》《白雨斋诗钞》,中国科学院图书馆藏抄本。

[19] 陈廷焯:《白雨斋词存》《白雨斋诗钞》,《清代诗文集汇编》第777册,上海古籍出版社,2010年版。

[20] 陈廷焯著,彭玉平纂辑:《白雨斋诗话》,凤凰出版社,2014年版。

经史子部

[1]《十三经注疏》整理委员会整理:《周易正义》,北京大学出版社,1999年版。

[2] 朱熹撰,苏勇校注:《周易本义》,北京大学出版社,1992年版。

[3] 庄棫:《周易通义》,《续修四库全书》经部第38册,上海古籍出版社,2002年版。

[4]《十三经注疏》整理委员会整理:《毛诗正义》,北京大学出版社,1999年版。

[5] 朱熹集注:《诗集传》,中华书局,1980年版。

[6]《十三经注疏》整理委员会整理:《礼记正义》,北京大学出版社,1999年版。

[7] 左丘明撰,杜预集解:《左传》,上海古籍出版社,1997年版。

[8] 杨伯峻译注:《论语译注》,中华书局,1980年版。

[9] 杨伯峻译注:《孟子译注》,中华书局,1960年版。

[10] 班固:《汉书》,中华书局,1962年版。

[11] 脱脱等:《宋史》,中华书局,1977年版。

[12] 赵尔巽等:《清史稿》,中华书局,1977年版。

[13]《光绪戊子科江南乡试同年齿录》,南京图书馆藏刻本。

[14]《戊子科江南闱墨》,中国国家图书馆藏申报馆活字版排印本。

[15] 何绍章、冯寿镜修,吕耀斗等纂:《光绪丹徒县志》,《中国地方志

集成·江苏府县志辑29-30》，江苏古籍出版社，1991年版。

[16] 李恩绶纂修，李炳荣续纂：《丹徒县志摭余》，中国国家图书馆藏民国七年（1918）刻本。

[17] 张玉藻、翁有成修，高觐昌等纂：《民国续丹徒县志》，《中国地方志集成·江苏府县志辑30》，江苏古籍出版社，1991年版。

[18] 胡维藩修，卢福保纂：《续纂泰州志》，《中国地方志集成·江苏府县志辑50》，江苏古籍出版社，1991年版。

[19] 单毓元纂修：《民国泰县志稿》，《中国地方志集成·江苏府县志辑68》，江苏古籍出版社，1991年版。

[20] 陈汝霖纂：《光绪太平续志》，中国国家图书馆藏清光绪二十二年（1896）刻本。

[21] 江苏省立国学图书馆编：《江苏省立国学图书馆现存书目》，江苏省立国学图书馆印行部，1948年版。

[22] 王士禛：《分甘余话》，中华书局，1989年版。

[23] 陆以湉：《冷庐杂识》，中华书局，1984年版。

[24] 梁绍壬：《两般秋雨庵随笔》，河北教育出版社，1994年版。

[25] 董玉书：《芜城怀旧录》，江苏古籍出版社，2002年版。

[26] 谭献：《复堂日记》，河北教育出版社，2001年版。

[27] 扬雄撰，汪荣宝注疏：《法言义疏》，中华书局，1987年版。

诗文集与诗文评

[1] 朱熹撰，蒋立甫校点：《楚辞集注》，上海古籍出版社，2001年版。

[2] 陈子昂著，徐鹏校点：《陈子昂集》，中华书局，1960年版。

[3] 杜甫著，仇兆鳌注：《杜诗详注》，中华书局，1979年版。

[4] 张惠言著，黄立新校点：《茗柯文编》，上海古籍出版社，1984年版。

[5] 庄棫：《蒿庵文集》，《清代诗文集汇编》第711册，上海古籍出版社，2010年版。

[6] 庄棫：《蒿庵遗集》，《清代诗文集汇编》第711册，上海古籍出版

社,2010年版。

[7] 谭献:《复堂文续》,《清代诗文集汇编》第721册,上海古籍出版社,2010年版。

[8] 钱基博整理编纂:《复堂师友手札菁华》,人民文学出版社,2015年版。

[9] 李慎传:《植庵集》,《清代诗文集汇编》第723册,上海古籍出版社,2010年版。

[10] 高寿昌:《拙斋诗集》,中国国家图书馆藏清光绪二十八年(1902)扬州晋林斋刻本。

[11] 王耕心:《龙宛居士集》,《清代诗文集汇编》第761册,上海古籍出版社,2010年版。

[12] 包荣翰:《水云轩诗钞》《遗砚斋诗存》《文钞》《集外诗》,天津图书馆藏民国间抄本。

[13] 萧统编,李善注:《文选》,上海古籍出版社,1986年版。

[14] 于光华辑:《重订文选集评》,许逸民主编《清代文选学名著集成》第3册,广陵书社,2013年版。

[15] 沈德潜选:《古诗源》,中华书局,1963年版。

[16] 沈德潜编:《唐诗别裁集》,中华书局,1975年版。

[17] 乾隆帝编:《御选唐宋诗醇》,清乾隆二十五年(1760)珊城遗安堂重刻本。

[18] 于庆元编:《唐诗三百首续选》,清道光十七年(1837)刻本。

[19] 刘勰著,范文澜注:《文心雕龙注》,人民文学出版社,1958年版。

[20] 李东阳著,李庆立校释:《怀麓堂诗话校释》,人民文学出版社,2009年版。

[21] 叶燮:《原诗》,丁福保编《清诗话》,上海古籍出版社,1978年版。

[22] 永瑢等编:《四库全书总目》,中华书局,1965年版。

[23] 潘德舆:《养一斋诗话》《养一斋李杜诗话》,郭绍虞编选,富寿荪校点《清诗话续编》,上海古籍出版社,1983年版。

[24] 刘熙载撰,袁津琥校注:《艺概注稿》,中华书局,2009年版。

词　集

[1] 姜夔著,夏承焘笺校:《姜白石词编年笺校》,上海古籍出版社,1981年版。

[2] 项鸿祚撰,黄曙辉点校:《忆云词》,华东师范大学出版社,2009年版。

[3] 钱国珍:《寄庐词存》,《清代诗文集汇编》第654册,上海古籍出版社,2010年版。

[4] 庄棫:《中白词》,《续修四库全书》集部第1727册,上海古籍出版社,2002年版。

[5] 朱孝臧著,白敦仁笺注:《彊村语业笺注》,巴蜀书社,2002年版。

[6] 包荣翰:《包素人词集》,南开大学图书馆藏抄本。

[7] 赵崇祚辑,李一泯校:《花间集校》,人民文学出版社,1958年版。

[8] 顾从敬等辑,沈际飞等评:《镌古香岑批点草堂诗余四集》,天津图书馆藏明末南城翁少麓刻本。

[9] 茅映辑评:《词的》,《四库未收书辑刊》八辑第30册,北京出版社,2000年版。

[10] 朱彝尊,汪森编,李庆甲校点:《词综》,上海古籍出版社,1978年版。

[11] 沈辰垣等编:《历代诗余》,上海书店,1985年版。

[12] 陆昶评选:《历朝名媛诗词》,中国国家图书馆藏清乾隆三十八年(1773)吴门陆氏红树楼刻本。

[13] 王昶辑,王兆鹏校点:《明词综》,辽宁教育出版社,1997年版。

[14] 张惠言辑:《词选》,《续修四库全书》集部第1732册,上海古籍出版社,2002年版。

[15] 董毅辑:《续词选》,《续修四库全书》集部第1732册,上海古籍出版社,2002年版。

[16] 林葆恒辑，张璋整理：《词综补遗》，上海古籍出版社，2005年版。

[17] 谭献辑，罗仲鼎、俞浣萍校点：《箧中词》，西泠印社出版社，2007年版。

[18] 叶恭绰选辑，傅宇斌点校：《广箧中词》，人民文学出版社，2011年版。

[19] 陈匪石：《宋词举》，金陵书画社，1983年版。

[20] 沈轶刘、富寿荪选编：《清词菁华》，安徽文艺出版社，1986年版。

[21] 施蛰存选定：《花间新集》，浙江古籍出版社，1992年版。

词 评

[1] 王灼：《碧鸡漫志》，唐圭璋编《词话丛编》，中华书局，1986年版。

[2] 张炎：《词源》，唐圭璋编《词话丛编》，中华书局，1986年版。

[3] 沈义父：《乐府指迷》，唐圭璋编《词话丛编》，中华书局，1986年版。

[4] 王世贞：《艺苑卮言》，唐圭璋编《词话丛编》，中华书局，1986年版。

[5] 杨慎：《批点草堂诗余》，葛渭君编《词话丛编补编》，中华书局，2013年版。

[6] 邹祗谟：《远志斋词衷》，唐圭璋编《词话丛编》，中华书局，1986年版。

[7] 王士禛：《花草蒙拾》，唐圭璋编《词话丛编》，中华书局，1986年版。

[8] 贺裳：《皱水轩词筌》，唐圭璋编《词话丛编》，中华书局，1986年版。

[9] 郭麐：《灵芬馆词话》，唐圭璋编《词话丛编》，中华书局，1986年版。

[10] 张惠言：《张惠言论词》，唐圭璋编《词话丛编》，中华书局，1986年版。

[11] 周济：《介存斋论词杂著》，唐圭璋编《词话丛编》，中华书局，1986年版。

[12] 周济：《宋四家词选目录序论》，唐圭璋编《词话丛编》，中华书局，1986年版。

[13] 丁绍仪：《听秋声馆词话》，唐圭璋编《词话丛编》，中华书局，1986

年版。

[14] 杨希闵撰,孙克强辑:《词轨辑评》,孙克强主编《清代词话全编》第9册,凤凰出版社,2019年版。

[15] 钱裴仲:《雨华庵词话》,唐圭璋编《词话丛编》,中华书局,1986年版。

[16] 江顺诒:《词学集成》,唐圭璋编《词话丛编》,中华书局,1986年版。

[17] 谢章铤:《赌棋山庄词话》,唐圭璋编《词话丛编》,中华书局,1986年版。

[18] 蒋敦复:《芬陀利室词话》,唐圭璋编《词话丛编》,中华书局,1986年版。

[19] 谭献:《复堂词话》,唐圭璋编《词话丛编》,中华书局,1986年版。

[20] 徐珂:《词曲概论讲义》,孙克强、和希林主编《民国词学史著集成补编》,南开大学出版社,2018年版。

[21] 沈祥龙:《论词随笔》,唐圭璋编《词话丛编》,中华书局,1986年版。

[22] 王国维:《人间词话》,人民文学出版社,1960年版。

[23] 蒋兆兰:《词说》,唐圭璋编《词话丛编》,中华书局,1986年版。

[24] 陈匪石:《声执》,唐圭璋编《词话丛编》,中华书局,1986年版。

[25] 张伯驹:《丛碧词话》,刘梦芙编校《近现代词话丛编》,黄山书社,2009年版。

[26] 唐圭璋:《梦桐词话》,朱崇才编《词话丛编续编》,人民文学出版社,2010年版。

[27] 中国科学院图书馆整理:《续修四库全书总目提要》(稿本)第13册,齐鲁书社,1996年版。

[28] 吴梅:《词学通论》,中华书局,2010年版。

[29] 任中敏:《词曲通义》,商务印书馆,1931年版。

[30] 任中敏:《词学研究法》,商务印书馆,1935年版。

[31] 陈仲镟:《中国词学概论》,孙克强、和希林主编《民国词学史著集成补编》,南开大学出版社,2018年版。

[32] 俞平伯:《清真词释》,开明书店,1948年版。

[33] 周重能:《花外集试解》,周重能著,张学渊校注《水竹山庄诗文集》,成都市新都华兴印务公司,2002年版。

[34] 徐兴业:《清代词学批评家述评》,孙克强、和希林主编《民国词学史著集成补编》,南开大学出版社,2018年版。

[35] 朱庸斋:《分春馆词话》,广东人民出版社,1989年版。

[36] 施蛰存:《北山楼词话》,华东师范大学出版社,2012年版。

[37] 金启华等编:《唐宋词集序跋汇编》,江苏教育出版社,1990年版。

[38] 施蛰存主编:《词籍序跋萃编》,中国社会科学出版社,1994年版。

[39] 冯乾编校:《清词序跋汇编》,凤凰出版社,2013年版。

[40] 张綖:《诗余图谱》,台北"国家图书馆"藏明嘉靖十五年(1536)初刻本。

曲论、书画论与工具书

[1] 朱权著,姚品文点校笺评:《太和正音谱笺评》,中华书局,2010年版。

[2] 吴毓华编:《中国古代戏曲序跋集》,中国戏剧出版社,1990年版。

[3] 隗芾、吴毓华编:《古典戏曲美学资料集》,文化艺术出版社,1992年版。

[4] 华东师范大学古籍整理研究室选编:《历代书法论文选》,上海书画出版社,1979年版。

[5] 俞剑华编著:《中国古代画论类编》,人民美术出版社,2004年版。

[6] 上海艺术研究所中国戏剧家协会上海分会编:《中国戏曲曲艺词典》,上海辞书出版社,1981年版。

[7] 钱仲联等主编:《中国文学大辞典》,上海辞书出版社,1997年版。

今人著作

[1] 朱东润：《中国文学批评史大纲》，武汉大学出版社，2009年版。

[2] 郭绍虞：《中国文学批评史》(下册之二)，商务印书馆，1947年版。

[3] 夏承焘：《夏承焘集》第5册，浙江古籍出版社，1997年版。

[4] 唐圭璋：《词学论丛》，上海古籍出版社，1986年版。

[5] 龙榆生：《龙榆生词学论文集》，上海古籍出版社，1997年版。

[6] 赵万里：《赵万里文集》(第二卷)，国家图书馆出版社，2012年版。

[7] 周振甫：《诗词例话》，中国青年出版社，1979年版。

[8] 周采泉：《杜集书录》，上海古籍出版社，1986年版。

[9] 牟世金主编：《中国古代文论家评传》，中州古籍出版社，1988年版。

[10] 梁荣基：《词学理论综考》，北京大学出版社，1991年版。

[11] 吴世昌：《词林新话》，北京出版社，1991年版。

[12] 吴世昌：《罗音室学术论著》(第二卷)，中国文艺联合出版公司，1991年版。

[13] 方智范等：《中国词学批评史》，中国社会科学出版社，1994年版。

[14] 南京师范大学古文献整理研究所编：《江苏艺文志·扬州卷》，江苏人民出版社，1995年版。

[15] 张宏生：《清代词学的建构》，江苏古籍出版社，1998年版。

[16] 朱琝瑞主编：《海陵文史》第十辑，泰州市海陵区政协学习文史资料研究委员会，1999年版。

[17] 叶嘉莹：《清词丛论》，河北教育出版社，2000年版。

[18] 谢桃坊：《中国词学史》，巴蜀书社，2002年版。

[19] 王赓武选编：《王宓文纪念集》，八方文化企业公司，2002年版。

[20] 吴熊和：《唐宋词通论》，商务印书馆，2003年版。

[21] 皮述平：《晚清词学的思想与方法》，学苑出版社，2003年版。

[22] 孙克强：《清代词学》，中国社会科学出版社，2004年版。

[23] 朱德慈:《近代词人行年考》,当代中国出版社,2004年版。

[24] 莫立民:《晚清词研究》,中国社会科学出版社,2006年版。

[25] 朱崇才:《词话史》,中华书局,2006年版。

[26] 傅洁琳、李天程、周明昆编著:《中华进士全传·山东卷》,泰山出版社,2007年版。

[27] 迟宝东:《常州词派与晚清词风》,南开大学出版社,2008年版。

[28] 黄志浩:《常州词派研究》,中国社会科学出版社,2008年版。

[29] 李进莉、潘荣胜编著:《清代山东进士》,齐鲁书社,2009年版。

[30] 孙维城:《千年词史待平章:晚清三大词话研究》,安徽大学出版社,2010年版。

[31] 顾一平编著:《冶春后社诗人传略》(一),扬州市扬大印刷厂承印,2010年版。

[32] 周新国等:《太谷学派史稿》,社会科学文献出版社,2014年版。

[33] 陈水云:《中国词学的现代转型》,社会科学文献出版社,2016年版。

[34] 陈水云:《清代词学思想流变》,社会科学文献出版社,2018年版。

报　　纸

[1] 蠹舟:《评赵景深〈中国文学小史〉》,天津《大公报》1928年9月3日第10版。

[2]《悼江山刘毓盘先生》,天津《大公报》1928年10月29日第10版。

[3]《民智书局最新出版》,《申报》1933年2月6日第4版。

[4]《开明书店初版新书》,《申报》1938年12月1日第2版。

[5]《开明书店最近重版新书》,《申报》1948年4月29日第6版。

[6] 毛泽东:《毛主席给陈毅同志谈诗的一封信》,《人民日报》1977年12月31日第1版。

[7] 赵而昌:《谈陈廷焯——兼及他的〈词则〉和〈白雨斋词话〉》,香港《大公报》1985年10月19日第20版。

期刊论文

[1] 陈寅恪:《王观堂先生挽词并序》,《学衡》1928年第64期。

[2] 春痕:《读〈白雨斋词①话〉》,《微音月刊》1932年第4期。

[3] 陈宗敏:《〈白雨斋词话〉概述》,《文学·诗词·书画》,《大陆杂志语文丛书》第三辑第四册,大陆杂志社,1971年。

[4] 袁謇正:《陈廷焯的"沉郁"词说》,《西北大学学报》(哲学社会科学版)1981年第2期。

[5] 屈兴国:《记陈廷焯〈云韶集〉稿本》,《白雨斋词话足本校注》附录,齐鲁书社,1983年版。

[6] 屈兴国:《从〈云韶集〉到〈白雨斋词话〉》,《白雨斋词话足本校注》附录,齐鲁书社,1983年版。

[7] 屈兴国:《〈白雨斋词话〉的"沉郁"说》,《白雨斋词话足本校注》附录,齐鲁书社,1983年版。

[8] 杨重华:《〈白雨斋词话〉小论》,《学术研究》1985年第3期。

[9] 屈兴国:《〈词则〉与〈白雨斋词话〉的关系》,《词学》(第五辑),华东师范大学出版社,1986年版。

[10] 廖晓华:《论陈廷焯的"沉郁"说》,《赣南师范学院学报》(哲学社会科学版)1987年第3期。

[11] 孙维城:《白雨斋论张先词试评》,《安庆师范学院学报》1987年第4期。

[12] 金望恩:《陈廷焯词论中的"沉郁顿挫"说》,《湘潭师范学院·社会科学学报》1988年第3期。

[13] 周建忠:《白雨斋论词的"楚辞"尺度》,《学术交流》1989年第5期。

[14] 毛宣国、孙立:《试论词体风格特色"沉郁"》,《湖北民族学院学

---

① 词,原误作"诗"。

报》(社会科学版)1990年第1期。

[15] 谢海阳:《〈白雨斋词话〉与张惠言论词主张的异同》,《苏州大学学报》(哲学社会科学版)1990年第2期。

[16] 间钺:《〈白雨斋词话〉的沉郁说与技法论》,《语文学刊》1990年第3期。

[17] 彭玉平:《陈廷焯词史论发微》,《词学》(第十一辑),华东师范大学出版社,1993年版。

[18] 林玫仪:《新出资料对陈廷焯词论之证补》,《词学》(第十一辑),华东师范大学出版社,1993年版。

[19] 彭玉平:《陈廷焯前期词学思想论》,《中国韵文学刊》1994年第2期。

[20] 张宏生:《艳词的发展轨迹及其文化内涵》,《社会科学战线》1995年第4期。

[21] 曹保合:《谈陈廷焯的本原论》,《文学遗产》1996年第4期。

[22] 孙克强:《清代词学的南北宋之争》,《文学评论》1998年第4期。

[23] 彭玉平:《陈廷焯正变观疏论》,《词学》(第十二辑),华东师范大学出版社,2000年版。

[24] 陈水云:《陈廷焯"沉郁"说与古代诗学传统》,《中国韵文学刊》2001年第2期。

[25] 杨柏岭:《陈廷焯词学思想的偏颇性与合理性》,《安徽师范大学学报》(人文社会科学版)2001年第4期。

[26] 李欣:《"沉郁"风格新释兼论陈维崧词》,《苏州大学学报》(哲学社会科学版)2002年第2期。

[27] 陈水云、张清河:《〈云韶集〉与陈廷焯初期的词学思想》,《湖北大学学报》(哲学社会科学版)2002年第6期。

[28] 彭玉平:《陈廷焯词学综论》,《中华文史论丛》(总第71辑),上海古籍出版社,2003年版。

[29] 陈水云:《〈白雨斋词话〉在二十世纪的回响》,《黄冈师范学院学

报》2003年第1期。

[30] 方智范：《谭献〈复堂日记〉的词学文献价值》，《南京师范大学文学院学报》2003年第3期。

[31] 陈水云、王苗：《陈廷焯的师友交往与词学立场的转变》，《荆州师范学院学报》（社会科学版）2003年第6期。

[32] 盛莉：《论陈廷焯〈白雨斋词话〉的"厚"》，《三峡大学学报》（人文社会科学版）2005年第4期。

[33] 李睿：《从〈云韶集〉和〈词则〉看陈廷焯词学思想的演进》，《阜阳师范学院学报》（社会科学版）2005年第4期。

[34] 彭玉平：《选本批评与词学观念——陈廷焯的词选批评探论》，《汕头大学学报》（人文社会科学版）2005年第5期。

[35] 王吉凤：《雅：陈廷焯论词的审美倾向》，《山东农业大学学报》（社会科学版）2006年第4期。

[36] 赵晓辉：《陈廷焯词选思想探析》，《石河子大学学报》（哲学社会科学版）2006年第6期。

[37] 彭玉平：《选本编纂与词学观念——晚清陈廷焯词选编纂探论》，《学术研究》2006年第7期。

[38] 胡遂、邬志伟：《陈廷焯"沉郁"说与况周颐"沉著"说之比较》，《广西社会科学》2006年第11期。

[39] 彭玉平：《陈廷焯〈骚坛精选录〉（残本）初探——兼论其诗学与词学之关系》，《文学评论丛刊》2007年第2期。

[40] 欧明俊：《近代词学师承论》，《上海大学学报》（社会科学版）2007年第5期。

[41] 朱惠国：《论陈廷焯的词学思想以及对常州词派的理论贡献》，《词学》（第十九辑），华东师范大学出版社，2008年版。

[42] 林玫仪：《研究陈廷焯之重要文本——〈白雨斋词存〉与〈白雨斋诗钞〉》，《中国文哲研究通讯》2008年第2期。

[43] 孙维城：《论陈廷焯的"本原"与"沉郁温厚"——兼与况周颐重大

说、谭献柔厚说比较》,《安庆师范学院学报》(社会科学版)2008年第
11期。

[44] 林玫仪:《陈廷焯〈白雨斋词存〉、〈白雨斋诗钞〉考论》,《中国韵文
学刊》2009年第2期。

[45] 孙维城:《陈廷焯词学思想前后期不同的共同基础》,《安庆师范
学院学报》(社会科学版)2009年第4期。

[46] 邓新华、杨爱丽:《从"诗味"到"词味"——陈廷焯的词学理论初
探》,《三峡大学学报》(人文社会科学版)2009年第5期。

[47] 王玉兰:《陈廷焯〈白雨斋词话〉对碧山词的批评》,《时代文学》
(下半月)2009年第10期。

[48] 苗珍虎、焦亚东:《尚雅:陈廷焯〈白雨斋词话〉的基点》,《求索》
2009年第11期。

[49] 孙克强、杨传庆:《清代论词绝句的词史观念及价值》,《学术研
究》2009年第11期。

[50] 傅蓉蓉:《陈廷焯词学思想的渊源及"沉郁说"之详析》,《晋阳学
刊》2010年第1期。

[51] 孙维城:《白雨斋论王沂孙词平议》,《安庆师范学院学报》(社会
科学版)2010年第2期。

[52] 邓新华、杨爱丽:《陈廷焯的"沉郁"说与浙西词派的"醇雅"、"清
空"理论》,《中国文化研究》2010年第3期。

[53] 欧阳明亮:《从"非欧公不能作"到"欧公无此手笔"——从周济、
陈廷焯在四首〈蝶恋花〉归属问题上的分歧看常州词派的理论演变》,《文
艺理论研究》2011年第3期。

[54] 丁鹏:《〈词综〉成书及版本考》,《嘉兴学院学报》2012年第1期。

[55] 孙克强:《袁学澜〈适园论词〉辑校——附〈零锦词〉评》,《厦门广
播电视大学学报》2012年第3期。

[56] 陈昌:《〈白雨斋词话〉百年研究及论文录述》,《文津流觞》2012年
第4期。

[57] 刘军政:《词集评点形式及其批评功能的实现》,《北方论丛》2012年第 5 期。

[58] 丁放、甘松:《中国古代词集笺注、评点的演变及功能》,《复旦学报》(社会科学版)2012 年第 6 期。

[59] 马涛:《从儒家的心性修养看〈白雨斋词话〉之"沉郁"说》,《西安文理学院学报》(社会科学版)2013 年第 2 期。

[60] 邓新华、杨爱丽:《陈廷焯"沉郁"说对常州词统的继承与发挥》,《三峡论坛》2013 年第 6 期。

[61] 沙先一:《〈云韶集〉、〈词则〉与清词的经典化》,《清代文学研究集刊》(第六辑),人民文学出版社,2013 年版。

[62] 彭建楠:《陈廷焯〈骚坛精选录〉及其诗学思想》,《中国韵文学刊》2014 年第 4 期。

[63] 陈水云:《论词教:晚清词坛的尊体与教化》,《文艺理论研究》2014 年第 5 期。

[64] 顾宝林:《规模前辈,益以才思——由〈云韶集〉、〈词坛丛话〉看陈廷焯前期对晏欧词的研究与批评》,《文学评论》2014 年第 6 期。

[65] 刘深:《试论清代浙西词派的重新分期》,《中南大学学报》(社会科学版)2014 年第 6 期。

[66] 张兆勇、丁淼:《试评陈廷焯"本原"说的提出及思路》,《衡阳师范学院学报》2015 年第 5 期。

[67] 张兆勇:《陈廷焯把握碧山词路径及其再评估》,《三峡大学学报》(人文社会科学版)2016 年第 2 期。

[68] 高明祥:《陈廷焯词作风格探微》,《玉林师范学院学报》(哲学社会科学)2016 年第 6 期。

[69] 顾宝林:《大雅闲情,已落下乘——由〈词则〉和〈白雨斋词话〉看陈廷焯对晏欧三家词的批评态度及变化》,《词学》(第三十六辑),华东师范大学出版社,2016 年版。

[70] 李春丽:《陈廷焯金元词的认识及变化析论》,《中国韵文学刊》

2018年第2期。

[71] 高红豪:《陈廷焯词论中的"词品"含义及其品第观念》,《词学》(第四十一辑),华东师范大学出版社,2019年版。

学位论文

[1] 杨咏诗:《陈廷焯〈词则〉研究》,中山大学,2001年。

[2] 王吉凤:《陈廷焯沉郁说的词学理论体系研究》,安徽师范大学,2007年。

[3] 李锐:《陈廷焯词论研究》,华中师范大学,2009年。

[4] 陇兴龙:《〈白雨斋词话〉论词思想研究》,贵州师范大学,2009年。

[5] 王喆:《陈廷焯"沉郁"说词学理论研究》,广西师范大学,2010年。

[6] 林枫竹:《陈廷焯〈云韶集〉研究》,南京大学,2013年。

[7] 宋蔚兰:《陈廷焯〈白雨斋词话〉研究》,广西民族大学,2014年。

[8] 王娅:《〈词则〉研究》,安徽大学,2015年。

[9] 孙依农:《陈廷焯前后期词学思想变化研究》,河北大学,2020年。

后　记

我对于陈廷焯的研究，前前后后、断断续续经历了十余年。

2009年，我在南开大学文学院读大学三年级。暑假的一天，我到天津图书大厦买书。为了用完购书卡中的余额，我随手挑了一本人民文学出版社的《白雨斋词话》。未曾想到，我与陈廷焯词学就此结缘。大四时，我的毕业论文选择了"词集评点研究"这一方向。指导老师张静教授建议我专门研究陈廷焯的《词则》。看着行草手写、难以辨识的影印本，我没有退缩，而是一点一滴地将这部二十余万字的词选全部整理出来。在此基础上，我撰成《艳中求雅——陈廷焯〈词则·闲情集〉选评思想探论》一文。现在回想起来，本科论文对我后来的发展具有十分重要的意义：在张老师的引领下，我踏入学术研究之门；整理《词则》，成为我正式研究陈廷焯词学的发端；在答辩会上，我的论文得到孙克强教授的鼓励，我由此结识了这位蜚声学界的词学研究专家。

本科毕业后，我继续在南开读研，跟随张静老师。学位论文虽然以明代张綖为研究对象，但却并未远离陈氏词学。在上课、读书、写作之余，我继续完善对于《词则》的整理。在孙老师的指点下，将之汇录为《词则辑评》，收入《白雨斋词话全编》，该书于2013年由中华书局出版。同年，我硕士毕业，继续在南开攻博，师从孙克强教授。他建议我的博士论文就以"陈廷焯词学研究"为题，2016年毕业时该文在"双盲审"中获得好评。博士毕业后，我来到天津中医药大学文化与健康传播学院工作。2018年，我以"陈廷焯文学思想研究"为题成功申报教育部人文社科青年项目。项目进行这三年，我得以全方位地重新审视这位"老朋友"。

作为封建时代的正统学人，陈廷焯具备良好的儒学修养和深厚的文学功底。从其著述中的引用情况可知,他对经、史、子、集都非常熟悉。尤其是诗词,上下千年,贯穿笔底,从而形成自己独特的文学思想。在研读陈氏著作的时候,我每生惭愧之情。既无陈氏之学识修养,又乏过人之眼界胸襟,何敢妄言"研究"二字?然而纵使力不从心,仍要勉力为之,以求在与古人揖让进退之间得到进步与提高。清代学者周济曾说:"由中之诚,岂不或亮,其或不亮,然余诚矣。"我想,"诚"或是拙著惟一可以告慰自己、不负陈氏的地方。

本书的部分章节曾以论文形式在《中国韵文学刊》《历代词选研究》《南阳师范学院学报》《古代文学理论研究》发表,收入书中时做了一些修改,特予说明。

这部书稿能够顺利完成,要感谢我的恩师孙克强教授与张静教授,感谢南开大学文学院所有帮助过我的老师和同学。还要感谢我的父母、妻子、姐姐、姐夫。是他们给了我安心治学的家庭环境,让我逐渐懂得人生的真谛。此外,学界专家陈水云教授、曹明升教授对拙稿提出不少宝贵的修改意见。由于个人学力所限,未能一一完善,深感愧疚与不安。希望将来识与年进,有机会修订补充。在本书出版过程中,责任编辑吴丹先生悉心审读,提升了文稿的质量,谨此一并致以衷心感谢。

回顾过往有限的学术历程,我集中研究了明代词学家张綖和清代词学家陈廷焯,都是属于专人研究。张、陈二人虽时代相隔数百年,但其为人为学都很让我敬佩,都很值得学习。我希望自己能像他们一样,不断拓展研究视野,在未来的学术道路上越走越宽,越走越远。

420